다매체 시대의 한국문학 Ⅱ

한국문학연구학회

국학자료원

차례

조정래 · 소설과 영화의 서사론적 비교연구 – 소설 『DMZ』와
　　　　영화 「공동경비구역JSA」를 중심으로 / 7

박경혜 · 문학과 사진 – 장르혼합의 가능성에 대하여 / 37

권명아 · 문화 산업 시대의 텍스트 독해와 글쓰기 교육 / 85

김용희 · 천 개의 거울로 둘러싸인 공중정원 – 판타지 소설과
　　　　영상의 접점, 「반지의 제왕」의 경우 / 137

김영민 · 동인지 『창조』와 한국의 근대소설 / 169

성지연 · 최명익 소설 연구 / 199

이승윤 · 1950년대 박경리 단편소설 연구 / 229

김병길 · 근대의 예원(藝苑)에서 – 『창조』에 나타난 김동인 초
　　　　기 예술론 / 251

구장률 · 1940년대 한국문학비평과 휴머니즘론 – 비평의 객관
　　　　성 문제와 관련하여 / 269

장세진 · 진정성의 알리바이 – 장정일 소설에 나타난 예술의 의
　　　　미를 중심으로 / 301

강계숙 · 발터 벤야민과 문학 연구 방법론 / 323

오상순 · 광복 전 재만 조선인 문학의 성격 및 특성 / 359

| 특집논문 |

다매체 시대의 문학 II

조정래 | 소설과 영화의 서사론적 비교 연구
　　　　　- 소설 『DMZ』와 영화 「공동경비구역 JSA」를 중심으로
박경혜 | 문학과 사진 – 장르혼합의 가능성에 대하여
권명아 | 문화 산업 시대의 텍스트 독해와 글쓰기 교육
김용희 | 천 개의 거울로 둘러싸인 공중정원
　　　　　- 판타지 소설과 영상의 접점, 「반지의 제왕」의 경우

소설과 영화의 서사론적 비교연구

—소설 『DMZ』와 영화 「공동경비구역JSA」를 중심으로—

조정래*

1. 머리말
  (1) 역사와 개인의 관계-네 개의 서사축
  (2) 서술구조의 특징-세 개의 시간 축
  (3) 서술자 혹은 내포작가의 기능
2. 소설 「DMZ」 – 시간 중심 서사의 역사성
  (1) 사라진 역사-공간 중심 서사의 현장성
  (2) 이미지의 서사기능
  (3) 서술자의 기능약화
3. 「공동경비구역 JSA」 – 영상 서사로서의 특징과 한계
4. 결 론

1. 머리말

최근 영화에 대한 대중적인 관심이 높아지고 있다. 대중적인 관심뿐만 아니라 학계에서도 다양한 관심을 영화에 쏟고 있다. 이런 현상은, 이제 서사 담론의 주도권이 언어를 매체로 하는 문자언어 서사물(서사문학, 특히 소설)에서 영상언어 서사물[1]로 옮겨져 가는 과정에 들어섰음을 짐작케 한다.[2] 그게 사실이든 아니든, 영화 자체가 일반인의 생활에 상당한

---

* 서경대 국문과 교수

1) 영화가 대표적이고, 애니메이션, 플래시 등으로 만들어진 인터넷 동영상들, TV 드라마, 뮤직 비디오 등을 다 포함시킬 수 있다.

2) 『문학과 예술의 사회사』 마지막 장에서 아널드 하우저는 현대를 '영화 시대'라 지칭하

영향을 미치는 장르로 격상되고 있음은 부정할 수 없는 사실이다.

휴아코는 서구의 문화사에서 영화가 예술적 전위로서 특히 주목받았던 영화의 물결을 셋으로 나누어 보았다.[3] 독일의 표현주의 영화, 소련의 사회주의 영화, 이태리의 네오리얼리즘 영화가 그것이다. 그리고 전쟁 전후에 전성기를 보인 일본 영화 운동, 폴란드 영화 운동, 그리고 프랑스의 누벨바그 운동 등을 그 이후의 영화 물결로 든다.

그런데 이들 영화 물결에는 그 바탕에 사회적 변동이라는 변수가 공통적으로 놓여 있음을 주목할 필요가 있다. 그렇게 본다면, 최근의 영화 산업이 번성할 뿐만 아니라, 영화에 대한 관심과 연구가 활발해지는 데에도 사회적 요인이 있을 것이다. 아직은 이에 대한 깊은 연구가 이루어지지 않고 있지만, 산업의 디지털화에 따른 디지털 문화로의 이행, 인터넷을 기반으로 한 세계화하는 통신사회로의 진입, 탈이데올로기화와 경제구조의 급격한 변화 등등을 그러한 사회적 요인으로 꼽을 수 있을 것이다. 어쩌면 이러한 급격한 사회 변화는 세계대전이 문화에 미친 충격에 못지않은 영향력을 가질 수도 있을 것이다.

이를 위하여 사회적 자원, 교육 형태, 기술과학의 특징적 변화 등등에 대한 고찰뿐만 아니라, 미학적 변화, 예술 전통의 제도적 문제 등 예술적인 차원에서도 연구가 필요할 것이다.

그러나 문학을 연구하는 입장에서는 문학과 영화의 관련성이 일차적인 관심거리가 아닐 수 없다. 다매체 시대에서 영화라는 장르는 문학에 어느

고, "영화는 기술의 영적 기초에서 진화한 예술이며, 따라서 그 때문에 산재한 문제와 잘 어울린다. 기계는 영화의 근원이며 매체, 그리고 그것의 적절한 주제이다."라고 하였다.
3) 죠지 휴아코, 주윤탁 옮김, 『영화예술의 사회학』, 경성대학교 출판부, 1999, 5쪽.
   이들 세 개의 물결은 다음과 같다. 1920년부터 1931년에 걸친 독일의 표현주의 영화, 1925년에서 1930년에 걸친 소련의 표현주의적 리얼리스트 영화, 1945년에서 1955년에 걸친 이태리 네오리얼리즘 영화, 또 우리는 그 밖에 영화예술의 물결이 세 개 더 진행 중이었음에 주의하여야만 한다. 제 2차 세계대전 전의 일본 영화, 제2차 세계대전 이전의 폴란드 영화, 그리고 프랑스의 누벨바그.

정도의 영향력을 미치고, 또 어느 정도 문학의 전통에 의존할 것인가? 오래 전부터 영화는 문학, 시, 소설, 희곡으로부터 상당한 방법론과 표현기법을 배워왔다.[4] 리처드슨은 "영화는 겉으로 보기에 전례가 없는 예술처럼 보이지만, 사실 문학은 영화에 너무나 많은 것을 기여했으며, 문학이야말로 가장 중요하고 으뜸가는 시각 예술이다." 라고 단언한다.[5] 그러나 이제는 단순하게 문학을 고급적인 장르로, 영화를 저급한 장르로 치부하고 문학의 우위성만을 주장하고 있을 수는 없다. 오히려 소설과 영화가 모두 서사 양식에 속한다고 본다면, 서사론적 방법으로 두 장르의 차별성과 영향 관계를 따져보면서 변화하는 시대에 각 장르가 가질 수 있는 긍정적 역할을 찾는 일이 필요할 것이다.

그런 시도의 하나로서 이 논문에서는 최근 흥행에 성공하여 화제가 된 박찬욱 감독의 「공동경비구역JSA」와 이 텍스트의 원작 소설인 박상연의 『DMZ』(민음사, 1997)를 비교해 보려고 한다. 아직 영화와 소설을 대비할 서사론적 방법론의 연구가 부족한 상태에서 두 장르의 상호 관련성과 미적 차별성을 진단해보려는 시론임을 미리 밝혀둔다.

2. 소설 『DMZ』- 시간 중심 서사의 역사성

(1) 역사와 개인의 관계 - 네 개의 서사 축

박상연의 『DMZ』는 진지하게 현실의 역사성을 소재로 삼아 이데올로

---

4) 로버트 리처드슨, 이형식 옮김, 『영화와 문학』, 동문선, 2000, 18쪽(Robert Richardson, Literature and Film, Indian University Press, 1969)
『디킨스·그리피스, 그리고 오늘날의 영화』라는 글에서 세르케 에이젠슈테인은 영국 소설이 미국 초기 영화제작자들에 미친 중요성을 기록하려 했으며, 나아가 영화와 문학의 더 광범위한 연계성을 시사하고 있다. 에이젠슈테인은 영화가 자립적이고 자족적이며 완전히 독립적인 예술이라는 생각을 비웃는다.
5) 위의 책, 19쪽.

기를 이야기하는 소설 작품이다. 문체나 기법적 차원에서는 세련미가 아쉬운 작품이지만, 역사와 개인의 관계를 들추어내는 그 문제의식의 진지함은 평가할 만하다. 그 진지함은 최근 가벼운 담론들이 득세하는 형세 속에서 모처럼 만나는 것이어서 더욱 반가운 것일지도 모른다. 물론 영화 「공동경비구역JSA」가 인기를 모는 바람에 더 알려지기도 했지만, 사실 그 덕분에 제대로 평가를 받지 못할 가능성도 있어 보인다.

언뜻 보면 『DMZ』는 비무장지대라는 공간이 지닌 역사적 문제성을 활용하여 식상감이 드는 분단 담론을 재생하였다고 볼 수 있고, 그 공간적 의미 자체가 이미 특수성을 담지하고 있다고 본다면 남북 경비병들 사이의 교류와 살해를 다룬 중심 사건에 개연성이 어느 정도 확보될 수 있는지를 문제 삼을 수도 있는 작품이다.

그러나 약간은 거칠고 투박한 짜임새 속에서나마, 역사와 개인의 관계라는 데에 초점을 두고 보자면, 여러 가지의 코드를 활용하고 있어서 이 작품을 단순하게만 해독할 수는 없어 보인다. 작품은 처음에는 두 개의 축으로 짜여져 가다가, 사건이 진행되면서 두 가지의 새로운 축을 첨가해 나간다. 처음의 두 축이란, 중심 사건인 JSA 내의 총격살인사건과 이 사건의 수사를 맡게 된 중립국 감독위 소속의 소령인 주인공 강민(스위스명 베르사미)이 지닌 갈등이다. 그 갈등에는 혼혈아로서 모국인 한반도를 바라보는 시각, 그리고 아버지와의 충돌이 담겨있다.

이 소설의 핵심 사건은 다음과 같다. 남한의 경비병인 김수혁 병장은 북한의 경비병 한 사람을 죽이고 또 한 사람에게 부상을 입힌 채 남북 경계선 위에서 쓰러져 있다가 구조된다. 김수혁은 반공 교육을 철저하게 받으면서 성장한 보통의 남한 젊은이다. 그 교육의 결과 북한 사람에 대한 두려움과 거부감을 갖고 있었다. 그러다가 지뢰를 밟게 되어 발을 떼지 못하는 상황이 발생하고, 북한 경비병 오경필이 지뢰를 제거해주는 사건을 계기로 북한 경비병인 정하진, 오경필과 교류를 갖게 된다. 김수혁과 함께 초소 근무를 서는 남성식 일병이 이 교류에 가담하게 된다.

이들의 교류가 거의 일 년이 되어가던 어느 날 사건이 터진다. 이들이 만나는 북한 초소로부터 2km 떨어진 어느 곳에서 우연히 오발사고가 발생하는데, 이 시간에 네 사람은 북한 초소에서 마지막 만남을 나누고 있었다. 그런데 오발로 인한 그 총소리가 멀리서 들리는 순간 김수혁은 조건반사처럼 앞에 있는 두 북한 친구가 악마로 보이고, 이들이 자신을 죽일 것이란 공포감에서 총을 발사하게 된다.

위에 요약한 내용이 이 소설의 중심 사건이지만, 실제 작품 구성에서 이 사건 자체에 대한 서술은 짧다. 액자 형식으로 김수혁의 일인칭 서술을 통해 전달될 뿐이고, 대부분의 서술은 이 사건의 수사를 맡은 이강민에 얽힌 개인사에 관한 것이다. 김수혁 병장에 의한 총기 사건은 당연히 위기감을 고조시키고, 남북이 서로 다른 주장을 펼치며 대립하게 된다. 중립국 감독위가 이 사건을 수사하기로 남북이 합의하게 되어 통역장교이던 주인공 강민이 이 사건의 수사를 맡게 된다.

그는 한국인 아버지와 스위스인 어머니 사이에서 태어나 스위스 국적으로 중립국 감독위에 소속된 군인이다. 그의 아버지는 골수 공산주의자로서 포로수용소에 갇혔다가 포로석방 때에 제 3국을 선택한 인물이고 아버지의 사상에 매료되어 결혼한 어머니는 좌익 지식인이었다. 게다가 그의 아내마저 좌익 지식인이어서 주인공은 세 명의 빨갱이에 둘러싸여 살지만, 자신은 아버지에 대한 반감이 워낙 강해서 사회주의, 아니 이데올로기 자체에 냉소적이다. 5개 국어에 능통하고, 특히 한국어에 능통한 까닭에 판문점에서 일어난 미묘한 사건의 수사를 맡고 한국으로 돌아온 주인공은 중립국 감독위 소속 수사관으로서 남북 양쪽을 객관적으로 볼 수 있는 위치에 서 있다.

주인공은 이 사건이 남북 당국의 주장과 달리 미묘함이 깃들어 있음을 알아차리고 개인적인 수사를 벌여간다. 이때부터 작품은 추리 구조를 지니게 되지만, 사건의 진상을 액자 형식으로 전하는 바람에 추리적 흥미도를 유지하지는 못한다. 그 대신에 주인공 강민의 아버지 이연우의 개인사를 중심 사건과 병치시키면서 객관적으로 분단의 현실을 재조명해 나간다. 결국 전체 이야기는 혼혈아 주인공과 그 가족의 개인사라는 축과 남북의 대치 현실을 새삼 두렵게 바라보게 하는 총격 사건이라는 두 축으로 짜여져 있는 것이다.

그런데 이야기가 전개되어 가면서, 그 두 축을 보강하는 새로운 문제들이 떠오르게 된다. 하나는 조건반사에 관련된 심리적 기제이고, 또 하나는 거제도 포로수용소가 상징하는 바 포로수용소 안에서 있었던 이데올로기의 하수인으로서 형제 간 살육을 서슴지 않았던 광기, 그리고 광기의 역사에 관한 것이다. 그 외에 박헌영의 남로당파를 축출한 김일성에 의해 오염된 북한정치사의 문제, 분단경계선이 지닌 아이러니, 유달리 강렬한 한국인의 핏줄 의식 등에 관한 서술이 섞여 있지만 보조적인 삽화이다.

결국 네 개의 축이 얽히면서 전체 이야기를 구성하는데, 뒤의 두 축은 앞의 두 축을 결합시키는 매개체 구실을 한다. 뒤의 두 축 가운데 먼저 조건반사에 관한 이야기부터 살펴보자. 군용견 마루는 손전등이 비춰져야 밥을 먹을 수 있으므로, 손전등이 비춰지면 침을 흘리게 길들여진다. 이내 마루는 손전등에 공격적 야성을 드러낸다. 이 '길들여짐'은 원래의 습성과 질서를 폐기시키고, 주체를 노예화시킨다.

물론 이 길들여짐의 의미를 제기하는 군용견 마루에 관한 이야기는 반공 교육에 길들여져 자신도 모르게 광기에 휩쓸린 김수혁이란 인물에 대한 상징이다. 그리고 김수혁은 분단의 현실이 개인의 인간적 조건을 어떻게 바꾸어 놓았는지를 드러내는 전형이다. 군용견 마루가 분단의 비극적 현상에 대한 은유라면, 김수혁은 그에 대한 환유라고 할 수 있다.

조건반사의 기제를 통하여 말하고자 하는 바는, 일 년간의 교류 동안 서로 형, 아우로 부르며 친분을 쌓아온 네 사람의 남북 젊은이들이지만 결코 남북의 이데올로기적 벽돌을 뛰어넘을 수는 없다는 비극적 현실이다. 이승복 사건, 아웅산 사건, KAL기 사건 등으로 어릴 때부터 반공 이데올로기에 길들여진 남한의 병사는 단 한 방의 총소리로 일 년간의 교분을 무너뜨리며, 광기처럼 몰려오는 북한군에 대한 두려움과 공포에 휩쓸려 마구 총을 난사하고 말았던 것이다.

> 모든 건 바로 그…… 총소리…… 총소리가 문제였어요…… 그 총소리만 나지 않았어도…… 그 총소리가…… 울려 퍼지고 잠시 동안 침묵이 흐를 때 제 머릿속에 무엇이 지나갔는지 아세요? 비참하게 죽은 이승복의 시체, 판문점 도끼 만행 사건 때 머리 깨져 죽은 미군, 폐허가 된 아웅산, KAL기의 처참한 잔해…… 독침을 갖고 다니는 간첩, 괴물 모양을 한 김일성의 얼굴…… 그런 영상이…… 내 머릿속에 이런 영상들을 쑤셔 박은 거예요…… 그 총소리가 울리면 그런 영상들은 유령처럼 되살아나고…… 나에게 총을 뽑게 하는 거죠…… 마치 우리 마음 어디엔가 스위치가 있는 것처럼…… 그런 총소리가 울리면 손전등 불빛을 본 마루처럼 미친 듯이 서로를 물어뜯도록 되어 있는 거예요……6)

이 대목에서 작품의 문제의식은 확연해진다. 오염된 분단 정치사가 개인에게 어떤 내면적 상처를 입혔는가? 냉전의 이데올로기가, 그리고 그 이데올로기 교육이 한 개인에게 깊이 각인시킨 이미지를 우리는 되새겨 볼 기회를 갖게 된 셈이다. 이미 "이데올로기의 총소리만 울리면 물어뜯도록 계획되어 있던" 것이다.

그러나 한국의 독자 입장에서는 이것만으로는 식상감을 느낄지 모른다. 냉전 이데올로기의 피해에 대한 비판 담론에 익숙해져 있는 독자라면, 당연히 케케묵은 이야기를 억지로 만들어낸 것으로 받아들이기 쉽다. 작품은 여기에 또 하나의 역사를 얹어 놓았다.

바로 주인공의 아버지 이연우에 관한 이야기이다. 박헌영의 노선을 따랐고, 정치꾼이 아닌 순수 공산주의자로 분류될 수 있는 그는 김일성이 득세하고 박헌영이 숙청 당하자, 포로수용소에서 북을 택하지 않고 제 3

---

6) 박상연, 『DMZ』, 민음사, 1997. 249쪽.

국을 택하여 브라질로 가게 된 인물이다. 그러나 그가 제 3국을 택한 것이 꼭 김일성이라는 공산주의를 오염시키는 정치꾼 때문은 아니다. 포로수용소에서 반공포로 편에 섰던 친동생을 살육했던 사실이 그를 외국으로 내몰았고, 그 죄책감에서 그는 영원히 자유롭지 못하였던 것이다. 친동생의 목을 벤 행위는 조건반사적 행동이었고, 그 광기는 어쩌면 인간의 내면에 숨은 본성일지도 모른다. 그러나 그 본성을 들추어내고 실행하게 한 것은, 광기를 불러내는 이데올로기 싸움의 역사였다. 그리고 결과적으로 주인공 강민은 그 광기어린 역사의 희생자이다.

김수혁의 권총 발사와 이연우의 칼부림은 '형제를 죽인다'는 화소의 측면에서 동질성을 갖는다. 작품은 형제마저 살육하게 되는 그 광기는 어디에서 연유하는 것인가를 묻는다. 여기에는 '적을 죽이지 않으면 내가 죽으므로, 그래서 죽일 수밖에 없음'의 두려움과 그 두려움이 배태하는 광기가 인간 내면에 자리 잡은 근원적 광기에 그치는 것이 아니라 역사적으로 길들여진 것이라는 무서운 사실이 놓여있다.

뒤의 두 축은 다시 앞의 두 축을 해석하는 자료가 된다. 중심 사건은 비무장지대라는 특수 공간에서 남북의 형제애를 확인하는 순간 오랜 시간 동안 길들여진 반공 이데올로기가 작동하여 순간적으로 형제를 적으로 만들어버렸다는 것이다. 그리고 이 사건을 객관적 입장에서 바라보는 주인공은 아버지의 고통과 아버지의 조국이 지닌 역사적 굴레를 새롭게 발견하게 된다.

따라서 작품은 분단 현실을 있는 그대로 받아들이면서, 정치적 여건과 상관없이 50년의 역사적 굴레에서 벗어나는 일이 얼마나 어려운 것인가를 확인하게 한다. 그러므로 분단 현실을 바라보는 작가의 전망은 어둡다. 작품의 마지막 문장은 그 전망의 어두움을 잘 표현하고 있다.

물론 얼마 전에 강 중위, 아니 이제 민간인 강상훈으로부터 온 편지에도 언급되어 있는 아버지의 이장 문제도 당분간 생각하지

않기로 했다. 가끔 신문이나 뉴스를 통해 접하는 극동의 한반도
는 그대로이다. 판문점도, 북녘 땅도…… 전쟁의 위험이 언제나
도사리고 있는 극동 최고의 화약고라는 외부의 평판도 말이다.
아무것도 바뀌지 않았다. 아버지가 그의 조국으로 돌아갈 날은
정말 먼 훗날일지도 모른다……7)

(2) 서술 구조의 특징 - 세 개의 시간 축

지금까지 필자는 단순하게 읽을 수도 있는 이 소설 작품을 네 개의 축으로
나누어 복잡하게 도식화하여 재해독하였다. 그렇게 한 이유는 물론, 이 소설
작품과 이를 영화화한 「공동경비구역JSA」를 비교하기 위해서이다.

이 소설의 서사 안에는 세 개의 시간 축이 있다. 하나는 주인공이자 서
술자인 강민이 행동하고 생각하는 현재의 시간이고, 또 하나는 김수혁, 남
성식 등이 북한 경비병과 교분을 나누다 총격전을 벌이는 중심 사건이 일
어난 시간이며, 마지막 하나는, 주인공의 아버지인 이연우에 얽힌 과거의
시간이다. 위에서 말한 네 개의 이야기 축에서 조건반사에 관한 이야기는
세 시간 중 어느 하나를 차지하지 않는다. 물론 군용견 마루에 대한 이야
기는 김수혁의 시간과 강민의 시간에 걸쳐 있지만, 이는 어떤 역사적 사
실을 이야기하기 위한 것이 아니라, 인간의 조건이나 질서 혹은 심리에
관한 기제를 말하기 위한 것이므로 역사성을 지니지 않는다. 이를 빼고
나면, 나머지 세 이야기 축이 각각 하나의 시간 축을 갖게 됨을 알 수 있
다(이를 각각 '김수혁 시간', '이강민 시간', '이연우 시간'이라 부르기로
하자).

따라서 소설의 구조는 전혀 다른 시간대에 일어난 일들을 하나의 구조
안에 편집하는 방식으로 짜여져 있다. 이 작품은 일인칭 주인공 서술자를
사용하고 있는데, 일인칭 주인공 서술 상황에서는 서로 다른 세 개의 시

---

7) 박상연, 위의 책, 254쪽.

간 축을 한 작품 안에 편집하기가 어렵다. 이를 해결하기 위하여 이 작품은 액자 형식을 활용한다. 이연우의 시간은 일기로 처리하여 이연우의 일인칭 서술로, 김수혁의 시간은 액자소설 방식으로 처리하여 김수혁의 일인칭 서술로 꾸몄다.

이런 방식은, 요령 있게 이야기를 축약하여 전하는 효과가 있지만, 일인칭 주인공 서술이 지닌 주관적 경향 때문에 개연성을 떨어뜨리는 결과를 초래하기도 한다. 결론적으로 액자 형식이 이 작품에서는 미적 품격을 저하시키는 요인이 된다.

그럼에도 작가가 이런 방식을 사용할 수밖에 없었던 것은, 주인공 강민의 내면 의식에 너무 의존하는 바람에 일인칭 주인공 서술자로 부상시키게 되었고, 강민의 서술로써는 김수혁의 시간에 일어난 사건을 요약하여 설득력 있게 형상화하기가 어렵기 때문으로 보인다. 따라서 가장 극적인 대목인 총기 발사 순간마저도 묘사 방식을 사용하지 못하고, 김수혁의 대사 방식으로 처리하고 있다. 즉 가장 극적인 대목을 영상으로 그려내는 데에 그다지 성공하지 못하였다. 미적 결함은 바로 여기에서 발원한다.

이 대목을 인용하자면 다음과 같다.

> 경필이 형의 오른손에서 무언가가 반짝했죠…… 그건 달빛을 받아 제 눈에 정면으로 반사된 거죠……경필이 형이 비록 권총지갑을 풀었지만 전 확실히 기억했죠. 대검 던지기…… 제 권총이 불을 뿜었어요…… 그 반사가…… 무엇이었는지 차분히 생각했어야 한다고 말을 하실 건가요? 그 짧은 순간에 무슨 생각을…… 전 그냥 반사적이었을 뿐이라구요…… 반사적이요. 경필이 형이 오른쪽 가슴에…… 피가 솟구쳐 오르면서 쓰러지더군요…… 총소리와 함께 경필이 형이 쓰러지자, 이번엔 우진이가 총을 뺐어요…… 뒤에서 성식이가 김 상병님! 하고 외치면서 총을 뽑았죠. 우진이가 맞은 최초의 총알은 성식이가 쏜 거였어요. 그건 그냥 어깨를 스쳤죠…… 다시 우진이가…… 나를 겨눈 것과

내가 우진에게로 총구를 돌린 것은…… 거의 동시였어요…… 하지만 빌어먹을, 제 손이 얼마나 빠른지 이야기 드렸죠? 총소리와 함께 어깨에 타는 듯한 아픔이…… 느껴지더군요…… 난 옆으로 쓰러지면서 총을 쐈어요…… 나머지 15발을 다 말이에요…… 첫 번째 총알이 우진의 눈에 맞았어요…… 눈에서 피가 솟구치며 무언가가 쏟아지더군요.[8]

총을 뽑은 이후 실제로 발사하기까지에는 긴 시간이 소요되지 않았을 것이다. 길어야 몇 초이다. 이렇게 아주 짧은 시간에 일어난 사건을 서술자는 길게 서술하고 있다.[9] 그럼에도 불구하고 묘사는 거의 없다. 짧은 시간 안에 동시다발적으로 일어난 여러 동작들을 설명하자니 서술의 시간이 길어졌고, 반면에 묘사(보여주기)를 시도할 여유가 없어진 셈이다.

추리 형식을 빌려 정점으로 긴장감을 몰아오다가, 정작 사건의 진상을 밝히는 그 정점에 이르러서는 묘사를 할 수 없음은 감흥을 떨어뜨리는 요인이 된다. 따라서 작품은 어느 정도 무미건조하다는 느낌을 풍긴다. 상황의 긴박감을 전하는 데에는 실패하였다고 평가해도 좋을 것이다. 무미건조함을 해소하기 위하여 말없음표를 반복적으로 활용함으로써 대화가 지닌 현장적 기능을 살리려고 했지만, 어조를 통한 상황 전달에는 한계가 있다. 작품의 이러한 특징이 독자로 하여금 상황의 개연성에 대하여 의심하게 한다. 실제로 발생했던 김훈 중위 사건은 남북의 경비병들 사이에 모종의 교류가 가능했을 것을 짐작케 한다(실제로 이 작품이 김훈 중위 사건을 예고했다고 해서 호사가들 사이에서는 화제가 되기도 했다). 그럼에도 사건의 정황은 그다지 핍진감을 가진 것으로 보이지 않는다. 그 이

---

8) 박상연, 위의 책, 247쪽.
9) 쥬네뜨의 개념을 빌리자면, '이야기-시간'보다 '서술-시간'이 더 길다. '이야기-시간'보다 '서술-시간'이 더 긴 경우를 묘사라고 한다. 그런데 이 인용문처럼 대사문일 경우, 휴지부가 많이 들어가 '서술-시간'이 길어지기도 한다. 이때 이 휴지부를 묘사라고 할 것인가, 설명이라고 할 것인가는 더 논의해볼 필요가 있을 듯하다. 조정래·나병철, 『소설이란 무엇인가』, 평민사, 1991, 139쪽 이하 참조.

유는 인물의 성격이 충분히 제시되지 못하였고, 공간이 잘 그려지지 못하였으며, 정황의 형상성이 충분하지 못한 데에서 찾을 수 있다.

이러한 약점에도 불구하고 이 작품은 앞에서 말한 대로 주제를 부각시키는 데에는 성공한 편이다. 그 힘은 서사를 통하여 정치적 비판을 추구한 구조, 즉 이데올로기에 대한 서사적 접근 방식에서 나온다. 이야기를 통하여 독자의 의식에 침투하는 데에 성공한 것이다.

다른 매체에 비해 의식(관념)에 구체적으로 호소하는 힘이 강한 것은 소설(문자언어 서사물)의 상대적 강점이라고 할 수 있다. 당연히 그 강점은 언어라는 매체수단에서 발현된다. 오늘날의 젊은 독자들이 소설보다는 영화를 선호하는 것은 바로 관념적 인식보다는 감각적 인식을 선호하기 때문이다.[10]

앞에서 분석한 세 개의 시간 축으로 다시 돌아오면, '김수혁 시간'의 서사가 핵을 이루지만, 이를 둘러싼 '이강민 시간'의 서사가 핵 서사의 관념적 의미화를 가능케 하도록 언어적 의미망을 형성한다. 이에 역사적 타당성을 부여하는 것이 '이연우 시간'의 서사이다. '이연우 시간'의 서사는 '김수혁 시간'의 서사에 역사적으로 선조적 위치를 지니고, 가장 많은 분량을 차지하는 '이강민 시간'의 서사는 이들을 조정하면서 객관적 의미를 부여한다.

따라서 서로 다른 층을 이루는 세 시간 축의 서사가 묘한 삼각 관계를 이루면서 작품의 주제 형성에 이바지하고 있다. 그런데 다른 층위에 놓인 세 가지 시간 축의 서사가 하나의 의미로 집결되도록 하는 구조화는 언어

---

10) 영화는 결국 이미지인데, 이미지는 기존의 관념적인 절대 가치에 의문을 제기하는 힘을 가지고 있다. 메를로-퐁티가 시각적 영역의 모호성을 제기했듯이(Maurice Merleau-Ponty, *The Phenomenology of Perception*(London: Routledge, 1989, p.5), 오늘날에는 모든 지식이 불확실하다는 전망이 절대 가치의 부재 속에 놓여 있다. 따라서 언어적 담론에 의한 시각적 인식에 의존하기 보다는 모든 감각을 종합하는 영상화 이미지로 세계를 보려는 시도는 현대적인 특성을 지닐 것이다.
존 오르, 김경옥 옮김, 『영화와 모더니티』, 민음사, 1999, 27쪽 참조.

에 의해 이루어진다. 즉 언어의 힘에 의해 가능해진다.[11] 언어를 통한 서술 체계에서는 직접 보여주지 않는 대신에 생각을 통하여 간접적으로 인지하도록 인도하며, 독자는 자연스럽게 생각의 힘, 특히 상상력의 작동을 거쳐서 자기 인식에 도달한다.

덧붙여서, 세 개의 시간 축에 해당하는 서사에서 각각 다른 일인칭 서술자를 독자는 맞닥뜨리게 된다는 점도 중요하다. 세 서술자는 각각 다른 어조로 이야기한다. 궁극적으로는 하나를 이야기하지만, 다른 관점과 입장을 드러내는 이 언어의 대화적 충돌은 전체 서술자의 조정에 따라 상당한 상상력을 작동시키고, 궁극적으로는 의식적 차원에서 이해에 이르게 한다.

(3) 서술자 혹은 내포작가의 기능

중심 사건은 남, 북한의 초소가 서로 50미터밖에 떨어져 있지 않은 공간에서 일어난 것으로 설정되어 있다. 그리고 김수혁은 남북 경계선 위에 쓰러져 있었다. 작품은 이처럼 상징적이면서도 아이러니한 상황으로 관심을 끌어당기지만, 공간에 대한 설명이나 묘사는 그다지 많지 않다.

작품 안에서 그려진 공간에 대한 묘사는 다음 인용문 정도이다.

> 사실 내가 이곳에 처음 부임했을 때 놀랐던 것 중에 하나는 최선전의 양측 두 초소의 거리가 생각보다 너무나 가깝다는 것이었다. 세계 3대 화약고 중의 하나로 불리는 한반도의 최전선에 이토록 가까운 거리에서 50년 동안 서로에게 총을 겨누고 있는 초소가 있다는 것은 놀라운 일이었다. 하지만 더욱 놀라웠던 것

---

11) 영화와 소설만 비교한다면, 영화에서는 서술자가 인물의 의식을 반영하는 그런 방식을 사용하기 어렵다. 시간의 다층적 구조화가 순간적으로 운동하는 화면에서는 관객을 이해시키기 어렵기 때문이다.

은 그 두 초소 사이가 아무런 장애물도 없는 허허벌판이라는 것이었다. 철조망도 벽도 없었으며 다만 그 벌판에 10미터 간격으로 한계선을 표시하는 말뚝이 박혀 있을 뿐이었다. 그 두 초소의 거리는 50미터 정도이고, 남쪽 B-2 초소에서 남방 한계선까지는 20미터, 북쪽 가-1 초소에서 남방 한계선까지는 30미터 정도였다. 사건이 일어난 지점은 남방 한계선을 넘어 북쪽으로 40미터, 북측 가-1 초소로부터 10미터 지점이었다. B-2 초소에서 그 숲 사이로 가-1 초소가 빼꼼이 고개를 내밀고 있는 것이 보였다.[12]

이러한 배경 묘사는 사건이 일어날 수 있는 정황을 변호하는 데에 목적을 둔 것으로 보이지만, 뜻하지 않게(작가의 의도와 상관없이) 공간적 '가까움'을 강조하는 서술의 이면에 '남북이 핏줄로서는 가까울 수밖에 없음'이라는 관념적 발언이 은연 중 덧붙여진다. 서술자가 "생각보다 너무나 가깝다는 것이었다" 식으로 표현함으로써 남북 초소의 가까움은 어떤 생각을 뒤집게 만든다는 의미를 내포한다. "생각보다"에서 남북 어느 쪽의 편이 아닌 제 3자로서의 객관적 정황 인식을 읽어낼 수 있지만, 동시에 무엇인가 새로운 정황을 발견하게도 된다.

이러한 '뜻밖의' 효과는 영상 서술에서는 좀처럼 얻어내기 어려운 것이다. 「공동경비구역JSA」의 분석에서 다시 논의하게 되겠지만, 남북의 두 초소 사이의 거리감은 이 작품에서 상당한 상징 의미를 지니는데, 두 초소를 담아내는 영상에서 독자(관객)들이 핏줄 의식이라는 관념을 읽어내기는 참으로 어렵다. 다시 말하면 이러한 관념적 의미를 길어낼 수 있음은 다양한 의미를 동시에 내포할 수 있는 언어 매체의 기능에 힘입은 바 크다.

이 작품에서 이러한 예는 얼마든지 찾을 수 있을 것이다. 그러나 소설이 주제의 깊이를 영상 서사물에 비해 관념적인 차원에서 더 효과적인 데

---

12) 박상연, 앞의 책, 118쪽.

에는 어휘나 통사적 국면에서만 그치지 않는다.

소설에서 서술자는 자기 언어를 선택하고 조정하면서, 전체 이야기가 일정한 의미를 획득하도록 구성해나간다. 이 작품에서 서술자는 외국에서 태어나 자랐고, 그 덕에 5개 국어를 능통하게 구사하는 자이다. 그러나 그가 우리말을 비록 능통하게 구사하기는 하지만, 세련되게 이야기를 서술할 정도로 국어 능력이 뛰어나다고 말할 수는 없다. 이 점이 작품의 문체를 좀 거칠게 만드는 요인이 될 수 있다. 사실 이러한 인물, 아버지에게서 억지로 우리말을 배웠으나 영어나 스페인어가 더 편한, 이러한 자가 실제로 이야기를 한다고 가정한다면, 서술자로서 사용할 수 있는 어휘는 매우 제한될 것이며, 따라서 중요한 대목에서는 김수혁이나 이연우의 목소리를 빌려올 수밖에 없을 것이다.

그러나 서사적 관습은 이러한 제한에 연연하지 않아도 되게 되어 있다. 서술자를 조종하는 누군가가, 작가가 아닌 누군가가 서사텍스트 안에서 또 하나의 요소로 자리 잡고 있다 보기 때문이다. 그래서 '보는 자'와 '말하는 자'를 구분하기도 한다.

여기에 또 하나의 문제가 더 있는데, 소설의 서술자는 나름대로 이야기를 구성해나가면서 일정하게 이야기의 순서를 정한다. 그 순서 정하기의 결과를 우리는 플롯이라 하는데, 알다시피 플롯은 이야기가 담아내는 전망, 혹은 작가의 세계관을 드러낸다. 물론 이러한 플롯은 영화에서도 찾을 수 있다. 특히 영화의 몽타주 장치는 바로 소설의 플롯이 맡는 기능을 훌륭히 수행한다.[13) 하지만 영화에서는 소설만큼 플롯에서 관점이 명료하게 드러나지는 않는다.

소설 『DMZ』의 서술자는 겉으로는 객관적인 관점을 지닌 듯하고, 남북 양쪽에 그 객관적 거리를 공평하게 두고 있는 듯하지만, 실제로는 자신의

---

13) 그러나 몽타주가 소설의 플롯처럼 결말을 추구하지는 않는다. 몽타주는 과정이지 해결이 아니기 때문이다. 존 오르, 앞의 책, 143~145쪽 참조.

이데올로기적 관점을 투사하여 이야기를 진행시킨다. 주인공이자 서술자인 강민은 제 3국을 택한 그의 아버지를 비난하지만, 어느새 그는 강민의 아버지 이연우와 같은 관점으로 남북의 정치현실을 바라보고 있다.

앞에서 살핀 대로 반공 교육이 남긴 상처가 비극적 사건의 원인으로 읽혀지도록 이야기 순서를 정한 것도 그러하고, 동시에 이연우의 일기를 병치시킴으로써 박헌영을 숙청하고 권력을 잡은 김일성을 비판하는 것도 그러하며, 남성식을 통하여 주체사상을 비판하는 것도 그러한데, 이는 일정한 정치적 관점으로 이야기를 풀어나감을 입증하는 것이다.

이처럼 여러 국면에서 서술자에게 관점을 부여하는 누군가가 서술자를 조정하고 있는데, 이를 흔히 내포작가라 부른다. 내포작가라는 요소를 설정하는 것이 옳으냐에 대한 의견은 분분할 수 있지만, 위와 같은 문제를 해결하려면 내포작가를 텍스트의 한 요소로 상정하는 것은 불가피하다.

그런데 이러한 내포작가의 기능은 눈에 보이지 않고, 서술자의 언어 뒤편에서 인형조종사처럼 작용할 뿐이다. 거꾸로 말하면 내포작가가 존재 가능한 것은 언어의 특징 때문이다. 언어는 직접 보여주는 것이 아니라, 간접적으로 상상하게 하고, 간접적 작용을 통하여 의미를 형성해 내기 때문에, 이러한 이중적 과정 안에서 내포작가가 존립할 수 있는 틈이 생기기 때문이다.

영화에서도 내포작가가 가능한가에 대한 논의가 벌어지고 있는데, 위와 같은 이유 때문에 언어적 기능을 활용하지 않는 한 영상 서사물에서 내포작가가 작용하기는 어려워 보인다.

결론적으로 소설 『DMZ』은 다중적인 관점을 드러내면서 정치적 문제, 이데올로기적 관점을 통하여 분단의 고통을 관념적으로 담아낸 작품이라 할 수 있다. 이제 이 작품이 영상 서사물인 영화 「공동경비구역JSA」로 바뀌면서 어떠한 변화가 일어났는지 살펴보도록 하자.

3. 「공동경비구역JSA」- 영상 서사로서의 특징과 한계

(1) 사라진 역사 - 공간 중심 서사의 현장성

박찬욱 감독은 어느 인터뷰 자리에서 「공동경비구역JSA」를 만들면서 원작과 다른 작품으로 만들려고 했으나 결국 원작에서 벗어나지 못했다고 말했다. 그러나 이 영화 작품은 원작 『DMZ』와 전혀 다른 작품이라고 말해도 좋을 정도로 두 텍스트 사이의 거리를 멀게 만들었다.

일단 이 영화 작품에 대한 평가는 유보하도록 하자.[14) 소설 『DMZ』가 시간 중심의 서사물이라면, 영화는 공간 중심의 서사물이다. 물론 이 차이는 소설과 영화라는 장르 자체가 가진 본래적 속성에 기인하는 것이기도 하다. 그러나 여기에서 강조하고자 하는 바는 그런 속성을 떠나서 두 작품이 지향하는 바에 따라 대비하는 것이다.

시간 중심의 서사가(소설이든 영화든, 어떤 장르이든) 역사를 중심 문제로 삼는다면, 공간 중심의 서사는 현재적 삶을 중심 문제로 삼는다. 『DMZ』가 인물의 삶에서 시간성을 중시했던 데에 반해 「공동경비구역JSA」가 시간성을 지우고 공간성을 부각시킨 것은, 다시 말하면 소설 『DMZ』가 구현하였던 역사와 개인의 관계에서 역사를 괄호 안에 넣고 현재성을 앞세운 것이라 볼 수 있다. 이는 전자가 인과론적 인식을 바탕으로 한 것이라면 후자는 감각적 인식을 바탕으로 한 것이라 말할 수도 있다.[15)

우선 소설에서 전방에 내세웠던 중감위 소속 수사관의 서사적 역할을 영화

---

14) 필자의 관점에서 단순하게 보자면, 혹은 주제적 차원에서 소설 작품과 비교해서 평하자면, 영화는 원작 소설을 상당한 부분 훼손시켰다고 말하고 싶다. 반면에 원작 소설이 지니지 못한 긴장감과 흥미성을 살려 놓았다. 상대적이기는 하지만, 최근의 한국 영화에서 이처럼 역사를 문제 삼은 작품은 드물지만, 아쉬운 점이 많다. 그러나 이 글은 영화와 소설의 서사 원리상 차이를 찾는 데에 목적을 두고 있으므로 영화 작품의 평가로 인해 이 목적을 변질시킬 가능성이 있겠으므로 유보하자는 것이다.

15) 기본적으로 영화는 세계를 감각적으로 탐색하는 성향을 가진다. 박성수, 『들뢰즈와 영화』, 문학과학사, 1998, 212쪽.

는 대폭 축소시켰다. 수사관을 소설의 남자 주인공 강민 대신에 여성인 소피 소령(이영애)으로 설정하였는데, 처음에는 소피 소령이 서사를 이끌어나가도록 하지만 사건이 전개되어 가는 도중에 주도력을 뺏어버린다.

소설에서는 객관적 위치에서 객관적 관점으로 남북의 분단 현실을 바라보는 서술자가 서술을 주도해 가는데, 영화에서는 소설의 서술자 기능 중 '누가 보는가, 어떻게 보는가' 하는 시점 기능을 인물과 카메라가 나누어 맡고, '누가 말하는가'의 기능은 필름 뒤에 묻어 둔다.16)

영화에서 시점은 삼중적인데, 전체적으로 카메라가 보여주는 것만 관객이 본다는 점에서 카메라가 전체 시점을 도맡지만, 내부적으로는 인물이 보는 것을 카메라가 대신 보여주기도 한다. 그리고 카메라는 그 인물의 시각을 보여주기도 한다. 카메라가 전체를 보여주는 것을 소설의 '서술자 시점'이라 한다면, 인물이 보는 것을 카메라가 대신 보여주는 것은 '인물 시점'에 해당한다.

「공동경비구역JSA」의 초반부는 소피 소령이 존재하는 공간만 카메라가 비춰줌으로써 소피 소령 중심으로 서사가 진행되거나, 소피 소령이 보는 것을 대신 보여준다. 그런 점에서 소피 소령이란 인물이 서사를 주도한다고 볼 수 있는 것이다.

그런데 총격 사건의 와중으로 들어오면서, 소피 소령은 한동안 화면에서 사라져 버린다. 이를테면, 소피 소령이 이수혁(이병헌, 소설의 김수혁 역)과 대화를 하는 과정에서 사건의 진상을 알아나가는 형식으로 진행시킨다면, 수시로 과거에서 현실로 드나들면서 소피 소령의 서술 주도적 역할을 살려나갈 수 있을 텐데, 작품에서는 네 명의 남북 경비병이 친분을

---

16) 대부분 영화에서 서술자는 카메라 뒤에 숨어있다. 화면에서는 서술 주체가 부재하게 되는데, 서술자가 부재하므로 오히려 서술이 이루어진다. 서술 주체는 부재를 통하여 주체를 유지한다고 볼 수도 있다.
   리차드 알렌, 『모더니티의 미적 경험 : 벤야민, 아도르노, 그리고 현대영화이론』, 김소영 편역, 『헐리우드/프랑크푸르트』(영화·사회·문화연구 1), 시각과 언어, 1994, 참조.

다지고 게임을 즐기고 비극적 결말을 맞는 과정에 대한 이야기 부분에서 소피 소령을 전혀 등장시키지 않는다.

그렇게 함으로써, 소피 소령의 역할이 전체적으로 어정쩡해져 버렸는데, 그 이유는 소설의 핵심적 부분인 포로수용소의 문제, 제 3 국을 택한 이연우의 고뇌 등을 삭제시켜 버린 데에 있다. 영화가 원작을 훼손시켰다고 보는 이유도 바로 여기에 있다. 분단 경계선을 위, 아래로 오가며 발생하는 휴머니즘적 관계맺음이야말로 역사적인 맥락에서 의미를 추구할 성격의 사건인데, 영화는 그 역사적 맥락을 절지시켜 버린 것이다.

영화의 등장인물들에게는 현실은 있지만 삶은 없다. 이를테면 이영애가 맡은 소피 소령은 아버지의 조국이 지닌 분단 현실에 대하여 어떤 시각을 갖고 있는지 전혀 그려지지 않으며, 그녀가 어떤 삶을 거쳐 여기에 이르렀는지에 대하여도 말하지 않는다. 인물이 걸어온 삶의 과정에 대한 신비감이나 궁금증이 사라져 버린 대신에 현재의 감각적 이미지만 화면에 가득 차버린다.

마찬가지로 이수혁 병장과 남성식 일병(김태우), 정하진(신하균)과 오경필(송강호)의 경우도 이들의 과거에 대한 이야기가 없어서, 내면적 깊이를 파악할 수 없다. 개인의 역사를 사장시키면, 서사 전체의 역사적 메시지가 살아날 수 없다. 분단의 문제가 분명히 역사적 맥락에서 벗어날 수 없는 성격의 소재라면, 이는 영화의 맥박을 반은 막아놓은 것이라 하겠다. 소설이 부단히 각 인물의 과거를 밝혀나가는 것과 비교하면 확연히 드러나는 차이점이다.

반면에 영화는 시간을 공간으로 대체해 나간다. 파나비전 카메라가 잡아내는 폭과 깊이는 감각적 진폭을 상당한 수준까지 살려내는데, 인물들의 관계를 표현하기 위하여 그 카메라는 자주 360도를 돌곤 한다. 특히 딥 포커스의 카메라는 돌아오지 않는 다리 이 쪽과 저 쪽을 한 화면 안에 잡아냄으로써, 그 가까움을 표현한다.17) 그러나 그 '가까움'의 공간성은 공간 자체로만 그려지므로 소설에서 본 것처럼 '가까움'의 상징적 의미를 담아내지는 못한다.

결국 역사적 맥락을 잘라냄으로써 영화의 서사적 구조는 단순해졌다. 소설에서 좀 억지스럽지만 중요한 기제로 작용했던 조건반사에 관한 서사는 아예 언급하지 않는다. 또 소피 소령의 아버지에 대한 이야기도 잘라버렸다. 소피의 아버지 문제가 없어졌으므로 아버지에 대한 애증으로 모국을 바라보는 소피의 관점도 사라졌다. 남은 것은 총격 사건 그 자체이고, 그 사건의 의미를 풍부하게 형성해줄 세 축이 사라짐으로써 중심 사건의 역사적 의미 역시 사라져버린 것이다.

비극적 사건의 계기를, 소설에서는 이데올로기에 길들여진 역사적 희생물로서 개인이 지닌 심리적 문제에 두었는데, 영화에서는 순시원에게 발각되는 우연성에 두고 있다. 소설에서는 순찰이 오지 않을 짧은 시간에 인물들이 만남을 시도하게 하였는데, 영화에서는 두 번이나 북한 쪽의 순시원과 조우하게 함으로써 지나치게 작의적임을 노출한다(왜 북한 쪽에서만 열심히 순찰을 도는 것일까? 순찰이 올 가능성이 있다면 북한 경비

---

17) 앙드레 바쟁, 박상규 옮김, 『영화란 무엇인가?』, 시각과 언어, 1998, 104쪽. 여기서 바쟁은 공간의 기능을 다음과 같이 설명했다.
　　1. 공간적 깊이는 관객을, 그가 현실과 유지하고 있는 관계보다도 더 가깝게 영상과의 관계 속에 둔다. 따라서 영상의 구조는 그 영상의 내용 그 자체와는 관계 없이 보다 더 현실성을 지닌다고 말하는 게 옳다.
　　2. 공간적 깊이는, 그 결과, 연출에 대한 관객의 보다 능동적인 심적 태도를, 또 그리고 적극적인 관여까지도 이끌어낸다. 분석적인 몽타주의 경우에는 관객은 다만 안내되는 대로 따라가며, 그의 주위를 그를 위해 그가 마땅히 봐야할 것을 선택해준 연출가의 주의 속에 흘러들어가게만 하면 되는데 반해, 여기서는 관객은 적어도 최소한의 자기 자신에 의한 선택을 요구받고 있는 것이다. 영상이 의미를 지니는 것은 어느 정도 관객의 주의와 의지에 달려 있다.
　　3. 심리학적인 영역에 속하는 위의 두 명제로부터 형이상학적이라고 부를 수 있는 세 번째 명제가 파생된다.
　　그런데, 여기서 말하는 공간의 깊이란, 공간이 사건과 인물과 관련을 맺는 깊이를 의미한다. 남북한의 초소를 잡아내는 공간성은 사건의 추이와 인물의 성격, 혹은 형이상학적인 국면으로 확장할 수 있는 관계성을 갖지 못한 것으로 보인다.

병들이 목숨을 걸고 남한 병사들과 만날 수 있을까?).

감독이 이렇게 설정한 이유를 추측해보자면 두 가지를 고려할 수 있겠다. 하나는 조건반사와 같은 심리적이거나 정신적 상흔을 영상으로 표현하기가 어렵다는 점이다. 영상으로 눈에 보이지 않는 기제를 표현하려고 시도할 경우, 대체로 주관에 침몰하여 텍스트 자체가 난해해지거나 오독을 유발할 가능성이 높다.[18] 따라서 감독은 난제에 부닥쳐 이를 해결할 방법을 강구하기 보다는 우회로를 찾은 것이다.

또 하나는, 이게 더 중요한 문제인데, 역시 감독의 문제의식에는 JSA가 지닌 역사적 관점이 들어 있지 않고, 상황의 현장성이 더 크게 자리 잡았다는 점이다. 그래서 피치 못할 상황을 연출하지 않을 수 없었고, 유일한 대안은 순시원에게 발각된다는 설정이었을 것이다. 이런 설정으로도 남북 대치 상황의 아이러니를 고발할 수는 있다. 이데올로기에 대한 비판 역시 스며들 수 있다. 그럼에도 불구하고 소설과 달라진 중요한 차이점은 영화의 이런 설정이 인물 개인의 문제가 아니라 상황의 문제로만 돌린다는 데에 있다. 즉 소설에서는 역사적 상황과 개인의 왜소함을 병치시킴으로써 비극적 효과를 높일 수 있었으나, 영화에서는 이런 풍부한 관점을 얻을 수 없다.

(2) 이미지의 서사 기능

소설의 풍부한 의미를 희생시키면서 이렇게 서사를 단순화시킬 수밖에 없는 것은 영상서사가 지닌 장점을 제대로 활용하지 못하였기 때문이다.[19] 즉 공간을 기반으로 보여줌으로써 서사를 진행시킨다는 것이 영화

---

18) 최근의 김기덕 감독 영화 「나쁜 남자」에 대한 논란이 그 예일 것이다. 필자가 보기에 김기덕 감독은 인간의 속성이나 기제를 문제 삼아 상징적 공간에서 표현하였는데, 비판자나 논쟁자들은 현실적 맥락에서 문제 삼곤 한다.
19) 이 말은 영화가 본래적으로 한계를 지닌 장르라는 뜻이 아니다. 오히려 「공동경비구

의 기본적 틀이다. 그 공간적 표상에는 시각적 요청만이 아니라 청각적 요소들도 포함되는데, 그를 통하여 감각적 호소력을 강하게 얻게 된다. 그러나 감각적 이미지는 언제나 순간적으로 전달된다.

앞에서 인용하였던 소설의 권총 발사 장면이 영화에서는 어떻게 표현되었는지 떠올려 보자. 북한 순시원과 김수혁이 서로 총을 겨누고 있다. 화기애애하던 분위기는 순식간에 얼어붙고, 긴박감이 순간적으로 화면을 덮는다. 이 장면 전에 관객들의 뇌리에는 감독이 심어 놓은 복선들이 새겨져 있다. 사진 촬영을 하면서 뒷벽에 붙어있는 김일성과 김정일의 사진이 앵글 속에 들어오지 않게 찍는 컷이 대표적이다. 휴머니즘으로는 여전히 정치적 벽을 넘을 수 없음을 보여주는 은유적 장치이다.

공간 자체가 지닌 긴박감도 이미지로 심어 놓았다. 이를테면 영화가 시작되면 첫 화면에서 부엉이를 보여준다. 감시등과 같은 부엉이 눈은 어두움을 직시한다. 그 위로 달이 부옇게 뜨고, 이어서 총구멍이 보이다가 총알에 뚫린 구멍 사이로 빛이 몰려든다. 이러한 이미지들이 상황의 긴장감을 예비해두었다.

동시에 이 상황의 긴박감은 몽타주 기법에 의해 가열화된다. 카메라는 뜻밖의 상황에 놀라고 당황해하는 네 인물, 순시원을 포함하면 다섯 인물을 교차적으로 클로즈업에 가까운 쇼트로 보여준다. 이때 시간은 아주 짧게나마 일시적으로 정지되고, 각 인물의 표정이 화면을 덮으면서 상황을 이미지화한다. 초소 안에 널브러져 있는 여러 물건들은 이 상황의 아이러니를 잘 드러낸다. 따라서 이처럼 몽타주로 인물들의 두려움과 놀라움을 담아내고 상황을 인식시키는 이미지를 만드는 과정에서 상황의 공간성이

역JSA」의 경우에는 상업화하는 제도적 문제에 더 큰 원인이 있을 것이다. 스타를 등장시켜야 하고, 그러기 위하여 중감위 수사관을 여성으로 바꾸어야 하듯이. 역사성을 풍부하게 지닌 영화도 많지는 않지만 찾을 수 있다. 그러나 일반적으로 영화가 언어를 매체로 하는 문학에 비하여 구체성이나 역사성의 측면에서 약점을 지닌 것은 사실이다.

두드러지게 된다. 실제 사건이 일어난 시간보다 서술하는 시간이 더 길어진 것은 소설 『DMZ』과 마찬가지이지만, 여기서는 묘사에 중점을 둔다는 점이 소설과 다르다.

이처럼 상황의 긴박감이 조성되어 있으므로, 서로 총을 겨누고 있는 두 사람(김수혁과 북한 순시원) 사이에서 "이딴 식으로 나가다가는 전부 다 죽는기야!" 하는 오경필의 대사는 남북의 대치 상황에 대한 정치적 비판으로 읽을 수 있다.

분단에 대한 비판은 앞 선 몇 컷에서도 그려져 있는데, 관광객의 모자가 날아가 분계선을 넘는다거나, 분계선을 사이에 두고 근무를 서는 오경필과 김수혁 사이에, "야, 그림자 넘어왔어 조심하라우" 라는 대사가 오가는 장면들이 그것이다.

공간성을 살리는 이와 같은 영화의 컷이나 시퀀스들은, 짧은 시간 안에 남북 분단경계선이 지닌 허구성이나 아이러니함을 관객에게 전하고, 시니컬하고 풍자적인 효과를 자아낸다.[20] 그리고 공간 중심 서사라 하더라도 필름에 부재하는 관점을 통하여 역사적 문제를 담아낼 수도 있다. 이 영화의 마지막 스틸 컷은 정지된 단 하나의 컷이 역사적 실상을 충분히 자아낼 수 있음을 잘 보여주는 것으로 한국영화사에 기록해둘 만한 컷이다. 남북의 경비병들이 교차되는 순간에 흑백으로 바뀌며 동영상에서 정지된 스틸 컷으로 고정되는 화면 속에서, 관객들은 JSA라는 공간이 숱한 애한과 원망, 고통을 안고 있음을 실감하게 된다.[21]

이런 점을 종합해 볼 때, 소설이 다층적으로 축을 연결해서 구조화한 서사의 틀을 영화에서는 살려내지 못한 반면에, 핵심 사건에만 초점을 맞추고 상황 중심의 공간 서사를 살리되, 이미지를 통하여 이야기의 의미를

---

20) 들뢰즈가 밝혔듯이 이미지는 운동을 내포하고 있고, 유동적이고 비약적으로 전체를 향한다. Gilles Deleuze, *Cinema2*, Univ of Minnesota Press, 1989, p.79 참조.
21) 바쟁이, 사진은 시간을 방부 처리했다고 말했듯이, 스틸 컷은 정지하면서 시간을 내포한다. 앙드레 바쟁, 앞의 책, 20쪽.

살려내거나 배가시키는 방법을 구사한 것으로 비교할 수 있겠다.

(3) 서술자의 기능 약화

이미지의 서사적 기능을 활용하였음에도 영화를 보고나면 소설에서 느낀 현실에 대한 문제의식이 그다지 강하게 다가오지 않는다. 「쉬리」가 심어놓은 한국 영화 흥행의 불씨를 훨씬 품격 높은「공동경비구역JSA」가 뒤이어 살려준 사실에 안도하는 많은 비평가들도, 무엇인가 이 작품에서 찜찜하게 남는 것을 발견하는 듯하다. 휴머니즘을 무기로 삼아 냉전 이데올로기가 남긴 민족의 상흔을 이야기하는 이 영화 작품에서 선뜻 마음을 놓기만 할 수 없게 하는 그 찜찜함은 어디에서 연유하는 것일까?

필자가 보기에 그것은 근원적으로는 태도의 문제이고, 서사적으로는 스토리와 이미지의 불일치에서 연유한다. 영화에서는 김수혁, 남성식 두 사람을 다 죽게 만든다. 서로 교분을 다진 네 인물 중 노회한 북한병 오경필만 살아 남고, 세 사람은 결과적으로 다 죽는다. 오경필이 살아남을 수 있는 것은 그가 정치적이기 때문이다. 상황에 따라 태도를 돌변하고, 정치적 발언을 서슴지 않고 할 수 있는 노회함이 그를 살리는 힘이다(이를 온 몸으로 보여준 송강호의 연기는 뛰어나다). 그리고 죽은 세 사람은 더 없이 순수하고 휴머니즘적 인간이다.

김수혁, 남성식으로 하여금 자살하게 만드는 죄의식은 어디에서 오는 것인가? 영화에서 이에 대한 설명을 찾아보기 어렵다. 소설과 달리 영화에서 이들을 자살하게 만든 것은 누구일까? 정하진을 죽게 한 것과 마찬가지로 이들을 자살하게 한 것은 이데올로기인가? 정치 현실인가? 아니면 개인적인 휴머니즘인가? 이에 대한 영화 텍스트 자체의 태도가 불분명하다. 이를 이해하기 위하여 몇 대사를 떠올릴 수 있는데, "판문점은 불씨 하나에도 몽땅 타버리는 겨울 숲과 같다"라고 하거나, "자넨 판문점을 몰라, 진실을 감춤으로써 평화가 유지되는 곳이 판문점이야'라고 하는 대사들이다.

그런데 남한 측 장군의 입에서 나오는 이런 대사들은 다분히 정치적인 것이다. 그러면서 동시에 중립의 무의미를 강조하기도 한다. 소피 소령의 아버지처럼 제 3국을 택했던 포로들을 거부한 스위스, 스웨덴, 두 중립국은 휴머니즘을 보여주지 못하였다는 대사도 나온다. 그렇다면 영화 텍스트의 정치적 입장은 무엇인가?

앞에서 언급한 바 있듯이, 영화에서 서술자는 카메라이지만, 카메라를 이끄는 초점이 있고, 전체를 조정하는 관점이 있다. 초반에서 중반에 이르도록 서술을 이끄는 소피 소령(이영애)이 초점화자의 기능을 맡다가, 김수혁이 북한 경비병들을 만나는 시퀀스부터 초점화가 사라진다. 부분적으로 김수혁(이병헌)이 초점화자가 되기도 하지만 그 빈도는 적다. 북측 초소가 공간이 되는 시퀀스들에서, 카메라를 조정하는 서술자(내포작가)는 남한 쪽의 관점으로 현장을 투시한다. 노래 테이프(한대수, 김현식 등의 가수에 대한 이야기는 소설에서는 나오지 않는다), 포르노 잡지 등 소재 자체가 남한 중심으로 이야기를 끌고 감을 입증한다.

마찬가지로 남성식과 김수혁의 자살로 이야기를 마무리해 나가는 그 휴머니즘 관점에도 반북한적인 관점이 투영되어 있다. 한편, 소설에서는 순시원이 역전의 용사 오경필이 최전방에서 초소 근무를 함에 대하여 위로하는 대목이 있으나, 영화에서는 오경필을 발로 걷어차는 등 순시원을 난폭한 모습으로 그려놓았다. 따라서 서술자는 눈에 보이지 않게 북한을 경멸적인 시각으로 바라봄을 알 수 있다.

이와 같이 서술자를 통한 관점의 투사가 다초점화 되어 있는데, 이는 미학적 의도에 의한 다초점화가 아니라, 태도 혹은 관점의 불분명에서 오는 혼란상으로 보인다. 겉으로는 객관적인 입장을 취하지만 속에서는 남쪽에 기반을 둔 관점을 가진 서술 태도로 말미암아, 휴머니즘으로 포장을 할 수밖에 없었고, 이러한 휴머니즘이 가식적임을 주인공들의 자살로 이끈 폭력적 서사 구조가 폭로한 셈이다. 오경필과 김수혁의 대조적인 태도,

즉 정치주의적인 대응과 휴머니즘적 대응의 부적절한 대비가 바로 그에 대한 예증이 될 것이다.

이 영화 작품이 대중적 재미를 자아내는 중요한 요소는 코믹한 이미지들이다. 지뢰를 밟은 순간에 대한 소설의 묘사는 자못 심각하다. 이 장면에서 비무장지대의 이미지, 즉 얼마나 공포어린 곳인지가 실감나게 전달된다. 영화는 이 대목을 코믹하게 처리해버린다. 이후 곳곳에서 나타나는 코믹한 이미지들은 자체로는 순간적 재미를 느끼게 하지만, 전체적으로는 심각한 비극적 스토리와 조화를 이루기 어렵다.

마찬가지로 이영애의 부드럽고 이해심 많은 듯한 이미지는 중감위의 수사관으로서는 적절하지 못하다. 그녀의 호기심은 표피적으로 묘사되었고, 내면에 분단의 현실과 자신의 삶이 연결되어 있음에 대한 자각이나 고뇌를 담아내는 데에까지 나가지 못하였다.

이야기의 순서는 단순하다. 앞에서도 지적했듯이 초반부와 중반부 사이에 단절이 심하고, 김수혁의 자살도 극적이지 못하여 관객을 혼란스럽게 한다. 이러한 여러 가지 문제들은 이 영화의 서술자가 서사적인 역할을 제대로 수행하지 못한 탓이다. 이런 제반 현상들은 결국 서술자가 제 기능을 수행하지 못함을 보여준다. 서술자가 관점을 서술에 투영시키지 못함으로써 나타난 문제점들에 대한 분석이 더 필요하겠지만, 여기에서는 그러한 문제점만을 지적해두겠다.

4. 결론

지금까지 소설 『DMZ』와 영화 「공동경비구역JSA」를 서사론적 관점에서 비교해 보았다. 그 결과를 다음과 같이 요약할 수 있겠다.

1. 소설이 시간 중심 서술로 역사와 개인의 관계를 형상화하였다면, 영화는 공간 중심 서술로 비극적 상황을 현재화시켰다. 두 작품 다 중

요한 장면에서 시각화를 시도하였지만, 소설에서의 시각화는 관념적인 차원에서 관점을 드러낸 반면, 영화에서는 그 상황의 긴박감을 이미지로 표상하면서 역사보다는 현실을 비약적으로 문제시하였다.[22]

2. 소설은 세 개의 시간대를 직조하면서, 길들여짐의 심리학적 기제와 분단의 역사적 인과성을 통하여, 각기 다른 사건들을 구조화하는 서술적 짜임새를 보여준다. 그러나 영화는 하나의 사건으로 집중시키면서, 구조적 관점을 철폐하였다. 이는 언어를 매개로 하는 서사와 영상을 매개로 하는 서사의 특징들이 드러난 것임을 알 수 있다.

3. 소설에서는 세 시간대의 이야기마다 각기 다른 인물들이 일인칭 주인공 서술자로 나타나고, 그에 따라 미적 결함이 드러나기는 하지만, 서술자가 주제를 형상화하는 데에 중요한 기능을 맡고 있다. 반면에 영화에서는 관점이 불분명함에 따른 문제점들을 노출하고 있는데, 여기에는 서술자의 기능 약화라는 원인이 놓여 있다.

이와 같은 분석을 통하여, 소설과 영화의 서사론적 성격이 어떻게 다른지를 찾아볼 수 있는 단서를 발견할 수 있었다. 그러나 이 논문은 방법론의 일관적 체계를 세우지 못한 탓으로 텍스트 분석에 그치고, 이를 통한 두 장르의 상관 관계나 미학적 특성을 찾아내는 데에까지 나아가지 못하였다.

앞으로 영화에 대한 학문적, 문화적, 대중적 관심이 확대될 것이므로, 영화의 분석 방법을 더 발전시키고, 두 장르의 서사론적 관련성과 영향관계 등을 밝히며, 영화의 미학적 특수성에 대한 연구가 깊이 있게 추구될 필요가 있음을 재확인한다.

---

22) 로버트 리처드슨, 앞의 책, 100쪽.
영화에서의 이미지 사용과 문학에서의 이미지 사용은 유사점과 차이점이 있다. 이미지는 생생함과 중요함을 강조하기 위해 사용되는데, 문학에서는 중요한 부분을 시각적으로 드러내기 위해 애쓰고 영화에서는 시각적으로 보이는 것이 중요함을 강조하려고 애쓴다. 따라서 기법은 같지만, 강조하는 점이 다른 것이다.

참고문헌

박성수, 『들뢰즈와 영화』, 문학과학사, 1998.

조정래 · 나병철, 『소설이란 무엇인가』, 평민사, 1991.

기 고티에, 유지나 · 김혜련 역, 『영상기호학』, 민음사, 1997.

랄프 스티븐슨, 장 R 데브릭스, 송도익 역, 『예술로서의 영화』, 열화당, 1982.

로버트 리처드슨, 이형식 역, 『영화와 문학』, 동문선, 2000.

로버트 스탬, 오세필 · 구종상, 『자기 반영의 영화와 문학: 돈 키호테에서 장 뤽 고다르까지』, 한나래, 1998.

리차드 알렌, 「모더니티의 미적 경험 : 벤야민, 아도르노, 그리고 현대영화이론」, 김소영 편역, 『헐리우드/프랑크푸르트』(영화 · 사회 · 문화연구 1), 시각과 언어, 1994.

앙드레 바쟁, 박상규 , 『영화란 무엇인가?』, 시각과 언어, 1998.

존 오르 · 김경옥 역, 『영화와 모더니티』, 민음사, 1999.

죠지 휴아코, 주윤탁 역, 『영화예술의 사회학』, 경성대학교 출판부, 1999.

Gilles Deleuze, *Cinema2*, Univ of Minnesota Press, 1989.

Maurice Merleau-Ponty, *The Phenomenology of Perception*(London: Routledge, 1989).

──────
ABSTRACT

This paper covers the comparison between
「DMZ」and「Joint Security Area, JSA」, the movie
from a perspective of narration.
And the results are as follows:

Cho, Jung-Lae

   1. The novel embodied the relationships between the history and the individuals as the narration went on from a viewpoint of time while the movie brought the tragic situation into the present time as the narration went on from a viewpoint of place. Visualization can be found in the important scene from both of the works. But that in the novel revealed the points of view from an ideal level and that in the movie made an issue not out of the history but out of the reality in a progressive way, representing the urgency of the situations into images.

   2. The novel has a descriptive structure which structurizes different accidents, weaving the three different time zones into the structure and being supported by the psychological mechanism of being tamed and the historical casuality of the divided country. The movie, however, got rid of structural viewpoints, concentrating on one accident. This difference between the novel

and the movie shows that a narration with language as its medium and a narration with images as its medium share different characteristics.

3. In the novel, three different time zones are presented, and each different character appears and narrates as first-person in each of the time zones. This can reveal some aesthetic weaknesses of the novel but plays a very important part in the narrator's embodying the theme. Meanwhile, the points of view are not clear in the movie, and accordingly some problems can be detected. The weakening role of the narrator can be one of them.

Based upon the analysis so far, some clues were found to see what kind of differences are laid between the narrative features of a novel and those of a movie. This paper, however, also possesses some limits in that only text analysis was made since a consistent methodological system was not set up and that correlations between the two genres or aesthetic characteristics of them couldn't be pursued.

The future expects more intense expansion of interest in movies from an academic, cultural, and popular level. Thus, many measures should be taken to prepare for it such as developing analytic reading techniques of film, figuring out narrative and influential relationships between the two genres of novels and movies, and carrying on deeper research on the aesthetic features of film.

문학과 사진

- 장르혼합의 가능성에 대하여 -

박경혜*

1. 머리말
2. 사진은 언어가 될 수 있는가?
3. 사진과 회화 - 인용과 번역의 차이
4. 문학과 사진의 제휴는 어떻게 가능한가?
5. 남는 문제들 - 맺는 말을 대신하여

1. 머리말

'70년대 초에 수잔 손탁이 그의 『사진론』에서 우려한 바와 같이 지금의 시대는 소통을 목적으로 하는 텍스트에서 사진을 위시한 영상언어가 문자언어를 압도하고 있다고 해도 과언은 아닌 시대가 되었다. 그러나 문제는 우리가 전통적인 글쓰기의 영역을 보이지 않게 탈취해가고 있는 이미지의 막강한 위력 앞에서 무력감과 함께 거부할 수 없는 매혹을 동시에 느낀다는 데 있다. 실로 현대인은 이미지에 둘러싸여 생활을 영위하며 이미지로 사고하고 이미지를 소비하며 살아간다. 그런 까닭에 이미지는 결국 현대인의 지각 구조마저 바꿔 버렸으며 모든 문화 형식에 침투하여 보이지 않는 권력을 행사하고 있다고 볼 수 있다.

문학 또한 이미지의 지배력에서 안전한 영역은 아니라는 것을 '90년대

---

* 방송통신대 강사

초의 이승하를 비롯한 일련의 시인들이 증명하고 있다. 본고에서는 현대 시사 이래 어느 시기보다 다원화된 양상을 나타낸 바 있었던 '90년대 시의 흐름 중 특히 영상언어(이미지) 중에서도 사진 장르와의 상호 텍스트성을 나타낸 시들과 관련하여 장르 혼합(=탈장르화, 장르확산, 장르해체)의 문제들과 그 가능성을 살펴보려고 한다.

시와 여타 장르의 접합 가능성은 이미 '80년대 초의 황지우의 시를 비롯해서 '90년대의 유하 등의 시에서 실험된 바 있었다. 그 중에서 황지우는 그 선두 주자로서 만화, 찢어진 신문조각, 광고, 책제목, 전자오락, 벽보 등의 소비대중문화의 파편들을 시에 대거 끌어들임으로서 체제와 전통적인 시 형식을 동시에 파괴하려했다는 점에서 시사적인 평가를 받아왔다. 그럼에도 불구하고 그의 시에서는 그가 끌어들인 대중문화의 편린들이 그의 시의 메시지를 위해 소비되고 있는 것에서 그칠 뿐 미학적 기반에 대한 비판적 성찰이라든가 장르혼합 내지 해체에서 발생할 수 있는 문제들에 대한 관심을 찾아볼 수가 없다.

다양한 형식의 소비대중문화의 공분모는 그것이 시각문화, 다시 말해서 영상매체를 수단으로 한 시각 이미지라는 데 있다. 이승하를 비롯한 신현림, 함성호, 함민복 등의 '90년대 시인들의 시에서 보여지는 이미지(사진)의 도입은 단순히 장르혼합 내지 장르확산의 측면에서 새로운 전위성을 내보여주는 데서 한 걸음 더 나아가 영상언어가 아닌 문자언어를 재료로 하여 생산되는 문학의 장르적 한계가 무엇인가 하는 문학에 대한 근원적 반성을 드러낸다. 나아가 과연 문학과 사진 이미지의 결합은 가능한가? 가능하다면 각 장르의 본질에서 볼 때 어떤 이유로 가능한가? 각 장르는 어떤 점들을 공유하고 있으며 어떤 점에서 변별되는가? 또한 양자가 병존함으로써 창출되는 효과는 어떤 것인가? 그뿐만 아니라 시에 이미지를 도입함으로써 발생될 수 있는 문제들, 즉 양자의 비율에 따른 문학(시)의 장르적 순수성의 문제, '인용'의 형식으로 시에 채용되는 사진 이미지가 과연 현실 또는 실재를 객관적으로 보여줄 수 있는가? 사진적 시각이라는 것이 서구의 근대적 사유와 어떤 관계를 갖는가? 등등의 문제들을 드러낸다. 한편 가령 영상언어(사진)의 장르적 한계를 보완하기 위해 문학을 사진에 도입하는 것과 관련된 것으로서 사진 장르 쪽에서 볼 때 제기될 수 있는 문제도 제기될 수 있다.

　본고는 이런 의문들에 대한 고찰을 위해서 먼저 시각문화의 원형이라고 할 수 있는 사진의 장르적 본질에 대한 탐구에 비중을 둘 것인데, 사진의 언어적 성격에 대한 고찰과, 사진과 가장 인접된 장르라고 인식되어 있는 회화와의 비교 고찰을, 그리고 이승하 시인의 시집 『폭력과 광기의 나날』을 모델로 삼아 문학과 사진의 관계가 어떻게 드러나는지, 또 그 밖의 가능성에 대하여 살펴보려 한다.

　사진을 비롯한 시각 이미지에 대한 연구는 '80년대부터 이미 그 영역의 전공자들에 의해 산발적인 연구가 이루어져 왔으나 최근에 와서야 그와 관련된 다수의 번역서가 출간되면서부터 본격적인 이론적 천착이 이루어지고 있다고 보여진다. 그러나 회화, 사진, 광고, 영화 등을 포괄하는 영상 매체(이미지)에 대한 체계적 연구는 이제 겨우 시작 단계에 놓여 있다고 볼 수 있다. '이미지'에 대한 전공분야의 연구가 아직도 미흡한 상황에서 더구나 문학과 이미지의 관계를 논구한 기존연구를 거의 찾아볼 수 없는 상황에서 이 글은 試論的인 성격을 띨 수밖에 없다.

2. 사진은 언어가 될 수 있는가?

　R. 바르트는 그의 『사진론』[1]에서 한 장의 사진이 세가지 행위(혹은 감성 혹은 세 가지 의도) 즉 행하고, 받아보고, 바라본다는 행위를 실행한다는 전제하에서 출발한다. 바르트가 말하는 그 세 가지 행위의 주체는 사진을 찍는 사람, 사진 자체(그리고 사진에 찍혀지는 사람이나 사물은 목

---

1) 롤랑 바르트/수잔 손탁, 송숙자 역, 『사진론』, 현대미학사, 1994, 15쪽.

표물, 지시적인 대상물이며 일종의 작은 幻影이며 대상에 의하여 寫出된 환영으로 사진의 殘像이라 부르고 있다), 그리고 각종 간행물에 삽입된 사진을 바라보는 우리들이다. 바르트는 또 사진 자체가 담고 있는 메시지를 두 가지 요소 -스투디움과 푼크툼이란 용어로 구분하고 있으나 보통 두 요소는 병존한다고 말한다- 로 나누어 고찰하고 있다.

물론 한 장의 사진이 그것을 바라보는 독자에게 전달하려는 메시지의 성격은 그 사진이 어떤 목적에 사용되느냐에 따라 다를 수 있다. 가령 보도사진의 메시지와 순수한 예술사진의 메시지가 같을 수는 없다. 그러나 사진은 발신자와 수신자 사이에 메시지를 주고받는다는 점에서 문자언어와 똑 같이 소통구조를 지니고 있음이 분명하다. 다만 이미지라는 매체를 통해 의미전달 또는 의사소통을 시도한다는 점에서 문자언어와 다를 뿐이다.

사진은 시각문화의 중심에 위치한다. 물론 시각문화의 범주에는 조각, 회화, TV, 광고, 영화, 비디오 등이 포함되고 그 중에 조각이나 회화는 사진의 역사(사진은 1839년에 발명됨)와는 비교할 수 없을 정도로 오랜 전통을 지닌 예술 영역이 되어왔다. 그러나 이와 같은 역사상의 사실들에도 불구하고 사진은 회화를 중심으로 한 시각예술의 전통성을 마구 흔들어 놓고 시각문화의 주역이 되었다. 사진사의 초창기에 사진은 고전적인 회화작품을 복제하는 것에서 출발했다. 벤야민은 그의 「技術複製時代의 예술작품」에서 "1900년경부터 사진의 기술복제는 기술면에서 일정한 수준에 이르렀을 뿐만 아니라 전래적인 예술작품 전체를 복제의 대상으로 만들었고, 예술에 깊은 변화를 끼치기 시작했으며 또 더 나아가 예술적 처리과정 속에서도 그 자체의 독자적인 처리과정을 차지하게 되었다"[2]고 언급한다. 또 사진의 복제기술이 고전적인 예술작품에 끼친 변화를 Aura

---

2) 발터 벤야민, 반성완역, 「技術複製時代의 예술작품」, 『발터 벤야민의 문예이론』, 1996, 200쪽.

의 붕괴3)와 관련하여 설명한 바 있다. 벤야민의 통찰과 같이 사진기의 발명과 그것으로 인한 복제기술의 발달과정이란 단순하게 표현하자면 이미지에 의한 (현실과 사물의 물질성을 재현한)회화를 비롯한 고전적인 예술영역의 탈취과정이라 할 수 있다.

우선 벤야민이 말한 Aura는 '예술작품이 갖는 유일무이한 현존성'을 뜻한다. 다시말해서 Aura는 예술작품이 위치하고 있는 장소에서 그것이 지니는 일회적 현존성을 의미한다. 그러나 복제로 인해 고유성이 사라진 작품의 이미지는 다양한 목적으로 이용될 수 있게 된다. 가령 원 작품의 전체 혹은 일부가 복제되어 그것이 일반인들의 일상생활에서 사용되거나, (광고와 같은)상업적인 또는 정치적 목적으로 사용되는 것을 우리는 흔히 볼 수 있다. 요컨대 원 작품의 고유한 이미지는 복제되어 사용될 때 사라질 뿐만 아니라 그것이 제시되는 전체 상황에 따라 그 성격이 크게 변화하게 된다.4) 이런 변화를 벤야민은 一時性 · 反復性을 특징으로 하는 복제품이 一回性 · 持續性을 지니는 원 작품에서 그것을 감싸고 있는 바로 그 속성(일회성과 지속성)으로부터 떼어내는 일, 다시 말해서 Aura를 파괴하는 것이라 말했다.

그런데 사진의 복제기술은 Aura에 손상을 입힘으로써 오히려 전통적인 예술작품이 지닌 권위를 붕괴시키고 또한 예술작품을 특정한 계층의 소유물이라는 테두리로부터 해방시키는 결과를 가져왔다. 즉 복제술은 원작품으로부터 해방된, 대량생된 모방품으로 하여금 수공적 복제품보다 오

---

3) 앞의 책, 202쪽.

"예술작품의 기술적 복제가능성 시대에서 위축되고 있는 것은 예술작품의 Aura 이다…… 복제기술은 복제된 것을 전통의 영역으로부터 분리시킨다. 복제기술은 복제품을 대량생산 함으로써 일회적 산물을 대량 제조된 산물로써 대치시킨다. 복제기술은 수용자로 하여금 그때 그때의 개별적 상황 속에서 복제품과 대면하게 함으로써 그 복제품을 현재화한다. 이 두 과정, 즉 복제품의 대량생산과 복제품의 현재화는 결과적으로 전통적인 것을 마구 흔들어놓았다."

4) 존 버거, 강명구 역, 『映像커뮤니케이션과 社會』, 나남, 1987, 60쪽.

히려 더 큰 독자성을 지니면서 자유롭게 사용될 수 있게 했을 뿐더러 어디서나 볼 수 있으며 또 손쉽게 싼값으로 소유할 수 있게 됨으로써 예술의 민주화를 실현했다는 점이다. 어쨌든 사진의 복제기술은 대중의 소유욕과 영합하고 예술작품의 모방품을 대량생산함으로써, 또 한편으로는 광학기술의 발달을 기반으로 자연을 무제한으로 복제함으로써 - 광각렌즈나 망원렌즈 등의 초인간적 시각이나, 적외선을 통한 불가시 영역의 투시 능력 등 - 현대인의 지각을 크게 변화시켰다. 즉 이미지의 언어들은 다양한 조건에서 사용되게 되고 문자언어로는 적절하게 체험되지 않은 영역을 보다 정확하게 규정할 수 있는 계기를 마련해주었다고 볼 수 있다. 사진은 이와 같이 자연의 거시적인 대상에서부터 미시적인 대상에 이르기까지 또 예술품을 그 시간적 공간적 일회성으로부터 끌어내어 언제든지 눈으로 볼 수 있고 소유할 수 있는 것으로 삼게 했다. 그리고 그것을 복제한 이미지를 다른 목적에 다양하게 사용할 수 있게 함으로써 우리의 지각 구조 자체를 실물보다 오히려 물질성이 배제된 이미지의 언어에 익숙한 것으로 변화시켜 놓았다고 볼 수 있다.

사진은 시각문화의 중심에 놓인다. 따라서 사진이 지닌 소통구조가 이미지를 매체로 삼는 시각적인 문화 모두에 적용될 수 있다. 이처럼 시각문화의 매체인 이미지는 문자언어에 비해 볼 때 형태적으로는 완전히 다른 계열에 속하지만 그 기능 면에서 보면 같은 기능을 한다는 것이 이미 상식이 된 지 오래이다. 바르트 역시 문자언어(쓰여진 담론들)와, 시각문화를 포함하여 다양한 표상들로 형성된 비-문자언어(사진, 영화, 기사, 스포츠, 스펙터클, 광고 등)를 구분한다. 그리고 전자는 언어학에서 후자는 언어학보다는 보다 포괄적인 기호학적 연구의 대상으로 삼고 있지만 양자가 각기 그 知覺의 질서는 다르나 모두 의미작용를 이룬다는 점에서 유사한 기능을 갖는다5)고 보고 있다. 따라서 이미지(시각적인 것, 곧 소묘,

---

5) R. 바르트, 정현 역, 『신화론』, 현대미학사, 1995, 18쪽.

회화, 영화, 연극 등)는 일종의 언어라 할 수 있다.

2. 사진의 언어 : '코드 없는 메시지'

  사진의 이미지는 일종의 언어라 할 수 있지만 그것은 문자언어와는 다른 언어라고 봐야 한다. 그 차이점을 고찰하기 위해서는 기능적 측면이 아닌 존재론적 측면에서의 접근이 필요하다. 시각적인 이미지들 중에서 사진은 특히 '실재하는 대상을 정확하게 복제하고 기록해내는' 지시적 기능을 지닌다. 바르트의 표현을 빌리면 사진과 지시대상물과의 관계는 쇠사슬로 시체와 한데 묶여 있는 죄수나 교미라도 하듯이 항상 함께 헤엄치는 한 쌍의 물고기처럼 서로 밀착되어 있다. 다시 말해서 사진(형식 곧 기표)은 사진이 지시하는 대상물(사진이 보여주는 내용 곧 기의)과 전혀 구분되지 않는다. 그것은 퍼스의 기준[6]에 의하면 사진에 있어 기표와 기의간의 관계는 양자 사이에 필연적인 관계에 바탕을 둔, 다시 말해서 사진의 기표가

---

6) 오스왈드 듀크로 · 츠베탕 토도로프, 이화여대 기호학 연구소 역, 『記號學辭典』, 1990, p.82./ 삐에르 기로, 유제호 역, 『意味論』, 탐구당, 1986, 23쪽./테렌스 호옥스, 오원교 역, 『구조주의와 기호학』, 신아사, 1982, 180쪽 참조.
   퍼스(C. S. Peirce)는 모든 기호를 세 가지 -지표(index), 도상(icon), 상징(symbol)-로 구분하는데, 지표란 예를 들어 병의 증상, 찌푸린 날씨의 징후, 바람의 방향을 보여주는 풍향계, 가리키는 동작 등과 같이 표시된 대상과 인접하여 있는 기호이다. 다시 말해서 어떤 기호가 그와 관련된 어떤 상태 혹은 사건의 존재를 含意할 때 이를 지표라 할 수 있다. 도상이란 검은 색에 대한 검은 점, 의성어들, 속성들의 관계를 재생하는 도표(diagram), 은유, 사진, 회화, 조각, 상형문자, 종교화, 다양한 녹음기록들, 音響自記法, 설계도, 지도 등과 같이 동일한 특질, 혹은 특질들의 동일한 윤곽을 나타내는 것, 또는 표시된(denoted) 대상이 나타내는 것이다. 도상이 기표와 기의간에 유추적 관계에 바탕을 두고 있고 '현실적인 것'을 '표상'하는 데 쓰인다면 상징은 기표가 기의가 자의적 관계에 바탕들 둔다는 것, 곧 관습적 약속 또는 동의에 따라 맺어져 있고 '의사소통'하는 데 쓰인다. 분절언어, 예절표시, 신호, 숫자 등의 관습적인 기호들이 이에 속한다.

사진으로 찍혀지는 대상과의 의태적인 유사성 즉 圖像的(iconic)인 관계에 있기 때문이다. 1839년 니엡스(Niepce)와 다게르(Daguerre)에 의해 사진이 발명된 이래 사진의 역사에서 끊임없이 사진 장르의 예술성 여부의 문제에 대한 논란을 낳아 온 이유가 바로 사진의 모사적 속성과 그로 인한 창조성의 결핍과 관련된 것임은 두말할 것도 없다.

문자언어는 소쉬르에 따르면 기표와 기의의 관계는 대상과의 유사성에 의한 것이 아니라 그 언어가 속해 있는 언어권의 관습적 약속 또는 동의에 의한, 자의적인 관계 즉 상징에 토대를 둔다. 이처럼 기표와 기의의 관계에서 볼 때 사진과 문자언어는 기호의 성격상 서로 다른 뿌리를 지닌다. 그럼에도 불구하고 사진이 문자언어에 비견되는 소통성을 지니게 된 것은 앞에서 언급한 바와 같이 일차적으로는 문자언어와 그 지시적 기능을 공유한다는 점에 있다.

그러나 좀더 깊이 들여다보면 사진의 지시적 기능이 지닌 내포는 문자언어에서의 그것과는 비교할 수 없을 만큼 풍부하다고 할 수 있다. 그 까닭은 (사진, TV, 영화와 같은 영상을 통한 의미전달체계 전부를 가리키는) 영상언어가 문자언어에 비해 보다 직접성, (감각적, 개별적인)구체성을 지니기 때문이다. 문자언어에 반해 영상언어는 '사고력과 상상력의 결핍'을 초래한다. 그럼에도 불구하고 영상언어는 현대이래 대중의 의식을 사로잡고 삶과 지각의 방식을 바꾸고 미의 기준마저 변화시켜 온 것이다. 그 이유는 무엇보다도 특정한 언어권에 한정된 문자언어에 비해 영상언어가 그 표상작용으로서의 소통성을 지니기 때문이다. 즉 우리는 사물이나 세계를 먼저 보고 난 뒤에 문자언어를 통해 그것을 설명하려고 하는 것이지 그 역은 아니기 때문이다. 다시 말해서 보는 행위가 문자언어에 선행되는 것이라는 점에서 영상언어는 문자언어보다 한층 소통성이 강하다.[7] 또 한 가지는 사진이 서술적 기능(특히 생활 속에서 실질적으로 쓰이는 기념

---

7) 존 버거, 강명구 역, 앞의 책, 35쪽.

사진의 경우)이 강하다는 점에서 어느 매체보다 문자언어와의 밀착성을 지닌다'8)고 볼 수 있다.

이런 생각은 물론 한편으론 타당하지만 전적으로 타당한 것은 아니다. 왜냐하면 사진이 지닌 서술성으로서의 언어적 특성은 사진이 어떤 맥락 속에 자리잡느냐에 따라 그 기능이 나타나기도 하고 그렇지 않기도 하기 때문이다. 바르트의 통찰에서 보여지듯이 사진의 존재론은 상징체계인 약호9)로 읽혀지는 문자언어와는 달리 '약호(code)없는 메시지'인 까닭이다.

> 대상과 그 이미지 사이에는, 중계, 즉 코드를 배치하는 일이 전혀 필요하지 않다. 분명히 이미지는 현실이 아니다. 그러나, 이미지는 적어도 유사물 analogon 이며, 또한 사진을 정의하는 것은 상식선에서 바로 유사적 완벽함이다. 이와같이 해서, 사진 이미지의 특수한 본질규정이 명백해진다. 그것은 코드없는 메시지이다.10)

말을 바꾸면 사진은 문학작품이나 회화와는 달리 사진을 바라보는 사람에게 "이미지는 분석이나 분해 없이 의미들을 즉각적으로 강요한다."11)

---

8) 한정식, 『사진예술개론』, 열화당, 2000, 14쪽.
　　사진은 어느 시각 매체보다도 구체적 지시성을 지님으로써 언어에 가장 가까운 것으로 이해될 수 있으며, 사진을 바탕으로 파생된 TV, 영화 등의 영상매체의 영상이 사진이 지닌 지시성으로 인해 언어로 이해될 수 있다. 또한 사진은 그 실질적 쓰임으로 해서 강력한 의사소통의 수단이 된다든가 기록의 수단이 되고 있으므로 언어와 문자의 구실을 한다. 다시 말해서 사진은 삶의 모든 분야에서, 즉 개인생활에서부터 의학, 물리학, 천문학, 기상학, 생물학, 군사, 스포츠, 국가의 행정, 법률 분야, 경찰, 신문, 잡지, 광고 등등에서 쓰여지고 있으며 사진 없이는 의사소통이 이루어질 수 없을 만큼 그 언어적 기능이 보편화되어 있다.
9) code : 일반적으로 기호가 약속에 의해 그 결합규칙을 이루는 단위와 규칙의 총체를 가리킨다.
10) 김인식 편역, 『이미지와 글쓰기』, 세계사, 1993, 67쪽.
11) R. 바르트, 앞의 책, 18쪽.

는 뜻이 된다. '약호 없는 메시지'라는 점에서 사진은 그와 유사한 장르라고 흔히 인식되는 회화와도 뚜렷하게 변별된다. 바르트가 사진은 역사상 어떤 예술 장르와도 관계없이 발생된 돌연변이의 새로운 장르라고 언급한 이유가 여기에 있다.

바르트는 사진의 본질이 '약호없는 메시지'에 있다고 하면서도 사진이 지닌 메시지를 두 요소로 나누어 설명하고 있다. 바르트는 그것을 '스투디움'(studium)'과 '푼크툼(punctum)'이라 명명한다.[12] 사진 메시지가 지닌 두 목소리는 보통 공존의 관계에 있게 마련이다. 스투디움이란 우선 촬영자의 입장에서 볼 때 촬영자가 자신의 사진에 의식적으로 부여한 의도 혹은 의미와 관계된다. 바르트는 촬영자는 원래 독자에게 정보를 제공하며, 드러내 보여주고, 놀라게 하며, 독자가 사진의 메시지와 관계된 특정한 욕구를 갖게 해야한다고 말한다. 이런 목적들을 위한 촬영자의 의도가 투영된 것이 바로 스투디움이다. 스투디움은 사진을 읽는 독자의 입장에서 보

---

12) 김인식 편역, 앞의 책, 68-70쪽.
바르트는 사진의 메시지를 분석하면서 모든 모방적 예술들은 두 가지 메시지를 포함하고 있다한다. 그것은 유사물 그 자체인 外示的 메시지(Dénotation)와, 어느 정도까지는 사회가 생각하는 것을 읽게 해주는 방식인 共示的 메시지(connotation)이다. 외시적 메시지는 외연에 의해 객관적으로 드러나는 의미를 가리키며, 후자는 기호의 제1차적 의미가 제2차적 의미의 시니피앙이 되어 그것이 다시 상징적 의미를 나타내는 것, 즉 하나의 단어나 진술이 내포하는 암시적 의미를 가리킨다. 사진은 외시적 이미지에 의해서만 독점적으로 구성되는 유일한 것일 수 있다. 그러나 사진의 그 유사성의 완벽함과 충실함, 곧 그 객관성 등은 신화적인 것이 될 위험성을 지닌다. 다시 말해서 사진은 문자 그대로의 기술이 불가능하다. 왜냐하면, 기술은 바로 외시적 메시지에 중계 혹은 2차적 메시지를 부가하게 되며, 이는 언어라는 코드 속에 끌려온 것으로, 정확히 하고자 하는 노력으로, 사진의 유사물에 비해 코노테이션을 불가피하게 구성하기 때문이다. 사진의 역설은 따라서 하나의 코드 없는 메시지(그것은 사진의 유사물일 것이다), 다른 하나는 코드를 지닌 메시지(그것은 '기술', 혹은 처리, 혹은 '글쓰기', 혹은 사진의 수사학일 것이다)라는, 두 메시지의 공존이다. 여기서 바르트가 말하고 있는 사진의 두 가지 메시지는 대체로 푼크툼과 스투디오에 대응된다고 볼 수 있다.

면 촬영자의 의도를 발견하는 것과 관련된다. 스투디움은 지나치게 '사적인 것'이어서는 독자가 알아챌 수 없기 때문에 독자에게 친근한 지식, 문화 등의 '공공의 것'에 대한 내용이어야만 한다. 반면에, 푼크툼은 촬영자가 의도하지도 않았는데 지니게 되는 잉여의 의미라고 할 수 있다. 실제로 텍스트는 아직 뚜껑을 열지 않은 판도라의 상자처럼 무정형의 의미들이 들끓고 있는 것에 비유될 수 있다. 그 뚜껑을 열었을 때 무질서하게 쏟아져 나오는 의미들 중에서 독자는 우선 보고 이해할 수 있는 것을 선택할 것인데 그것이 바로 스투디움이다.(바르트는 스투디움은 기호화되기 마련[13])이라 말한다)

스투디움이 이처럼 관례화된 안정된 의미라면 반면에 푼크툼은 스투디움이 억압하고 있는, 촬영자의 사적인 경험과 독자의 그것이 만나는 순간 나타나는 새로운 창조적인 의미라 할 수 있다. 다시 말해서 푼크툼은 촬영자의 의도를 벗어나는 어떤 경험에 독자가 주관적 의식을 부여한 어떤 것이라 할 수 있다. 스투디움을 분산시키는 푼크툼은 그 어원(라틴어로 点을 뜻하며 주사, 작은 구멍, 작은 반점, 작은 상처, 그리고 주사위 던지기라는 의미를 가지고 있다)과 같이 독자를 찌르는(상처를 입히고, 자극을 주는) 우연성이다.[14] 푼크툼은 곧 독자의 감성에 불안과 공포를 불러일으키고 상처를 받게 하는 강렬하고 충격적인 '낯선' 경험이다. 또 이런 경험은 보통의 독자가 인정하기를 두려워하지만, 실은 삶의 본질적인 경험이고 극히 사적인 개체성에 매개된 보편적인 경험이다.

---

13) 롤랑 바르트/수잔 손탁, 앞의 책, 55쪽.
14) 앞의 책, 32쪽.
　푼크툼은 대개 '세부적인 것'에서 발견될 수 있는 것이나, 이것은 한 순간에 홀연한 깨달음을 가져다주어 언어로 기호화될 수 없으나 그 의미는 무한히 확장될 수 있다. 다시 말해 푼크툼이 생성되면 '어두움의 영역'(역동성)이 감지되는데 이로 인해 그 이미지가 허용해 준 것 이상으로 보는 이의 의식을 활성화시키고 또 욕망을 자극시킴으로써 그 이미지 너머의 현실을 상상하게 하거나 현실 이상의 초월적인 영역으로 독자를 이끌고 간다는 것이다.

바르트의 사진론은 푼크툼에 대한 논의에 좀더 비중을 두고 있다. 또 바르트는 스투디움을 작가의 의도의 전달과 관련시키고 있는 반면 푼크툼을 독자의 텍스트 해석의 행위와 관련시키고 있으며 특히 해석 행위의 창조성을 강조하고 있다. '작가의 죽음'과 '작가에서 텍스트로'를 언급했던 바르트의 관점이 사진 이미지를 읽는 방법에도 적용되고 있음을 볼 때 그의 일관된 이론적 입장을 엿볼 수 있다. 문제는 스투디움이 기호화될 수 있는 이미지임에 반해 푼크툼은 기호화될 수 없는 이미지라 하는 데 있다. 바꾸어 말하면 스투디움이 언어로 풀어서 설명할 수 있는 의미라면 푼크툼은 언어로 해명해낼 수 없는 즉 언어의 테두리를 넘어서는 어떤 의미라 할 수 있다. 바르트는 푼크툼이야말로 문자언어와 사진을 변별 지을 수 있는 사진만의 독자적인 시각적 언어로 보고 있다. 만일 사진 이미지에서 언어로 명쾌하게 풀어낼 수 있는 스투디움만을 볼 수 있다면 문자언어와 사진 이미지가 서로 다를 바 없을 것이고, 또 굳이 사진 이미지로 표현할 필요가 있겠는가.

바르트가 말한 푼크툼은 바로 '약호 없는 메시지'를 지칭하는 다른 말이 아닌가 한다. 의미는 언어적 형태로만 전달되는 것이 아니라는 점을 강조하고 있는 것이다. 이 말을 뒤집으면 문자언어는 의미를 모두 포괄할 수 없다는 뜻도 될 수 있다. 시는 산문과 달리 논리성과 합리성의 그물망에 포획되지 않는 의미를 표현하기 위해 언어의 기호체계를 통해 오히려 그 기호체계를 파괴하려는 속성을 지닌다. 이미지를 중시했던 모더니즘 시에서 '언어로 그려진 그림'을 지향했다는 것은 언어의 이미지화라는 점에서 시사하는 바가 크다. 가령 엘리엇의 '객관상관물'의 이론은 시인의 사상, 정서 등을 일련의 사건이나 정황을 나타내는 이미지로 그려낼 것을 주장했었는데, 이미지로 말한다는 점에서 현대시(모더니즘시)와 사진은 유사한[15]기반을 지닌다고 생각된다. 물론 이미지가 만들어지는 과정은

---

15) 롤랑 바르트/수잔 손탁, 앞의 책, 220쪽.

다를 수 있다. 시는 기표와 기의가 상징의 관계로 맺어져 있기 때문에 언어기호에서 텍스트(이미지)로 진행할 것이며, 반대로 사진은 기표와 기의가 도상적 관계에 있으므로 먼저 텍스트(이미지)가 만들어짐으로써 차후에 기호적 의미가 나타나게 된다고 볼 수 있다. 어쨌든 현대시의 이미지와 사진의 이미지(메시지)는 탈언어를 지향한다는 점에서 상당히 근접해 있음이 분명하다.

그러나 모든 예술이 그렇듯이 예술작품은 새로운 인식내용을 언어체계를 통해서 나타낼 수밖에 없다는 데 그 딜레마가 있다. 이런 딜레마는 물론 사진이미지에도 해당된다. 이런 딜레마를, 바르트는 사진의 존재론을 '코드 없는 메시지'라 보면서도 사진의 이미지에는 스투디움과 푼크툼이 병존할 수밖에 없으며 스투디움을 분산시키거나 해체하는 푼크툼의 발견은 텍스트가 놓여지는 상황에 따라 혹은 시기에 따라 달리 나타날 수 있는, 능동적이고 창조적인 수용자의 몫으로서 남겨져 있다는 것을 강조하는 것으로 보인다.

3. 사진과 회화 : 인용과 번역의 차이

'코드 없는 메시지'로서의 사진 이미지의 특성은 회화적 이미지와의 차이를 통해 보다 명확하게 드러날 수 있다. 사진은 역사적으로 화화와 깊

수잔 손탁은 그의 『사진론』에서 현대사진과 모더니즘 회화와의 관계를 논하면서 양자는 근본적으로 친연성이 적은 대신 오히려 사진의 기본정신을 따르고 있는 것은 모더니즘시라고 통찰하고 있다. "우리가 알고 있는 (모홀리 나기가 언급했던)'집약적으로 바라보는 것'이라는 사진의 기본정신은 회화에서보다는 오히려 현대시에서 더 가깝게 찾아볼 수가 있는 것 같다. 회화 작품들이 점점 더 개념적인 경향을 띠게 되면서 시는 (아폴리네르, 엘리엇, 파운드 및 윌리엄 카를로스 윌리엄스 이후로) 오히려 시각적인 요소를 띠게 되었다. 시언어가 보다 구체적이고 자율성을 띤 언어에 접근하는 현상은 사진이 오로지 순수하게 보는 것만을 지향하는 것과 궤를 같이 하는 것이다"

은 관계를 가져온 것이 사실이다. 단순하게 말하자면 양자의 관계는 "사진은 처음부터 회화예술을 무자비하게 침해하고 표절하는 데 열중하였으며, 지금도 불꽃튀는 경쟁관계를 계속하면서 공존한다."16)고 볼 수 있다. 사진이 발명된 초기에는 사진은 회화작품을 복제하는 데서 출발한다. 그러나 사진은 다큐멘터리 사진에서 보여준 것과 같이 점차 그 기술적 발전 과정에서 당대의 삶과 현실과 생생하고도 분명한 관계를 맺으려고 시도해 왔다. 사진은 20C 초 사실주의적인 경향을 띠면서부터 회화의 기생 장르적인 성격을 벗어버리고 현재까지 독자적인 영상미학을 추구해 오고 있다. 한편으로 '70년대에 와서 다시 회화와 결합되려는 경향을 보여온 것도 사실이나 양자는 예술로서의 뿌리는 같다하더라도 근본적으로 그 성격을 달리한다고 봐야 한다.

사진과 회화는 다 같이 2차원적인 평면성을 지닌 정적인 이미지라는 것, 도상적 기호라는 점, 보관되거나 소유 ,또는 매매될 수 있는 물체성을 지녔다는 점에서 매우 근접해 있다고 볼 수 있다. 그러나 이런 점들을 공유하고 있음에도 불구하고 양자는 근본적으로 그 뿌리를 달리하는 특성들을 지닌다. 그것은 첫째, 회화가 '손으로' 그린 수공적 이미지라면 사진은 '기계로' 찍혀지는 복제 이미지라는 점이다. 이와 관련하여 벤야민은 사진은 손이 담당해왔던 예술적 의무를 렌즈를 투시하는 눈이 혼자 담당하게 하였으며, 눈은 손으로 그리는 것보다 훨씬 더 빨리 사물을 포착할 수 있기 때문에 영상의 복제과정이 촉진되었다17)고 언급한다. 이 점은 양자의 차이를 가장 분명하게 규정할 수 있는 출발점이 될 수 있다. 그리고 이와 같은 근본적인 차이에서부터 세부적인 차이들이 파생된다.

둘째, 첫 번째의 차이로부터 파생된 것이지만 모방 혹은 복제해야 하는 실제 대상에 얼마나 비중을 두느냐에 따라 본질적인 차이가 나타난다. 달리 표현하자면 재현 혹은 표현의 과정에서 객관적인 사물에 대해 (화가나

---

16) 롤랑 바르트/수잔 손탁, 앞의 책, 218쪽.
17) 벤야민, 「技術複製時代의 예술작품」, 앞의 책, 200쪽.

사진가의)주체의 의식이 얼마나 개입되느냐 하는 것이 문제가 된다. 사진은 회화에 비해 상대적으로 사물에 주체의 의식이 덜 개입된다. 사진은 실제 대상의 모습을 그대로 인용해온다고 할 수 있다(주관적 해석을 가한 인용이라는 표현이 더 정확하다). 회화는 그와는 달리 실재하거나 또는 화가의 상상 속에서 그려낸 특정한 대상의 모습을 바탕으로 화가가 그것을 빈 화폭 위에 다시 구성해낸다. 말하자면 회화는 실재의 대상이든 상상의 대상이든 화판 위에 그것에 대한 하나의 형상을 그려낼 때마다 그 형상은 이미 화가의 의식의 중재를 거친 -곧 해석된 또는 코드가 개입된- 상태가 되는 것이다.

다시 말해서 화판에 그려진 이미지는 단순한 현실의 모방이나 재현도 아니고 복제는 더구나 아닌 것으로서 자연 사물이나 현실은 화가의 의식의 중재를 거쳐 하나의 기호가 된다는 것이다. 기호는 어떤 다른 것을 대신한 것이고 기표와 기의가 합쳐져 짝을 이룬 것으로서 의미작용을 하게 된다. 회화 이미지의 기표는 선과 색채를 매체로 삼아 그려진 특정한 형상으로 나타난다. 그런데 그 매체를 다루는 기법(양식 또는 스타일)은 시대나 유파마다 각기 달리 나타난다. 예를 들어 같은 사과를 그려도 렘브란트의 사과와 세잔느의 사과가 다르다. 같은 사물을 시각을 통해 보더라도 화가가 그것을 보는 지각방식은 미술 장르내의 당대적 양식적 관습에 따를 수밖에 없다. 기호로서의 회화 이미지와 대상 사이에는 이와 같이 당대의 회화 양식 또는 스타일이라는 회화의 코드가 개입된다. 한편으로 기호로서의 이미지의 기의(의미)가 형성되는 과정에는 화가의 해석 곧 언어적인 코드가 반드시 개입된다. 그런 이유에서 회화는 "무수한 판단들의 에너지가 얽히고 섥켜 완성된다."[18] 고 할 수 있고 또 양식상의 관습을 따른다는 점에서 사진과 근본적으로 다른 성격을 지닌다고 봐야 한다.

---

18) 존 버거/장 모르, 이희재 역, 『말하기의 다른 방법』, 눈빛, 1995, 92쪽.

회화에서는 비록 한 순간에 보여지는 현실 또는 대상의 일부분을 그린다해도 사진처럼 단지 순간의 현실의 일부분만이 찍히는 것이 아니라 화가가 그 대상에 대해 느낀 전체적인 인식이 화판에 표현된다. 화가가 이미지를 형성해 가는 과정은 사진과 달리 언어체계에 바탕을 둔 상징적 행위이다. 물론 그 언어체계로써 형성된 내용과 회화의 문법으로 나타나는 형식은 시대마다 다를 수 있다. 반대로 사진은 대상에 대한 사진가의 전체적인 인식을 사진으로 표현하려고 한다 해도 그것은 순간의 현실이나 사물의 모습으로 고정될 뿐이다. 사진 영상의 이런 순간성, 단편성, 고립성(폐쇄성)은 사진 장르의 불가피한 한계로 지적되어 왔다. 사진의 영상은 순간적으로 기계에 의해 만들어진다. 따라서 그 이미지에 사진을 찍는 주체의 의식이 개입될 여지가 없다. 이런 차이는 양자의 제작 방식의 차이, 즉 사진이 기계에 의해 자동적으로 영상이 형성되는 것에 반해 회화는 반드시 손의 노동이 따라야하는 수공적인 작업이라는 데서 연유한다.

셋째, 사진이 지시하는 대상과 회화가 지시하는 대상은 서로 그 성격이 다르다는 점을 들 수 있다. 우선 사진은 렌즈 앞에 놓여진 실제의 모델이 없이는 사진이 찍혀질 수 없지만 회화의 경우는 실제의 모델이 없이도 화판에서 현실의 그것처럼 그려낼 수가 있다. 사진이 지시하는 대상의 본질이 영화에서와 같이 '지나가는' 것이 아니라 분명히 '존재해왔던 것' 아니면 '함부로 어떻게 할 수 없는 완강한 것'[19]이다. 이처럼 사진은 과거로부터 현재까지 쭉 존재해왔던 실체를 지닌 눈앞의 어떤 사람, 사물, 풍경 등을 대상으로 삼을 수밖에 없다. 존재해왔던 것은 확실성을 지닌 것이다. 그 대상들은 또 사진가가 직접 그 현장에서 목격했던 것이지만 동적인 시·공간성 속에서 현상하는 사물을 붙잡아매고 그것의 고정된 '포즈'만을 보여줄 수 있을 뿐이다. 사진에 나타나는 이미지는 움직이지도 않을 뿐더러 사라지지도 않는 고정된 이미지인 것이다. 다시 말해서 사진은 대

---

19) 롤랑 바르트/수잔 손탁, 앞의 책, 77~79쪽.

상을 (이미지로 보존하여)기억하기 위해 오히려 현존하는 것을 고정시키고 과거적인 것으로 만들어간다.

어쨌든 사진은 실체로서 현존하는 것을 대상으로 하여 찍혀지는 것이므로 현실에 의해 제약을 좀더 많이 받는다. 사진이 창조적인 예술이라기보다는 발견 내지 인식의 예술[20]이라 지칭되는 이유가 여기에 있다. 사진에 비해 회화는 상대적으로 현실에 의해 제약을 덜 받는다. 화가가 그림을 그리는 화판은 실제의 모델을 두고 그려낸다 해도 그의 의식에 매개된 모습이고 또 한편으로는 실제의 모습 그대로가 아니고 특정한 양식에 따라 변형된 모습이므로, 화판은 화가의 자유로운 상상공간이 되는 것이다.

재현과 구성의 차이로 요약될 수 있는 이런 차이는 시간상의 차이로도 나타난다.

우선 사진에 담긴 시간은 중요도에 따른 이미지들 간의 서열에 전혀 관계없이 전체 이미지에 있어 균일하다. 그것은 사진의 어떤 부분이건 노출되는 시간도 같고 균일한 시간 동안 균일한 화학처리를 받기 때문이다. 회화는 이미지들간의 시간 분포도가 균일하지 않은데, 그 까닭은 화가는 자신의 판단하는 가치에 따라 자신이 중요하다고 생각하는 부분에 더 많은 시간을 투자하기 때문이다. 또 한 가지의 차이는 양자가 제작과정에서 한 순간에 혹은 오랫동안 공을 들이느냐의 차이가 아니라 보다 근원적인 시간상의 차이를 가지고 있다는 것이다. 먼저 사진에 담긴 시간은 그 사진이 보여주는 대상의 한 순간의 그것이다. 그러나 회화는 제작과정에서 그림이 선과 색채로 표현되는 동안의 시간과는 별도로 자신이 이루어지기까지의 시간을 자신의 그림 안에 담고 있다.[21]

---

20) 한정식, 앞의 책, 231쪽.
   발견의 예술로서의 사진의 속성을 '뺄셈'으로, 구성의 예술로서의 회화의 속성을 '덧셈'이란 말로 요약할 수 있다. 양자는 영상 제작 방식에 있어 정반대의 과정을 거친다. 말하자면 회화가 빈 공간에 필요한 사물을 하나하나 더해가면서 화면을 구성해 가는 데 비해 사진은 이미 결정된 현실 공간 속에서 작가가 필요로 하는 대상만을 골라 하나하나 빼가면서 화면을 정리해 가는 것이 다르다.

대상의 한 순간을 보여주는 사진은 쉽게 말하면 흘러가는 시간의 지속 속에 놓인 대상을 (찰나적인)시간의 한 단면 속에 대상을 위치시키기 때문에 보여지는 이미지 속에 대상에 대한 정보의 양이 많지 않을 경우 대상의 과거 내지 미래를 알기 어렵고 단지 현재의 상태를 인식할 수 있을 뿐이다. 그러나 회화 속의 대상은 어떤 의미를 나타내는 기호이지 자연의 실재를 재현한 것은 아니다. 그림에서 실제의 혹은 상상의 대상은 화가의 의식을 거치면서 의미 있는 내용으로 변용된다고 할 수 있다. 이런 과정에서 코드가 개입되는 데 이것은 언어체계에 바탕을 두고 있기 때문에 대상을 구성하는 이미지들은 통사적으로 재배열되면서 어떤 이야기를 함축하게 된다. 이처럼 화가의 코드를 통해 재배치된 사물들은 어떤 사건과 이야기를 지니면서 특정한 의미를 생성해낸다. 다시 말해서 의미는 사물들이 서로 관계를 맺으면서 만들어내는 사건, 곧 시간의 경과를 통해 생성된다는 것이다. 한 순간의 시 · 공간의 단면을 이미지로 제시하는 사진에서는 전체 이미지를 구성하는 대상들의 과거, 현재, 미래의 연결점을 찾기가 쉽지 않다. 의미는 이런 시간의 연속성을 통과하면서 비로소 생성되기 때문이다. 이처럼 회화의 이미지가 그것이 화판에 표현되는 시간의 경과와는 다른 차원의 독자적인 시간성을 지닌다는 의미는 바로 이미지의 의미생성성과 밀접하게 연결 지을 수 있다.

　사진과 회화의 차이는 무엇보다 그것이 각기 기계적, 수공적 이미지이므로 주/객관계를 보더라도 사진에 비해 회화가 주체의 의식이 훨씬 더 개입된다. 그러므로 각기 '재현'과 '구성'의 차이를 나타낸다. 또한 회화는 실제의 대상이 없이도 형상화가 가능하므로 소재에 매이지 않을 뿐더러 대상이 필연적으로 존재해야 하는 사진에 비하면 창조적이다. 양자는 시간성에서도 차이를 나타낸다. 사진의 이미지는 한 순간에 찍혀지므로 전체가 균일한 시간의 분포도를 나타내는 반면 회화는 화가의 판단에 따라

---

21) 존 버거, 앞의 책,. 93쪽.

대상의 중요도가 결정되고 그리는 시간이 분배된다. 마지막으로 회화는 대상에 대한 한 순간의 인상을 고정시킨 것이 아니라 화가의 코드를 통해 재해석되므로 설화성을 함축한 의미를 생성해낸다고 할 수 있다. 사진과 회화의 이런 차이는 제작 방식이 근본적으로 다르다는 데서 생겨난다. 지금까지의 논의를 요약한다면 소재인 대상 또는 사물에 대한 주체의 개입 정도에 따라 사진은 사물을 '인용'하고 회화는 화가마다의 언어체계와 개성적인 스타일로 사물을 '번역'해내는 것의 차이라고 할 수 있다.

4. 문학과 사진의 제휴는 어떻게 가능한가?

지금까지 살펴본 바와 같이 언어체계(코드)를 통해 대상이나 현실상황을 해석한다는 점에서 문자언어(글)와 회화는 상당 정도 근접해 있다고 할 수 있다. 그러나 사진은 회화와 같은 도상적 기호이면서도 그 속에 담겨진 내용과 관련된 세계를 해석하지 않는다. 단지 '존재해왔던 것', 곧 확실한 것(사물의 존재 그 자체)을 보여줄 뿐이다. 또 사진은 상징적 기호인 문자언어와 같이 지시적 기능을 지니면서 그로 인해 언어적인 소통성을 지닌다. 그러나 문자언어에서처럼 기표와 지시체가 간접적인 관계를 갖는데 비해 사진의 이미지인 기표는 그것의 모델인 실제의 지시체 바로 그것의 즉물적 모습 자체이므로 기표와 지시체의 관계는 직접적이다. 단어를 통해 지시체를 연상해야 하는-그것도 수용자에 따라 각기 다르게 나타나는 - 문자언어에 비해 이미지는 즉각적으로 망막을 통해 보여준다. 이처럼 확실하고 구체적인, 즉 사물 자체인 사진이 가리키는 지시물에 비하면 문자언어가 가리키는 지시체는 비현실적이고 또 다분히 허구적인 것이다. 그러나 확실한 대상을 상정해야 하는 사진의 이미지로는 추상적인 개념이라든지 일련의 논리적 추론 과정이 따라야하는 사유라든지 또는 비현실적인 허구(소설, 시의 경우)의 세계를 표현하기는 쉽지가 않다.

그 점에서는 회화 역시 마찬가지이다. 회화는 해석된 세계상을 제시한다는 점에서 문학과 유사한 속성을 지니지만 회화 역시 시각이라는 구체적 감각에 호소한다는 점에서는 사진과 유사하기 때문이다. 그러므로 서술성이 함축된 의미나 관념의 세계는 문자언어를 통해야만 수용자에게 제대로 전달될 수 있다.

그렇다면 추상과 구상, 관념과 감각, 상상과 현실, 서사성과 순간성 등의 상반된 성격을 지닌 문학과 사진 이미지의 결합은 어떻게 가능한 것인가? 먼저 논의의 편의를 위해 사진에서의 문자언어 도입문제가 언제 어떻게 논의되어왔는지 살펴볼 필요가 있다. 왜냐하면 양자의 관계를 어떻게 설정하느냐 하는 것은 문학 쪽에서의 문제일 뿐만 아니라 사진 장르 내에서도 가장 비중 있는 과제 중 하나이기 때문이다.

1) 사진 텍스트에서의 언어 도입 문제

사진 장르 내에서는 다음과 같은 전제에서 출발하여 사진 예술의 범주를 특수화하고 있고 사진예술과 타 장르의 관계를 설정하고 있다. 그것은 사진은 '회화도 문학도 아닌 독자적인 영상예술이며 그러므로 회화적일 것도 거부하고 문학적일 것도 거부한다. 그러나 동시에 양자를 수용할 수가 있다'[22] 는 입장을 취한다. 이것은 물론 모더니즘 사진 이후의 현대 사진의 관점을 나타낸 것으로서 요컨대 주체로서의 사진이 문학이든 회화이든 사진의 의미를 확장할 수 있는 것이면 어떤 것이든 수용할 수 있다는, 확대 해석하자면 장르 혼합 내지는 장르 확장, 해체라는 탈현대적인 관점을 나타낸 것이라고 볼 수 있다.

현대 사진이 이런 입장을 지니게 된 동기는 아마도 사진 장르가 19C동안에는 회화에, 그 이후 1950년대까지의 소위 근대사진(다큐멘터리 사진)

---

22) 한정식, 앞의 책, 243쪽.

에서는 문학에 동승해왔던 역사를 지니고 있었기 때문이 아닌가 한다. 앞부분에서도 언급했지만 원래 문학과 사진은 독자적인 예술로 출발했던 것이 아니었다. 사진술은 초기에 화가들에 의해서 회화에 이용되었던 과학적 방법이었으며 문학의 언어 또한 예술로서의 문학보다는 실용적인 기능을 했었다. 이렇게 사진과 문학은 의사소통의 기능이 주가 되다가 각기 그것의 한 부분이 예술적 형태로 발전된 것이다. 그런데 여기서 짚

고 넘어가야 할 점은 사진이 회화보다는 문학과 훨씬 가까운 장르라는 점이다. 양자는 의사소통의 기능을 공유하는 것은 물론이고 그 주제의식에서도 양자가 똑같이 인간과 삶의 문제, 즉 인간의 역사를 문제삼고 있다는 것을 지적할 수 있다. 이렇게 볼 때 그 주제와 내용에 있어 사진은 회화보다는 오히려 문학 쪽에 가까운 장르라고 보는 것이 타당하다. 바로 이런 이유 때문에 사진 장르 내에서도 사진과 문학의 관계에 대하여 확실한 매듭점을 찾지 못하고 있는 것이라 판단된다.

사진에서 문학을 끌어들이는 방법으로는 첫째 작품에 제목을 붙인다거나 신문, 잡지 등에서 볼 수 있는 사진에 붙는 설명문인 캡션이나 배경설명을 덧붙이는 방법이 있다. 특히 근대사진에서 이런 방식을 선호했음은 물론이다. 그러나 현대사진에 가면 그 성격상 언어와 문학은 오히려 이미지의 자율성을 침해하는 방해물이 된다. 어쨌든 가장 전통적인 방식으로 인식되어 온 이 방법은 이미 사진사의 초기에서부터 현재까지 존속되고 있는데, 필자가 찾아본 바로는 제목이나 캡션을 달지 않은 사진 작가의 작품집은 거의 없었다. 다만 제목은 작가에 따라 구체적인가 추상적인 것인가 또는 산문적인 문장인가 시적인 문장인가의 차이가 있을 뿐이었다. 사진에 부착되는 캡션의 경우에는 글의 양적인 過多와 글의 성격이 설명적인가 암시적인가의 차이가 있었다. 그런데 근·현대 사진이나 다양한 사진의 하위장르들을 불문하고 캡션이 길어져 수필 형태의 글로 탈바꿈하는 경우가 더러 있었다. 물론 지리학적 혹은 역사적 가치가 있는 공간이나 사물의 경우에는 상세한 캡션이 필수적으로 따라야한다. 그런데 이

미지에 대한 주관적인 생각이나 감상 또는 신변잡기적인 이야기들을 덕지덕지 덧붙여서 사진과 글의 주객이 뒤바뀐 경우를 적지 않게 볼 수 있었다. 탈현대 사진 이후 물론 사진을 보는 시각이 언어로 풀어내지 않는 '느끼는' 사진에서 다양한 코드로 '읽는' 텍스트로 변화한 것만은 사실이다. 그러나 그렇다 하더라도 읽어내는 일은 독자의 몫이지 사진작가의 몫은 아니라고 판단된다. 사진이미지에 둘러씌워지는 필요 이상의 작가의 의도와 작품의 배경 설명은 오히려 작품성의 결핍과 의미의 빈곤을 은폐하고자 하는 것으로 보일 수도 있기 때문이다. 그러나 한편으로 사진 이미지에 대한 단순한 배경 설명이나 지극히 주관적인 신변잡기의 차원이 아니라 흔한 일은 아니지만 각기 완성도를 갖춘 이미지와 글이 병존하면서 상승효과를 생성해내는 경우도 없지는 않았다. 요컨대 사진과 문학의 조화로운 공존이란 각 장르가 각기 완성도를 지니고 병치되면서 유기적으로 결합되는 형태가 아닐까한다. 사진가에게 철학성을 지닌 글 솜씨를 아울러 갖추라고 주문하는 것은 실제로 무리가 따르는 일이다. 그렇다 하더라도 적어도 사진이 문학을 대폭 수용하는 경우 사진의 장르 혼합적인 지향점이 분명해야하지 않을까 한다.

순수영상을 고집하는 모더니즘적 경향의 사진에서는 이와 같이 사진 이미지에 문학성을 덧붙이는 것을 거부한다. 여기서 소위 예술 사진이 언어를 거부하게 된 배경과 그 이유를 고찰할 필요가 있다. '60년대 이후 현대사진에서 사진의 경향은 묘사와 표현의 영역으로 이분화된다. 그 중에서 묘사의 영역은 50년대까지의 다큐멘터리 사진을 계승한 한 흐름이라 볼 수 있다. 사진사에서 근대에서 현대로의 변화는 묘사에서 표현으로의 변화에 대응된다. 그러나 각 영역이 각기 다른 흐름을 형성한다는 점이 문학이나 회화와 다른 점이다. 즉 묘사의 영역은 기록성과 함께 사실 보도를 위한 객관적 기록으로 떨어져나가고, 표현의 영역이 창조적으로 확장되면서 영상 예술로서의 독자적 발언권을 확보하게 된다.23) 현대사진에서 현실은 작가의 주관성을 표현하기 위한 하나의 소재에 불과한 것이 되었고 따라서 현실은 해체되고 재구성될 수밖에 없는 것이 된다.

'60년대 이후의 현대 사진은 언어화(곧 스투디움으로 나타나는)될 수 있는 이미지에서 벗어나 언어의 한계와 탈언어적인 표현의 가능성을 모색하는 데서 시작된다. 문학에서는 이미 '20년대의 초현실주의나 다다이즘 예술운동에서 이와 유사한 모색을 시도했던 적이 있었다. 현실을 비틀거나 꿈과 무의식의 영역을 기술하거나 이미지로 표현했던 이런 운동의 근저에는 이성과 이성이 지배하는 언어와 그 상징체계에 의해 억압되어 있던 타자적인 영역을 탐구한다는 반이성중심주의가 자리잡고 있었다. 그들은 그때까지 뚜렷하게 구분되어 있던 이성과 비이성, 꿈과 현실, 합리적인 것과 비합리적인 것, 의식과 무의식의 경계를 해체하면서 양 영역을 마구 뒤섞거나 그 경계를 넘나들게 된다. 모더니즘의 예술사진에서 이런 이미지들이 등장하는 것은 우연적인 현상이 아닌 것이다.

그러나 문학에서의 변화에 비해 사진에서의 이런 변화는 훨씬 더 중요한 의미를 지닌다. 그것은 사진의 역사에서 볼 때 현대 사진에 와서야 비로소 사진이 문학과 회화에 종속된 위치에서 벗어나 이미지의 독자적인 의미와 가치를 인식, 표현하게 됨으로써 예술로서의 사진의 미학을 정립하게 되었다는 사실 때문이다. 이런 사실 때문에 모더니즘의 소위 예술사진에서는 사진 창작이나 비평에서 언어의 개입을 배제하려 했고 논리성과 서사성이 바탕이 된 의미보다는 이미지가 보여주는 형식주의적, 미적 즉물성이 중시되었다. 다시 말해서 예술사진은 천재적인 작가의 권위에 따라 사적이고 자기 충족적인 의미를 지닌 것으로서 인식되었으며, 작품의 내용 또한 현실성이나 도덕성을 찾아볼 수 없는 임의적이고 모호한 것으로 언어로 전환이 되지 않는 것이었다. 이처럼 예술사진은 그것이 사회적 정치적 이데올로기적 맥락에서 창작되고 읽혀질 것을 거부함으로써 이미지와 현실간의 관계를 끊어버렸으며 그로써 사진의 독자성과 자율적

---

23) 한정식, 앞의 책, 22쪽.

인 형식주의 미학을 나름대로 완성시키려 했다고 볼 수 있다.

둘째, 우리 나라에는 대략 '70년대 이후부터 도입된 ('picture story'라 부르는) 연작 사진의 형식을 들 수 있는데, 이것은 하나의 주제 하에 일련의 사진들을 한 묶음으로 엮는 방식이다. 근대 사진은 원래 한 개의 프레임 (틀) 안에 작가의 사상과 정서를 완벽한 구도로 짜 넣는 방식을 따르는 것이 상례였다. 그에 비해 다큐멘터리 사진이 본격적으로 등장함으로써 그에 적합한 연작 사진의 형식을 선호하게 되었다. 그 까닭은 다큐멘터리 사진은 인간 삶의 리얼리티를 포착하여 기록하고, 고발, 비판하는 날카로운 현실인식의 산물로서 기록성을 중시했으므로 복수형태의 형식을 취할 수밖에 없었다. 작가는 개개의 사진을 합리적 논리성을 바탕으로 단계적으로 구성함으로써 사진이 원래 지니고 있는 서사성과 역사성 그리고 의미의 결핍을 극복하려 했다. 앞에서 이 시기의 사진의 성격을 특징지을 수 있는 것이 문학의 사진화라고 할 수 있을 만큼 사진장르는 문학과 미분화 상태를 이루고 있었다고 볼 수 있다. 연작사진의 형식은 '50년대까지의 다큐멘터리 사진에서 성행하다가 그 뒤를 이어 나타난 심상사진에서도 볼 수 있는데 그것은 정서나 감성을 표현하는 데도 한 장의 사진으로는 감탄사 이상의 표현이 불가능하기 때문이다. 그러나 이런 연작 형식이 근대 사진에서의 그것과는 성격이 다른 것임이 분명하다.24) 어쨌든 연

---

24) 한정식, 『사진의 변모』, 눈빛, 1997, 104쪽.
   근대사진이 단어와 단어의 연결로 한 개의 문장을 구성하기 위한 복수였다고 한다면, 현대 사진은 한 개의 단어 또는 어절을 이루기 위한 복수이다. 근대 사진에서의 그것이 합리적 논리성을 바탕으로 한 단계적 구성이라면, 현대사진에서의 그것은 시각적 감각성을 바탕으로 한 통시적 구성이란 점에서 그 둘을 다르며, 근대 사진이 대사회적 발언을 중심으로 한 외향적 사진이어서 종합적 관찰 방법으로 도입한 복수 사진이었다면 현대 사진은 자의식을 바탕으로 한 내향적 사진이 주류를 이루면서 분석적 관찰방법을 도입한데서 온 복수 프레임이다. 요컨대 근대 사진은 이야기를 전개시키기 위한 복수사진이며, 현대사진은 한 개 한 개 프레임의 시각성을 분석하여 재구성하는 복수 형식은 아니었다. 말하자면 근대사진이 '복수 사진'이라면 현대사진은 '복수 프레임'으로 구분할 수 있다.

작 형식은 사진의 보편적인 형식으로 근대사진 이후 현재까지 보편적인 형식으로 굳어져 있음에는 틀림없다.

그러나 '70년대의 탈모더니즘 사진에서는 언어와 사진이 다른 방식으로 부활하는 현상을 목격할 수 있다.' 60년대에 오면 모더니즘 사진의 추상성과 비역사성에 대한 비판이 제기되면서 사진으로 세계에 대한 총체적 인식이 가능한가 또 현실에 대한 비판적 기능을 할 수 있는가 등등에 대한 의문과 회의가 현대성의 문제와 얽히면서 제기되기 시작한다. 수잔 손탁은 그 선두주자로서 『사진 이야기』(On Photography, 1973)를 통해 사진의 모더니즘적 추상성과 폐쇄성을 비판하면서 비약적인 기술의 발전으로 인한 사진의 다양하고도 광범위한 사회적 기능을 강조한다. 뒤이어 기존의 사진을 보는 방식을 뒤바꿔놓은 존 버거, 알란 세큘라 등은 자본주의 사회가 만들어놓은 사진의 제도화와 이데올로기성 그리고 소유 및 소비와 관련된 사진의 기능을 비판하게 된다. 이들을 비롯한 다양한 유파의 탈모더니스트들이 제시한 사진의 가능성은 한 마디로 언어와의 결합을 통한 탈심미화와 실천성의 획득이라고 할 수 있다.

예전까지 사진에 보충적으로 따라붙는 것으로만 인식되던 캡션이나 배경 설명은 사진과 유기적으로 결합하여 하나의 단일하고도 통합적인 메시지를 형성하는 것이 되었다. 그것은 단순히 형식적인 변화가 아니라 사진의 기존의 지배이데올로기를 비판하기 위한, 다소 좌파적인 사회적 · 철학적 관점과 결합하여 적극적인 정치적 진술로, 선전물로, 기록으로 됨을 의미한다. 그것은 또한 사진이 이제까지 다루어지던 미적 평가에서 벗어나는, 말하자면 탈심미화함을 의미하는 것으로써, ……. 그렇게 사용되는 사진은 이미지라는 측면보다는 하나의 관념이나 개념으로서의 측면이 강하지만 기존의 사진이 가지는 의미의 모호성을 벗어나 뚜렷한 메시지를 가진다는 장점도 가지고 있다.25)

---

25) 이영진, 『사진, 이상한 예술』, 눈빛, 1998, 152쪽.

사진에서의 이런 변화는 문학을 비롯한 다른 장르의 탈현대성 문제와는 변별되는 특별한 의미를 함축하는 것으로 보여진다. 그것은 탈현대의 사진이 지시성을 다시 회복하려는 것으로 보이는데, 근대의 시기에 문학적 주제를 사진으로 번역해 보여주었던 차원에서 더 나아가 적극적으로 언어와의 결속을 강조한다는 점이다. 이런 경향은 앞에서 논의했던 코드가 개입되지 않는 것으로 특징지어지는 사진의 존재론과는 상반된, 메시지 전달(단순한 정보에서 사상, 철학의 메시지까지)의 기능을 무엇보다 우선시하는 것이며 그러한 궁극적인 목적을 위해서라면 여타의 다른 장르도 수용하겠다는 장르적 개방성을 나타낸 것이라고 볼 수 있다. 이런 변모는 한편으로는 '70년대 이후 사진의 이미지가 눈으로 보는 것에서 읽는 사진으로 변모했다는 의미도 함축한다. 이런 변화는 물론 40-50년대 이후 이미지가 자본주의 이데올로기의 음험한 무기가 되어갔던 시대배경과 더불어 손탁이나 바르트 이후 사진 비평의 활성화에 힘입어 사진 창작과 비평의 영역에서 동시에 일어난 변화였다.

70년대에 탈모더니스트들에 의해 사진의 가능성으로서 제기된 사진과 언어의 결합 방식 중 중요한 것이 '결합적 리얼리즘의 형식'과 '전기적 기술'의 두 가지 양식이다. 먼저 결합적 리얼리즘은 주위에서 흔히 보는 사진을 이용하여 대중적 진실과 사회적 사실을 환기시키는 방법이다. 원래 이 방법의 원형은 포토 에세이, 의학보고서, 기업의 연례보고서 등의 형태로서 자본주의 사회의 착취체제를 바로 그것의 체계를 빌어 공격하는 방법[26]이다. 전기적 기술은 개인적인 사진들을 가지고 주로 사회적인 규정에 맞선 작가 개인의 정체성 탐구라는 주제를 다룬다. 사진을 통해 개인은 역사적 시간이라는 폭력에 맞서 하찮을망정 가까이 있는 것을 활용하여 경험을 보존하고' '영원성'의 지대를 재현하며 항구적인 것을 주장할 수 있다.[27] 말하자면 개인의 사진은 역사적인 시간을 벗어나 개인의 창문을 통해 들여

---

26) 이영진, 앞의 책.
27) 존 버거/장 모르, 앞의 책, 105쪽.

다본 순간을 재현한 것이므로 창조성과 영원성을 지니게 되며 그것은 폭력적인 역사에 대한 저항의 의미를 획득할 수 있게 되는 것이다. 이와 같은 개인의 전기적 기술의 방법은 특히 페미니즘적 시각에서 여성과 가족, 여성과 문화의 관계를 탐색하는 작가들에서 주로 사용되고 있다.

2) 다큐멘터리 이미지 다시 읽기 : 이승하의 시

'90년대에 들어 사진 이미지와 시텍스트와의 장르 혼합을 시도했던 시인들[28]은 이승하 시인 뿐만은 아니다. 그렇지만 시기적으로도 또 사진 이미지를 본격적으로 시에 도입하고 있다는 점에서 단연 두드러진다. 이승하 시인은 문단 데뷔작에서도 볼 수 있듯이 회화를 비롯한 시각문화에 두드러진 관심을 나타내온 시인이다. 그의 네 번째 시집인 『폭력과 광기의 나날』에는 시 45편에 무려 41장의 사진을 게재하고 있다. 언뜻 보기에도 이 시집에서 사진은 문자언어를 압도할 정도로 그 비중이 커 보인다. 뿐만 아니라 몇 편의 시를 제외하고는 대부분의 시들이 한 두 컷의 사진 - 그 중에서 소수의 사진은 그림을 사진으로 복제한 것이다 을 모델로 삼고 쓴 본격적인 사진시들이란 점에서 시와 사진의 관계가 뒤바뀐 것으로 보인다. 아닌게 아니라 이승하의 시는 처음부터 시를 위해 사진을 동원한 것이 아니라 사진의 내용을 언어로 풀어낸 시들이다. 그러나 이 시집에 게재된 사진이 모두 한결같이 전 세계의 폭력과 죽음의 현장을 찍은 다큐

---

28) 이승하, 『폭력과 광기의 나날』, 1993, 세계사, 『생명에서 물건으로』, 문학과 지성사, 1995)/신현림, 『지루한 세상에 불타는 구두를 던져라』, 세계사, 1994, 『세기말 블루스』, 창작과비평사, 1996.
  *참고로 이승하는 84년 중앙일보 신춘문예에 「화가 뭉크와 함께」가 당선되어 데뷔했고 신현림은 90년에 등단했다.
  그 밖에도 시각이미지를 시에 접맥시키고 있는 시인으로는 함성호 시인을 들 수 있다.

멘터리 사진이라는 사실로 미루어볼 때 이 시인의 일관된 주제의식을 위해 동원된 소재 내지는 실 예들이라고 볼 수도 있다. 어쨌든 이승하의 이 시집은 최초로 사진 이미지와 시의 장르 혼합을 시도하여 양자간의 장르 혼합의 가능성을 시사해준다는 점에서 의의가 있다 하겠다.

  이 시집의 첫머리에 싣고 있는 「공포의 한낮」이라는 아래의 시에는 (시의 본문에서 사진의 출처를 밝히고 있듯이) 『Newsweek』지 1988년 1월 4일자 34페이지에 실린 사진 -아이티에서 독재 정권의 폭력에 희생된 한 원주민의 시신이 대낮의 거리를 배경으로 아스팔트 위에 나뒹굴고 있다-을 시의 상단에 배치하고 있다. 시의 전문을 옮기면 다음과 같다.

> 아이티의 하늘이 너무 푸르다
> 지평의 끝 구름이 피어오르는데
> 점심시간일까 거리는 별 기척이 없다
> 익숙해진 것일까 총성에 아랑곳하지 않는
> 능청맞은 이웃을 배경으로 원주민 하나
> 심장이 뚫려, 한길에 드러누워
> 지구의 자전을 멈춰놓았다
> 전세계의 시계바늘을 고정시켜 놓았다
>
> 『Newsweek』1988년 1월 4일자 34페이지
> 총알 하나가 한 사내의 숨통을 끊었으나
> 스페인의 아이티, 프랑스의 아이티, 미국의 아이티
> 총알 하나로 한 사내의 숨통을 끊지 못해
> 프랑소아 뒤발리에의 아이티, 장-클로드 뒤발리에의
> 아이티
> 탕! 한낮에 총성이 울리고 느닷없는 외침 소리
> 나둥그러진 자네 그때 라디오를 듣고 있었나
> 무슨 소식을, 무슨 노래를, 또 무슨 성명을
> 자넨 이제 울지 않겠군 더 이상 항거하지 않겠어
> 民軍評議會 의장 낭피 참모총장은 선거 실시를

거부했다지

나는 사로잡혔다 사진 한 장에
너무나 자연스럽게, 너무나 평화롭게 죽어 있기에
이제 이웃과 조국과 역사가 그의 이름을 지우리라
내 일을 남에게 떠맡기면서 내가 나를 지우게 되듯
거리의 핏자국 금세 지워질 테고 무풍의 거리
한가운데 나뒹그러진 자네 몸 금세 부풀어오르리라
한낮의 침묵, 침묵의 공포, 공포의 한낮에
나는 사로잡혀 있다 질식할 것만 같다 타인의 삶에
끔찍이도 무관심한 이웃을 배경으로 죽은 깜둥이.

　다소 긴 이 시의 원문을 옮긴 이유는 시인이 사진의 이미지에 대해 처음에 어떻게 반응했는가 하는 것과 그 이후의 사진의 이미지를 읽어내는 방식을 선형적으로 보여주기 때문이다. 이 시인은 사진을 보고 '사로잡혔다'고 하는데, 그 사로잡힘, 즉 최초의 충격은 언어의 힘보다 훨씬 강렬한 이미지의 힘을 뜻한다. 이미지의 힘은 바로 이런 즉각성과 강한 흡인력에 있다. 시인이 이미지를 시로 쓸 생각을 갖게 된 동기가 바로 이런 경험이 시를 읽는 독자에게서도 다시 반복되기를 기대한 것에 있지 않을까 한다. 그런데 이미지가 주는 충격은 죽음 자체에서 온다. 시인은 '침묵의 공포'라고 전율하는데 이것은 언어화, 의미화에 저항하는 (이미지의 내용인)죽음이라는 즉물적인 사태에 직면하여 시인이 숨막히는 공포와 긴장 속에 있음을 나타낸다. 이승하의 시는 이와 같이 이미지와의 팽팽한 긴장 속에서 태어난다. 다시 말해서 그의 시는 기존의 텍스트(시사지나 신문 등의)의 맥락 속에 놓여졌던 이미지를 떼어내어 자신의 시의 맥락 속에서 새로 읽고 있는 것이다.
　실상 각각의 사진 이미지들에는 별다른 정보가 들어 있지 않다. 왜냐하면 각각의 사진들은 '긴' 인용이 아닌 '짧은' 인용[29]을 하고 있기 때문이다. 짧게 인용하고 있으므로 의미는 모호해진다. 시인은 이미지라는 싹뚝 잘려진 시간의 단면, 즉 응고된 순간의 모습에 구체적인 정황을 부여하고 그것을 과거와 현재와 미래라는 시간성의 축 위에서 흘러가게 만든다.

이승하의 시집에 발췌된 이미지들의 목록 : 화가 다비드가 그린 「마라의 죽음」(시 「마라의 죽음과 183인의 죽음」), 사진1 : 1960년 4월 19일자『韓國日報』기사와 함께 게재된 진압경찰과 맞선 모 고등학교 데모대의 모습, 사진2 : 1965년 8월 26일자『東亞日報』기사와 한일협정 반대를 위한 고대 학생들의 데모를 저지하기 위해 고대 구내에 난입한 무장 군인들의 모습, 1980년 5월 17-27일『東亞日報』,『朝鮮日報』,『韓國日報』····· 의 기사는 공난으로 남겨둔 채, 사진3 : 흰 천을 덮은 시체들의 사진30)(시 「1960~1980년」), 베트남 사진작가의 「Tinh Dong Doi」라는 제목의 죽어 가는 전우의 입에 인공호흡을 하고 있는 한 소년 병사(시 「주검과의 키스」), 연합통신의 '굶주려 죽어 가는 아프리카의 아이들'과 AP통신의 'aids로 죽어 가는 루마니아의 아이'(시 「이 아이들을 위해 함께 기도를」), 제3공화국 시대임을 한 눈에 알 수 있는 국회의 모습과 클로즈업된 대통령의 모습 (시 「종이 -지식인들에게」), 독립 만세를 부르다 일경에게 양팔이 잘려 피를 흘리고 있는 한 농부의 모습(시 「변씨의 사진」), 사진작가 정범태의 작품 「母子] -파월 장병, 1965(시 「어무이」), 잘려진 한 쪽 다리를 붕대로 감은 채 병원 침상에 누워 있는 한 소년, 소총을 분해하고 있는 소년 병사들 등

---

29) 존 버거/장 모르, 앞의 책, 114쪽.
   인용의 길이는 시간의 길이가 아니라, 사진 찍는 순간의 사진가가 선택을 통해서 보는 이로 하여금 그 순간 앞뒤에 과거와 미래를 부여하게 만든다는 것을 뜻한다. 두 영상의 이런 서술영역의 차이는 중요하다. 그것은 인용의 길이와 밀접히 관련되어 있지만 그 자체가 길이를 나타내진 않는다. 늘어나는 것은 시간이 아니라 의미다.
30) 이경영, 『대항매체로서의 사진』, 작크와 콩나무, 1994, 107~108쪽.
   광주항쟁 기간의 사진들은 주로 그 당시 국내 주재 외국특파원이나 외국인권단체 등에 수집된 비디오 자료 등이 다시 국내 사회운동단체들에 의해 불법 복사되거나 재편집 상태로 이용되는 것이 주류를 이루었다.

(시 「현대의 묵시록」), Time지 표지에 실린 장총을 든 소년(시 「10대」), 역시 Time지에 실린 누명쓰고 매를 맞는 흑인 소년 등(시 「폭력에 관하여」), 1981년 발생했던 윤경화 노파 살해 사건의 용의자 고숙종 여인의 현장 검증 사진(시 「고문에 관하여」), Duane Michals의 「Le Christ A New York」에서 전재된 사진들(시 「예수를 위한 기도 -듀안 마이클과 함께」), 뼈만 앙상한 알몸으로 五體投地하는 소말리아 어린이의 모습(시 「이 사진 앞에서」), 에이즈 걸린 루마니아 어린이의 천진스러운 모습(시 「이 아이의 눈동자 앞에서」), 1982년 팔레스타인 난민촌에서 친이스라엘 레바논 민병대원들에게 희생된 시체들 등(시 「폭력과 광기의 나날」), 『시사저널』지에 실린 세르비아 민병대가 죽인 보스니아 민병대의 시신들과, 세르비아 병사들에 의해 강간당한 회교 여성들(시 「1992년 크리스마스 이브에」), 최민식 사진집 『人間』에서 발췌한 관 속에 누운 알몸의 시신(시 「죽음 연습」) 등이다.

이승하 시인이 시집에 발췌하고 있는 사진들은 거의 모두가 각종 재난과 폭력으로 인해 무고하게 희생된 사람들의 사진들이다. 그 중에서 특히 무기를 장난감처럼 가지고 노는 소년 병사들, 기아와 질병으로 죽어 가는 어린이들, 강간당한 여자들의 이미지들은 다큐멘터리 사진으로서의 기록성, 비판성, 고발과 항거라는 휴머니즘적 정신을 강하게 보여준다. 이미지들 속의 희생자들은 학대받고 고통을 당하고 있든지 혹은 죽어가거나 이미 살육 당한 후 아무렇게나 방치된 처참한 시신의 모습들이다. 또한 그들을 죽음으로 내몰고 간 재난과 폭력의 세목들은 그것이 발생하는 공간이 전지구적인 규모로 확산되어 있는 만큼 실로 다양하다. 이 시집은 反혁명(혁명에 반대한다는 뜻의), 폭동, 군부독재, 베트남과 중동의 전쟁, 편견(유태인 학살), 인종차별, 기아, 질병, 고문, 제국주의, 종교분쟁, 소외 등등 역사상의 각종 폭력을 보여준다. 시기적으로는 프랑스혁명부터 일제의 제국주의, 아우슈비츠, 베트남 戰, 광주사태, 미국/이라크 전쟁, 90년대 초까지의 근·현대사에 걸쳐 있다. 그뿐만이 아니다. 시인은 시 「폭력과 광기의 나날」에서 '폭력 없는 역사가 있었던가/피라미드도 만리장성도/파르테논 신전도 앙코르와트도/폭력이 이룩한 거대한 건축물'이라고 함으로써 인류의 역사는 온통 폭력으로 침윤된 역사라고 한다. 이승하 시인이 시에서 주장하는 세계 또는 역사, 인간 등에 관한 이런 묵시록적인 비전은 그리 새로운 것은 아니다. 이런 생각은 90년대 초의 많은 젊은 시인들이 공통적으로 지녔던 것이다. 그럼에도 불구하고 이 시인의 시가 새롭게 느껴지는 것은 다른 시인들이 관념 또는 상징으로서 아니면 가령 자연이나 생명과 같은 폭력과 죽음의 대체관념이라는 것으로서 즉 간접화된 방식으로 시대에 대응했다면 이 시인은 그것과 직접 맞닥뜨려 그것의 정체와 의미를 확인하고 그것을 통해 어떤 변화를 촉구하게 한다는 점이다.

이 시인이 인용하고 있는 사진들은 전체 사진의 약 삼분지 이 가량의 사진들이 국내외의 시사잡지나 신문에 게재되었던 다큐멘터리 사진들이다. 사실 이런 사진들은 바로 그 역사적인 사건이 발생했을 당시에 여러 채널을 통해 전달된, 독자에게 익숙해진 것들이므로 이미지 자체로는 그리 새로울 것이 없다. 더구나 베트남 전쟁 같은 경우에는 사상 최초로 전쟁 상황이 TV로 직접 중계되었기 때문에 TV 매체를 통한 이미지는 그것으로써 전쟁의 이미지를 지극히 유형적인 것으로 전형화시켜 왔으며 재난과 참사에 대한 면역성을 강화시켜왔다고 해도 지나치지 않다. 전쟁만이 아니라, 대체로 사회의 하층 계급이나 제3제국에서 발생하는 기아나 가난, 매춘 등의 비참상은 계층적, 문화적으로 그들보다 우월한 위치에 속한 보수적 경향의 대중들에게 어떤 변화와 실천을 끌어내기보다는 외면하고 싶은 것으로서 잠깐 동안의 충격 이상의 기능을 하지 못해온 것이 사실이다.

그런데 왜 이 시인은 70년대부터 정보의 객관성과 신뢰성이란 점에서 문제가 되어 온 다큐멘터리 사진(또는 스트레이트 사진)을 90년대 초의 시기에 새삼스레 인용하고 있는 것일까? 이런 의문을 풀기 위해서는 시를 위한 인용이라는 시각보다는 인용한 이미지와 시의 접합이 어떤 효과를 지니게 되며 또 어떤 메시지를 전달할 수 있는지, 또 이런 작업이 90년대 시사에서 어떤 의미를 지니게 되는가에 초점이 맞춰져야 할 것이다. 우선 그가 인용하고 있는 이미지의 성격과 그 기능에 대한 접근이 필요하다.

다큐멘터리 사진은 특히 1920~30년에 걸치는 십여 년간이라는 사진의 르네상스기에 탄생했다. 소형 카메라와 같은 사진기자재의 발달로 인해 사진술을 통해 세계를 바라보는 카메라적 시각이 개발, 정립된 것이 이 시기이다. 동시에 일차 대전을 계기로 생활 정보로서의 세계 각처의 소식이 대중들에게 절실히 요구되던 시기였고 다큐멘터리 양식은 이런 시대적 배경 속에서 태어났다. 이 시기에 시사잡지『라이프』지(1936년 창간)는 문자 언어로 된 기사로부터 다큐멘터리 사진으로 그 중심을 이동시킴으로써 사상 최대의 발행 부수를 기록한다. 말하자면 문자시대에서 이미지의 시대로 나가는 데 기여한 것이 바로 다큐멘터리 사진이었다[31]고 해도 무방하다.

『사진의 역사』(1949)를 쓴 뷰먼트 뉴홀(Beaumont Newhall)은 다큐멘터리 사진(Documentary Photography)이란 용어[32]가 1930년대에 처음 도입되었다고 하면서 특히 그것이 '사실의 극화'라는 주관적인 미학적 기준을 따른다는 점에서 수동적인 단편 뉴스와는 다르다는 것을 강조하고 있다. 그는 이어 사진작가인 엔셀 아담스의 의견에 따라 사회적 상황을 비평적으로 해석한 사진 유형인 '포토 다큐멘트(곧 다큐멘터리 또는 스트레이트

---

31) 한정식, 『사진예술개론』, 앞의 책, 265~267쪽.
32) 뷰먼트 뉴홀, 「다큐멘터리에 관한 견해」, 뷰먼트 뉴홀 외, 이주영 역, 『기록으로서의 사진』, 눈빛, 1996, 29~30쪽.
"이 용어는 영국에서 다큐멘터리 영화 제작 학교를 이끈 존 그리어슨이 스튜디오 무대 장치를 이용하고 직업적인 배우를 고용하여 제작한 헐리우드 극영화의 허구성에 대립되는 개념으로 사용하였는데, 그가 '사실(actuality)'이나 '현실세계(the real world)'라고 말한 것으로 구성한 영화를 묘사하기 위해 사용한 다큐멘터리와 비슷한 개념이며, 그 용어에 영향을 받아 나타난 듯하다....그리어슨은 표현방법으로 영화매체를 이용함으로써 '사실'을 극화할 필요가 있다고 역설하였다......그가 '사실의 극화'라고 말한 이처럼 주관적인 미학적 기준으로 인해 다큐멘터리 영화는 객관적이고 수동적인 단편 뉴스 영화로부터 구분될 수 있다."

포토)'에는 두 가지 유형이 있다고 덧붙인다. 그 하나가 '현대 문명이나 사회 현황과 개인적으로 혹은 집단적으로 관계가 있는 개체를 다루는 것'이며, 두 번째 부류는 '문화, 건축, 예술 그리고 또 다른 형태의 표현양식과 가공품이 보여주는 물질적인 증거를 앞서와 마찬가지로 비평적으로 기록하는 것'이라 설명한다. 이런 포토 다큐멘트에는 항상 연대가 따라 붙는데, 첫 번째 부류는 확실하게 현대이고, 두 번째 부류는 현대적인 측면을 나타낼 수도 있고 그 작품들을 제작하였던 시대를 함축적으로 표현할 수도 있다고 언급한다. 이같은 엔셀 아담스의 견해와 유사하게 뉴홀 자신 또한 다큐멘터리를 사회적인 논평과 역사적인 논평의 두 부류로 구분하고 있다.33) 뉴홀은 일반적으로 다큐멘터리의 범주와 그 개념을 보통 첫 번째 부류에 한정해서 매우 배타적으로 사용하는 것에 비해 역사적 논평의 다큐멘터리까지 포함하여 그 범주를 확장시키고 있는 것이다. 그리고 그 두 부류가 함께 묶여질 수 있는 조건을 바로 그것이 사회와 역사의 증거자료가 되어야만 한다는 것에 두고 있다. 또 그의 통찰 중에 중요한 것은 첫 번째 부류의 다큐멘터리34)에는 시사적인 성격의 사진 외에도 '인간적인 상황 즉 인문주의적(humanistic)인' 것, 다시 말해서 "인간이 처한 일시적인 상황보다는 영원한 것을 곧 인간과 인간 그리고 인간과 세계와의 관계에 있어서 근본적인 진실"35) 을 다룬 것을 포함할 것을 강조한다. 그가 다큐멘터리를 내놓고 표방하지 않는 많은 순수예술 사진가들을 다

---

33) 위의 책, 31쪽.
34) 이경영, 앞의 책, 146쪽에서 재인용.
　　윌리엄 스토트도 뷰먼트의 견해와 유사하게 사회적 다큐먼터리에 휴먼 다큐멘터리를 포함시킨다. 그리고 휴먼 다큐멘터리란 죽음, 일, 기회, 기쁨 등과 같은 인간주변에서 일어나는 상황에 대한 기록에 주안점을 둔 것이라면, 사회적 다큐먼터리는 인종차별, 실업, 불경기, 테러리즘과 같은 특정한 시기와 특정한 곳의 상황을 기록함으로써 사회개선을 하도록 촉진시키고 그 주된 대상을 '대중'에 대한 교육, 선전에 초점을 맞춘다고 한다.(윌리엄 스토트, *Documentary Expression and Thirties America*, The University of chicago press, 1986.)
35) 앤 월크스 터커, 『사진적 사실과 30년대 미국』, 앞의 책, 101쪽.

큐멘터리 작가의 범주에 대거 포함시키고 있는 것은 이런 이유 때문이다.

위에서 소개한 뉴홀의 견해에 준한다면 다큐멘터리 사진은 상당히 그 범주를 넓게 잡을 수 있으며, 그 본질이 사실에 대한 정확한 기록을 통한 증거 제시, 그로 인한 신뢰성 그리고 저항, 인내, 믿음 등의 도덕적, 계몽적 메시지의 전달에 있다는 것을 알 수 있다. 실제로 다큐멘터리 사진은 기록과 증거 제시라는 면에서는 문자언어를 비롯한 어떤 매체도 그것의 현장성, 신속성, 의외성 등을 따라갈 수가 없다. 그리고 다큐멘터리가 사실에 대한 정확한 기록이라는 본래의 사명을 완수함으로써 상당히 영향력 있는 도덕적 메시지를 전달했던 일은 얼마든지 있다.

그러나 보도 사진은 첫째, 그 사진을 어떻게 촬영했느냐, 즉 증거자료로서 객관성을 지니고 있느냐의 문제와 함께 둘째, 어떻게 그 사진을 사용하느냐의 문제, 즉 보는 이의 의도와 관련되면서 그 진실성이 문제되어 왔다.36) 후자는 사진이 어떤 문맥 속에서 사용되느냐에 따라 단순한 정보 전달에서부터 그 이상의 선전, 설득을 목적으로 삼는 것에 이르기까지 다양한 기능을 할 수 있다는 뜻이다. 에스텔 주심 또한 뉴홀의 견해에 동의하면서 "전달되는 정보는 믿는 태도만이라 할지라도 사람의 태도를 바꾸고자 하는 것이다. '정보'는 절대로 중립을 이루지 못한다. 왜냐하면 정보는 항상 개개인의 신념에 따라 각각 다르게 수용되고 해석되며, 그 사람들의 사회·문화적인 환경이 만드는 대규모 조절작용에 의해 적당한 상

---

36) 이영진, 앞의 책, 145쪽.

70년대 이후 사진 비평계에서는 1)사진의 인식론적 가치에 대한 회의 2) 모더니즘 논리로 특화된 예술 사진의 미학적 기반에 대한 근본적인 반성, 3)보도사진의 정치성, 이데올로기성에 대한 비판, 사진(특히 누드 사진)에 의한 성차별의 강화에 대한 비판, 4)사진이 사회적 도덕적인 위계질서를 강화하는 수단으로 쓰이는 것에 대한 비판이 있어왔다. 2)의 문제는 사진이 객관적 기록성을 가장하여 계급적·인종적·국가적인 이해관계를 선전하거나 왜곡하는 수단으로 쓰이는 방식에 대한 비판이다. 매스 미디어를 통해 전달되는 사진의 메시지가 얼마나 진실된 것이며, 그 배후에 깔린 정치적·이데올로기적 의도는 어떤 것인가에 논의가 집중된다.

태로 조정되기 때문이다."37)고 부연한다.

이처럼 '70년대 이후의 사진 비평계에서 보도사진이 중요한 비평적 대상이 되고 있는데, 그와 연관하여 첫째, 이승하 시인이 발췌한 보도사진의 성격, 이미지 자체의 객관성과 사건의 대표성 여부, 총체적인 세계상을 제시했느냐의 문제 등과 둘째, 이승하 시인이 인용한 보도 사진들이 독자에게 어떤 효과를 끼치게 되는지를 살펴보자. 위에서 검토한 바에 의하면 이 시집의 거의 모든 이미지들은 사회적 다큐멘터리의 성격을 지닌 것들이라고 볼 수 있다. 이 이미지들은 가령 4 · 19, 광주사태, 베트남戰, 보스니아 사태 등 특정한 역사적 시기에 특정한 장소에서 발생한 사건에 대한 것이다. 이런 사진들은 휴먼 다큐멘터리가 아닌 사회적 다큐멘터리로서 기록성과 함께 사회개선 내지 선전, 설득에 주안점을 둔 것이다. 그런데 흥미로운 것은 사회적 다큐멘터리의 범주에 집어넣을 수 있는 시집 속의 이미지들은 대부분이 휴먼 다큐멘터리적인 특성을 아울러 나타낸다는 점이다. 그 까닭은 우선 그가 선택한 이미지들이 대체로 지식보다는 굶어 죽어가는 아이들, 소년 병사들, 무고하게 고문당한 사람 등의 이미지를 선택함으로써 감정에 호소하고 있기 때문이라는 것과 또 그 이미지들이 모두 '죽음' '고통'을 나타내고 있으므로 특정한 시간과 장소를 불문하고 누구도 피할 수 없는 것이기 때문이다. 그러나 그가 선택하여 시 속에 인용한 각각의 이미지들이 어떤 특정한 사건의 전모를 대표할 수 있는 것인지, 또한 그 각각의 이미지들을 일정하게 배열(편집)함으로써 -이것은 사실 사진에 코드를 부여하는 방법이다- 과연 총체적인 세계상을 그려낼 수 있는지는 지극히 의문스럽다. 왜냐하면 그가 제시한 세계 곳곳의 참상은 물론 국내외의 유수한 시사지나 일간지에 게재되었던 이미지들임에는 틀림없으나 그것은 시각의 투명성과 공평무사함을 담보로 한 것이라기보다는 일정한 정치적, 이데올로기적 입장에서 해석된 이미지 또는 인공적으

---

37) 에스텔 주심, 『선전과 설득』, 뷰먼트 뉴홀, 앞의 책, 188쪽.

로 구성된 이미지일 가능성이 크기 때문이다. 즉 "특정한 하나의 사건에는 명칭이 붙여지던가 성격이 규정될 때까지 사건의 사진이나 다른 형태를 취한 내용이 명백하다고 인정될 수가 없다. 그런 이유에서 사진은 언제나 사건을 규정하는 데 기여한다"[38])는 손탁의 언급처럼 특히 보도사진이란 특정한 정치적 의식 또는 윤리적 의식이 전제가 되어 있고 사진의 몫은 그것을 인증하는 데 그치기 때문이다.

또한 이 시인이 인용한 보도사진의 대표성 여부와 관련하여 고려해야 할 문제는 보다 근원적인 것으로서 사진을 찍는 사람의 일정한 보는 시각이 문제가 되는 것이 아니라 카메라 자체가 지닌 사진으로서의 시각의 한계에 대한 것이다. 카메라의 시각은 하나의 사건을 목격했을 때, 여러 정황 중에 특정한 정황을 하나 선택하여 그것을 프레임에 담는다. 이것은 그 선택된 장면이 그 이외의 것들로부터 분리되고 단절된다는 것을 의미한다. 더구나 그 선택된 장면이란 찰나의 시간이 공간으로 응고된 것으로서 시간성이 소거된 공간의 모습일 뿐이다. 이런 이유에서 손탁은 한 장의 사진에서는 의미를 찾을 수 없다고 했지만 존 버거는 그 정지된 장면이 특정한 사건의 정보를 많이 지닐 수 있다면 대표성을 갖는 이미지가 될 수 있다고 했다. 그러나 사진가의 역량과는 상관없이 카메라의 시각은 근본적으로 세계를 총체적으로 보여줌으로써 세계를 이해하게 하는 데는 부적합하다 할 수 있다. 손탁은 사진적 시각의 파편성을 다음과 같이 통찰하고 있다.

사진은 사회 현실을 지속적으로 작은 단위의 무한한 숫자, 다시 말해 무엇이든지 촬영가능한 사진을 숫자로 구성함으로써 표면적으로 드러나는 사회에 대한 시각을 강화시킨다. 사진을 통하여 이 세계는 연관성 없이 자유롭게 존재하는 일련의 작은 입자로 구성된 세계에 지나지 않게 되는 것이다.

---

38) 롤랑 바르트/수잔 손탁, 앞의 책, 141쪽.

그리고 역사, 과거와 현재가 한갓, 에피소드(逸話)와 다양한 현실이 담겨진 장치에 머무르게 되어 버린다. 그처럼 카메라는 현실을 핵(核)화시키며, 통제가능하며 또 불투명한 것으로 만들어 버린다. 따라서 세계관도 상호연관성, 지속성을 거부하고 매순간의 특성만을 염두에 두는 시각으로 변화된다.[39)]

사진 이미지가 개별적으로 보여주는 것이 특정 사건의 파편화된 국면인가의 여부와 함께 또 문제가 될 수 있는 것은 시인이 그 특정한 관점에서 선택된, 곧 파편화된 이미지들을 다시 시집 속에서 재배열했을 때 그 전체 이미지는 과연 총체적인 세계인식을 드러낼 수 있는가가 문제가 될 수 있다. 여기서 총체적인 세계인식이란 산문적 개념이라기보다는 삶과 세계에 대한 전체적, 보편적 인식이라는 의미를 말한다. 그런 의미에서 이 시인이 선택, 배열하고 있는 모든 이미지들은 시인의 다분히 단선적인 세계인식을 합리화시키기 위해 동원된 듯한 혐의가 짙다. 그러나 이 시집에 인용된 개개의 이미지들이 특정한 사건을 대표할 수 있느냐의 문제는 필자의 역량을 넘어서는 것이다. 다만 보도사진은 항상 일정한 입장을 지닌 누군가에 의해 해석된 내용이라는 것만 지적하고 넘어가기로 한다. 또한 시인이 나타내는 세계관의 성격에 대하여는 시가 소설이나 산문에 비해 다분히 주관성을 띤 장르임을 감안한다면 구태여 결함으로 지적되어야 할 이유가 없을 것이다.

더구나 사진적 시각의 파편성에서 더 나아가 근대적 사유와 시각을 대표하는 것으로서의 사진적 시각이라는 인식에 이르면 그 한계 때문에 매체로서의 기능에 대한 근본적인 회의에 봉착하게 된다. 그러나 사진적 시각의 한계에 대한 정확한 인식은 오히려 이미지라는 매체와 그 메시지를 어떻게 적절하게 사용할 수 있는가에 대한 대안적 인식으로 전환할 수 있는 계기가 될 수 있다. 그러나 이승하 시인은 그가 선택한 사진 이미지 자

39) 롤랑 바르트/수잔 손탁, 앞의 책, 146쪽.

체의 정치적 의식이나 이데올로기, 윤리적 메시지와 그 메시지 자체의 근 거를 문제 삼는 데까지 나아가고 있지는 못하다. 또한 사진적 시각의 미 학적 특성40)에 대한 근원적인 회의를 나타낸 시도 찾아볼 수 없다.

둘째, 이 시인이 이미지를 통해 독자를 끌어들이고 있는 인간의 폭력, 죽음, 재난, 참상 등이 독자에게 어떤 반응을 일으키게 하며 그 반응은 어 떤 의미를 지니게 되는가 하는 문제이다. 앞에서도 언급했지만 시인은 독 자가 폭력과 죽음의 얼굴과 직접 마주치게 함으로써 대부분의 시인의 방 식과는 다르게 충격요법을 쓰고 있다고 볼 수 있다. 그런데 이런 이미지 들은 이미 독자에게 익숙한41)것이 되어버린 지 이미 오래 된다. 그와 같 은 이미지들은 독자들이 시사지나 일간지에서 매일 일상용품과 같이 이 미지로서 소비하는 품목이 되어버렸다고 해도 지나치지 않다. 그런 까닭 에 독자들은 그런 이미지들에 무감각해진 나머지 오히려 그것들을 일상 적인 사건으로서 흘려보내게 된다. 심지어는 그런 이미지들이 대량으로

---

40) 이영진, 앞의 책, 140쪽.
사진을 찍는다는 행위 자체, 그리고 사진을 찍는 카메라라는 기계 자체가 이미 사진 이미지의 의미를 아주 초보적이나마 결정해주는 코드를 담고 있다. 즉 기하학적 원 근법이라든가 초점이라든가 하는 개념들은 이미지를 현대성의 공간에 위치시키는 코드의 일부이다. 또한 카메라의 렌즈나 조리개도 단순히 외적 이미지를 모사하는 기구가 아니라, 그 자체로 무언가를 말하고 있으므로 이미 코드가 부여된 것이다. 예 를 들어 광각렌즈로 찍은 풍경의 거대함은 그 자체로 하나의 修辭이다. 그리고 망원 렌즈로 찍은 거리감이 압축되어 더욱 빽빽해 보이는 도시의 차량 행렬도 하나의 수 사이다…….사진의 코드란 찍힌 사진에 캡션을 붙이고 편집 배열하기 이전에 이미 카 메라를 집어드는 순간에 개입하는 것이다.
41) 롤랑 바르트/ 수잔 손탁, 앞의 책, 141~143쪽.
손탁은 윤리적인 폭행을 비롯해서 억압당하고 착취당하는 사람들 그리고 굶주리고 학살당한 사람들의 사진에 대하여 사람들이 어떠한 감성으로 반응하는가의 문제는 사람들이 그러한 이미지에 얼마나 익숙해 있는가에 따라 다르게 나타난다고 한다. 그는 1945년 7월 우연히 서점에서 유태인 수용소 학살 광경을 찍은 사진을 본 경험 을 기술하면서 그 충격의 강도로 인해 오랫동안 고통을 느꼈지만, 그런 경험을 계속 해서 하게 되면 처음의 느낌은 퇴색하고 계속 더 큰 충격을 기대하게 되므로 그런 이미지들의 현실감은 감소되고 그 결과 이미지들 스스로 타락하게 된다고 언급한다.

복제, 유통되어 돌아다니는 것을 보며 독자들은 그것들이 자신들에게 불필요한 동정심을 자아내게 한다고 느끼며 외면하고 싶은 심정을 불러일으킬 수도 있다. 이처럼 현대의 유형화된 보도사진은 독자에게 낯익은 것이 되어버려 아무런 자극을 줄 수 없게 된 것이 사실이며 더구나 그것은 계급적, 인종적, 국가적 편견을 전달 강화하는 수단으로 사용된다고 볼 수 있다.

그럼에도 불구하고 사진이라는 매체는 역설적이게도 다른 매체와는 다른 열린 가능성을 함께 지니고 있다고 할 수 있다. 사진은 대부분의 보도 사진, 경찰서나 정보기관에서 감시나 체포의 자료로 쓰이는 등의 사회적 억압이나 기존체제의 유지를 위해 쓰일 뿐만 아니라 한편으로 다양한 가능성을 향해 열려 있는 매체이기도 하다. 가령 러시아 구성주의나 다다이즘에서는 사진이 혁명의 수단으로 사용되기도 했으며 초상사진에서는 개인의 명예를 높여 주는 방식으로 사용되며 광고사진의 경우에서처럼 상품판매의 수단으로 쓰이기도 한다. 사진은 이처럼 독자적인 의미를 지니지 않는다. 결국 사진이 지닌 역설은 사진이 삶을 억압하는 수단으로도, 반대로 해방하는 수단이 될 수도 있다는 것이다. 말을 바꾸면 사진은 어떤 문맥 속에서 쓰이느냐에 따라 새로운 의미를 획득할 수가 있다는 뜻이다.

이런 시각에서 볼 때, 사진이 시의 문맥 속에 들어오는 경우 사진은 적어도 삶을 억압한다거나 지배의 수단으로 사용되는 것이 아니라 기존의 체제나 삶의 형식에 대한 반성, 성찰을 이끌어내기 위해 쓰여진다고 보아야 한다. 시의 문맥 속에서 이승하 시인의 사진 이미지들은 시인 자신의 사유를 인증하기 위한 수단으로 사용되고 있다기보다는 바로 그 이미지 자체를 바로 사유의 대상으로 삼고 있다고 볼 수 있다. 이 시인은 이미지가 전달하고자 하는 (여론을 형성하는)공론적 메시지[42]에 초점을 맞추어

---

42) 발터 벤야민, 「보들레르의 몇 가지 모티브에 관해서」, 발터 벤야민, 앞의 책, 123쪽. 벤야민은 신문이 전달하는 정보와 이야기 형식을 구분하면서 정보는 사건을 단순하게 전달하는 일을 함으로써, 예컨대 새로움, 간결성, 이해하기 쉬움, 소식들 사이의

읽는 것이 아니라 폭력, 죽음, 고통을 당하고 있는 개인의 경험 자체에 초점을 맞추고 있다. 물론 이런 경험은 인공적으로 구성된 사진 이미지 안에서 시인이 특정한 정보를 선택함으로써 가능해진다. 그 정보란 스투디움이 아닌 푼크툼에 속하는 아주 부분적인 어떤 특징들이다. 사진 이미지의 부분적인 특징은 시인에게 언어 이전의 충격을 던진다. 그리고 그것은 의미화에 대한 기대를 불러일으킨다. 시인은 부분을 의미화함으로써 그것을 확장해나간다. 미세한 부분을 의미화하는 방식이 바로 고통을 당하고 있거나 죽어가는 사람의 내면의 심리적 상황, 곧 기억을 통해 사건의 의미를 재구성하는 일이다. 이것은 보도 기사의 정보 중심의 방식과는 전혀 다른 맥락을 지닌 것이다. 고통과 죽음이 구체적이고 개별적인 것으로 경험될 때 그것은 자연스럽게 과거의 맥락과 이어지고 또 공동체의 경험과도 연관된다. 여기서 고통과 죽음은 보편적인 의미로 심화, 확대된다. 물론 여기에는 자연스럽게 시인의 삶의 경험이 침투되기 마련이다. (시인의 감정이 이입된)개인의 기억을 통해 사건의 상황은 생생하게 재구성되며 그 의미는 개인적인 것에서 집단적인 것으로 심화, 확대된다. 여기서 시 텍스트와 사진 텍스트간의 상호 텍스트성을 통해 새로운 의미가 발생하게 된다.

물론 이 시인의 시집에서 시와 사진 이미지의 상호 텍스트성을 만들어내는 방식은 다양하게 나타난다. 단순히 시가 이미지의 내용을 설명하는 데 그치거나 혹은 이미지의 단선적으로 의미를 고정하기도 하며 때로는

연관성이 없다는 점으로 인해 그 정보가 독자들의 경험의 일부가 되지 못한다고 한다. 반면에 이야기는 사건을 바로 그 이야기를 하고 있는 보고자의 생애 속으로 침투시키는데, 그것은 그 사건을 듣는 청중들에게 경험으로서 함께 전해주기 위해서라고 한다. 벤야민은 이어 정보를 기계적 기억, 의지적 기억, 파편화된 경험, 개인적 과거와 연관된 것, 인상들의 해체와 연관시키고, 이야기를 종합적 기억, 무의지적 기억, 상황의 흔적을 지니는 것(곧 아우라 지님), 집단적 과거의 내용들과 연관된 것, 인상들의 지속과 연관시켜 설명하는데 흥미로운 것은 정보가 지닌 특성을 가장 잘 나타내는 것으로서 사진을 그 예로 들고 있다는 점이다.

감상적인 휴머니즘을 노출하기도 한다. 그럼에도 불구하고 그의 시집이 새로운 것은 이미지를 하나의 도구로서가 아니라 사유의 대상으로서 시의 문맥 속에 위치시키고 그 이미지에 구체적인 정황을 부여하고 재구성하여 그 의미를 성찰함으로써 그 이미지의 프레임 밖으로 그 의미를 심화, 확장시키고 있다는 것에 있다. 이러한 사진의 재문맥화가 내용적 측면에서의 이 시집의 새로움이라면 또 한가지는 시집 속에 사진을 편집해 넣은 형식적 측면의 새로움도 지적될 수 있을 것이다. 독자의 지각을 고정시켜 놓을 수 있는 '정지된' 이미지가 지닌 장점은 TV나 영화의 유동적인 이미지를 통해 일상적으로 보여지는 폭력의 실상보다 훨씬 기억하기 쉽다는 점에 있다. 이런 이미지들은 선택된, 특정한 순간을 간직하고 있으며 독자가 책을 펼치는 순간 언제든 가까이에서 다시 볼 수 있는 대상이 될 수 있다. 그런 의미에서 정지된 이미지인 사진과 시텍스트의 장르혼합에 있어 시집이나 작품집에 사진 이미지를 수록, 배치하는 방식에 대한 편집적인 기술에 대해서도 앞으로 고찰이 이루어져야 한다고 생각한다. 왜냐하면 사진의 편집방식은 바로 사진에 작가의 코드를 부여하는 방법이기 때문이며 독자는 또 작가의 코드 위에 독자 각자의 코드를 다시 부여함으로써 그것을 새롭게 읽어내기 때문이다.

5. 남는 문제들 -맺는 말을 대신하여

본론에서 고찰한 바와 같이 사진의 이미지는 시각에 호소한다는 점에서 그와 유사한 장르라 인식되어 있는 회화와, 또 지시성이 강하다는 면에서 문자언어와 유사성을 지닌다. 그런데 사진은 약호 없는 메시지라는 점에서 수용자에게 회화나 문자언어보다 더 즉각적으로 전달될 수 있다는 이점을 지닌다. 바르트는 자연 그대로의 약호 없는 메시지는 있을 수가 없으며 보통 상징성과 도상성, 다시 말해서 스투디움과 푼크툼, 즉 共

示와 外示가 공존의 관계에 있다는 것을 지적했다. 그것은 오늘날 비단 사진뿐만 아니라 회화, 영화 등의 시각문화 전체가 인공적으로 만들어진 것을 자연화 하고 있다는 즉 신화화되어 가는 데 대한 우려를 나타낸 것이라고 볼 수 있다. 사진은 더욱이 그 완벽한 도상성으로 인해 신화적으로 될 수 있는 위험성은 더욱 크다. 그러나 비록 사진 이미지가 이데올로기적 형식으로 변질되고 타락했다 하더라도 共示的 메시지를 통해 外示的 메시지를 읽어낼 수 있는 가능성은 얼마든지 있다고 보여진다. 그것은 바로 사진의 존재론이 약호 없는 메시지에 있기 때문이다. 이점에 주안점을 두고 본고에서는 문학 텍스트가 본질적으로 지닐 수밖에 없는 추상성, 허구성, 관념성을 보완할 수 있는 방법으로서, 또 한편으로는 시각문화의 중심을 차지하고 있는 사진 이미지를 다시 읽는 방법으로서 시와 사진의 상호 텍스트적인 관계의 가능성을 이승하의 시를 통해 모색해보았다.

70년내 이후의 사진 징르 내의 소위 탈모더니즘적 경향은 이런 점에서 문학 쪽에 시사해주는 바가 크다고 본다. 지시성의 회복, 지배 이데올로기에 대한 비판, 실천성의 획득, 대중성 확보 등을 기치로 삼고 있는 이런 경향은 그 목표를 위해 회화나 문학과의 적극적인 제휴를 모색한다. 아직도 문학은 문학 본래의 순수성을 고수한다는 명목 하에 전체 문화의 급격한 변화를 외면하고 있는 편이다. 물론 문자언어로만 표현할 수 있는 영역은 문학이 고수해야만 한다. 모든 담론들이 감각적인 시각문화의 지각 방식을 닮아가고 있고 그와 같은 경향이 재생산되는 시대에 문학마저 그 조류에 맹목적으로 편승해서는 안될 것이다.

문학이 독자에게 전달할 수 있는 메시지는 회화나 영화, 사진에 비해 그 영역이 무한하다. 그러나 그 메시지를 전달하는 방법은 예나 지금이나 새로운 것이 없다. 그것은 문학 내의 하위장르들의 기술방식이 모두 전통적인 방법에 의존하고 있기 때문이다. 다큐멘터리 사진을 시에 끌어들이는 방법 이외에도 가령 예술 사진, 풍경 사진, 인물 사진 등을 시와 접목시킨다거나 하나의 시 텍스트를 집약해서 보여줄 수 있는 사진 이미지 또는 연작 사진 형식의 서사적 이미지를 생각해 볼 수도 있고, 어떤 추상적인 개념을 심상사진과 같은 이미지로서 제시할 수도 있을 것이다. 또 사진 이미지의 편집적 기술도 개발해야 할 것이다. 사진계에서 최근에 실험적으로 시도되고 있는 소위 개념 예술에서는 근대적 사유를 대표한다고 할 수 있는 카메라적 시각을 역이용하여 근대적 사유 자체를 비판하는 방법을 볼 수 있다. 이런 시도는 사진에 사상성과 철학성을 도입하여 장르적 한계를 깨뜨리려는 것으로, 바꿔 말하면 적극적으로 언어를 끌어들이는 방법이라고 볼 수 있다. 여기서 문학은 그 장르적 한계를 보완할 수 있는 방법을 타 장르를 통해 적극적으로 모색해야 할 필요성이 절실해진다.

본고에서 미처 다루지 못한 문제들은 많다. 그것은 사진에 시간성을 더한 영화와 사진의 관계, 사진을 비롯한 회화, 영화, 광고 등의 시각문화 전반에 대한 기호학적 고찰, 외적 이미지인 사진 이미지와 시적 이미지의 관련성, 사진적 인식에 대한 한계 및 가능성, 그와 관련된다고 볼 수 있는 오규원에서 시작된 현상주의의 시점과 90년대의 표층시에서 나타나는 시점의 문제 등등이다. 또한 사진 이미지를 활용하고 있는 이승하 시인 외의 여타 시인들의 시에 대한 고찰이 앞으로의 과제로 남겨져 있다.

참고문헌

김인식 편역,『이미지와 글쓰기』, 세계사, 1993

김준오 편,『한국 현대시와 패러디』, 현대미학사, 1996.

롤랑 바르트/수잔 손탁, 송숙자 역,『사진론』, 현대미학사, 1994.

R. 바르트, 정현 역,『신화론』, 현대미학사, 1995.

마리안네 케스팅, 이영준 역,『사진의 독재』, 눈빛, 1991.

박성수, 들뢰즈와 영화,『문화과학사』, 1999.

박주석,『사진 이야기』, 눈빛, 1998.

발터 벤야민, 반성완 역,『발터 벤야민의 문예이론』, 민음사, 1996.

뷰먼트 뉴홀, 정진국 역,『사진의 역사』, 열화당, 1989.

뷰먼트 뉴홀 외, 이주영 역,『기록으로서의 사진』, 눈빛, 1996.

삐에르 기로, 유제호 역,『意味論』, 탐구당, 1986.

신현림,『지루한 세상에 불타는 구두를 던져라』, 세계사, 1994.

신현림,『세기말 블루스』, 창작과비평사, 1996.

오스왈트 듀크로 · 츠베탕 토도로프, 이화여대 기호학 연구소 역,『記號
    學辭典』, 宇石, 1990.

이경영,『대항매체로서의 사진』, 작크와콩나무, 1994.

이승하,『폭력과 광기의 나날』, 세계사, 1993.

이승하,『생명에서 물건으로』, 문학과지성사, 1995.

이영진,『사진, 이상한 예술』, 눈빛, 1998.

자크 라캉, 민승기 · 이미선 · 권택영 역,『욕망이론』, 문예출판사, 1994.

장 뢰 다발, 박주석 역,『사진예술의 역사』, 미진사, 1991.

장 보드리야르, 하태환 역,『시뮬라시옹』, 민음사, 1999.

존 버거, 강명구 역,『映像커뮤니케이션과 社會』, 나남, 1987.

존 버거/장 모르, 이희재 역,『말하기의 다른 방법』, 눈빛, 1995.

테렌스 호옥스, 오원교 역,『구조주의와 기호학』, 신아사, 1982.

하인리히 뵐플린,『미술사의 기초개념』, 민음사,

한정식,『사진의 변모』, 눈빛, 1997.

한정식,『사진-시간의 아름다운 풍경』, 열화당, 1999.

한정식,『사진예술개론』, 열화당, 2000.

ABSTRACT

Literature & Photographs
-With Reference to the Potential of the Mix of Genres-

Park, Kyung-Hae

In this study, the potential of the mix of literature and photographs or the issue of genre parody have been studied. As a typical example of it, a collection of poems written by a poet, Lee, Seung Ha, in 1990s(published by Sekyesa in 1993) has been taken as a text for this study. The potential of the mix of poems and other genres had been experimented from the start of 1980s, and however, no sincere reflection of the aesthetic base of popular culture which was drawn in their poems could not be seen. The introduction of the visual images which are attempted by some poets in 1990 in their poems reveals a worry of 'merchandising of poems', and also, the original reflection of the limit of genres in literature. In the aspect of extension of the sphere of literature, this study has focused on the themes such as 'from what ground the mix of genres is possible', 'how the effect of both as they coexist would be', etc., and in particular, has more focused on a search of the 'genre' essence of photographs. That is, the issues of the linguistic character of photographs, relations between photographs and paintings, by what method language or literature in the genre of photographs is introduced, etc. have been closely observed in this study.

With a collection of poems written by a poet, Lee, Seung Ha, who had attempted the work of rereading documentary photographs, being taken as a model in this study, the aspect of the mix of genres and some points at issue of it have been studied. In the result of such a study, it was found out that some new issues or tasks of studies such as the purity of genres in the mix of them, what relations the mix of genres has with a thinking method of the modern Western world, so-called 'a photographic vision or

perspective', etc. could be produced. In spite of such issues, however, it can be considered that in a descriptive method of the subordinate genres in literature, introduction of the image of photographs is widely opened in various ways or methods and the potential of it is so abundant.

문화 산업 시대의 텍스트 독해와 글쓰기 교육

권명아*

1. 인문학적 텍스트학의 확대 재생산을 위하여
2. 문학적 글쓰기 교육을 넘어서
3. 언어의 여러 층위와 관계 – 의미 생산 법칙의 해독
4. 연상 구조와 텍스트의 켜 – 자기 분석과 텍스트 분석의 결합
5. 상상적 관계들
6. 텍스트의 작용과 효과를 중심으로 한 독해 방법
7. 텍스트 산업 '광고' – 광고 읽기
8. 장르의 집적체로서 영화 읽기

1. 인문학적 텍스트 학의 확대 재생산을 위하여

이런 방식이 허용된다면 개인적인 경험에 대한 이야기로 논의를 시작하고자 한다. 몇 년 동안 대학생들이나 소위 일반인들을 상대로 한 교육을 하면서 연구 작업과 교육을 통한 실천 과정이 어긋나거나 괴리된다는 느낌을 종종 갖게 되었다. 문학이 단지 위기가 아니라 이미 '죽은 것'이 되어버렸다는 실감은 담론의 영역에서보다 오히려 교육 현장에서 더욱 절감하게 된다. 많은 문학 교육자들이 이제 문학 대신 '문화' 교육자로 나서고 있는 현실이다. 문화센터에서 대학 강의실에 이르기까지 문화 강좌는 가장 인기 있고 대중적인 강좌가 되었다. 교육 현장에서 교육자들이

---

* 성공회대 강사

'문화'를 강의 아이템의 중심에 놓게 되는 또 다른 이유는 아마도 학생들의 관심과 흥미를 유발하기 위해서라고 할 수 있다. 또한 단지 학생들의 관심과 흥미 유발을 위한 차원에 국한되지 않는다 하더라도 도서관 구석에서 먼지를 뒤집어쓰고 있는 문학 작품보다는 언제나 생활 속에서 손쉽게 접할 수 있는 '문화' 텍스트들이 학생들의 다양한 생각을 유도하기에 적합한 교육 자료로 대두되고 있는 것이 현실이다. 최근 몇 년 간 개편된 대학 교재를 보더라도 교육 현장의 이러한 변화는 쉽게 감지된다. 대부분의 대학 교재들이 이제 '문화 읽기'를 중심적인 교육 아이템으로 수용하고 있다.

그동안 문학 혹은 언어 중심으로 이루어지던 텍스트 교육은 현재 단편적인 문화 연구 아이템을 수용함으로써 기존 교육 방식의 한계를 극복하려는 양상을 보여준다. 그러나 문화 연구의 전통이 일천한 한국 현실에서 문학 교육에서 문화 교육으로의 전환은 다분히 주먹구구식 교육 방식의 수준을 벗어나지 못하고 있다. 게다가 문학 교육이나 언어 교육에 대한 일정한 전범이나 방법론에 대한 정립이 이루어지지도 못한 상황에서 문화 교육으로의 전환이 필요하게 되었다는 것이 더욱 근본적인 문제이다. 이와 같은 문제점에도 불구하고 이러한 현실의 변화는 어떤 점에서는 '국문학'이라는 제한된 테두리에 안주하고 있던 연구자들을 광범위한 텍스트의 세계로 유도하는 강제력으로 작용하고 있다는 점에서 긍정적인 기능을 하기도 한다. 학제간 연구의 필요성이나 배타적인 분과 학문 영역을 고수하는 것의 문제점이 지속적으로 제기되고 있지만 한국에서는 분과 학문의 배타적 정체성을 강조하는 보수적인 입장이 여전히 주류 정서를 이루고 있다.

그런 점에서 이러한 문제는 단지 교육의 차원에 국한되는 것은 아니다. 이는 한국에서 문학의 위상과 문학 연구자의 역할 문제와 관련된다. 문화 연구의 필요성이 문학 위기론과 함께 제기되기 시작한 1990년대 이후의 논의들에서 문화 연구와 문학 연구는 다분히 과도한 이분법에 의해 분리되었다. 문학의 위기론과 문화 연구의 필요성과 관련된 논의는 여러 가지 복합적인 문제를 내포한다.[1] 이 논쟁의 과정에서 필자가 중요하게 생각한 지점은 인문학 혹은 인문 정신이 교양인으로서의 자기 성찰을 함양하기 위한 중요한 역할을 지닌다는 일반적인 논의에도 불구하고 현실적으로 한국에서 인문 정신이 지니는 이러한 측면은 언제나 과소 평가되거나 평가 절하된 측면이 존재한다는 것이다. 이러한 현상이 형성된 요인들에 대해서도 여러 가지 차원에서 논의가 전개될 수 있지만 가장 중요하고도 두드러진 요인으로는 한국 '인문학'을 오래도록 지탱해 온 '진보주의'의 특정한 편향을 들 수 있을 것이다. 1960년대 이후의 문학 논의에 한정해서 보더라도 인문 정신의 중요함을 제기하는 논의들은 주로 '부르주아적'이거나 '소시민적'인 한계로 치부된 경향이 있다. 이는 주로 민족주의나 민중주의의 이념에 의해 정향된 한국 문학 연구의 경향성과 연결된다. 물론 이러한 역사적 과정에는 나름의 현실적 요인들이 작용하는 것이다.

그러나 이러한 역사적 과정을 사후적으로 평가했을 때[2] 민족주의와 민중주의에 정향된 한국의 문학 연구는 필연적으로 광범위한 의미의 '인문정신'이 축적될 수 있는 역사적 계기를 차단하는 효과를 발휘했다고 볼 수 있다. 인문학과 문학의 위기에 대한 논쟁의 과정에서 한 논자가 새삼스럽게 매슈 아놀드의 논의를 제기하면서 교양주의를 피력한 것 또한 이러한 경향성의 필연적 결과라 할 수 있다.[3] 그러나 본 고에서 논의하고자 하는 바는 이러한

---

1) 이에 대해서는 졸고, 「사상, 문학, 문화, 그 분화와 불화의 현장 -198 · 90년대 잡지 연구」, 『한국문학평론』과 「한국 문학 논쟁사 -아름다움의 가치를 지키기 위한 투쟁들」, 『문예중앙』, 1998년 여름호 참조.
2) 역사적 과정에 대한 사후적 평가는 언제나 한계를 지닐 수 있다. 이러한 논의는 자칫 역사적 과정의 필연성을 간과하는 논의가 될 수 있기 때문이다. 본 고에서 한국 인문학의 지형이나 경향성에 대한 논의 역시 이러한 위험을 내포한다. 그러나 본 고에서의 논의는 한국 문학의 역사적 과정을 편의적으로 재단하려는 의도를 내포하는 것이 아니라 이 과정에서 배태된 결과에 대한 새로운 논의 지점을 형성해보려는 시도에 국한된다.
3) 윤지관, 『근대사회의 교양과 비평』, 창작과 비평사, 1995.

의미의 '교양주의'가 부활되어야 한다는 것과는 구별된다.

앞서 제기한 일정한 경향성에도 불구하고 한국에서 문학 연구는 오랜 동안 인문 정신의 담지자로서 기능해왔다. 사실 문화 연구의 문제를 논하는 이 글에서 새삼 이러한 논의를 끌어들이는 것은 문화 연구가 '새로운' 영토이자 인문학의 '오래된' 영토라는 진부한 사실을 새삼 환기하기 위해서이다. 이 글은 그간 인문학적 지식과 담론 공간에서 축적된 텍스트 학의 방법을 통해 광범위한 문화 텍스트를 독해하는 교육 방법과 글쓰기 지도 방법을 모색해보려는 시도에서 기획되었다. 문화 연구에 대한 저작들이 다수 출간되어 있지만 이론에 편중된 연구나 비평문 형태의 개인 저작집들이 대부분이어서 텍스트 교육의 측면에서 기술된 저작들은 그다지 많지 않은 것이 현실이다. 따라서 이 글은 인문학의 텍스트 연구 방법론을 확대할 수 있는 한 방법으로서의 문화 텍스트 연구를 지향한다.

이 글에서 주안점을 두고 있는 것은 첫째로 문자 언어에서 그림 언어, 영상 언어에 이르는 언어의 다층적 형식의 상호 관련성을 명확하게 하는 것이다. 이를 통해 '시각 언어'의 대두가 단지 포스트 모던 사회의 징후적 현상에만 국한되는 것이 아니라 인간의 언어 활동의 역사적 과정의 변천이라는 보다 역사적인 패러다임 속에서 살펴 볼 수 있는 현상이라는 것을 알 수 있다. 둘째로 광고에서 영화 포스터, 영화 작품들에 이르는 문화 텍스트들을 다층적인 컨텍스트의 맥락에 위치시키고 그러한 컨텍스트적인 관계 속에서 문화 텍스트를 해석하는 방법론을 살펴 볼 것이다. 이러한 방법은 특히 영화를 장르의 집적체로서 간주하는 이 글의 관점에서 명확하게 드러난다. 물론 이러한 방법은 영화라는 매체의 특수성을 부정하는 것은 아니다. 오히려 영화라는 매체를 인간이 역사적 과정에서 생산하고 재생산해 온 다층적인 텍스트의 집적물로서 바라봄으로써 영화라는 매체 속에 인간의 미학적 노동의 집적물들이 어떻게 재구조화되는가를 살펴볼 수 있을 것이다. 또한 이러한 방법을 통해 인문학 지식이 축적해 온 텍스트 학과 미학이 영화라는 매체에 대한 분석과 독해에 대한 효율적인 방법론이 될 수 있는 지점을 살펴볼 수 있다. 마지막으로 이 글은 텍스트에 대한 이론적 분석과 교육 방법론을 모색하는 것이면서 동시에 교육 현장에서 활용 가능한 형식의 저술 형태를 목표로 하고 있다.

2. 문학적 글쓰기 교육을 넘어서
—글쓰기에 대한 사회적 의미 체계에 대하여

대중적인 스타가 저자로 되어 있는 책들이 베스트 셀러가 되는 현상은 이제 흔한 일이 되었다. 이런 현상의 이면에는 책을 펴내는 것이 스타들의 문화 상품적 가치를 높인다는 경험적이고 경제적인 판단들이 작용하고 있다. 그런데 왜 책을 내는 것이 경제적인 이익 뿐 아니라 문화 상품적 가치를 높이는 것이 될까? 그것은 책 또는 글쓰기라는 기호가 문화 상품으로서 연예인이라는 기호에 첨가됨으로써 "소비적이고 일회적이고 감각적인 것으로서의 연예인"의 이미지에 "사색적이고 지속적이고 의식적인 것" 같은 이미지가 덧붙여지기 되기 때문이다. 물론 이러한 의미 접합의 방식 또한 다양하다. 엄앵란은 책 쓰기를 통해 자신의 '인고의 세월'을 '폭로'함으로써 잘 나가던 옛날 배우라는 이미지로부터 '현모양처' 아줌마라는 새로운 이미지를 생산하는데 성공하였다.

이런 현상을 가치 평가하기 이전에 책 쓰기 또는 저자가 된다는 것이 문화 상품적 가치를 높이게 되는 데 작용하는 글쓰기에 부여되는 한국 사회의 의미 체계를 생각해 볼 필요가 있다. 서구의 경우 연예인이 직접 쓴 자서전보다는 자서전 작가의 작품들이 인기를 끌고 있다. 자서전 출간으로 인기를 끄는 것은 연예인 자신보다는 자서전 작가이다. 또 당사자인 연예인과 자서전 작가 사이의 불화는 간혹 신문 지면을 장식하기도 한다. 이런 현상과 대비하여 볼 때 흥미로운 것은 우리의 경우 유명 인사들이 직접 썼다는 작품들이 줄을 잇는 것은 우리 사회에서 글쓰기가 갖는 고유한 의미 체계와 밀접한 관련을 갖는다. 한국 사회의 대부분의 사람들은 인생의 어느 시점(특히 청소년기에)에서 글쓰기에 대한 막연한 동경을 품고 자라왔다. 따라서 인생의 어떤 시점에 이르러 그 동경을 현실화하고 싶은 잠재된 욕망을 많은 사람들이 갖고 있다. 이러한 욕망의 구조는 최근 소위 '일반인'들의 자서전 쓰기가 확산되는 경향에서도 확인된다. 글쓰기와는 거리가 먼 유명 인사들이 출간한 저서들에 대한 일반 독자들의 반응에는 자신들과는 다른 삶을 살아온 성공한 사람들에 대한 동경과 함께 자신은 충족하지 못한 글쓰기에 대한 욕망을 현실화시킨 것에 대한 동경이 가세하게 된다.

즉 전 세계적으로 글쓰기가 하나의 문화 상품적 가치로 진입되는 것과 우리 사회의 현상은 맥을 같이 하기도 하지만 한편에서는 이러한 글쓰기에 대한 전 국민적 잠재 욕구가 글쓰기의 문화 상품화를 촉구하는 내적 요인이 된다. 또 한가지 이러한 잠재된 욕구는 인생의 어느 시점, 특히 청소년기의 욕망에 고착되어 있는 것이다. 그 결과 우리 사회에서 글쓰기는 다분히 '문학적'(이는 감상적이라는 의미의 동의어로도 연결된다)이거나 '인생론적'인 것의 의미로 축소된다. 따라서 우리 사회에서 글쓰기는 아주 한정된 범주로 고착되어버렸다. 한국 사회의 많은 사람들은 한때 문학 소녀거나 문학 소년이었다. 이들은 자라서 일부는 직장인이 되고 일부는 작가가 된다.4)

---

4) 최근 인터넷 동호회나 소모임 중 양적으로 가장 많은 것이 문학 동호회라는 것도 이러한 현상을 반증하는 한 예이다. 또한 이러한 문학 동호회에서 수행하는 글쓰기의 성격은 소위 '인생론적'인 감상적 글쓰기들이 주류를 이룬다. 물론 특정한 장르 문학 (판타지나 SF, 무협, 추리 소설 등의) 을 지향하는 동호회들은 기존의 제도적인 문학적 글쓰기와는 대별되는 새로운 글쓰기를 지향하고 있지만 이러한 몇몇 집단을 제외한 문학 동호회의 글쓰기는 한국 사회에서 문학적 글쓰기의 성격이 "인생론적"이고 "감상적인" 성격에 고착되어 있다는 것을 보여준다. 인터넷 문학 동호회의 글쓰기 성격과 한국 사회에서 문학과 글쓰기에 대한 '신화'의 상관 관계는 좀더 깊이 있게 논의될 필요가 있다.

그러나 글쓰기에 대한 우리 사회의 의미체계가 이렇게 고착되었다고 해서 우리 사회에 이런 글쓰기만 존재한 것은 아니다. 사람들은 평생 글쓰기와 무관하지 않게 살아가면서도 자신이 글쓰기를 하고 있다는 자의식을 갖지 못한다. '문학적인 것'으로 고착된 글쓰기의 개념 규정과 자각 없는 글쓰기의 악순환이 우리 사회에 방법론 없는 글쓰기, 또는 글쓰기에 대한 자각이 없는 글쓰기를 만연하게 하였다. 유명 인사들이 자신들이 썼다고 주장하는 책을 펴내도, 대필 작가가 있다는 사실을 기정 사실화하면서도 사람들은 그다지 문제 삼지 않는다. 그것은 우리 사회에서 글쓰기라는 것이 갖고 있는 앞서의 악 순환적 의미 체계에 따른 것이다. 대부분의 사람들이 글쓰기 욕망을 실현하지 못하는 것을 '시간이 없어서'라고 생각한다. 정년 퇴직한 후에 하고 싶은 일 중에 글쓰기가 빠지지 않는 것도 이 때문이다.

우리는 모두 글쓰기를 욕망 하지만, 모두 글쓰기를 하면서 살아가지만 글쓰기의 방법에 대한 자각과 교육은 받아 본 적이 없다. 우리 사회에는 아직도 작가는 '운명적으로' 되는 것이라는 낭만적인 발상이 편재한다. 백 번 양보하여 작가는 그렇다고 쳐도 그 외의 다른 사람들은 글쓰기의 방법이 '운명적'으로 자신을 방문하기 전에는 결코 글쓰기를 배울 수 없다. 대학 4년을 다녀도 취직 한 후에 기안 한 페이지도 작성 못하고, 박사 학위를 가지고 있어도 금전 출납부를 효과적으로 쓸 줄 모른다. 출국 수속 서류의 sex 란에 일주일에 한 번이라고 썼다는 유우머는 영어 실력에 대한 유우머라기 보다는 우리가 얼마나 글쓰기에 무지한가, 수많은 글쓰기 양식에 대해 무방비로 노출되어 있는가를 보여준다. 자기 소개서를 쓰려면 과외를 받아야하는 현실은 이를 잘 보여준다.

문학 교육 중심의 글쓰기가 물론 나름의 성과를 거두었다는 것은 부정할 수 없을 것이다. 그러나 그동안 이루어진 문학 중심의 글쓰기 교육은 '문학'과 '글쓰기' 양자에 대한 신화화 작업을 강화한 데 비해 문학 창작의 활성화나 글쓰기 교육의 현실화라는 목표는 충족하지 못하였다. 물론 그렇다고 해서 이러한 문제제기가 글쓰기 교육을 일종의 도구적 개념(사회적 행위의 도구tool로서의 글쓰기 교육)에 국한시켜야 한다는 의미는 아니다. 그러나 현재 글쓰기 교육은 인간의 사회적 행위의 기본 도구로서 글쓰기의 필요성과 의미를 충족시켜주지 못하고 있는 것이 사실이다. 글쓰기 교육은 인간다움 삶을 위한 인문 정신의 도야를 위한 교양 획득의 의미와 함께 사회적 행위를 위한 기본 도구로서 글쓰기의 위상과 의미를 강조하는 방향으로 나아갈 필요가 있다고 보인다. 특히 문자 언어적 사유가 점차로 쇠퇴되고 있는 시점에서 사회적 행위를 위한 기본 도구로서 글쓰기 교육의 필요성은 점차로 증대된다고 할 수 있다.

3. 언어의 여러 층위와 관계
—의미 생산 법칙의 해독

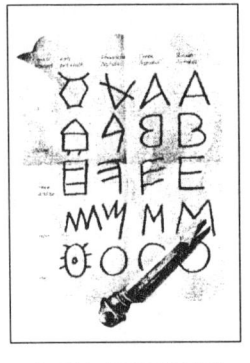 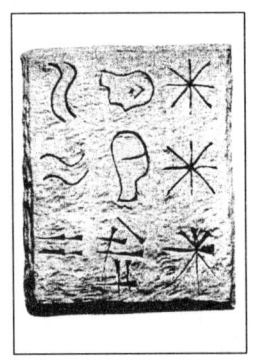

〈그림1〉 알파벳의 변천 　　　　〈그림2〉 상형문자의 형성

책 읽기와 문화 읽기 사이에 방법적인 차이가 없을 수는 없다. 그러나 우리가 책 읽기와 문화 읽기를 너무나 다른 '읽기'라고 생각하는 것은 문화라는 코드가 상당히 낯설고 이질적인 것으로 다가왔기 때문일 것이다.

'문화뉴스'나 '문화국민'에서 '문화 담론'으로 우리의 "문화" 코드는 훌쩍 뛰어버린 느낌이다. 그러나 책과 문화 텍스트는 모두 우리가 살고 있는 이 사회의 의사 소통 체계와 상징 체계의 일환이라는 점에서 큰 차이는 없다.

책과 문화 사이에 만리장성이나 있는 듯한 거리감을 갖게 되는 것은 우리가 책의 '언어'(문자)에는 익숙하지만 '문화' 텍스트의 언어에는 익숙하지 못한 문맹이라는 '현실'에서 비롯된다. 해독 불가능한 불가사의한 이미지들, '소음들', 낯선 언어들… 우리는 문화 텍스트를 접할 때 마치 보면서도 보지 못하는 것 같은 상태에 자신이 처해있다는 자괴감에 빠지기도 한다. 이는 우리가 그동안 익숙하게 사용해 온 문자 언어적 의사 소통이 무엇인가 다른 의사 소통적 체계로 변화되고 있는 현실과도 관련된다. 그러나 이러한 변화는 금세기말에 이르러 갑작스럽게 생긴 것은 아니다.

일례로 문자 언어가 생기기전 인간들이 사용한 시각 메시지가 문자 언어로 변해 온 이래 공통의 의사 소통 언어로서 시각 언어가 다시 등장하는 과정을 보면 우리는 인간의 의사 소통적 체계의 변화가 일정한 연속성을 띠고 있음을 알 수 있다. 즉 문자와 시각 언어 사이에는 테크놀로지와 이미지 시대라는 21세기적 격동의 흔적만이 각인되어 있는 것은 아니다. 물론 그림 1에서 7까지의 자료에서 볼 수 있듯이 시각 언어와 문자 언어는 연속성을 지니면서도 '결합'의 원리에서 다른 방식을 보인다. 우리는 때로 문자 언어가 시각 언어에 비해 훨씬 설명적일 것이라고 생각하지만 (흔히 시각 언어는 함축적이고 상징적이기 때문에) 꼭 그런 것은 아니다.

예를 들어 1968년 멕시코 올림픽에 사용된 입장권(그림 3)은 시각 언어가 국가와 민족의 장벽을 넘어서 공통의 의사 소통을 가능하게 해주는 매개로 기능하는 방식을 보여준다. 여기서 시각 언어는 일차적으로는 여러 나라 사이의 언어 장벽을 해소하기 위해 고안된 것이다. 우리의 모든 언어는 각각의 언어 주체가 자신의 표현의 한계와 의사 소통의 한계를 극복하면서 효과적인 의사소통을 수행하기 위해 형성, 발전되어 온 것이다. <

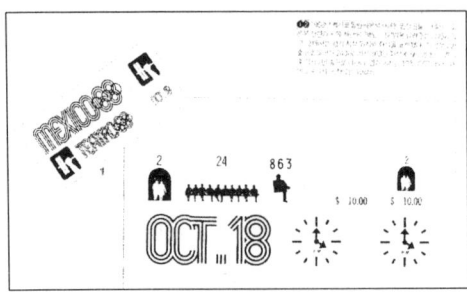

<그림3> 멕시코 올림픽에 사용된 입장권

그림 3>의 올림픽 입장권을 보면 입구, 열, 좌석의 위치를 함축적이면서도 모두가 이해 가능한 방식으로 설명하기 위해 시각 언어를 효과적으로 사용하였다. 문자 언어가 각국의 언어 체계의 상이함으로 인해 상호 소통에 장애를 갖는 지점에서 시각언어는 만국 공통어적인 성격을 획득한 것이다. 또한 이러한 소통이 가능한 것은 이 시각 언어가 들어가는 포즈(출입구 표시), 여러 사람이 앉아 있는 좌석의 그림(열 표시)과 한 사람의 좌석(좌석 표시)이라는 공통의 코드를 통해 시각 언어를 구성했기 때문이다. 즉 여기서 앉아 있는 그림과 들어가는 그림을 다른 의미로 받아들일 가능성은 극소화된다. 이는 이러한 그림 언어가 전지구인의 공통된 문화적 코드를 통해 산출될 수 있었기 때문에 가능한 것이다. 각 국의 사람들은 이 그림 언어를 제각기의 문자 언어로 해독하여 이해하는 것이다. 물론 이는 시각 언어나 (다종의 언어를 복합적으로 사용하고 있지만 시각 언어가 주되게 사용되는) 아이콘을 통해 공통의 의사 소통 체계를 구성하는 국제 표준 아이콘과 같은 시스템에 전 세계인들이 이미 익숙해져 있기 때문에 가능한 것이기도 한다.

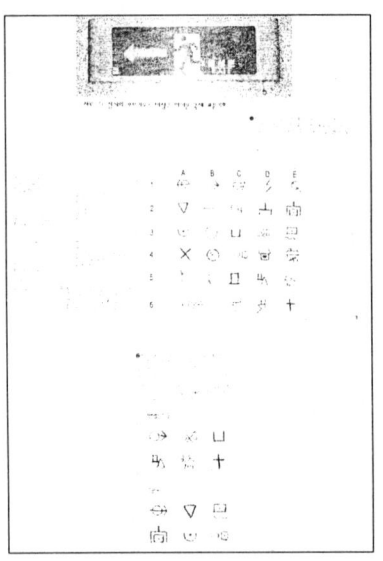

<그림4> 집시호보기호와 비상구 국제 표준
아이콘 ; 아이콘의 기능의 변화

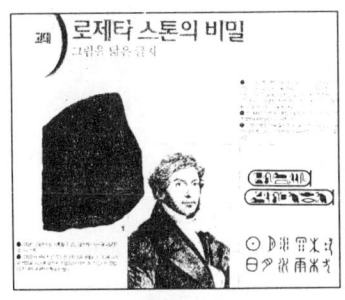

〈그림5〉 로제타 스톤의 비밀

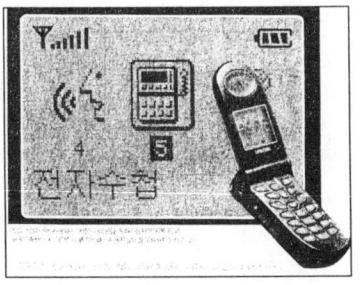

〈그림6〉 핸드폰에 사용되는 아이콘들

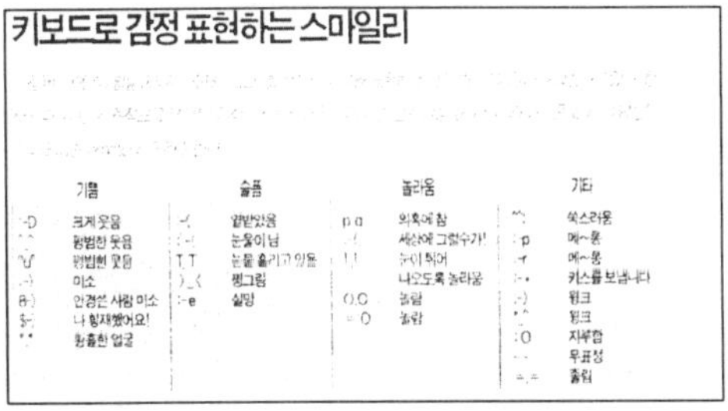

키보드로 감정 표현하는 스마일리

기쁨		슬픔		놀라움		기타	
:-D	크게 웃음	:-(	열받았음	p.q	의혹에 참	^^;	쑥스러움
^^	평범한 웃음	:'-(	눈물이 남	:-/	세상에 그럴수가!	:-p	메~롱
^_^	평범한 웃음	T.T	눈물 흘리고 있음	!.!	눈이 튀어 나오도록 놀라움	:-r	메~롱
:-)	미소	)_(	찡그림			:-*	키스를 보냅니다
8-)	안경쓴 사람 미소	:-e	실망	O.O	놀람	;-)	윙크
$-)	나 횡재했어요!			=:O	놀람	*^	윙크
.	황홀한 얼굴					:O	지루함
						-.-	무표정
						=.=	졸림

〈그림7〉 스마일리: 컴퓨터 시대의 '호보기호'

그림 자료 1에서 7까지의 자료들에서 보듯이 인간의 문자 언어는 실제를 그려낸 '상형'의 그림 언어와 무관하지 않다. 우리의 일상적인 삶 속에서도 우리는 시각적으로 보는 것들을 문자화시켜서 이해한다. 즉 더운 여름 날 광장의 분수대를 보면서 우리는 "아 시원하다"라는 느낌을 갖게 된다. 이때 외부의 시각적 대상과 시각적 인지, 정서적 반응, 문자적 표현의 관계는 끝없는 상호 작용을 일으킨다. 계통 발생은 개체 발생을 반복한다는 유명한 언급처럼 인간의 문화사는 그림, 기호들이 문자 언어로 상호 전이되는 과정을 보여주며 인간의 인식 체계 역시 이 과정을 되풀이한다. 따라서 텍스트를 읽는 것이 '역사'를 읽는 것이자 우리의 특정 시대의 '반응 체계'를 읽는 행위일 수밖에 없는 것도 이 때문이다.

텍스트의 안과 밖을 가로지르는 역사, 특정 시대의 반응 체계, 상징 체계, 의미화에 사용되는 관습(convention), 상투어구(formulae) 등 텍스트를 둘러 싼 컨텍스트의 층위는 복합적이다. 컨텍스트의 맥락에서 텍스트를 독해하는 작업의 성격은 고고학적 작업과의 유비적 관계로 논할 수 있다.

> 자신이 살고 있는 시대를 올바로 바라보고자 원하는가? 그렇다면 멀리감치 서서 자신의 시대를 바라보도록 하라. 그 먼 거리라함은 바로 클레오파트라의 코에 연연하지 않을 정도의 거리면 될것이다.
>
> 오르테가 Y 가세트 5)

고고학적 방법은 문화 텍스트 독해의 맥락을 상징적으로 보여준다. 고고학자들은 인류의 문화 전체라는 텍스트를 하나씩 조각 맞추어 가는 사람들이다. 고고학의 가장 중요한 작업인 '발굴'은 인류의 문화 텍스트의 지층들을 하나씩 탐색하여 짜 맞춰 가는 과정이다. 그런데 이 발굴은 성능 좋은 삽만으로는 안 된다. 고고학자들은 지층 속에 담긴 문화 텍스트를 앞에 두고 항상 질문을 제기한다.

<그림8>에 나타난 물체를 보자. 그림에 나타난 겉모양으로 보아서는 청동으로 된 5각형 12면체이다. 각 면의 중앙마다 여러 크기의 둥근 입구가 보인다. 그 물체의 속은 텅 비어 있다. 이런 종류의 물체들이 알프스의 북쪽에서 발견되었다는데 그것은 로마가 그 근원이라는 것을 나타낸다. 어떤 해설자는 이 신비한 물체를 단순한 장난감이라고 생각하고 어떤 사람은 운수 놀음에 사용한 주사위라고 생각하고 어떤 사람은 원통형 입체의 치수를 계산하는

▲ 불가사의한 5각형 12면체

〈그림8〉

5)『제신과 무덤과 학자들』, C.W 세람, 박광술 옮김, 평단문화사, 1984에서 재인용

데 사용한 모델이라고 생각하고, 또 어떤 사람은 촛대라고 생각한다. 그것은 무엇일까? 이 물체에 대해서는 고고학자들도 아직 답을 찾지 못했다. 다만 가장 그럴듯한 대답은 악기라는 것이다.

이 질문에 답을 구하기 위해서는 무수한 가설과 조사와 발굴, 가설의 수정의 작업들이 이어져야 한다. 이 과정을 통해 고고학자는 불가사의한 5각형 12면체라는 텍스트를 둘러싼 역사적, 사회적, 문화적 퍼즐을 완성할 것이다. 우리의 문화 텍스트 작업은 이와 크게 다르지는 않지만 훨씬 용이하다. 우리는 고고학자들보다는 많은 '정보'를 갖고 있기 때문이다. 다만 그 정보들의 지층을 통해 문화 텍스트를 둘러싼 그림 조각을 제대로 맞추지 못할 뿐이다. 고고학자는 그 그림 조각의 '완성 태'를 알지 못한다. 물론 우리 역시 이 세계라는 텍스트 전체의 완성 태를 알지 못한다. 그러나 우리는 때로는 이미 완성된 그림 조각을 이루는 퍼즐 조각을 알아채지 못하고 있는 경우가 많은 것이다.

<그림5>는 이집트의 상형 문자이다. 많은 고고학자들이 이 그림이 각각 의미를 표현하는 것이라는 생각으로 독해해보려 했지만 결코 이 텍스트의 비밀을 풀지 못했다. 그러나 프랑스의 샹폴리옹(1790-1832)은 이 비밀 문서를 해독하는 데 결정적인 역할을 수행했다. 다른 학자들이 비문의 그림이 단지 '의미'만을 표현할 것이라고 생각한 데 비해 샹 폴리옹은 각 그림이 '음가'를 가진다는 점을 알아냈다. 이를 바탕으로 다른 여러 그림의 음가를 알아낸 덕분에 로제타 스톤의 비밀이 풀리기 시작했다. (1799년 8월 나폴레옹 근대는 이집트의 로제타라는 마을에 요새를 세웠다. 이때 기초 공사를 하던 중 검은 색 석판이 발견됐다. 여기에는 세 종류의 문자, 즉 이집트의 상형문자, 이집트의 민용문자, 그리고 그리스어가 적혀 있었다. 이집트 상형문자가 해독되는 단초를 제공한 '로제타 스톤'이 발견된 순간이었다.)

샹폴리옹이 로제타 스톤의 비밀을 푼 것은 바로 그 텍스트의 의미 생산 법칙이 '의미' 표현이 아닌 '음가'의 표현이라는 것을 알아냈기 때문이다.

이와 같은 의미 생산의 법칙(이는 텍스트 형성의 법칙이다)의 발견은 바로 텍스트 해독의 결정적인 열쇠가 된다. 이 열쇠를 가진 순간 텍스트는 더 이상 '비밀 문서'가 아니다.

<그림4>는 집시 호보 기호와 비상구 국제 표준 아이콘이다. 집시들은 사회적으로 천대받았던 역사로 인해 자신들만의 비밀암호를 만들어 사용하였다. 이 코드 체계는 다른 사람들의 코드 체계와 의도적으로 구별되게 만들어진 것이다. 그러나 그 코드 체계 안에는 나름의 의미 생산 법칙이 존재한다. 그래야만 집시 집단 내부에서 상호 소통이 되기 때문이다. 그런데 흥미로운 것은 그림에서 1열의 D와 2열의 D는 '길을 서두를 것'과 '목적지'를 의미하는데 위에 표시된 현재 사용하고 있는 국제 표준 비상구의 아이콘과 상당히 유사하다는 점이다. 이 두 아이콘은 모두 '달리다', 와 '방향'이라는 의미를 표현하고 있다. 타 집단과의 소통을 의도적으로 배제한 자신들만의 '아이콘'을 만들었던 집시들의 호보 기호가 상이한 역사

<그림9> 여러 가지 아이콘들

적 시·공간에서 전지구적으로 모든 사람들이 공통적으로 사용하기 위한 '공통의 아이콘'과 유사한 텍스트 형성 맥락을 보여준다는 점은 매우 흥미롭다. 이는 어떤 점에서 시각 언어가 가진 공통 언어적 성격을 함축한다고 볼 수도 있을 것이다. 물론 이런 '우연적'인 공통성으로는 호보 기호를 해독할 수 없다.

이처럼 의미 생산 법칙을 해독하는 것의 중요성은 <그림9>의 아이콘을 보면 선명해진다. 이 아이콘들은 '지시적'이라는 공통성 속에서 유사해보지만 각각의 아이콘이 형성된 의미 생산 법칙은 상이하다. 예를 들어 입구와 출구를 나타내는 아이콘은 방향 표시 부호를 사용하고 있지만, 안내는 IMFORMATION의 영문 약자 I를 사람의 이미지로 차용하였다. 이것들은 이미 전세계적으로 표준화된 것이기 때문에 우리가 익숙하게 느끼는 것이지만 사실 전혀 새로운 아이콘을 만들 때 그것이 '실제 그림'의 함축적 표현인지, 문자의 약자인지에 따라 해독의 관건이 된다. <그림6>의 컴퓨터 아이콘과 <그림7>의 스마일리들은 그 텍스트들의 의미 생산체계를 알지 못하는 사람들에게는 거의 해독 불가능하다. 특히 이들 아이콘은 컴퓨터의 기능이나 자판의 특징들을 모르면 그 의미 형성 법칙을 이해하기 힘들다. 이처럼 의미 생산 법칙을 이해하기 위해서는 단지 텍스트 내적인구조뿐 아니라 텍스트가 생산되는 제도적 물질적 요인에 대한 이해가 있어야한다.

4. 연상 구조와 텍스트의 켜
─자기 분석과 텍스트 분석의 결합

텍스트 분석 교육을 할 때 필자는 맨 먼저 학생들에게 자신의 연상 구조를 분석해보는 실험을 해보도록 한다. 예를 들어 모피 코트라는 단어를 제시해 주고 그 단어와 관련하여 자신의 머리 속에 떠오르는 단어들을 두서없이 나열해보도록 하는 것이다.6) 이러한 과정을 통해 학생들은 자신

---

6) 이러한 방식의 교육 아이템은 일부 대학의 작문 강의에서도 찾아볼 수 있다. 그러나 주로 연상하기에 의존한 아이템들은 자유롭게 쓰기라는 교육 목표에 치중되어 있다. 이 글에서는 '자유로운 연상'이라는 것이 한편으로는 개인의 무의식에까지 각인된 의미화 메커니즘을 내포하는 것이며 그런 점에서 이데올로기적이라는 것을 논하고자 한다. 무의식은 언어처럼 구조화되어 있다는 라깡의 명제를 변형하여 알뛰세르가 "이데올로기는 무의식처럼 구조화되어 있다"고 규정한 것은 이데올로기가 언어적 구조 (의미화 구조)를 통해 구조화되며 그 구조화의 양식은 무의식의 구조와 유비적 관계

에게 내재된 의미 연쇄의 구조를 선명하게 확인할 수 있다. 또한 학생들마다 이 의미 연쇄의 구조는 특정한 차이와 공통점을 보여준다. 학생들은 각자의 의미 연쇄 구조에 대한 비교 분석 작업을 통해 자기 나름의 의미화 구조를 분석해 볼 수 있으며 동시에 자기만의 의미화 구조라고 생각하던 방식이 실은 사회적으로 구조화된 의미화 메커니즘을 내면화한 결과라는 것을 확인할 수 있게 된다. 또한 사회적으로 구조화된 의미화 메커니즘을 내면화한다는 것이 일방적이고 동질적인 과정이 아니라 개인적인 차이화의 과정을 내포한다는 것을 다른 이들의 의미 연쇄 구조와의 차이를 살펴보면서 알 수 있다.

모피 코트라는 단어를 중심으로 연상하기를 해 보면 일반적으로 "부의 상징", "겨울"과 같은 단어를 나열하곤 한다. 얼마 전까지만 해도 우리 사회의 많은 사람들에게 모피 코트는 부의 상징 정도의 의미를 지녔다. 여기다가 동물 보호 운동가로서 브리짓드 바르도의 이미지나 알몸의 유명 슈퍼 모델의 광고 "모피를 입느니 차라리 벗겠어요"라는 문구를 떠올리는 사람이라면 이 방면에 대해 약간의 시사적인 정보를 알고 있는 사람일 것이다. 모피 코트 —브릿지드 바르도—알몸의 슈퍼모델의 광고 등으로 이어지는 의미 연관은 환경 파괴와 동물 보호라는 의미 연쇄를 따라 연상되는 것이다. 이와 달리 모피 코트라는 단어에서 부의 상징으로 이어지는

를 보인다는 것을 명확하게 하고 있다. 이에 대해서는 알뛰세르, 「이데올로기와 이데올로기적 국가 기구」, 『레닌과 철학』, 이진수 역, 도서출판 백의, 1991 참조. 라깡과 알뛰세르의 관계에 대해서는 삐에르 마슈레이, 에띠엔 발리바르, 「라깡과 철학:주체성과 상징성의 이론이라는 쟁점」, 『이론』, 1994년 겨울호 참조. 라깡의 이론을 문화 연구를 통해 흥미롭게 해석한 글로는 슬라보예브 지젝, 『삐딱하게 보기』, 김소연 · 유재희, 옮김, 시각과 언어, 1991년 참조
물론 연상을 통한 자기 분석 교육은 학생들이 스스로 사유할 수 있는 능력과 텍스트를 주체적으로 해석할 수 있는 창조적 사유를 활성화하기 위해서도 매우 중요하다. 즉 자기 분석 교육은 일종의 대상에 대한 주관적 반응 체제를 활성화시키기 위한 하나의 방법이 된다.

의미 연쇄는 더 나아가면 복부인, 졸부 등의 단어로 이어질 수 있다. 이러한 의미 연쇄는 개발 독재 시대를 지나 온 한국인들이 경험적으로나 드라마나 영화와 같은 매체를 통해 모피 코트를 복부인의 이미지와 겹쳐서 연상하고 있는 것과 관련된다. 이런 점에서 한국인의 의미 연상 구조에서 모피 코트는 늘씬한 서구 여인의 몸과, 땅딸막한(소위 '돼지 목걸이') 아줌마의 몸을 상반된 방식으로 환기시킨다. 여기에 최근의 "옷 로비" 사건에 대한 요란스럽고 선정적인 보도에 힘입어 모피 코트에는 또 하나의 의미 체계가 결합되게 되었다. '정치 커넥션', '안방 정치', '정경 유착', '정치 허무주의' 등등의 의미 사슬이 현재의 모피 코트에 대한 한국인의 의미 체계에 일착으로 들어서게 된 것이다.

　이처럼 모피 코트라는 단어에서 시작한 의미 연상 구조는 의미가 구성되는 역사적이고 현실적인 맥락과 개개인에게 내면화된 이데올로기 구조를 따라 중층적이고 복합적으로 드러난다. 이러한 분석 과정은 자신에게 내면화된 의미화 메커니즘을 살펴보는 자기 분석의 과정이자 의미화 구조가 생산·재생산되는 사회·역사적 체계를 살펴보는 과정이다. 따라서 이 분석 과정은 실상 중층의 복합적인 구조로 이루어진 텍스트라는 것을 실감하는 경험이 될 수 있으며 이러한 경험을 통해 학생들은 텍스트가 말 그대로 겹겹의 켜로 이루어진다는 것을 이해할 수 있게 된다. 또한 모피 코트라는 단어를 통한 연상 구조 분석에서 살펴보았듯이 우리가 살고 있는 이 세계의 모든 것은 고정된 의미를 갖지 않으며 끝없이 변화 유동하면서 새로운 의미를 생산하거나 덧붙이거나 삭제한다. 따라서 우리가 살고 있는 이 세계 자체는 끝없이 우리에게 해독을 요구하는 텍스트라고 할 수 있다. 또한 문화 텍스트 속에도 사회적·경제적·정치적 텍스트들의 의미 체계가 끝없이 침투·교섭한다. 그런 의미에서 문화 텍스트와 현실의 텍스트는 경계를 알 수 없을 정도로 끝없이 상호 침투, 교섭하는 것이다. 따라서 텍스트를 독해하는 방법을 교육하기 위해서는 제일 먼저 텍스트라는 것이 어떤 식으로 조직되는가를 실감하는 훈련이 전제되어야 한다. 또한 텍스트라는 것이 본질적으로는 컨텍스트 속에서만 그 의미를 획득할 수 있으며 궁극적으로 텍스트 독해란 컨텍스트의 체계, 즉 텍스트간의 상호 관련성을 이해하고 재조직할 수 있는 능력이라 할 수 있다. 그런 점에서 텍스트 교육의 일차적 목적은 학생들이 주어진 텍스트를 컨텍스트 속에서 이해할 수 있는 주체적인 능력을 획득할 수 있도록 하는 일이다.

5. 상상적 관계들
— 가상의 현실화와 현실의 가상화

영화라는 매체를 처음 접했던 관객들이 화면에서 기차가 달려오자 비명을 지르며 극장 밖으로 뛰쳐나갔다는 에피소드는 현실과 가상 사이의 경계 소멸에 대한 절규의 한 기록이다. 그러나 오늘날 우리는 영화 화면에서 아무리 끔찍한 일이 일어나도 극장 밖으로 뛰쳐나가지 않는다. 그렇다면 오늘의 우리는 현실이라는 텍스트와 가상의 텍스트 사이의 경계를 명확하게 인식하고 있는 것일까? 얼마전 한 방송국의 뉴스는 한국인들이 북한의 '서해 도발' 사태 때에도 사재기 등의 행태를 벌이지 않았다는 것을 군에 대한 국민의 신뢰 증대의 한 지표라고 보도한 바 있다. 과연 그럴까? 오히려 우리는 "저거 다 쇼 아냐?"라는 마음의 회의 속에서 현실을 허구로 느끼기 때문에 그다지 끔찍한 사태의 현실화를 경계하지 않았던 것은 아닐까? 또 몇 년 전 영화『접속』이 선풍적 인기를 끈 이후 통신 인구가 엄청나게 증대했다. 이것은 영화라는 가상의 텍스트가 현실에 미친 실제적인 영향이자 영화라는 가상의 현실적 효과이다. 문화 텍스트들이 사람들의 실제적인 구매욕을 자극한다는 것은 이미 기정 사실화되어 있다. 영화 매체의 대중화가 진행되는 과정을 접한 발터 벤야민은 영화가 소위 '예술'의 반복불가능성이라는 신화를 탈피하여 새로운 대중적 예술의 시대를 개진할 것이라고 생각하였다. 그러나 영화에 대한 벤야민의 호의적 태도의 이면에는 실은 자본주의의 역사적 발전이 현실의 심미화를 통해 주체를 구성하는 새로운 시대로 접어들었다는 암울한 전망이 내포되어 있었다. 이는 파시즘의 스펙타클의 정치학에서 두드러지게 드러나는 정치의 심미화 현상에만 국한되는 것이 아니라 기본적으로 근대 민주주의 제도의 근간을 이루는 특징이라고 벤야민은 지적하고 있다. 벤야민에 따르면 근대 민주주의의 특성을 명확하게 드러내는 의회 제도에서 국민(people)과 그 대표(representation)의 관계 양식의 역사적 변화는 영화와 관객의 관계와 같은 메커니즘을 지닌다. 근대 의회 제도가 국회라는 스펙타클을 통해 국민(people)의 욕망을 대변하고 재현(representation의 양가적 의미에서)한다고 의미화하는 것처럼 영화와 관객의 관계는 이러한 근대적 체제의 스펙타클의 정치학, 즉 정치의 심미화와 기제를 동일하게 내포하는 것이다.7) 이러한 스펙타클의 정치학과 정치의 심미화에 대한 연구는 문화를 통한 "대중 조작"에 대한 연구로 이어진다. 이때 문화를 통한 대중 조작에 대한 연구는 대중의 의식과 무의식을 조직화하는 메커니즘에 대한 탐구였다고 할 수 있다. 특히 이러한 연구에서 과연 대중의 욕망

---

7) 부르주아 민주주의의 본질적인 연극성을 다루고 있는 벤야민의 작업은 권력-재현-대중의 관계에 대한 연구, 즉 주체화의 거울상 구조에 대한 연구로 이어진다. 휴이트는 벤야민의 작업이 권력으로부터 유권자의 이중의 거리화에 대한 비판으로 해석될 수 있다고 평가한다. 즉 민중의 권력의 표현자/대표자로서 지도자와 의회는 모두 시뮬라크르이다. 권력의 이러한 연극적 모델은 다음과 같이 진행된다. 첫째 민중은 권력을 선출된 '대표'에게 양도한다. 그리고 그 대표/표현자들은 대표/표현하는데 실패하여 단순한 관객이 된다. 따라서 민중의 권리 양도는 그들의 표현 양태가 거울상(specularity)의 층위로 환원된 것과 같은 구조를 띤다. 이러한 의회적 대표성/표현에 대한 비판 속에서 정치적인 것과 미메시스적인 것이 만나게 된다. 벤야민은 파시즘과 민주주의의 관계를 연극과 영화의 관계와 유비적으로 놓고 있다. 영화와 파시즘이 헐리웃 스타와 독재자를 산출하는 메커니즘은 유비적이고 역사적으로도 상응하는 구조를 띤다. 연극으로부터 영화로의 이행 과정은 일종의 재현의 퇴보라고 할 수 있는데 이는 개별성에 미달하는 어떤 것으로서의 카리스마적 리더의 등장과 일치한다. 헐리웃 스타와 카리스마적 독재자는 재현의 퇴보와 개별성의 미달이라는 공통점을 보여준다. *Fascist Modernism*, Andrew Hewitt, California: Stanford University Press, 1993, 제 6장 참조

이 어떻게 구성되는가 하는 질문은 중요한 화두의 하나였다고 할 수 있다. 이러한 연구는 근대 체제가 끝없이 대중(people)이라는 범주를 생산하고 재생산함으로써 자본주의적 체제를 합리화하는 구조를 탐구하는 방식으로 이어진다. 이러한 연구는 최근의 욕망이론이나 주체 이론에서 보여주는 정체성과 욕망의 정치학으로 연결되는 지점이다.

그런 점에서 문화 연구는 복합적인 문화 현상들이나 특정한 매체가 생산하는 텍스트들이 주체들을 어떤 식으로 구성하고 생산하는가, 또는 개별 존재들이 이러한 텍스트와의 관계를 통해 자신의 주체성을 어떤 식으로 (상상적으로) 구성하는가 하는 질문의 작업이 되어야 할 것이다. 이런 점에서 텍스트에 대한 해석이란 궁극적으로는 텍스트에서 연출된 이데올로기 구조를 무대화(mise en scéne)하고 가시화(donner à voir)하는 작업이라 할 것이다.8)

6. 텍스트의 작용과 효과를 중심으로 한 독해 방법

6-1. 시각적 이미지의 작용과 효과, 원심력적 구성과 구심력적 구성의 차이 - 사진의 경우

우리는 각각의 텍스트가 수행하는 작용을 탐구하면서 각각 텍스트의 독해가 전 시기 작품의 영향 관계, 전달 매체의 특성, 표현 수단의 문제, 텍스트가 수행하는 기능의 차이 등등에 따라 달라진다는 것을 알 수 있다.

---

8) 이에 대해서는 Michael Sprinker, *Imaginary Relations —Aesthetics and Ideology in the Theory of Historial Materialism*, New Left Books, 1987. 참조

〈그림10〉 기 라로슈 향수 광고   〈그림11〉 〈보는 것이 믿는 것이다〉에서
재인용

　예를 들어 위의 사진에서 기 라로슈 광고와 자료의 도판 사진은 모두
'물'의 이미지를 사용하고 있지만 그 결과는 상당히 차이를 지닌다.
　기 라로슈 광고는 '피지'라는 코드에 초점을 두고 있다. 피지는 서구인
들이 동경해마지 않는 휴양지의 대표적 코드이다. 광고 문구는 "여인은
섬이다. 그리고 피지는 그 섬(그녀)의 향기이다"라고 적고 있다. 광고 문
구의 정보와 함께 사진 이미지는 출렁이는 바닷물의 포근한 이미지와 해
변에서 향수병을 안고 있는 벌거벗은 여인을 통해 이국적 취향을 환기시
키면서 원시의 섬 피지와 벌거벗은 여인의 몸, 향수 사이의 동일화를 형
성한다. 이 여인의 나신은 성적이라기보다 '모성적'이고 원시적인 순수함
을 환기시킨다. 원시적인 순수함은 마치 아기를 안고 있는 듯한 여인의
포즈와도 결부되며, 물—여인—자궁—휴양지—위안—포근함이라는 의
미 연쇄를 생산한다. 따라서 여기서의 물은 자궁 속의 양수와 같이 모든
것을 감싸안는 포용적인 동시에 원시적인 생명력(그러나 야생적인 거침
과는 대조되는)의 이미지로 표상된다. 또 이 물의 이미지에 담긴 모든 이

미지는 곧장 향수라는 물로 전환된다. 또한 이 텍스트는 다중적인 감싸안음의 구조를 보이는데 배경의 물은 여인을 감싸고 있으며(여인 또한 자궁 속의 태아와 같은 포즈를 취하고 있다), 여인은 향수병을 감싸고 있다. 이러한 구조는 모든 것을 감싸안으면서 나선형적인 구도를 드러내고 그 원의 중심부로 집중화되는 효과를 창출한다. 이는 결국 보는 이의 시선을 의식하지 못한 채 향수병으로 초점화시키는 효과를 유발한다. 여기서 이 텍스트는 여성에 대한 사회의 통념적인 코드 체계(포용성, 자궁 이미지의 수용성, 미와의 일치 등)를 그대로 수용하거나, 적극적으로 이용하고 있다. 따라서 텍스트의 구조가 중심을 향하여 구심력적으로 구성된 것은 결코 우연이 아니다. 즉 텍스트 생산자의 의도와 관계없이 이 텍스트는 자신의 의미 생산 방식이 기존의 의미 체계를 적극적으로 수용하는 (사회적 코드체계로의 동화) 사회적 동일화의 방식으로 구성됨으로써 텍스트 자체의 구성을 구심력적인 방향으로 이끈 것이다.

반면 위의 도판 0.18은 이와 상반된 물의 이미지를 환기한다. 이 사진을 본 감상자들은 시원함, 천진스러움, 장난 끼, 야성적인 힘, 발산 등의 정서적 영향력을 느끼게 된다. 그렇다면 이 사진의 정서적 영향력은 어디서 비롯되는가? 먼저 이 사진은 물의 역동적 분출을 모티프로 하고 있다. 물의 역동적 분출을 표현하는 방법에도 여러 가지가 있다. 폭포로부터 쏟아져 내리는 물, 홍수 때마다 화면을 장식하는 댐으로부터 쏟아져 뿜어 내리는 물, 소방관의 호스로부터 뿜어져 나오는 물 등등. 그러나 이들 각각은 상이한 이미지를 환기한다. 폭포로부터 쏟아져 내리는 물이 장엄함과 위압감을 준다면(이는 거대한 장관을 형성한다) 댐으로부터 쏟아지는 물(그것이 홍수를 상징할 때는 특히)은 공포를, 소방관의 호수에서 쏟아져 나오는 물은 공포와 그 해소의 이중적 감정을 환기시킨다. 그러나 이 사진에서는 거리의 소화전으로부터 위로 솟구치는 물의 이미지를 사용하였다. 이 물은 기본적으로 아이들의 장난 끼와 천진스러움의 이미지와 결부된다. 게다가 소화전을 중심으로 지상으로부터 위로 가볍게 솟아오르는 물의 이미지는 이러한 천진스러움과 가벼운 일탈의 즐거움을 극대화시켜 준다. 소화전이란 말 그대로 거리의 제도성의 한 측면이다. 따라서 소화전을 틀어놓고 하는 어린 아이의 장난은 거리의 제도성과 일상성을 가볍게 비틀어버린다. 특히 이러한 장면은 미국의 할렘에서 속출되는 것으로 사진 역시 천진하게 웃고 있는 흑인 아이들을 전면에 배치해놓았다. 범죄, 경찰, 제도와 일상의 갑갑함으로 가득 찬 할렘 거리의 풍경이 이 물줄기로 인해 완전히 새롭게 변화된다. 그곳은 이제 천진한 즐거움의 장소로 표현될 수 있다. 그 즐거움은 사진 정면의 아이들의 표정과 자세에서 정점에 달하는 데 아이들은 그저 웃고 있는 것이 아니라 표현할 수 없을 정도로 즐거워하고 있다. 이 즐거움은 감각적이다. 호스에서 퍼붓는 물줄기를 맞아본 사람들은 물줄기가 간지럽히는 그 감각적 즐거움이 어떤 것인지 알 것이다. 그것은 말 그대로 온 몸의 세포들이 즐거워하는 것이다. 물과 인간의 몸이 절대적인 상응 속에서 기뻐힌다. 섹스의 합일처럼 물은 온 몸을 간지럽히고 그 감각적 즐거움 끝에 즐거운 피로가 도래하는 것이다. 즉 이 사진은 이를 통해 물—흑인 아이들—할렘 거리를 원시적 생명력과 합일의 장소로 동일화한다.

왜 아이들은 서로 꼭 껴안고 있을까? 아니 아이들이 서로 꼭 껴안고 있는 것이 이 사진에 너무나 적합한 포즈라고 느끼게 되는 이유는 무엇일까? 그것은 꼭 껴안고 있는 두 아이가 바로 이 사진의 의미 생산 방식의 극점을 말없이 표현하기 때문이다. 따라서 물과 인간—인간과 인간—거리와 인간은 이 사진 속에서나마 즐거운 합일의 기쁨을 맛보게 되는 것이다. 여기서 이 텍스트는 흑인 문화, 특히 할렘 거리에 대한 미국 사회의 통념(범죄자의 천국, 빈곤의 상징 등의)에 대한 일종의 반 동일화(anti-identification)을 수행하고 있다. 따라서 텍스트의 구조가 전체의 틀에서 바깥을 향해 분출되는 원심력적인 방향으로 구성되게 된다. 즉 사회의 기성 문화 코드와의 반동일화 방식이 이 텍스트의 성격을 원심력적 방향으로 규정하는 것이다.

6-2. 텍스트 구성 원리와 관극 원리, 동일화와 반 동일화의 또 다른 방식-영화의 경우

　예술이 우리에게 제공하는 만족 중의 하나는 그것이 일상의 삶과는 다른 무언가를 제공하는 데서 온다. 예술이 제공하는 다른 감각은 신선한 감동을 낳기도 하고 삶에 대한 새로운 시각을 제공하기도 하고, 대리만족에서 비롯되는 카타르시스를 주기도 한다. 예술이 제공하는 이런 다른 감각에 대한 체험 때문에 어떤 이들은 예술을 사랑하고 어떤 이들은 예술을 '검열'한다. 이런 다른 감각은 무언가 기존의 삶의 지평을 흔드는 '위험한' 것으로 인식되기 때문이다. 예술이 제공하는 '다른 감각'은 '검열관'들의 심기를 불편하게 하고 이러한 심리적 불편함이 예술을 위험하고 공포스럽기까지 한 것으로 체험하게 한다. 따라서 이런 식으로 관객의 심리를 불편하게 하는 영화는 관객이 기존에 갖고 있던 인식과 감각의 지평을 자극하는 것이다. 텍스트에 대한 관객의 동일화를 현 사회의 이데올로기에 대한 무의식적 동화의 기제라고 비판하던 브레히트가 자신의 예술의 효과를 가장 잘 이해한 사람들은 바로 검열관들이었다고 이야기한 것도 이러한 맥락에서이다. 텍스트와 '관객' 사이에 발생하는 이러한 심리적 기제는 단지 예술 자체뿐 아니라 모든 이질적인 것에 대한 우리의 심리적 반응 방식에서도 마찬가지이다9). 일상적인 인간 관계에서조차 우리는 '편안한 것'을 선호한다. 그러나 이러한 편안함에 대한 선호는 어떤 특정한 대상들을 불편한 것으로서 배타적으로 거부하는 이데올로기의 표현이다.

　닐 조단의 『푸주간 소년』은 편안한 것에 대한 선호와 불편함에 대한 심

---

9) 주지하다시피 브레히트의 서사극 이론은 연극과 관객사이에서 일어나는 감정 이입과 동일화 기제를 권력관계 구조로 비판적으로 해석하고 있다. 감정 이입과 동일화 기제에 대한 비판으로는 베르톨트 브레히트, 「감정 이입에 대한 비판」, 『새로운 예술을 찾아서』,(김창주 편역), 새길, 1998과 『브레히트의 리얼리즘론』, (서경하 옮김) 남녘, 1988, P서사극 이론』, (김기선 옮김), 한마당, 1989 등을 참조. 알뛰세르의 미학 이론은 브레히트의 서사극 이론에서 연극과 관객의 관계를 현실과 개별 존재들 사이의 상상적 관계를 통한 주체화 구성의 이론으로 변형한 것이다. 이에 대해서는 루이 알뛰세르 「추상의 화가 크레모니니」, 『레닌과 철학』, 앞의 글 참조.

리적 거부, 동질적인 것에 대한 선호와 이질적인 것에 대한 배타적 거부가 형성되는 심리적·이데올로기적 메커니즘을 보여준다. 푸주간 소년 프란시 프래디의 '광기'에 찬 행동들은 영화 속 관객(마을 사람들)에게 공포를 일으킨다. 아니 정확하게 말해서 관객(마을 사람들)의 프란시에 대한 불편한 느낌이 프란시를 괴물로 생산한다. 영화는 이 '관객(마을 사람들)'과 프란시의 관계 속에 현실과 환상, '평균적인 것'과 이질적인 것과의 관계에 대한 질문을 담고 있다. 영화를 보는 관객(화면 밖의)은 순진한 소년 프란시가 하나의 괴물(비정상의 지표를 담지한)로 생산되는 메커니즘을 통해 프란시라는 '텍스트'와 '관객'의 시선 사이에서 형성되는 공포의 심리적 메커니즘을 비판적으로 체험하게 된다. 관객(마을 사람들)과 프란시 사이에 형성되는 시선의 차이와 갈등, 그 비균질성 속에서 영화를 보는 관객은 판단을 요구받는다. 프란시를 '괴물'로 체험하고 공포에 사로잡히는 관객(마을 사람들)의 심리적 메커니즘은 과연 무엇인가? 공포란 프란시라는 텍스트가 생산하는 것이 아니라 그 텍스트에 대해 우리가 부여하는 의미 작용의 산물(그것도 가상적인)이 아닌가?

『푸주간 소년』은 바로 이러한 식으로 모든 이질적인 것을 공포의 체험으로 생산하는 이데올로기적 기반을 문제적으로 보여준다. 특히 『푸주간 소년』은 이른 바 잘 짜여진 가족으로 상징되는 정상성의 기준이 이질적인 것에 대한 가상의 공포를 통해 철저하게 배타적으로 작용하는 방식을 드러낸다. 현실적으로 자신들을 해칠 능력이 없는 한 소년에게 향하는 가상의 공포는 '빨갱이'들이 원자폭탄을 투하할까봐 전전긍긍하는 마을 사람들의 가상의 공포와 이데올로기적으로 일치하며, 빨갱이들의 위협으로부터 자신들을 보호해줄 성모 마리아의 재림을 기다리는 마을 사람들의 집단적 광기는 프란시를 정신병원에 유폐시킴으로써 자신들의 '잘 짜여진 가족'을 보호하고자 하는 누겐트 부인의 욕망과 동일한 것이다. 영화는 '도살된' 누겐트 부인을 실은 수레를 몰고 의기양양하게 걸어가는 프란시의 '광기'와 성모 마리아의 강림을 기다리는 마을 사람들의 집단적 광기를 교차시키면서 이렇게 질문한다. 도대체 이질적인 것에 대한 우리의 '공포'는 어디서 유래하는가? 프란시의 광기가 마을 사람들의 공포의 원인이었던가, 아니며 마을 사람들의 가상의 공포가 프란시라는 '괴물'을 생산한 것인가?

『식스 센스』는 '다른 감각'을 지닌 소년의 불행을 다루고 있다는 점에서 『푸주간 소년』과 유사하다. 『푸주간 소년』이 '관객'(마을 사람들)과 프란시 사이에 형성되는 시선의 차이를 통해 관객과 '텍스트' 사이에 심리적 동화를 방해하면서 익살과 풍자를 형성하는 것과 달리 『식스 센스』는 관객과 텍스트 사이의 심리적 동화를 통해 '공포' 효과를 극대화하고자 한다. 『식스 센스』의 이른 바 '잘 짜여진' 구성은 이러한 식의 철저한 심리적 동화의 산물이며, 그 잘 짜여진 플롯이 갖고 있는 이데올로기적 기반이기도 하다. 관객은 일상인들과 다른 죽음의 세계를 보는 콜의 시선과 철저하게 동화되며 콜의 공포에 감염된다. 콜의 공포는 그가 '다른 감각'을 지녔기 때문에 발생하는 것이며 다른 감각을 지닌 존재가 맛보는 공포는 관객에게도 동일하게 전달된다. 즉 다른 감각을 지닌 콜 자체가 공포의 대상이 되기보다는 그 다른 감각에서 비롯되는 공포의 경험이 관객에게 감염되는 것이다. 물론 이런 점에서 『식스 센스』는 다른 감각을 지닌 존재 자체가 공포의 대상이 되는 기존 헐리웃 공포 영화의 문법, 특히 『캐리』나 『오멘』, 『엑소시스트』 등에서 보여지는 다른 감각을 지닌 아이들이 공포의 대상이 되는 영화의 문법과는 구별된다.(감독은 어린 시절 보았던 『엑소시스트』와 다른 영화를 만들고 싶었다고 한다) 이 점에서 헐리웃 공포 영화에 익숙해 있던 관객들에게 『식스 센스』는 색다른 영화로 느껴지는 것이다. 그러나 그 본질에 있어서 『식스 센스』는 이질적인 것이 주는 공포를 그 서사적 기반으로 갖고 있다는 점에서 기존 공포 영화의 문법과 동일하다. 『식스 센스』의 '잘 짜여진' 구성은 이러한 이질성이 초래하는 공포의 감각을 극대화시키는 데 집중되고 있어서 오히려 '공포'를 생산하는 이데올로기적 기반을 적극적으로 재생산한다.

그런 점에서 『식스 센스』의 성공 요인이자 본받을 점이라고 평가되는 '잘

짜여진 구성'이란 과연 무엇인가 질문할 필요가 있다. 또는 이러한 구성을
'잘 짜여진'것이라고 평가하는 이데올로기적 기반을 문제삼을 필요가 있다.
『식스 센스』의 '잘 짜여진' 구성이란 우리가 이질성에 대해 갖고 있는 공포
생산의 심리적, 이데올로기적 기반을 완결적으로 재생산하는데 기여하는 것
이며, 이런 점에서 이 '잘 짜여진' 구성이란 이질성에 대한 공포, 또는 이질성
을 배타적으로 거부하는 배제적 문법의 전형적인 표상이 될 수 있다.

『푸주간 소년』의 거친 서사는 이와 대조적으로 잉여와 결핍의 이미지
로 가득 차 있다. 아무 것도 하지 않는 아버지와 집이 터질세라 케익을 구
워대는 어머니, 광기에 찬 프란시의 과도한(excess) '감각'은 누겐트 부인
의 집의 '잘 짜여진' 구성, 그녀가 체현하고 있는 '상식적 감각'과 대조된
다. 이러한 대조는 현실과 환상의 병치 속에서 극대화되면서 '잘 짜여진
것'에 대한 심리적 선호에 내재된 이데올로기적 배타성을 드러낸다.10)

혹자는 텍스트의 유기적 완결성을 향한 예술가의 욕망이 현실을 전일
적이고 획일적인 것으로 통제하고자 하는 독재자의 욕망과 유사한 것이
라고 하기도 한다. 물론 이러한 '유비적' 판단에 이르기 위해서는 많은 사
항들이 검토되어야 한다. 그러나 일상적 삶 속에서조차 편안하고 상식적
이고 안정적인 것에 대한 우리의 심리적 선호가 결국 어떠한 대상들을 비
일상적이고 비상식적이고 불안정한 것이라고 의미 부여함으로써 그 대상

---

10) 이질적인 것에 대한 공포 효과를 통해 동질적 정체성을 재생산하는 근대적 메커니
   즘에 대해서는 젠더 이론을 통한 영화 연구에서 활발하게 진행되고 있다. 한국어로
   번역된 저작으로는 『근대성과 페미니즘』, 리타 펠스키(김영찬, 심진경 옮김), 거름,
   1995, 『악녀』, 린다 하트, (강수영, 공선희 옮김), 인간사랑, 1994 등이 대표적이다.
   이외에도 페미니즘과 영화 이론을 접합한 초기 연구로는 『어머니와 창녀』, 자포니
   쿠스 기획 편, 지인, 1994. 『근대성의 유령들』, 김소영, 씨앗을 뿌리는 사람들, 2000
   년 등이 있다. 『어머니와 창녀』는 한국에서 페미니즘 이론과 영화 이론의 접합에 있
   어서 초기적 양상을 보여준다. 이 책에서 영화 『투문 정션』과 『미저리』에 대한 분
   석은 여성의 욕망을 공포로 체험하는 방식에 대한 분석을 보여준다. 김소영의 『근대
   성의 유령들』은 여자 귀신이 출현하는 한국 영화에 대한 분석을 통해 여성이 근대
   성의 유령으로 전환할 수밖에 없는 근대의 젠더 정치를 분석하고 있다.

들을 배타적으로 거부하는 배제의 이데올로기를 생산한다는 점에서 '편안함'과 '익숙함'을 생산하는 '서사의 문법'에 내재된 배제의 논리는 재평가되어야 할 것이다.

7. 텍스트 산업 '광고'
― 광고 읽기를 통한 텍스트-컨텍스트 독해 훈련

미국 문화를 중심으로 스타일의 정치를 연구한 스튜어트 유엔은 1890년대에서 1920년대에 걸쳐 미국과 유럽에서 산업의 조직화 및 생산 방식의 질적인 변화 속에서 광고가 등장하게 되는 것은 '새로운 상징적 총체성'을 창조하는 산업적 시도를 의미한다고 논한다. 광고의 등장으로 상품에 부가된 스타일들은 장식적 가치에서 벗어나 '통합성'을 창출하게 된다. 즉 광고는 '판매되는 물건과 소비자의 의식(그리고 무의식) 사이에 부서지지 않는 상상의 연결 통로를 놓을 수 있는 능력'을 갖게 된다. 1910년대에 각 기업들은 '부분적으로는 새로이 등장한 마케팅의 요구에 응답하기 위해, 부분적으로는 쉽게 인지될 수 있는 단일한 기업 정체성을 갖추기 위해서, 또 부분적으로는 예술의 아방가르드적 경향에 부응하기 위해서' 다양한 목적의 스타일 영역을 발전시키기 시작했다. 광고가 장식적이거나 리얼리즘적인 양식보다 아방가르드적인 '근대 예술(새로운 예술)'로 무장하게 된 것은 광고 제작자들이 이 새로운 예술이 '더 많은 연상 능력을 가지고 있었다'고 믿었기 때문이다. 독일의 거대 전기 회사의 대표였던 라테나우는 기업 이미지 광고의 중요성을 인식한 최초의 사람들 중 하나인데 라테나우와 산업 디자이너 페터 베렌스에 의해 공표된 기업 이미지 광고는 '찰나의 세계에서 이 기업만큼은 영속하리라는 사실을 일관되게 일깨워주는 그런 이미지의 탄생을 알리는' 신호탄이었다. 이러한 기업 이미지 광고는 특정 건물이나 상품을 리얼리즘적으로 재현하기 보다 그 대상에 '새로운 정신적 내용을 보여주기 위해 이미지의 파노라마'를 세우는 것을 목표로 하였다. 즉 이는 '서로 연관되고 상호 참조하는 가시적 세계에 의해 구성되는 새로운 상징적 총체성'[11]을 뜻하는 것이다. 즉 광고는 그 출발에 있어서 세계와 인간, 혹은 상품과 구매자 사이에 상상적 관계를 구축함으로써 '새로운 상징적 총체성'을 구축하는 이데올로기적인 텍스트로서 기능하였다. 또한 광고의 이러한 목표로 인해 광고 텍스트 자체는 점점 더 복합적이고 중층적인 텍스트로 '발전'하게 된다. 따라서 광고에 대한 독해는 현재 우리의 정체성을 가상적으로 구성하는 '상징적 총체성'의 구성 방식을 독해하는 과정이 될 것이다. 여기서는 기업 이미지 광고의 대표적 사례로서 삼성 기업 광고와 소위 IMF 시대에 등장한 일련의 광고들 등 주로 혼성 모방적 텍스트의 성격을 강하게 보여주는 광고를 살펴보고자 한다. 이를 통해 일반적으로 텍스트가 다른 텍스트들을 상호 참조함으로써 어떻게 새로운 의미를 생산하는가를 살펴보고 또한 광고라는 특정한 텍스트가 '서로 연관되고 상호 참조하는 가시적 세계'를 통해 '새로운 상징적 총체성'을 구축하는 방식을 살펴보고자 한다.

전도연이 출연한 삼성 컴퓨터 광고는 영화 『접속』과 『내 마음의 풍금』의 이미지를 혼합하여 '컴퓨터'와 '가족적 분위기'라는 코드를 결합하였다. 이 광고는 텍스트 혼합을 통해 새로운 이미지를 만드는 전형적인 방식을 보여준다. 이는 한편으로는 전도연이라는 캐릭터가 환기시키는 두 영화의 의미 체계를 빌어온 것이다. 그러나 이러한 텍스트 간 혼합이 손쉽게 새로운 이미지를 결합시켜내는 것은 기존의 삼성 기업 이미지 광고가 생산해낸 의미 체계와의 관계가 없이는 불가능하다. 기존의 삼성 기업 이미지 광고들은 '또 하나의 가족'이라는 모티프를 통해 오랜 동안 테크놀로지와 한국적인 가족 이미지에 대한 향수를 결합하는 광고를 내세웠

---

11) 『이미지는 모든 것을 삼킨다—소비 사회와 스타일의 문화 정치학』, 스튜어트 유웬, 백지숙 옮김, 시각과 언어, 1998. 63~77 쪽 참조

다. 따라서 전도연이 갖고 있는『접속』의 테크놀로지 '사용자'로서의 이미지와『내 마음의 풍금』이 생산한 향토적이고 순박한 이미지의 결합은 삼성의 마케팅 전략에 정확히 부응하는 텍스트 혼합 대상인 것이다.

기아 자동차의 카렌스 광고는『순풍 산부인과』라는 원 텍스트의 이미지에 전적으로 의존하고 있다. 이러한 텍스트 구성 방식은 스타 의존도가 강한 광고들에서 공통적으로 발견된다. 특히 이런 광고는 원 텍스트의 인기가 여전히 현재성을 지니고 있을 때 종종 나타난다. 그러나 이러한 원 텍스트에 대한 의존은 단지 상업적 광고에서만 나타나는 것은 아니다. 1990년대 한국 소설에서 가장 많이 차용된 소설은 아마도 카프카일 것이다. 1990년대 소설들의 경우 어떤 작품들은 카프카라는 원 텍스트의 현재성을 빌어 자신의 글쓰기의 의미를 확보하려는 작품들이 상당히 많았다. 이런 현상은 어디서나 발견된다. 비평적 글쓰기의 경우 정통성이나 참신성이 보증되는 이론적 텍스트를 언급함으로써 자신의 이론적 기반을 확고하게 하려는 글쓰기가 많이 양산되었는데 이런 글쓰기도 결국은 상업적 광고의 전략과 크게 다르지 않다.

몇몇 광고들은 특정 사회에서 통용되는 의미 체계나 관습화된 이미지를 차용함으로써 의사 소통의 효율성을 높이고 익숙함의 효과를 극대화한다. 테이스터스 쵸이스 광고는 몇 해 전부터 소위 '캐리어 워먼'의 이미지를 도입하여 광고 텍스트를 생산하고 있다. "저도 부드러운 여자예요"로 히트를 치고 윤석화의 주가를 올리는 데 한 몫한 것도 이 광고이다. 이 광고는 '문화 텍스트'를 통해 생산된 이미지를 빌어오되 주로 캐릭터에 의존하는 형식을 취하면서, 캐릭터가 약할 때는 문화 텍스트의 현장성이라는 코드를 삽입하는 형식을 취한다. 예를 들면 윤석화의 경우 캐릭터 자체가 강조된 반면, 캐릭터의 대중성이 떨어지는 뮤지컬 배우의 경우는 '뮤지컬'의 현장성을 보충하는 형식을 취한다. 그런데 이처럼 특정 문화 텍스트가 산출한 캐릭터를 의존한다고 해서 그것이 단지 그 인물에 초점이 가는 것은 아니다. 이 광고가 타겟으로 삼은 바가 '캐리어 워먼'이라는 점에서 이 텍스트는 각각의 문화 텍스트가 생산해 낸 캐릭터 자체보다는 그 캐릭터가 사회적으로 갖게되는 '의미체계'를 차용해 오는 것이다. 즉 소위 '배우', '앵커우먼', '카피 라이터' 식으로 우리 사회에서 여성의 전문직이라고 '생각되는' 직종의 이미지를 차용하는 것이다. 이런 식의 이미지 차용은 빈번하게 사용되는데, 『제 5원소』에서 보여준 요요비치의 신비하면서도 순수한 이미지를 차용한 광고 역시 이미지 차용의 쓰기를 보여준다.

이른바 IMF 시대를 전후하여서 한국 광고들은 구제금융 시대를 맞이한 대중들의 심리적 불안과 공포를 적극적으로 차용하기도 하였다. 팬티 광고인 빅맨 광고는 최근 붐을 일으키는 만화적 쓰기를 차용하고 있다. 이 광고의 모티프는 '전쟁중'이라는 것이다. 이는 남성 팬티 광고인 이 텍스트가 주로 IMF라는 생업전선에 내몰린 직장 남성들의 심리적 코드를 차용하고 있음을 말해준다. 그런데 여기서 빅맨은 전투에 이긴 것이 아니라 패하여 '항복'의 표시로 빅맨을 흔들고 있다. 그건 왜일까? 우리 사회 남성들은 흔히 팬티와 성기를 '마지막 자존심'쯤으로 여기는 경향이 있다. 목욕탕에서 팬티로 '힘겨루기'를 하는 광고는 이런 사회 심리학을 차용한 것이다. 어찌 생각해보면 전투에서 이기는 포맷을 취하지 않은 것이 이상할 지 모르지만 오히려 전쟁에 지더라도 '마지막 자존심'을 지키는 것이라는 '팬티'와 성기에 대한 우리 사회의 남성들의 현실적인 심리적 코드를 우회적으로 차용하는 방식을 효과적으로 보여준다. 신경숙의 책 광고 카피 역시 '위안'이라는 IMF 시대의 사회 심리학을 차용하고 있으며, 표면적으로 상이해 보이는 김영하의 책 광고 카피 역시 일탈적 환상을 통해 대리 위안을 얻으려는 90년대의 사회 심리학을 차용한 것이다.

〈그림12〉 아이엠에프 시대의 심리학을 반영한 내의 광고

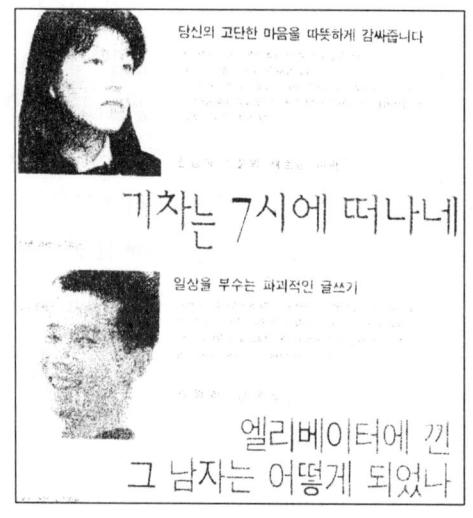

〈그림13〉 아이엠에프 시대의 심리학을 반영한 책 광고

상품 광고와는 성격을 달리하지만 영화 홍보 포스터들도 광고 텍스트와 유사한 성격을 보여준다. 잘 알려져 있다시피 『스크림』은 기존에 생산된 공포 영화 텍스트에 대한 텍스트이다. 이 작품이 보여주는 것은 '공포'가 아니라 '공포 영화'에 대한 메타적 쓰기와 그것의 산물로서 영화이다. '범인은 가까운 곳에 있다', '총각은 결코 죽지 않는다', '알콜 중독자, 난봉꾼, 성적인 문란을 일삼는 인물은 반드시 죽는다' 등 기존의 공포 영화 텍스트에 대한 메타 텍스트가 이 영화의 '쓰기'를 규정한다.(<그림14>와 <그림15>)

〈그림14〉 히치코크의 '싸이코' 포스터는 공포를 부각하기보다 설명적이다

〈그림15〉 영화의 메타 텍스트적 성격을 잘 드러내는 '스크림' 포스터

『싸이코』와 『스크림』의 영화 포스터는 이 두 영화 텍스트의 성격을 선명하게 보여준다. 『싸이코』는 철학적이고 심리적인 공포 영화의 장을 열었다고 할 수 있는데 이를 반영이라도 하듯이 포스터 역시 상당히 설명적이다. 『싸이코』가 '공포' 자체보다는 인물들의 내면 심리에 기반하고 있는 성격을 광고는 보여준다. 반면 『스크림』 광고에는 기존의 공포 영화 광고가 가능한 무섭고 끔찍한 이미지를 드러내는 것과 달리 공포에 경악하는 인물의 두 눈을 클로즈업하는 방식을 택했다. 이는 메타 텍스트로서의

『스크림』의 텍스트성을 명확히 보여준다. 메타 텍스트의 특징은 기존의 텍스트를 '보고 일으키는 반응'이다 따라서 놀라서 경악하는 눈이란 바로 메타 텍스트 자체를 이미지화한 것이다. 그런데 『싸이코』는 기존의 드라큘라식 공포 영화로부터 소위 히치코크 식의 스릴러의 장을 연 작품이라고 할 수 있다. 지금은 '진부'할 수도 있는 이 텍스트 역시 기존의 영화 문법에 대한 '또다른 시도'로서의 텍스트로 생산된 것이다.

앞서 살펴본 바와 같이 광고에서 익숙하게 볼 수 있는 텍스트 혼성의 경향은 사실 산업적 요구에서 출발하기보다는 예술사의 오래된 관습과 결부된다. 예술사는 텍스트 혼성, 혹은 메타 텍스트의 역사라고 해도 과언이 아닐 것이다. 예를 들어 셰익스피어의 작품은 역사상 가장 많이 '메타 텍스트'의 대상이 된 작품이다. 『로미오와 줄리엣』만 하더라도 고전 판은 말할 것도 없이 『웨스트 사이드 스토리』나 아벨 페라라의 『차이나 걸』, 이 작품의 이미지를 거의 차용한 바즈 루어만 감독의 1998년판 『로미오와 줄리엣』 등 다양하다. 이처럼 『로미오와 줄리엣』 텍스트 전체를 다시 쓰는 경우는 물론이고 '금단의 사랑'이라는 테마 속에서 다시 쓰여지는 『로미오와 줄리엣』은 끝도 없이 생산된다. 패러디는 텍스트 전체를 다시 쓰는 작가의 미의식과 세계관, 역사적 맥락에 따라 말 그대로 '다시 쓰는' 작업이다. 예를 들어 아벨 페라라는 작품의 무대를 이태리로부터 미국의 차이나 타운과 이태리 이민 촌으로 옮겨와 이태리 갱단(패밀리)의 일원인 청년과 차이나 타운 갱단(패밀리)의 일원인 처녀의 사랑 이야기로 바꾸어 놓았다. 여기서 갈등의 축은 두 가문 사이의 오래된 불화와 명분이라기보다는 제어할 수 없는 증오와 그에 따른 충동적 행위들, 도덕적 판단 능력의 마비와 개인의 판단과 선택이 설 자리가 없는 '집단 사회'의 문제점이다. 아벨 페라라는 『어딕션』, 『바디 쓰내이쳐스』, 『퓨너럴』 등의 작품을 통해서 평균화, 규격화되는 미국 사회에서 '개인'이란 가능한가라는 질문을 던지면서 그 불가능한 개인의 자리를 마련하려는 치열한 몸짓을 보여주었다. 따라서 아벨 페라라의 『차이나 걸』은 현대 사회의 개인을 '잡아

먹는' '패밀리' 사이의 갈등이라는 의미 속에서 『로미오와 줄리엣』을 다시 쓰고 있다. 그런 점에서 모든 쓰기는 기존의 텍스트와 의미체계에 대한 참조, 변형, 재생산의 과정이라는 점에서 메타 텍스트이자 패러디라 할 수 있다.

8. 장르의 집적체로서 영화 읽기

─'장르'의 맥락에서 영화 읽기

회화나 조각과 마찬가지로 영화는 선, 질감, 색, 형태, 양감, 질량, 그리고 명암의 미묘한 상호작용 등을 이용한다. 영화가 사용하는 사진 구도의 많은 법칙들은 회화와 조각에 적용되는 것과 유사하다. 연극과 마찬가지로 영화는 연기, 몸짓, 표정을 통해 시각적으로, 대사를 통해 언어적으로 의사 전달을 한다. 음악이나 시에서와 마찬가지로 영화는 미묘하고 복잡한 리듬을 사용하며, 특히 시에서처럼 이미지, 은유, 상징 등으로 의사 전달을 한다. 무언극에서와 마찬가지로 영화는 움직이는 이미지에 집중하고 춤에서와 마찬가지로 움직이는 이미지는 특정한 리듬의 성격을 띠고 있다.

17·8세기의 사람들에게 있어 연극은 종합 예술이었다. 그러나 현대인들에게 종합 예술의 자리는 아마도 영화에 주어질 것이다. 영화를 독해하는 방법에는 여러 가지가 있을 수 있지만 기본적으로 영화 속에 응축되고 집적된 오랜 장르의 역사, 문법, 그 속에 체현된 상상력과 세계관들을 이해하는 것이 무엇보다 중요하다. 물론 영화를 읽기 위해서는 이러한 다양한 장르의 역사와 문법을 재결합하는 영화 자체의 문법에 대한 이해가 있어야 한다.

중요한 것은 이러한 다양한 장르와의 교섭은 영화에 '상상력'과 '철학'의 깊이를 부여한다는 것이다. 역사적으로 집적된 장르들과의 상호 텍스트성 속에서 영화는 말할 수 있는 것과 말할 수 없는 것, 표현될 수 있는 것과 표현될 수 없는 것 사이의 상호 교환을 통해 의미와 상상력을 증폭시키는 효과를 유발한다.

8-1. 음악과 영화12): 사운드 트랙의 텍스트성

이미 존재하던 음악이 영화에 삽입되는 경우 사운드 트랙은 영화에 사용되기 전의 '원래의' 음악에는 없던 내용과 이미지를 상기시킨다. 헤겔은 음악의 특수한 형식이 질료의 매개없이 '영혼을 울리는' 것이라고 말한 바 있다. 그러나 오리지널 사운드 트랙은 음악의 이러한 특수한 작동 방식에 '이미지'와 '내용'이라는 육체를 덧붙이는 것이다. 오리지널 사운드 트랙을 들으면 우리는 음악 자체보다 음악에 동반된 영화의 내용과 장면, 이미지들을 말 그대로 '주마등'처럼 떠올리게 된다. 이러한 오리지널 사운드 트랙의 효과야말로 인간의 지각 능력을 총체적으로 동원하는 텍스트 생산의 방식이라 할 것이다. 일례로 스텐리 큐브릭의 『오디세이 20001』은 리차드 스트라우스의 『짜라투스트라는 이렇게 말했다』와 요한 스트라우스의 『다뉴브 강의 푸른 물결』을 효과적으로 사용하고 있다. 유인원이 도구를 발견하여 '인간' 문명이 개화되기 시작하는 그 순간의 '장엄한 스펙타클'은 "짜라투스트라는 이렇게 말했다"의 음악적 스펙타클에 힘입어 더욱 숭고한 미학적 형식을 갖게 된다. 특히 이 부분은 '말'을 갖

---

12) 데이비드 보드웰과 크리스틴 톰슨은 사운드 트랙이 이미지 트랙과 적극적으로 관련하면서 영화에서 담당하는 기능을 다음과 같이 네 가지로 정리한다. 첫째, 영화에서 음향은 또 하나의 지각 양식을 담당한다. 둘째 음향은 우리가 영상을 해석하는 방식을 적극적으로 구체화시킬 수 있다. 셋째 영화 음향은 화면 내에서 우리의 관심을 아주 각별하게 유도한다. 즉 일련의 시각 요소를 위한 음향 신호가 그 요소를 기대하게 하거나 또는 관심을 그리로 이끄는 효과를 유발한다. 마지막으로 음향은 우리가 기대를 갖도록 신호한다. 더욱이 음향은 무성(silence)의 가치에 대한 새로운 인식을 동반한다. 데이비드 보드웰, 크리스틴 톰슨, 『영화 예술』, 주진숙, 이용관 옮김, 이론과 실천, 1993, 357~359쪽.

고 있지 못하던 유인원들의 세계를 그리던 작품 초반부의 '적막한 공포'
(침묵의 세계, 무한의 세계에 대한 공포와 경외감)의 세계와 대비되어 말
의 창조와 문명의 창조가 무한을 공포가 아닌 숭고미의 대상으로 전이시
키는 미학적 효과를 생산하는데 결정적인 역할을 담당하고 있다. 이 영화
에서 "짜라투스트라는 이렇게 말했다"는 무한에 대한 공포(적막, 말 없음,
표상 없음)의 세계가 언어, 도구, 문명으로 상징되는 새로운 세계로 진입
하는 과정을(숭고미의 세계, 문명의 세계, 말의 세계, 표상과 상징의 세계,
즉 언어의 세계로의 진입)장대한 스펙타클로 만들어낸다. 또한 자연과 인
간의 조화를 꿈꾸는 '테크노피아'로 이전하는 인간 역사의 단계를 "짜라
투스트라는 이렇게 말했다"에서 "다뉴브강의 푸른 물결"로 이동하면서
영상과 음악을 통해 효과적으로 표현하고 있다.

8-2. 이미지 예술로서의 영화와 회화간의 밀접한 관련성

(1) 베리 레빈슨의 『토이즈』와 르네 마르그리뜨 -복제의 공포와 즐거움

영화의 발전은 현대 '이미지' 발전의 역사와 함께 한다. 대중적인 휴먼
드라마를 주로 만드는 베리 레빈슨의 『토이즈』는 무엇보다도 르네 마르
그리뜨의 이미지와 그 속에 담긴 철학적 세계 인식을 대중적인 영화 문법
속에 효과적으로 사용하고 있는 경우이다. 포스트 모던 회화의 대표 주자
인 르네 마르그리뜨의 그림들은 근대적인 이분법적 세계, 즉 주체와 대상,
안과 밖, 인간과 자연, 인간과 '비인간', 현실과 환상의 경계를 회화를 통
해 효과적으로 해체하고 있다. 기본적으로 매우 대중적인 스토리 라인을
보여주는 『토이즈』는 마르그리뜨로부터 빌려온 이미지들을 적극적으로
재생산함으로써 텍스트의 효과를 극대화하고 있다. 영화는 마르그리뜨의
그림을 직접 '인용'하기도 하고 그로부터 차용된 이미지를 영화 문맥 속
에서 재구성하기도 한다. 연극적인 오프닝 세레모니를 이용한 '오프닝 세

레모니'에서도 대형 크리스마스 트리 속에 인간이 분한 인형들을 장식함으로써 인간과 그 산물인 기계, 사이보그, 장난감 사이의 구별을 문제적인 것으로 만든다.

가상의 공간인지 현실의 공간인지 구별하기 어려운 공간에 존재하는 장난감 공장 지보 회사는 그 자체로 현실과 가상의 경계를 지워버린다. 영화는 지보 공장에서 일하는 '행복한' 노동자들의 모습을 통해 다품종 소량 생산의 즐거움을 전파하면서 대량 복제의 공포를 즐거운 '복제 duplication'로 변형시킨다. 작품은 물론 이러한 대량 복제의 공포와 즐거움 사이의 긴장을 축으로 짜여져 있다. 물론 이러한 영화 전체의 스토리 라인은 매우 단순하고 대중적이다. 그러나 영화의 효과가 단순히 스토리 라인에 의존한 것이 아니라 이미지 생산과 밀접한 관련이 있다고 할 때 이 영화는 단순하고 대중적인 스토리 라인을 이미지 효과를 통해 복합적으로 변형하는 영화 생산의 복합적 효과를 상징적으로 보여준다.

영화의 근본적인 질문은 복제 생산도 공포가 아닌 즐거움을 줄 수 있다라는 것이다. 이는 영화의 물질적 존재 방식에 대한 질문이기도 하다. 영화의 공간적 배경을 구성하는 지보 장난감 공장은 그 자체로 마르그리뜨의 영화판이라 할만한 이미지들로 짜여 있다. 안과 밖을 구분할 수 없는 바둑판 무늬의 건축 디자인, 자유자재로 줄어드는 공장의 공간들(공간의 경계 없음)은 알세시아의 작업실에 이르면 극대화 된다. 사이보그인 알세시아를 상징하는 모든 공간들은 방 속의 또 다른 방, 인형 옷을 입은 알세시아와 인형의 대비 등을 통해 '비인간'인 사이보그와 인간의 경계를 지워버린다. 특히 온통 바둑판 무늬로 되어 있어서 안과 밖의 경계가 불분명한 화장실에서 노래하는 알세시아가 등장하는 장면은 안/밖이란 안과 밖이라는 각각의 존재가에 의해 설정되는 것이 아니라 안밖을 가르는 '/'. 즉 경계 설정의 산물이라는 것을 보여준다. 화면 왼편의 알세시아와 거울 공간 속의 알세시아는 구별 불가능하다. 특히 이 영화는 MTV의 이미지 복제의 유연성과 가능성에 가치 부여를 하고 있는데 마르그리뜨의 그림들과 그 그림을 패러디한 MTV 화면이 교차되면서 "실제는 없어, 환상만 있지"라는 노래가 나오는 씬은 이 영화의 주제를 선명하게 보여준다. 이러한 이미지 차용을 통해 이 영화는 근본적으로 포스트 포드주의적인 생산의 유연성과 영화가 몸담고 있는 대량 복제의 현실을 '공포의 생산'이 아닌 '즐거움의 생산'으로 전화시킬 수 있다는 믿음을 설파하고 있다.

(2) 김기덕의 『야생동물 보호 구역』과 로댕의 Eternal springtime -낭만주의 미학의 영화화

김기덕의 대표작『야생동물 보호구역』은 로댕의 조각들에 담긴 '미학적 지향'을 영화적으로 효과적으로 재생산하고 있다.『야생동물 보호구역』은 특히 육체의 조형성에 대한 이미지가 돋보인다. 육체의 조형성을 시각화하기 위해 김기덕은 로댕의 조각에 나타나는 조형적 이미지를 빈번히 차용한다. '키스', '프리지아 모자를 쓴 까미유' 등과 함께 이 작품에서 연상되는 주된 이미지는 로댕의 대표작이자 그의 낭만주의 미학에 대한 의미부여가 육화된 Eternal springtime이다. 사랑의 몸짓 속에 하나가 되어 격렬하게 약동하는 두 육체. 두 남녀의 육체는 사랑의 희열로 근육 하나하나, 세포 하나하나, 온 몸의 살갗들, 핏줄들이 서로의 심장의 열기와 강렬한 리듬으로 들끓어 오른다. 지상에서는 결코 이루어질 수 없을 것 같은 무한한 합일의 순간에 정지한 두 육체. 그들은 그 무한한 합일의 순간 속에 정지됨으로써 마르지 않는 원시적 생명의 열기를 발산한다. 금새라도 거친 호흡을 뿜어낼 듯한 두 육체는 부풀어오른 근육과, 희열 속에 정지된 여자의 발의 곡선 속에서 그들의 사랑의 서사를 말없이 전해주는 것만 같다. 그들의 사랑의 이야기는 희열에 싸인 그들의 육체 속에서 영원히 지속된다. 설사 그들의 사랑의 이야기가 신파조의 그렇고 그런 이야기일지라도, 그들이 그저 그런 되먹지 못한 인간이었을지라도 그들의 육체가 간직한 합일의 희열은 그들의 사랑을 영원한 것으로 만들기에 충분하다. 따라서 그들의 사랑이 끝난 후에도, 그들의 편리한 머리가 자신들의 사랑을 망각할지라도 육체는 그 사랑의 기억을 자신의 피부 속에 간직한다 영원히. 오래전부터 예술가들의 꿈이란 이런 것이었다. 소진될 수밖에 없는 인간의 유한성을 예술이라는 육체 속에 담아냄으로써 무한 영원의 샘물을 길어내려는 욕망. 예술을 통해 인간은 자신의 유한성을 극복하고 무한의 샘물, 그 영원한 생명의 비밀을 엿보게 된다. 로댕의 작품 'Eternal springtime'은 낭만주의적이라고도 불려지는 이러한 예술의 욕망을 실현한 대표적인 작품중의 하나일 것이다. 또한 이 작품은 예술-사랑이라는 겹의 상징을 통해 무한의 꿈을 표현한 예술가들의 소망세계를 전형적으로 드러낸다.

김기덕의 영화들은 'Eternal Springtime'에 표현된 예술가의 욕망 곁에서 구성된다. 그의 영화는 영원과 무한을 꿈꾸지만 그 소망이 이미 좌절되어 왜곡된 방식으로밖에 추구되지 못하는 인물들을 중심으로 구성된다. 따라서 그의 영화는 로댕의 욕망을 따라가면서 그 욕망의 피해자가 되었던 까미유 끌로델의 시선 속에서 구축된다. 현실의 굴레에 속박된 예술가의 방에 삐딱하게 걸려진 까미유의 초상이나, 좌절된 순수에의 동경의 상징으로 동원된 까미유의 조각상(『야생동물보호구역』)과 같은 의도적인 소품들 외에도 김기덕의 영화들은 본질적으로 까미유의 연인들로 가득차 있다. 그의 작품들에서 실패한 미술가들이 줄곧 중심인물이 되는 것은 이때문이기도 하다. 『악어』나 『파란대문』, 『야생동물 보호구역』 등 김기덕의 작품은 표면적으로는 시체에 빌붙어사는 인간이나 몸파는 여자, 파리의 이방인들과 같은 사회적인 '이방인'을 중심으로 구성되지만 이들 이방인의 정체성을 구성하는 것은 예술가의 좌절된 욕망이다. 이들 작품들이 주로 하층의 인간들, 인생 밑바닥의 사람들을 중심으로 그려지는 것은 지상에서 이들만이 좌절된 예술가의 '친구'가 될 수 있기 때문이다. 다리 위의 세계에서 추락한 그림 그리는 여자의 보호자이자 연인이 되는 '악어'(『악어』), 몸 파는 여자가 된 그림 그리는 여자의 보호자이자 친구가 되는 포주의 딸인 여대생(『파란대문』), 남에서 온 타락한 예술가의 친구가 되는 북의 청년(『야생동물보호구역』) 등 김기덕의 작품들은 이질적인 세계에 놓여 있던 타자들이 '친구-보호자'라는 이중의 의미 속에서 하나가 되는 공통의 구조를 보여준다. 재미있는 것은 이들의 '친구' 관계는 표면적으로는 사회적 · 현실적으로 소외된 계층에 대한 연대 의식을 중심으로 구성되지만 그 이면에 있어서는 지상에서 추락한 예술가들에 대한 '수호자들'의 형상을 띤다는 것이다. 로댕으로부터 버려진 까미유는 수호 천사를 얻을 수 없었지만 김기덕의 인물들은 '친구-보호자'인 수호 천사들과의 연대 속에서 다시 태어나는 재생의 제의를 거치게 된다. 김기덕의 작품들이 줄곧 물의 이미지를 중심으로 구성되는 것은 그의 작품이 이러한 재생의 제의를 지향하기 때문이다. 현실 속에서 좌절한 예술가는 지상에 추방되어 있는 한 보들레르의 알바트로스의 운명을 벗어날 수 없지만 그들은 천상이 아닌 물 속으로의 재생의 여행을 통해 새로운 거처를 얻게 된다. (『악어』에서 '악어'의 수중 거처나, 『파란대문』의 방생의 제의, 『야생동물보호구역』에서 물 속에 익사당하기 전 두 남자의 거듭남의 제의 등은 모두 이러한 재생의 제의를 명증하게 보여준다.)

또한 김기덕의 작품들에서 '친구' 관계로 전이되는 타자들과의 만남은 사랑-예술이라는 겹의 상징 속에서 타자와의 합일을 통한 무한에의 동경을 표현한 예술가들의 소망의 한 표현이기도 하다. 김기덕의 작품에는 무한한 생명에의 욕망과 죽음의 공포가 겹겹이 얽혀 있는데 이를 가장 선명하게 보여주는 모티프가 바로 사랑이다. 여기서 사랑은 육체없이 이루어질 수 없는 사랑이다. 이러한 사랑의 육체성에 대한 지향은 김기덕 작품의 조형적-회화적 특성과 밀접한 관계가 있다. 시가 정신의 예술이라면 조형 예술과 회화 예술은 정신의 자기 표현으로서의 육체를 사상하고는 존재할 수 없다. 물론 언어가 시의 육체라고 할 수 있지만 언어의 육체성과 조형 예술과 회화의 육체성은 본질적으로 구별된다. 언어는 끝없이 정신으로 미끌어지면서 정신의 타자로서 육체를 자기부정하는 성격이 강한 반면, 조형 예술과 회화의 육체성은 정신과 육체의 타자성과 대립을 육체성이라는 '형태' 속에 내포해야만한다. 김기덕의 영화는 결합불가능해보이던 타자들이 만나 이루는 합일의 희열, 그 육체들의 격렬한 몸짓들이 모여 만들어낸 거대한 조각이자 회화가 된다. 김기덕의 영화는 이런 점에서 까미유의 연인들의 시선이 만들어낸 'Eternal Springtime'이라 할 것이다. 김기덕의 작품은 주로 사회적 소외계급에 대한 새로운 시선이나 연대의식이라는 점에서 평가되곤 한다. 그러나 김기덕의 작품이 한국영화에서 독특한 작가 정신을 보여준다면 그것은 이러한 사회적 차원의 시선의 새로움 그 자체에 의한 것이라기보다 우리 영화사에서 찾아보기 드문 '예술가 영화'의 한 시선을 형성하였다는 점에서라고 할 수 있다

8-3. 영화와 색채 -삶과 죽음에 대한 철학적 표현으로서의 '색'

(1)『가베』-스며듦의 언어로서 색

이란 영화『가베』에서 가베는 페르시아 카페트를 의미하는 이란어이자 카페트 짜는 여인의 이름이며, 그 여인은 카페트에 얽힌 전설의 주인공이다. 작품은 한국의 창에 가까운 대사들로 이루어져 있다. 엄격한 아버지의 반대로 사랑을 이루지 못한 여인과, 그 여인을 평생 따라 다니는 연인에 얽힌 슬픈 이야기들이 과거와 현재를 교차하면서 카페트를 짜듯이 짜여진다. 작품은 전설 속의 젊은 가베와 그 연인의 애절한 사랑 이야기와 늙은 가베 부부의 카페트 짜는 삶을 교차적으로 보여준다. 이러한 교차는 전혀 '인위적'인 구성의 힘을 빌지 않는 것처럼 자연스럽게 이동된다. 카페트의 전설을 통해 우주 만물의 스며듦을 그리고 있는 작품 세계와 상통하는 것이다. 작품에서 줄곧 반복되는 물을 타고 흐르는 가베(카페트이자 여인인)는 시간의 흐름과 인생의 흐름을 상징한다. 이는 가베를 만드는 과정의 중요한 요소인 물들이기의 상징과 상통하는 지점이다. 여기서 물

들이기란 색채와 물의 스며듦을 의미하며 이는 이 작품에서 색채가 인생과 자연, 인간 사이의 스며듦이라는 주제를 효과적으로 표현하고 있다는 것을 의미한다. 또한 과거와 교차되는 현재의 시점에서 초등학교 교사인 '삼촌'의 수업은 일종의 글자를 지우고 색채를 통해 언어에 형상을 입히는 과정을 보여준다. 이는 문자 언어적 세계(이성의 세계, 우주 만물과 인간이 분리되는 세계)보다는 가벼로 상징되는 유목민적 상상력에 대한 작가의 동경을 표상하며 이는 이성적 언어 이전의 세계, 전설의 세계에 대한 동경의 상징이기도 하다.

(2) 아벨 페라라의 『어딕션』- 무채색의 시대[13]로서 이성의 시대

조금 다른 지점에서 아벨 페라라의 『어딕션』은 '이성의 시대'를 무채색의 시대로서 표상한다. 뱀파이어 영화의 문법을 패러디한 이 영화는 유혈이 낭자한 기존의 뱀파이어 영화와 달리 무채색의 세상을 그려낸다. 이는 단지 공포의 극대화를 노린 전략적 효과는 아니다. 오히려 아벨 페라라는 무채색을 통해 영혼이 없는 시대에 과연 색채가 존재할 수 있는가 라는 질문을 던지고 있다. 이 영화는 영혼이 없는 시대에 '영혼'을 가장한 지식인들의 욕망이 생산하는 유혈극을 무채색의 공포로 그려낸다. 이 영화의 근원적인 질문은 "어둠 속에서 과연 비전은 무엇인가"라는 것이다. 영화

---

13) 데이비드 보드웰과 크리스틴 톰슨은 음향의 사용을 통해 우리가 비로소 무성 (silence)의 가치에 대한 새로운 인식을 얻게 되는 것과 마찬가지로 영화에서 천연색이 유효한 재료로 쓰이게 되었을 때 비로소 우리는 흑백 필름의 사용을 의식적인 예술적 결단의 결과로 간주할 수 있었다고 논한다. 음향이 극대화된 현재의 영화에서 무성이 새로운 표현 기능을 담당하는 것과 마찬가지로 흑백 필름의 사용은 새로운 표현 기능을 담당하게 된다『영화 예술』, 앞의 책, 359쪽 참조.
특히 아벨 페라라의 『어딕션』은 소위 헐리웃 B 급 영화의 대표적 양식의 하나인 흡혈귀 영화를 변형하고 있는 것인데 선명한 붉은 피를 강조하는 기존 흡혈귀 영화와 대비하여 오히려 흡혈귀와 인간의 몸에서 분출하는 피를 흑백으로 처리함으로써 '흡혈귀' 모티프를 새로운 표현 양식 속에 담아내고 있다.

속에서 "국가적인 죄악을 어떻게 개인에게 묻지"라는 주인공의 질문은 바로 아벨 페라라가 무채색의 이성의 시대에 던지는 질문이기도 하다. 모든 이들이 '죄'에 감염된 시대에 과연 정당성이란 것이 존재하는가, 또는 자기 정당성의 근거는 무엇인가, 거대한 사회의 악에 감염된 존재의 자기 정당성을 향한 몸부림은 결국 이 세계를 다른 방식으로 감염시키는 것에 불과한 것은 아닌가? 아벨 페라라는 무채색의 영상을 통해 '죄'에 감염되어 죄에 대한 인식조차 없는 이 시대를 향하여 질문하고 있다.

이 영화에서는 무채색의 톤에서 극대화될 수 있는 어둠과 빛의 구별조차 거부하고 있다. 이는 '감염된 세계'에 대한 작가의 질문을 내포하고 있는 것이기도 하다. 이 영화에서 뱀파이어에게 물어뜯긴 인간들의 육체에서는 무채색의 검은 피가 흘러 내린다. 기존의 뱀파이어 영화에서 뿐 아니라 우리에게 매우 익숙한 칼라 영화의 세계에서 피의 붉은 색은 육체의 외면과 내면의 구별의 지표가 된다. 붉게 흐르는 피가 공포를 산출하는 것은 그 붉음이 육체의 내적인 요소를 상징하는 것이며 내적인 것(이럴 때 피는 생명의 의미이다)이 외적으로 분출됨으로써 이질적인 느낌을 강화하고(이로써 피는 죽음의 의미가 된다) 공포를 유발한다. 그러나 이 영화에서 검게 흐르는 피는 화면 전체의 색조에서 '이질적인 것'이지만 내적인 것의 외적 분출의 지표가 되지 않는다(구별 불가능성). 이는 감염의 공포가 이질적인 요인에 의한 것이 아니라 내적 요인(거부하지 못하는 주체의 태도)에서 비롯되는 것이며 따라서 더욱더 공포스러운 감염은 이러한 '구별되지 않는'것들, 내적 자발성에 의한 '동화'(감염이란 기본적으로 동화의 의미이다)라는 경고를 담고 있다. 이는 아벨 페라라의 지속적인 문제의식이기도 하다.

자신 속에 있는 악의 존재를 모르므로 죄의식도 구원도 없는 상태, 이것이 바로 어딕션인 것이다. "나에게 당당히 꺼지라고 말해봐, 애원하거나 간청하지 말고"라는 뱀파이어의 경고는 어딕션으로부터 탈출할 수 있는 유일한 길을 상징한다. 아벨 페라라는 줄곧 소시민적 부르주아의 위선과 공모를 자신의 주제로 다루어왔다. "역사는 없어, 현존만이 있을 뿐이야. 문제는 끝없이 확장되는 광기로부터 어떻게 벗어날 것인가"라는 것이 아벨 페라라가 던지는 질문인 것이다. 이 영화에 나타나는 뱀파이어 문법은 아벨 페라라가 즐겨 차용하는 것으로 이전의 『body snatcher』와 같은 영화에서도 아벨 페라라는 인간의 육체에 잠식해 육체는 동일하게 유지한 채(식별불가능성) 영혼을 잠식함으로써 인간을 '점령'라는 '육체 강탈자들'의 상징 속에서 개인의 영혼을 잠식하는 전체의 폭력과 광기, 그리고 자발적으로 자신의 영혼을 내놓은 미국 소시민의 위악을 주제화하고 있다. 합리적이고 이성적이고 양식적인 채 하는 위선적인 소시민들(특히 지식인들)은 결국 영혼을 팔아버리고도 스스로도 알아차리지 못하고 다른 인간의 영혼조차 요구하는 '흡혈귀들'인 것이다.

8-4. 언어와 영화 -이성적 언어, 신경증적 언어

  (1) 현실과 가상 사이의 회전문으로서의 언어적 발화 - 『Open your eyes』(알레한드르 아메나바르)

『Open your eyes』는 VR(virtual reality)의 늪에 빠져버린 인물을 통해 VR 시대의 현실과 가상 사이의 경계를 탐색하는 작품이다. 헐리웃 블록버스터 영화 『게임』은 이 영화를 본 따고 있다고도 할 수 있다.[14] 당대 최고의 미남인 남성 주인공은 아침마다 'open your eyes'라고 울리는 자명종 소리에 깨어나서 거울을 보며 자신의 잘 생긴 외모를 확인하는 것으로 일상을 시작한다. 영화는 바로 이 두 개의 모티프를 축으로 진행된다. 여기서 거울 속의 자신의 얼굴을 보고 만족해하는 인물의 모습은 가상 속에서 자기 만족감을 추구하는 VR 시대의 인간의 전형을 보여준다. 물론 영

---

14) 2001년에 개봉된 카메론 크로우의 『바닐라 스카이』는 『open your eyes』를 리메이크한 작품이다.

화 처음에는 거울의 이미지는 단지 '외모'(타인의 시선에 의해 만족감을 갖게 되는)에 대한 인물의 자기 만족을 그려주는 정도로 보인다. 그러나 작품이 진행되면서 가상과 현실의 경계가 뒤섞이고 '거울'의 이미지는 바로 가상적 현실의 의미로 확대된다. 영화에서 반복되는 'open your eyes'라는 언어적 전언은 영화 전반을 관통하는 현란한 가상 이미지를 지우는 이미지의 암전 효과를 유발한다. 이러한 이미지 암전 효과 속에서 언어적 전언은 현실과 무의식, 현실과 가상 사이의 경계, 이성적 언어 탈이성적이고, 이성의 힘 너머로 확장되는 이미지의 세계 사이에서 회전문의 기능을 한다. 즉 이 영화에서 이미지의 암전과 함께 등장하는 'open your eyes'라는 언어적 전언은 하나의 가상 현실에서 또다른 (가상) 현실로 넘어가는, 그 경계를 지시하는 "/"의 기능을 담당한다. 그러나 영상 이미지의 막대함 속에서, 또는 이미 그 경계를 알 수 없이 확장되는 VR의 세계에서 이성적 언어의 힘이 점차로 미약해지는 것처럼 영화에서 언어적 전언이 담당하는 "/ "의 기능은 점점 희미해진다. 아니 오히려 영화 내내 'open your eyes'라는 언어적 전언은 VR의 세계 속에서 자신의 존재를 상실해 가는 이 시대에서 리얼리티를 부여잡고자 하는 하나의 미력한 시도로 보인다. 동시에 이 언어적 전언은 거울과 VR(그리고 영화 이미지들)에 중독된 이미지 중독자들에게 일종의 이성적 언어의 힘을 통한 경고와 계몽의 역할을 맡고 있다.

VR의 시대에 '나'는 아무데도 없다. 있는 것은 가상 뿐이다. 영화는 마치 이러한 시대에 나를 찾는 길은 '눈을 뜨는 길'(이성적 각성) 뿐이라고 말하는 듯하다. 그러나 'open your eyes'라는 언어적 전언을 통해 현실과 가상 사이의 회전문을 통과했다고 생각하지만 결국 그 세계 역시 가상의 세계 일 뿐이다. 작품은 반복되고 복제되는 가상들의 중첩을 통해 복제되는 가상 속에서 복제되고 재생산되나 어디에도 존재하지 않는 '존재'에 대하여 이야기 한다. "눈을 뜨세요"라는 '언어적 표현'(발화)은 이미지 복제 (재)생산의 시대에서 가상 세계의 '악몽'으로부터의 유일한 탈출구이다. 그러나 이 발화 행위에 대한 응답으로 눈을 떴을 때 거기에 존재하는 세계는 무엇일까? 그것은 진짜

(real) 현실reality일까? 작품은 이러한 질문을 던진다.

(2) 신경증에 걸린 언어-『뉴욕 스토리』 중 「오이디푸스 콤플렉스 환자」(우디 알렌)

우디 알렌의 영화를 본 사람이라면 누구나 그 시끄러움에 기가 질릴 것이다. 이 시끄러움은 소위 '뉴욕커'인 우디 알렌의 상표라고도 할 수 있는데, 우디 알렌의 영화는 이러한 시끄러움에 비해 대화의 내용이나 언어 자체에 의해 인도되는 영화는 아니다. 오히려 우디 알렌의 영화에서 언어는 신경증 상태에 빠진 도시인의 심리를 가장 잘 드러내주는 '영화적 언어'이다. 불평불만이 많지만 소심하기 이를 데 없고, 도시의 삶에 대해 항상 불만을 늘어놓지만 '자연' 속에서는 하루도 견딜 수 없는 사람들, 성인을 표방한 '어린 아이들', 그들의 미숙함과 양면성, 불안정성은 끝없이 늘어놓는 '언어행위'(떠벌림)에 의해 그 구체적인 상을 얻는다. 이 떠벌림은 내용을 갖기보다는 끝없이 유동하고 미끄러지는 욕망과 무의식의 표현이다. '무의식은 언어처럼 구조화된다'는 도식을 가장 잘 보여주는 경우라고나 할까? 어쨌든 우디 알렌은 '단정한' 화면 속에서 이미지의 현란함이 없이도 '잘 빼 입은' 뉴욕커들의 불안정하고 유치한 내면과 욕망을 이 언어의 미끄러짐(떠벌림)의 형식 속에서 구현함으로써 자신 고유의 스타일을 창출했다.

「오이디푸스 컴플렉스 환자」는 이러한 우디 알렌의 스타일을 극명하게 보여준다.

9. 세계라는 책, 책이라는 세계

책과 문화 텍스트는 인간의 의미 생산과정의 결과라는 점에서 각각 세계라는 텍스트를 껴안고 있거나, 또는 세계라는 텍스트의 자궁에서 생성된 이란성 쌍둥이일 뿐이다. 우리는 책을 읽을 때 손에 잡히는 한 권 분량의 '책'이라는 물질을 읽는 것이 아니다. 우리는 그 속에 담긴 세계를 본다. 이 세계를 도전의 장소로 생각하는 사람들에게는 '세계는 넓고 할 일은 많다'라는 세계인식과 그 표현물이 나오는가하면, 세계를 환멸의 장소로 생각하는 사람들은 '됐어, 이제 그만 됐어'라는 외침으로 세계에 대한 자신의 인식을 표현한다. 이처럼 결국 모든 '텍스트'는 특정한 세계 이해의 소산이며, 그에 따라 표현의 방법, 표현 도구의 특성이 드러난다. 서태지의 랩은 '환멸과 조롱'을 표현하기 위한 적절한 표현 수단이었다. 그러나 모든 랩이 세계에 대한 환멸과 조롱을 담아 내는 것은 아니다. 결국 텍스트 독해의 관건은 각각의 '표현 수단'이나 '매개', '방법'이 어떤 세계 이해와 그 표현의 결과이며, 거꾸로 특정한 세계 이해의 방법이 왜 특정한 예술 방법과, '언어', '서사구조' 등을 산출하게되는가를 밝히는 작업이다.

일상적인 삶 속에서 어떤 대상에 대해 우리가 머리 속에 떠올리는 이미지들과 그것을 언어로 표현하는 것은 동시적인 것처럼 느껴진다. 그러나 어떤 대상에 대한 자신의 느낌을 언어로 표현해내기 힘들 때 우리는 대상에 대한 자신의 느낌을 반추하게 된다. '대상-주체의 대상에 대한 반응-그 반응의 객관화로서 언어로 표현하기'라는 인지의 메커니즘은 인간의 모든 행위에 공통적인 과정이다. 우리가 문화 텍스트 독해를 통한 글쓰기 과정에 임할 때 역시 우리의 행위는 이 구조에서 시작된다. 우리는 일상 곳곳에서 텍스트와 만나며 그와 더불어 살고 있다. 그리고 어떤 식으로든 그에 대한 자신의 주관적 느낌을 생산하지만, 모든 사람이 그 생산을 구체적인 행위로 연장하지는 못한다. 글쓰기의 출발점이 개인의 주관적이고 감각적인 느낌이라고 할 수 있듯이, 문화 텍스트 독해를 통한 글쓰기에서도 중요한 출발점은 바로 이러한 주관적인 반응의 체계들이다. 대상에 대한 주관적인 반응이 형성되지 않은 곳에서 객관화의 욕구는 형성되지 않는다. 따라서 어떤 점에서 텍스트 독해의 진정한 출발점은 이러한 주관적 반응의 생산을 충만하게 활성화시키는 행위라고 할 수 있다.

최근 들어 젊은 층 사이에서는 영화 담론이 유행처럼 번지고 영화 이야기를 하지 못하면 대화에 끼어 들지 못하거나 세대 차이를 느끼게 된다고 한다. 그러나 이렇게 문화 담론이 팽창한 지점에서도 늘어나는 것은 정보이지 결코 텍스트라는 대상에 대한 반응들의 충만한 생산은 아니다. 일상의 대화에서나 여타의 담론 체계 내에서 행해지는 문화 담론들은 정보 의존성이 강한 대신 자신의 주체적인 독해의 흔적은 보이지 않는 경우가 허다하다. 우리의 문화 담론이(감상에서 전문 비평, 저널에 이르기까지) 천편일률적인 것은 이와 같이 주체적인 반응 생산보다는 정보 의존을 더 가치 평가의 기준으로 삼기 때문이다. 그러나 정보를 수집하는 것보다 더 어려운 것은 자신의 주체적인 반응의 메커니즘을 형성하는 과정이다.

이 글은 근본적으로 텍스트에 대한 역사적이고 객관적인 분석과 함께 무엇보다도 텍스트에 대한 창조적이고 주체적인 독해를 위한 방법론을 모색하고자 하는 시도의 일환일 뿐이다. 텍스트를 접하는 학생들은 텍스트에 대한 문맹과 정보 과잉 상태라는 이중적인 딜레마에 빠져 있다고 보인다. 따라서 교육 현장에서 가장 중요한 것은 텍스트 독해를 위한 학생들의 자발성을 이끌어내면서 창의적인 텍스트 독해를 위한 방법을 모색하는 것이다.

참고문헌

소논문

삐에르 마슈레이, 에띠엔 발리바르, 「라깡과 주체 철학:주체성과 상징성의 이론이라는 쟁점」, 『이론』, 1994년 겨울호.

루이 알뛰세르 「추상의 화가 크레모니니」, 『레닌과 철학』, 이진수 역, 도서출판 백의, 1991.

베르톨트 브레히트, 「감정 이입에 대한 비판」, 『새로운 예술을 찾아서』, 김창주 편역, 새길, 1998.

단행본

베르톨트 브레히트, 『브레히트의 리얼리즘론』, 서경하 옮김, 남녘, 1988.

베르톨트 브레히트, 『서사극 이론』, (김기선 옮김), 한마당, 1989.

슬라보예브 지젝, 『삐딱하게 보기』, 김소연, 유재희 옮김. 시각과 언어, 1991.

C.W 세람, 『제신과 무덤과 학자들』, 박광술 옮김, 평단 문화사, 1984.

루이 알뛰세르, 『레닌과 철학』, 이진수 역, 도서출판 백의, 1991.

발터 벤야민, 『현대사회와 예술』, 차봉희 편역, 문학과지성사, 1980.

레지스 드브레, 『이미지의 삶과 죽음 -서구적 시선의 역사』, 정진국 옮김, 시각과 언어, 1994.

존 버거, 『본다는 것의 의미』, 박범수 옮김, 동문선, 2000.

안토니오 그람시, 『그람시와 함께 읽는 문화—대중 문화/언어학/저널리즘』, 조형준 옮김, 새물결, 1992.

한스 취쉴러, 『카프카 영화관에 가다』, 이은희 옮김, 영림 카디널, 1997.

이영철 엮음, 『현대 미술과 모더니즘론』, 시각과 언어, 1995.

스튜어트 유웬, 『이미지는 모든 것을 삼킨다—소비 사회와 스타일의 문화 정치학』, 백지숙 옮김, 시각과 언어, 1996.

루이스 자네티, 『영화의 이해 ―이론과 실제』, 김진해 옮김, 현암사, 1999
　　년 개정판.

데이비드 보드웰 · 크리스틴 톰슨, 『Film Art ―An Introduction』, 주진숙,
　　이용관 옮김, 이론과 실천, 1993.

아서 아서 버거, 『보는 것이 믿는 것이다』, 미진사, 1997.

리타 펠스키, 『근대성과 페미니즘』, 김영찬, 심진경 옮김, 거름, 1995.

린다 하트, 『악녀』, 강수영, 공선희 옮김, 인간사랑, 1994.

자포니크스 기획 편, 『어머니와 창녀』, 지인, 1994.

김소영, 『근대성의 유령들』, 씨앗을 뿌리는 사람들, 2000.

윤지관, 『근대 사회의 교양과 비평』, 창작과 비평사, 1995.

기타 외국 서적

Michael Sprinker, *Imaginary Relations ―Aesthetics and Ideology in the
　　Theory of Historial Materialism*, New Left Books, 1987.

Andrew Hewitt, *Fascist Modernism*, California: Stanford University Press,
　　1993.

■■■■■■
ABSTRACT

The Cultural studies and the pedagogy of writing and reading

Kwon, Myoung-A

This study is based on the field work of cultural studies in the university and the institute of writing. The pedagogy of writing and reading must include the terrain of non verbal texts. This study imply the visual texts, image texts and the effect of sound in film etc.

Through the research from the language inscribed in Rozeta stone to the various icons used in mobile phone, computer etc, the dichotomy of verbal/nonverbal texts is de-constructed. In Korea, the pedagogy of reading and writing is focused on verbal texts. But necessity of pedagogy of reading and writing of non verbal texts have increased. In this reason this thesis aimed magnify the pedagogy of reading and writing inherited in the sphere of human science. The theory of 'text' :the science of arts, the study of history of 'genre', the theory of the text are all the base of the new pedagogy of text reading and writing. This thesis is based on these various theories of texts.

천 개의 거울로 둘러싸인 공중정원

-판타지 소설과 영상의 접점, 『반지의 제왕』의 경우-

김용희*

1. 매체/인간/영상
2. 판타지와 영상의 만남
3. 마술적인 실재, 토템적 가치
4. 천개의 거울로 둘러싸인 공중정원
5. 근대적 주체 : 프로도
6. Innocent Nothing : 글쓰기의 공간
7. 신화/과학, 영웅/반영웅, 근대/탈근대: 결론을 대신하여

1. 매체/인간/영상

동굴에 거주하던 고대인들은 저녁이 다가오면 그들이 피워놓은 모닥불 가에 모여 어떤 이야기를 주고 받았을까? 그것은 거대한 자연과 맞서 싸운 무용담이나 낯선 곳으로 여행하였다 무사하게 귀향한 모험담이 대부분일 것이다. 인간은 자신의 이야기를 하고 싶어할 뿐만 아니라 누군가에게 표현하고 전달하려 한다. 광야에서 병자를 고치고 수천 사람들을 배불리 먹였다는 어느 목수의 기적이야기나 외눈박이 괴물을 없애고 바다의 풍랑 속에서 신과 싸우고 살아 돌아온 꾀많은 장군의 이야기, 이야기꾼들은 마치 자신이 겪은 수많은 괴이한 모험들을 전하기 위하여 살아돌아온다. 오딧세우스는 그가 겪은 숱한 모험과 용기의 이야기를 전하기 위해

---

* 평택대 국문과 교수

살아서 돌아와야만 하는 이야기꾼인 것이다. 인간은 자신이 체험하고 경험한 것을 전하고 남기려는 매체적 존재이다. 말을 하고 글을 쓰고 그것을 인쇄, 복사하여 나누어가지는 인간은 본질적으로 정교한 매체 전달자이다. 전달하지 않고는 배길 수 없는, 표현하지 않고는 견딜 수 없는 존재, 하여 인간은 자신을 전달할 수 있는 매체를 끝없이 발전시켜왔던 것이다. 자신의 이야기를 적어놓고 대화를 주고받고 자신의 신상을 공개하는 컴퓨터화면은 고대인들이 둘러앉아 이야기를 주고받던 그 빛나는 화덕인 셈이다. 넷상의 유목민들은 그 주변에 둘러 앉아 이야기를 떠들거나 정보를 전달받으며 자신의 무용담을 늘어놓는다. 매체야말로 인간의 감각기관을 외부로 끌어낸 인간 능력의 확장이다. 맥루한은 '자동차 바퀴는 발의 확장이며 책은 눈의 확장이며 옷은 피부의 확장이고 전자회로는 중추신경계의 확장'이라고 말한다. 매체의 발전과 확장은 인간 욕망의 확장이며 사유의 확장인 것이다.

고대[1] 유목민들에게 있어서 저 멀리 있는 땅의 일을 알려주는 매체는 별이었다고 한다. 별의 움직임을 살피며 미래 일을 예측하는 점성술은 유목민들의 기술이다. 하늘은 거대한 거울이었다. 저 땅 너머에서 일어나는 일들이 하늘에 반사되어 이쪽으로 전달된다고 생각했다. 윤동주는 만주벌판을 달리며 어둠 속의 별에서 고향의 이름들을 하나 하나 불러냈다. 현대인은 어둠 속에 앉아 빛을 쏟아내는 스크린을 바라본다. 스크린은 문화와 자연 사이 경계에 난 구멍, 천상의 빛이 피안의 세계로 내려 보내는 빛의 구멍, 별인 것이다. 영화야말로 현실과 허구, 현전과 부재 사이에서 움직이는 운동과 시간을 마술적인 효과로 창출하는 저 허구의 거대한 구멍이다.

최근 영상매체의 혁신적 발전은 보고자 하는 모든 것을 볼 수 있다는 '서구철학의 극단적 재현력'[2]을 증명해준다. 특히 멀티미디어 기술은 조

---

1) 자꾸 고대인들을 이야기해서 미안하지만
2) 동양에서 인간은 자신과 세상이 미분리된 겸양을 강조하지만 서구적 정신에서 인간은 자연과 '떼어내어진' 존재로 주체화된다. 하여 '떼어내어진 존재'이므로 자연은 '설명가

합과 변형의 기술을 가속화 시켰으며 디지털 기술의 가능성은 모든 형태의 텍스트와 이미지를 변조 융합하면서 우리 상상 속의 모든 것을 가시화한다. 영화는 인간이 상상할 수 있는 모든 것을 총체적으로 충실하게 현실 속에서 재현해 낸다.

영상매체의 획기적 발전에 따라 그 전 인간사유의 매체였던 문자는 상대적 위축감을 호소할 수밖에 없다. 몇 달 전 이상섭교수는 25년만에 '문학비평용어사전' 증보.개정판을 내었다. 문학담당기자들은 이 '사전' 이야말로 현대문학론에서 활발한 문학론의 촉매 매체노릇을 할 것이라 하였지만 저자자신은 인터뷰에서 이제는 영화평론을 하겠다고 말하지 않았던가. 디지털 미학의 새로운 미학적 특질이 지배적인 감수성이 되고 있고 새로운 테크놀로지의 도입이 무수한 이미지들의 감각적 충일을 다 하는 시대 속에서 문자는 더 이상 변화된 현실을 총체적으로 반영할 수 없다는 열패감에 사로잡힌다.

그리하여 문학은 저 고고한 수도원의 배타적 자기집착의 성지에서 내려와 어떤 이는 문학염세주의에 빠지거나 어떤 이는 영화쪽으로의 개종을 서슴치 않았다. 이러한 트랜스젠더(개종)의 과정을 지켜보면서 인문학자들은 영상매체에 대한 우려를 표명하기 시작한다. 즉 '영상이미지와 반(半)의식적 접촉을 계속하는 것은 문자인식에 두드러진 상징적 거리감이나 자기반성 능력을 없앰으로써 사유의 공허를 초래한다'[3)는 것이 그것이다. 인문학적 사유가 문자 매체에 의한 사유와 성찰에 있다고 본다면 영상매체는 반성찰성과 반시간성의 속도주의와 공간에 의해, 계몽에 연연

능한' 어떤 것이며 '설명가능한' 어떤 것은 '지배가능한' 어떤 것을 의미하는 것이다. 그것은 영화적 현실에서 어떤 것도 '스크린' 위에서 다 엿볼 수 있다는 자신만만한 '보여줄 수 있음'의 사고로 이어진다. 이러한 인식은 이성에 의해서 확인되고 설명되지 않는 어떤 것도 없다는 합리성, 유한성의 인식에서 가능하다. 이것은 영화 속에서 보여주기의 극단적 허구를 만들어내는 영화적 상상력으로 이어진다고 할 수 있다. 김영민, 『철학으로 영화보기 영화로 철학하기』, 철학과 현실사, 1994, 183~213쪽.

3) 김영민, 『문화 문화 문화』, 동녘, 1998, 49쪽.

해 하는 인문학자와 불화일 수밖에 없다.

그러나 도대체 사유란 것이 무엇인가. 영상이 사유를 가능하지 않게 한다는 입장은 영상매체가 질서와 명료성이 없다는 것, 이미지와 이미지 사이의 교통은 혼돈과 혼돈 사이의 교통일 뿐이라는 것, 그것은 문법화될 수 없고 뜻/글, 내용/형식으로 되어있는 해석학적 운영방식에 위배된다는 것을 의미한다. 문자가 없던 시절에 문자가 생겨났을 때 사유의 가장 큰 변환은 현전 위주의 사유를 벗어나 부재와 더불어 사유할 수 있게 되었다는 점이다. 하여 없어져 버린 과거, 보이지 않는 어떤 것들은 문자로 재생의 삶을 살게 되었다. 그 뒤에 현전하는 장면과 사물들은 항상 개념적이고 감각적인 관념(부재)를 통과하게 된다. 사유한다는 것은 결국 직접적인 현전을 매개된 관념인 부재와 연결하는 것이다. 첨단 기술 매체의 발달은 이 간접화된 현전(관념)으로서의 부재의 영역을 계속 확장해 나가는 과정이라 할 수 있다[4]. 영상에는 문자매체와 기술영상매체에 의해 생산된 간접화된 현전(관념)의 부재 층들의 중첩으로 혼입되어 있다. 사유는 어떤 것이든 무한 겹겹의 부재에 대한 사유라 할 수 있다. 그렇다면 우리에게 남은 것은 '추상적 사고방식과 감성적 지각 사이의 낡은 구분을 극복'[5] 하는 것을 배우는 것이다.

2. 판타지와 영상의 만남

"만약 우리가 신화와 같이 확장된 세계로 들어갈 수 있다면 불
행히도 우리 자신의 물질적인 리얼리티가 얼마나 빈약하고 무의

---

4) 조광제, 「호모 메디우스에서 호모 커넥수스로」, 『매체와 사유양식의 변환』, 산해, 2001, 101쪽.
5) 노르베르트 볼츠, 윤종석 역, 『컨트롤된 카오스 : 휴머니즘에서 뉴미디어의 세계로』, 문예출판사, 2000.

미한 것인가를 깨닫게 될 것이다. ” 캐스린 홈 <환상과 미메시스>

영화는 기실 불길한 운명처럼 우리를 매수한다. 그것은 우리의 본능을 매수하고 있다. 메츠의 말대로 '다른 어떤 예술보다도 더 강하게 더 독특한 방식으로 영화는 우리를 상상적인 것에 관여시킨다.'[6] 스크린은 엄청난 허구(보여줄 수 있는 가능한 모든 것들)로 가득차 있지만 사실 그것은 부재의 자리이다. 영화가 끝나고 나서 관객석에 불이 켜지고 스크린 위에 비추던 영사빛이 사라지고 나면 스크린은 고요한 침묵의 하얀 얼굴을 드러낸다. 그러나 영화관을 나서는 관객들은 얼마동안 영화 잔상의 기시감에 시달린다. 영화는 일종의 꿈처럼 관객을 찾아온다. 밤 시간이 부족하여 낮시간에도 꿈을 꾸고자 하는 자들은 낮에도 영화관을 찾는다. 그러나 혼자서 영화를 보는 것은 자위행위가 아니다. 영화는 일종의 의례(제의)같은 것이다. 이제 신화는 기술 속에 존재한다는 것을 영화는 선포한다. 즉 영화보기에서 관객은 시선의 주체일 뿐만 아니라, '어떤 다른 시선의 객체'[7]가 되기도 한다. 관객이 영화를 볼 뿐만 아니라 스크린 위의 무수한 빛의 종합들이 관객을 보고 있다. 영화를 보면서 우리는 영화 속에서 어떤 시선이 우리를 보고 있음을 느낀다. 이 시선을 통해 우리는 대리적 보충물의 환영적 힘에 사로잡힌다. 그것은 내 안에 있는 무수한 신화들을 불러들인다. 환영들은 내 안에 있는 타자, 내 안에 은폐된 떠도는 기표들이다. 그렇게 될 때 '나는 모든 나들의 교차점이다'이라고 말한 메를로-퐁티의 말을 환기할 수 있다. 영화는 무수한 나와의 접점이다. 특히 디지털과 테크놀로지의 새로운 도입은 영화텍스트 안에서 새로운 의미들을 재형성해 내는 다의미층의 가능성을 열었다고 할 수 있다[8]. 디지털 테크놀

6) 박성수, 『영화 이미지 이론』, 문화과학사, 1999, 216쪽 재인용.
7) 위의 책, 266쪽.
8) 영화 『퇴마록』·『구미호』에서 주인공의 얼굴이 귀신, 여우형상으로 변해 가는 모습은 디지털영상의 놀라운 결과라 할 수 있다. 관객은 괴물을 보면서 영화가 사실적이

로지는 현실의 리얼리티 창조와 다른 현실과 공간, 다른 차원의 해석을 열어둔다. 영화는 모든 환영의 집적체인 것이다.

영화가 가장 영화다운 가능성(허구)을 매혹적으로 극대화한 것이 판타지, SF영화라 할 수 있다. 그런 점에서 영화와 환상 소설과의 만남은 필연적일 수밖에 없다.

마법사, 전사, 엘프, 난쟁이, 도둑, 괴물이 등장하는 마법 이야기는 그 옛날 무의식에 잠재되어 있던 불온한 것들을 살려낸다. 이를테면 상상적 미와 추, 삶과 죽음의 개념들이 섞이면서 인간 내면에 숨어있던 주술들이다. 지금까지 예술은 미메시스라는 플라톤의 언명에서 자유롭지 못했다. 아리스토텔레스는 미메시스를 '재현'이란 말로 규정함으로써 그 부정적 함의를 제거했지만 어쨌든 이들은 모두 예술작품과 현실 사이에 긴밀한 연관을 주장하며 미메시스를 예술작품의 본질로 삼았다. 모방론이야말로 오늘날 서구 문학 및 예술론의 근간을 이루는 것이다. 그러나 오늘날 현실은 재현불가능한 어떤 것으로 남아있고 주체는 불확정한 모호성 속에 던져져 있다. 모방이나 재현, 인식과정이나 미메시스는 그 의미를 잃어버렸다.

현실을 담아낼 예술도 모종의 변화를 겪고 있다. 이를테면 테크놀로지의 획기적인 발달에 의한 사이버 가상공간의 탄생이 그것이다. 가상의 상상력이 문학적 상상력으로 변화할 수 있었던 것은 사이버스페이스라는 또 다른 실재계의 확산과 관계한다. 매체가 환경을 변화시킨다는 매체결정론의 입장이든 거꾸로 인간의 욕망이 매체를 발전시켜왔다는 인간결정론의 입장이든 인간은 실재의 영역을 꾸준히 확장시켜왔다. 비현실적 실재는 기실 실재계의 연장선상위에 놓여져 있다. 실재계를 마주하는 인간

나 형식적이냐를 질문하는 대신 가상적인 이미지들이 우리 스스로의 3차원적 세계에서 시각적이고 사회적인 경험들과 연결시키는 방식들에 주목할 수 있다. 박현선, 「디지털 이미지의 안과 밖」, 『중대 영화학과 학회지』, 1999 참조.

의 무의식 속에는 극단적 허구로서의 환상과 환영이 언제나 존재해 왔다는 사실이다. 그러나 환상문학의 역사는 고대의 영웅 전설에서부터 '이상한 나라의 앨리스'에 이르기까지 오랜 기간을 거쳐왔지만 과학의 합리성과 문학의 리얼리즘에 의해 문학의 본령에서 추방당해왔다. 의식의 감옥에서 풀려나게 되기까지는 프로이트 심리학의 등장이 꽤 유효했다. 프로이트는 1908년 에세이 「창조적 작가와 백일몽」9)에서 판타지를 대체로 '백일몽'과 동의어로 쓰면서 검열기제가 허락하는 범위 안에서 의식이 상상과 욕망을 자유로이 활동하게 놓아두는 명상의 상태를 말하고 있다. 환상문학에 대한 새로운 관심은 1990년대 이후 제 3세계문학에 대한 관심 속에서 남미의 마술적 리얼리즘을 대표하는 보르헤스나 마르케스에 대한 관심에서 연유하는 것도 확인할 수 있다.

한국에서의 환상문학10)은 토도로프의 <환상문학론>에 기대고 있다. 그에 의하면 환상문학은 화자가 작품 안에 등장하는 어떤 불/가시적 현상에 대해 사실적이든, 또는 초현실적이든 어떠한 설명도 유보시킨 채 독자에게 그것의 결정을 맡겨놓고 있는 작품 양식을 가리킨다. 즉 초현실적인

---

9) 프로이트, 『프로이트 전집 18』, 정장진 역, 창조적인 작가와 몽상, 열린책들, 1996. 정신분석에서 판타지는 백일몽 같은 의식적 판타지와 정신분석이 드러내고자 하는 억압된 욕망의 표현인 무의식적 판타지 양쪽 모두를 가리키는 데에 쓰이고 있는 셈이다. 프로이트의 관심은 무의식의 시나리오(latent content)가 어떻게 의식적 판타지의 발현내용(manifest content)을 항상 구조화하는가를 밝히는 데 놓여 있다(wisezine wisefile 웹진 문학비평용어사전 참조).

10) 국내에서는 세대옹호론자들은 환상소설의 한 형태로 환타지문학을 다루고 있는 반면 정치경제학적 논의에서는 환타지 문학을 개별적인 문학장르로 규정한다. 전자의 입장에서 황병하는 토도로프와 톨킨, 랩킨의 논의를 종합하여 '환타지문학이란 합의된 리얼리티로부터 벗어나 2차세계를 가져야하며 주어진 초자연적 초현실적 이야기를 초자연적으로 받아들일 것인지 아닌지에 대한 화자-작중인물-독자의 망설임이 존재해야 성립한다고 정의한다. 후자의 입장에서는 환상문학은 창작방법론으로서의 환타지를 사용하는 것이고 환타지문학은 작품이 독자와 상호반응 하는 데 있어 환타지적 요소가 발견되는 것으로 분리하여 설명하고 있다. 본고에서는 전자의 의견에 따라 환상소설의 한 형태로서 환타지 문학을 상정하고자 한다.

현상을 사실적인 것으로 그냥 진술하므로 독자에게 어떤 식의 망설임을 불러 일으키고 그러한 '망설임'을 현실적인 측면에서 굳이 해명하려 하지 않고 독자로 하여금 자의적인 해석을 하도록 방치하는 것을 환타지 문학의 중요한 특징으로 들고 있다.[11] 국내에서 환타지문학에 대한 여러 논의는 저급함에 대한 공박으로의 논의와 새로운 지평의 가능성으로서의 세대론적 옹호론이 있다.[12]

본 글에서는 환상문학의 거장이라고 할 수 있는 톨킨 J.R.R.Tolkien의 『반지의 주인 The Lord of the Rings』을 영화화한 피터잭슨 영화 「반지의 제왕」을 중심으로 우리시대 판타지 물이 가지는 문화적 의미와 영화가 따라가고 있는 서사구조, 텍스트 의미의 중첩된 겹, 다양한 함축들을 살피는 것[13]을 목적으로 한다. 영화의 내러티브는 영화텍스트 이면에서 의미구조를 복합적으로 구성하고 관객은 의식내부에서 선형적 구조의 일관성

---

11) http://my.dreamwiz.com/camphol/main/prof/view.htm

12) 97년『세계의 문학』여름호(황병하), 99년『현대문학』3월호(복거일), 99년『문예중앙』 봄호(하응백), 99년『버전업』여름호 특집에서 꾸준이 관심과 논쟁거리가 되어왔다. 특히 '99한국판타지 문학 심포지엄'(자음과 모음 주최)은 '한국 판타지 문학의 오늘 그리고 미래'라는 제목으로 산발적인 논쟁을 학문적으로 의미있는 조망하고 토론하는 자리가 되었다. 판타지문학 논쟁은 당분간 계속될 것으로 보인다. 어쨌든 '중심이 견고함이나 장악력에 있어 상대적으로 이완되는 시기인 90년대의 효과'라는 이성욱의 평가처럼 판타지는 더 이상 간과할 수 없는 우리 시대의 중요한 현상이다.

13) 영화를 살피는 것은 영화적인 방법, 카메라 기법과 빛의 움직임, 인물과 카메라의 거리, 움직임에 따른 영상이미지의 변화 등이어야 할 것이다. 그 부분은 영화전공자의 몫으로 남기고 본 글은 영화 속에 내러티브 분석, 그것이 담지하고 있는 문화적 사회적 의미들을 추적하는 것을 목적으로 한다.
영화편집과 촬영과정에서 감독의 변형이 개입될 수밖에 없겠지만 이 글에서는 소설과 영화 둘 다를 텍스트로 삼을 수밖에 없다. <반지의 제왕>은 영화화 되면서 하나의 문화적 현상이 되었고 문화는 생산 유통, 소비, 재생산의 과정을 거치면서 새로운 문화양상의 코드로 사회적 형실 변화를 겪는다고 보았을 때 본고는 소설의 영화화, 영화의 현실적 파급 효과 등을 전적으로 배제할 수 없다. 동시에 영화는 아직 2,3부작이 만들어지지 않은 채 열려있는 미완성인지라 이야기의 남은 부분은 소설 텍스트의 빛을 질 수밖에 없을 것 같다.

과 가치체계의 틀을 제공받으며 의미의 재구성화를 시도한다. 그런 점에서 영화 텍스트의 내러티브 분석은 우리 삶의 경험적 구조를 재구성하는 의미의 통로를 추적하는 영화 리얼리티 분석이라 할 만하다.

3. 마술적인 실재, 토템적 가치

톨킨[14]의 『반지의 주인』 3부작은 1954년에 발표된 이후부터 컬트적 대상이 되어왔다. 『반지전쟁』은 악마적인 존재가 만든 「절대반지」를 둘러싼 선과 악의 대립을 다루고 있다. 중간계(Middle-earth)라는 가상지역을 무대로 요정, 인간, 난쟁이, 호비트, 트롤, 오크 등 많은 종족들이 하나의 운명에 얽히게 되는데, 그 강력한 운명을 이끄는 것이 바로 '절대반지' 이다.

『반지의 주인』이 영화로 만들어져 3부작이 크리스마스 시즌에 맞추어 매년 한편씩 개봉된다는 사실을 입수한 황금가지출판사는 이미 90년 초 예린에서 출간된 작품을 다시 발빠르게 2001년 출판하게 되었고 영화에 매료된 관객들은 영화관을 나오자마자 서점에 달려가 책을 사 읽게 되었다. 『해리포터』시리즈의 출판, 영화화의 코드를 그대로 밟고 있는 이러한 문학과 영화의 호환 상승상호 작용은 우울한 문학계와 출판계에 기운을 되찾을 한 징후로 풀이되기도 한다. 그럼에도 우리는 왜 이토록 사람들이 이 마법의 이야기에 열광하는지에 대하여, 이미 아주 옛날부터 있어왔고 수없이 되풀이 되어오던 용과 영웅의 이야기, 미녀와 괴물의 이야기들이 왜 다시 모험의 부활로 되살아나는지 모호해 한다. 톨킨이 『반지의 주인』을 쓴 1950년대를 생각한다면, 소설은 세계 전쟁이라는 야만적 폭력이 지나고 난 후 절대권력을 잡기 위해 살상용 무기로 무장한 채 세계 지

---

14) 톨킨은 고대 영어의 걸작 서사시 「베오울프」에 대한 최초의 문학적 접근을 시도한 학자로서 중요하지만, 그보다는 『호비트』·『반지전쟁』·『실마릴리온』으로 이어지는 환상문학의 거장으로 더욱 유명하다.

배를 꿈꾸는 파시즘적 힘에 대한 우화로 읽힐 수 있다. 그러나 소설이 최근 부상하게 되기에는 분명 불확정시대 후기자본주의가 내뿜는 불안의 징후들이 우리 사회에 미만해 있기 때문이다. 인구와 식량문제, 전쟁과 종교분쟁, 근대이후 인간의 역사는 기실 야만적 시간을 문명적 위장으로 살아왔다.

　1990년대 환상소설의 부상은 사이버라는 가상공간의 부상, 판타지물이 전형적으로 등장하는 컴퓨터 게임의 급증과도 긴밀한 연관을 가진다. 모험의 판타지물은 '던전 앤 드래곤'이라는 보드게임으로 만들어지고, 다시 '드래곤 퀘스트'나 '디아브로'와 같은 롤 플레잉게임으로 발전한다. 컴퓨터 게임은 일종의 의례를 치루듯 주인공을 등장시켜 영적인 쪽으로 몰아간다. 환상 체험, 토템적인 카드게임, 무시무시한 괴상황 연출 등, 게임의 주제와 놀이 스타일은 판타지 롤 플레잉(FRP)을 이용해 게임을 하는 각자 자신이 주인공을 만들어내고 게임이 진행되어 감에 따라 자신이 만들어낸 주인공의 이야기를 엮어나간다. 젊은 사이버족들은 디지털의 주자로 우리가 살고 있는 세계에 괴상한 마술적 관념을 가지고 있다. 그들이 대부분의 시간을 보내는 사이버 공간이야말로 영화 「반지의 제왕」에 나오는 금빛 숲속마을 가운데의 땅 '샤이어의 마을'이라 할 수 있다. 그 곳은 마법과 비밀이 숨어 있는 호빗의 굴집이다. 보통의 인간들은 허리를 구부리고 들어가야 하는 얕은 천장으로 되어있고 하루에 6번의 식사를 하고 차를 즐겨마시고 낙천적 성품으로 아무 걱정 없이 평화롭게 사는 비밀 요새인 것이다. 하늘과 땅의 혼합체이며 숨겨진 진실의 스승인 마법사가 나오고 꿈과 환상의 금빛 숲이 있는, 마법의 공간은 인터넷의 공간를 통하여 21세기 우리를 다시 방문한다. 그것은 영화매체를 통해 다시 부활한다.

　아니, 영화는 그자체가 마술적이라 할 수 있다. 테크놀로지의 주문(呪文)은 정지되고 고정된 스크린 위에, 어떤 것도 존재하지 않는 부재위에 이미지로 넘쳐난다. 이미지는 매혹을 불러들인다. 스크린이 부재하는 것을 감지하면서도 스크린의 내부에서 일어나는 수많은 영상들이 실제하는 것으로 받아들이는 것은 관객이 영화를 이중적으로 받아들인다는 묵계적 교감에 의해 가능하다. 그러나 사이버족들은 영화를 현실 속에서 심령적 주술로 살려내려 한다. 이미 1990년 초부터 형성되기 시작한 톨킨의 한국 팬들이 영화가 개봉되기도 전에 영화속에 나오는 '절대반지'를 만들어 파는 상황이 일어난 것이다. 인터넷 사이트 '톨킨의 서재' 클럽장인 김종복은 몇몇 극성 팬들의 요청에 의해 유일반지에 소설 속 문구를 새겼으며 여러 번의 노력으로 원형틀을 제작15)까지 하게 되었다. 갖고 싶어하는 다른 많은 사람들로 인하여 팬들은 반지를 공동제작하여 나누어 가졌다. 사실 이러한 현상은 허구를 모방하여 현실 속으로 복제해 가져오는 역재현의 양상을 드러낸다. 허구 속의 간접적 현존으로 있던 부재가 직접적 현전의 세계로 들어오게 되는, 현실이 허구를 모방하는 역방향의 모방이 이루어진 셈이다. 이렇게 하여 마왕의 반지는 현실 속으로 다시 들어와 마법의 불온한 아우라(분위기)를 풍긴다. 반지는 신원시주의적 미술적 세계관과 기술에 대한 헌신을 함께 공유하는 젊은 사이버족에게 숭배의 대상이 된다. 그것은 테크놀로지 샤마니즘의 한 양상이라 할 수 있다. 즉 반지는 금속으로 된 물질적 차원과 그것에 새겨진 문구라는 표상적 가치를 가지게 된다. 이러한 두 가지 특성이 하나의 물건 속에 들어있을 때, 그것은 토템적 가치를 가진다. 반지에 글씨를 새기고 반지를 만들어 나누어 가지는 것은 동일한 문화가치를 공유하는 집단에서 유전자를 나누는 방식과 같다. 그것은 서로 친밀한 반지 원정대로의 표식을 나누어 갖는 방식이다. 체액을 섞지 않아도 반지동호회 회원들은 같은 종족이나 부족의 일원이 된다. 그리고 그들이 공유하는 유전자는 언제나 무한변화 속에 놓인다. 그 전에 그들은 메트릭스의 시계와 선글라스를 숭배했을 수도 있다.

---

15) 이 일을 「일간스포츠」에서 팬들이 반지를 '복제해 팔았다'는 기사를 내었고 이에 대하여 팬들은 '영화에 나온 반지를 본 뜬' 것이 아니라 '책에 나온 대로 만든' 고증제작물이며 게다가 영화가 개봉되기 전에 만든 것임을 주장했다. 뒤늦게 한국에 라이센스를 가진 ALI회사에서 조사에 나섰다는 인터넷 소식이다.

사이버 족은 새로운 중세를 살고 있는 지도 모른다. 포스트모던 속에서 새로운 중세를 보는 에코[16]의 시선처럼 이들은 불안으로 가득찬 광대한 영역을, 추방되고 배제된 신비주의자 모험주의자처럼 무리지어 떠돈다. 어둔 밤 숲속의 정령처럼 밤마다 일어나 인터넷 채팅과 정보사냥을 시도한다. 일종의 히피처럼 신비주의적 성스러움을 찾아다니고 중세적 비법을 찾아 나선다. 그들만의 정보를 가지고 그들끼리 정보를 공유하며 토템적 방식으로 정보를 숭배한다. 사이버 공간에서 상품과 애니미즘의 토템[17]들은 여전히 성황리에 팔린다. 화폐의 신성함과 제도적 권위를 보호하기 위해 재무부가 화폐에 인쇄해 놓은 역사속 위인 얼굴은 사이버족의 문화 속에 등장하는 신과 다르다. 화폐속에 그려진 얼굴은 제도적 규제와 이데올로기 강화를 위하여 체제를 정당화시키는 이미지로 이용된다. 이에 반해 사이버족들이 거래하는 정보적 이미지의 토템은 정부가 강조하는 유일신과 거리가 멀다[18]. 숭배의 대상은 끝없이 변화한다. 이들의 컬트적 입장은 기호에 대한 마니아적 접근, 카오스적 접근을 함축하고 있다.

이것은 현대문화 속에 나타나는 페티시즘의 현상이라 할 수 있다. 세계가 점차 예측불가능한 상황으로 빠져들 때 토템적 부적은 하나의 페티시즘의 대상으로 등극한다. 실제로 그것이 마술적인 힘을 가지고 있는 것이 아니라 우리 시대가 느끼는 산만한 불안이 그곳에 응축되어 하나의 아이콘으로 떠오른 것이다. 해리포터의 마술빗자루든 반지의 제왕에서 반지든 문제는 그 속에 들어있는 마술적 힘이 아니라 우리가 거기에 투여하는 불안이 문제인 것이다.

---

16) 움베르트 에코, 조형준 역, 『포스트모던이냐, 새로운 중세냐』, 새물결, 1993.
17) 강타의 사진이나 문현준의 안경, 연예인의 생일과 잠버릇 등도 애니미즘, 정보적 토템과 관계한다.
18) 더글러스 러시코프, 김성기·김수정 역, 『카오스의 아이들』, 민음사, 1997, 144쪽 참조.

4. 천 개의 거울로 둘러싸인 공중 정원

그리하여 잠시 벗어둔 반지를 끼어보자. 반지 안에는 괴물과 싸우며 사우론이 지배하는 모르도르의 운명의 분화구를 향하는 프로도의 여행이 담겨있다. 그리고 수 많은 역사와 다양한 종족들, 알아들 수 없는 고대언어와 요정의 언어들, 변화무쌍한 자연생물들이, 새로운 영토의 환상 지도처럼 펼쳐진다. 인류의 언어 역사에서 전해 내려는 수많은 신화들이 접맥되고 신화적 종족들이 엄청난 신화적 우주의 시간 속에서 다시 탄생한다. 반지를 낀다는 것은 이러한 생명체로 움직이는 모든 상상력의 가상세계를 받아들이겠다는 입문의 서약이다. 톨킨은 소설에서 상상의 지대인 중간계를 배치해 두고 그 속에 수 십 명의 주인공들에게 방대한 고유명사의 이름을 배분한다. 중세 언어와 라틴어, 웨일즈어, 고대 엉어, 엘프의 언어들. 이것은 중세 언어와 북구신화 전공자인 톨킨이 아니고는 발휘될 수 없는 것들이다. 사실 반지와 관련된 신화는 북유럽신화 중 반지전설과 많은 관련을 가진다. 그 중 특히 게르만족의 <시구르드전설>이 반지신화의 모체가 된다. 12세기-13세기의 <뷜숭아 사가>와 <니벨룽겐의 노래> 이래 매력적인 전설은 19세기까지 잊혀지지 않고 있다가 20세기 한 영국 작가에 의해 새롭게 『반지의 주인』으로 그 모습을 드러내게 된다. 『반지의 주인』의 탄생은 작품에서 반지가 만들어지고 다시 누군가에 의해 전해지다가 숨겨진 반지가 빌보를 통해서 세상(동굴) 밖으로 나오는 상황과 유비적으로 닮아 있다.

그러나 『반지의 주인』에서 프로도를 악마들에게 구하는 엘프 아웬의 모습은 단테의 『신곡』에서 사랑하는 연인을 위해 기도하는(구원하기 위해) 천상의 여인 베아트리체를 연상시키고 반지원정대의 결성을 하기 위해 둘러 앉은 기사들은 원탁의 기사들을 환기시킨다. 키 작은 호빗족이 고향인 샤이어를 떠나 키 큰 밀밭과 인간들을 만나는 장면은 『걸리버여행기』의 한 장면과 겹쳐지고 마법사 간달프와 반지원정대의 기사들은 고대영웅 서사에서 영웅을 시련에서 도와주는 조력자와 닮아 있다. 작품 안에는 지구상에 떠도는 모든 영웅신화와 모험담이 녹아 있다. 이러한 신화의 혼성모방은 관객에게 일종의 기시감을 제공한다. 그것은 끝없이 관객에게 '어디에선가' '언젠가' '이미' 읽고 보아온 무수한 텍스트들과 만나게 하기 때문이다. 영화는 과거의 신화와 이야기들을 재조합 새롭게 배열함으로써 독자들의 기억을 호명한다. 영화가 수많은 신화의 그림자로서 상호텍스트성의 무수한 겹침과 포갬을 수용함으로써 관객들은 그 전의 텍스트들과 끝없는 다성적 대화에 참여하게 된다. 하여 『반지의 제왕』은 익숙한 기시감의 세계이며, '무의식의 영역에 이미지로 각인되어 있는 시뮬라크르의 세상'[19]이 되는 것이다.

다종족의 언어와 엘프의 주문, 여러 장면으로 겹쳐지는 신화들의 혼성모방은 『반지의 제왕』이 영화로서 포스트모더니즘의 상상력을 최대한 살리고 있음을 보여준다고 할 수 있다. 혼성구성모방은 상상력의 극대화에 수반될 수밖에 없는 형식적 요청이라고 볼 수 있다. 모더니즘의 근대정신이 다른 텍스트와 구별되는 배타적 순수성과 일원성을 내세운다면 『반지의 제왕』은 근대적 신념에 배치되는 다원성의 영상적 표출을 극단적으로 시도한다고 할 수 있다. 근대이성이 추방하고 몰아낸 무수한 불온한 종족들, 난쟁이와 오크족, 마법사와 괴물들을 중세의 어두운 숲속에서 불러내, 단순성과 명료성으로 절대 이성만을 일변하는 근대의 투명성을 비웃는다. 난쟁이와 요정, 죽은 악마와 살아나는 악마, 종적 위배의 이탈(이종교배에 의한 무수한 종족들)과 죽음/삶의 무수한 변형은 현실과 가상, 본질과 현상, 리얼리티와 모조의 경계를 해체한다. 그것은 우리 스스로가 자신이라고 믿었던 정체를 위협하며 새로운 정체성으로 꿈틀거리게 한다. 톨킨은 일원성으로서의 하나의 영성을 찾는 것이 아니라 여러 영성에 본래 내재하는 자기 유사체들을 각각 지각해 내려 한다고 할 수 있다. 이렇게 하여 새롭게 창조된 리얼리티와 다양한 정체성은 영화적 상상력을 통해 스크린의 틈을 찢고 분출한다.

---

19) 심영섭, 「신화론으로 본 반지의 제왕 : 반지원정대」, 『씨네 21』, 2002.1.31.

『반지의 제왕』이 북유럽의 신화들을 혼성모방하고 있다는 측면에서 그것은 일종의 천개의 거울을 연상시킨다. 거울은 현실을 모방하는 문학자체에 대한 고전적 메타포이다. 그러나 영화에서 거울은 현실을 재현해 내는 것이 아니라 지금까지 있었던 무수한 텍스트들을 다시 되비추고 있다. 수 천 개의 모티브들이 수 천 개의 거울처럼 둥글게 정원을 만들며 서로가 서로를 비추는, 거울 속에 거울이 되비치는, 그리하여 서로의 빛을 반사해내는 자기반영과 자기모방성을 드러낸다. 그것은 환상의 정원처럼 공중에 떠 각자의 빛들을 뿜어내고 있는 것이다.

5. 근대적 주체 : 프로도

그러나 반지를 손에 끼는 순간 눈앞에는 환상과 환각의 방랑이 시작된다. 프로도가 반지를 끼는 순간 눈 앞에는 이글거리는 사우론의 불꽃 눈, 자신을 잡을 듯 뒤쫓는 악마 기사의 손길이 나타난다. 반지는 절대권력을 가질 수 있다는 유혹과 버려지고 파괴되어야 할 악이라는 이중적 욕망으로 몸을 뒤튼다. 반지는 무한한 힘의 보배이면서 지독한 저주의 화신이다. 영화는 반지를 파괴하려는 힘과 소유하려는 욕망사이에 놓인 심리적 길항을 드러내며 서사적 계기성과 선형성을 이어간다. 프로도와 반지원정대는 사우론의 본거지인 모르도르의 분화구에 악의 상징인 반지를 떨어뜨려야만이 반지를 파괴할 수 있다는 간달프의 말을 듣고 생명을 건 모험의 길을 나선다. 그러나 반지원정대의 여정은 더욱 험난하고 고통스러워야 한다. 더 많은 괴물이, 더 많은 죽음이 수반되어야 한다. 반지가 모르도르의 불 속으로 던지는 날 그들의 모험도 끝이 나기 때문이다. 그런 점에서 관객들이 영화에서 찾는 즐거움과 목적은 반지를 파괴하는 것이 아니다. 오래고 자명한 영화 관습적 결론에서 반지는 언젠가는 파괴될 것이고 악은 분명 퇴치될 것이다. 그들은 그러한 안심 속에서 기상천외한 모험을 즐기면서 어둠의 좌석에 앉아 있다. 그런 점에서 영화의 목적은 악의 완벽한 퇴치가 아니라 모험의 기막힌 여정이다. 때문에 악의 산에 도달하려는 그들의 여정은 더욱 늦어져야한다. 영화가 계속되기 위해서 반지는 여전히 파괴되지 않아야 하고 악마와 괴물들은 여전히 살아남아야 하며 반지원정대는 이 험난한 모험을 계속해야하는 것이다. 이것이 바로 영화의 주제이다.

그런 점에서 반지는 다만 하나의 단순한 미장센에 불과하다. 그들은 항상 당연히 운명처럼 부여된 어떤 모험을 어떤 매개와 어떤 이유에서든 떠나게 되어 있다. 그들에게 중요한 것은 반지의 파괴가 아니라 반지가 불러일으키는 탐욕과 절대 권력욕망을 잘 이겨내는가 하는 것이다. 그런 점에서 영웅서사물의 틀을 가진 판타지 물에서 영웅의 거대한 모험과 액션의 과정을 『반지의 제왕』은 비껴간다. 『반지의 제왕』은 끝없이 들끓어대는 욕망에 대한 심리영화인 것이다.

『반지의 제왕』은 선과 악의 대립에서 선의 승리라는 고전적 내러티브의 관습처럼 볼 수 있다. 그럼에도 『반지의 제왕』서 움직이고 있는 불안한 긴장은 프로도의 목에 걸려 있는 반지가 어떤 일을 벌일지도 모른다는 사실이다. 반지는 얼마든지 주인의 선한 마음을 타락시켜 괴물이나 악마로 변하게 할 수 있기 때문이다. 요정의 나라에서 만나게 되는 빌보 삼촌은 프로도의 목에 걸린 반지를 보며 금방 반지에 대한 탐심으로 악마처럼 변해버린다. 반지는 스스로의 자율적 의지로 반지의 주인을 선택하고 주인을 배신하여 죽게도 하는 악인 것이다. 그것은 의지를 지닌 악이다. 악(惡)은 기실 선(善)안에 내재되어 있다. 공존하면서 언제 튀어나올 지 모르는 『에얼리언』[20]처럼 존재한다. 마지막 장면에서 프로도는 운명의 산 분화구에 반지를 던지지 못한다. 그는 반지의 힘에 감염되고 스스로 반지

---

20) 영화 『에얼리언』에서 에얼리언은 사람의 뱃속에서 튀어나온다. 에얼리언은 사람의 몸을 숙주로 하여 크는 괴물이다. 공포는 다음에 어느 사람의 뱃속에서 에얼리언이 튀어나오는가 하는 것에 놓여 있다.

의 주인이 되고자 한다. 그는 반지를 분화구에 던질 것을 종용하는 샘을 떨구고자 절대반지를 끼고 모습을 감춘다. 그러나 그때까지 반지를 따라온 골렘은 숨어 있는 프로도를 찾아내어 그의 반지에 낀 손가락을 물어뜯어 잘라내어 반지를 가진다. 그리고 순간적으로 발을 헛디뎌 반지와 함께 분화구로 떨어진다. 그렇다면 도대체 진정 선이 승리했다고 말할 수 있는 것인가? 톨킨이 반지 옮기는 일을 프로도에게 시킨 것은 그가 결코 악해질 수 없을 것이라는 생각 때문이다. 키가 많이 자라봐야 100cm이고 낙천적이고 평화를 사랑하는 천진한 호빗족 소년이기 때문이다. 아니 프로도에게 임무를 맡긴 자는 반지라 할 수 있다. 사실 반지를 사우론의 본거지로 가져가는 이 과정은 프로도의 입장에서는 반지를 폐기하러 가는 것이지만 반지의 입장에서는 자신의 진정한 주인 사우론을 향해 가는 과정이다. 반지는 그의 고향으로 돌아가고 싶은 것이다. 프로도의 모험은 곧 반지의 귀환과정과 일치한다. 반지가 프로도를 선택한 것은 프로도의 탐심 없는 순수로 반지 스스로가 귀향할 수 있을 것이라는 생각 때문이다. 그러나 악은 서서히 프로도를 오염시켰다. 「반지의 제왕」은 결국 반지의 폐기와 절대권력의 괴멸로 결말을 맺었지만 반지의 유혹에서 승리한 사람은 아무도 없다. 반지는 천천히 악을 퍼뜨리고 저주와 함께 사람의 마음을 지배했으니 결국 반지가 승리한 것이다.

그런 점에서 『반지의 제왕』을 떠받치고 있는 기둥이 서양의 오랜 영웅신화라고 말하는 평론가[21]의 말은 수정되어야 한다. 프로도는 영웅의 생애에서처럼 특별한 출생을 하는 것도 아니고 남과 구별될 특별한 능력을 지니고 있지도 못하다. 프로도는 끝없이 자신에게 질문한다. "반지가 왜 하필 나에게 온 거죠?" 버섯을 좋아하고 낙천적이며 농담하기를 좋아하는 작은 체구의 호빗족 소년은 왜 자신에게 반지운반자의 책무가 주어졌는지를 끝없이 고민한다. 고대 영웅 서사에서 영웅은 자신의 고난과 시련극복,

---

21) 심영섭, 앞의 글.

악의 완전한 퇴치에 이르는 여정의 기간동안에 자신의 운명에 대한 실존적 고민으로 많은 시간을 빼앗기지 않는다. 프로도의 고통은 그가 반지의 운반자가 되어야 한다는 신념을 확신하면 할수록 더욱 지독한 고독감에 빠져든다는 사실이다. 이러한 부분은 마치 신념을 향하여 가지만 이 신념이 실패할지도 모른다는 불안에 휩싸이는 저 루카치적 소설의 주인공을 환기시킨다. 삶이 주는 끝없는 요구속에서 주인공은 '왜 하필 나지?'라고 되묻는다. 소설에서 마법사 간달프는 프로도의 물음에 답한다. "시대는 우리가 선택하는 것이 아니다. 우리가 해야 할 일은 주어진 시대를 어떻게 살아가는가 하는 문제다"(1권 54쪽). 삶은 어떤 것도 설명해 주지 않는다. 근대서사의 주인공은 이 목적없는 유희에 희생당하고 만다. 이상과 현실의 아이러니한 투쟁적 관계? 근대 서사의 주인공의 고통은 확신에 찬 신념이 죽었다는 경험(신이 사라진 세계)이며 다른 한편에 외부 세계가 절대로 우리의 목적과 방향을 말해주지 않는다는 것을 깨닫는 경험이다. 프로도를 인도하는 간달프는 삶의 이유들을 접어둔 채 동굴 속 고대괴물과의 싸움 속에서 죽어간다. 이제 젊은 주인공은 혼자가 된다. 그는 스스로 근대적 아버지가 되어야 하는 것이다.

그런 점에서 프로도는 이유를 알 수 없는 삶의 임무를 다해야 한다는 근대 주체이다. 그의 전형은 인간 주체, 이성과 진보에의 믿음(희망을 잃지 않는 것)이라는, 즉 근대의 가동에 사용되는 근대적 주체의 전형을 드러낸다. 프로도는 숲속에서 절대반지를 뺏으려는 전사 보르미르에게 "이성을 잃었군요", "이성을 찾아요"라고 절규한다. 보르미르는 결국 나중에 죽어가면서 "내가 잠시 이성을 잃었다"고 말한다. 그들은 이성적 주체이다. 반지를 옮기는 그 모든 여정은 악의 광기를 잠재우려는 근대 이성의 도정이라 할 수 있다.

프로도와 반지원정대가 사우론의 성으로 가는 모험의 길에서 만나게 되는 괴물들은 자연의 변형체, 거대한 자연의 함정들이다. 눈덮힌 계곡, 어두운 모리스 동굴에 살고 있는 벌레 같은 괴물들, 어두침침한 호수 속에 숨어 있는 문어, 동굴안 화염을 뿜으며 고대부터 살아온 고대괴물은 근대이성의 힘으로 물리쳐야 할 원시적 야만의 비이성이다. 근대 주체는 이 엄청난 자연을 끝없이 정복하면서 희망과 진보의 신화를 꿈꾸어왔다.

프로도는 계속되는 위험과 반지의 파멸로 떨어질지 모른다는 공포 속에서 왜 반지가 자신에게 오게 되었는지를 다시 질문한다. '왜 하필 나야' 라는 고민, 이것이 근대가 전제하는 실존적 의식의 산물로서의 질문방식이다. 프로도는 이 질문의 형식을 통하여 표현가능한 확신에 이르게 된다. 질문의 방식은 자기동일적(selfhood) 망상으로 변하게 되고 신을 잃은 존재는 내면으로 향하는 도정에서, 모든 사건들이 자신의 운명이 된다. 그는 모든 것을 실행함으로써 운명을 만든다.

결국 서사물은 내면성[22]의 모험이다. 주체의 반성 곧 내면성은 헤겔이 근대 예술의 특질로 지적한 근본 요소이다. 서사물의 내용은 영혼이 자기 자신을 찾아가는 이야기이며 증명되고 시험되기 위해서 모험을 하는 이야기이다. 내면성은 결국 영혼과 세계가 서로 대립적으로 이원화된 상태를 전제한다. 즉 내면성은 정신과 영혼간에 고뇌하는 일종의 거리를 전제한다. 프로도는 반지를 끼어서는 안된다는 간달프의 말에도 불구하고 급박한 상황에서 반지를 끼고 만다. 반지 속에서 그의 눈앞에 나타나는 악령에 시달리다가 그는 자신의 안간힘으로 반지를 다시 손에서 뺀다. 반지를 끼고 뺄 수 있다는 것은 자신을 객관화할 거리를 지니고 있다는 것을 의미한다. 그런 점에서 프로도는 자신과 영혼의 거리, 영혼과 세상과의 거리를 감지하고 시험에 통과하고자 비참하게 노력하는 우울한 저 근대 서사의 주인공이다. 사실 고대 서사의 영웅은 모험을 알지 못한다. 그가 경험하는 모험은 미리 결정된 운명에 도달하기 위한 노정에 불과하기 때문이다. 모험은 위험하지 않을 뿐만 아니라 영웅은 내면성을 알지 못한다. 영웅은 다양한 모험 속에 살아가지만 모험들이 궁극적으로 극복될 것이라

---

22) 그 유명한 루카치의 소설이론에 따르면

는 것이라는 신념에는 어떤 의심도 없다. 신에 지배된 세계는 언제나 승리한다. 그런 점에서 그는 수동적 존재이다. 그는 내면적 거리를 경험할 능력을 상실하였기 때문이다.

이에 비해 프로도가 싸우고 있는 것은 반지의 제왕 사우론만이 아니라 자신의 내부의 질문들이다. '왜 하필'이라는 질문의 형식으로 그는 수수께끼와 같은 운명과 게임을 하고 있다. 주체의 선택과 고민 속에서 행위는 이성을 확장시키고 그것은 운명이라는 자아를 받아들이게 한다. 영화 『메트릭스』에서 네오(키아노리부스 분)는 자신이 메트릭스의 통제에 갇혀 있는 이 세상을 구원할 '오게 될 그', '오게될 메시아'라는 말에 끝없이 저항한다. "왜 하필 내가 '그'여야 하지?" 이런 모티브는 서구철학에서 헤브라이즘적 전통에 뿌리깊은 메시아리즘과 상통하는 부분이다. 『메트릭스』에서 그는 이미 예언 속에서 정해져 있는 바로 '그'가 '당신'이라는 말을 거부하면서 여자 주술사를 찾아간다. 그녀는 놀랍게도 우리가 기다리는 '오게될 그'는 '당신'이 아니라고 말을 한다. 그러나 영화의 반전, 영화의 결말에서 그는 놀랍게도 '그'로 변화된다. 그는 부활한 메시아처럼 죽음에서 다시 살아나 초능력으로 악한을 해치우는 절대적 신격의 메시아로 부상한다. 그는 예언적 지시적 도덕명령에 번민하고 고민하면서 예언을 성취한다. 그는 인간적 주술(인간의 의지와 명령)에 의해서 새로운 운명, 자신의 정체성을 이룩해 내는 근대인의 원형을 상징화한다.

근대인에게 삶의 주인은 바로 자신이며 자신의 운명은 스스로의 의지와 선택에 의해서 성취되는 그 무엇이다. 이 부분은 마치 니체가 말하는 '그대로 하지 않으면 안된다'는 타율적 복종(낙타의 단계)에서, 가혹한 자기부정에 의해 자유와 비판, 새로운 창조(사자의 단계)로 나아감을 보여준다. 한편 이 부분은 '우리는 해야 한다, 고로 할 수 있다'는 칸트식의 행동실천 정의와도 관계한다.

6. Innocent Nothing : 글쓰기의 공간

『반지의 제왕』은 부모가 없는 프로도(삼촌밑에서 자라는)가 고향을 떠나 시련을 겪고 무지의 과정에서 서서히 자신의 무의식과 대결하면서 영적인 성숙을 이룩한다는 점에서 이니시에이션의 전형을 드러낸다. 성장과 모험은 저 오딧세우스의 기나긴 항해처럼 근대 이성이 지향하는 진보와 낙관적 미래를 위한 필연적 수순이다. 그럼에도 우리는 「계몽의 변증법」에서 아도르노가 한 말을 상기하게 된다. "인간은 스스로 자연과 분리됨으로써 자기파괴의 과정을 걷게 된다."[23] 즉 "인간의 정체성에 토대가 되는 인간의 자기지배는 거의 예외 없이 자기지배를 행하는 주체 자체의 파괴로 전화된다. 왜냐하면 지배되고 억압되고 주체의 자기 보존행위에 의해 파괴되는 실체는 삶이기 때문이다." 주체가 자기보존을 통해 성취하려는 바가 삶이면서 동시에 자기보존 행위를 통해 삶이 파괴된다는 이것이 계몽의 변증법이다.

근대생활은 파괴와 생성의 소용돌이 속에서 주체로 하여금 세계를 변화시킬 힘을 부여하면서도 모든 활동들은 모순되고 모든 관계들은 서로 갈등에 빠지게 되는 일종의 운명적인 조건으로 몰아간다. 버만은 근대야말로 '위대한 인간적 모험과 시련, 각성과 고뇌, 승리와 패배'[24]를 가지고 있는, 본질적으로 역설의 경험[25]이라고 말한다.

근대적 인간이 가지는 본질적 역설은 그 정신적 기원에서 연유한다. 즉 근대적 인간은 '발전에 대한 깊은 욕망'을 가진다는 사실이다. 이 깊고 강한 충동은 작품에서 프로도의 여정에 따른 개인적 성장과 사회의 진보에

---

23) 호르크하이머와 아도르노, 『계몽의 변증법』, 문학과 지성사, 2001, 54쪽.
24) 황종연, '모더니즘의 망령을 찾아서', 『모더니티란 무엇인가』, 민음사 1994, 203쪽 재인용.
25) 하여 모더니즘이 근대화와 맺고 있는 관계는 대단히 복잡하다. 모더니즘은 근대화에 의존하면서도 근대화에 도전하고 근대화를 반영하면서도 근대화에 개입하고 근대화에 적응하면서도 근대화에 반발한다.

서 잘 나타난다. 겁많고 낙천적이며 연초 피우기를 좋아하는 호빗족 소년은 길고도 긴 반지 운반자의 역할을 다 하고 나서 피곤한 몸을 이끌고 집으로 돌아온다. 이것은 마치 오랜 전쟁과 시련을 겪고 귀향하는 오딧세우스의 한 장면과 겹쳐진다.

> "몸이 아픈가, 프로도?"
> 간달프가 프로도와 나란히 말을 달리며 낮은 목소리로 물어보았다.
> "네, 그런 것 같아요. 어깨가 아파요. 상처가 욱신거리고 어둠의 기억 때문에 마음이 무거워요. 그 일이 있었던 것이 꼭 1년 전 오늘이었죠"
> "안타깝게도 완치될 수 없는 상처가 있는 법이지"
> "제 경우도 그런 것 같군요. 원래 상태로 돌아간다는 건 불가능해요. 비록 지금 샤이어에 간다 해도 전과 같지는 않을 것 같아요. 제가 전과 다를 테니까요. 전 칼에 맞고 침에 쏘이고 이빨에 물어뜯긴 데다가 오랫동안 무거운 짐을 지고 다녔죠. 어디 가면 안식을 얻을 수 있을까요?"
> 그 말에 간달프는 아무 대답도 하지 않았다[26].

프로도는 몹시도 피곤할 뿐만 아니라 많은 어둠의 상처를 안고 고향인 샤이어로 향한다. 암흑의 땅에서 반지는 파괴되고 아라고른은 곤도르의 왕으로 등극하고 프로도와 그의 일행(반인족 4명)은 영웅 환송을 받으며 샤이어로 향하는 이 귀향의 도정에서 프로도가 느끼는 이 심한 절망감은 무엇인가. 모험과 진보를 권유하고 주어진 사명을 통해 자신의 정체성을 찾아야 한다는 근대는 덧없고 모순된 갈등에 빠진다. 프로도는 분명 근대적으로(?) 성장했다. 고향인 샤이어로 돌아와 프로도는 다시 사루만과 마지막으로 대결하게 되었을 때 사루만은 프로도에게 이렇게 말한다. "넌 성숙했구나. 반인

---

26) 톨킨, 『반지의 제왕』 제6권, 황금가지, 2001, 161~162쪽.

족, 그래, 꽤 많이 성숙했어. 넌 현명하고 잔인한 자야."27) 프로도는 성숙했고 현명해졌고 그렇기 때문에 잔인해졌다. 이제 반지여행을 떠나기 전의 프로도는 사라져버렸다. 프로도의 밝고 순수한 영혼(무지)은 골룸에게 잘려진 손가락처럼 물어뜯겨 버렸고(인지) 삶과 존재의 무거움을 알아버린 그는 근대적 피로감을 심하게 느낀다.

근대적 인간이 느끼는 괴로움의 거대한 소용돌이, 자기진보를 이룩한 자에게 남은 자기황폐화, 이 비극적 역설은 참으로 역설적이게도 결국 근대의 방식으로 치유하고 저항할 수밖에 없다. 프로도의 물어뜯긴 손가락(물어뜯긴 순수)은 부재의 순수(innocent nothing)라 할 수 있다. 그는 이 부재의 자리를 텍스트의 공간으로 만든다. 모더니즘은 책을 통해서 탄생하고 자기의식을 반성한다. 김상환에 의하면 모더니즘의 본성은 독창적인 책이 씌어지는 장소와 방식에 숨어 있다고 말한다28). 그는 칸트를 빌어 계몽적 이성이 사율적 이성사용에 의지하여 타인과 단절, 분리를 겪게 되고, 그 분리 작용 속에서 계몽적 이성이 도피하고 거주하게 되는 집은 책이며 텍스트공간이라고 말한다. 프로도는 샤이어로 돌아와 그의 깊은 상처가 치유되는 동안 글을 쓰고 기록들을 정리한다. 프로도는 자신의 원고와 글을 완성하고 샘에게 수수한 붉은 가죽표지의 커다란 책을 건네준다.

앞부분은 빌보의 가느다랗고 구불구불한 필적으로 채워져 있었으나 그 대부분은 프로도의 유려한 글씨로 가득했다. 책은 장으로 분할돼 있었는데 제 80장은 미완성으로 남아 있었고 그 다음 몇 쪽은 빈 채였다. 표지에는 썼다 지운 무수한 제목들이 적혀 있었다.

"나의 일기, 뜻밖의 여행. 떠났다 돌아옴. 이후에 일어난 일. 다섯 호빗의 모험담……"

---

27) 앞의 책, 210쪽.
28) 김상환, 「모더니즘의 책과 저자」, 『해체론 시대의 철학』, 문학과 지성사, 1998.

"반지 제왕의 몰락과 왕의 귀환 (작은이들의 목격담······)"

　"이런, 마침내 거의 다 끝내셨군요. 주인님! 이 일을 줄곧 계속
하였던 모양이에요"
　샘은 외쳤다. 그러자 프로도는 이렇게 말했다.
　"난 다 끝냈네, 샘. 이 마지막 쪽들은 자네가 채워야 해"29)

　근대적 주체에게 텍스트의 공간은 자신의 위치를 간파하고 자기비판을
실행하며 자기를 의식하는 공간이다. 반지의 시대는 끝이 나고 모험은 끝
났다. 프로도는 샤이어로 돌아와 책을 쓴다. 그것은 빌보에 의해 시작되고
프로도로 이어져 샘에 의해 계속될 삶이며 책이다. 마지막 비어 있는 이
부재의 자리는 모더니즘의 역동성 그 자체의 구조를 확인하게 해 준다.
'모더니즘의 책과 작품은 완성 가능성과 미완의 가능성, 희망과 절망, 확
신과 불안이 교차하는 곳에서 끝없이 계속되어야 하는 과제 속에서 씌어
지고 있다'30)는 사실이다. 샘에 의해서 메꾸어질 부재, 비어 있는 공간,
이 미래의 글쓰기야말로 근대를 치유할 어떤 반성의 공간, 근대가 스스로
근대의 잠재력 속에서 자신을 구할 어떤 힘을 찾아야 한다는 역설의 자리
인 것이다.
　참으로 근대적 주체는 글을 쓰는 자이고 이야기를 하는 자가 아니고 무
엇인가. 저 멀리 오디세우스가 그러하듯 프로도는 문학의 공간 속에서 자
신의 모험을 글로 남긴다. 아니 근대의 삶 자체가 거대한 하나의 텍스트
이다. 그 속에서 근대적 개인은 자신의 삶에 대한 또 하나의 역사와 운명
을 만들고, 좌절하고 절망하면서 글을 쓰고, 다시 지우면서 남은 글쓰기를
상속자(샘)에게 물려주는 외롭고 몰락한 자기신화 속의 영웅이 아니고 무
엇이란 말인가. 근대적 삶은 각각의 삶 속에서 자기의 이야기를 말하고

---

29) 톨킨, 앞의 책, 222쪽.
30) 김상환, 앞의 책.

쓰게 만든다. 성경이라는 거대하고 유일한 책이 사라진 공간 뒤에서 근대야말로 개개의 텍스트를 써내려 가면서, 모더니즘이 주는 간간한 피곤감을 느끼면서, 글쓰기의 자기환멸과 자기 절망을 견디는, 그렇게 하여 근대적 삶을 건너가려는 이야기꾼의 역사이다.

7. 신화/과학, 영웅/반영웅, 근대/탈근대 : 결론을 대신하여

오랫동안 길을 걸어 온 것 같다. 근대의 덧없는 피로감이 몰려온다. 빨리 이 글을 완성해야만 한다.

이 덧없는 글쓰기의 피로감이 여기, 오늘, 우리에게 판타지의 신화를 불러오게 한 것일까. 1990년대 이래부터 사람들은 판타지, 신화, 신화적 상상력에 탐닉해 왔다. 사람들은 '창업신화'라고 외치며 성공을 꿈꾸고 청소년들은 그룹가수 '신화'에 열광한다. 그리스 로마신화, 신화이야기는 신화적 상징과 은유로 인류 무의식을 비추는 영원한 거울이다. 숲 속의 나무 하나하나에 특정한 이름을 붙여 놓고서 돌보고 대화하는 고대인의 모습에서 모든 사물은 매체이며 신화적 상징인 것이다. 신화야말로 모든 이미지의 원천이다. 신화는 영상 테크놀로지의 발달과 함께 가시화되어 우리의 현실로 찾아온다. 갖가지 자연의 동식물을 움직이게 하는 마법사의 세계, 강물과 햇볕과 바람의 울음소리를 감지해 내는 엠프의 주술, 그리고 원시의 절대적 힘을 상징하는 괴물과 전사들, 과학문명이 거세시킨 자연의 미세한 야생력을 판타지문학(영상)은 신화적 상상력으로 재현해 낸다.

근대의 '파괴와 생성'의 소용돌이 속에서, '발전'이라는 강하고도 깊은 소명의식(프로도의 소명) 속에서 자아는 끝없이 분열되고 해체되는 세계를 경험한다. 모더니즘의 저자는 자신을 완성시킬 글을 완성하고자 한다. 하지만 글은 완성과 미완의 교차 속에서 열려지고 미완된 텍스트만을 독자에게 남겨준다. 모더니즘은 이렇게 포스트모더니즘의 독자에게 말을 걸어온다. 신화적 상상력으로, 계몽의 후유증처럼, 견고한 의미의 총체를 뒤흔드는 편두통으로. 신화는 과학과 섞이고(테크놀로지에 의한 신화의 재현) 영웅은 반영웅이 되며(상처입은 프로도) 이성은 감성과 중층적으로 공존한다. 데카르트의 주체는 이성과 합리성이 지배하는 세계, 감성과 기호가 지배하는 세계를 넘나들면서 그 경계를 허문다.

현대사회는 이와 같이 신화와 과학, 영웅과 반영웅, 근대와 탈근대가 섞이고 중첩되면서 공존하는 포스트모더니즘의 시대임에 틀림없다. 그러면서 그것은 여전히 영웅적 소명의식과 동시에 자기고뇌를 간직한 주인공이라는 점에서 모더니즘의 자기 역설(paradox)을 간직한 포스트모더니즘의 혼성(pastiche)이라 할 수 있다. 『반지의 제왕』은 소명의식으로 자신의 인생을 살아가는 근대인의 초상과, 결말에는 좌절과 속물화를 겪을 수밖에 없는 근대 소설주인공의 몰락, 그러면서 열려진 결말로서 미완된 텍스트를 보여준다는 점에서 모더니즘과 포스트모더니즘이 공존하는 이 시대의 환상을 보여주는 판타지물임에 틀림없다.

그러나 이러한 여정의 길은 이미 예정된 길의 수순이었는지 모른다. 우리는 근대의 강렬한 모험과 로망스를 찾으면서 이윽고 탈근대 판타지와 이미지의 삶에 이르게 된 것이다. 모험과 좌절 속에서, 늘 우리는 어찌해볼 수 없는 어긋난 운명을 만나고 그 어긋남의 끝점에서 우리는 우리 안에 숨겨져 있는 무한한 허구의 판타지를 만나게 된다. 근대의 저 위대한 주체의 우울증(melancholia)은 판타지를 잉태해 내는 숙주였던 셈이다. 판타지는 결국 지금 우리가 살아가는 세계 속에서 살아가는 방식 중의 하나이고 동시에 우리가 보는 세계의 두 모습 중의 하나이다.

참고문헌

김상환,『해체론 시대의 철학』, 문학과 지성사, 1998.

김영민,『철학으로 영화보기 영화로 철학하기』, 철학과 현실사, 1994.

김영민,『문화 문화 문화』, 동녘, 1998.

박성수,『영화 이미지 이론』, 문화과학사, 1999.

박현선,「디지털 이미지의 안과 밖」,『중대영화학과 학회지』, 1999.

심영섭,「신화론으로 본 반지의 제왕: 반지원정대」,『씨네 21』, 2002년 1월31일자.

조광제,「호모 메디우스에서 호모 커넥수스로」,『매체와 사유양식의 변환』, 산해, 2001.

황종연 외,『모더니티란 무엇인가 무엇인가』, 민음사, 1994.

더글러스 러시코프, 김성기 · 김수정 역,『카오스의 아이늘』, 민음사, 1997.

지그문트 프로이트, 정장진 역, 프로이트 전집 18,열린 책들, 1996.

호르크하이머와 아도르노,『계몽의 변증법』, 문학과 지성사, 2001.

J.R.R. 톨킨, 한기찬 역,『반지의 제왕』1권-6권, 황금가지, 2001.

노르베르트 볼츠, 윤종석 역,『컨트롤된 카오스 : 휴머니즘에서 뉴미디어의 세계로』, 문예출판, 2000.

움베르트 에코, 조형준역,『포스트모던이냐, 새로운 중세냐』, 새물결, 1993.

A Virtual Garden Surrounded by Thousands of Mirror

Kim, Yong-Hee

The recent development of media technology has made it possible that people could substantially "see" what could have existed only in their imagination. This is actually echoing with and related to the Western philosophy of extreme representation, that is, the idea that we can visualize those things that we are willing to see. Fantastic or scientific movies are, thus, the result of rendezvous of a writer's uppermost imagination and movie media. In that sense, fantasy literatures have facilitated the enhanced interactions between literatures and movie media.

Tolkin's "The Lord of the Rings," which was recently motion-picturized possesses the characterization of pastiche in that it gathered its motive from Western Europe's ring-related tales. This ensures that the story reflects the characteristic postmodernism. However, this also discourses the paradox of modernism as Prodo, the character depicted as an independent and willful being, showed his conflict and melancholia.

The current society should be the era of postmodernism in which the myth overlappingly coexists with science, modernization with de-modernization, and protagonist with antagonist. Prodo could be understood as a being created by the postmodernistic mixture of modernism by having heroic holy spirit and self-conflict. In summary, "The Lord of the Rings" is a representative fantasy work which clearly shows the current hallucination of the potential co-existence of modernism and postmodernism in that it provided an unfinished text through finishing the whole movie without any ending conclusion.

일반논문

김영민 | 동인지 『창조』와 한국의 근대소설
성지연 | 최명익 소설연구
이승윤 | 1950년대 박경리 단편소설 연구
김병길 | 근대의 예원(藝苑)에서 - 『창조』에 나타난 김동인의 초기 예술론
구장률 | 1940년대 한국문학비평과 휴머니즘론 - 비평의 객관성 문제와 관련하여
장세진 | 진정성의 알리바이 - 장정일 소설에 나타난 예술의 의미를 중심으로
강계숙 | 발터 벤야민과 문학 연구 방법론

동인지 『창조』와 한국의 근대소설 *

김영민**

```
1. 머리말
2. 잡지 창간의 과정과 서사적 접근
3. 『창조』의 문학적 성과
4. 맺음말
```

1. 머리말

동인지 『창조』의 발간은 한국 근대문학사 최초의 문학 전문지 탄생이라는 상징적 의미를 지니는 사건이다. 『창조(創造)』의 발간은 그 동안 이루어진 '논설'과 '계몽' 중심의 문학사가 새롭게 바뀌고 있음을 보여주는 하나의 증거이기도 하다.[1] 이는 문학 작품이 특정한 주장이나 사고를 담기 위한 수단이 아니라 문학 활동의 궁극적 목적이 될 수 있다고 하는 새로운 사고가 가져온 결과이기도 했다. 아울러 이는 종합지의 한 구석에

---

* 이 연구는 2001년도 연세대학교 매지학술연구소 학술지원비로 이루어진 것이다.

** 연세대학교 문리대학 인문학부 교수 국문학

1) 이에 대해 주요한은 다음과 같은 견해를 표명한 바 있다. "『창조』의 시기는 종래의 계몽적, 애국가적(愛國歌的) 문예운동 시기(육당의 시대)에서 일보 나아가 문예적 내지 문화적으로 좀더 폭이 넓은 무대를 모색하는 데 특색이 있을 것이다." (주요한, 「『창조』시대의 문단」, 『자유문학』1956년 7월. 135쪽.)

더부살이 형식으로 발표되던 시와 소설이, 자신의 독자적 발표 영역을 확보하게 되는 의미 있는 사건이기도 했다.   사회사적 측면에서 보더라도 동인지 혹은 문학 전문지의 출현은 매우 중요한 의미를 지닌다. 동인지 혹은 문학 전문지에 바탕을 둔 이른바 '문단'의 형성은 그 자체가 근대사회의 한 징후로도 읽힐 수 있는 것이다.2)

『창조』 창간에 주도적 역할을 한 인물은 김동인(金東仁)과 주요한(朱耀翰), 그리고 전영택(田榮澤)이었다. 『창조』의 탄생 과정을 김동인은 다음과 같이 회고한다.

> 처음에는 우리들 새에는 아까의 집회의 이야기가 사괴어졌다. 그 집회에서는 서춘(徐椿)이 우리(요한과 나)에게 독립선언문을 기초할 것을 부탁했었지만, 우리는 그 임(任)이 아니라고 사퇴(뒤에 그것은 춘원이 담당했다)했었는데, 사퇴는 하였지만 내 하숙에서 마주 앉아서는 처음은 자연 화제가 그리로 뻗었었다. 처음에는 화제가 그 방면으로 배회하였었지만 요한과 내가 마주 앉으면 언제든, 이야기의 종국은 '문학담'으로 되어버렸다.
> "정치운동은 그 방면 사람에게 맡기고 우리는 문학으로 - "
> 이야기는 문학으로 옮겼다.
> 막연한 '문학담' '문학토론'보다도 구체적으로 신문학운동(新文學運動)을 일으켜보자는 것이 요한과 내가 대할 적마다 나오는 이야기였다.
> 이 밤도 우리의 이야기는 그리로 뻗었다. 그리고 문학운동을 일으키기 위하여 동인제(同人制)로 문학 잡지를 하나 시작하자는 데까지 우리의 이야기는 진전되었다.3)

---

2) 차혜영, 「1920년대 초반 동인지 문단 형성 과정」, 『상허학보』 제7집, 깊은샘, 2001, 103~137쪽 참조. 여기서는 근대적 문인들이 만들어낸 문단이라는 것이 근대적 제도의 산물임을 지적한다.
3) 김동인, 「문단 30년사」, 『신천지』, 1948년 3월~1949년 8월. 『김동인전집』 제6권, 삼중당, 1976, 9~10쪽.

김동인의 이 술회에서 주목해야 할 대목은 그가 '정치운동은 그 방면 사람들에게 맡기고 우리는 문학으로- '라는 생각을 하고 있었다는 것이다. 이를 바탕으로 할 때, 김동인은 '정치운동'과 '문학운동'이 얼마간 대조적 혹은 대립적 국면을 지니고 있었던 것으로 판단했음을 알 수 있다.

김동인은 동인지 『창조』의 발간이 국권을 회복하려는 민족적 만세운동 혹은 정치운동인 독립운동과는 성격이 다른 것이지만, 이것이 역사적 의미로는 그에 버금가는 획기적인 사건임을 강조한다.

> 그 옛날은 모르지만 한문(漢文)이 이 민족의 글로 통용되며 모방 한문학으로 민족의 문학욕을 이렁저렁 땜질해 오던 이 민족에게 그 '문학갈증'의 욕구에 대응하고자 우리 몇몇 젊은 야심은 움직이기 시작한 것이었다.
> 잃어버린 국권을 회복하려는 '3·1운동'의 실마리가 표면화하기 시작한 것이 1918년 크리스마스 서녁이요, 민족 4천년래의 신문학운동의 봉화인 『창조』 잡지 발간의 의논이 작정된 것이 또한 같은 날 저녁이었다.
> 뿐더러 그 『창조』 창간호가 발행된 1919년 2월 8일은 또한 '3·1운동'의 전초인 '동경 유학생 독립선언문' 발표의 그날이었다.
> 조선 신문학운동의 봉화는 기묘하게도 '3·1운동과 함께 진행하였다.[4]

김동인은 『창조』의 기획일과 발간일이 2·8 동경 유학생 독립선언의 기획 및 실행일과 일치한다는 사실을 제시함으로써 『창조』 발간의 역사적 의의를 강조하고자 했던 것이다.

그러나 『창조』 창간호의 공식적 발행일은 1919년 2월 8일이 아니라 2월 1일이라는 점, 그리고 동인지 창간에 대한 논의가 이미 1918년 가을 무렵부터 진행되고 있었다는 다른 동인들의 술회[5] 등을 미루어 볼 때, 김

---

4) 위의 글, 『김동인전집』 제6권, 10쪽.

동인의 이러한 정리는 『창조』의 문학사적 의의에 대한 과대 평가를 목적으로 한 의도적 왜곡처럼 보인다.

동인지 『창조』에는 '신문학운동의 봉화'라는 주장을 인정할 수 있는 부분과 그렇지 않은 부분이 함께 들어있다. 동인제의 채택과 그들 스스로의 힘으로 만든 잡지의 발간이라는 사실은 우리 근대문학사의 새로운 출발을 알리는 의미 있는 징후 가운데 하나임이 분명했다. 하지만, 과연 『창조』가 진정한 동인지로서 그 출발기에 다짐한 소임들을 충분히 성취했는가 하는 물음에 대해서는 긍정적으로만 답할 수 있는 것이 아니다.

본 연구는 동인지 『창조』가 지닌 문학사적 의미를 살펴보고, 그것이 한국근대소설사에서 차지하는 위치를 점검해 보는 것을 목적으로 한다. 이를 위해 『창조』 동인 가운데 소설 창작에 주력했던 김동인과 전영택, 그리고 기타 동인들이 이루었던 성과와 한계가 무엇이었나를 구체적으로 확인해 나가기로 한다.

2. 잡지 창간의 과정과 서지적 접근

『창조』 창간의 가장 큰 동기는 작품 발표 지면의 확보라는 점에 있었다. 김동인의 경우 그 동기를 '신문학운동을 일으키려는 욕구' 등으로 표현하고 있다. 하지만 이러한 거창한 표현보다는 '문예작품에 대한 몰이해 풍조에 대한 저항'이 주를 이루고, 부수적으로 '빈약한 문예운동에 대한 개탄'이 수반되었다는 전영택의 다음 술회가 가장 적확한 지적으로 보인다.

> 당시 동경에 있는 우리 유학생의 단체인 학우회의 기관지로
> 『학우』라는 잡지가 있었으나 정치나 사상 혹은 과학에 관한 글은

---

5) 전영택, 「창조시대 회고」, 『문예』, 1949년 12월. 표언복 편, 『전영택전집』 제3권, 목원대출판부, 1994, 489쪽 참조.

우대하지만 시나 소설 같은 문예작품은 잡지 맨 끝에 6호 활자로 몰아넣거나 웬만하면 휴지통에 들어가는 괄시를 받는 것을 분개하는 것이 그들이 순문예지를 하자는 생각이 부쩍 일어난 것이 첫째의 동기였다.

당시는 우리 학생계 사상이 팽창하였던 때요, 또 학우지를 편집하던 이가 현상윤 씨 같은 이도 그 중 한 사람이었지만은 문예에 대한 이해가 적었던 것도 숨길 수 없는 일이었다. 나도 시 몇 편을 보냈다가 박대를 받은 한 사람이라 거기에 동감인데다가, 본국의 문예운동이 너무 빈약한 것을 개탄하면서 우리 손으로 한 번 해보자는 그들의 열에 움직여서 마침내 대답을 하였다.6)

당시 대중에게 커다란 인기를 얻고 있었던 이광수 문학에 대한 반발 역시 동인지 『창조』의 태동에 적지 않은 역할을 했다. 김동인과 전영택은 이광수 문학에 대해 '철저한 계몽적 문학으로 특정한 사상과 주의를 전파하는 문학이며, 남녀간에 연애문제를 다루어 독자의 흥미를 부추기는 문학'이라는 비판적인 생각을 지니고 있었다. 그리하여 문학을 "무엇을 선전하는 수단이나 방편으로 여기는 데 반감을 품고 재래의 계몽문학이나 애정소설에 대하여 불만을 가지고, 자연과 인생을 그대로 표현하여 재창조에 있는 문학의 커다란 가치성을 인식하는 새로운 문학관을 가지고 그때 말로 '예술을 위한 예술'을 주장하는 소장파 몇 사람이 한국의 새로운 문학을 개척해 보려는 엉뚱한 야심을 가지고 출발한 것이 순문예 잡지 『창조』"7)였던 것이다. 이렇게 김동인, 전영택, 주요한을 중심으로 출발한 『창조』는 김환과 최승만을 추가 동인으로 받아들여 그 첫 호를 발간하게 된다.

『창조』라는 제호의 작명(作名)에 대해서는 김동인과 전영택이 각각 자신의 제안이었다고 술회하고 있다. 그러나 『창조』라는 제호가 종교적 냄

---

6) 위의 글, 『전영택전집』제3권, 489쪽.
7) 전영택, 「『창조』」, 『사상계』 1960년 1월. 『전영택전집』제3권 512쪽.

새가 난다는 이유로 주요한이 반대했다는 술회를 보면, 그러한 종교적 냄새가 나는 제호를 제안한 것은 김동인보다 전영택이었을 가능성이 높다. 전영택은 당시 목사가 될 생각으로 청산학원(靑山學院) 신학부에 적을 두고 있던 학생이었기 때문이다.

『창조』는 창간호를 1000부 발행했고, 우송료를 포함하여 정가를 30전으로 책정했다.[8] 창간호의 발간은 김동인이 투자한 200원을 바탕으로 이루어졌고, 이들은 이후 판매 수입에 매호 100원 정도씩 추가하면 계속 발매가 가능할 것으로 예상했다.[9] 여기에 소요되는 비용은 동인들이 돌아가면서 부담하기로 했다.[10] 따라서 최소한 300부 이상의 판매를 기대했던 것으로 알 수 있다.[11]

잡지의 인쇄는 1920년 7월 제7호까지는 일본의 횡빈(橫濱)에서 해서 철도로 동경(東京)으로 우송했다. 초기에『창조』를 인쇄한 횡빈의 복음인쇄합자회사는 조선 성경(聖經)을 인쇄한 곳으로 한글 활자를 충분히 확보하고 있었으며, 『학지광』·『여자계』 등 여러 한글 잡지를 간행하던 곳이었다. 이후 8호부터 폐간호인 9호까지는 서울서 인쇄했다. 8호의 인쇄소는 조선박문관인쇄소이고 9호의 인쇄소는 계문사인쇄소로 각각 다르다.

초기 잡지의 편집은 주요한이 맡아서 했으나, 이후 편집겸 발행인의 이

---

8) 이보다 조금 앞서 발간된 유학생회 기관지『학우』의 경우 정가가 20전, 그리고 우송료가 2전이었다. 『창조』의 판매 가격은 3호부터는 40전으로 인상되었다. 이러한 잡지 가격은 당시로서는 조금 비싼 편에 속했다. 이 잡지의 가격이 비싼 이유에 대해서는『창조』제6호의 편집후기에 '우리 창조에 대해 값이 비싸다는 말이 많습니다만은, 이는 인쇄비가 녹은 서울에서 하지를 못하고 남이 경영하는 외지 인쇄소에 의뢰를 하는 때문'이라는 해명이 실려 있다.

9) 김동인, 앞의 글, 『김동인전집』제6권, 10쪽 참조.

10) 전영택, 「『창조』와『조선문단』과 나」, 『현대문학』, 1955년 2월. 『전영택전집』제3권, 497쪽 참조.

11) 창간호와 제2호는 독자들의 호응이 좋아 구하기 어려울 정도였다고 한다. 전영택, 「문단의 그 시절을 회고함」, 『조선일보』1933년 9월 20 - 22일. 『전영택전집』제3권, 484쪽 참조.

름에 변화가 있는 것으로 보아, 편집과 발행 실무를 서로 돌아가면서 한 것으로 추정할 수 있다.12)

잡지의 발행소는 창조사(創造社)로 되어 있으나, 처음부터 창조사라는 회사가 실체를 지니고 존재했던 것은 아니라고 판단된다. 이는『창조』동인들이 5호와 6호의 영업을 한성도서주식회사에 의지해 수행하였으나 그 과정에서 마찰을 일으켜 서로 결별하고, 주식회사 창조사를 설립한다는 광고문을 보면 알 수 있다.13) 창조 제5호에 기록된 동인들의 주소지 가운데 김환의 주소가 창조사의 주소와 동일한 것으로 기재된 것 역시 이를 증명한다.14)

동인지『창조』의 마지막 호인 제9호는 1921년 5월 30일에 발간되었다. 따라서 이 잡지는 1919년 2월 1일 창간호 이후 약 28개월 간에 걸쳐 존재한 것이 되며, 대략 3개월에 한 번 정도 간행된 것으로 간주할 수 있다.15)

『창조』는 이른바 신문학운동의 중추적 역할을 표방하고 나섰음에도 불구하고, 그것을 충분히 그리고 오랜 기간 동안 수행해 내지는 못했다. 그렇게 된 가장 큰 원인은 경제적 어려움 때문이었다. 김동인과 전영택이 김환

---

12) 이에 대해 전영택은, '편집은 돌려가면서 하고 인쇄·발행·판매의 일은 김환이 맡아보기로 했다'고 술회한다. 위의 글. 497쪽.
참고로 편집겸 발행인의 이름은 다름과 같다.
제1호-제2호 : 주요한, 제3호-제7호 : 김환, 제8호-제9호 : 고경상
여기서 8호와 9호의 편집겸 발행인인 고경상은『창조』의 동인이 아닌『창조』의 경성대리부(京城代理部) 총무의 역을 맡았던 인물로 8호 이후 발간 경비 조달에 중요한 역할을 했다. 당시 그는 서울 종로에서 광익서관(廣益書館)이라는 서점을 경영하고 있었다.
13)「급고(急告)」,『창조』제7호, 1920년 7월 참조.
14)「동인(同人)의 처소」,『창조』제5호, 1920년 3월 74쪽 참조.
15) 실제로는 매우 불규칙하게 발행되었다. 발간일은 다음과 같다. 제1호 : 1919년 2월 1일. 제2호 : 1919년 3월 20일. 제3호 : 1919년 12월 10일. 제4호 : 1920년 2월 23일. 제5호 : 1920년 3월 31일. 제6호 : 1920년 5월 25일. 제7호 : 1920년 7월 28일. 제8호: 1921년 1월 27일. 제9호 : 1921년 5월 30일.

을 끌어들인 가장 큰 이유 또한 경제적인 데 있었던 것으로 판단된다.

이른바 문학에 관심은 있지만 그 방면에 역량을 갖추지는 못했던 인물 김환이 초기부터 이 잡지의 태동에 중요한 역할을 했고, 아울러 그가 가장 오랜 기간 동안 『창조』의 편집과 발행의 실무를 담당했다는 사실은 '조선의 소설과 시의 중흥'을 부르짖으며 순수문학을 지향한다는 이 잡지가 처음부터 한계를 안고 출발한 잡지였음을 보여준다.

김환은 전영택의 권유로 『창조』 동인에 가담하게 되는데, 당시 그는 동경에서 문학이 아니라 미술을 공부하던 학생이었다. 김환의 합류 이유를 경제적인 측면에 두는 것은 일단 전영택의 다음과 같은 술회에 근거한 것이다.

> 이 사람은 문화 사업에 열을 가지고 약간 경제적인 여유가 있기 때문에 동인이 되어주기를 청하여 희생적으로 나서서 인쇄 발행의 일을 맡게 되고 편집은 요한이 맡게 되었다.16)

> 김환이란 사람은 내 친구요, 진남포 부자의 아들로 우리 중에는 가장 경제 방면의 힘과 실무의 경험이 있다고 본 까닭이요……17)

> 출판비는 당분간 돌려가면서 내기로 하고 우선 동인이 내었고 일절 사무는 경제적 여유가 있고 실무의 경험이 있는 김환이 맡기로 하였다.18)

김환은 『창조』의 편집과 경영에 깊이 관여했지만, 정작 소설 창작에는 별 재능을 보이지 못했다. 1920년 1월 그가 『현대』지에 발표한 소설 「자연의 자각」은 김동인에게 실패작이라는 혹평을 받았고,19) 염상섭에게 역

---

16) 전영택, 「창조시대 회고」, 『전영택전집』제3권, 489쪽.
17) 전영택, 「『창조』와 『조선문단』과 나」, 『전영택전집』제3권, 497쪽.
18) 전영택, 「나의 문단 자서전」, 『자유문학』, 1956년 6월.『전영택전집』제3권, 505쪽.

시 노골적 자아광고에 지나지 않는다는 비난을 받기도 한다.[20]

　김동인은『창조』창간 당시의 일을 회상하면서, 자신은 그때 문학에 대하여 청교도 같은 결벽증을 지니고 있었기 때문에 김환의 소설은『창조』지상에 싣지 못하게 하였다고 술회한 바 있다. 김환이『창조』에 소설을 발표하고자 했지만 김동인 자신이 그것을 엄금했기 때문에 할 수 없이『현대』에 발표했다는 것이다.[21] 하지만 이 술회는 사실이 아니다. 김환의 소설「신비(神秘)의 막(幕)」이『창조』창간호에 분명히 실려 있기 때문이다.[22]

　『창조』에는 제1호에서 9호에 걸쳐 모두 16편의 소설이 실려 있다. 여기에 실린 소설 목록을 제시해 보면 다음과 같다.

　제1호 : 신비의 막(백악/ 김환)
　　　　혜선의 사(장춘/ 전영택)
　　　　약한자의 슬픔(동인/ 김동인)
　제2호 : 약한자의 슬픔(동인/ 김동인)
　　　　천치? 천재? (장춘/ 전영택)
　제3호 : 마음이 옅은 자여(동인/ 김동인)
　　　　운명(장춘/ 전영택)
　제4호 : 마음이 옅은 자여(동인/ 김동인)
　　　　몽영의 비애(동원/ 이일)

---

19) 김동인,「글동산의 거둠」,『창조』제5호, 1920년 3월 참조.
20) 염상섭,「백악씨의「자연의 자각」을 보고서」,『현대』제2호, 1920년 3월 참조.
　　염상섭의 이 글은 그가 김동인과 함께 최초의 비평 논쟁을 벌이게 되는 계기가 된다. 이에 대한 자세한 논의는 김영민,「비평의 공정성과 범주·역할 논쟁」,『한국근대문학비평사』, 소명출판, 1999, 13-38쪽 참조.
21) 김동인,「문단 30년사」,『김동인전집』제6권, 14쪽 참조.
22) 김동인뿐만 아니라 전영택도, 김환이『창조』창간호에 소설을 실었다는 사실을 기억하지 못하고 있다는 점은 흥미롭다. 전영택도 "김환은 바쁘고 본국에 갔었기 때문에 창작을 못썼다(전영택,「『창조』와『조선문단』과 나」, 497쪽)"라고 술회한다. 그만큼 그들은 김환의 소설에는 관심이 없었던 것 같다.

제5호 : 생명의 봄(늘봄/ 전영택)

　　　마음이 옅은 자여(동인/ 김동인)

　　　생의 비애(새별/ 박석윤)

　　　피아노의 울림(동원/ 이일)

제6호 : 마음이 옅은 자여(동인/ 김동인)

　　　생명의 봄(늘봄/ 전영택)

　　　눈오는 밤(벽파생/ 방인근)

　　　일년 후(백야생/ 박영섭)

제7호 : 생명의 봄(늘봄/ 전영택)

제8호 : 목숨(김동인)

　　　독약을 마시는 여인(밧늘봄/ 전영택)

제9호 : 배따라기(김동인)

　　　K와 그 어머니의 죽음(늘봄/ 전영택)23)

　한편, 비록 소설을 발표한 것은 아니지만 『창조』에 참여한 동인의 명단 가운데 주목해야 할 인물로는 이광수가 있다. 앞에서 지적했듯이, 『창조』 발간 목적 가운데 하나는 이광수 류의 교훈적 계몽적 문학활동을 비판·극복하고, 이른바 예술 지상의 문학을 하려는 데 있었다.24)

　그럼에도 불구하고, 그들이 이광수를 『창조』 동인으로 받아들이고, 『창조』에 이광수의 작품을 싣기 위해 안간힘을 쓰고 있다는 사실은 커다란 아이러니가 아닐 수 없다. 이는 단순히 아이러니를 넘어, 동인지 『창조』의 한계가 어디 있었는가 하는 점을 극명하게 보여주는 예가 된다. 이광

---

23) 괄호 안의 작가 표기 가운데 앞쪽은 발표 당시의 이름이고, 뒤쪽은 본명이다.

24) 『창조』 창간호 편집후기에서는 이광수의 계몽주의적 소설관을 비판하고, 그를 '얼굴을 찌푸리고 계신 도학선생'이라 비난한다. 이에 대한 더욱 자세한 논의는 김영민, 「1920년대 소설의 근대적 특성 연구」, 『현대문학이론연구』 제15집, 2001, 56~57쪽 참조.

수가 『창조』 동인으로 가담했다는 사실은 이미 제2호 편집 후기에 실려 있지만, 『창조』 동인이 이광수의 글을 받아 실을 수 있었던 것은 6호에 이르러서 였다.25) 더구나, 이광수가 보낸 글 가운데 「H군의게」는 신변잡기적 서간문이며, 「문사와 수양」은 『창조』의 이른바 '예술을 위한 예술'을 지향한다는 창간 정신에 정식으로 위배되는 평론이었다. 「문사와 수양」에서 이광수는 '문학가는 곧 사상가요, 사회의 지도자이며, 사회개량가가 되어야 함'을 주장하면서 '인생을 위한 예술'의 중요성을 강조한다.26) 그런 점을 볼 때, 이광수는 『창조』와 그들 동인의 분위기를 전혀 고려하지 않고, 자신이 쓰고 싶은 형식과 내용으로 글을 써서 원하는 시기에 자유롭게 투고했음을 알 수 있다.

『창조』가 이렇게 이광수에게 집착해야만 했던 원인은 어디에 있는가? 김동인은 이에 대해 문단 인력의 부족을 내세운다. 이는 물론 근대문학 초기 우리 문단이 지닌 치명적 약점 가운데 하나였음이 분명하다. 하지만, 근본적 원인이 거기에 있는 것이 아니다. 그보다는 다른 측면에 있었다고 해야 할 것이다. 구체적으로 말한다면, 『창조』가 비매품 순수 동인지가 아닌, 판매를 목적으로 하는 상업적 동인지 제도를 선택한 데 그 가장 큰 원인이 있었다. 판매를 목적으로 하는 잡지가 상품성이 있는 필자를 선택해 그를 통해 독자를 확보하려는 시도를 하는 것은 지극히 당연한 것이다.27) 그 시기 이광수는 누구보다 대중적 인지도가 높은 작가였고, 따라

---

25) 이광수가 『창조』에 글을 실은 것은 『창조』 동인들의 거듭되는 부탁 때문이었다. 『창조』 동인들은 이광수의 글을 받아내기 위해 많은 공을 들였다. 이에 대해서는 이경훈, 「춘원과 『창조』」, 『현대소설연구』 제14호, 2001, 183~204쪽 참조.

26) 「문사와 수양」은 이광수의 효용론적 문학관을 가장 확실하게 드러내는 초기 평론 가운데 하나이다. 이에 대한 더욱 상세한 논의는 김영민, 「1920년대 한국문학 비평 연구」, 이선영 외 공저, 『한국근대문학비평사연구』, 도서출판세계, 1989, 182~183쪽 참조.

27) 이경훈은 『창조』 동인들이 이광수에 대해 집착한 이유를 "왜냐하면 최승구와 더불어 동경의 조선 유학생계를 주도했던 이십대 말의 춘원은 이미 「무정」을 발표한 '조선 신문학계의 거성이요 기적'인 반면, 1900년 생으로서 1919년 당시 겨우 열아홉에 불과

서 상품성이 높았던 필자였음에 틀림이 없다. 결국 새로운 문학운동의 지향과 상업적 성공을 동시에 노리는 『창조』로서는 이광수를 필요로 하지 않을 수 없었고, 그것이 결국은 『창조』 동인의 색깔을 불분명하게 만드는 가장 큰 요인으로 작용했던 것이다.

『창조』는 상업적 판매를 목적으로 하면서, 적극적으로 광고를 수주했다. 이들은 창간호에 광고에 대한 안내문을 수록함으로써, 이 잡지가 동인지임에도 불구하고 광고를 실을 의도가 있음을 알렸다. 그 결과 제1호와 제2호에는 『학우』와 『여자계』 등 잡지 광고만이 실렸지만, 제3호부터는 정미소, 농원, 시계포, 목재소, 양복점 등 다양한 광고가 등장했다. 아울러 『창조』의 창간 동인들은 그들의 문학적 지향점과는 관계없이 필요에 의해 동인의 수를 점차 늘려갔다. 경우에 따라 그들은 한 호 한 호 발간비를 대는 조건으로 새로운 동인을 맞아들이기도 했다.[28] 이 점에서만 보더라도 『창조』는 순수한 동인지로 보기 어려운 점이 있다. 호수가 거듭되면서 필자들간의 결속력이 약화되고 잡지의 성격도 점차 희석되어갔다는 점은 결국 이 잡지가 대중적·상업적 문예지의 성격을 지향했다는 사실과 적지 않은 연관이 있는 것이다.[29]

했던 김동인 등의 『창조』 동인들은 대부분 문학청년적인 수준이었기 때문이다(이경훈, 「춘원과 『창조』」, 『현대소설연구』제14호, 2001. 186쪽)"라고 설명한다.

28) 김동인의 다음과 같은 술회를 참고할 필요가 있다. "그때 『창조』는 과연 문학청년들의 애모하는 폿대였다. 『창조』 지상에 글 한 번 실어보는 것을 큰 영예로 알았다. 박x윤이 자기의 소설을 한 번 『창조』에 싣게 해달라고 그 교환 조건으로 『창조』 한 호의 발간 비용을 부담하겠다는 소청을 한다고 김환이 누차 조르므로 제5호인가 6호인가의 한 호 발간비를 부담시키고 박 x윤의 글을 한 번 실은 일이 있다. 또 방x근도 그런 사정으로 한 번 싣기로 하였는데 그다지 신통치도 않은 소설을 두 회분을 써왔으므로 하반부는 몰서(沒書)하여 버렸다." 김동인, 「문단 30년사」, 15쪽.

29) 『창조』가 비록 그것을 지키지는 못했지만 원래 월간 발행을 목표로 하여 출발했으며, 정기 독자를 모집했다는 점도 참고할 필요가 있다.

3. 『창조』의 문학적 성과

동인지 『창조』를 통해 활동한 주요 소설가로는 전영택과 김동인을 들수 있다. 이밖에 김환이나 이일, 그리고 방인근, 박석윤, 박영섭 등이 한두 편씩 작품을 발표했지만 이 작품들은 대개 자신의 일상적 경험이나 남녀간의 이별과 실연 등 신변 잡기에 토대를 둔 습작 수준의 것들이었다. 이일의 「몽영의 비애」와 「피아노의 울림」, 박석윤의 「생의 비애」와 방인근의 「눈오는 밤」 및 박영섭의 「일년 후」는 모두 앞 시기에 발표된 <신소설(新小說)>의 수준을 넘기 어려운 작품들이다. 지루하게 계속되는 설명적 문장과 넘쳐나는 감정의 지나친 표출 등은 이들 작품이 이른바 전문적 작가의 소설이었다고 보기 어렵게 만든다. 그 가운데 일부는 아마추어 문인의 자기 넋두리라는 느낌까지 불러일으키는데, 이로 인해 문단의 비판을 받기도 했다.[30]

『창조』에서 전영택과 김동인의 작품을 제외하고, 그나마 언급할 가치가 있는 작품을 꼽으라면 김환의 「신비의 막」 정도가 될 것이다.

「신비의 막」은 완고한 부모의 곁을 떠나 고생하며 살아가는 유학생의 모습을 그린 작품이다. 황해도 장연의 부자집에서 태어난 이세민은 어릴 적부터 총명하여 천재적 기질을 드러낸다. 그러나 완고한 그의 아버지는 아들이 받는 신식 교육에 대해 큰 관심이 없다. 이세민은 다행히 고등보통학교까지는 졸업할 수 있었지만, 이후 유학에 대해서는 아버지의 허락을 얻지 못한다. 하지만 그는 아버지 몰래 집안의 돈을 가지고 동경으로 건너와 미술학교에 입학해 그림을 전공하게 된다. 그 과정에서 고생도 많

---

30) 전영택, 「문단의 그 시절을 회고함」, 『조선일보』1933년 9월 20 - 22일. 『전영택전집』제3권, 487쪽 참조. 『창조』에 이렇게 수준 낮은 작품들이 많이 실린 이유에 대해서는, 앞에서 김동인이 경제적 사정으로 인해 작품성이 부족한 작품을 실었다는 사실을 언급한 것을 참조할 필요가 있다. 이렇게 작품성은 떨어지지만 경제적 여유가 있는 인물의 문예 작품 발표는 1910년대 이후 근대문학 관련 잡지 발간 과정에서 드물지 않게 있었던 일로 추정된다.

이 하지만 결국 자신을 이해하는 희경이라는 음악학도를 만나 서로 사랑하게 된다는 것이 이 작품의 큰 줄거리이다.

「신비의 막」 역시 설명과 감탄의 남발, 그리고 스토리 전개에 갑작스러운 비약이 많아 수준 있는 근대소설로 보기에는 여러모로 부족한 작품이다. 하지만 그런 한계들이 있음에 불구하고 이 작품에 의미를 둔다면, 그가 도덕(道德)과 법률(法律)에 얽매인 삶 대신 미(美)와 자연(自然)을 따르는 삶을 주장하고 있다는 점이다.

> 만일 미(美)가 없다 하면 사람이 몰취미(沒趣味)하여 살 수가 없습니다. 이성(異性) 사이에 서로 사랑하는 마음이 생기는 것이 무슨 이유인지 아시오? 피차 상대자에게 미가 있음이외다. 미는 사람으로 하여금 진리를 구하여 선(善)을 행하게 합니다. 미의 가치는 미 그 물건에 있는 것이 아니라 그것이 선인 고로 미는 선과 진을 떠나서 독립할 자격이 없습니다. 또는 미를 보면 사람이 황홀하여 신경이 침정(沈靜)하여지는 고로 그 사이에 활력 소비는 가장 적고 많이 축적하게 됩니다. 사람이 곤란을 당할 때에 위안을 주며 다시 새로운 정신을 가지게 하는 것이 무엇인지 아시오? 이것도 미의 힘이외다. 군은 어디까지든지 도덕이니 법률이니 하는 좁은 범위 안의 인물이니까 군은 나더러 미쳤다 하지만은 내가 생각하기에는 자연의 미를 모르고 몰취미 부자연하게 지내는 군이야말로 참말 불행한 줄 압니다.[31]

이러한 주장은, 단순히 젊은 주인공이 자신의 아버지를 완고한 수구파로 몰아 비판하는 개화지향적 <신소설>에 담긴 주장들의 차원을 넘어, 삶에 대한 새로운 이해의 지평을 보여주려는 시도로 읽힐 수 있다. 그러나 이러한 주장이 주인공의 구체적 삶을 통해 성취되지 못하고 오로지 직설적인 설명과 주장을 통해서만 드러난다는 점에서는 여전히 문제가 있다.

---

31) 백악, 「신비의 막」, 『창조』 1919년 2월, 33쪽.

천재적 주인공 이세민이 아버지의 의견을 거슬러 미술 공부를 하고 있다는 사실만으로는 그가 미와 자연을 따르는 삶을 성취했다고 할 수 없는 것이다. 작가 김환은 이 작품에서, 이른바 기존의 도덕과 법률에 대해 저항하는 인물을 만들어내기는 했지만 새로운 삶을 보이는 인물의 창조에는 실패했다고 보아야 할 것이다.

전영택은 『창조』가 거둔 중요한 문학적 성과가, '소설이란 남녀의 애욕 관계를 그리는 것이며 식자간에는 그것을 음담패설로 알던 것'을 바로 잡은 일에 있다고 주장한다.32) 하지만, 창조에 발표된 작품들은 이일의 「몽영의 비애」, 방인근의 「눈오는 밤」, 박영섭의 「일년 후」, 김동인의 「약한 자의 슬픔」 등 적지 않은 작품이 남녀의 연애 혹은 애욕관계를 소재로 삼고 있다. 따라서 이러한 주장은 『창조』가 거둔 일반적 성과라고 말하기는 어렵다. 그렇다면 이는 전영택이 자신의 소설을 통해 거둔 성과를 염두에 두고 말한 것으로 보아야 할 것이다.

전영택은 창간호에 「혜선의 사」를 발표한 이래 모두 6편의 작품을 발표했다. 「혜선의 사」는 전영택의 첫 작품이기는 하지만, 그가 자신의 첫 창작집을 출간할 때에도 제외시킬만큼 작품성은 없는 습작품 자체였다. 이에 대해서는 작가 전영택 자신도 "나는 '동인잡지란 문예작품을 처음 쓰는 이들, 연습하는 이들이 발표하는 기관이거니' 속으로 생각하고 얼마큼 위로를 받고 발표하기로 하고 글 끝에다가 '습작'이라는 말을 첨가하였다."33)거나 "『창조』를 시작할 때에 서둘러서 첫 호를 내느라, 원고를 내라고 독촉하는 바람에 습작으로 써본 것을 마지못해 내놓은 것"34)이라

---

32) 전영택, 「창조시대 회고」, 『전영택전집』제3권, 491쪽 참조. 전영택이 여기서 비판의 대상으로 삼았던 작가는 이광수이다.
33) 전영택, 「처녀작 발표 당시의 감상 - 신통스러운 일이 없소」, 『조선문단』 1925년 3월, 『전영택전집』제3권, 480쪽.
34) 전영택, 「「천치냐 천재냐」와 「소」」, 『현대문학』, 1964년 8월. 『전영택전집』제3권, 521쪽.

고 해명한다.

전영택은 자신의 작품 「천치? 천재?」에 대해서는 '인상파적 기분으로 해본 것'이라 술회한다.[35] 아울러 이것이 애정문제를 다루지 않은 전혀 새로운 작품이었다는 사실을 누차 강조한다.[36] 더불어 "이 작품은 내용뿐 아니라 문체도 그때에 새로이 시작되던 '하였다' 'xx이다'하는 식을 따르지 않고 '하였나이다' '하였습니다'하는 서간문체(書簡文體)나 구어체(口語體)를 써본 것이다"[37]라고 주장한다.

전영택 자신의 주장대로, 이 작품에는 문장이나 형식에 대한 실험이 얼마간 담겨있다고 보는 것이 옳을 것이다. 하지만, 이 작품의 문장이 본격적인 구어체가 아님은 물론이며, 이 작품의 형식 역시 완성된 서간체 소설이 아님도 물론이다. 구체적 확인을 위해 작품의 서두 가운데 일부를 원문대로 인용하기로 한다.

> 내가 맨처음에 敎師로 顧聘되어 봇짐을지고 得英學校를 차자오다가 멀니서 뵈이는 희칠한 기와집을 보고 벌서 져거시 學校로구나 짐쟉이될째에 여러가지로 想像을 하엿나이다. 져學校에는 學生이 며치나 될가, 져 學校에는 나가치 헐수할수 업시되어 마그막 手段으로 멋푼 月給에 팔녀서 왓든, 속썩어진 訓長이 멋놈이나 될가, 그래도 그가운대도 제법 敎育에 使命을 깨닷고 왓든사람이 이슬가, 무얼 이서…… 訓長노릇! 에그 쏘해? 이젼에 씩식하든 생각이 나서 이마를 썹프렷습니다.[38]

여기에는 전영택의 말대로 '-습니다' 와 같은 새로운 구어체가 일부 등장한다. 하지만, 이 문장의 주를 이루는 어미 '-나이다'를 본격적 구어체

---

35) 전영택, 「문단의 그 시절을 회고함」, 『전영택전집』제3권, 487쪽 참조.
36) 전영택, 「『창조』와 『조선문단』과 『나』」, 『전영택전집』제3권, 498쪽 참조.
37) 전영택, 「「천치냐 천재냐」와 「소」」, 『현대문학』, 1964년 8월. 『전영택전집』제3권, 521쪽.
38) 전영택, 「천치? 천재?」, 『창조』제2호, 1919년 3월. 22~23쪽.

로 볼 수는 없다. 작가는 이러한 어미 사용을 통해 서간체소설로서의 효과를 거두려 했던 것으로 추정할 수 있다. 하지만, 이 작품이 본격적인 서간체 소설이 되기 위해서는 작품의 끝에 붙어 있는 "山村에 寂寂히 계신 舍兄의게 변변치 못한 作品을 바치나이다"가 작품의 후기(後記)로 활용되어서는 안된다. 그 내용이 후기가 아니라, 작품 내용 속에 다른 형태의 문장으로 녹아 들어가 담겨 있어야 했다. 결국 이 작품은 발표된 형태로 본다면 서간체소설이라기보다는 고백체소설이라고 보아야 할 것이다. 서간체 소설은 서술자의 고백이 특정한 대상을 향하고 있지만, 고백체소설은 그 대상이 특정하지 않다. 달리 말하면 그것은 고백이 일반 독자를 향하는 형식으로 되어 있다는 점에서 서간체 소설과 본질적으로 차이가 난다. 작가 전영택이 택했던 고백의 대상은 '산촌에 적적히 계신 형'이지만, 작품 속 주인공 '나'가 택했던 고백의 대상은 '형'이 아닌 독자 대중이었던 것이다.

하지만 그럼에도 불구하고 「천치? 천재?」는 전영택이 소설은 어떠한 형식을 취해야 하는가, 혹은 소설이란 어떤 내용을 다루어야 하는가에 대한 나름대로의 인식을 분명히 지니고 쓴 작품이라 할 수 있다. 이 작품은 인물의 행동과 사건을 통해 작가가 말하려는 주제를 간접적으로 드러내는 방식을 선택했다는 점이 우선 주목할 만하다. 등장인물들의 대사를 비롯하여 작품 전개 과정 전체가 압축적이라는 점도 「혜선의 사」와 크게 구별된다.

「혜선의 사」를 비롯한 이 시기의 여타 작품들이 감동을 주지 않는 것은 작가가 작품의 주제를 독자에게 직접 전달하려 하기 때문이다. 작가는 해설을 통해, 그리고 주인공은 대사를 통해 자신들의 생각을 독자에게 강요하는 것이 이 시기 소설에서 흔히 발견되는 특징인 것이다. 그런 점에서 「천치? 천재?」는 이러한 한계들을 충분히 벗어나 있는 작품이다.

「천치? 천재?」는 주인공이 교사가 되어 내려간 시골의 한 학교에서 만난 칠성이라는 아이의 죽음을 다룬 것이다. 칠성이는 남다른 행동 때문에 천치 취급을 받는다. 그는 때때로 색다른 물건을 만들거나 해서 주목을 받기도 하고 야단을 맞기도 한다. 어느날 칠성이는 학급 친구의 시계를 가져다 해부를 해서 주인공인 교사에게 크게 야단을 맞는다. 다음날 그는 '내 맘대로 깨트려보고, 내맘대로 만들어 보고, 고운 상자 많이 얻기 위해' 평양으로 간다는 글을 남기고 집을 나간다. 그는 결국 추운 길가에서 얼어 죽는다.

이 작품을 읽고 나면 '칠성이는 과연 천치인가 천재인가'하는 질문이 계속 여운으로 남는다. 이 질문은 작가 전영택이 소설 속에서 제기한 질문이면서 아울러 소설이 끝남과 동시에 독자들의 삶 속으로 전이되는 질문이기도 하다. 전영택은 「천치? 천재?」에서 교사를 주인공으로 설정하고도 계몽성의 함정으로 빠져들지 않았다. 달리 말해 이는 그가 상투적 작품을 쓰지 않았다는 점을 의미하기도 한다. 「천지? 천재?」가 갖는 또 하나의 중요성은 이 작품에서부터 전영택의 인간 존중의 정신, 이른바 휴머니즘의 정신이 깊이 있게 나타나기 시작한다는 점이다. 칠성이를 이해하고 감싸주려는 시각으로 마무리되는 이 작품의 결말은, 작가 전영택이 지닌 인간에 대한 넓은 이해의 폭을 보여주는 한 증거가 된다. 천치일 수도 있고, 천재일 수도 있었던 아이 칠성이. 그러나, 결국은 천치 취급을 받으며 죽어가야 했던 칠성이. 칠성이의 그러한 삶은 철없는 한 어린아이의 삶이 아니라, 그 시대에 이해 받지 못하고 방황하던 수많은 아이들의 삶을 대표하는 것일 수도 있다. 그런 점에서 칠성이의 죽음은 천재로 키워질 수도 있었던 아이들의 안타까운 죽음에 대해 작가 전영택이 가졌던 인간적 관심과 애정의 산물이었다.

전영택은 이런 작품들을 통해 "동인의 단편은 처음으로 성격과 심리를 묘사한 소설이어서 독자를 놀라게 하였고 내 단편은 소설이라면 의례이 연애를 내용으로 한 것으로 알던 때에 새 경지를 보여준 것이었다"[39]라

---

39) 전영택, 「창조시대 회고」, 『전영택전집』제3권, 490쪽.

는 술회처럼 새로운 소설의 세계를 개척해 나갔던 것이다.

　김동인은 『창조』에 「약한자의 슬픔」, 「마음이 옅은 자여」, 「목숨」, 「배따라기」 등 모두 4편의 소설을 발표하였다. 김동인은 『창조』 창간호에 발표한 「약한자의 슬픔」에서 이른바 철저한 구어체와 함께 새로운 서사문체인 과거형 종결어미를 주로 사용함으로써 근대소설사의 문체 변화에 적지 않은 기여를 했다.[40]

　　「약한자의 슬픔」을 보면, 김동인이 이 작품을 창작하면서 세부 묘사에 의도적으로 큰 신경을 쓴 흔적을 발견할 수 있다. 다음과 같은 부분들이 그러한 예에 해당하는데, 이는 세부 묘사를 통해 사실성을 획득하려는 노력의 산물로 보인다.

　　　"여학생간에 유행하는 보법(步法)으로 팔과 궁둥이를 선후좌우로 저으면서 엘리자베트는 길을 나섰다."(9쪽)
　　　"그는 파라솔을 받은 후에 손수건을 코에 대어서 쏘는 듯이 콜타아르 냄새를 맡으면서……" (9쪽)
　　　"어떤 때는 사람의 위를 짧게 비치었다, 사람이 다 통과한 후에는 도로 길게 비치었다 하는, 자기와 함께 나아가는 자기 그림자를 들여다 보면서 엘리자베트는 본능적으로 발을 움직였다."(12쪽)
　　　"해는 떴지마는 보스럭비는 보슬보슬 내리붓고 엘리자베트의 맞은 편에는 일곱 빛이 영롱한 무지개가 반원형으로 벌리고 있다. 비와 인력거의 셀룰로이드 창을 꿰어서 어렴풋이 이 무지개를 바라보면서……"(26쪽)
　　　"인력거는 바람에 풍겨서 한편으로 기울어졌다가 이삼 초 뒤에 도로 바로 서서 다시 앞으로 나아간다. 장마때 바람은 앵! 소리

---

40) 이에 대한 자세한 논의는 김영민, 「1920년대 소설의 근대적 특성 연구」, 『현대문학이론연구』제15집, 2001.63~67쪽 참조.

를 내면서 인력거 뒤로 달아난다."(26쪽)

　"졸지도 않은 채 깨지도 않고 근덕근덕하면서 한참 갈 때에 우르륵 우레 소리가 나므로 그는 눈을 번쩍 떴다.

　하늘은 전면이 시커멓게 되고 그 새에서는 비의 실이 헬 수 없이 많이 땅에까지 맞닿았다."(27쪽)

　"비의 실은 그냥 하늘과 땅을 맞맨 것 같이 보이면서 힘있게 쪽쪽 내려쏜다."(28쪽)[41]

　하지만, 「약한자의 슬픔」에는, 그것을 완숙한 근대소설로 보기에는 너무나 많은 문제점들이 담겨 있다. 「약한자의 슬픔」이 지닌 문제점 가운데 가장 큰 것은 역시 동시대의 다른 소설들처럼 작가의 목소리를 통한 설명적 개입이 너무 빈번히 일어난다는 것이다. 작품의 서두에서 ' - 엘리자베트는 아직 십 구세의 소녀이지만 재주와 용자(容姿)로 모든 동창들에게 존경과 일종의 시기를 받고 있었다.'라고 인물의 성격을 설명적으로 제시하는 것도 그 한 예이다. 사건의 전개 과정에서도 인물의 심리 변화를 독자들이 스스로 파악하도록 하지 않고, 작가가 그 변화를 단정적으로 설명한다. '이 소리에 엘리자베트의 용기의 대부분은 꺾어졌다.' 와 같은 문장이 그 예가 된다. 특히 다음과 같은 경우는 설명의 집약으로 인해 소설 속에 마치 이제까지의 줄거리 요약문이 들어 있는 느낌 마저 든다.[42]

---

41) 김동인, 「약한 자의 슬픔」, 『창조』1919년 2월 - 3월. 『김동인전집』제5권.

42) 김동인의 초기 소설의 문장은 양면성을 지닌다. 그는 의도적으로 개성적인 문장을 보여주려고 노력했고, 그 결과 일정한 성과를 나타냈다. 하지만, 초기 문장 가운데는 창작 소설에 어울리지 않는 부자연스러운 문장 역시 적지 않다. 이에 대해서 전영택은 "동인의 소설이 역시 그리 읽기에 재미있는 것은 아니었습니다. 우선 그 말과 문장이 마치 그의 글씨가 아주 유명하게 운필이요, 괴상스러운 모양으로 이상야릇하게 까뚜특까뚜특해서 꼭 외국사람이 우리네 말을 하는 것같다할까 마치 현미밥이나 깨무는 것같이 빡빡했으니 그 속맛을 모르는 이야기 읽기가 좋았을 리 없지요. 지금의 동인의 글은 그 문장이 노숙하고 세련이 되어서 그렇지 않지만 창작을 처음 시작하였을 때야 물론 그랬을 것입니다.(전영택, 「문단의 그 시절을 회고함」, 『전영택전집』제3권, 485쪽)"라고 회고한다. 김동인의 초기 소설 문장에서 발견되는 생경함은

그는 이환이를 사랑하였다. 이환이도 그를 사랑하였다. (엘리자베트는 이것을 의심치 않게 되었다.) 그렇지만 그들에게는 서로 사랑을 고백할 만한 용기가 없었다. 그것으로 인하여 그들은 각각 자기의 사랑을 짝사랑이라 생각하였다. 그것을 짝사랑이라 생각한 엘리자베트는 그렇게 쉽게 몸을 남작에게 허락하였다. 그리하여 그의 사랑 - 거반 성립되어 가던 그의 사랑- 신성한 동애(童愛) - 귀한 첫사랑은 파괴되었다. 육(肉)으로 인하여 사랑은 파멸되었다. 사랑치 않던 사람으로 인하여 참애인을 잃었다. - 엘리자베트의 울음에는 당연한 이유가 있었다.[43]

이러한 설명적이고 단정적인 문장 서술은 작품 속에 독자가 끼어 들 수 있는 여지를 없애버림으로써 그야말로 작품을 무미건조하게 만들어버리고 만다. 작품 도처에 영탄적 표현이 자리잡고 있는 것도 전근대적 작품으로서의 면모를 보이는 것이 아닐 수 없다. 영탄적 표현이란 그것이 작가의 목소리로 나타나건 주인공의 목소리로 나타나건 결국 작가의 감정 과잉을 보여주는 명백한 증거이기 때문이다.

김동인이 어떠한 성향의 작품을 지향하며 창작에 임했건, 「약한 자의 슬픔」이라는 작품은 본질적으로 당 시대에 주류를 이루었던 계몽소설의 성격을 크게 벗어나는 것이 아니다. 다음과 같은 서술은 김동인 자신이 이 작품을 논문 비슷, 소설 비슷한 작품으로 구상하고 창작에 임했음을 알게 한다. 이 부분에서 강엘리자베트의 진술은 곧 작가 김동인의 대리

그의 일본 유학 체험과도 관계가 깊다. 특히 그가 초기 소설들을 일본어로 구상하고 우리말로 기록했다는 다음의 술회는 김동인 소설의 문장 특색 형성 과정에 대한 연구의 실마리를 제공한다.

"더욱이 과거에 혼자 머리 속으로 구상하던 소설들은 모두 일본말로 상상하던 것이라, 조선말로 글을 쓰려고 막상 책상에 대하니 앞이 딱 막힌다.……(중략)…… 이때에 있어서 '일본'과 '일본글' '일본말'의 존재는 꽤 큰 편리를 주었다. 그 어법(語法)이며 문장 변화며 문법 변화가 조선어와 공통되는 데가 많은 일본어 따라서 선진(先進)의 역할을 하게 되었다(김동인, 「문단삼십년사」, 19쪽)."

43) 김동인, 「약한 자의 슬픔」, 『김동인전집』제5권, 19~20쪽.

진술이라고 보아도 큰 무리가 없기 때문이다.

> 그 다음 순간, 그에게는 별한 생각이 머리에 떠올랐다 -
> "약한 자의 슬픔"
> "천하에 둘 도 없는 명언(名言)이로다. "
> 그는 생각하였다.
> 그는 이 문제를 두고 논문 비슷이, 소설 비슷이 하나 지어보고
> 싶은 생각이 났다. 그는 생각하여 보았다 -
> 자기의 설움은 약한자의 슬픔에 다름 없었다. 약한 자기는 누
> 리에게 지고 사회에게 지고 '삶'에게 져서 열패자(劣敗者)의 지위
> 에 이르지 않았느냐?44)

작품의 마지막 부분에서 볼 수 있는 '강한자'와 '사랑'의 중요성에 대한
주장 역시 작가의 직설적이고도 노골적인 주제 드러내기의 구체적 증거
가 된다.

> 그는 생각하여 보았다.
> "내가 너희에게 새 계명을 주노니 사랑하라" (그는 기쁨으로
> 눈에 빛을 내었다.)
> 그렇다! 강함을 배는 태(胎)는 사랑! 강함을 낳는 자는 사랑!
> 사랑은 강함을 낳고, 강함은 모든 아름다움을 낳는다. 여기 강하
> 여지고 싶은 자는 - 삶의 진리를 알고 싶은 자는 다 참사랑을 알
> 아야 한다.
> 만약 참강한 자가 되려면은? 사랑 안에서 살아야 한다. 우주에
> 널려 있는 사랑, 자연에 퍼져 있는 사랑, 천진난만한 어린아이의
> 사랑!
> "그렇다! 내 앞길의 기초는 이 사랑!"45)

---

44) 김동인, 「약한 자의 슬픔」, 『김동인전집』제5권, 39쪽.
45) 김동인, 「약한 자의 슬픔」, 『김동인전집』제5권, 41쪽.

여기서 우리는 「약한 자의 슬픔」이 이광수의 계몽소설을 비판하며 나온 작품임에도 불구하고 그것이 사실은 계몽소설의 차원을 크게 벗어나는 것이 아니라는 또 하나의 아이러니를 발견하게 된다. 김동인은 결국 「약한 자의 슬픔」을 통해 우리 사회에서 약한 자가 겪을 수밖에 없는 슬픔을 제시하고, 그런 슬픔을 겪지 않기 위해서는 강한 자가 되어야 한다는 주장을 펴고 있는 것이다. 더군다나 이 작품의 마무리에서 볼 수 있는, 기독교적 사랑을 통해 강한 자로 거듭 태어날 수 있다는 제안은 작품 내적 근거를 전혀 확보하지 못한 주장이다. 그런 점에서 이는 구성상 매우 치명적인 약점을 드러내는 마무리이기도 한 것이다.

김동인이 『창조』 창간호에 발표한 「약한 자의 슬픔」에 비한다면, 그 마지막 호인 제9호에 발표한 「배따라기」는 근대소설로서 많은 진전과 변화를 보이고 있는 작품이다.

「배따라기」는 서술자를 일인칭의 '나'로 설정하였음에도 불구하고 작가의 영탄이 거의 사라져 버린 이른바 객관소설로서의 자리를 굳힌 작품이다. 여기서 김동인은 '나'를 중심으로 한 신변잡기적 술회도, 그렇다고 '그'를 중심으로 한 황당무계한 꾸밈도 아닌, 개연성 있는 이야기를 중심으로 한 창작 단편의 제시에 성공하고 있다. 핵심적 스토리인 뱃사람과 배따라기에 얽힌 이야기 전후에, 그 이야기를 끌어내고 마무리 할 틀을 설정한 이른바 액자소설적 구성 역시 흔히 보기 어려운 새로운 시도라 할 수 있다. 이 작품에서 액자소설적 구도를 주목하게 되는 것은 그것이 매우 성공적으로 사용되었기 때문이다. 인간으로서는 어쩔 수 없는 운명의 힘을 독자들이 적당한 거리에서 느끼게 하는데 이 액자 소설의 구도가 효과적이었던 것이다.

김동인 특유의 짧은 문장의 효과와, 유미주의자로서의 그의 세계관을 명백히 드러내는 일 역시 비로소 「배따라기」를 통해 이루어졌다. 다음의 인용을 보면 이를 쉽게 알 수 있다.

하늘에도 봄이 왔다.

하늘은 낮았다. 모란봉 꼭대기에 올라가면 넉넉히 만질 수가 있을 이만큼 하늘은 낮다. 그리고 그 낮은 하늘보다는 오히려 더 높이 있는 듯한 분홍빛 구름은, 뭉글뭉글 엉기면서 이리저리 날아다닌다.

나는 이러한 아름다운 봄경치에 이렇게 마음껏 봄의 속삭임을 들을 때는, 언제든 유토피아를 아니 생각할 수 없다. 우리가 시시각각으로 애를 쓰며 수고하는 것은 - 그 목적은 무엇인가? 역시 유토피아 건설에 있지 않을까? 유토피아를 생각할 때는 언제든 그 '위대한 인격의 소유자'며 '사람의 위대함을 끝까지 즐긴' 진나라 시황(秦始皇)을 생각지 않을 수 없다.

우리가 어찌하면 죽지를 아니할까 하여, 소년 삼백을 배를 태워 불사약을 구하러 떠나보내며, 예술의 사치를 다하여 아방궁을 지으며, 매일 신하 몇 천 명과 잔치로서 즐기며, 이리하여 여기 한 유토피아를 세우려던 시황은, 몇 만의 역사가가 어떻다고 욕을 하든, 그는 정말로 인생의 향락자며 역사 이후의 제일 큰 위인이라고 할 수가 있다. 그만한 순전한 용기 있는 사람이 있고야 우리 인류의 역사는 끝이 날지라도 한 '사람'을 가졌었다고 할 수 있다.[46]

여기서 김동인은 진시황이 예술의 사치를 즐길 줄 알았던 인물이라 추켜세우고, 그러한 진시황이야말로 역사 이후의 제일 큰 위인이라고 극찬한다. 이러한 진술에서 김동인의 내면에 자리잡은 인생관과 예술관의 토대를 발견하는 것은 결코 어려운 일이 아니다. 「배따라기」의 서두에 나오는 서술자 '나'의 진술은, 뒤에 발표되는 김동인의 대표적 유미주의 소설 「광염소나타」에 나오는 '음악비평가 K'의 진술과 유사성을 지닌다. '음악비평가 K'는, 예술적 성취를 위해서는 방화와 살인까지도 정당화될 수 있음을 주장하는 인물이다. 예술적 가치가 도덕적 가치보다 우위에 있다는 것이 김동인이 이들 등장인물을 통해 하고 싶은 이야기였던 것이다.

간결하고도 사실적인 대화문의 활용 역시 「배따라기」에서 주목해야 할

---

46) 김동인, 「배따라기」, 『창조』1921년 5월. 『김동인전집』제5권, 121쪽.

부분이다. 특히 '그'와 '아내' 그리고 '아우' 사이에 일어난 사건을 생동감 넘치는 장면들로 전달하는 데에는, 평안도 사투리의 사용이 적지 않은 역할을 했다는 점도 주목해야 한다.[47]

물론 예술지상주의에 입각한 유미론적 문학관의 표출이나, 유미주의적 성향의 작품 창작을 소설사에서 '발전'의 개념으로만 바라볼 수는 없다. 그럼에도 불구하고 소설사의 발전 과정에서 「배따라기」를 주목하게 되는 것은, 전영택 등 『창조』 동인이 시도한 작품 창작 영역의 진정한 확대와 교훈적·계몽적 소설사의 탈피가 여기서 분명하게 확인되기 때문이다. 문학의 정의 및 역할에 대한 새로운 인식과 작가적 개성의 표출, 그리고 문체의 변화와 서술 주체의 확립 및 창작 방법의 다양화 등이 1920년 소설에서 발견되는 근대적 특성이라고 할 때[48], 『창조』의 마지막 소설 「배따라기」는 그러한 특성들을 매우 구체적으로 담아낸 소설 가운데 하나였나고 말할 수 있는 것이다.

---

47) 김동인 소설에서 평안도 사투리의 사용과 그 의미에 대해서는 김영민, 「1920년대 소설의 근대적 특성 연구」, 65쪽 참조. 결과적으로 김동인이 사용한 평안도 사투리는 그의 작품에 현실감과 현장감을 불러일으키는 역할을 한다. 그런데, 김동인이 이렇게 작품에 평안도 사투리를 사용하게 된 계기가 무엇이었는가는 분명하지 않다. 이러한 대화문에서의 사투리 사용은 그가 특정한 소설적 효과를 의도해서라기보다는 인물들의 대화에까지 표준어를 쓰기에는 표준어에 대한 지식이나 자신감이 부족했기 때문에 생겨난 우연의 결과일 가능성이 높다. 그가 만일 사투리를 사용하면서 특정한 소설적 효과를 의도했다면, 그것을 자신의 소설사적 성과로 기록했을 것이기 때문이다. 잘 알려진대로, 그는 3인칭 대명사의 사용과 과거사의 사용 등 몇 가지를 자신의 문체론적 업적으로 꼽아 기록하고 있다.

김동인의 표준어 지식과 관련해서는 다음의 진술을 참고할 필요가 있다. "더욱이 나는 자라난 가정이 매우 엄격하여 집안의 하인배까지도 막말을 집안에서 못쓰게 하여 어려서 배운 말이 아주 부족한 데다 열 다섯 살에 외국에 건너가 공부하니만치 조선말의 기초 지식부터 부족하였고 게다가 표준어(경기말)의 지식은 예수교 성경에서 배운 것 뿐이라, 어휘에 막히면 그 난관을 뚫기는 아주 곤란하였다."(김동인, 「문단삼십년」, 『김동인전집』제6권, 20쪽.)
48) 김영민, 「1920년대 소설의 근대적 특성 연구」, 51~78쪽 참조.

4. 맺음말

『창조』는 한국 최초의 순수 문학동인지로 거론된다. 하지만 실제로는 동인들간의 결속력이 강한 것도 아니었고, 그들이 공통적으로 기반을 둔 문학관이나 함께 지향하는 뚜렷한 목표가 있었던 것도 아니었다. 『창조』는 판매를 목적으로 했고, 광고를 수록하며 정기독자를 모집했다는 점에서 그것이 순수 동인지임을 표방했지만 실은 대중성을 띤 상업 잡지를 지향했다고 볼 수 있다.

『창조』가 순수 동인지로서의 성격을 굳히지 못하고 점차 방황하게 된 가장 큰 원인은 경제적 기반이 확보되지 않았다는 점에 있다. 한 호 한 호 발간비를 부담하는 조건으로 새로운 동인을 끌어들여야 했던 동인지 『창조』의 모습을 통해 우리는 경제적 후원자를 얻지 못한 한국 근대문학의 표류 과정이 어떤 것이었는가를 분명히 확인하게 된다.

경제적 여건의 어려움과 함께 인적 자원 확보의 어려움 역시 근대문학 초기 한국 동인지가 부둥켜안고 고민해야 했던 과제였다. 이광수의 계몽주의 문학 및 그의 효용론적 문학관에 반기를 들고 출발한 동인지 『창조』가, 곧바로 이광수를 동인으로 받아들이고 그의 글을 얻어내기 위해 노력을 기울였다는 사실은 이를 가장 분명하게 보여주는 예가 된다. 『창조』의 창간 동인들은 전혀 새로운 단계의 신문학운동을 꿈꾸며 문학 활동을 시작했지만, 이런 어려움들로 인해 그것을 의도한 만큼 성취하지는 못했다.

하지만 그럼에도 불구하고 김동인을 비롯한 몇몇 동인들이 이룩한 소설사적 성취는 결코 간과하기 어렵다. 앞 시기와는 구별되는 새로운 경향의 창작을 시도한 점, 색다른 소재를 발굴하고 새로운 주제를 추구하면서 작품화 영역을 확대시켜 나가려 한 점, 자신들이 쓰는 언어에 대해 고민하면서 근대 한글의 정착에 기여한 점, 지식인 사회에서 문학 영역의 중요성을 강조하고 결과적으로 다른 동인지와 문학전문지 창간의 직·간접적 계기로 작용한 점 등은 『창조』가 이룩한 주목할만한 업적이 아닐 수 없다. 『창조』는 한국 근대소설사 최고의 수준을 담아내지는 못했다. 하지만, 『창조』를 거치면서 한국 근대소설사는 다시 한 번 비약의 토대를 마련할 수 있었음에 틀림이 없다.

참고문헌

김동인, 「문단 30년사」, 『신천지』, 1948. 8.

김동인, 「배따라기」, 『창조』, 1921. 5.

김동인, 『김동인전집』, 삼중당, 1976.

김영민, 「1920년대 소설의 근대적 특성 연구」, 『현대문학이론연구』 5, 2001.

김영민, 「1920년대 한국문학 비평 연구」, 『한국근대문학비평사』, 세계,
　　　1989.

김영민, 「비평의 공정성과 범주·역할 논쟁」, 『한국근대문학비평사』, 소
　　　명, 1999.

백　악, 「신비의 막」, 『창조』, 1919. 2.

이경훈, 「춘원과 『창조』」, 『현대소설연구』 14, 2001.

전영택, 「「천치냐 천재냐」와 「소」」, 『현대문학』, 1964. 8.

전영택, 「『창조』」, 『사상계』, 1960. 1.

전영택, 「『창조』와 『조선문단』과 나」, 『현대문학』, 1955. 2.

전영택, 「나의 문단 자서전」, 『자유문학』, 1956. 6.

전영택, 「문단의 그 시절을 회고함」, 『조선문학』, 1933. 9. 2.-22.

전영택, 「백악시의 「자연의 자각」을 보고서」, 『현대』 2, 1920. 3.

전영택, 「창조시대 회고」, 『문예』, 1949. 12.

전영택, 「처녀작 발표 당시의 감상 - 신통스러운 일이 없소」, 『조선문단』,
　　　1925. 3.

전영택, 「천치? 천재?」, 『창조』 2, 1919. 3.

주요한, 「『창조』 시대의 문단」, 『자유문학』, 1956. 7

주요한, 『주요한전집』, 목원대출판부, 1994.

차혜영, 「1920년대 초반 동인지 문단 형성 과정」, 『상허학보』 7, 깊은샘,
　　　2001.

ABSTRACT

A Study on the Group 「ChangJo」 and modern Korean Novel

Kim, Young-Min

A issue of 「ChangJo」 was a symbol of the birth of special literary journal in modern Korean literary history. The 「ChangJo」 was a official bulletin of the literary group ChangJo. The 「ChangJo」 showed that the main stream of modern Korean literature had been changed. Through the 「ChangJo」 the main stream of the Korean literature was changed from 'enlightenment' to 'literature itself'. Before the 「ChangJo」, most of the Korean novelist tried to educate people with their works. But after the 「ChangJo」, they changed their mind.

The 「ChangJo」 was the first journal which exist for literatute itself. The 「ChangJo」 contributed to development of modern Korean Novel. Through it, the modern literary style was established and the modern short story could be fixed.

The biggest problem of the 「ChangJo」 was a change for the worse of economical situation. Because of the situation, it was not so easy for the members of the group ChangJo to keep their mind. But nevertheless, they devoted to development of the modern Korean novel during the early twenty century.

최명익 소설 연구

성지연*

1. 구멍
2. 분열의 근거
3. 자동차, 병원, 기차, 시계 – 근대 자본주의의 일상
4. 희망의 근거
5. 구멍은 구멍이다

1. 구멍

사진의 인물들은 모두 먹칠이나 한 듯이 시꺼멓고 구멍이 들여
다 보이었다.

(「비오는 길」,114쪽[1])

우리 문학사에서 카프문학 퇴조 이후 해방에 이르는 일제 후반기[2]는
다양한 문학적 실험들이 이루어졌던 공간이다. 문학사적으로 이 시기는

---

* 연세대 강사
1) 본 논문의 최명익 글들은 모두 『한국해금문학전집-12 최명익 유항림 허준』, 삼성출판
사, 1989에서 인용했음.
2) 일제 후반기라는 시기 구분은 무척 자의적인데, 1910년에서 1945년에 이르는 식민지
기간의 후반부를 지칭한다. 엄밀하지 않은 개념이라 자주 쓰여지지는 않으나 논자에
따라서는 만주사변(1931년)이후에서 해방 전을 가리키기도 한다. 이 글에서는 카프가
퇴조한 후 해방에 이르는 기간을 가리키려는 의도로 쓰여졌다.

비평의 경우 일종의 모색기라는 의미에서 전형기, 전환기, 전향기3)등으로 논의되고 있으며, 소설사에서는 대개의 경우 40년대 이전 시기는 30년대 문학으로 구분되어 논의되고 40년대 이후는 암흑기, 일제말기 등으로 구획되어 연구되고 있다. 앞 시기를 중심으로 다루는 전자의 연구는 30년대에 나타나는 새로운 경향에 주목하여 도시소설, 지식인소설, 심리소설, 세태소설, 신세대 작가 소설, 모더니즘 소설 등의 개념으로 이 시기에 활동을 했던 작가들을 다룬다. 따라서 시대를 문제 삼기보다는 한국문학이 근대성에 반응한 양식에 초점을 맞추어 왔다. 한편, 40년대 이후에서 해방에 이르는 시기를 다루는 연구들은 작가들이 어떻게 친일이라는 주제에 맞추어갔는지를 둘러싼 가치평가에 초점을 맞추고 있다. 그 결과 실제로는 비슷한 시대에 창작되었던 작품들의 거리가 지나치게 멀어져 동일한 문학장 안에서 활동하던 작가들과 시대의 관계가 흐려졌던 것으로 생각된다. 실제로 이 시기 문학이 보여주는 갈래는 다양하며, 창작을 담당한 작가 또한 방대한데, 전대에 활발한 활동을 했던 이광수, 김동인에서부터 해방 이후 남한 문학을 이끌었던 김동리, 황순원에 이르는 작가들이 이 시기에 창작활동을 하였다. 이들의 이념적 근거 역시 친일문학, 전향문학에서 극도의 현대적인 의식을 보여주는 단층파의 작품에 이르기까지 다양한 모습을 보여준다. 최명익은 이 일제후반기를 배경으로 활동한 대표적인 작가로, 1936년『조광』에 「비오는 길」을 발표하면서 등단하여 해방 전까지 꾸준히 작품을 발표했고, 해방 이후 북한에서『서산대사』등을 발표했다. 최명익의 작품들을 고려할 때, 일제 후반기라는 시대가 주는 의미에 주목할 수밖에 없다. 이 시기는 식민주의와 근대자본주의가 안착된 시점으로 평가될 수 있으며, 전대 문학의 계몽주의와 KAPF 문학의 정치지향성이 희미해진 자리에 채만식, 김남천, 유진오, 박태원, 이태준, 유항림,

---

3) 1935년 카프의 해산에서 해방 전까지의 시기를 가리키는 개념들인데, 카프의 해산으로 이념적 통일성과 작품의 정치적 역할을 둘러싸고 이루어졌던 비평활동들이 전향 등으로 무화되고 새로운 비평론을 모색했던 시기를 지칭하고 있다.

허준 등의 주요 작품들이 창작되었다.

대부분의 문학사에서 사상적으로나 문학적으로 위축기였다는 단서가 붙여지는 일제후반기는 전 사회적으로 일제 파시즘이라는 단일논리에 휘둘렸던 시기였으며, 시대를 문제 삼을 때 이 식민주의의 문제가 가장 앞선다. 이러한 시대를 문제삼는 연구에서 이 시기의 문학들은 그간 탄압의 측면에 초점을 맞추어 다루어져왔다. 카프 해산을 위시해 명백한 탄압의 예는 수없이 많았고, 이에 의해 문학의 방향이 통제되어 왔던 것은 명백한 사실이다. 하지만 지나치게 일제에 의한 탄압상과 그에 결부된 문학계의 반응만을 고려한다면, 당대의 작품들이 시대에 대해 보여주었던 다양한 반응들을 놓칠 수 있다. 이 시기 창작된 대부분의 작품에서 일본 제국주의의 문제를 위시한 정치적인 문제는 사실상 작품의 배면으로 깔려 있기 때문이다. 어려운 시대였다고 해서 작품이 창작되지 않는 것은 아니며, 시대의 압력이 반드시 작품의 질을 떨어뜨리는 것은 아니다. 이런 점에서 시대의 억압이 아니라 작품과 시대의 관계양상에 초점을 맞춘 일제후반기 문학에 대한 연구가 필요한 것으로 생각된다. 이 시기 문학에 대해 종종 언급되는 일상에의 함몰이란 표현은 정치적인 것, 경제적인 것의 메커니즘에서 조선의 지식인들이 배제된 결과가 어떠했는지를 잘 보여준다. 또한 이 시기 문학작품들의 데카당스, 회의, 절망 등의 정조 역시 이에 기인한 바 크다. 문학과 정치는 이제 분리되기에 이르렀고, 작품에서 말해지지 못했던 것은 행간의 의미로 남을 뿐이었다. 근대화의 여러 제도적 층위4)에서 한국지식인들이 권력에 접근하기는 어려웠으며, 일제가 주도하는 근대화의 물결에 휩쓸리어 간 것도 사실이다. 지금 시점에서는 다소

---

4) 기든스에 따르면 그것은 다음과 같다.(Giddens, A., The Consequens of Modernity, Cambridge : Polity, 1990, 이윤희・이현희 역,『포스트 모더니티』, 민영사, 1990, 71쪽) 감시(정보에 대한 통에와 사회적 관리), 자본주의(경쟁적인 노동과 상품시장 안에서의 축적), 군사적인 힘(전쟁의 산업화와 관련된 폭력수단의 통제), 산업주의(자연의 변형, 인위적 환경의 발달)

진부한 것으로 들리지만 90년대 이전 문학연구에서 민족해방서사라는 기준으로 이 시기의 작품을 평가했던 것 역시 이런 배경을 갖고 있다. 일부 작품들은 친일문학이라는 이유로 연구 대상에서 제외되었으며, 30년대의 일부 작품들은 시대를 외면하고 리얼리즘의 원칙에 부합하지 않는 모더니즘 작품이라는 이유로 비판되었었다. 하지만 한 시대를 규명하기에 앞서 일본의 제국주의가 우리 소설문학에 어떤 식으로 영향을 미쳤는지, 그것이 복돋우고 배제한 것들이 과연 무엇인지는 다시 한 번 검토되어야할 것이다. 이 시기에 대한 최근의 연구는 이러한 객관적 정세에 토대하여 사회와 개인의 분리, 문학의 분리가 가져온 파행적인 근대성에 초점을 맞추어 이 시기에 대한 설명력을 높이고 있기도 하다.[5]

   본 연구는 이러한 독특한 근대화 과정이 빚어낸 결과들을 연구대상으로 하지만 그 파행성에 주목하기보다는 최명익의 작품들을 통해 이 시기 문학작품들이 보여주는 성취들에 주목하고자한다. 예컨대 사회와 개인의 분리, 문학의 분화는 일제의 지배로 인한 파행성에 기인한 것이기도 하지만 자본주의 일상의 확대와 근대화에 기인하는 것이기도 하다. 이러한 경향은 서구 자본주의의 오랜 역사를 기반으로 하는 문학작품이나 가깝게는 일본의 소설사에서 관찰할 수 있는 것이기도하다. 여기서 주의할 것은 추상수준의 문제이다. 세계자본주의에의 편입이라는 문제와 일제에 의한 지배의 문제는 보편과 특수의 문제가 아니라 이 시기 문학사에 영향을 주었던 추상수준이 다른 심급들로 이해되어야할 것이다. 그렇지 않고 이 시기의 문학을 서구를 기준으로 삼아 보편적 근대문학의 기준으로 분석하거나, 일제에 의한 지배가 어떤 파행성을 낳았는지의 증거로 제시한다면 이 시기의 문학적 장을 온전히 재구성해 내기 어려울 것이다. 이 시기의 작가들이 광대한 일상의 세계를 발견해 낸 것에는 식민지적 상황이 가져온 박탈뿐만 아니라 자본주의화를 겪으면서 이제 일상조차 과거와는 다

---

5) 박헌호, 『이태준과 한국 근대소설의 성격』, 소명출판사, 1999, 83쪽.

른 방식으로 조직되어 가는 것에 대한 문학적 반응들이 놓여 있는 것이다.

인용의 「비오는 길」을 지배하는 것은 '노방의 타인' 의식이다. 병일이 출근과 퇴근의 무료한 일상을 수행하는 가운데 그나, 사과를 파는 노인이나, 그 곁에 쌓여 있는 능금알이나 모두 능금알의 무의미성만큼이나 서로에게 의미 없는 객체일 따름이다. 고무공장에 다니는 여직공의 사진들이 벌리고 있는 구멍들은 모두 시꺼먼 무의미에의 통로이다. 근 이년을 근무하던 공장의 주인이나 하숙집과 관련된 사람들이 아니고 그 무료한 출퇴근 길에서 우연히 마주치게 된 사진관 주인 이칠성이 그나마 그 자아에 유일하게 가까이 다가서는 인물이다. 이 우연히 마주친 타인에 대한 자아의 테두리는 무척이나 견고하다. '의식'으로 표방되는 그 자아에게는 빗소리조차 '의식의 문밖에 쏟아지는 낙숫물 소리'로 들릴 뿐이다. 이런 점에서 흔히 최명익의 소설은 심리주의소설로 이해되고 있기도 하다. 천이두는 이 시기의 소설을 낡은 세계에 집착하는 한정·인정적 문학과 상식적 일상현실에 밀착해 있는 사실주의적 세태소설, 부정적 현실을 냉소하는 풍자문학의 세계, 자기 내면에 칩거하는 문학으로 분류[6]하고 있는데, 심리소설은 이 자기 내면에 칩거하는 소설에 해당한다.[7]

이러한 개인의 내면심리의 부각은 한국 근대문학사의 한 축이었다. 비록 당대 소설들에 대한 부정적인 평가이긴 했지만 임화가 30년대 문학에 대해 제기한 '세태'와 '내성'의 갈래는 사회현실에 주목하는 흐름과 개인의 내면에 주목하는 한국문학의 두 축을 반영하고 있는 것이기도 하다. 비단 최명익의 경우만이 아니라 구인회의 이상, 박태원과 안회남, 그리고 허준, 유항림 등 이 시기의 소설들에서 이러한 내면에의 주목은 두드러진

---

6) 천이두, 『한국 현대소설론』, 형설출판사, 1985, 213쪽.
7) 백철은 이 심리소설을 '현대 지식인의 자의식의 문학인데 그 자의식이란 현실과 지식인의 이상과의 부조화, 불균형에서 온 편향적인 표현'으로 평가한다. 백철, 『한국신문학발달사』, 박영사, 1975, 274쪽.

것이었다. 이러한 내면에의 주목은 우선 근대적 자아의 등장 자체가 그 원인이라 할 것이다. 현대에 와서야 비로소 개인은 자신이 선택할 수 있는 사회적 역할과 이의 가능성에 대해 반성하기 시작했으며 전통과 일정한 거리를 유지할 수 있었다.8) 여기에서 근대인의 문제가 출발한다.9) 그것은 정체성을 구성하는 것이 이중적인 과정으로 근대적 지식이 개인을 차이, 배제, 주변화해 나가는 것과 동시에 근대적 주체가 세계에 대한 앎을 구성해 나가는 과정 자체가 분리와 배제의 측면에서 이루어지는 것일 수밖에 없기 때문이다. 따라서 근대인의 고립된 자의식, 내면에의 칩거는 '차이, 배제, 주변화라는 모더니티의 동학'10)에 내재적인 것이다. 이러한 모더니티에 맞선 개인의 "실존적 고립'은 타인들로부터 개인의 분리에서 연유되는 것인 동시에 충만하고 만족스러운 실존을 영위하고, 자신의 정체성을 구성하는데 필요한 도덕적 자원들로부터의 분리의 측면 또한 크다.'11) 최명익 소설의 주인공들이 타자의 부정성을 철저히 인식하면서도 끊임없이 타자와의 교섭을 시도하는 것은 이 근대적 자아가 처한 '실존적 고립'에서 탈출구를 모색하는 과정이다. 하지만 최명익 소설들의 주인공들은 결국 현실로부터도, 지식으로부터도, 타인들로부터도 아무런 도덕적 자원들을 찾지 못한다. 사진관을 경영하면서 차곡차곡 재물을 모으며 식구들과의 단란함을 꿈으로 갖는 이칠성은 병일에게는 '청개구리의 뱃가

---

8) Lash, S. · Frieman, J.(eds.) *Modernity and Identity*, Oxford, UK:Blackwell, 1992, 윤호병 외 옮김, 『현대성과 정체성』, 현대미학사, 172쪽.

9) '헤겔은 새로운 시대의 원리로서 주체성을 발견한다. 이 원리로부터 그는 동시에 현대세계의 우월성과 위기를 설명한다. 현대세계는 스스로를 진보의 세계로 이해하고 동시에 소외된 정신의 세계로 이해한다. 그러므로 현대를 개념화하고자하는 첫 번째 시도는 현대에 대한 비판과 동시근원적으로 결합되어 있다.'(Habermas, J., Der Philosophische Diskurs der Modern, Frankurt am Main:Suhurkamp, 1989, 이진우 역, 문예출판사, 36쪽)

10) Giddens, A., Modernity and Self‐Identity, Cambridge : Polity, 1991, 권기돈 역, 『현대성과 자아정체성』, 새물결, 58-66쪽.

11) Giddens, A., 앞의 책, 48쪽.

죽같은 놈'일 뿐이다. 하지만 그의 이칠성에 대한 비판이 견고한 것은 아니다. 또 한 사람 이 길에서 만나는 어린 기생의 속된 꿈은 병일에게 '의액이 풀잎'으로 비쳐 '내게는 청개구리의 뱃가죽같은 탄력도 없고 의액이 풀잎 같은 청기도 날카로움도 없지 않은가?'라는 자기연민에 부닥치게 한다. 대상들을 무한히 경멸하면서도 실상 자신이 그 대상들에서 배제되어 있는 것에 안타까워하고, 결국 그 대상들에게는 구멍을 뚫어버리는 병일의 태도란 이런 점에서 그 의미를 갖는다. 「비오는 길」의 결말 부분에 초점을 맞추어 독서로 대표되는 원래 생활로의 회귀를 대립의 해결로 본다면 이러한 방황의 도식은 간단하다. 지식인의 대표자 병일과 생활인의 대표자 이칠성의 이념의 상충 끝에 결국 작가는 병일이 자신의 일상에 복귀하게 함으로써 비루한 일상에 대한 주인공의 승리를 그려냈다는 것이다.12) 하지만 이러한 도식은 '병일이는 요즈음 독서력을 전혀 잃고 말았다'는 독서에 대한 태도변화를 주목한다면 납득되기 어렵다.13) 또한 '도스토예프스키의 혈담에 대한 꿈을 꾼 후의 불면', '니체가 푸른 이끼 돋힌 바위를 안고 이마를 부딪는 상상 후의 작은 신음소리' 등 서양 지성에 가위눌리고 있는 병일의 상태 역시 마찬가지이다. 이에 대해 병일이 양가성을 통해 이데올로기의 비판자로 기능하며 「비오는 길」의 알레고리적 서사구조가 이칠성의 갑작스러운 죽음이라는 또다른 아이러니를 병일이 반성적으로 인식하는 것을 가능케하여, 병일에게 계속적인 비판의 가능성을

---

12) 조남현은 최명익의 소설을 지식인의 문제를 다룬 '지식인소설'로 보고, 「무성격자」의 정일로 하여금 부자간의 인륜에 눈뜨게 하였고, 「심문」의 명일로 하여금 휴머니즘이 사랑 못지 않은 큰 힘을 지녔음을 깨닫게 하였고, 현일에게는 새 세대에 대한 희망과기대를 갖도록 했다'는 점에서 최명익이 이 지식인들을 내세운 의의를 찾고 있다. (조남현, 『우리 소설의 판과 틀』, 서울대 출판부, 1991, 20-28쪽.)

13) 채호석은 「비오는 길」을 근대 내에서 한 개인의 존재에 대한 질문으로 보고 병일의 '독서'를 진정한 가치를 추구할 수 있는 단 하나의 가능성으로 본다. 그는 이러한 분석을 통해 최명익의 문학을 '자기계발로서의 계몽'의 성격을 가졌다고 본다.(채호석, 『한국 근대문학과 계몽의 서사』, 소명출판사, 1999) 하지만 '독서'를 작가가 이러한 상황을 타개해갈 수 있는 단 하나의 열쇠로 제시했다고 보기는 어렵다.

부여했다는 견해도 있다.[14]

결국 이러한 관점들은 최명익을 가치추구의 과제를 문제삼은 작가로 평가하고 있는 것이다. 그렇다면 과연 병일이 이데올로기의 비판자로 기능하고 있는가. 병일이 반성하는 '내게는 청개구리의 뱃가죽같은 탄력도 없고 의액이 풀잎 같은 청기도 날카로움도 없지 않은가?'의 의미는 무엇인가. 과연 여기에서 이데올로기가 문제가 되고 있는가? 이칠성의 죽음은 병일에게 반성적으로 인식되는 것이 아니라 생활을 추구하던 이칠성의 삶도 역시 의미 없는 서글픈 것이라는 감각으로 남을 뿐이다. 「비오는 길」에서 끊임없이 문제가 되고 있는 것은 지식이 생활이 될 수 없다는 문제이며, 그 지식 자체가 생활과의 연관을 갖지 못함으로써 지식의 편에서 생활은 접근할 수 없는 무의미의 '구멍'이었다는 점이다. 지식이 자신의 삶을 조정하는 원리나 세계를 이해하는 창구가 되지 못함은 「장삼이사」에 이르러 더욱 두드러진다. 끊임없이 주위의 인물들에 융화되지 못하고 주변의 인물들과의 거리감을 보여주었던 인물은 포주에게 잡힌 창녀가 화장실에서 자살을 하는 환상에 시달리나 그녀는 자리에 돌아와 맞은 자리를 화장으로 감춰보기에 여념이 없다. 사실을 판단하고 예측하는 데 그의 지성은 전혀 도움이 되지 않는 것이다. 그렇다고 해서 생활인 대 주인공의 구조를 보여주는 최명익의 소설들에서 생활을 관찰하던 주인공이 생활세계의 가치를 받아들이거나 투항하고 있지는 않다. 오히려 그 주인공의 자아는 너무나 단단하여 대립적 인물들에 의해 어떤 변화도 겪지 않으며, 자신의 생활에서 한치의 변화를 보여주고 있지도 않다. 여기에서 드러나는 것은 너무도 단단한 개인들의 내면과 그 개인들 사이의 거리감이다. 이러한 상황은 주인공들이 끊임없이 타인들과 맺는 지루한 관계를 통해서 부각된다. 그것은 주로 삼인칭을 통해 서술되며, 주인공으로 내세워

---

14) 이수형, 「최명익 론:이데올로기 비판적 의식을 중심으로」, 문학사와 비평 연구회, 『한국 근대문학연구의 반성과 새로운 모색』, 새미, 1997.

지는 인물의 독백의 경우에도 작가와의 거리감을 드러내는 최명익 소설들을 관통하는 서술전략에 의해 더더욱 강조되고 있다. 이런 점에서 최명익 소설의 자아는 근대적 자아의 한 측면, 객관세계를 배제하고 자신의 내부에 고립되어 버리는 측면을 뚜렷이 보여주고 있다.

> 문일이는 옴두꺼비의 안내로 의외에 발견한 무덤가에서 생명체이던 형해조차 이미 없어진 지 오랜 빈 무덤 속에 기어들어 누웠거나 앉아 있을 옴두꺼비를 생각하며 자기 방에 들어 있을 옴두꺼비를 생각하며 자기 방에 누워있는 자기를 눈 앞에 그리어 보았다.(「역설」, 65쪽)

이러한 주인공들의 내면의 고립감은 끊임없이 최명익의 모든 작품들에서 제기되며 근대인의 내면의 고립성을 강조하는 것만큼이나, 벌어져 버린 타자와의 거리감을 제시하고 있다. 결국 어떤 식이든 통합의 논리가 제시되지 못하는 이런 장면은 비오는 길의 병일이 과거의 자신이 추구했던 것, '어떻게 살아야 후회 없는 인생을 살 수 있는가 하는 즉 사람에게는 사람이란 무엇인가? 하는 의문'(「비오는 길」, 127쪽)을 포기하고 '산 사람은 아무렇게라도 죽을 때까지는 살 수 있는 것이니까'로 이칠성의 죽음을 대하는 장면에서 극명하다. 병일이는 이러한 담담함을 '자기가 어렸을 때 부모상을 당하고 못 살 듯이 서러워하였던 생각'과 대조함으로써 근대 일상이 가져다 준 우연한 만남이 갖는 무의미함과 무정함을 더욱 부각시키고 있다.

2. 분열의 근거

서준섭에 따르면 30년대 한국의 역사적 모더니즘은 일제의 식민지 지배체제 확립기에 서울을 중심으로 하는 도시거주 지식인 문인들에 의해

추진된 새로운 문학운동이다. 이들은 문학양식의 혁신과 실험정신 면에서 문학의 근대성을 발견하고자 했으며 소설의 경우 집단적 인물보다 개별화된 인물을 묘사하면서 내면세계를 탐구했다.15) 최명익의 경우, 개별화된 인물을 묘사하면서 내면세계를 탐구하는 경향이라는 점에서 이러한 모더니즘적 경향을 보여주는 것으로 평가되고 있다. 하지만 최명익이 평양에 거주했다는 사실을 논의에서 제외하더라도,16) 동시대 다른 작가들의 경우와 비교한다면 최명익의 소설들에 나타나는 그 내면이라는 것의 성격은 다소 이채롭다. 당시 작가들은 이러한 내면세계의 탐구를 '사소설'17)이란 개념으로 포착하고 있기도 한데, 박태원과 안회남은 반(半)근대화된 생활세계와의 대립을 통해 얻어진 소극적인 근대체험의 서술, 절대적이고 보편적인 사상(서양, 마르크스주의)과의 대결형식이 아닌 예술가로서의 작가가 갖게되는 자의식의 조형18)을 보여주는 이러한 소설적 경향을 사소설론으로 제기한 바 있다. 하지만 「심문」의 명일이나 「무성격자」의 정일, 「비오는 길」의 병일이 갖는 성격은 이 시기 다른 모더니즘 소설, 이상의 「날개」, 「동해」, 「종생기」, 박태원의 「소설가 구보씨의 일일」, 「피로」 등의 주인공들의 성격과 다르다. 이상이나 박태원의 소설들이 그 인칭 여하와 관계없이 작자, 화자, 주인공이 비교적 밀착된 주인공의 시선과 그 내면을 다루었던 것과는 달리 최명익 소설들의 주인공들은 때로 희화화에 가까울 정도로 냉정하게 관찰되고 있으며, 주인공의 정체

---

15) 서준섭, 「한국문학에서의 모더니즘」, 김윤식 외, 『한국문학의 리얼리즘과 모더니즘』, 민음사, 1989, 33쪽.
16) 최명익이 평양에서 작품활동을 했다는 사실에 기반한 연구로는 김윤식, 「최명익론」, 『한국 현대 현실주의소설 연구』, 문학과 지성사, 1990이 있음.
17) 사소설의 개념은 일본 사소설의 개념에서 영향받은 바 큰 것으로 보인다. 이런 관점에서 최혜실은 일본 사소설과의 영향관계에 주목하여 이상, 박태원, 최명익, 허준에서 나타나는 사소설적 경향을 분석하고 있다.(최혜실, 『한국 모더니즘 소설 연구』, 민지사, 1992, 167~175쪽)
18) 강상희, 「구인회와 박태원의 문학관」, 『박태원 소설 연구』, 깊은샘, 1995, 46쪽.

성을 위협할 만큼 강력한 타자들과의 대결구조에 놓여 있다. 많은 경우 그 취향이나 이력이 지식인으로 제시되는 주인공들은 지성을 통해 세계를 인식하지도 않으며 그 지성으로 괴로워하는 것도 아니고 예술가로서의 자의식 같은 것도 애초에 없다. 무엇보다도 가장 큰 차이는 최명익 소설의 주인공들이 어떤 방식으로든 생활의 근거를 지니는 생활인으로 등장한다는 점이다.19) 「비오는 길」의 병일과 이칠성의 만남은 출퇴근 길에 이루어지고 있으며, 「역설」의 문일은 교원, 「무성격자」의 정일은 교사, 「심문」의 명일은 화가이다.20) 최명익의 소설은 이 생활인으로서의 지식인 내지는 지성이 문제가 됨으로써 당대 사회가 전면적으로 문제가 되고 있다는 점에서,21) 이런 사소설적 경향을 가진 모더니즘소설과는 엄밀히 합치하지 않는다.

하지만 최명익 소설에 나타나는 자아는 전적으로 모더니즘적 세계관에 입각해 있다. 「심문」의 이야기, 인물들은 수미 일관하게 원인에 따른

---

19) 조연현은 최명익 소설의 주인공들이 자신의 생활을 갖지 못함으로서 주인공들이 경멸과 자위의 감정에서 헤어나지 못했음을 지적하고 있다.(조연현, 「자의식의 비극」, 『백민』, 1949.1)자신이 누리고 싶은 생활을 못 누리고 있다는 점에서는 이러한 분석이 옳을 수 있으나 이 시기 다른 소설들의 주인공들이 룸펜이나 생계를 해결하기 곤란한 예술가 등으로 나타나는데 비해 최명익 소설의 주인공들은 대개 생활의 근거를 지닌 인물들로 제시된다.

20) 류보선은 1930년대 후반기 문학에서 자본주의 극복에 대한 낙관적 인식이 야만주의 혹은 혈족주의로 변했다고 인식하는 순간 환멸이 자리잡게 되며, 따라서 30년대 후반의 작가들은 계급운동가 혹은 산책자에서 생활인으로 진입하게 되었다고 보고 있다.(류보선, 「환멸과 반성, 혹은 1930년대 후반기 문학이 다다른 자리」, 『민족문학사연구』 4호, 창작과 비평사, 1993)

21) 김윤식은 전향소설을 카프 전주사건을 계기로 하여 전개된 전향소설과 순수관념만으로 구축된 전향소설로 나누고 최명익이 생활 속의 현실감이 아니라 관념상의 현실감을 다루었다는 점에서 최명익을 후자에 위치시킨다(김윤식, 『한국현대 현실주의 소설 연구』, 1990, 110~111쪽). 하지만 꼭 카프 조직원들이 겪었던 현실만을 현실이라고 규정하기 어려우며, 최명익이 내세운 생활세계를 관념적인 것으로만 평가하기는 어렵다는 점에서 재고의 여지가 있다.

결과로서의 행위를 보이지 않으며 결국 삼각관계일 수 있는 세 꼭지점이 연애소설로 성립하지 않는 여행기를 저자는 다음과 같은 이유에서 쓰고 자한다고 밝히고 있다.

> 독자 중에서는 이 '그래서 나 역시...'라는 말에 불쾌를 느끼고, 그만 것을 동기나 이유로 행동하는 나를 경멸하는 이가 있을는지 모를 것이다. 사실은 나는 그러한 독자를 상대로 이 여행기를 쓰고 있는 것이다.(「심문」, 22쪽)

「심문」의 명일이 상해로 가게되는 이유는 자신에게도 선명하지 않으며 다른 주인공들 역시 행동의 동기나 원인 등은 스스로에게도 납득하기 어렵다는 점을 작가는 선명하게 서술하고 있다. 인용문은 세계가 설명 가능한 것으로만 이루어져 있지 않다는 작가의 주장이다. 「심문」을 통해 이러한 작가의식은 무의미성은 위험하지만 그것을 통합하려는 논리 역시 무의미하다는 것, 인간의 내부는 분열적으로 존재하는 것이지 통합적으로 존재하는 것은 아니라는 주장으로 전개되고 있다.[22]

> 밤과 낮으로 다른 두 여옥이와 두 '나'로 분열하고 무너져 가는 마음의 풍경을 멀거니 바라볼 밖에는 별도리가 없는 듯하다. (「심문」, 16쪽)

'노방의 타인'(「비오는 길」)인 그들은 자신의 분열을 멀거니 바라보는 존재이다. 명일은 그러한 분열을 봉합하려고 애쓰지도 않으며, '한 초점으

---

22) 문홍술은 근대화가 진척됨에 따라 자연에 대한 인간 지배를 뜻하던 이성은 타락하여 도구적 이성으로 전락하며, 주체의 분열은 바로 도구적 이성으로 전락한 근대이성주체에 대한 비판이고, 그것은 명증한 의식에 대한 무의식의 드러냄에 의해 수행된다고 보고, 이러한 인식에 입각하여 1930년대 소설들을 주체분열과 반담론의 측면에서 분석하고 있다(문홍술, 「1930년대 소설과 모더니즘-이상소설과 박태원 소설을 중심으로」, 김용직 편, 『모더니즘 연구』, 자유세계사, 1993)

로 통일된 의식과 순화한 정서로 맺힌 맑은 눈물'을 보이며 현혁과의 타락한 생활에서 빠져나오려던 여옥은 결국 마지막 순간에 자살을 택하고야만다. 이같이 근대인의 내면의 분열을 본격적으로 다루었다는 점에서 최명익은 '자기분열을 완성한 최초의 작가'23)로 평가되기도 한다.

주지하듯이 이런 인식은 모더니즘의 특징적 인식으로 지적된다. 한국 문학사에서 드러나는 모더니즘은 1930년대 중반 김기림, 정지용 등에 의해 주도된 이지적 모더니즘의 갈래와 30년대 중후반 이후에 전개되는 과격한 모더니즘의 갈래를 보여준다.24)김기림류의 모더니즘이 '의미의 형상화'로서의 문맥적 질서를 소중히 여긴다면, 이상류의 모더니즘은 '의미의 형상화'로서 문맥적 질서를 파괴하고 과격한 이미지의 패러독스/모호성/불확실성의 미학을 창출함으로써, 제1차 세계대전을 전후한 시기에 있어 유럽의 정신사가 보여주는 아방가르드적 현상을 노정 하는 것으로 평가된다.25) 여기에서 주로 시를 중심으로 이루어진 이상류의 급진적 모더니즘에 대한 분석을 그대로 최명익의 소설에 대입하기는 어렵다. 하지만 최명익의 작품을 통해 살펴본 세계인식, 세계가 수미 일관된 인과관계로 짜여 있다는 관념의 부정, 인간이 일관된 통합적 자아를 갖고 있다는 가정의 부정, 우연과 필연의 관계에 대한 재조명 등은 이상류의 급진적 모더니즘의 세계관과 유사한 양상을 보이고 있다.

이러한 동시대 모더니즘 작가들과 최명익 사이에 놓인 일치와 불일치는 어디에서 오는가. 결론부터 미리 말하자면 최명익 소설의 독특한 질감은 그의 소설이 예술사조로서의 모더니즘에 주목했다기 보다는 모더니티에 대한 비판을 더 우선시했다는 점에 기인한다. 따라서 그의 작업은 현실세계에 붙박여 있는 인물들을 통해 동시대를 드러내는 데에 일정한 성공을 거두고 있는 것이다. 달리 말하자면 그는 예술이나 지성을 특화시키

---

23) 조연현, 『문학과 사상』, 세계문학사, 1947, 66쪽.
24) 김준오, 「한국 모더니즘의 현단계」, 『현대 시사상1』, 고려원, 1988, 55쪽.
25) 박민수, 「현대시의 리얼리즘과 모더니즘」, 김용직 편, 앞의 책, 158쪽.

지 않고 그것에도 역시 거리를 둔 채로 현실과 분투했던 것이다. 하지만
미적 근대성으로서의 모더니즘이 근대성에 대한 비판운동이라면, 최명익
의 자리 역시 모더니즘에 놓여 있다고 보아야할 것이다.26) 근대화란 그
속도와 변화에 있어 이전 시기에 있어본 적 없던 광폭함을 그 특징으로
한다. 근대화의 결과 나타나는 인간 소외, 물신화의 현상은 이런 속도와
변화에 인간이 따라 가지 못함으로써 나타나는 것이다. 이런 현상은 근대
성이 '잘못' 구현된 데 있는 것이 아니라 근대성 그 자체에 기인한다. 이
런 점에서 최명익은 근대성 자체에 대한 비판적 태도로 현실에 접근하고
자한 것으로 판단된다.

3. 자동차, 병원, 기차, 시계: 근대 자본주의 일상

　1930년대 후반기에 이르러 제도로서의 근대는 정착되었다. 정착되었다
는 평가로 어떤 기점을 뜻하려는 것은 아니다. 다만 국가제도, 군사제도,
행정체계, 학교제도, 교통/통신 제도 등의 제도적 측면만을 기준으로 보자
면 한국의 근대적 제도는 이 시기 이후 별반 그 성격이 변하지 않았다는
점에서 제도로서의 근대의 정착을 이 시기에서 뚜렷이 볼 수 있다는 점을
부인하기는 어렵다는 것이다. 이러한 근대에 대한 작가의 태도가 어떠했
는가는 우선 근대문물에 대한 작가의 태도를 통해 접근할 수 있다.
　「봄과 신작로」는 작가가 전달하려는 것이 무엇인지가 지나치게 선명하
여 최명익의 다른 소설들과는 상당한 차이를 지니는 것으로 평가된다. 시

---

26) 야우스는 '계몽된 이성의 부단한 진보 및 곧 이루어질 승리에 대한 낙관주의적 신뢰
　　가 사회적 삶의 소외에 대한 인식으로 급격히 변했던 프랑스 계몽주의 내부의 시대
　　문턱'을 통해 모더니즘의 문화적 과정을 고찰하고 있다(Jauβ, H. R., Studien zum
　　Epochenwandel der ästhetichen Moderne, Frankfrut am Main: Suhurkamp, 1989, 김경식
　　옮김, 『미적 현대와 그 이후』, 문학동네, 1999, 94쪽.). 근대에 대한 열광과 환멸은 모
　　더니즘 미학의 한 근거이다.

기적으로「비오는 길」(1936), 「무성격자」(1937), 「역설」(1938) 이후이며 1939년「봄과 신작로」에 연달아「페어인」, 「심문」 등이 발표되기 전이다. 금녀는 농촌 공동체에 전적으로 파묻혀 있는 인물이었다. 친구 유감보다 훨씬 조신한 것으로 그려지는 이 인물의 욕망을 일깨우는 것은 평양에서 자동차를 몰고 온 운전수였다. 이러한 과정은 농촌이라는 봉건적 사회에 일방적으로 유입되었던 도시성은 그 공동체 안에 존재하는 공허한 인물의 내면을 급격하게 변화시키면서 무모한 열망으로 채우는 것으로 분석되기도 한다.27) 이후 금녀는 원인이 밝혀져 있지 않은 병으로 인해 죽고 만다. 주인공의 비극을 통해 드러나는 이러한 단적인 근대비판은 이전이나 이후 소설의 주인공들이 보여주는 흔들림과는 성격이 판이하게 다르다. 채호석은「봄과 신작로」의 비극은 근대와 전근대의 경계에서 오는 미성숙의 비극이며, 죽음의 원인은 욕망이 아니라, 욕망과 그 욕망이 펼쳐질 수 있는, 혹은 충족될 수 있는 세계에 대한 인식의 부재, 그리고 그 속에 있는 개인의 자기존재에 대한 의식, 곧 자기의식의 부재였다고 분석하고 있다.28) 하지만 작가의 주인공에 대한 태도에서 주인공에 대한 비판을 읽기는 힘들다. 작가는 다른 소설에서 유지하는 냉정함을 잃을 정도로 금녀의 순진성을 강조하고 있으며, 금녀는 건들거리는 트럭 운전사나 유감이와는 다른 인물로 전근대적인 농촌 공동체에 제대로 정착하고 있었다. 금녀와 시댁에서 기르던 송아지의 죽음은 모두 외부에서 온 병으로 인한 것이다. 이 소설의 마지막 장면에서 송아지의 죽음이 뱃속에서 발견된 아카시아에 의한 것으로 처리되면서 금녀의 상여를 든 마을 사람들은 '어떤 놈이 갖다 심었는지 미국서 예까지 와서 우리동네 소를 죽여! 어억울하지.' 라는 말을 나누며, 지나가는 자동차에게 '그놈의 병두 자동차 타구 왔다던가!'라고 외친다. 결국「봄과 신작로」의 비극은 개인의 미성숙이 아니라 기존의 공동체에 불쑥 침입한 외래적인 것에 의한 것이다. 이런

---

27) 김예림, 『최명익 소설 연구』, 연세대학교 국어국문학과 석사논문, 1994, 58쪽.
28) 채호석, 앞 책, 411~415쪽.

점에서 「봄과 신작로」에서 보이는 근대비판은 지나칠 정도로 자명하다.

> 내가 탄 특급의 속력을 무모로 느끼고, 뒤로 뒤로 달아나는 풍
> 경이 더 물러갈 수 없는 장벽에 부딪혀 한 폭 그림이 되고, 폐허
> 에 버려둔 듯한 열차의 사람들도 한 터치의 오일이 되고 말리라
> 고 망상하는 것은 한번도 가본 적이 없는 곳으로 달려가는 이 여
> 행의 스릴로서 내게는 다행일지언정 그리 경멸한 착각만은 아닌
> 듯 싶었다.
> 그러나, 나 역시 이렇게 빨리 달아나는 푼수로는 어느 때 어느
> 장벽에 부딪쳐서 어떤 풍속화나 혹은 인정극의 배경의 한 터치의
> 오일이 되고 마는지 예측할 수는 없을 것이다.(「심문」, 12쪽)

최혜실은 열차라는 근대문물에의 승차경험을 통해 '의식의 흐름에 중요
한 '방심상태'를 확보하여 '고백하는 자아의 마음의 분위기가 승차의 속
도감이 나타내는 심리로 구조화됨으로써 나름의 일관성을 획득하는 동시
에 인간 개개의 내면구조의 보편성을 제시'한다는 점에서 이 승차 모티프
를 최명익 소설의 중요한 형식적 기제로 설명하고 있다.[29] 열차를 통한
근대의 경험, 무모한 속도와 풍경으로부터의 빠른 결별은 주인공에게 여
행의 스릴, '거진 십분의 안전을 보장하는 모험이라 스릴을 향락하는 일
종의 관능유희'를 안겨준다. 허나 유희는 유희일 뿐이다. 다른 작품에서와
마찬가지로 여기서도 풍경이나 사람들이 갖는 관찰하는 자아와의 거리와
고립감이 강조되고 있을 뿐이다. 「무성격자」에서 이러한 결별의 속도감
은 정일과 문주를 반대방향의 기차에 태움으로써 가속되고 있다. 그 속도
가 공포로 표현되는 것은 그 속도가 끝내 자신도 그 풍속화에 들어가는
한 사물이 되게 만들 수도 있다는 점에 있다. 유희가 잠시 사물화와 소외
의 공포를 잊게 해 줄 수는 있으나 그것이 사물화와 소외에 대한 근본적
인 보호막일 수는 없는 것이다. 「장삼이사」에서는 소설의 배경으로 열차

---

29) 최혜실, 앞의 책, 189~198쪽.

가 등장한다. 열차 안에서 처음 만나는 사람들이 서로간의 과거와 내력을 알 수는 없는 일이다. 상호이해의 수단은 차림새가 주는 인상과 동승하는 시간 내에서만 관찰할 수 있는 행위일 뿐이다. 서로간의 몰염치와 몰이해를 낳는 이 익명성은 열차라는 근대문물이 가져다주는 것이다.

「무성격자」의 아버지 만수노인은 철저한 생활인으로 입원을 해서까지 재산문제로 역정을 내는 위인이다. 그는 한의에게서만 치료를 받다 '배에다 침을 맞고 부터는 암종이 궤양이 되고 암세포가 급속도로 전신에 전이된' 말기 암환자다. 최명익 소설에서의 생활인들의 특징은 전근대적 가치와 근대적 가치가 그들 내부에 극히 혼돈스럽게 내장되어 있다는 점이다. 「비오는 길」의 생활인 이칠성은 '열세살부터 10여년동안 그의 적공은 그의 사진술(?)과, 지금 병일의 눈에 보이는 이 독자적인 사업'으로 나타나는 근대 자본주의의 세속인이다. 하지만 그는 동시에 '서문의 문지기 구렁이가 헌신을 했다'는 이야기를 전하며 '금년에는 비가 많이 올 것'이리는 근거 없는 얘기를 하는 인물이다. 「무성격자」의 만수 노인은 치밀한 계산과 근면으로 재산 축적에 있어서 성공을 거두어 근대와 화해롭게 공존하는 듯이 보이며 아들 정일에게는 그의 돈에 대한 집착은 흉물스러운 것으로 관찰된다. 반면 다른 생활감각에서 그는 여전히 전근대인으로 신식의사가 있는 병원을 거부하고 전근대적인 한의에 기대다가 죽음을 자초한다. 하지만 신식병원이 그를 살려낸 것은 아니다. 신식병원에서 아버지는 산채로 죽어가며, 정일에 의해 그 과정의 비참함 또한 상세히 관찰된다. 병원이나 한의 모두 만수노인의 죽음에 관계한다는 점에서 근대성이나 반근대성 어디에도 긍정적인 의미를 부여하지 않는 최명익 특유의 방법론이 나타난다. 그것은 결핵환자인 문주가 건강에 자신이 있을 때는 같이 죽자고 하며, 건강이 좋지 못할 때는 왜 같이 살자는 말을 못하느냐고 따지는 태도와 같다. 최명익은 근대의 문물을 즐기면서 그 근대의 처참함을 드러내고 전근대의 파행성을 보면서는 다시 근대에 일종의 희망을 드러내는 인물들을 통해 당대 사회의 모호성을 드러내고 있는 것이다.

「심문」의 여옥의 시계장난은 명일에게 '시간이라는 추상적 관념을 걸어가는 치차(톱니바퀴)에 신비를 느끼려는 것이 아니라, 밤새도록 심장을 들을 사내의 가슴속이나 머릿속을 들여다보고 싶은 요망스러운 잔인성'으로 인식된다. 「무성격자」에서도 시계는 잔인한 것이다. 정일은 '차를 기다리는 3분도 안되는 동안에 여러 번 시계를 꺼내 본 모양이었다. 몇번째인가 또 시계를 꺼내 보았을 때 히스테릭한 문주의 웃음소리'가 터져 나온다. 앞의 예가 시간의 객관적 도량인 시계의 째깍거림으로 인간을 제도하려는 잔인성이라면, 뒤의 예는 시간의 객관적 도량 자체가 가지는 잔인성이다. 전체로서의 인간이 똑같은 시계축에서 움직이고 있다는 가정은 근대가 이루어지기 위한 가장 기본적인 토대이다.[30] 근대이성은 넘어서서나 모자라는 주관적이고 공동체적인 시간을 똑같은 것이라고 가정하며, 그 사이에서 생겨나는 격차는 개인들에게 압력으로 작용하게 된다. 최명익에게 그 압력은 '잔인성'으로 인식된다. 열차라는 근대문물을 접하는 시선도 이런 측면에서는 마찬가지이다. 열차의 속도감은 잔인성으로 돌변할 가능성을 가지며 개인의 존재를 순간 사라져버리게 할 수도 있는 것이다.

이와같이 극단적 근대부정, 근대성과 전근대성의 혼용으로 인한 독특한 생활세계의 모습, 근대문명에 대한 성찰에 이르기까지 근대 자본주의 일상을 바라보는 최명익의 시선은 다양하다. 일상에서 전근대적인 것을 몰아냄으로써 근대를 달성하려고 했던 이광수 등의 계몽적 문화주의 담론은 근대 자본주의 일상의 안착을 일종의 '소망스러운 것'으로 보아왔다. 일제 전반기 문학의 중요한 축인 이러한 계몽주의적 흐름에서 어떤 근대이어야하느냐에 따라 다양한 변주는 있었지만 근대 그 자체의 성격에 대한 비판은 그 주조가 아니었다. 하지만 최명익의 작품들에 이르면 근대적인 것에 대한 일종의 거리두기를 감지할 수 있다. 물론 일제후반기라는

---

30) Anderson, B., Imasined Communities, LOndon: Verso, 1991, 윤형숙 옮김, 『민족주의의 기원과 전파』, 나남.

시기에 이러한 근대적인 것에 대한 거리두기가 최명익에게서만 나타난 것은 아니다. 우선 앞서의 친일문학론등은 근대를 서양근대로 축소시키며 그에 대항한 아시아주의를 주장했다. 다음으로 이태준, 정지용 등 과거 구인회의 구성원들이 주도적으로 이끈 『문장』지의 근대비판을 들 수 있다.

일제 후반기에 있어 『문장』지(1939. 2-1941.1)가 보여준 동양 고전에의 회귀는 '그들의 미학적 실험이란 어설픈 서구의 옷자락 귀퉁이일 뿐이었고, 근대화만이 식민지배로부터 벗어날 수 있다는 논리 속에는 동시에 그 것이야말로 식민 종속의 연장임'31)을 깨닫기 시작한데서 출발한다. 이러한 문학사적 흐름을 고려한다면 최명익에게서 나타나는 근대비판이 새삼스러운 것은 아니다. 문제는 그 근대비판의 방향이 어떤 것에 있었는가이다. 최명익 문학의 독자성은 근대를 비판했다는 데 있는 것이 아니라 근대를 비판하면서 전근대로 환원하지는 않았다는 점에 있다. 대개의 작가와 평론가들이 추상적인 수준에서 근대를 비판하며 친일의 길로 나아가거나 과거의 전통, 조선인의 독자성, 옛 것의 아름다움으로 나아가고 있을 때 최명익은 그러나 그것이 돌이킬 수는 없다는 것을 일상을 통해 드러내고 있다. 앞서 살펴본 것처럼 인물들의 의식과 일상은 이미 근대인의 그 것이며 자본주의 근대일상은 외래적인 것으로 존재하기 전에 이미 인물들 자신이다. 그렇다면 여기에서 근대비판은 철저히 근대에 입각해서 이루어져야 하는 것이다.

4. 희망의 근거

그같이 음산하게 벌어져 있는 현실은 산문적이면서도, 그 산문

---

31) 이명희, 「『문장』이 보여준 '전통'의 의미와 의의」, 상허문학회, 『1930년대 후반 문학의 근대성과 자기성찰』, 깊은샘, 1998, 389쪽.

적 현실 속에는 일관하여 흐르고 있는 어떤 힘찬 리듬이 보이는
듯 하였다. 그리고 그 리듬은 엄숙한 비관의 힘으로 변하여 병일
의 가슴을 답답하게 누르는 듯 하였다.(「비오는 길」, 123-124쪽)

　자기와 그 책 사이를 이어가기에는 너무나 큰 미싱링크가 있음
을 발견할 뿐이었다. 그 책을 다시 제자리에 채우고 서가를 쳐다
볼 때에는 술에 부른 지방덩어리인 몸으로 아무리 부딪쳐도 도저
히 무너뜨릴 수 없는 장벽을 대한 듯이 답답함을 느끼었다. (「무
성격자」, 72쪽)

　최명익의 인물들은 결국 생활의 세계를 바라보면서도, 지성의 세계를
바라보면서도 답답함을 느낄 따름이다. 우리의 경우 근대화란 식민체제에
의해 달성된 것이었다. 식민지 근대자본주의란 근대성의 부정적인 측면이
최대한 확장될 수 있는 체제였다. 사회적 합의는 이루어지지도 않은 채,
더군다나 개인들은 그 수행의 주체에서 배제된 채로 이루어진 식민지 근
대화란 근대화의 부작용들을 최대로 부풀리게 된다. 근대화 자체의 배제
의 논리만이 아니라 민족적 차이에 의한 배제의 논리까지 관철됨으로써
그 배제의 논리는 극대화되는 것이다. 또한 근대국민국가의 형성을 배경
으로 나타나는 전체주의의 논리는 근대성 그 자체에 내장되어 있는 것이
다.32) 30년대 후반에 이르면 조선민족이 조선국가가 될 수도 있다는 가능
성이 점점 희미해지면서 근대초극론, 대동아 공영권 등의 제국주의적 전
체주의 논리가 횡행하게 된다. 최명익 소설의 한 장면, 근 2년을 근무하면
서도 보증인이 없다는 이유로 일본인 주인의 신임을 받지 못한다는 기술

---

32) 근대성과 전체주의의 친연성을 밝히는 것은 『계몽의 변증법』의 한 주제였다. '계몽
　의 이상은 세부에 이르기까지 모든 것을 도출할 수 있는 체계다.....통일성을 추구하
　는 학문의 구조는 언제나 동일한 것이다.....보편과학에 대한 베이컨의 요구는...'결합
　될 수 없는 것'에 적대적이었다. Horkheimer, M.·Adorno, T.W., Dialektik der
　Aufklärung, Frankfurt am Main: Fisher Taschenbuch Verlag, 1969, 김유동·주경식·이
　상훈 옮김, 『계몽의 변증법』, 문예출판사, 28쪽.

은 이제 구분의 근거로서 주인과 직원의 관계가 일본인과 조선인이라는 도식을 앞섰음을 보여주고 있다. 일본인과 조선인이 주인과 직원의 관계로 맺어질 수밖에 없다는 사실이 시대적 배경이라면, 신원보증인만 구하면 주인의 감시의 시선을 피할 수 있다는 것은 주인공이 처한 현실이다. 그것이 계몽의 목적을 띠었건 민족해방의 과제를 제시했건 간에 일제 전반기에 창작된 소설들이 강력히 내보였던 현실인식, 식민지라는 현실은 이제 전면에 나서기보다는 가리워진 배경으로 드러나게 된다.

이 지점에서 이 시기 지식인, 지성의 풍경은 어떠했는가를 고찰할 필요가 있다. 식민지라는 현실이 후경화되면서 아시아주의의 환상에 빠져 근대초극론, 황민화론, 내선일체론 등으로 자신의 주체를 확보하려던 일제 후반기의 노골화된 친일문학에서 가장 두드러진 것은 통합의 논리와 안일한 낙관주의였다.[33] 그 한 예로 근대초극론의 논자이자 작가였던 김남천이 『사랑의 수족관』(1939.8-1940.3)에서 제국대학 출신의 토목기사로 신념에 찬 젊은 기술자인 김광호에 호의적인 시선을 던지면서 '새로운 대주체인 '동양' 논리로의 귀속을 통해 심리적 안정을 추구한 전향의 코스가 도달한 한 지점'[34]을 보여주고 있다는 평가는 이 시기 친일문학의 건강하고 낙관적인 도착적 분위기를 밝히고 있다.

1930년대 말에 이르러 문학계에서는 대부분의 논자들이 친일의 논리를 내세우게 되며, 1940년에는 『동아일보』, 『조선일보』가 강제 폐간을 당하고 『문장』, 『인문평론』, 『신세기』가 강제 폐간되며, 그 대신 황도정신에 입각한 『국민문학』지가 간행된다.[35] 『국민문학』의 발행인이었던 인문사

---

33) 송민호는 내선일체의 한 형식으로 조선인과 일본인의 연애와 결혼의 문제를 다루고 있는 이광수의 「그들의 사랑」(1941. 1-3), 이효석의 「아자미의 장」(『국민문학』, 1941. 11) 등의 '내선일체의 황도문학'이 결국 미완으로 끝나는 것을 안일한 낙관주의에 사로잡혀 내선일체의 문제를 피상적으로 처리하는 데 기인하는 것으로 분석하고 있다. 송민호, 『일제말 암흑기 문학연구』, 새문사, 1989, 167~172쪽.
34) 김철, 「'근대의 초극', 『낭비』 그리고 베네치아」, 민족문학사연구 18호, 2001, 391-393쪽.
35) 김윤식, 『한일문학의 관련양상』, 일지사, 1974, 108쪽.

의 최재서는 「시대적 통제와 예지」(『조선일보』, 1935. 8. 25)에서 이미 '인간성은 개인적 의식의 불안정성으로 인해 일반성의 통일을 요구하는 것'이라는 전체주의의 경사를 내보였으며, 이후 그는 지성과 논리를 포기하고 그것을 신념과 태도로 대체시킨 '신체제 문학'의 이데올로그의 길로 달려갔다.36) 그 외에 동양 신질서로 대동아협동체의 논리를 인정한 카프 비해소파였던 안함광의 경우나(「조선문학의 진로」, 『동아일보』, 1939. 11. 30-12. 8),37) '변증법적 유물론이라는 마르크스주의의 교의를 통해 현실을 재단하던 관념적 주체에 '근대초극론'과 '황민화론'을 가져다 놓은(「시대적 우연의 수리」, 1938. 12, 「이상의 필요성」(1938. 12)) 백철의 경우'38)도 이러한 논리는 마찬가지였다. 이 시기에 이르러 대부분의 문학자들이 근대초극론, 대동아공영권 등의 논리를 받아들이게 된다. 이러한 문학자들의 친일의 경로는 결국 '자기동일성을 갖지 못했던 관념적 주체가 전도된 형태의 거짓 자발성에 시종함으로써, 제국주의 하에서의 근대적 주체형성에 하나의 부정적인 선례를 남긴' 것이다.39) 최재서의 경우에서 보이는 것처럼 이제 서양 인문학이나 지성의 수용은 이들에게 무용한 것으로 비추어지며 국민문학의 논리에 따른 작품의 창작이 독려되기에 이른 것이다. 이러한 주체의 재구성논리로 세워진 전체주의는 일본 전향 지식인의 논리와 같은 것이었다. 이들은 자신이 일본인이라는 것을 발견함으로써 마르크스주의에서 벗어났음을 내세운다. 사노, 나베야마, 하야시 등의 전향자들은 일본적인 것을 강조함으로써 자유주의, 기독교 등을 포함하는 일체의 '서양적인 것'에 대한 배척과 일본 국체의 선봉으로 나아가게 된

36) 최재서의 논리적 변화는 임환모, 『문학적 이념과 비평적 지성』, 태학사, 1993, 280~284쪽 참조.
37) 김효석, 「일관성과 실리의 비평정신-안함광의 문학비평」, 문학과 비평 연구회, 『1930년대 문학과 근대체험』, 347~350쪽.
38) 김철, 「친일문학론: 근대적 주체의 형성과 관련하여-이광수와 백철의 경우」, 『국문학을 넘어서』, 국학자료원, 2000, 109~111쪽.
39) 김철, 앞의 글, 111쪽.

다.40) 그렇다면 다시 최명익 소설에 나타나는 지성의 의미는 무엇일까. 최명익은 「조망문단기」(『조광』, 1939. 4)에서 '나는 우리 문단과는 경성-평양간의 거리를 두고 있다'고 발언한 바 있다. 경성의 중앙문단이 자발성을 띤 친일 논리로 근대초극론, 대동아 공영론, 아시아주의 등을 표방하면서 전체주의의 논리를 완성해 나갈 때, 최명익 소설에서의 주인공들의 자아는 여전히 분열을 지속해 나갔다. 친일의 논리는 주체의 균열을 메우기에 가장 적합한 논리로 이 시기 지식인들에게는 작용했다. 아시아주의라는 비약의 논리는 조선과 일본의 간격을 무화시켜 식민지 현실의 문제에서 눈을 돌리게 하였으며 근대화의 뒤쳐짐에서 나오는 비서구인으로서의 열등감은 서양적인 것을 극복해나가야할 것으로 배격하고 아시아적 특수성을 강조하기에 이른다.

최명익에게는 이러한 투항이 어려웠을 뿐만 아니라 이런 당대 지성의 모습은 답답한 것이었다. 이러한 당대 지성에 대한 비판은 「심문」에서 관찰자의 입장에서 그려지고 있는 전향자 현혁에게서도 드러난다. 현혁이 여옥을 아편중독의 길로 들어서게 하는 논리란 다음과 같다.

> 그것은 역사적 결론의 예측이나 이상은 언제나 역사적으로 그 오류가 증명되어 왔고, 진리는 오직 과거로만 입증되는 것이므로, 현재나 더욱이 미래는 있을 수 없다는 것이다. 그러므로 사람의 생활은 그런 이상을 목표로 한다거나, 그런 진리라는 관념의 규제를 받아야 할 의무도 없을 것이요 따라서 엄숙하달 것도 없는 것이다.....그러기에는 아편 연기 속에서 지난 꿈을 전망하는 것이 얼마나 황홀하고 행복스러운지 모른다.(「심문」, 38쪽)

한때는 '이론분자'이자 '활동가'로 활동했던 현혁은 이제 애인 여옥에 기생하며 아편중독에 빠져 있는 인물이다. 현재나 미래 같은 알 수 없는 것에 매달릴 필요도 없고, 이상이나 진리 같은 것도 별반 대단하달 것이

---

40) 이경훈, 「전향소설론」, 『어떤 백년, 즐거운 신생』, 하늘연못, 1999, 301쪽.

없다. 해서 그는 마약을 통해 지난 시간으로 돌아가 그 당시의 꿈을 즐긴다는 것이다. 이 지독한 회의주의도 당대 지성의 모습이었다. 지식인들이 친일로 전향의 논리를 세워갈 정도로 두려워했던 것은 패배로 인한 자포자기와 이러한 회의였던 것이다.

그렇다면 존재의 분열, 세계의 비가시성, 무의식과 꿈의 세계를 그대로 드러내고 있는 최명익의 소설과 현혁의 이와 같은 패배의식, 회의주의와의 거리는 어떠한가.

> 옴두꺼비는 지금 무덤 속에 들어간 채로 오랜 동안의 동면을 시작할 작정인지도 모를 것이다. 동면이란 꿈을 먹고 사는 것이 아닐까? 동면 기간의 양식이 되는 꿈은 그의 생활기인 봄, 여름, 가을 동안에 축적한 생활경험의 재음미일 것이다. 그러한 재음미로써 낡은 껍질을 벗고 새로운 꿈으로 새봄을 맞으려는 꿈은 결코 악몽이 아닐 것이라고 문일은 생각했다.(「역설」, 63-64쪽)

최명익의 소설들 곳곳에 이와 같은 희망의 문구가 자주 발견된다. 이러한 의지를 표명한다고 해서 주인공이 이후 생활세계에서 혁혁한 변화를 보이는 것은 아니다. 이러한 구절은 전반적인 정조에서 벗어나 소설의 통일성을 의문시하게까지 한다. 하지만 대부분의 소설들에 있는 이러한 희망의 장치가 일종의 일관성을 가짐으로써 빚어내는 의미는 1930년대 후반기와 대면한 최명익의 의식을 잘 드러내고 있다. 「비오는 길」에서 그것은 어린 기생의 '콤비한 생활고의 독백'에서 느끼는 '의액이 풀잎같은 청기나 날카로움'으로 나타나며, 「심문」에서는 '어머니의 젖가슴같이 너그러우면서도 이지적으로 맑은 아내의 인당', '한 초점으로 통일된 의식과 순화한 정서로 맺힌 맑은 눈물', 「무성격자」에서는 생활인의 논리를 담당하는 아버지의 '동경에 찬 황홀한 눈' 등으로 나타나고 있다. 이같은 희망의 근거는 생활세계에 기반하고 있다는 것을 그 공통점으로 하고 있다. 「무성격자」는 지식인의 비생산성, 우유부단함이 생활인의 속물성, 의지와 극적으로 대립되고 있는 소설이다. 만수노인의 죽음의 반대편에 놓인 것은 '물'과 물에 대한 아버지의 갈망이다. 그 갈망에서 정일은 황홀함마저 느낀다. 하지만 이러한 생활세계에 대해 거는 희망의 반대편에는 생활세계의 추악함과 생활에 의한 가위눌림 등이 있다. 대부분의 주인공들은 생활로 표현되는 것들에 가위눌려 있으며, 생활에 대비되는 위치에서 그 의미를 확보하고 있다. 여기서 최명익의 독특한 태도가 나온다. 대부분의 소설이 가지는 생활인 대 지식인의 구도는 어느 한 편에 일방적인 우세가 주어져 있는 것이 아니다. 생활세계는 그야말로 식민지근대 자본주의의 타락상의 극치이다. 그곳은 화폐와 마약, 병, 죽음, 불신, 가난, 무지, 탐욕, 뻔뻔함이 놓여 있는 곳이다. 이런 점에서 가치는 분명 지식인에게 있는 듯도 하다. 하지만 지식인은 생활세계에서 아무 역할도 하지 못하며, 그의 지성이란 세계를 이해하는 데 도움이 되는 것이 아니라 세계와의 벽을 쌓는 데 도움이 될 뿐이다. 최명익의 인물들은 여전히 구멍을 메울 의지도 분열을 '초극'할 의지도 내비치지 않는다. '갱생을 위하여 따라 나서기보다, 이렇게 죽어가는 것이 여옥이의 여옥이다운 운명'인 것이다. 여기서 인용의 '생활경험의 재음미'가 무엇을 뜻하는가를 살펴볼 필요가 있다. 재음미란 지성의 존재를 필요로 하며, 지성은 이러한 생활경험의 재음미를 통해서만 그 존재의의를 가질 것이다. 2장 분열의 근거에서 상술한 바와 같이 생활과 지성에 대한 이러한 애증병존의 독특한 자세를 유지하는 것, 바로 그것이 일제후반기에 최명익 소설이 가지는 의의일 것이다.

5. 구멍은 구멍이다

구멍을 구멍으로 인식하지 않으려면 그 빈자리에 무엇인가를 채워 놓을 수밖에 없다. 일제 후반기에 발표되었던 친일문학들은 그 자리를 모종의 환상들로 채워넣은 채, 미래에 대한 낙관적 태도로 명랑한 정조마저 보일 수 있었다. 물론 그러한 균열의 봉합은 쉽지 않다. 신문과 잡지를 통해 구축된 친일의 논리가 문학작품들에서도 행복하게 안착되었던 것은 아니다. 이러한 시대에 처한 최명익의 소설은 시대와 화합하는 지성과도, 식민지 근대 자본주의로 급속히 재편되어 가는 생활세계와도 화해할 수 없는 것이었다. 다만 그는 '생활경험의 재음미' 등의 성찰의 제고에 그의 희망의 근거를 놓아두고 있는 것으로 보인다. 시대의 지성과 생활세계에 대한 그의 독특한 자세도 여기에 근거한다. 재음미가 필요하다는 점에서 지성의 역할을 부정할 수도, 생활경험에서 출발하여야한다는 점에서 생활세계를 부정할 수도 없는 것이다. 근대에 대한 그의 자세도 마찬가지이다. 이미 근대는 부정할 수 없는 것이지만 근대의 잔인성을 묵과할 수도 없는 일이었다. 여기서 주목해야할 것은 근대에 대한 비판을 하고 있는 그의 자세가 전적으로 근대적인 것이라는 점이다. 최명익의 경우 근대 비판이 전근대로 안착되거나 친일의 논리로 나아가지 않은 것은 그것이 근대인에 의한 근대일상 비판이었다는 점과 그가 근대일상으로의 조직화라는 만만치 않은 시대적 힘을 무시하지 않았다는 데에서 기인하는 것으로 보인다. 그가 그리는 인물들은 어느정도 지식인적 취향과 배경을 보여주고 있지만 생활인의 면모 또한 띠고 있다. 이 인물들에게 두드러지는 것은 고립감과 방향의 상실이라는 정조이다. 끊임없이 타인을 관찰하고 관계를 맺어가기는 하지만 인물들 사이에 영속적인 유대감은 존재하지 않는다. 이런 점에서 최명익의 소설들은 근대문물과 근대제도, 근대적인 의식에 의해 전근대적 공동체가 붕괴된 후 나타나는 이러한 인간관계의 익명화, 소외, 파편화에 대한 비판을 식민지 근대자본주의라는 시대의식 하에 보여주고 있는 것으로 평가될 수 있을 것이다.

참고문헌

강상희, 「구인회와 박태원의 문학관」, 『박태원 소설 연구』, 깊은샘, 1995.

김예림, 『최명익 소설 연구』, 연세대학교 국어국문학과, 1994.

김윤식, 『한일문학의 관련 양상』, 일지사, 1974.

_____, 『한국 현대 현실주의 소설 연구』, 문학과 지성사, 1990.

김준오, 「한국 모더니즘의 현단계, 『현대 시사상1』, 고려원, 1988.

김 철, 「'근대의 초극', 「낭비」 그리고 베네치아」, 민족 문학사연구 18호, 2001.

_____, 「친일문학론: 근대적 주체의 형성과 관련하여-이광수와 백철의 경우」, 『국문학을 넘어서』, 국학자료원, 2000.

김효석, 「일관성과 실리의 비평정신-안함광의 문학비평, 문학과 비평 연구회, 『1930년대 문학과 근대체험』, 1999.

류보선, 「환멸과 반성, 혹은 1930년대 후반기 문학이 다다른 자리, 『민족문학사연구』4호, 창작과 비평사, 1993.

문흥술, 「1930년대 소설과 모더니즘-이상 소설과 박태원 소설을 중심으로」, 김용직 편, 『모더니즘 연구』, 자유세계사, 1993.

박민수, 「현대시의 리얼리즘과 모더니즘」, 김용직 편, 『모더니즘 연구』, 자유세계사, 1993.

박헌호, 『이태준과 한국 근대소설의 성격』, 소명출판사, 1999.

백 철, 『한국신문학 발달사』, 박영사, 1975

서준섭, 「한국문학에서의 모더니즘」, 김윤식 외, 『한국 문학의 리얼리즘과 모더니즘』, 민음사, 1989.

송민호, 『일제말 암흑기 문학연구』, 새문사, 1989.

이경훈, 「전향소설론」, 『어떤 백년, 즐거운 신생』, 하늘연못, 1999.

이수형, 「최명익론: 이데올로기 비판적 의식을 중심으로」, 문학사와 비평 연구회, 『한국 근대문학 연구의 반성과 새로운 모색』, 새미, 1997.

이명희, 「『문장』이 보여준 '전통'의 의미와 의의」, 상허문학회, 『1930년대 후반 문학의 근대성과 자기성찰』, 깊은샘, 1998.

임환모, 『문학적 이념과 비평적 지성』, 태학사, 1993.

조남현, 『우리소설의 판과 틀』, 서울대 출판부, 1991.

조연현, 「자의식의 비극」, 『백민』, 1949. 1.

＿＿＿, 『문학과 사상』, 세계문학사, 1947.

채호석, 『한국 근대문학과 계몽의 서사』, 소명출판사, 1999.

천이두, 『한국 현대소설론』, 형설출판사, 1985.

최혜실, 『한국 모더니즘 소설 연구』, 민지사, 1992.

Anderson, B., *Imagined Communities*, London: Verso, 1991, 윤현숙 옮김, 『민족주의의 기원과 전파』, 나남.

Giddens, A., *The Consequences of Modernity*, Cambridge: Polity, 1990, 이윤희 · 이현희 옮김, 『포스트 모더니티』, 민영사.

＿＿＿, *Modernity and Self-Identify*, Cambridge: Polity, 1991, 권기돈 옮김, 『현대성과 자아정체성』, 새물결.

Habermas, J., *Der Philosophische Kiskurs der Moderne*, Frankfurt am Main: Suhurkamp, 1989, 이진우 옮김, 『현대성의 철학적 담론』, 문예출판사.

Horkheimer, M. · Adornon, T. W., *Dialektik der Aufklärung, Frankfurt am Main*: Fisher Taschenbuch Verlag, 1969, 김유동 · 주경식 · 이상훈 옮김, 『계몽의 변증법』, 문예출판사.

Jau β, H. R., *Studien zum Epochenwandel der ästhetichen Moderne*, Frankfurt am Main: Suhurkamp, 1989, 김경식 옮김, 『미적 현대와 그 이후』, 문학동네.

Lash, S. · Friedman, J.(eds.), *Modernity and Identity*, Oxford, UK: Blackwell, 1992, 윤호병 외 옮김, 『현대성과 정체성』, 현대미학사.

참고자료

『한국 해금 문학 전집-12 최명익 유항림 허준』, 삼성출판사, 1989.

A study on Choi Myung-Ik's Novel

Sung, Ji-Yeon

The Latter Japanese Colonial Rule[41] was a field that various streams of literary experiment were evoked. In case of literary criticism this period was conceptualized as Transitional Period, Ideological Conversion Period, and Seeking Period. The novel writer's in this period also showed varieties of forms and contents of novel writing. Choi Myung-Ik was a novel writer who wrote and published his novel in this period. When focusing on his novels, it is demanded to focus on the meaning of this period. This period can be seen as a period that Japanese Colonialism and modern capitalism was settled. The studies of literature on this period has Focused on the violent suppression by Japanese Colonial Rule, so the standard of evaluation has been the aspects of the novel's response to Japanese Colonial Rule. But This kinds of perspective have forbidden us to focus on the various aspects of literature's reaction to its surroundings and literary environment. Because modern society is constituted with many social systems, and has complecated dynamics the reaction of novel can show various aspects.

---

41) As a period, The Latter doesn't have elaborated deffinition. In this study, It degignates the literature-focused period from the collape of KAPF(1935) to the end of Japanese Colonial Rule(1945).

In Choi Myung-Ik's Novel the Japanese Colonial Rule became back-scene and the main themes of his novel focused on the modernization of Cho-Sun and the fragility of colonized Third world intellectual's identity. So, his novel Shows what is the meaning of modernization to such a subject. The character's inner and outside conflicts comes from some kind of mixtured situation and by showing that the writer examines his own age. The very achivement of Choi Myung-Ik's Novel is that it suggests no united visions to its age. The "Koo-Mung(hole)"is seen just as "Koo-Mung(hole)." Comparing to other writers and critics who tried to suggests united visions or to throw oneself to Something(it could be Japanese Colonial Rule, restoration or some kinds of nayionalim, East-Asienism, and so on), the fractured vision of Choi Myung-Ik's Novel has its own merit.

1950년대 박경리 단편소설 연구

이승윤*

```
1. 1950년대와 박경리
2. 私的 체험의 보편적 진실
3. 폭력적 현실과 소외로의 지향
4. 또 다른 타자, 소외된 남성상
5. 남은 문제들
```

1. 1950년대와 박경리

한국사에서 1950년대는 비극의 시기로 기록된다. 비극의 발단은 1945년 일제로부터의 해방이 민족의 자주적이며 통일된 독립으로 발전되지 못하고 남과 북으로 분단되는 현실에 기인한다. 해방 이후부터 전개된 계급투쟁과 이념투쟁은 전쟁으로 인해 종결되며, '민족 단일 국가'로의 희망 또한 전쟁으로 인해 붕괴되기에 이른다. 요컨대 해방전후사에 연결되는 1950년대는 한국전쟁을 거치며 남북분단의 현실이 더욱 고정화되고 영속화되는 시기였으며, 미국을 중심으로 한 세계자본주의 체제에 급속히 편입되던 시기였다. 특히 전쟁을 통해 재편된 관료주의는 통치이념을 확고하게 하기 위해 반공 이데올로기를 더욱 강화시켰으며, 문학사의 경우에도 이후 오랫동안 월북작가는 물론 20, 30년대 카프계열의 문학마저도 불온시 내지는 금기시하게 된다.

---

* 연세대 강사

한국문학사에서 1950년 한국전쟁 발발 후 1960년까지의 4·19 혁명까지 약 10년여에 걸친 이 시기는 크게 보아 전란 시기와 전후 문학시기로 나누어 볼 수 있다. 3년여의 걸친 전쟁 기간 중의 문학이 전쟁을 독려하는 목적문학과 피난지의 절망과 무력감을 다룬 문학이 대부분의 경우였다면, 이른바 전후의 문학은 변화된 상황 속에서 좀 더 다양한 층위의 작품들이 산출되기에 이른다. 즉 1950년대 남한의 사회, 경제적인 모순과 이데올로기적인 억압은 작가들로 하여금 역사현실을 외면하고 막연한 순수성으로의 지향을 표방하는 추상적 경향으로 나아가게 하거나, 통속적인 문학에 빠져들게 하였다. 당시에 서구에서 풍미했던 실존주의의 유입과 관념적인 경향 또한 이 시기 중요한 흐름으로 대두되기에 이른다. 특히 1955년 이후 『현대문학』과 『문학예술』, 『자유문학』 등이 속속 창간 혹은 복간되면서, 손창섭, 장용학, 김성한, 오상원, 이범선 등 이른바 신세대 작가군들이 대거 등장은1) 기존 문단의 지형도를 여러 방향과 성격으로 재편하는 계기가 된다.

박경리 또한 1955년 8월 『현대문학』에 「계산」이 추천되면서 문단에 등장한다. 시기적으로는 이른바 신세대 작가군들의 대두와 때를 같이 하고 있다. 하지만 작가 박경리의 작품 활동은 다른 신세대 작가들의 성향과는 다른 지점에 놓여 있다. 신세대 작가군들의 최대공약수라 할 수 있는 '기

---

1) 1950년대 문학의 특성을 논할 때 빠지지 않고 언급되는 것이 구세대 작가군들에 대응하는 신세대 작가군들의 등장과 이들의 활동이다. 하지만 50년대의 작가와 비평가들을 신구세대로 구분하여, 세대별로 현실인식이나 문학의식에 어떤 차이를 나타내는가를 살펴보려는 세대론적 접근태도는 당대의 문학적 경향을 해명하는데 '편리한' 방법이 될 수 있을지는 몰라도, 신세대 작가들과 비평가들의 다양한 스펙트럼을 성급하게 규정해버리고 일반화 시켜버릴 수 있다는 점에서 '유일한' 방법이라고는 할 수 없을 것이다. 한수영, 「1950년대 문학의 재인식」, 『문학과 현실의 변증법』, 국학자료원, 1997 참조. 한편 김윤식은 전후문학과 관련하여 세대단위의 역사인식을 강조하며, 6·25를 가운데 두고 구세대, 체험세대, 유년기 체험세대, 미체험 세대로 나누어 각 세대의 특질들을 설명하고 있다. 김윤식, 「우리 현대 문학사의 연속성」, 『한국 현대 현실주의 소설 연구』, 문학과지성사, 1990, 344~354 쪽.

성의 문학정신과 방법에 대한 부정'에 대한 인식이나 활동이 박경리에게 는 뚜렷하게 등장하지 않으며, 오히려 자신만의 독창적인 문학세계를 펼쳐 보인다. 당대의 비평가들에게 작가 박경리는 신세대작가로서 보다는 오히려 '여류작가'로서의 예외적 위치와, 작품 속 여성 주인공과 작가의 체험과의 관련이 관심의 초점이 되곤 했다. 이른바 '사소설 작가'라는 혐의도 여기에서 비롯된다고 할 수 있을 것이다.

일반 독자와 연구자들에게 작가 박경리는 『토지』의 작가로 다가온다. 작가 박경리의 이름 뒤에는 늘 '『土地』의 작가'라는 수사(修辭)가 따라다닌다. 『土地』가 우리 문학사에서 차지하는 위치로 보나, 작가 개인의 창작 생활 중 절반 이상이 이 작품에 집중되어 있음을 상기할 때 이러한 진술은 단지 수사의 차원이 아님을 알 수 있다. 작가 박경리 또한 『土地』이전의 모든 작품은 습작이었다고 밝힌 바 있는 만큼[2] 『土地』는 박경리 문학의 결정으로 모든 사상과 문학적 창조성이 응집되어 있다고 할 수 있을 것이다.

하지만 같은 이유로 해서 『土地』이외의 다른 작품들은 상대적으로 연구자들로부터 홀대받아 왔음을 부인할 수 없다. 특히 본고에서 다루려고 하는 1950년대의 박경리 문학에 대한 연구는 간헐적으로 진행된 몇몇 연구들을 제외하곤 대개의 박경리론에서 사정권 밖에 놓여 있음을 확인할 수 있다. 또한 그 동안 대부분의 연구 결과들이 "『土地』를 전제로 한" 50년대 단편에 초점이 맞춰짐으로써, 동시대 작품들과의 관련 속에서 박경리의 "50년대 단편"을 조명해 보는 자리는 상대적으로 협소할 수밖에 없었다. 한 작가의 초기 작품들이 이후에 창작될 작품의 주제 의식 및 미학적 특질을 예고하는 여러 요소들을 담지하고 있다고 할 때, 이러한 기초공사의 부실은 이후의 연구에도 하나의 부담으로 작용할 수 있다. 특히 박경리와 같이 작품 확장의 폭이 넓은 경우[3]에는 초기 작품에 대한 세밀

---

2) 박경리, 「마지막 습작을 위해」, 『Q씨에게』(지식산업사, 1981) 404쪽.
3) 김치수는 초기의 개인적인 불행을 다룬 단편으로부터 출발한 박경리의 작품 세계가

한 천착이 전체 작품 세계를 이해하는데 매우 중요한 역할을 한다.

박경리는 1955년 8월 『현대문학』에 단편 「計算」이 추천되면서 작품 활동을 시작하여, 지금까지 『土地』를 포함하여 약 30여 편의 중·장편과 40여 편의 단편을 발표하였고, 이 외에 시집 2권, 산문집 7권을 냈다. 이들 중 시집과 산문집을 제외한 약 70여 편의 작품은 대개의 연구자들이 동의하고 있는 대로 크게 세 시기로 나누어 살펴 볼 수 있다. 그 첫 단계는 작가의 전쟁 체험이 주관적으로 투영된 1950년대의 단편들의 세계이며, 두 번째 단계는 1960년대 이후 『土地』집필 이전까지의 기간으로 이 시기에 들어 비로소 개인적·역사적 불행을 안겨준 한국 전쟁에 대한 사적 객관화가 이루어지며, 무엇보다 단편 중심의 창작이 장편으로 옮겨졌다. 『金藥局의 딸들』(1962), 『市場과 戰場』(1964), 『波市』(1965), 『聖女와 魔女』(1966) 등이 이 시기에 속하는 작품들이다. 마지막으로 세 번째 시기는 『土地』를 집필하였던 1969년부터 1994년까지의 시기로, 이 기간 동안 작가는 『土地』 이외에도 『罪人들의 宿題』(1969), 『窓』(1970), 「密告者」(1970.6) 등을 발표한다. 본고에서는 이들 세 시기 중 첫 번째 단계에 속하는 50년대의 단편들4) -구체적으로는 1955년에서 59년까지의 작품들-을 대상으로 논의를 진행해 나가도록 한다.5)

『김약국의 딸들』에서는 한 가정의 불행으로 확대되고, 『波市』에서는 한 사회의 불행으로 보다 진전되었다가, 『市場과 戰場』에서는 민족의 비극으로 발전되고 있으며, 결국 『土地』에 이르러 모든 종합이 이루어지고 있다고 설명한다. 김치수, 「비극의 미학과 개인의 恨」, 『朴景利와 李淸俊』(민음사, 1982) 31쪽 참조.

4) 「計算」(『현대문학』, 55.8), 「黑黑白白」(『현대문학』, 56.8), 「군食口」(『현대문학』, 56.11), 「剪刀」(『현대문학』, 57.3), 「不信時代」(『현대문학』, 57.8), 「玲珠와고양이」(『현대문학』, 57.10), 「반딧불」(『신태양』, 57.10), 「僻地」(『현대문학』, 58.3), 「道標 없는 길」(『여』, 58.5), 「薰香」(『한국평론』, 59.6), 「暗黑時代」(『현대문학』, 58.6·7), 「湖水」(『숙란』, 58), 「어느 正午의 決定」(『자유공론』, 59.1), 「비는 내린다」(『여원』, 59.10), 「海東旅館의 迷那」(『사상계』, 59.12), 「再歸熱」(『주부생활』, 59), 「돌아온 아이」(『새벗』, 59), 「새벽의 合唱」(『중앙여고 학보』, 59)

5) 이 시기의 작품들에 대한 기존의 연구들은 크게 두 가지로 나누어 살필 수 있는데,

2. 私的 체험의 보편적 진실

박경리의 문학적 도정은 1950년 발발한 6·25 전쟁과 분단이라는 역사적 비극을 출발점으로 한다. 전쟁이 불러일으킨 물질적, 정신적 상처는 박경리뿐만 아니라 전후의 모든 작가에게 중요한 문학적 관심사였다. 당대의 작가들에게는 피폐한 현실을 살아가는 생활 자체가 그대로 문학적 행위로 연결될 수밖에 없었을 것이다.

박경리 또한 이러한 시대적 상황에서 자유로울 수 없었다. 그는 전쟁 중에 남편을 잃고, 또 전쟁 직후에는 아들을 잃는다. 박경리에게 문학은 일차적으로 이러한 개인사적 불행으로부터 자신을 지킬 수 있는 유일한 탈출구였던 것으로 보인다. 그래서 그의 소설들에는 이와 같은 개인사적 체험이 깊이 각인 되어 있다. 전쟁으로 조각난 가정을 지켜내는 어려움과 현실 부조리를 그리고 있는 자전적 소설 「不信時代」, 「玲珠와 고양이」, 「黑黑白白」, 「暗黑時代」, 그리고 자신의 사춘기 체험을 다룬「환상의 시기」(1966) 등이 여기에 속한다. 이외에도 직·간접적으로 박경리의 개인사적 체험은 상당수 작품 속에 진하게 녹아들어 있다. 하지만 개인의 문제를 다루는 방식은 이전의

하나는 작가 자신의 체험을 직접적으로 반영한 私小說로 파악하는 논의(이인복, 「표류하는 인간상」, 『죽음과 구원의 문학적 성찰』, 우진, 1989 / 홍사중,「한정된 현실의 비극」, 『현대한국문학전집』 11권, 신구문화사, 1968. / 임중빈, 「삶 그리고 긍정의 모험」, 『문학춘추』, 1966.12 / 이형기, 「운명의 네가 필름」, 『현대한국문학전집』 11권, 신구문화사, 1968)이며, 다른 하나는 전후 문학의 맥락에서 박경리 소설이 갖는 위치를 조명하는 논의(정호웅, 「『土地』론」, 동서문학, 1989.12. / 김윤식·정호웅, 『한국소설사』, 예하, 1993 / 김외곤, 「전후세대의 의식과 그 극복」, 문학사와비평연구회 편, 『1950년대 문학 연구』, 예하, 1991 / 채진홍, 「인간의 존엄과 생명의 확인」, 송하춘·이남호 편, 『1950년대의 소설가들』, 나남, 1994)이다. 근래에는 페미니즘에 입각한 접근(백지연, 「박경리 초기 소설 연구-가족관계의 양상에 따른 여성 인물의 정체성 탐색을 중심으로」, 경희대 대학원 석사논문, 1995 / 김해옥, 「여성적 자존과 소외 사이에서 글쓰기」, 한국문학연구회 편, 『土地와 박경리 문학』, 솔출판사, 1996 / 이덕화, 「비극적 세계와 여성의 운명」, 한국문학연구회 편, 『페미니즘과 소설비평』, 한길사, 1997) 또한 눈에 띈다.

이른바 '전후파' 문학6)과는 확연하게 구별된다. 말하자면 박경리는 자신의 개인사적 체험을 주요 소재로 삼되 거기에 매몰되지 않고 그것을 환경과의 상호 연관 속에서 객관화하려 노력했다는 것이다. 박경리의 50년대 단편들이 지독한 절망감을 표현하고 있으면서도 허무주의의 나락에 빠지지 않을 수 있었던 것은 이 때문이다.

「暗黑時代」와 「不信時代」 연작은 아들의 어처구니없는 죽음이라는 개인사적 체험을 바탕으로 하고 있다. 이중 「不信時代」는 박경리에게 제 3회 현대문학 신인상을 안겨준 작품이기도 하다. 하지만 「不信時代」 이후 박경리는 사소설 작가라는 혐의로부터 자유롭지 못했다. 비판의 요지는 전쟁 이후의 피폐한 현실을 객관화시키지 못한 채 자신의 사사로운 삶의 형태 안에 가두었다는 점이 지적되고는 하였다. 이러한 비판에 대한 작가 자신의 말을 들어보자.

> …… 내 소설이 사소설이라는 말을 흔히 듣는다 …… 사실 작가는 자기의 사상, 자기의 비평 정신으로 작품을 창작한다. 남의 사상, 남의 비판 정신을 빌려 가지고는 진정한 창조가 없다. 소설 속의 여하한 인물에도 작가는 자기의 입김을 불어넣기 마련이다. 다만 어느 만큼 사상이 풍부하며 비판 정신이 엄정한가, 그리고 그것을 어떻게 객관적으로 형상화시켰느냐에 따라 공감을 받을 수도 있고 배척을 당할 수도 있다 …… 7)

> ……그것은(「不信時代」, 「暗黑時代」) 순수한 눈물과 애통의 기

---

6) 1950년대의 이른바 '전후문학'은 '통속적인 문학', '불안과 허무의 문학', '절망의 문학' 등으로 특징지어 진다. 하지만 어느 하나의 용어만으로 전후문학의 일반적 특징들을 규정할 수는 없을 것이다. 오히려, 전후문학은 그 안에 각 경향들의 상호 관련된 복잡한 양상들이 존재하고 있고, 각각의 경향을 비판 극복하면서 나름대로 내재적 발전 과정을 거치고 있다고 보아야 할 것이다. 정희모, 『1950년대 한국문학과 서사성』, 깊은샘, 1998 참조.

7) 박경리, 「창작실기론」, 현대문학사 편, 『창작실기론』, 어문각, 1962, 389쪽.

록이었다고 나는 생각지 않습니다. 만일 그것이 순수한 모성의
기록이었다면 내 마음은 얼마만큼의 안식을 얻었을지도 모르겠고
그렇게 심한 자기 혐오에 빠지지도 않았을 것입니다 …… 나는
자식의 죽음을 객관화하려고 했습니다 ……(만약) 그 소재가 완
전히 객관화되어 있지 못하다고 나무라면 나는 달게 받아야 할
것입니다. 그러나 소재가 신변에서 왔다고 하여 아주 협소한 뜻
의 사소설이라 한다면 나는 저항을 느낍니다 …… 전쟁 미망인만
나올 것 같으면 작품이 여하하게 윤색되었건 사소설이라는 딱지
를 붙이는 편견 …… (그렇다면) 실전을 경험하고 전쟁 이야기만
늘 쓰는 남성 작가에게는 왜 사소설이라는 딱지를 붙이지 않는가
……8)

작가 박경리에게 중요했던 것은 자신의 사적 체험을 단순히 토해내는
것에 있었던 것이 아니라 그것을 어떻게 객관적으로, 그리고 냉정하게 그
려내는가에 있었다. 그러기 위해서 작품 발표 이전에 자기 검열 또한 철
저해야 했다. 사실 작품의 내용상으로는 아들이 죽기까지의 과정을 그리
고 있는 「暗黑時代」가, 아들이 죽은 후의 생활을 그리고 있는 「不信時代
」보다 앞에 놓이지만, 실제로는 「不信時代」가 먼저 세상에 나오게 된다.
이유인즉슨 "「暗黑時代」는 걷잡을 수 없는 흥분과 슬픔 때문에 거의 객
관성을 잃은, 작품으로서는 거의 치명적인 결함이 있어 일단 현대문학사
에 넘겼던 원고를 도로 찾아다가 훨씬 훗날, 여러 번의 퇴고를 가한 뒤 발
표"9)했기 때문이다. 굳이 작가의 이러한 진술에 기대지 않더라도, 우리는
작품을 통해 작가의 비극적 조건은 단지 개인의 운명 때문만이 아니라 그
시대 자체의 구조 적인 모순과 사회적 부조리로 말미암았음을 확인할 수
있다.

---

8) 박경리, 「사소설 이의」, 『Q씨에게』, 솔출판사, 1993, 184~189쪽.
9) 박경리, 위의 책, 184쪽.

…… 낭하를 지켜보고 앉았는 순영의 옆에 언제 왔는지 아까 진찰실로 왔던 실습생인지 조수인지 모를 젊은 사나이 둘이 와 있었다. 그들은 키 큰 간호원과 시시덕거리며 마루에 발로 원을 그리고 있었다. 산부인과는 수지가 맞는다는 둥, 그 수지 맞춘 돈으로 동창회에 나갔다는 둥, 참으로 말이 많다. 그리고 이따금 영어를 말 사이에 끼움으로써 충분히 경박한 냄새를 피운다 …… "저 피를, 병원의 것을 쓰고 수술을 시작했으면 좋겠어요." "병원에 무슨 피가 있어요. 피가 없답니다." 냉담하게 말하는 사나이의 옆구리를 키 큰 간호원이 쿡 찌른다. 도무지 무슨 암호인지 순영이로서는 알 수가 없었다. 주체할 수 없는 불안이 일 뿐이었다 …… 10)

"글쎄 요새 세상엔 병원이고 의사고 다 못 믿어요. 재작년 글쎄 우리 큰 아이가 자동차에 치었기 때문에 무료병원엘 갔는데 참 형편없더군요. 미군차에 치었기 때문에 그리로 갔었지요. 그러나 가만히 꼴을 보니 그냥 두었다가는 아이를 놓칠 것 같아서 담당한 의사하고 간호부에게 '와이로'를 썼지 뭐에요. 그랬더니 하루 두 차례씩 상처를 보아주더군요. 그러지 않는 환자는 수술만 했지 그냥 내버려두지 않소. 더군다나 여름이라 수술한 자리에 구데기가 덕실덕실 끓고 그야말로 없는 놈에게는 병원이라기보다 생지옥이지 뭡니까." 11)

「暗黑時代」의 주된 배경이 되는 병원은 환자를 치료하는 곳이 아니라 온갖 뒷거래와 협잡만이 통용되는 곳이며, 인간에 대한 어떠한 애정도 찾아 볼 수 없는 곳으로 묘사된다. 병원의 입장에서 환자란 돈벌이의 수단에 불과한 것이다. 나아가 그 곳에서 '도수장(屠獸場) 속의 망아지'처럼 죽어 간 아들의 죽음 이후의 상황이 9·28 서울 수복의 모습과 전쟁 직후의 묘사와 함께「不信時代」에 그려져 있다.

---

10) 박경리, 『不信時代』, 지식산업사, 1987, 245쪽.
11) 박경리, 위의 책, 258쪽.

9 · 28 수복 전야, 진영(眞英)의 남편은 폭사했다. 남편은 죽기
전에 경인도로(京仁道路)에서 본 인민군의 임종이야기를 했다. 그
소년병은 가로수 밑에 쓰러져 있었는데 폭풍으로 터져 나온 내장
에 피비린내를 맡은 파리떼들이 아귀처럼 덤벼들고 있더라는 것
이었다 …… 남편을 잃은 진영은 1 · 4 후퇴 때 세살 먹이 아이를
업고 친정 어머니와 같이 제일 마지막에 서울에서 떠났다. 그러
나 안양(安養)에 이르기도 전에 중공군들이 그들을 앞질렀고, 유
엔군의 폭격 밑에 놓였다. 수 없는 피난민이 얼음판에 거꾸러졌
다. 피난 짐을 끌 던 소는 굴레를 찬 채 뚝 밑으로 굴렀다. 피가
철철 흐르는 시체 옆에 아이가 울고 있었다.12)

이러한 전쟁의 참상에 대한 묘사는 정도의 차이는 있으나 전후 소설의
공통된 특징이라 할 수 있다. 무작위로 동원된 소년병의 죽음, 전선이 따
로 없는 현실, 즐비한 시체들, 피난민들의 아귀다툼 등은 전쟁 형태의 전
체주의의 실상을 명백하게 증언하고 있다.13) 나아가 50년대의 전후 소설
들은 고향과 삶의 터전을 상실한 주인공들과 전쟁미망인, 상이군인, 양공
주, 실업자 등을 통해 생활세계의 상실과 가족 해체의 모습을 극명하게
드러내 보여준다.

「불신시대」의 주인공인 진영 또한 여기서 예외가 될 수 없다. 이제 진
영은 전쟁 중에 폭사한 남편에 이어 전후 아들의 죽음이 가져다 준 절망
감과 죄책감에서 벗어나기 위해 천주교나 불교와 같은 종교에 의탁한다.
그러나 그 과정에서 진영은 종교도 결코 구원의 길이 될 수 없음을, 종교
또한 물신주의에 물든 속물적 세계의 한 부분에 불과함을 새삼 확인할 뿐
이다.

…… 그릇을 들고 온 젊은 중이 돈을 옆으로 밀어 놓으면서

---

12) 박경리, 앞의 책. 7쪽.
13) 전후소설과 전체주의의 관련성에 대해서는, 권명아, 『한국전쟁과 주체성의 서사 연
구』, 연세대 대학원 박사 논문, 2002 참조.

시무룩하게, "영가 노자가 너무 적군요, 이 세상이나 저 세상이나 그저 돈이 있어야지, 동무하고 쓰고 놀다가 돌아가지 않겠어요?" 진영은 머리 속에 피가 꽉 차오르는 것을 느낀다 …… 진영은 기가 막혔다. 처음부터 거래임에는 이의가 없었다. 그러나 이쯤 되면 어지간한 감정도 폭발 아니할 수 없었다 ……14)

이러한 물신주의는 가령 "댁 같으면 중이 먹고 살갔수"라는 말을 통해 자기 풍자적으로 표출되기도 한다. 이와 같이 주인공의 눈에 비친 사회는 삶의 가치 체계 자체가 붕괴되어 버린 혼란스러운 곳이다. 세속적 물욕으로 타락한 절에서 아들의 사진과 위패를 찾아 불사르는 진영의 행위는 불신의 현실과 타락한 시대에 대한 나름대로의 저항을 의미한다고 할 수 있다. 동시에 그것은 새로운 삶에 대한 결단이기도 하다. 그래서 "내게는 아직 생명이 남아 있었다. 항거할 수 있는 생명이"라는 다짐이 강한 실감으로 다가온다.

「玲珠와 고양이」는 「不信時代」의 상황에서 일년 뒤의 이야기이다. 이 작품에 등장하는 玲珠는 박경리의 딸의 실제 이름으로 6·25사변 때 아버지를 잃고 또 사내 동생마저 잃어버린 상황 또한 유사하다. 진영이 민혜로 이름을 바꾸고 있는 이 작품에서 민혜는 자신이 어머니의 외동딸이었던 것과 마찬가지로 玲珠 역시 민혜의 외동딸인 것을 숙명처럼 느끼게 된다. 특별한 서사적 사건 없이 사변 후 홀로된 미망인과 그의 딸인 玲珠가 고양이와 함께 하는 어둡고 희망 잃은 삶을 세태적으로 그리고 있다.

　　…… 지금의 이 생활이 감옥보다 나을 것은 없다. 나에게 자유가 있다지만 생활을 영위해 나갈 능력(직업)이, 즉 생존의 자유가 없다. 끝없는 궁핍에서 오는 공포 속에서 나는 쫓겨다니며 있는 것이다 … 만일 내가 죽어버린다면 玲珠는 어떻게 될 것인가 … 죽음을 생각한다면 무엇인들 못하겠는가, 몸을 파는 일까지도 ……15)

---

14) 박경리, 앞의 책, 19쪽.

홀어머니 밑에서 성장하여 결혼한 민혜는 갑자기 전쟁으로 남편을 잃고 가장의 경제적 책임까지 져야 하는 상황에 직면하게 된다. 새롭게 주어진 삶의 환경을 민혜는 생존의 자유가 말살된 감옥보다 나을 것 없는 생활로서 궁핍과 공포의 감정으로 받아들이고 있다. 그는 자립 능력을 가져야 하고 주체를 정립해야 하는 자기 자신을 낯설게 경험하게 된다. 의존적이고 순응적인 삶의 방식에 익숙해 있는 민혜에게 '홀로서기' 위한 고통은 궁핍과 공포의 현실적인 삶 자체를 포기하는 죽음에 대한 욕구로 나타나고 있다.

작가의 자전적 체험이 가장 많이 녹아 있는 이 작품 또한 단순히 사소설로 보아 넘기기 힘든 당대의 보편적 진실을 담고 있다. 전쟁 당시 전투의 실질적인 전투의 수행자로 나선 대부분의 남성들은 가족 내에서 부재할 수밖에 없었고 전쟁이 끝난 후에는 사망, 실종 등으로 가족에게 돌아오지 못한 경우가 허다했다. 이는 6 · 25 전쟁 당시 이산 가족의 수가 1천만 명에 달하였으며 전쟁 미망인의 수는 59만, 전쟁 고아의 수가 10만에 이른다는 통계적 보고[16]에서도 확인된다. 이 당시 여성이 겪어야 하는 가장 큰 수난은 가족의 해체와 남편의 죽음이었다. 전쟁의 후유증은 혼란한 사회 현실 속에서 가장으로서 가족을 이끌고 살아가야 하는 여성의 험난한 삶으로 나타난다. 박경리 소설에 형상화된 여성 가장의 모습이 당대 여성 수난의 보편적 의미를 지니는 것도 이와 같은 맥락에서이다.

3. 폭력적 현실과 소외로의 지향

위의 작품들이 전쟁 체험과 이에 따른 남성 부재의 가족 관계 속에서 여성이 가장의 역할을 담당해야 하는 고달픈 삶의 문제를 다루었다면, 데

---

15) 박경리, 앞의 책, 311쪽.
16) 이효재, 『분단 시대의 사회학』, 한길사, 1985, 237, 315쪽 참조.

뷔작인 「計算」(1955)과 「剪刀」(1957)는 홀로 있는 여성이 기만적이고 폭력적인 현실에 대항하여 자신의 존엄을 지키는 것이 얼마나 힘겨운 싸움인가를 보여주고 있다. 그 저항의 방식은 세상과의 타협을 거부한 채 스스로를 소외시킴으로써 자신을 지키는 것이다. 이런 존엄성에 대한 의지는 끊임없이 현실과 담을 쌓고 자기 내면의 세계를 확보하는 소외 상태를 지향하게 되고, 역설적으로 소외는 현실과 화합할 수 없음으로 인해 자신만을 지키고자 하는 내적 존엄성을 지향[17]하게 된다. 이렇게 스스로 소외된 주인공에게 남아 있는 것은 병적인 결벽증과 함께 세상에 대한 냉소와 끊임없는 경계의 촉수이다.

「計算」은 여주인공 회인이 고향 친구를 전송하기 위해 새벽전차를 타는 데서부터 시작되고 있다. 사실 여주인공이 전송하러 나가는 친구는 여주인공의 파혼 의사를 번의시키기 위해서 상경했다가 헛되이 돌아가는 길이다. 약혼자인 경구의 사소한 실수를 용서하지 않고 파혼해 버린 회인은 갈 데 없는 결벽증 환자이다. 그녀가 평상시에 주변의 사람들이나 환경에 대해 보여주는 극도의 경계심 또한 정상적이라고 하기는 어렵다. 하지만 회인의 심한 결벽증은 단순한 정신병적 증상은 아니다. 회인에게 결벽증이란 사회의 허위와 이기에 대한 단호한 저항의 한 방식인 것이다. 회인의 이 같은 결벽증이 단순히 근거 없는 '이상주의'가 아니라는 사실은, 어느 시골 학생의 기차표를 사주다가 '표 야미꾼'으로 몰리고 어머니의 치료비로 마련한 급전을 소매치기 당하는 대목에서 잘 나타난다. 다시 말해 경계심을 푸는 순간 가차없이 당하고 마는 것이 세상인 것이다. 결국 회인의 성격적 결함 때문이 아니라 세상의 허위와 비정함이 회인을 결벽증 환자로 만든 것이다.

회인의 고집스러운 결벽성과 일종의 오만한 탈속함[18]은 그 후 많은 작

---

17) 정희모, 「1950년대 박경리 소설과 환멸주의-1950년대 주요 단편과 장편 표류도를 중심으로」, 『1950년대 한국문학과 서사성』, 깊은샘, 1998, 295쪽.

18) 유종호, 「여류다움의 거절」, 『동시대의 시와 진실』, 민음사, 1995, 412쪽.

품에 되풀이해서 나타난다. 초기의 단편 「剪刀」의 여주인공도 그런 의미에서 회인과 비슷한 유형의 인물이라 할 수 있다.

> …… 숙혜는 은행 내에서 특이한 존재다. 다른 여행원들보다 나이 많은 것도 그랬지만 그보다 성질이 달랐다. 언제나 경계적(警戒的)이고 회피적(回避的)인 태도였다. 같은 여자 동료하고 사귀는 일도 없었다. 그러한 태도는 직장 밖에서도 마찬가지였다. 거리를 거닐 때나 혹은 뻐스, 전차 속에서 어떠한 동료를 만난다 해도 숙혜는 아주 못 본 척 했다. 알은 채 하는 상대방을 묵살해 버리는 그의 태도는 상당히 완강한 것이었다 ……19)

「剪刀」의 숙혜는 결혼한 이후 남편과의 정서적 괴리에서 오는 불만족으로 불행한 결혼생활을 하던 중 아이의 피아노 가정교사로 온 여고 교사의 매력에 도취되어 서로 사랑하게 된다. 그러나 그들은 현실적 결합을 이루지 못하고 숙혜의 가정만 파탄에 이르게 된다. 이런 상흔을 안고 은행에 취직해서 독신생활을 하고 있는 숙혜에게 은행 동료직원이 자신의 과거를 알고 있다는 것이 큰 충격이 되어 결국 은행을 그만두게 된다. 그 뒤 생계를 이어나갈 대책이 없는 숙혜는 자신이 세 들어 사는 주인집의 일을 거들며 생활을 꾸려나간다. 이에 따라 그녀의 호칭도 '김선생'에서 '김씨'로 격하되고 만다. 직장에서의 번의 권고도 물리치고 다른 여공들과 일종의 합숙 생활을 하던 주인공은 마침내 주인집 남자의 난입에 반항하다 결국 가위로 죽임을 당하고 만다.

숙혜의 비극은 은행 동료직원이 숙혜의 과거를 알고 있는 듯이 빈정거리는 것이나, 주인집 부부의 타산적인 인간관계에 의한 것이다. 한 인간을 인격을 가진 고유한 존재로 인식하지 않고 자신의 이해관계에 의해서 비하하고 폭력을 휘두름으로써 인간을 인간답게 대접하지 않는 세계, 그러한 세계에 맞서 인간으로서의 자존심을 지키겠다는 결단은 주인집 남자

---

19) 박경리, 앞의 책, 288쪽.

의 추행에 죽음으로 항거하는 데서 절정에 달한다.

> ……"소리를 지를 테요!" 숙혜는 꼭 같은 소리를 되풀이하면
> 서 사나이의 눈을 쏘아본다. 빈틈이라고는 한군데도 없는 방어태
> 세다 …… 사나이가 또 한 발 다가선다. "물러서세요!" 마치 독침
> 을 뿜는 것 같다. "소리를 내면 죽인다!" 사나이의 목소리가 떨려
> 나온다. 처절한 미소가 숙혜 입가에 번져 나간다. 사나이 얼굴 위
> 에 피가 모였다가 흩어진다. 사나이는 가위를 쥔 손을 번쩍 쳐들
> 었다. "죽이세요……" 그러나 눈동자만은 오욕(汚辱)을 태워버릴
> 듯이 타고 있었다. …… "저 눈깔! 눈! 정말 죽일 테다! 으흥!"
> …… 사나이는 비명을 막기라도 할 듯이 목, 팔, 얼굴, 할 것 없
> 이 마구 난자(亂刺)를 한다 ……20)

마치 신경향파 소설을 연상시키는 장면이다. 하지만 이러한 상황이 결
코 자포자기의 결과이거나 강요된 선택이라고 할 수는 없을 것이다. 자신
의 진정한 사랑에 대해 단호한 결정을 내리지 못한 강순명과, 사회적 편
견을 갖고 괴롭히던 '윤'과 같은 사나이에 대한 인간적 모멸, 그리고 자신
을 성적 대상으로 무참히 짓밟은 주인집 남자에 대한 울분이 한꺼번에 폭
발한 것이다. 자신을 철저하게 기존 사회로부터 고립시킴으로서 자존을
지키려 했던 숙혜는 허위와 위선으로 가득 찬 세계, 속물적 세계의 폭력
성에 대한 적극적인 저항의 방식으로 죽음을 선택한 것이다. 이런 식의
저항이 타당하냐 타당하지 않느냐는 문제는 중요하지 않다. 오히려 우리
가 주목해야 할 것은 죽음이 저항의 마지막 수단이 될 수밖에 없는 폭력
적이고 속물적인 세계의 절대성21)인 것이다.

---

20) 박경리, 앞의 책, 302-303쪽.
21) 하정일, 「세계의 속물성에 맞선 기나긴 저항의 여정」, 박경리, 『환상의 시기』, 솔출
판사, 1996, 317쪽.

4. 또 다른 타자, 소외된 남성상

박경리의 50년대 단편들이 대부분이 전쟁 미망인의 시각을 통해, 혹은 홀로 있는 여성을 통해 세계를 바라보고 있다면, 「군食口」(『현대문학』, 1956, 11)와 「道標 없는 길」(『여원』, 1958, 5)은 경제적·정신적으로 파탄에 이른 남성의 소외 문제를 다루고 있다는 점에서 예외적인 작품에 속한다.

「군食口」는 세계의 속물성이 인간의 주체성을 어느 정도까지 말살하는가를 잘 보여준다. 주인공 양 서방은 한양루의 주인 진길이의 장인으로서, 말하자면 국제결혼을 한 딸네집 군식구로 얹혀 있는 처량한 인생이다. 그의 낙은 술 마시는 것과 자신처럼 구차한 생을 영위하는 늙은 개 '도꾸'와 노는 것뿐이다. 아내는 도망갔고 아들은 월북했다. 게다가 딸마저 '되놈'과 결혼했으니 양서방이 남은 생에서 기대할 것이란 아무 것도 없다. 양서방은 딸을 중국인에게 시집보낸 일에 대해 결벽증 이상의 반응을 나타내는데, 일종의 죄의식에 사로잡혀 살아갈 정도이다.

> …… 난 그 애를 술에 팔았시다. 술집에 팔아 먹듯이 되놈한테
> 팔아 먹었소. 아아 내 술 때문이지요. 그리고 전쟁 때문이지요.
> 내가 아무리 술에 미쳐도 전쟁만 없었으믄 멀쩡한 아들도 있고,
> 버젓이 사위도 봤을 게요 …… 22)

딸을 '되놈한테 팔아 먹었'다는 그의 죄의식은 급기야 인간에 대한 미움으로 치환된다. 그러나 양서방이 절망의 수렁에서 허우적거리는 것은 이 때문만은 아니다. '군식구'로 전락한 양서방에 대한 주위 사람들의 은밀한 폭력이야말로 양서방을 막다른 절망으로 내모는 주범이다. 작가는 사위나 사진관 주인의 은밀한 폭력에서 속물성의 극치를 발견한다. 예컨

---

22) 박경리, 앞의 책, 176쪽.

대 양 서방 앞에 '떳떳이 군인 사위를 본 자신의 우월을' 내세우곤 하던 사진관 사나이는 급기야 '양 서방'의 아픔의 근원을 파헤친다.

> ……"뭐? 이 늙은 개자식이! 딸년을 되놈한테 팔아먹고, 그 주
> 제에 큰 소리 치네. 이 자식아! 그래 딸 팔아 처먹은 술이 아까
> 운가? 응! …… 아들놈은 빨갱이, 딸년은 되놈의 첩…그래도 개
> 팔자보다 낫다고 술을 처먹어? 하하핫…" 격에 맞지 않는 큰 웃
> 음 소리가 실내의 공기를 흔든다. 나직한 양서방의 신음소리가
> 웃음소리에 휘감긴다 ……23)

'군인 사위'와 '빨갱이 아들'로 상징되는 이념대립, 분단, 전쟁은 '양 서방'의 삶 속에 어떠한 인간의 존엄도 허락하지 않는다.24) 역사의 소용돌이에 떠밀린 '양 서방'은 술이라는 스스로의 소외 공간을 택할 수밖에 없었던 것이다. 결국 은밀하고도 교활한 폭력에 견디다 못한 양서방은 마침내 사위가 애지중지하는 셰퍼드를 도끼로 난자하고 만다. 이 장면을 통해 우리는 합리적이고 이성적인 해결이 불가능해진 50년대 남한 사회의 한 단면을 엿볼 수 있다.

「道標 없는 길」은 어촌을 배경으로 당대 궁핍화의 실상을 적나라하게 보여주면서, 가난과 이기심으로 인한 가족의 붕괴와 단절된 인간 관계를 형상화하고 있는 작품이다. 주인공 이경노는 반신불수에 끼니조차 챙길 수 없는 빈곤한 형편에 놓여 있다. 한 때는 '전답이나 족히 가지고' 있었으나 삼수네라는 과부의 농간에 가산을 탕진하고, 지금은 부엌 계집아이 였던 순화 사이에서 낳은 딸 국채와 살고 있다. 건넌방에 들어앉아 술장사를 하던 순화는 '험상궂은 칼자욱이 있던 무슨 배의 기관장이라던 사나이'를 쫓아 집을 나간지 오래다. 이제 이경노가 할 수 있는 일이란 절에서

---

23) 박경리, 위의 책, 184쪽.
24) 채진홍, 「인간의 존엄과 생명의 확인」, 송하춘·이남호 편, 『1950년대의 소설가들』,
　　나남, 1994, 249쪽.

빌린 '전생록(前生錄)'을 베껴 그것을 담보로 '돌팔이(점쟁이)'질이나 할 수밖에 없다. 하지만 마지막 자존심 때문에 결국 그 일도 포기하고 만다. 딸 국채는 끼니를 위해 아버지 몰래 개구멍을 통해 이웃집의 쌀이며 푸성귀를 훔쳐보지만 들통이 나고 만다. 사실을 알게된 경노는 '내 효자'를 '도둑년'을 만든 자신을 자책하며 결국 목을 매어 자살한다. 싸늘히 식은 시신 앞에서 아버지를 살려달라고 애걸하는 국채에게 '누구하나 다가서는 사람은 없고 구경꾼만 모여드는' 장면을 통해 우리는 경노의 죽음이 단순히 가난 때문만이 아닌 소외된 인간관계와 사회에 만연한 이기심 때문이었음을 확인할 수 있다.

5. 남은 문제들

이상에서 살펴 본 바와 같이 1950년대 박경리 단편들은 현실에서 부딪치게 되는 가족의 갈등, 전쟁과 관습이 가져다주는 폭력성, 사랑과 운명의 엇갈림 등을 통해 인간 존엄에 대한 끈을 놓지 않으면서 전후 부조리한 사회에 대한 고발과 속물적 현실에 대한 비판을 사실적으로 묘사하고 있다. 특히 사적 체험의 객관화를 통한 당대 현실의 구체적인 형상화 작업은 50년대 박경리 문학의 귀중한 성과로 기록될 수 있을 것이다.

하지만 박경리의 초기 소설들은 - 단편이 가지는 장르적 특성 때문이기도 한 것이지만 - 폭 넓은 사회적 연관을 탐색하는 데까지는 나아가지 않는다. 대부분의 작품이 비극적인 결말로 끝을 맺거나 결단의 의지를 곱씹는 것으로 끝나고 있음을 확인할 수 있다. 그러나 이러한 구체적 전망의 부재가 곧 작품의 한계로 연결될 수는 없을 것이다. 오히려 그것은 50년대 남한 사회의 성격과 민중적 요구가 수렴될 합법적 공간이 전혀 불가능했다는 사실에서 그 원인을 찾아야 할 것이다.[25] 따라서 이 시기 대부분

---

25) 한수영, 「1950년대 한국소설 연구」, 『문학과 현실의 변증법』, 새미, 1997, 420쪽.

의 소설들은 현실의 부정적인 면을 극대화시킴으로써 극복의 전망을 내면화시키는 경향을 보여주며 박경리의 소설 또한 이러한 맥락에서 검토될 수 있을 것이다. 결국 부조리한 세계를 바라보는 박경리의 문제 의식은 절망 그 자체에 매몰되어 허우적거리던 50년대의 이른바 '전후파' 문학과는 궤를 달리하는 것이라 할 수 있다. 박경리는 이호철, 최인훈 등과 더불어 50년대 문학의 근거 없는 허무주의를 극복하고 절망의 근원이 무엇인지를 서사적으로 추적하려 노력한 새로운 흐름을 대표하는 작가들 중의 하나로 평가 할 수 있을 것이다.

본문에서는 다루지 않았지만, 박경리의 50년대 단편 중 양공주의 딸이 겪는 소외와 차별을 그리고 있는 「海東旅館의 迷那」(『사상계』, 1959. 12)는 작가의 관심이 개인에서 사회적인 연관으로 확장되는 징후적인 작품이라 할 수 있다. 또한 50년대 박경리의 유일한 장편인 『漂流島』(『현대문학』, 1959. 2-11)는 박경리의 초기 문학세계를 압축적으로 보여주면서[26], 이후 60년대 발표된 20여 편에 이르는 장편의 한 경향을 대변한다는 점에서 주목할 만한 작품이다. 또한 50년대 단편 중 금지된 사랑과 운명의 엇갈림을 다룬 「僻地」(『현대문학』1958, 3), 「어느 正午의 決定」(『자유공론』1959, 1), 「비는 내린다」(『여원』, 1959, 10) 등은 60년대 초기 장편들 중 대중적 취향의 작품들과 함께 논의될 수 있을 것이다.

한국 문학사에서 박경리는 『土地』의 작가로 기억될 것이다. 또한 우리는 『土地』를 통해 그의 초기 작품을 새로운 지평에 배열시키고 전에는 간과했던 많은 요소들을 새롭게 읽어낼 수 있을 것이다. "『土地』이외의 작가의 모든 글들은 그의 문학인생을 대변하는 기표들이며,『土地』에 붙여진 각주들"[27]이란 진술은 박경리 문학 연구의 한 지표를 제시해 주고 있다. 정확하고 풍부한 각주를 위해서라도 그 동안 주목 받아오지 못했던

---

26) 정희모는 『표류도』를 개인의 내면적 고통에 집착하던 초기 경향으로부터 외면적 타자의 세계로 지향하는 경계에 선 작품으로 평가하고 있다. 정희모, 앞의 글 참조.
27) 이상진, 『土地 연구』, 월인, 1999, 26쪽.

박경리의 초기 소설에 대한 검토와 연구는 그 나름의 의의를 평가하는 동시에 박경리 문학 전체에 대한 체계적 연구의 기틀을 마련해 줄 것이다.

참고문헌

권명아, 『한국전쟁과 주체성의 서사연구』, 연세대 박사학위논문, 2001.

김윤식·정호웅, 『한국소설사』, 예하, 1993.

김윤식, 『한국 현대 현실주의 소설 연구』, 문학과지성사, 1990.

김치수, 『朴景利와 李淸俊』, 민음사, 1982.

문학사와 비평연구회 편, 『1950년대 문학연구』, 예하, 1991.

박경리, 「창작실기론」, 현대문학사 편, 『창작실기론』, 어문각, 1962.

박경리, 『Q씨에게』, 솔출판사, 1993.

박경리, 『Q씨에게』, 지식산업사, 1981.

박경리, 『不信時代』, 지식산업사, 1987.

박경리, 『환상의 시기』, 솔출판사, 1996.

백지연, 「박경리 초기 소설 연구-가족관계의 양상에 따른 여성인물의 정
　　　체성 탐색을 중심으로」, 경희대 대학원 석사논문, 1995.

송하춘·이남호 편, 『1950년대의 소설가들』, 나남, 1994.

유종호, 『동시대의 시와 진실』, 민음사, 1995.

이상진, 『土地 연구』, 월인, 1999.

이인복, 「표류하는 인간상」, 『죽음과 구원의 문학적 성찰』, 우진, 1989.

이형기, 「운명의 네가 필름」, 『현대한국문학전집』 11권, 신구문화사, 1968.

이효재, 『분단시대의 사회학』, 한길사, 1985.

임중빈, 「삶 그리고 긍정의 모험」, 『문학춘추』, 1966. 12.

정호웅, 「『土地』론」, 『동서문학』, 1989. 12.

정희모, 『1950년대 한국문학과 서사성』, 깊은샘, 1998.

한국문학연구회 편, 『土地와 박경리 문학』, 솔출판사, 1996.

한국문학연구회 편, 『페미니즘과 소설비평』, 한길사, 1997.

한수영, 『문학과 현실의 변증법』, 새미, 1997.

홍사중, 「한정된 현실의 비극」, 『현대한국문학전집』 11권, 신구문화사, 1968.

ABSTRACT

The study on the shorts of Park Kyung-Ri in 1950s

Lee, Seung-Yun

The thesis is about Park Kyung-Ri's short stories that were published in 1950s. Those Park's early works disclose an unreasonable society through a family conflicts in a reality of life, violence which are caused by wars and customs, and a discrepancy of love and destiny. Also, they describe realistically a materialistic world.

Especially her concrete process of giving shape to contemporary reality through an objective description on personal experience will be marked as an important achievement of her 1950s short stories. Even though her early works were not developed to search a wide social linkage, the absence of an actual prospect does not necessarily relate to a limitation of her stories. On the contrary, causes of the limitation can be found in a 1950s Korean society's characteristics and the impossibility of having legitimate places to collect the public demand. After all, Park's awareness on social absurdities distinguished from the 1950s Post War school that was in the depths of despair.

Park will be remembered as an author of 『Toji』 in a history of Korean Literature. However, studying 1950s early works should be accomplished to understand Park's works including 『Toji』 before anything else. After all, examining and studying Park's early works is not only evaluating the significance but also providing a foundation for systematic research on overall her works.

근대의 예원(藝苑)에서
-『창조』에 나타난 김동인의 초기 예술론-

김병길*

1. 글을 시작하며
2. 예술이라는 화두의 출현
3. 예술의 궁극(窮極)
4. 자기의 창조한 세계로서의 예술

1.글을 시작하며

연구자든 독자든 문학사를 기술하거나 읽어 가는 과정에서 노출하기 쉬운 오류의 하나는 전대 문학에 대한 반성 혹은 반발을 통한 발전적 계승으로 문학사를 이해하고픈 유혹에 부지불식간 경도 되고 만다는 사실이다. 이는 사적(史的) 서술에서 기본적으로 취하게 되는 인과적 기술 방식으로부터 비롯된 결과이기도 하겠지만, 전체적인 흐름을 필연적 관계 안에서 조망하여 이를 일목요연하게 한눈에 담길 원하는 독자의 요구에 서술자가 쉽게 부응한 탓이 크다. 특히 이식문학의 콤플렉스에 시달려온 한국문학사는 연속성의 문제에서만큼은 여전히 자유롭지 못하기에 더더욱 그 폐해가 심각하다. 그 같은 콤플렉스가 문학사를 지나치게 연속성

* 연세대 박사과정

안에서 기술하도록 만드는 강박관념으로 연구자들을 괴롭혀 온 것이다.[1] 즉, 전대문학에 대한 반성(반발)이라는 닫힌 패러다임 안에서 문학사의 흐름을 관망하는 시각이 마치 정당한 문학사 서술의 기본 원칙인양 득세하며 교의로 굳어져 왔다.

전대문학의 계몽적 특성에 초점을 맞추어 이에 대한 반성(반발)로 동인지 문학의 출현 배경을 설명해온 논의들 역시 예외가 아니다. 기존 논의들이 한결같이 두 시기 문학의 변별적 자질들은 명쾌히 드러내면서도, 그 같은 대위법으로부터 빗겨나는 동인지 문학 고유의 특성들을 밝혀내는 데는 소홀했음을 보게 되는 것은 바로 전대문학과의 연속성을 과도하게 의식하는 가운데 논점을 고정화하는 이러한 접근 방식의 경직성 때문이다.

따라서 이 글은 전대문학과의 관계망 안에서 탐색해온 기존 논의 방식으로부터 일정 정도 의식적으로 탈각하여 동인지 문학 예술론의 한 일단에 밀착해 들어가고자 한다. 전대문학의 지형을 밑그림으로 하여 이를 통해 동인지 문학에 투사하기보다는 『창조』의 실질적인 이론적 좌장 역할을 수행했던 김동인의 초기 비평들을 논의의 출발점으로 삼는 것은 그 타당한 접근 방식이 될 수 있을 것이다. 연속성 중심의 해석으로부터 놓여날 수 있는 비평적 거리두기가 가능할 때, 『창조』를 중심으로 태동한 동인지 문학의 '새로움', 곧 '참예술'의 모토가 구체적으로 무엇을 지시하는 것이었던가 소상히 밝혀질 수 있을 것이기 때문이다. 그리고 그 같은 작업을 통해 우리 근대가 이해하고 수용한 예술의 실질적인 의미와 그로부터 탄생한 미적 주체의 성격 역시 규명될 수 있을 것이다.

---

1) '내재적 발전론'으로 불리는 이러한 견해는 서구의 영향에 의해 우리의 근대문학이 형성되고 전개되었다는 논리를 중점적으로 비판한다. 김윤식 · 김현의 『한국문학사』, 조동일의 『한국문학통사』 등에서 나타나는 문학사 서술 방식이 그 대표적인 예이다.

2.예술이라는 화두의 출현

1920년대 한국문학은 동인지 문학으로 그 서막을 열었고, 그 첫 무대의 주인공은 『창조』였다. 『창조』의 동인들이 "우리의속에서니러나는막을수 없는要求로因하여이雜誌가생겨낫슴니다."[2]라고 『창조』 창간의 이유를 밝혔을 때, 이는 이후 전개될 동인지 문학 전체를 아우르는 일종의 프롤 로그였다. 『창조』, 『폐허』, 『백조』 등으로 이어지는 동인지 문학은 외형 상 젊은 유학생들이 동아리를 형성하여 문학적 글쓰기를 실천한 결과였 다. 동인지라는 자신들만의 매체를 통해 그들은 전시기 지식인들이 고민 했던 계몽이라는 화두 대신에 예술이라는 화두를 들고 등장하였다. 유독 이 시기에 그들이 '참예술'이라는 모토를 내걸고 출연하게 된 데에는 어 떤 필연적인 이유가 있는 것인가? 그렇지 않으면 전시대에 충분히 예상할 수 있었던 수순이었나? 동인지 문학의 성격을 밝히기 위해서는 이러한 물 음들이 먼저 던져져야 하고 또 불가피하게 답해져야 한다.

> "여러분中에 엇던분이 생각하시는것가치, 우리는決코 道德을 破壞하고 멸시하는거슨아니올시다, 마는, 우리는 貴한藝術의쟝긔 를가지고 저 언제던얼굴을쩌푸리고게신 道學先生의代言者가될수 는업슴니다. 그러나 쏘우리의努力을 할 일업슨者의消日 써리라고 보시는데도 不殿이라함니다. 우리는다만忠實히 우리의생각하고, 苦心하고煩悶한記錄을 여러분끠보이는쑨이올시다. 그러면여러분 은 이제무어슬, 求하시려함닛가?"[3]

위에 인용된 『창조』 동인들의 선언은 그 의문을 풀 수 있는 하나의 실 마리이다. '예술은 그 자체로 소중한 것이기에 도학선생의 대언자가 될 수 없다'는 주장은 예술의 독자성에 대해 그들이 분명하고도 단호한 인식

---

2) 同人, 「남은말」, 『창조』 제1호, 1919, 81쪽.
3) 同人, 위의 글, 같은 쪽.

을 지니고 있었음을 말해주는 일 증거다. 그러나 계몽이라는 절대명제의 중압감으로부터 벗어나기 위한 방편으로 예술이라는 화두가 그 대안으로 내세워졌던 것은 결코 아니었다. 동인지 문학이 예술을 문제삼은 데에는 나름의 충분한 이유가 있었다. 이를 해명하기 위해서는 먼저 이들이 놓인 사회사적 위치를 가늠해보는 일이 선행될 필요가 있을 듯하다.

1910년대 지식인들의 최대의 과제는 국권회복이었다. 실력양성론은 이를 위한 구체적인 대안으로 지식인들의 의식을 견인하고 있었다. 이광수의 『무정』은 이러한 배경 아래 당대 지식인들의 세계관을 단적으로 피력한 문학적 대응의 결과였던 셈이다. 1920년대 중반 이후 계급운동의 출현은 그 같은 실력양성론의 현실성에 의문을 제기하면서 일본과 조선의 관계를 지배와 피지배, 제국주의와 피식민의 관계로서 바라보는 인식상의 전환을 지식인 사회에 가져왔다. 동인지 문학을 탄생시킨 유학생 지식인들은 바로 이러한 두 개의 이데올로기의 결절점에 불안한 거처를 마련하고 있다. 그러한 측면에서 "1920년대 중반 이후 '실력양성론'이 애매한 현대문명의 수립이 아니라 보다 확실하게 자본주의 문명의 수립을 의미하는 것으로 변모되고 계급운동이 출현하면서 식민지 조선 내에서 지식인들의 사회개조 전망이 양극화되기 이전 시기, 즉 지식인들이 더 이상 조선 사회 전체를 향해서 제시할 수 있는 기획을 지니고 있지 못한 상태인 동시에 아직은 식민지로서의 조선에 대해 구체적으로 인식하지 못한 상태에 동인지 문학이 자립잡고 있는 것이 아닐까?"[4] 라는 차승기의 주장은 동인지 문학을 이끈 유학생들의 현실 인식의 현주소를 정확히 짚어내고 있다고 보여진다.

그러나 이러한 진단은 한 가지 사실이 더 덧붙여져 고려될 필요가 있다. 이들 유학생 집단은 결코 당대 조선의 현실을 타개하는 데 적극적인 관심을 가졌다거나, 그 구체적인 기획을 위해 어떠한 이데올로기적 입지점을

---

4) 차승기, 「'폐허의 시간」, 『1920년대 동인지 문학과 근대성 연구』, 깊은샘, 2000, 60~61쪽.

확보하고 문학적 실천을 행한 이들이 아니었다. 전시기 이데올로기의 허구적인 베일이 벗겨지면서 그 설득력이 점차 상실될 무렵, 그러나 아직 이를 대신할 새로운 이데올로기적 전망이 부재했던 공백기에 동인지 문학은 등장했고 또 등장할 수 있었다. 동인지 문학은 어떤 정치적 이데올로기를 동력학으로 하여 발생했거나 혹은 그에 대한 문학적 대응으로 생겨난 것이 아니었던 셈이다.5) 그들이 '참예술'을 외치며 자신들의 지면에 다양한 서구 문예사조들을 실험하는 글들을 쏟아냈던 사실만 보더라도 이는 자명하다. 그들은 그야말로 백지 선상에 스스로 출발선을 새기고 '새로운' 길을 열어 재치겠다는 강한 자의식을 지니고 있었다. 청산되어야 할 과거, 그리고 그에 대한 철저한 부정을 거쳐 새로운 시작의 정당성의 좌표를 찾으려 했던 이광수와는 다른 새로운 세대였던 것이다. 이광수의 글쓰기가 한문학의 글쓰기 체험을 바탕으로 이를 서구문학의 경험과 접목시키는 가운데 행해졌다는 사실이 주목을 요하는 것도 이 때문이다.6)

이광수에게 과거는 부정되어야 할 대상이면서 동시에 극복 과제이기도 했다. 그의 글쓰기가 논설적 요소를 효과적으로 드러내기 위한 방편으로 서사적 요소를 끌어들인 전대문학의 서사적 전통에 닿아 있다는 사실은 이를 입증하는 적절한 증거일 터이다. 그리고 그러한 맥락에서 이광수의 과거 부정은 전면적인 것이 아닌 반성적인 것임을 알 수 있다. 반면에 동인지 문학의 젊은 유학생들은 과거를 반성할 대상으로 상정하고 있지 않았다. 과거에 대한 부정 혹은 반성이 아닌 오롯이 새로운 것에 대한 '막을 수 없는 요구'가 '폐허' 상태의 조선의 예술 현실에서 '창조'적 글쓰기를 감행케 했고, 그것이 그들이 주창한 참예술의 본령이었던 것이다. 동인지

---

5) 물론 동인지 문학의 글들이 문제삼고 있는 조혼의 문제, 이혼 문제, 그리고 자유연애 등은 당대 조선의 현실과 무관한 주제가 아님이 분명하다. 그러나 그 같은 주제들이 하나의 정치적 이데올로기 차원에서 논의되어진다거나 혹은 해결되어야 한다는 인식을 바탕으로 다루어지지 않았음을 기억해둘 필요가 있다.

6) 김영민, 『한국근대소설사』, 솔, 1997, 440쪽.

문학의 출현 배경을 전대문학에 대한 반발 혹은 반성의 문맥에서 한정시키게 될 때, 동인지 문학의 성격을 곡해하는 결과를 낳을 수 있는 근원적인 이유가 여기에 있다.

3.예술의 궁극(窮極)

김동인이 자신의 예술관을 피력하기 위한 첫 전략은 「사람의 사른 참모양」이라는 글에서 보여주고 있는 자연과의 대비이다. 그는 예술의 고유성을 설명하기 위한 방편으로 먼저 자연의 위대함을 찬양하고 이와 대립항에 예술을 놓는다. 한편 과학이 예술과 동등한 층위에 놓인 것으로 언급될 수 있는 것은 그것이 인간의 창조성이 발휘된 또 하나의 영역이기 때문이다.

> "나는 科學과 藝術의 領域 境界線을 珊瑚를 動物이랄지 植物이
> 랄지 區別키힘드는 그 以上힘든다 생각혼다.
> 「어듸짜지가 藝術이냐」
> 「어듸짜지가 과학이냐」
> ……(중략)……
> 사름 그 물건이 藝術의 덩어리라혼다. 그것이 나온 물건이 엇
> 지 藝術의 反對야되리오.
> 모든 科學品(이라는 것)이 그 技術에 依ᄒ여 藝術인 同時에 그
> 物件 自身도 쏘혼 藝術이다.
> 藝術의 偉大가 自然의 偉大보다 生命이잇고 더큰 것은 定혼일
> 이아니냐.
> 사름의힘은 偉大혼것이다."[7]

인용된 위 글에서도 알 수 있듯이 김동인의 논의에서 과학과 예술 사이

---

7) 김동인, 「사람의 사른 참 모양」, 앞의 책 제8호, 26~27쪽.

의 경계는 산호를 동물 혹은 식물로 분류하는 일의 어려움만큼이나 불분명하다. 과학과 예술과의 비교는 양자 사이의 동질성을 확인하고 그로부터 인공과 자연의 대비를 선명히 이끌어내기 위해 설정되었을 뿐이다. 모든 과학품이 예술인 동시에 그 물건 자신도 또한 예술일 수 있는 이유는 기술이라는 동일한 창조적 메커니즘이 이 둘을 매개하기 때문이다. 이러한 그의 주장에는 과학이 기술이라는 동질적인 요인을 통해 예술과 같은 반열에 오르게 된다는 생각이 담겨 있다. 과학과 예술을 동일한 심급에 놓는 이 같은 전제를 통해 김동인은 예술과 자연 사이의 경계 긋기를 시도한다. 예술이 자연보다 우월한 위치를 차지하게 되는 것은 바로 기술을 통해 획득된 인공적인 창조성이 예술에 내재해 있기에 가능하다는 것이 그의 결론이다. 예술과 자연 사이의 관계가 대립적 위치에서 나아가 위계적 서열화 구조로 확대되어 인식되고 있는 셈이다.

「사람의 사른 참 모양」에서 유추해 볼 수 있는 김동인의 초기 예술관은 재고되어야 할 몇 가지의 문제점을 안고 있다. 첫째, 자연과의 대비를 통해 예술의 독자적인 가치를 드러내기 위해 끌어들이고 있는 과학이 기실 기술에 의해 창조된 과학적 발명품을 가리키는 것에 지나지 않는다는 점이다. 자연과학적 사실이나 법칙과 같은 진리의 발견에서 예술과의 동질성이 논의되기보다는 기술이 이 둘을 관련짓는 매개항으로서 부각된다. 이는 예술을 예술이게끔 만드는 결정적 요소가 인공적인 창조성에 있음을 지나치게 강조한 결과로 예술과 기술 사이의 동질성을 기계적으로 유추해내는 그의 편협한 사고의 일단을 보여준다. 그리고 그 바탕에는 그의 일천한 자연과학적 지식외에도 자연과 과학의 관계를 대립적인 위치에서 구분 짓는 자의적인 해석이 깔려 있다.

한편 예술을 자연보다 우월한 것으로 파악함에도 불구하고 자연이 저열한 것 내지는 무가치한 것으로 평가되고 있지 않다는 사실에 유의할 필요가 있다. 김동인의 설명대로라면 인공적인 기술은 예술과 과학의 동질적인 특징이면서 이들 양자를 자연보다 가치 있는 것으로 만드는 결정적

인 요소이다. 그리고 자연은 언제든지 사람의 기술에 의해 인공성이 부여
된다면 예술과 과학의 위대함에 이를 수 있는 잠재적 가능태로 인식된다.
그렇게 볼 때, 김동인은 예술 및 과학의 위대성을 효과적으로 강조하기
위한 대비의 대상으로서 자연을 언급하고 있음을 알 수 있다. 이러한 비
교 구도는 어찌되었던 자연이 과학 및 예술과 상대적인 위치에 자리하고
있음을 전제한 것이다. 외부에 객관적인 실체로 존재하는 대자연이든 혹
은 인간 내부의 본성이든 긴에 인공적인 깃과 대비되고 있다는 측면에서
자연이 대상화되고 있다는 사실은 명백하다. 그리고 그것은 자연과 인간
을 일체로 바라보았던 전근대적인 미분화 상태의 자연관과는 분명 궤를
달리하는 세계 이해이다.

김동인을 비롯하여 동인지문학의 문인들이 참예술을 구하겠다고 선언
했을 때, 이 같은 새로운 인식 지평이 곧 그 출발선이 되었을 것임은 능히
짐작할 수 있는 사실이다. 예술을 자연과의 대비 속에서 설명하려는 시도
는 자연과 인간을 이항대립적 관계 안으로 끌어들이는 사고와 정확히 일
치한다. 김동인이 자연보다 사람의 위대함을 높이 평가하는 근거로 자연
의 위대함은 생명 없는 위대함이라 주장하면서 예술과 과학의 위대성을
바로 생명 있음에서 찾으려 했던 것도 결국 이러한 인식론적 틀을 벗어난
것은 아니었다.

김동인이 예술과 과학을 매개시키며 이들 범주로부터 자연을 대타항으
로 배제시키는 원리는 생명 개념이다. 예술과 과학에는 자연에 없는 '생
명'이 있다고 주장하며 예술의 우월적 지위를 김동인은 재차 강조한다.
이러한 그의 생명 개념은 지극히 주관적인 조작적 정의에 의해 규정되고
있다는 점에서 의심된다. '생명'에 관해 그는 "참사람의 참의미의 사라잇
는 모양"8)이라 정의하고 있는 바, 이는 "자기의 참 사라잇는 모양"9)이 과
학과 예술에 들어 있기에 그 둘은 자연보다 위대해질 수 있다는 논리의

---

8) 김동인, 앞의 글,『창조』제8호, 1921, 26쪽.
9) 김동인, 위의 글, 26쪽.

전거가 된다. 김동인의 예술관의 핵심어라 할 수 있는 '생명'에 관한 논의
는 「자기의 창조한 세계」에서 보다 구체화된다. 그는 '예술이란 무엇이
냐'라며 스스로 던진 질문에 다음과 같은 답을 내놓는다.

> "藝術이란 무어시냐, 여긔對한解答은 헤일수없이만치만, 그가운
> 데 그中正堂한대답은,
> 「사람이, 自己기름자의게 生命을부어넣어서 活動케하는 世界—
> 다시말하자면, 사람自己가 지어노흔, 사랑의世界, 그것을니름이
> 라」 하는것이라.
> 엇더한要求로말믜암아 藝術이생겨낫느냐, 한마듸로대답하려면,
> 이것시다. 하누님의지은世界에滿足지아니하고, 엇던不完全한世界
> 던 自己의精力과힘으로써 지어노흔뒤에야 처음으로滿足하는, 人
> 生의偉大한創造性에서말믜암아 생겨낫다."10)

  김동인이 상상한 예술은 '자기 기름자', 곧 예술가 자신으로부터 발산
(發散)되는 어떤 것이 생명을 얻어 스스로 활동을 영위하게 되는 새로운
세계이다. 다소 추상적인 그의 예술에 대한 정의에서 분명히 알 수 있는
사실 한가지는 '생명'이란 수사를 동원한 '인공적인 창조성'의 강조에 있
다. 설령 인공에 의해 창조된 세계로서의 예술이 신의 창조에 비교될 수
없는 불완전한 세계라 할지라도 그것이 무(無)로부터 새롭게 만들어진 세
계라는 점에서 그 창작자에게는 진정한 만족을 주는 사랑의 세계가 될 수
있다는 논리가 이를 뒷받침한다. 그리고 이러한 창조는 결코 집단적인 행
위가 아닌 자아주의(egoism)와 연결되기에 더더욱 의의를 지닌다는 것이
김동인의 생각이다. 극도의 에고이즘, 곧 자신에 대한 참 사랑에서 자기를
위한 세계인 예술의 창조가 가능할 수 있으며 동시에 그로부터 예술이 생
겨난다는 것이 그의 주장의 요체이다.
  예술에 관한 정의, 그 태동 배경, 그리고 참예술의 실례를 들어 김동인

---

10) 김동인, 앞의 글, 49쪽.

이 자신의 예술관을 본격적으로 설파하고 있는 이 글에서 주목되어야 할 점은 근대적인 의미의 예술이 어떻게 새롭게 정의되는 가운데 그 위상 정립이 이루어지고 있는가 하는 문제일 것이다. 이미 "과학이 인(人)의 지(知)를 만족케 하는 학문이라 하면 문학은 인의 정(情)을 만족케 하는 서적"11)이라는 이광수의 주장을 통해 문학이 독자적인 가치 영역임을 선언한 근대적인 미의식은 피력된 바 있다. 그는 이광수의 이러한 주장에서 한 걸음 나아가 문학뿐만 아니라 미술까지도 예술이라는 한 세계 안에 아우르면서 예술에 대한 새로운 정의를 제안한다.12) 미술과 건축, 그리고 문학이 예술이라는 하나의 이름으로 묶일 수 있는 것 역시 기술을 통한 새로운 세계의 창조이기 때문이다. 이는 생업을 위한 천한 기술자로 치부되어왔던 쟁이들에 대한 전통적인 고정관념을 일시에 뒤집는 견해로 당대에는 쉽사리 수용될 수 없는 논리였다. 그럼에도 불구하고 '예술을 인생 제일의 가치로 부상시키려 했을 때, 문사(文士)로서의 전통을 스스로 부정하고 자신을 예술가로 새로이 성격 규정하는 일, 그리고 쟁이로 천대받아오던 이들과 그들의 작업을 예술로 격상시키는 일이 불가피하게 동시에 진행될 수밖에 없었을'13) 저간의 사정은 그 같은 전복적 사고의 배경을 말해 준다.

결과적으로 인공적인 창조력을 가리키는 것이라 할 수 있는 생명이란

---

11) 이광수, 「문학이란 何오」, 『이광수 전집』 1권, 삼중당, 1962, 508쪽.

12) 이광수 역시 평론이 아닌 문학 작품 속의 등장인물의 입을 빌어서이기는 하나 일찍이 『무정』에서 새로운 예술관의 단초를 보여준 바 있다. 『무정』의 주인공 영채는 기생으로서 자신이 지닌 배운 기예를 천한 것으로 여겨왔다. 그러나 서양 음악에 관한 병욱의 태도를 보며 자신을 예술가로 자각하게 된다. 이광수는 이 두 인물을 통해 예술의 독자적인 가치, 그리고 예술의 다양성에 대해 이야기하려 했던 것이다. 그러나 이는 변화된 예술의 위상을 강조하는 데서 그치고 있을 뿐 김동인의 예술론처럼 본격적으로 근대적인 의미의 예술을 정의하려 한다거나 그 특성을 논의하는 단계까지 진전된 것은 아니었다.

13) 오문석, 「1920년대 초반 '동인지'에 나타난 예술이론 연구」, 『1920년대 동인지 문학과 근대성 연구』, 깊은샘, 2000, 97~98쪽.

용어를 이렇듯 부풀려 김동인이 애써 강조하고 있는 이유는 예술을 지엄한 것으로 추앙하는 그의 태도와 무관하지 않다.

> "世界에 滿足치못한 「사람」은, 國家를만드렀고, 여긔도 못 滿足
> 하여, 마츰내, 自己一個人의 世界이고도 萬人함끠즐길만한 世界---
> 藝術이라는 것을 創造하엿다. 이러케, 自己의 痛切한 要求로말믜
> 암아 「藝術」은, 이것卽 人生의기름자요 人生의 無二한 聖書요, 人
> 生의게는 없지못할 사랑의 生命이다."[14]

김동인이 위에서처럼 예술을 인생의 둘도 없는 성서요, 사랑의 생명과도 같은 것이라 정의하는 것 역시 단순히 예술의 독자성만 강조하기 위한 언술은 아니었다. "예술은 개인 전체이오. 참 예술가는 人靈이오. 참 문학적 작품은 신의 囁이오"[15]라는 진술이 말해주고 있듯이 예술은 가히 '신인합일(神人合一)'을 수행한 자'의 지위에 다다르기에 이른다. 김동인의 예술론이 기술(art)을 매개로 과학과의 동질성 확인을 거쳐 자연과의 비교 우위를 점하는 것으로 그 성격을 극명하게 드러낸다는 사실은 앞서도 확인 할 수 있었다. 따라서 그 최종적인 결론이 신의 언어(囁) 경지에 이르는 데 두어질 것임은 충분히 예상할 수 있는 결과이다. 수사적 과잉으로 치장되고 있는 예술에 대한 숭앙은 결국 예술의 위상을 높임으로써 그 독자적 영역을 구축하기 위한 전략에서 발로되었던 셈이다. 그리고 예술에 바치는 그 같은 극단적인 헌사가 예술 자체를 신비화함으로써 현실과 예술 사이의 접점의 경계를 점차 지워내게 되리라는 것 또한 분명하다. 예술을 자연과 분리하여 이항 대립의 구도에 편입시키는 인식론이 극단으로 치닫게 될 때, 자연 예술은 현실 저편의 그 무엇이 되고 말 것이기 때문이다. 계몽과 계급이라는 현실 정치학의 자장이 미치지 못했던 틈새에서 동인지문학이 예술을 화두로 탄생하였고 탄생할 수밖에 없었던 데에는 김

---

14) 김동인, 「자긔의 창조한 세계」, 앞의 책 제7호, 49~50쪽.
15) 김동인, 「소설에 대한 조선 사람의 사상을」, 『학지광』 제17호, 1919, 1.

동인의 이 같은 초기 예술론이 원류로 자리하고 있었다.

4. 자기의 창조한 세계로서의 예술

「자긔의 창조한 세계」에서 김동인이 예술에 대한 정의, 인생과 예술과의 관계를 설명하면서 최종적으로 탐색하고 있는 주제는 참예술적 가치이다. 그는 톨스토이와 도스토예프스키를 비교의 대상으로 삼아 이 문제에 대한 구체적인 답 찾기를 시도한다. 그는 먼저 이 두 작가를 사상(思想) 및 주의(主義) 층위에서 논하고 이어 예술적 가치를 평한다. 김동인이 사상-주의상의 논의에서 취하는 방식은 두 작가에 대한 기존의 비평들을 일관성 있게 정리하는 태도이다. 사상-주의 면에서 톨스토이는 '광포한 설교가', '횡포한 설교자'이자 비평가들에게 힐책을 받을 수밖에 없는 미치광이다. 비록 톨스토이가 그의 숭배자들에게는 '위대한 인격자', '구세주'로 받아들여졌지만 사랑의 가면을 쓴 위협자였다는 것이 김동인의 대체적인 평이다. 반면에 도스토예프스키는 '사랑의 철학자여', '성인이여'라는 찬사를 모든 사람에게서 받은 인물로 평가된다. 김동인이 이 두 작가에 대해 이토록 상반된 평가를 내리는 근거는 무엇인가? 김동인은 자신의 주장을 뒤받침 하기 위해 두 작가의 작품들을 직접적으로 거론한다. 그러나 그럼에도 불구하고 이 같은 대조적인 평가가 충분히 납득할 만한 근거에 바탕하고 있지 못하다는 점에서 그의 주장은 설득력이 미약하다. 다만 두 작가의 사상-주의 면에 주목한 기존 비평가들의 평을 수용한 의도를 파악하게 될 때, 그 평가 기준이 구체적으로 무엇에 기초한 것인지를 짐작할 수 있을 따름이다.

톨스토이를 향하여서는 '악마여', '사회의 죄인이여', '그의 교훈은 모두 노파의 헛소리로다'라는 악평을, 도스토예프스키에게는 '세기의 문학자'이자 '선지자'라는 칭송을 김동인이 쏟아 부었을 때, 거기에는 예술이 사상 혹은 종교를 전파하는 도구로 전락해서는 안 된다는 인식이 깔려 있다. 김동인이 톨스토이를 혹평할 수밖에 없었던 이유는 이 때문이다. 교훈조의 명령을 서슴지 않으며 도덕자연 했던 톨스토이의 만년의 행적은 예술이 사상과 교훈의 시녀로 전락한 모습을 그대로 보여주는 것이기에 김동인에게 강한 거부감을 불러일으킬 수밖에 없었던 것이다. 그리고 그의 이러한 시각은 이후 이광수의 문학을 향해 경멸에 찬 시선을 보내는 일련의 비평에서도 일관되게 유지된다.

　김동인 예술관의 이러한 일면이 『창조』를 비롯한 여타 동인지문학을 전대문학의 계몽성에 대한 반발로 해석해온 견해들에 적지 않은 힘을 실어 준 것이 사실이다. 그러나 엄밀히 말하자면 톨스토이류의 교훈조가 참예술을 해치는 것이라 김동인이 천명했을 때, 이는 예술이 고유한 영역을 지니는 대상임을 강조하고자 하는 의도에서 비롯된 것일 뿐, 계몽성이 깊이 침윤되어 있는 전대문학을 경계하기 위함은 아니었다고 보여진다. 예술가를 문사(文士)적 전통과 결별하여 새롭게 정의하고자 했던 것처럼 철학 혹은 사상, 종교 등과 미분화 상태로 엉켜 있던 예술을 그로부터 분리해내는 작업은 참예술적 가치를 궁구(窮究)하던 김동인에게는 더없이 중요한 관심사였다. 이러한 이해를 수용하지 않는다면, 왜 그가 사상-주의 면에서 두 작가에 내린 평가와 예술적 가치의 측면에서 내린 평가가 상반되는지를 해명할 길은 묘연해지고 만다.

　김동인이 두 작가의 예술적 가치를 평하기 위해 내놓는 전제는 예술과 예술가에 대한 정의이다. 그에 따르면 "예술이란 자아적 사랑이 낳은 자기를 위하여 자기가 창조한 자기의 세계"이고 "예술가란 한 개의 세상 - 혹은 인생이라 하여도 좋다 - 을 창조하여 가지고, 종횡 자유로 자기 손바닥 위에서 놀릴 만한 능력이 있는 인물"[16]이다. 그리고 이 같은 정의에 근거할 때만이 '도스토예프스키는 "자기가 창조한 인생을 지배치를 않고

---

16) 김동인, 앞의 글, 51쪽.

그만 자기 자신의 그 인생 속에 빠져서, 어쩔 줄을 모르고 헤매"인 작가였던 데 반해 톨스토이는 한 인생을 창조하여 "그 인생을 자유자재로, 인형 놀리는 사람이 인형 놀리듯 자기 손바닥 위에 올려놓고 놀렸다. 꺼꾸로도 세워 보고, 바로도 세워 보고, 웃겨도 보고, 울려도 보고, 자기 마음대로 그 인생을 조정하였다.'"[17]라는 주의-사상의 측면과는 상반되는 평가가 설자리를 찾을 수 있게 된다. 진정한 예술가는 자기가 창조한 세계, 곧 예술의 세계에서만큼은 그 세계가 가짜든 진짜든 신과 같은 전권을 행사할 수 있는 존재라는 것이 김동인의 생각이었다. 따라서 자기가 창조한 세계의 주인이 되지 못한다는 것은 여타의 사상 및 주의에 그 작가가 종속되었거나 혹은 교훈이나 도덕률에 자신이 창조한 세계를 의탁하여 그 결과 온전한 세계를 창조하지 못하였다는 증거가 된다.

'사상과 주의 면에서 위대한 문학자는 광포한 설교가가 되어서는 안 된다. 대신 그는 자기가 창조한 독창적인 예술 세계에 대해 지배권을 가진 자이어야 한다.' 김동인의 예술관을 집약하고 있는 이 주장은 서구와 일본의 근대를 투과하여 식민지 조선에 다다르는 과정에서 굴절을 경험할 수밖에 없었던 우리 근대 예술의 내상에 대한 그의 처방전이다. 김동인의 톨스토이 비판이 일종의 환멸의 시선으로 읽히는 이유는 이 때문이다. 식민지 조선에서의 예술이 그 나름의 터전을 일구기도 전에 계몽의 굴레에 뒤엉킬 수밖에 없었던 사정을 되짚어볼 때 그러하다. 문학이 독자적인 가치 영역임을 주장하며 근대적인 미의식을 피력했던 이광수 역시 계몽이라는 현실 동력학에 자신의 문학을 철저히 긴박함으로써 분화되고 독립된 형태로서의 근대적인 예술을 지켜내지는 못하였다. 그러한 맥락에서 예술의 독자성이 실천을 통해 구체화되고, 마침내 근대적인 미적 주체의 형성에까지 이르게 되는 것은 동인지문학 시대에 비로소 가능해졌다고 할 수 있다. 그리고 이를 선도한 이가 김동인이었다.

---

17) 김동인, 앞의 글, 52쪽.

김동인이 그의 글에서 의식적으로 반복하는 '자기'라는 말이 담고 있는 함의가 단순히 개인주의(egoism)의 자의식적 표현으로 한정하여 볼 수 없는 것도 이러한 맥락에서이거니와, 그 '자기'라는 수식어가 '창조'라는 말과 긴밀한 내연 관계에서 쓰이게 되는 정황이 깊이 탐색되어야 할 필요가 그로부터 제기된다. '자기'를 응시하기 시작한 행위는 국가 혹은 민족이라는 전체주의적인 공동체 이데올로기로부터의 탈주를 시도하는 개인이 발견되었음을 의미하는 징후이다. '자기'의 발견을 통해 더 이상 국가와 민족의 이름을 내걸고 문사로서의 우월적인 위치에서 글쓰기를 하지 않아도 되는 자유를 김동인을 비롯한 동인지 문학의 지식인들은 양도받을 수 있었다. 그리고 그렇게 발견된 개인이 '창조'적 행위의 실천과 결합하는 양상은 곧 근대적인 미적 주체의 탄생을 뜻하는 것이었다. 김동인이 일관되게 예술이 도학자의 도덕론 되는 것을 거부하며 동시에 '생명'이라는 수사를 통해 인공적인 창조성을 옹호히고 강조했던 것은 이를 강력히 대변한다. 그리고 바로 이 지점에서 또한 예술에 대한 김동인의 과도한 추앙이 문제시될 소지가 발견된다. 즉, 현실로부터 예술을 격리하여 초월적 대상으로 신비화함으로써 또 다른 극단에 닿을 위험이 그의 예술론에는 상존하고 있는 바, 이를 고려하지 않게 될 경우 그의 예술론인 지닌 양가성의 부정적 측면이 간과될 것이기 때문이다.

　비록 김동인의 초기 예술론은 그 정치(精緻)함 면에서, 그리고 논리적인 체계 면에서 구체성을 띠지 못한 논의였다. 그럼에도 불구하고 현실 정치학과 철학, 그리고 종교 등과 거리 두기를 통해 근대적인 예원(藝苑)의 울타리를 세우는 동시에 그 새로운 공간의 주인이 될 법한 근대적인 미적 주체를 호출하는 데 중심적인 역할을 했다는 점에서 그 공적이 인정되어야 한다. 아울러 그 미적 주체가 철저히 현실 정치에 등돌린 상상된 주체였다는 부정적인 측면 역시 간과되어서는 안 될 것이다. 그러나 그 같은 극단적인 편향이 역설적으로 계몽 담론의 전횡으로 인해 도착(倒錯)된 우리 근대 예술의 기형적인 전개 과정에서 비롯된 것임에 주목할 필요가 있다. 동인지 문학이 본격화한 예술 논의를 면밀히 검토하는 일이 이 시기 문학사 기술의 전제로서 우선시 되어야 하는 이유가 여기에 있다. 전대문학에 대한 반성(반발)이라는 패러다임에 매이게 될 경우 우리 근대문학의 전도된 궤적을 답습하는 문학사 서술 방식은 여전히 반복될 수밖에 없을 것이기 때문이다.

참고문헌

김동인, 『창조』 제1-9호, 1919, 2-1921. 5.

김동인, 「소설에 대한 조선 사람의 사상을」, 『학지광』 제17호, 1919, 1.

김영민, 『한국근대소설사』, 솔, 1997.

김윤식, 『김동인 연구』, 민음사, 1987.

김윤식 · 김현, 『한국문학사』, 민음사, 1973.

오문석, 「1920년대 초반 '동인지'에 나타난 예술이론 연구」, 『1920년대
            동인지 문학과 근대성 연구』, 깊은샘, 2000.

이광수, 「문학이란 何오」, 『이광수 전집』 1권, 삼중당, 1962,

조동일, 『한국문학통사』, 지식산업사, 1982.

차승기, 「'폐허의 시간」, 『1920년대 동인지 문학과 근대성 연구』, 깊은샘,
            2000.

최원식, 『김동인 연구』, 새문사, 1982.

In the Garden of Modern Art

Kim, Byoung-Gill

From 1919 to 1921 Kim Dong-In and students abroad have published a learning and art companion magazine called "Changjo(creatin)". On that magazine he wrote many essays which defined the meaning and essence of modern art. Even if Kim's writings were not concrete as well as logical, his study contributed to establish the concept of modern art in Korea. Especially his conference on the aesthetic subject is very important to understand the Korean literature of the colonial age.

Kim Dong-In didn't propose art for art's sake to reflect on the former literature with the motto 'enlightenment'. Investigating the original characters of modern art was his matter of concern. He thought that the modern art is greater than nature because art is invented by artificial skill. Additionally art should not represent the ideology of politics or religion, and the law of morality, he said. When we can explain his such opinions, Dongingimunhak(companion magazine literature including Changjo, Pehou, Baekjo)'s the original traits of character will be manifested. Therefore, in order to replace Dongingimunhak Kim's view of modern art should be reappraised excluding the continuity with the former enlightenment literature.

해방 후 한국문학비평과 휴머니즘론

―비평의 객관성 문제와 관련하여

구장률*

1. 근대비평사를 보는 문제틀과 휴머니즘론
2. 민족문학 · 순수문학 · 휴머니즘
3. '제3휴머니즘'과 '생리'의 문학관
4. 객관적 비평 기준의 상실

1. 근대비평사를 보는 문제틀과 휴머니즘론

서발비평(序跋批評)의 형식으로 출발한 형성기 한국 근대문학비평은 신문이나 잡지 등 공공영역 형성에 기초가 되는 물적 기반의 발달과 함께 전문화된다. 실천비평과 이론비평으로 장르상 분화를 보이는 형성기 근대 문학비평은, 이성적 의사소통을 전제로 민주주의적 계몽사상과 민족주의 적 애국사상을 고취하면서 국민국가라는 상상된 공동체를 구성하는 데 일조했다는 점에서, 분명 전과 구별되는 문학의 새로운 담론 영역을 개척 했다고 하겠다. 그러나 1890 ~ 1910년대에 이르는 초창기 근대비평은 여 전히 재도지문(載道之文)의 전통적 관념에 입각한 입법비평이 대부분이 었고, 비평이라는 장르의 본질에 대한 자의식 또한 찾아보기 어려운 과도 기적 특성을 보여준다.[1]

---

* 연세대 박사과정

[1) 형성기 근대문학비평에 대해서는 김복순, 「1890년대~1910년대의 문학비평연구 - 序 跋批評을 중심으로」, 연세대 석사논문, 1982와 「근대문학비평의 여명기」, 『1910년대

비평의 기능과 본질에 대한 본격적인 성찰은 1920년 김동인과 염상섭이 김환의 소설 「자연의 자각」2)에 대한 입장 차이를 계기로 벌인 논쟁에서 처음으로 찾아볼 수 있다. 이 논쟁에서 김동인과 염상섭은 비평의 대상과 역할이 무엇인지에 대해서 상반된 입장을 전개한다. 김동인은 비평이 '작품의 조화된 정도'를 논하여 독자들에게 해설하는 것일 뿐, 작가에 대한 판단이 비평의 대상이 될 수 없다는 내재적 비평관을 드러낸 반면,3) 염상섭은 작가의 인격이 작품에 반영되지 않을 수 없는 한 작품 이해를 위해서는 작품과 관련된 여러 외적인 요소들 또한 고려해야 한다는 외재적 비평관을 내세운다.4) 그러나 『창조』와 『폐허』 동인의 대립이라는 감정적 요소를 걷어 내고 이 논쟁의 의미를 읽는다면, 실상 김동인과 염상섭은 비평이 어떻게 취미판단의 문제를 넘어서 객관성을 확보할 수 있는가에 대한 나름의 입장을 드러냈다고 볼 수 있다. '만인이 수긍할 의견'이 비평이어야 한다는 데는 전제 아래, 비평이 공정성을 확보할 수 있는 구체적인 방법이 무엇인가가 바로 논쟁의 핵심이기 때문이다.5) 따라서 한국비평사에서 비평에 대한 자의식은 비평의 공정성, 다시 말해 비평이 어떻게 객관성을 확보할 수 있는가에 관한 입장 제시로 시작되었다고 해도 틀리지 않다.

그렇다면 이후 전개된 문학론들은 무엇을 향해 서로 길항했던가? 이미 프로문학에 대한 연구가 상당히 진척된 지금, 카프를 중심에 두지 않고 근대비평사를 구성하는 일이 불가능함은 인정하지 않을 수 없는 사실이다. 근대비평사의 굵직한 문학 논의 대부분이 프로문학론과 직·간접으

한국문학과 근대성』, 소명, 1999 ; 권보드레, 「문학 범주 형성의 배경」, 『한국근대소설의 기원』, 소명, 2000 참조.

2) 김 환, 「자연의 자각」, 『현대』, 1920년 1월.

3) 김동인, 「비평에 대하여」, 『창조』 제9호, 1921년 5월.

4) 염상섭, 「여의 평자적 가치를 논함에 답함」, 『동아일보』, 1920년 5월 31 ~ 6월 2일.

5) 이 논쟁의 의미에 대해서는 김영민의 『한국근대문학비평사』, 소명, 1999 1장을 참조할 수 있다.

로 관계를 맺고 있으며, 그 과정에서 한국문학의 수준은 일층 성숙할 수 있었다. 적어도 이러한 전제가 성립한다면 앞의 질문은 "프로문학론이 이론적・실천적인 측면에서 이루고자 한 것은 무엇인가?"라는 물음으로 좀 더 구체화될 수 있으며, 이는 근대비평사를 형성한 여러 문학론들의 차이를 다소 무화(無化)시키는 단점이 있음에도 불구하고 근대비평사가 성취한 중요한 의미 가운데 하나에 접근하기 위한 물음이겠다.

물론 선행연구들을 통해 이 질문에 대한 답변은 여러 가지 방식으로 이루어졌다. 프로문학론의 비평사적 의미는 '민족문학의 발전사'에서, 때로는 '리얼리즘의 발전사'에서 해답을 얻기도 했다. 하지만 문학사 전반이나 특정 사조가 아닌 '비평사'라는 장르사 자체의 변천과정에 주목할 때, 우리는 다음의 글을 통해 질문에 대한 좀더 일반적인 답변의 실마리를 얻을 수 있다.

문예과학 혹은 예술과학이라고 불러지는 학문의 영역에 있어 현대적 유물론의 조영(照映) 하(下)에 천명되어야 할 과제는 대단히 풍부한 것이며 또 거대한 과학적 노력이 이것을 위하여 지불되어야 할 것이다.

거의 무한에 가까운 문예과학의 제(諸) 과제 가운데서 우리는 그 기본적인 것으로 대개 다음에 두 계열을 들 수가 있다. 하나는 문학 급(及) 예술의 역사적 발전에 관한 일반적 학(學) 즉 역사적 과학으로서의 '사적(史的) 문예학'을 들 수 있으며 둘째로는 예술적 형성의 과정에 관한 논리학 인식론으로서의 '변증법적 문예과학'을 들 수가 있다. 그리하여 이러한 계열이 여태까지 전자는 문학사, 후자는 문예비평(혹은 문예학, 시학)이란 개념으로 표시되었다. 그러나 맑스주의 예술과학은 이 두 계열을 통일 가운데서 체현하는 것이다. 동시에 전자나 후자가 다 이러한 통일성 가운데서만 비로서 과학으로서의 독립적인 학문이 되는 것이다. …… 이 전제라는 것은 문학적인 일절의 현상의 설명에 있어서 그것을 과학적으로 이야기하라면 문예적인 현상, 그것은 "역사적

인 동시에 논리적인" 방법으로서 해야만 한다는 그것이다.[6]

　다소 긴 위 인용문은 임화의 비평에 관한 사유를 대표하는 예로 종종 인용되는 바, 한편으로 프로문학운동의 성과와 방향을 함축하고 있는 대목으로도 읽을 수 있다. 아나키스트와의 논쟁을 통해 등장한 이후 줄곧 프로문학론 진영의 효장(梟將)이었던 임화가 이 글을 통해 강조하는 바는 비평의 '과학성'이다. 임화는 현재 국문학 연구에서 '비평'이라는 장르로 분류되는 범주를 '문예과학'이라는 용어로 표현한다. 즉, 문학에 관한 원론적인 논의나 작품에 대한 가치판단 등이 '과학'적으로 논의되어야 하며, 그러한 가운데 비평은 하나의 독자적인 '학문'의 영역을 이루게 된다는 것이다. 여기서 우리는 근대비평사 서두에 등장한 비평의 '공정성'에 관한 자의식이 십여 년이라는 시간을 보낸 후 '과학성'을 향해 상승하고 있음을 확인할 수 있다.

　문학을 과학적으로 논한다는 것은 이데올로기의 장막을 걷어내고 문학의 존재조건을 사유할 수 있는 도구의 마련, 좀더 일반화하여 이야기한다면 비평의 객관적 기준을 확립하는 일과 다르지 않다. 특히 그러한 과학성을 변증법적 유물론과 사적 유물론에 기대는 프로문학론에서는 문학을 고유한 차이를 가지는 특수한 사회적 실천들 가운데 하나로 보며, 문학을 신비화하거나 탈정치화 하려는 여타의 문학론과 투쟁함으로써 그 실천적 존재 의미를 확보한다. 초기에 속류 사회학적이고 도식적인 측면이 없지 않았으나 프로문학론이 이론상의 발전을 이룰 수 있었던 이유는 문학이라는 담론의 장 속에서 '과학성'을 무기로 당대 현실의 주요 모순에 치열하게 응전했으며, 그 과정에서 '과학성'을 포기하지 않음으로써 내부의 모순마저 발견·수정할 수 있었기 때문이다. 그런 맥락에서 카프를 중심

---

6) 임화, 「집단과 개성의 문제」, 『조선중앙일보』 1934년 3월 13일. 이 글은 창작방법 논쟁 가운데 제출된 글로써, 시론의 성격을 가진 위 인용문은 카프 해산 이후 임화가 이론적 노동을 집중했던 '신문학사' 서술에 가장 기본이 되는 구도이다.

으로 한 내용·형식 논쟁, 방향전환론, 창작방법론 등 근대비평사의 굵직한 논의들은 실상 문학을 어떻게 객관적으로 인식할 수 있는가에 대한 구체적인 방향찾기였다.[7]

이러한 문제틀을 바탕으로 비평사를 살핀다면 1930년대 후반에 진행된 휴머니즘에 관한 논의는 단순히 '전형기의 모색비평'으로만 다루어질 수 없는 중요한 의미를 지닌다. 휴머니즘론의 중심 논자였던 백철과 김오성은 탈역사화된 '인간성'이라는 구호를 전면에 내세워 도구적 이성이 아닌 합리적 이성 일반을 거부함으로써 근대비평사를 통해 성취한 비평의 객관적 기준 자체를 부정했기 때문이다. 문제는 여기에 그치지 않아서 1940년대로 넘어오면 더욱 심각해진다. 세대-순수 논쟁을 통해 휴머니즘론은 외연만 달리하되, 동일한 내포적 의미와 이론 구조를 그대로 유지하면서 담론의 장에서 '순수문학론'으로 전위(déplacement)하는 데 성공한다.[8] 더구나 휴머니즘론을 논리적 기반으로 하는 순수문학론은 나시 해방 이후 좌우 대립 가운데 우파 문학론의 헤게모니를 장악하기에 이르니, 그 영향력은 실로 막대한 것이어서 인식의 지형도를 새롭게 그리게 되는 1950년대 중반까지 비평의 좌표는 사실 사라지게 된다.

본고는 위와 같은 문제틀을 바탕으로 해방과 분단을 전후로 한 한국문학비평의 전개를 휴머니즘론에 초점을 맞추어 재구성하는 것이 목적이다. 이를 통해 1930년대에 나타난 휴머니즘론이 이후에도 지속되고 있다는 사실과 분단 이후의 한국비평사가 어떤 조건 속에서 출발했는지를 알 수 있을 것이다.

---

7) 여기서 비평의 객관적 기준이 가지는 내용이 무엇이며, 그 실천적 투쟁이 당대 현실과의 관계 속에서 형성한 구체적인 역사성은 제시된 개념의 일반성 속에 녹아 있다.
8) 자세한 내용은 졸고, 「휴머니즘론의 사적(史的) 전개 과정 연구」, 연세대 석사논문, 2001 참조.

2. 민족문학 · 순수문학 · 휴머니즘

세대 - 순수 논쟁을 통해 순수문학과 결합한 휴머니즘론은 해방 이후에 본격적으로 전개된다. 여기서 '본격적'이라는 말의 의미는 세계관으로서의 성격이 강하던 휴머니즘론이 문학론의 차원에서 적극적으로 전개된다는 뜻이기도 하지만, 무엇보다 순수문학론의 이론적 기반이 되어 우익 문학 진영의 이데올로기를 장악해 가는 과정을 의미한다. 즉, 해방 후는 그 어느 때보다 휴머니즘론의 실천적 기능이 지배적인 힘을 얻던 시기라는 말이다. 휴머니즘과 순수의 기치를 걸고 〈조선문학가동맹〉에 대응할 수 있는 문학론을 구축한 중심 인물은 김동리와 조연현이었다. 김동리가 휴머니즘에 바탕한 순수문학론과 민족문학론을 전개했다면, 조연현은 김동리의 논의를 보완하는 동지적 관계 속에서 '논리'에 반한 '생리'의 문학관을 제시한다.

일제 말기 한동안 침묵을 지키던 김동리가 평단에 개입하면서 세대 - 순수 논쟁을 통해 틀을 세웠던 자신의 논리를 본격적으로 다듬기 시작한 것은 〈조선청년문학가협회〉(이하 청문협)이 조직된 이후이다.9) 최초의 본격적인 우파 문학단체라 할 수 있는 〈청문협〉은 〈조선문필가협회〉의 전위대로 1946년 4월 4일 결성된다. 청문협의 임원 가운데 대표적인 인물들을 보면 회장 김동리, 부회장 유치환 · 김달진, 평론 분과 회장 조연현, 시 분과 회장 서정주 등으로 이 조직의 문학적 지향을 쉽게 추측할 수 있다. 〈조선문필가협회〉와는 달리 청문협은 강령에서 문학단체로서의 성격을 명백히 하고 있으며, 특히 '일체의 공식적 예속적 경향을 배격하고 진정한 문학정신을 옹호'할 것을 내세워 소위 일제 말기 신세대의

---

9) 해방 직후의 문단상황에 대해서는 신형기, 『해방직후의 문학운동 연구』, 연세대 박사논문, 1987 ; 윤여탁, 「해방정국의 문학운동과 조직에 대한 연구」, 『한국학보』, 1988년 가을 ; 김철,「한국보수우익 문예조직의 형성과 전개」, 『실천문학사』, 1990년 여름 ; 김영민, 『한국현대문학비평사』, 소명, 2000, 12 ~ 23쪽을 참고하는 것이 좋다.

문학관이 우파 문학단체의 공식적인 문학론으로 자리잡았음을 알 수 있다.[10]

김동리는 먼저 청문협의 기관지인 『청년신문』에 조연현과 더불어 우파 문학단체의 입장을 개진한다. 해방 후 최대의 과제는 민족국가의 건설이었던 바, 누구도 여기서 자유로울 수 없던 상황에서 김동리는 「조선문학의 지표」[11]를 통해 해방기를 '혁명의 단계'로 규정하고 혁명의 성격을 계급적 시각에서 볼 것인지, 아니면 민족적 시각에서 볼 것인지를 묻는다. 김동리는 어떤 시각이 옳고 그르냐 하는 문제는 그리 중요한 것이 아니라고 말함으로써 일단 좌파 문예이론과 직접 대결하는 구도를 회피한다. 대신 민족적 시각에서 현 단계의 현실을 바라보는 것이 더 주류적이요 전통적이라는 이유로 '민족혁명의 단계에 있어서의 우리 민족의 문학적 지표란 민족문학 수립' 이외의 아무 것도 아니라고 주장하며, 민족문학이 '민족정신 발휘의 문학이며 동시에 문학상의 민족적 자각'이리는 명제를 제시한다. 조연현의 「문학의 위기」[12]와 더불어 좌파의 민족문학론에 대응하는 동시에 청문협의 방향을 제시한 이 글에서, 김동리는 조선적 민족성을 탐구하고 실천해야 한다는 내용을 요지로 막연하기는 하지만 일단 좌파 민족문학론과 차별화된 민족문학론을 전개했다고 볼 수 있다.

그런데 주목할 대목은 민족문학론으로 〈청문협〉의 문학관을 대변했던 김동리가 곧 휴머니즘에 바탕한 순수문학론으로 논점을 옮기고 있다

---

10) 청문협의 강령은 다음과 같다. 첫째, 자주, 독립 촉성에 문화적 헌실을 기함. 둘째, 민족문학의 세계사적 사명의 완수를 기함. 셋째, 일체의 공식적 예속적 경향을 배격하고 진정한 문학정신을 옹호함. 곽종원, 「조선청년문학가협회」, 『해방문학 20년』, 정음사, 1966, 316쪽 참조.

11) 김동리, 「조선문학의 지표」, 『청년신문』, 1946년 4월 2일.

12) 「문학자의 태도」, 『문화창조(1945년 12월)와 「새로운 문학의 방향」(『예술부락』, 1946년 1월)를 발표할 때까지 좌파 이론에 경도되는 등, 조연현의 문학론은 뚜렷한 정체성을 형성하지 못하고 있었다. 하지만 청문협 회원이 된 이후 쓴 이 글에서 조연현은 문학과 정치의 분리를 주장하여 좌파문학론을 공격하면서 문학적 지향점을 분명히 한다. 조연현, 「문학의 위기」, 『청년신문』, 1946년 4월 2일.

는 사실이다. 다시 말해 민족문학에 대한 논의는 외면할 수 없었던 당대 현안에 대한 대응일 뿐, 김동리와 청문협의 근본적인 지향점은 휴머니즘에 기반한 순수문학론에 있었다. 조선적 민족성을 강조하는 막연한 민족문학론보다 정치를 배제하는 순수문학론을 내세우는 것이 좌파 문학론을 공격하는 데 더 큰 효과를 발휘했을 뿐더러, 청문협의 정체성을 확보하여 "부동층에 속했던 상당수의 우익 성향의 청년문인들을 결집할 수 있었던 것이다."[13]

조선공산당이 신전술을 채택하면서 좌우합작을 사실상 포기한 1946년 7월, 김동리는 「순수문학의 정의」[14]를 써서 〈조선문학가동맹〉 측의 문학관을 실랄하게 비판한 후, 다시 「순문학의 진의」[15]를 발표하여 본격적으로 '휴머니즘 - 순수문학 - 민족문학'의 관계를 정립한다. 순수문학을 탐미주의나 상아탑류의 문학쯤으로 오해하는 이들에게 그 진의를 밝히기 위해 글을 쓴다고 운을 뗀 김동리는 순수문학을 다음과 같이 정의한다.

> 순수 문학이란 한마디로 말하면 문학 정신의 本領正系의 문학이다. 문학 정신의 본령이면 물론 인간성 옹호에 있으며 인간성 옹호가 요청되는 것은 개성 향유를 전제한 인간성의 창조 의식이 신장되는 때이니만치 순수 문학의 본질은 언제나 휴머니즘이 基調되는 것이다.[16]

---

13) 김명인, 「조연현 연구」, 인하대 박사논문, 1998, 66쪽.
14) 김동리, 「순수문학의 정의」,『민주일보』, 1946년 7월 11 ~ 12일. 이 글은 앞에서 언급한 김남천의 「순수문학 제태」에 대한 반론의 성격을 띠고 있다. 이후 김동리는 「左右간의 左右」(『백민』, 1946, 10)에서 좌파와 우파가 서로 감정적 대립을 하지 말자고 촉구하지만, 실상 감정적인 방식으로 대응한 이들은 김동리를 위시로 한 청문협의 문인들이었다. 김동리는 이 글에서 일제 말기 김남천의 행적까지 들추어 원색적 비판을 서슴지 않는다.
15) 김동리, 「순수문학의 진의」,『서울신문』, 1946년 9월 15일.
16) 위의 글.

순수문학에 대한 이러한 정의는 이미 세대 - 순수 논쟁에서 드러난 바 있다. 인간성 옹호야말로 문학 정신의 본질이며, 문학 정신의 본질을 추구하는 문학이야말로 휴머니즘에 기반한 순수문학이라는 공식을 해방 이후에도 김동리는 여전히 유효하게 사용한다. 하지만 김동리는 현대 휴머니즘의 존재의미를 설정하고 다시 휴머니즘과 순수문학과의 관계를 구성하는 대목에서, 김동석이 '그냥 정치에 무지하다고 말할 것이 아니라 그 의도조차 의심할 필요가 있다'[17]고 지적한 것처럼, 실천적 의미가 일제 말기와는 다른 순수문학론을 전개한다.

김동리는 휴머니즘의 역사적 전개를 세 단계로 나누어 오늘날 휴머니즘이 어떤 현실적 의미를 갖는지 설명한다. 김동리에 의하면 1기는 고대의 휴머니즘으로 '고차원적 영혼 生長의 인간확립'을 목표로 했다. 2기 르네상스 휴머니즘은 신본주의에 대항해 인간주의의 승리를 이끌었으나 이성적 인간 정신의 개화로 인해 과학적 기계관을 산출하였으니 중세의 규율화된 신성 대신 과학이라는 현대적 우상이 생겨났다고 파악한다. 이러한 르네상스 휴머니즘의 문제점으로 인해 니체나 하이데거, 헤세, 지드 등의 3기 휴머니즘이 등장하게 된다. 따라서 김동리가 도출하는 휴머니즘의 현대적 의의는 유물사관 비판을 통해 인간성을 옹호하는 데 있다고 정리할 수 있다. 왜냐하면 유물사관이야말로 '과학주의 기계관의 결정체'이며 3기 휴머니즘은 공식적 기계관을 극복하고 민주주의의 세계사적 조류를 형성하는 데 일조해야 하기 때문이다. 이러한 시각은 1930년대 휴머니즘 논자들과 거의 동일하기 때문에 전혀 새로운 것이 아니다. 그런데 문제는 김동리가 당대의 정황 속에서 〈조선문학가동맹〉을 비판하는 우파의 민족문학론을 구성하는 데 휴머니즘의 논리를 적극적으로 활용한다는 점이다.

김동리에 의하면 세계는 이미 '개성의 자유와 인간성의 존엄'을 목적으

---

17) 김동석, 「시를 위한 시」, 『예술과 생활』, 박문출판사, 1947.

로 하는 휴머니즘의 조류가 지배적인데, 현하 조선에서는 부자연스럽게 과거 경향파 계열의 문학인을 중심으로 한 문학동맹 문인들이 유물론이라는 과학주의적 기계관을 바탕으로 '과학적 세계관', '진보적 리얼리즘', '혁명적 로맨티시즘', '과학적 창작 방법' 등 일련의 공식론을 만들어내서 후진 사회 특유의 병리를 보여주고 있다. 이러한 경향은 단지 현대의 우상숭배에 불과하며 세계 문화의 발전에 도움이 되지 않을뿐더러 민족문학을 수립하는 데에도 걸림돌이 되는데, 그 이유는 다음과 같다.

> 왜 그러냐 하면 민족 문학이란 원칙적으로 민족 정신이 기본되어야 하는 것이며 민족 정신이란 본질적으로 민족 단위의 휴머니즘 이외의 아무 것도 아니기 때문이다. 우리는 민족적으로 과거 반세기 동안 이족의 억압과 모멸 속에 허덕이다가 오랜 역사에서 배양된 豪邁한 민족 정신이 그 해방을 초래하여 오늘날의 민족 정신 신장의 역사적 실현을 보게 되었거니와 이것은 곧 데모크라시로써 표방되는 세계사적 휴머니즘의 연속적 필연성에서 오는 민족 단위의 휴머니즘으로서 규정할 수 있는 것이다. 이와 같이 민족 정신을 민족 단위의 휴머니즘으로 볼 때 휴머니즘을 그 기본 내용으로 하는 순수 문학과 민족 정신이 기본되는 민족 문학과의 관계란 벌써 본질적으로 별개의 것일 수 없다는 것을 알 수 있다.[18]

앞서 언급했던 김동리의 추상적인 민족문학론은 이 단계에서 휴머니즘론과 본격적인 관련을 맺게 된다. 김동리에 의하면 민족문학은 민족정신에 바탕을 둔다. 그런데 현대의 민족 정신은 민족 단위의 휴머니즘이므로 인간성 옹호의 휴머니즘을 바탕으로 하는 순수문학이 바로 민족문학이다. 따라서 공식적 기계주의의 우상 숭배자들인 〈조선문학가동맹〉의 민족문학론은 현대의 휴머니즘에 반하기에 반민족적이라는 것이다.[19] 여기서

---

18) 김동리, 앞의 글.
19) 프롤레타리아 국제주의를 반민족적이라고 비판하고 '민족정신'과 같은 상징적 표현

우리는 김동리가 휴머니즘을 '순수문학론'과 '민족문학론'을 연결하는 매개로 삼고 있음을 알 수 있다.

하지만 김동리의 글에서 '민족정신'의 구체적 내용인 '민족단위의 휴머니즘'이 무엇을 의미하는지 알 수 없기에 좌파 민족문학론을 비판하는 논리로서는 적지 않은 한계가 있다. 추상적 휴머니즘을 기대어 논의를 시작한 이유도 있지만, 무엇보다 논의 전개 방식이 근본적으로 '은유'의 형식을 취하기 때문이다. A와 B라는 개념의 내포와 외연을 규정하고 그 차이와 동일성을 비교하여 둘 사이의 관계를 파악하는 것이 아니라, A = B = C = A와 같은 방식으로 민족문학에 대한 정의는 민족정신으로, 민족정신에 대한 정의는 휴머니즘으로, 휴머니즘에 대한 정의는 순수문학으로, 순수문학에 대한 정의는 다시 인간성 옹호로 은유되기 때문에 휴머니즘과 순수문학, 민족문학에 대한 김동리의 논의는 안과 밖, 처음과 끝이 없는 뫼비우스의 띠와 같다. 문학 작품이 아닌 비평 담론에서 은유를 통해 논리를 전개하는 방식은 개념의 모호성과 더불어 김동리가 문학을 신비화시키면서 권위를 확보하는 고유한 방식이자, 휴머니즘론의 원환(圓環)구조를 형성하는 형식이기도 하다.[20]

이처럼 일제 말기 '순수'의 지향점이던 휴머니즘은 해방이 되자 공식적

들로 좌파를 공격하는 것은 초기 반공 이데올로기의 일반적 논리였다. 김 정, 「해방 직후 반공이데올로기의 형성 과정」, 『역사연구』 7, 2000년 6월 참조.

[20] 올리비에 르블은 언표내적 행위의 특성이 명증성과 투명성에 있지만 이데올로기적 담화는 그렇지 못하다는 사실을 지적하고, 이데올로기적 담화의 한 특성으로 비의주의(秘義主義, ésotérisme)를 든다. '개성', '생명', '생리'처럼 친숙한 '기표'임에도 불구하고 그 '기의'가 모호한 단어들은, 르블에 따르면 권력을 정당화하는 기능을 행사할 수 있다. "불명확한 용어와 모호한 구문을 사용하는 것은 이중의 장점을 지닌다. 그것은 듣는 사람들로 하여금 깊이 생각하지 못하게 하여, 말하는 사람의 우월성을 확인시켜준다. …… 외관상 비의주의는 메타언어적인 것이지만 실제로는 '당신은 우리를 이해할 수 없기 때문에 우리를 믿어야 하며 우리에게 복종해야 한다'는 식의 선동적 차원에 놓이는 것이다." 올리비에 르블, 홍재성·권오룡 역, 『언어와 이데올로기』, 역사비평사, 1994, 134쪽.

기계관이 유물변증법에 대응하는 논리로 기능한다. 휴머니즘의 함의(含意)가 변할진대, 휴머니즘에 근거한 '순수문학' 역시 실천적 기능을 달리하여 해방 후에는 〈조선문학가동맹〉이라는 구체적인 표적을 공격하는 청문협의 문학관이 된다. 즉, 정치와 절연한 '순수'를 주장함으로써 김동리는 자신의 정치적 입장을 오히려 역설적으로 드러낸다. 또한 휴머니즘과 순수문학의 실천적 기능에 좌우되는 '민족문학론'은 단지 당대 정세에 대응하기 위한 임의적 구성물이라고 판단할 수 있다.[21] 여기서 휴머니즘은 유물변증법을 비판하는 논리로 작동하는 동시에 순수문학과 민족문학에 정당성을 부여하는 역할을 수행하는 것이다.

휴머니즘에 관한 담론이 주체에 따라 이토록 다른 모델로 제시되고 같은 논자일지라도 시간의 흐름에 따라 그 실천적 성격이 확연히 달라지는 이유는, 휴머니즘론이 기본적으로는 '인간 본성'에 바탕하기 때문이다. 인간이라면 누구나 동일한 본성이 있다고 전제하는 휴머니즘론은 '본질의 관념론'이라 칭할 수 있는 고유한 구조를 가진다. 하지만 '인간 본성'은 사람에 따라 너무나 다양한 해석이 가능하기 때문에 오히려 '휴머니즘'은 비어 있는 개념이라고 할 수 있으며, 이로부터 발생하는 추상성과 자의성

---

21) 이후 김동리는 「민족문학론」에서 '민족문학'에 대한 생각을 좀더 구체적으로 전개한다. 이 글에서 김동리는 민족문학을 ① 계급투쟁으로서의 민족문학, ② 민족주의 문학으로서의 민족문학, ③ 본격문학으로서의 민족문학 세 가지 유형으로 나눈다. 하지만 김동리에 의하면 계급의식은 민족의식을 말소하는 데서 출발하며 계급적 민족문학은 그 정치적 목적성으로 인해 한시적으로 유용할 뿐 민족의 영구한 재산이 될 수 없다. 박종화 등을 중심으로 한 민족주의 민족문학 역시 참된 민족문학일 수 없는데, 그 이유는 조선에서 민족주의는 해방운동이라는 제한된 특수성을 가지기 때문이다. 김동리가 이 글에서 말하는 참된 민족문학은 세계성과 영구성을 가진 민족적 개성의 문학이다. 하지만 이러한 논리는「순수문학의 진의」에서 언급한 민족문학론의 형식적인 확대일 뿐 내용상 크게 달라진 부분은 없다. 한동안 민족문학론을 거론하지 않다가 군이 이 시기에 민족문학론을 다시 쓰게 된 데에는 남한 단독정부 수립이 확실해진 상황에서 일소된 좌파 문학진영 뿐만 아니라 우파 문학진영의 다양한 논의에 대해 자신의 입장을 재정리하고 문단에서 기반을 확실히 하려던 의도가 크다고 생각한다. 김동리, 「민족문학론」,『대조』, 1948년 8월 참조.

으로 인해 휴머니즘론은 스스로 지칭하는 대상의 본질을 인식할 수 없게 만든다는 문제점이 있다. 즉, 휴머니즘론은 엄밀한 논리적 체계라기보다 몇 가지 개념과 대다수의 이미지로 구성된 표상들의 체계라고 말할 수 있을 정도로 이론적으로는 공소(空疎)하다. 그럼에도 불구하고 김동리의 경우에서 볼 수 있는 것처럼 '휴머니즘'을 향한 공소한 논리들은 절대 느슨하지 않으며 오히려 특정한 실천적 목표를 향해 강력히 결합된다. 휴머니즘론은 현실의 객관적 정황과 주체가 처한 주관적 조건 속에서 제각각 구성될 수 있지만 언제나 특정한 요구에 의해 등장한 필연적 허구물이며, 그 요구에 부합하기 위해 이론적으로 비어 있는 만큼 여러 가지 다른 담론들과 결합하여(김동리의 경우에는 순수문학, 민족문학과 결합된다) 다양한 실천력을 행사할 가능성이 많다. 즉, 여타의 다른 이데올로기적 담론과 마찬가지로 휴머니즘론의 실천적 기능은 이론적 기능을 지배한다.

인간성 옹호를 문학정신의 본령으로 삼고 그것을 지키려는 문학가의 태도와 예술적 형상화를 통한 실천이 일제 말기 김동리가 말한 '순수'였다면, 해방 후 김동리의 '순수'는 유물변증법이라는 공식적 기계주의를 우상으로 숭배하는 〈조선문학가동맹〉과 대치하면서 하나의 정치적 입장으로서 성립한다. 세대 - 순수 논쟁 이후 휴머니즘 논의가 유물론을 비판하는 데 무게중심을 둔다는 점과, 이론적 개념들로 이루어진 것이 아닌 표상들의 체계라는 점에서 1930년대 휴머니즘론과 상당히 닮았지만 그 실천적 기능은 차이가 있다. 1930년대의 휴머니즘론이 중간파의 이데올로기를 합리화하는 논리였지만 프로문학의 도식성을 반성하게 하는 일말의 긍정적 역할을 했다면, 청문협 회장 김동리는 휴머니즘론을 필요에 따라 자의적으로 민족문학론과 결합하면서 '대공 문화전선'[22]의 무기로 활용

---

22) '문단 주체세력'과 '대공 문화전선'은 조연현이 해방기를 회상하면서 사용한 말이다. 조연현은 '문단 주체세력'으로 김동리, 박종화, 이헌구, 조지훈, 박목월, 곽종원, 서정주, 모윤숙, 유치진 등을 들고 있는데 이 말을 사용한 조연현 자신 역시 같은 그룹에 속한다는 것은 말할 것도 없다. 조연현, 『내가 살아 온 한국문단』, 현대문학사, 1968,

한다. 이러한 김동리의 문학론은 휴머니즘론에서 실천적 기능이 이론적 기능을 지배한다는 사실을 다시 한번 확인시켜 주면서 '제3 휴머니즘'이라는 이름으로 지속된다.

3. '제3휴머니즘'과 '생리'의 문학관

해방 직후 문단의 주도권을 장악했던 세력은 좌파 문학단체였다. 하지만 좌익이 득세하던 해방 직후의 상황에 대해 적극적인 조치를 하지 않으면 공산주의자들이 통제권을 장악할 수 있다고 미군정이 판단하면서 사태는 변한다. 좌익과 정면충돌을 벌일 수 없었던 미군정이 남한의 우익세력을 결집시켜 좌익에 대응할 수 있도록 여러 가지 정책을 시행함에 따라 한민당과 반공청년단 같은 우익단체들이 점차 세를 확대, 그 지원을 받던 우파 문화단체들 역시 〈전조선문필가협회〉와 청문협의 회원들을 주축으로 1947년 2월 12일 〈전국문화단체총연합회〉로 결속한다. 동시에 좌파 문학단체들에 대한 탄압이 시작되어 1946년 10월 문학가동맹의 지도부가 해주로 이동하고 이듬해 1947년 3월에는 문학가동맹 기관지인 『문학』이 판금조치를 당하며 8월에는 문학가 동맹 자체가 폐쇄되기에 이른다.

이러한 상황에서 김동리는 「문학운동의 이대방향」[23]과 「문학과 자유의 옹호」[24]을 발표하여 '순수'와 거리가 먼 정치적인 글쓰기를 한다. 좌파

20쪽.

23) 이 글에서 김동리는 〈조선문학가동맹〉의 강령을 예시한 후 좌파 문학가들이 "〈일제잔자의 청산〉이란 미명 밑에서 조국광복을 교란하고, 〈일제잔재의 소탕〉이란 구호 아래서 민족 해체를 선동하고 〈국수주의의 배격〉이란 신호로써 열국(美蘇英中 四國)의 속국되기를 자원"했다고 비판한다. 〈조선문학가동맹〉의 강령에 맞서 김동리는 ① 민족정신의 옹호, ② 문학정신의 옹호, ③ 자주독립의 실현을 주장한 후 이를 문학운동의 이대방향이라고 스스로 말함으로써 우파 문학진영의 방향을 대변한다. 김동리, 「문학운동의 이대방향」, 『대조』, 1947년 5월.

24) 김동리, 「문학과 자유의 옹호」, 『백민』 3권 4호, 1947년 7월 1일. 이 글은 일명 '응향

문학가들이 인간성과 개성을 말살한다는 내용을 중심으로 쓴 두 글은, 단지 좌파 문학론을 공격하는 차원을 넘어 미군정이 남한에 정착시키고자 한 자본주의적 자유주의 이데올로기를 문학론의 차원에서 재생산하고 있다는 점에서 주목할 만 하다.

좌파 문학진영이 수세에 몰리던 1947년, 김동리는 김병규·김동석과 두 차례의 논쟁을 치른다. 먼저 〈조선문학가동맹〉의 소장 평론가 김병규는 좌파가 통일전선전술을 포기하고 우파에 직접 반격을 가하기 시작하던 1947년 1월 「순수문제와 휴매니즘」[25]을 발표해 김동리를 비판한다. 김병규가 현실에 대한 분석이나 인식을 무시하는 순수문학관은 추상적인 공론 이상일 수 없으며 순수문학론의 정당성을 확보하기 위해 억지로 휴머니즘을 갖다 붙였다는 내용을 요지로 김동리를 비판하자, 김동리는 「순수문학과 제3세계관」[26]을 써서 자신의 논의를 가다듬는 선에서 대응한다. 김병규는 다시 「독선과 무지」[27]에서 순수문학을 부르주아 문학의 위기로부터 탄생한 퇴폐적 문학론으로 규정하고, 휴머니즘론을 일정한 이론적 체계가 아닌 반동층의 이데올로기로 규정하지만 김동리 문학론의 역사적·이론적 의미를 해석하는 데까지 이르지는 못한다.

'상아탑'에서 문학가동맹으로 자리를 옮긴 김동석도 「순수의 정체」[28]

필화사건'에 대한 의견을 개진하기 위해 쓴 글이다. 잘 알려졌다시피 1946년 말 문예총 원산지부에서 펴낸 시집 『응향』에 대한 백인준의 평이 문제가 되어 발생한 이 사건으로 인해 북한 문단에 일대 숙청이 일어난다. 북한에서 벌어진 정치사건 가운데 처음으로 표면화된 '응향 사건'은 남북의 문단은 물론 범문화예술계에 충격을 던져주었고, 남한 우익 문학진영이 반박 논문을 발표하는 등 결속을 더욱 공고히 하는 계기가 되었다. '응향 사건'에 대해서는 정한숙, 『해방문단사』, 고려대출판부, 1980, 52 ~ 69 참조.

25) 김병규, 「순수문제와 휴매니즘」, 『신천지』, 1947년 1월.
26) 김동리, 「순수문학과 제3세계관 - 김병규씨에 답함」, 『대조』, 1947년 8월. 평론집 『문학과 인간』에는 「본격 문학과 제3세계관의 전망 - 특히 김병규씨의 항의에 관하여」로 실려 있다.
27) 김병규, 「독선과 무지」, 『문학』, 1948년 4월.

를 써서 김동리에게 포문을 연다. 일제시대 김동리의 행적을 '순수' 속으로 움츠려든 거북이로 비유하여 감정적인 비판을 펼친 이 글에 대해 김동리, 조연현 역시 「생활과 문학의 핵심」29)과 「무식의 폭로 김동석씨의 「김동리론」을 駁함」30)에서 원색적인 비판을 한다. 김동리는 김동석의 글이 잡지의 가십 기사 이상일 수 없다고 무시하며, 일제 말기의 '순수'는 최소한의 현실적 의미를 가질 수 있었지만 해방이 된 상황에서 아무런 의미도 없다는 김동석의 주장에 대해 조연현은 "정치가에게 애국심이 그의 최초의 생명이라면 문학가에게 있어서는 순수가 그의 최초의 생명일 것이다. 일제 때에 애국심이 필요했고 순수가 요구되었던 것처럼 해방된 오늘에도 애국심이 요청되어야 하고 순수는 주장되어야 하는 것이다"31)는 정치적 입장을 내세워 논의가 더 이상 진전되지 못한다.

김병규와 김동리의 논쟁이 서로 이론적 체계를 완전히 부정한 상태에서 이루어져 1930년대 휴머니즘 논쟁의 수준을 넘어서지 못하는 이데올로기적 비판의 차원에 머물렀다면, 김동석과의 논쟁은 감정 대립으로 치달았다는 점에서 두 논쟁 모두 해방기 비평사에 생산적인 결론을 가져왔다고 보기는 어렵다. 그런 점에서 이른바 해방기 순수문학 논쟁은 논쟁의 형식이기는 하되 정치적 입장 차이로 인해 평행선을 달려, 한국비평사에서 해방기가 차지하는 특수한 성격을 보여준다.32)

---

28) 김동석, 「순수의 정체 - 김동리론」, 『신천지』, 1947년 11월.
29) 김동리, 「생활과 문학의 핵심 - 김동석군의 본질에 대하야」, 『신천지』, 1948년 1월. 평론집 『문학과 인간』에는 「독조(毒爪)의 문학 - 김동석의 생활의 정체를 구명함」으로 실림.
30) 조연현, 「무식의 폭로 김동석씨의 「김동리론」을 駁함」, 『구국』, 1948년 1월.
31) 위의 글.
32) 해방기 순수문학 논쟁의 자세한 전개 과정은 이현식, 「해방 직후 순수문학논쟁 연구」(『민족문학사연구』 7, 1995년 6월)을 참조하는 것이 좋다. 그런데 여기서 한 가지 지적할 문제는 기존 연구 가운데 우파 문학론이 좌파 진영과의 논쟁을 통해 형성되었다는 분석을 많이 볼 수 있다. 이현식은 휴머니즘에 바탕한 김동리의 순수문학론이 좌익 문학론에 대응하는 과정에서 형성되었다고 지적하면서 다음과 같이 말한다. "사실 김동리의 독특한 순수문학론은 지금까지 보아온 대로, 문맹측 문인들과의 논

하지만 「순수문학과 제3세계관」은 김동리가 예의 순수문학론과 휴머니즘론을 문학의 자율성 문제와 연관지어 다듬고 있다는 점에서 살펴볼 만하다. 이 글은 크게 ① 순수문학의 의미, ② 휴머니즘과 문학의 자율성 문제, ③ 유물사관과 제3휴머니즘, 세 가지 문제를 다룬다.

먼저 이 글에서 김동리는 순수문학론 이외의 다른 문학관을 배제하던 자세에서 물러나 순수문학의 위치를 조정한다. 김동리에 따르면 순수문학만이 문학은 아니며, 문학은 '제일의적인 문학과 아울러 제이의적 혹은 제삼의적인 문학' 등 여러 수준으로 나뉠 수 있다. 그럼에도 순수문학, 다시 말해 '문학 정신의 본령정계의 문학'만이 제일의적 문학인데, 공리주의 문학이나 상아탑류의 문학은 처음부터 특정한 정치적 목적을 가짐으로써 제한된 인간성만을 다룰 수 있기 때문이다. 제일의적 문학은 언제나 인간성 전체를 문제삼는 바, 그러한 문학을 일컬어 '순수문학' 혹은 '본격문학'이라 칭한다는 것이다.

김동리에 의하면 이러한 제일의적 문학은 문학 자체의 목적, 즉 문학의 자율성을 목적으로 할 때 성립할 수 있다. 여타 경제적, 사회적, 교육적, 종교적 목적을 위해 만들어지는 문학은 제한되고 억압된 인간성만을 담

쟁을 통해 논리와 체계를 얻은 것이라 해도 과언이 아니기 때문이다." 김동리의 순수문학론이 김병규, 김동석과의 논쟁에서 얻어진 산물이라는 주장이다. 하지만 김동리의 순수문학론은 이미 일제 말기 세대 - 순수 논쟁을 거치면서 주된 골격이 만들어졌거니와 작가로서 '개성과 생명의 구경 추구'라는 나름의 독특한 비평관을 확립한 것이 사실이다. 여기서 인용한 예가 아니더라도 기존 연구에서 우파 문학론이 좌파와 대립, 논쟁하는 가운데 즉자적으로 형성되었다는 점을 들어 그 이론적 근거 자체를 부정하는 경우를 종종 볼 수 있다. 하지만 이러한 해석은 적절하지 못하다. 비록 우파 문학론이 공소하고 좌파에 대응하는 과정에서 형성된 부분이 적지 않지만 좌파 문학론 역시 우파 문학론과 대립하면서 일정한 성취를 이루었다는 사실 역시 부정할 수 없다. 또한 휴머니즘에 기반을 둔 순수문학론이 좌파의 논의에 좌우되는 것처럼 보이는 이유는 앞서 언급했듯이 당대의 정황과 주체가 처한 조건에 따라 자의적으로 변할 수 있는 이론적 성격에서 유래한다. 중요한 점은 특정 문학론의 존립 근거 자체를 부정하는 데 있는 것이 아니라, 왜 그러한 문학론이 발생하게 되며, 그 논리적 구조는 어떠하고 현실에서 어떤 실천력을 행사하느냐의 문제이다.

게 되므로 '그 질에 있어 자율성이 결여되는 동시, 제일의적인 문학의 지위에서 이탈'한다. 따라서 '문학의 자율성'은 결국 '인간성 옹호'와 일맥상통하는 것이며, '문학 정신이 문학의 자율성을 본의로 한다는 것은 곧 인간성 옹호'를 의미하게 된다. 이런 맥락에서 제일의적 문학인 순수문학은 정치주의 문학과 대립한다는 것이다.

김동리는 다시 휴머니즘과 유물사관의 차이를 설명함으로써 '인간성 옹호'의 구체적인 정당성을 확보하고자 한다. 김동리는 전과 다르게 '물질이 의식을 결정한다'는 명제의 일면적 진리성을 인정한다. 하지만 공리주의 문학이 제일의적 문학일 수 없는 것과 같이 인간의 창조적 능력과 능동성을 무시하는 유물사관은 올바른 세계관일 수 없다. 인간의 '자유 향상의 욕구와 방법'이 사회적, 정치적, 물질적 일반 생활의 과정을 결정할 수 있기 때문이다. 제3휴머니즘은 이처럼 유물사관에 맞서서 작가의 '창조적 의욕이라든가, 정신적 계기라든가, 개성적 기능이라든가 하는 주체적 조건'을 옹호하려는 지향이며, 제3휴머니즘을 기조로 하는 것이 바로 본격문학 혹은 순수문학이다. 따라서 제3휴머니즘과 유물사관은 근본적으로 대립할 수밖에 없다.

문학의 본질과 기능에 관한 논의로부터 시작해 제3휴머니즘을 제창하는 데 이르는 김동리의 논의는 자본주의의 문제점마저 지양할 수 있다는 더욱 높은 이상을 향해 비약한다.

제3휴머니즘은 이와 같이 자본주의 사회의 모순과 결함을 근본적으로 시정하는 일방, 마르크시즘 체계의 획일적 공식적 메커니즘을 지양하는 데서 새로운 고차원의 제3세계관을 확립하려는 데에 그 지향이 있다. …… 다시 말하면 자본주의적 기구의 결함과 유물변증법적 세계관의 획일주의적 공식성을 함께 지양하여 새로운 보다 더 고차원적 제3세계관을 지향하는 것이 현대 문학 정신의 세계사적 본령이며, 이것을 가장 정계적으로 실천하려는 것이 시방 필자가 말하는 소위 순수 문학 혹은 본격 문학이라 일컫는

것이다.33)

여러 차례 이름을 바꾸어 '제3휴머니즘'에 이르지만 실상 그 내용은 1930년대 휴머니즘론과 다른 점이 없기에 1930년대 휴머니즘론의 한계를 그대로 지니고 있다는 사실은 쉽게 알 수 있다.34) 그런데 여기서 눈여겨 볼 점은 첫째로 김동리가 태도를 바꾸어 순수문학 이외의 여타 문학관과 유물사관이 가지는 긍정적 기능을 일면 인정한다는 점, 둘째로 문학의 참된 가치는 그 자율성을 지키는 데 있다는 명제를 바탕으로 순수문학과 제3휴머니즘의 의미를 조율한다는 점, 셋째로 자본주의와 사회주의를 지양

---

33) 김동리, 「순수문학과 제3세계관」, 『대조』, 1947년 8월.

34) 한형구는 김동리의 휴머니즘론과 1930년대 휴머니즘론의 연관성에 대해 "이것은 30년대 전형기의 휴머니즘 논쟁사에서 제기된 김오성 류의 '네오 휴머니즘'론 연장선상에서 그 역사적 문맥이 구축된 것임은 문맥을 보아 쉽게 알 수 있다. 단지 김동리의 '제3(기) 휴머니즘'론에서 특유하게 엿보이는 것은 서양 전통의 휴머니즘 정신에 동양 정신의 접맥을 통한 변증법적 지양의 계기를 부여함으로써 그 이념의 역사적 성격을 탈근대적인 것으로 정초했다는 점인데, 그렇다고 하더라도 그 구체적인 내용적 함의에 있어서 추상적 공론 이상의 것을 이로부터 발견하기는 힘들다"고 말한다. 김동리의 휴머니즘론이 비평사적 맥락에서 1930년대 휴머니즘론과 깊은 연관성이 있다는 한형구의 지적은 정당하다. 하지만 김동리의 문학론에 대해 '탈근대적'이라는 수사를 붙이는 일은 신중하게 생각할 문제다. 분명 근대 시민사회의 이념은 합리적 이성을 바탕으로 한 계몽주의며, 그러한 이념적 바탕을 전제로 자본주의 체제가 성립한다는 사실은 의심의 여지가 없다. 그러나 '탈근대'라는 말이 단지 근대성 자체를 부정하는 자세를 가리키지는 않을 것이다. '탈근대적'이라는 말은 근대사회의 모순을 역사적인 맥락에서 이해하고 그것을 넘어서려는 모색의 고통 속에서 사용될 때 비로소 존재의미를 갖는다. 하지만 김동리가 그러한 이유로 문학을 '생의 구경적 형식'으로 신비화시키거나 동서양의 정신을 변증법적으로 지양하려 했다고 보기는 어려우며, 설사 그렇다 하더라도 '추상적 공론' 이상의 수준으로 나아간 것은 아니었다. 오히려 '유물과 유심의 대립적 이분법을 초극하고 서양정신과 동양정신을 변증법적으로 지양'하려던 계기는 그의 큰형 凡夫 김기봉의 영향에서 찾는 것이 적절하다. 또한 김동리의 글에서 자본주의 체제를 비판하는 대목을 찾아볼 수는 없으며, 오히려 반공 이데올로기를 문학 심급에서 재생산하므로써 남한의 지배체제를 정당화했다는 '사실'을 간과해서는 안된다. 김동리의 문학론을 평가하면서 '탈근대적'이라는 수사를 사용하는 것은 그 신비적 속성에 내재된 정치적 함의를 부정하는 일이다. 한형구, 「일제말기 세대의 미의식에 관한 연구」, 서울대 박사논문, 1992, 86쪽.

하는 제3세계관을 내세운다는 점이다.

　이러한 변화를 통해 김동리는 일방 자신과 다른 세계관을 인정하는 듯한 포즈를 취하면서 좌우의 이데올로기적 대립 구도를 '문학의 자율성'이라는 미적 차원으로 대치한다. 그 결과, 해방 직후 순수문학과 휴머니즘에 관한 김동리의 논의가 추상적인 '인간성 옹호'를 근거로 자신의 정치적 입장을 표면에 노출했다면, 여기서는 불순한 예술의 사회적 기능에 대립하는 완전한 문학의 '자율성'을 내세워 순수문학의 정치적 성격을 이면에 은폐하는 것이 가능하게 된다. 그런 점에서 기존의 휴머니즘론과 그리 틀리지 않지만, 제3휴머니즘은 예술의 자율성을 옹호하고 이를 통해 자본주의의 모순을 넘어서려는 지향이라고 말함으로써 마치 새로운 문학세계(제3세계관에 입각한 순수문학)를 열어 놓는 듯한 착각을 불러일으킨다.

　자본주의의 모순이 무엇이며, 사회주의와 자본주의를 비판적으로 지양한 세계의 상은 어떤 것이냐는 핵심적인 문제에 대한 서술이 없기 때문에 '제3세계관'은 이론 차원에서 의미를 갖지 못하는 김동리 개인의 상상적 지향점 이상이 될 수 없다. 하지만 순수문학과 휴머니즘의 목적이 미적 자율성을 옹호하는 것이며, 미적 자율성에 대한 옹호는 인간성 옹호로 이어진다는 논리는 직접 정치와 예술의 분리를 논하는 것보다 훨씬 큰 효과를 발휘할 수 있다. '美'라는 베일 뒤에서 주체의 정치적 이데올로기는 그림자만 남거니와, '미'란 무엇인가에 대한 원론적인 논쟁을 유발해 문제의 핵심으로부터 멀어질 가능성이 많기 때문이다.

　예술의 자율성은 상대적이다. 다시 말해 예술은 상부구조의 한 심급으로서 불균등한 사회구조의 운동 속에서 상대적인 자율성을 갖는다. 문학이 경제적 심급이나 정치적 심급 등에 영향을 받기도 하지만 역으로 다른 심급을 변화시키는 힘을 발휘할 수도 있다. 이러한 영향관계는 인식하기 힘들 정도로 복잡하고 간접적이며, 일반적 생산양식과 문학적 생산양식·문학과 이데올로기·내용과 형식의 관계 등 문학의 기본적인 존재 조건에 대한 구체적인 분석을 거치지 않고는 이해하기 힘들다. 그런데 김동리는 문학의 자율적 기능이 특정한 조건 속에서 가능하다는 사실을 배제한 체 완전한 자율성을 추구한다. 비록 '제3휴머니즘'을 지향하는 순수문학을 통해 현실의 모순을 초극할 수 있다고 주장하기는 했지만, 사회구조의 다른 심급들에 영향을 미칠 만한 이념을 제시하거나 새로운 형식적 실험의 방법을 보여주지 못할 때 김동리의 문학관은 한 개인의 구도적 자세인 '생의 究竟的 형식'에 머무르게 된다.

김동리가 '제3의 휴머니즘'을 고양하면서 조직활동과 글쓰기에서 적극적으로 활동할 무렵 조연현 역시 '생리'에 입각한 휴머니즘론을 전개한다. 「인간의 救助」[35]에서 조연현은 백철과 김오성의 휴머니즘론을 통해 수차례 보았던 역사인식을 동일하게 보여준다. 중세 시대 인간은 신에게 예속되어 있었지만 르네상스 운동은 신으로부터 인간을 구조했다. 그 후 자본주의와 개인주의가 발달하여 폐해가 커지자 맑스주의와 파시즘적 전체주의가 등장하여 이를 극복하고자 했다. 하지만 맑스주의와 파시즘이 거꾸로 인간을 구속한다는 것이다. 이런 맥락에서 조연현은 문학의 진정한 목적이 '인간의 구조'에 있으며 "인간을 구속 전제하려는 일체의 것으로부터 인간을 자유로 해방시키려는 새로운 휴머니즘 운동"을 주장하게 된다. 결국 새로운 휴머니즘 운동이 청문협을 중심으로 한 순수문학 운동임은 말할 나위도 없다.

연이어 조연현은 「논리와 생리」[36]에서 근대의 합리주의 일반을 비판한다. 조연현에 의하면 유물론은 '현실은 합리적인 것이며 합리적인 것은 현실적인 것이다'라는 헤겔의 명제로부터 '물질이 의식을 결정한다'는 결론을 도출하고 이를 합리화하기 위해 온갖 논리를 동원한다. 유물론자들은 일체의 사물과 현상에 논리적 규정을 내리려는 '논리'의 신봉자들이어서 현실 이전에 논리를 구성하려고 했다. 또한 유물사관은 '하나의 논리가 반드시 하나의 현실로 결과해야 한다는 믿음'으로 이루어져 있다는 것

---

35) 조연현, 「인간의 구조 - 새로운 루셋상스운동을 위하야」, 『민중일보』, 1947년 7월 9일.
36) 조연현, 「논리와 생리 - 유물사관의 생리적 부적응성」, 『백민』, 1947년 9월.

이다. 그래서 유물론자들에게 논리는 현실에 선행하며 이론은 실천에 선행한다.

조연현은 이러한 역사인식을 바탕으로 '추상에서 구체로의 상승'37)이라는 유물론의 방법을 '논리에 대한 신앙'으로 폄하하고, 논리에 반한 '생리'를 내세운다. 이러한 '생리'의 문학관이 헤겔의 변증법을 전도함으로써 혁명적인 이론을 구성하는 일이 가능했던 맑스주의를 완전히 왜곡하고 있으며, 백철이 휴머니즘론의 연장에서 펼친 '인상비평'이나 '기질론'과 거의 유사하다는 사실은 분명하다. 그런데 조연현은 현실의 사건들을 문맥에 끌어들임으로써 자신의 논지에 상당한 설득력을 부여한다. 조연현은 첫째로 앙드레 지드가 소련 기행 이후 사회주의에 대해 회의를 갖게 되었다는 사실, 둘째로 치호노프 같은 대작가가 소련의 작가동맹으로부터 제명되었다는 사실, 셋째로 '응향 사건'을 예로 들어 유물사관을 공박한다. 유물사관이 인간의 생리에 맞지 않다는 사실을 이러한 예들이 보여준다는 것이다. 그런 맥락에서 김동리가 인간성 일반을 옹호하는 휴머니즘을 주장했듯이 조연현은 인간 본성을 '생리'로 표상하면서 다음과 같은 의미를 부여한다.

> 대체로 논리가 한 개의 개념이라면 생리란 인간의 현실 그 자
> 체일 것이다. 아무리 현실을 완벽하게 이론화하였더라도 논리는

---

37) '추상에서 구체로의 상승'이란 맑스가 자본론을 서술하면서 사용한 방법으로, 실재에 대한 분석적인 연구와 종합적인 서술을 통해야만 총체에 대한 파악이 가능함을 의미한다. 로젠탈은 '추상에서 구체로의 상승'을 다음과 같이 설명한다. "마르크스의 방법을 단적으로 말한다면 현상들의 구체적인 다양성에 대한 분석을 인식의 출발점으로 삼고, 그리고 나서 구체적인 것에서 추상적인 것으로 나아감으로써 현상들의 본질과 법칙을 드러내주는 가장 일반적인 규정들을 추출하고, 마지막으로 다시 추상적인 것에서 구체적인 것으로 상승함으로써 현실을 전체적인 풍부함 속에서 법칙들과 그것들의 구체적인 현상 형태들의 통일성으로 재상산하는 것이다." M.M. 로젠탈, 한국철학사상연구회 변증법분과 역,『마르크스 정치 경제학의 변증법적 방법 2』, 이론과실천, 1989.

현실은 아닌 것이다. 그러나 생리는 어느 인간이고 자기의 생리를 벗어날 수 없다는 점에 있어 생리는 인간의 최초의 그리고 가장 직접적인 현실일 것이다. 그러므로 논리가 모든 문제를 합리적으로 규정할 수 있는 데 반하여 생리는 생명적으로 영위하는 도리밖에는 없는 것이다. 그것은 논리란 언제나 한 개의 가정에서 출발되는 것이기 때문에 그가 필요한 결론을 위해서라면 그 결론을 초래할 수 있는 가정을 얼마든지 설정할 수 있는데 반하여 생리는 항상 어쩔 수 없는 절대적인 것에서부터 출발되는 것이기 때문에 생리의 결과는 늘 운명적인 것이 되는 것이다.[38]

조연현에게 논리가 현실에 대한 하나의 허구적 모델이라면 생리는 현실 그 자체이며 인간이 벗어날 수 없는 절대적인 것이다. 논리가 가정으로부터 시작된다면 생리는 현실에 대한 절대적 소여(所與)로부터 출발하기에 항상 운명적이다. 따라서 생리는 논리를 포괄한다. 이러한 '생리'의 문학관은 한마디로 말해 절대적인 경험주의라고 할 수 있다. 경험주의에서는 사유대상과 실제대상 사이의, 이론과 실천 사이의 구분이 없다. 주체가 경험한 내용이 곧바로 사유대상이 되며, 사유한 내용은 곧 실제의 현상과 동일한 것으로 환원되기 때문이다. 그러할 때 서로 다른 현실 내용들이 '생리'라는 하나의 본질적인 사유형태로 수렴되어 각각의 차이가 사라질 뿐더러, '생리'라는 사유대상으로 모든 현상들이 환원되는 상대주의의 오류를 벗어날 길이 없다.[39]

조연현처럼 실제대상인 스탈린주의를 곧바로 사유대상인 유물론과 동일시한다면, 즉 실제대상과 사유대상 사이에 구분을 두지 않는다면 현실

---

38) 위의 글.
39) 조연현은 현실 사회주의의 문제점을 이론 모델로서의 유물사관에 적용한다. 이론 모델을 그대로 현실에 적용한다는 것은 이론과 현실을 동일한 차원에서 생각하는 경험주의에 빠질 수 있기 때문에 상당히 위험한 발상이다. 그럼에도 유물론에 대응할만 한 논리를 갖추지 못했던 해방기 우파 진영은 곧잘 '반공'을 위해 현실 사회주의의 문제점을 통해 유물론 자체를 비판하는 방법을 활용한다.

에 대해서도, 이론에 대해서도 결코 비판이나 수정은 불가능하다. 이런 점에서 '생리'의 문학관은 이론적 발전이 애초부터 막혀있을 뿐만 아니라, 의도하든 의도하지 않았든 현실 혹은 지배체제를 합리화하는 역할을 하게 된다.[40]

생리의 문학관이 직접 휴머니즘을 지향하는 것은 아니지만 휴머니즘적 역사관을 배경으로 하며 '제3휴머니즘'을 지지한다는 점에서 휴머니즘론의 맥락에서 살폈다. 좌파 진영이 일소되던 가운데 평단 전면에 등장한 제3휴머니즘과 생리의 문학관이 우파의 헤게모니를 획득한 후, 해방기 비평사에서 객관적 기준을 통해 문학을 바라보려는 노력은 점차 자취를 감추어 간다고 할 수 있다.

4. 객관적 비평 기준의 상실

1948년 이후 좌파 진영이 거의 소거되어 다른 눈을 의식하지 않고 자신의 문학관을 자유롭게 펼칠 수 있는 입장이 되자 김동리는 「문학하는 것에 대한 私考」[41]를 발표한다. 말 그대로 문학에 대한 개인적인 생각을 드러낸 이 글에서 김동리는 '제3휴머니즘'을 기조로 하는 '제일의적 문학'을 '생의 구경적 형식'으로 고양한다. 문학을 직업이나 정치적 도구로 삼아서는 안된다고 재삼 강조하면서 김동리는 높고 참된 의미에서 문학하는 것을 '어떤 구경적(究竟的)인 생의 형식'으로 정의한다. 구경적 생의 형식에서 '문학 생산 혹은 창조는 생의 긍정을 전제하고 출발한다는 데서부터 시작'된다. 그러면 구경적 삶이란 무엇인가.

---

40) 조연현의 비합리주의적 문학관은 다음의 글들에서도 계속된다. 조연현,「합리주의의 초극」,『경향신문』, 1947년 11월 2일 ; 조연현,「비평의 논리와 생리」,『백민』, 1949년 1월.
41) 김동리,「문학하는 것에 대한 私考」,『백민』, 1948년 3월 1일.

여기서(구경적 삶을 통해) 인류는 그가 가진 무한무궁에의 의욕적 결실인 신명을 찾게 되는 것이다. 〈신명을 찾는다〉는 말이 거북하면 자아 속에서 天地의 분신을 발견하려 한다고 해도 좋은 것이다.…… 우리는 우리들에게 부여된 우리의 공통된 운명을 발견하고 이것의 전개에 지향하지 않으면 안 된다. 우리가 이 사실을 수행하지 않는 한 우리는 영원히 천지의 파편에 그칠 따름이요, 우리가 천지의 분신임을 체험할 수는 없는 것이며, 이 체험을 갖지 않는 한 우리의 생은 천지에 동화될 수 없기 때문이다. 그리고 우리는 우리에게 부여된 우리의 이 공통된 운명을 발견하고 이것의 타개에 노력하는 것, 이것이 곧 구경적 삶이라 부르며 또 문학하는 것이라 이르는 것이다. 왜 그러냐 하면 이것만이 우리의 삶을 구경적으로 완수할 수 있는 길이기 때문이다.[42]

김동리를 따르자면 구경적 삶을 통해서 인간은 자연과 하나 되니, 여기서는 민족적·계급적인 모든 차이에도 불구하고 인간이라면 누구나 '공통된 운명'을 발견할 수 있을 것이다. 또한 구경적 삶의 체험을 통해서만 문학과 인간은 진정한 가치를 가질 수 있다. 비평사적 맥락을 이해하지 못한 채 세대-순수 논쟁을 통해 휴머니즘론을 받아들인 김동리는 결국 '구경적 삶'이라는 종착역에 도달했다. 하지만 인용문에서도 볼 수 있듯이 휴머니즘론을 이루는 기본 구조인 '본질의 관념론'과 주체의 '절대적 경험주의'는 여전히 '구경적 삶'의 문학에도 작동하고 있다. 더구나 '구경적 삶'은 문학이라는 현실적 대상을 거의 종교적 차원으로 신비화한다.

근대비평사의 흐름을 고려한다면 김동리와 조연현 등 <청문협>의 문학관이 단독정부 수립 이후 문단에서 지배적인 위치를 차지하게 된다는 사실은 과연 어떠한 의미를 가지고 있는가?[43] 『신천지』에서 마련한 김동리

42) 위의 글. 괄호 안은 인용자.
43) 김동리와 조연현은 단독정부가 수립되자 김광섭(경무대 비서관), 이헌구(공보처 차장), 김영랑(공보처 출판국장), 서정주(문교부 예술과장) 등이 정부의 요직에 오를 수 있도록 도우면서 순수와 거리가 먼 정치활동에 뛰어들어, 김동리는 〈한국청년회〉

와 김동석의 대담은 이를 명백히 보여준다. 김동리와 김동석은 이 대담에서 무엇보다 문학작품의 가치를 판단하는 기준의 문제로 대립한다. 진실한 문학이 무엇인지 생각해야 한다는 김동리의 주장에 그 기준이 무엇인지 김동석이 묻자 김동리는 시간과 공간을 초월하는 영구성을 문학적 생명이라고 설명하면서 다음과 같이 논의를 이어간다.

> 김동석 : 생명을 분석이나 설명해 달라는 게 아니다. 예술작품의 가치를 판단하는 기준이 없으면 안 된다는 말이다.
>
> 김동리 : 그 기준이란 것을 백분지 일이라도 설명한다면 우선 우리는 '인간성'이란 것을 말할 수 있다. 왜 그러냐 하면 문학세계의 영원한 주인공은 인간이기 때문이다. 그리고 이 인간은 그 시대와 사회의 지배와 변천을 얼마든지 받는 동시, 또 모든 시대와 사회를 초월한 보편적 요소도 가지고 있기 때문이다. …… 그러므로 우리가 문학에 있어서 생명의 기준을 무리로라도 찾는다면 그것은 이러한 인간이 가지는 바, 초시대적 · 초사회적 영원성과 보편성을 의미하게 되는 것이다.44)

1930년대 백철이 비평의 객관적 기준을 즉자적으로 거부하자 프로문학

에 깊이 관여하며 조연현은 〈대한노총〉의 선전부장을 일임하기도 한다. 우파 문학 진영의 정치적 세력확장은 문단에도 영향을 미친다. 〈전국문화단체총연합〉의 주최 하에 1948년 12월 27~28일에 열린 '민족정신 앙양 전국문화인 총궐기대회'에서 결정된 사안에 따라 좌파의 지면이던 서울신문과 『신천지』의 운영진이 청문협 중심의 인물들로 완전히 교체되는데, 사장으로 박종화, 출판국장에 김동리가 취임한다. 특히 조연현은 1949년 7월 발간된 『문예』의 주간을 맡게 된다. 모윤숙이 건물과 자금을 대고 미공보부원으로부터 용지를 무상으로 지원받아 창간된 『문예』는 김동리와 조연현의 활약으로 1950년대 가장 권위 있던 잡지 가운데 하나가 된다. 이후 조연현은 대한교과서주식회사 사장인 김기오의 도움으로 1955년 1월 『현대문학』을 창간한다. 지금까지도 간행되는 『현대문학』은 당시 신인추천제도를 도입함으로써 하나의 '문단 권력 기구' 역할을 했다는 사실은 잘 알려져 있다.

44) 김동리 · 김동석 대담, 「민족문학의 새 구상」, 『국제일보』, 1949년 1월 1일.

가들은 이를 견제하면서 과학적 문예학의 가치를 지켰다. 하지만 남북이 갈라진 시점에서 김동리와 조연현의 '초시대적 · 초사회적' 인간성 옹호의 문학관이 대세를 장악하자 더 이상 이에 맞설 문단 세력은 없었다.45) 한국비평사에서 비평의 객관적 기준은 이 시기에 들어 일시적이나마 사라지게 되는 것이다.

1950년대 초반을 '비평의 좌표가 확립되지 못한 시기'로 평가하는 이유 또한 여기에 있다.46) 백철로부터 시작하여 김동리에게 이어지는 휴머니즘론은 우파 문학론의 근간을 형성하고 있거니와, 한국 비평사에서 휴머니즘론은 처음부터 비평의 객관적 기준을 거부하면서 시작되었다. 특정한 이론체계와 결합하지 못한 휴머니즘론은 비평의 기준 자체를 세울 수 없을뿐더러, 그럼으로써 오히려 고유의 실천적 역할을 수행한다. 따라서 김동리 등의 휴머니즘론이 1950년대 비평의 출발점 된다는 사실은, 곧 새로운 문학론이 등장하기 이전에 비평의 좌표가 형성될 수 없음을 의미한다고 볼 수 있다. 또한 1950년대 비평이 '자기 영혼의 반쪽을 잃은 충격적 휴지기'47)로 불릴 정도로 서구문학과 활발히 교섭하게 된 데에는 지식시장이 서방 자유주의국가에 의존했다는 외부적 조건만 작용하는 것은 아니다. 추상적 휴머니즘을 내세운 문학관이 해방 이후 한국의 관제미학이 된 이상, 자체 내에서 다른 담론을 걸러 내거나 수정과 보완이 가능한 비평의 객관적 기준은 평단에 남아 있지 않았으며, 그러할 때 필연적으로 외부의 논리에 기댈 수밖에 없는 담론의 규칙이 작동하게 된다는 사실을

---

45) 위 대담에 참여했던 김동석도 1949년이면 월북한다.

46) 한수영은 「1950년대 한국문예비평론 연구」(연세대 박사논문, 1996)에서 1950년대 초반을 비평의 좌표가 확립되지 못한 시기로 평가하며, 그 원인을 남한 우파 문학론의 발생근거에서 찾는다. 좌파 문학론에 대한 대타적 논리였던 순수문학론이 분단 이후 자신의 '타자'를 잃어버림으로써 이론 전개 자체가 벽에 부딪쳤다는 것이다. 이러한 지적은 일면 타당하다. 하지만 비평의 좌표가 확립되지 못한 원인을 먼저 우파 문학론의 이론적 성격에서 찾아볼 필요가 있다.

47) 정현기, 「문학비평의 충격적 휴지기」, 『한국현대문학사』, 현대문학사, 1989.

기억하지 않을 수 없다.

지금까지 살펴본 것처럼 우파문학론의 바탕이 된 휴머니즘론은 근대비평사가 성취한 객관적인 비평 기준을 해체하면서 분단 이후 한국문학에 유제(遺制, survivances)로서 작용한다. 휴머니즘이 근본적으로 인간을 억압하는 현실에 저항하는 논리임에도 불구하고 한국비평사에서 정치적 비평에 대한 안티테제로 등장한 데에는 역사적 정황뿐만 아니라 그 이론적 성격이 관여한다는 사실도 살펴보았다. 그런 점에서 해방 후 휴머니즘론은 해방과 분단을 전후로 한 한국비평사의 전개에 하나의 연결고리 구실을 한다고 볼 수 있다.

참고문헌

곽종원, 「조선청년문학가협회」, 『해방문학 20년』, 정음사, 1966.

구장률, 『휴머니즘의 사적(史的) 전개과정 연구』, 연세대 석사논문, 2001.

권보드레, 『한국근대소설의 기원』, 소명, 2000.

김동리, 「문학과 자유의 옹호」, 『백민』, 3권 4호, 1947.7.1.

김동리, 「문학에대한 私考」, 『백민』, 1948.3.1

김동리, 「문학운동의 이대방향」, 『대조』, 1947. 5.

김동리, 「민족문학론」, 『대조』, 1948.8.

김동리, 「생활과 문학의 핵심」, 『신천지』, 1948. 1.

김동리, 「순수문학과 제3세계관」, 『대조』, 1947. 8.

김동리, 「순수문학의 정의」, 『민주일보』, 1946. 7.11〜12.

김동리, 「순수문학의 진의」, 『서울신문』, 1946.9.15.

김동리, 「조선문학의 지표」, 『청년신문』, 1946.4.2.

김동리, 「좌우간의 좌우」, 『백민』, 1946.10.

김동리·김동석 대담, 「민족문학의 새 구상」, 『국제일보』, 1949.1.1.

김동석, 「순수의 정체」, 『신천지』, 1947.11.

김동석, 「시를 위한 시」, 『예술과 생활』, 박문출판사, 1947.

김동인, 「비평에 대하여」, 『창조』9, 1921.5.

김명인, 「조연현 연구」, 인하대 박사논문, 1998.

김병규, 「독선과 무지」, 『문학』, 1948.4.

김병규, 「순수문제와휴머니즘」, 『신천지』, 1947.1.

김복순, 「1890년대〜1910년대의 문학비평연구 - 序跋批評을 중심으로」,
     연세대 석사논문, 1982.

김복순, 『1910년대 한국문학과 근대성』, 소명, 1999.

김영민, 『한국근대문학비평사』, 소명, 1999.

김영민, 『한국근대문학비평사』, 2000.

김 정, 「해방직후 반공이데올로기의 형성과정」, 『역사연구』 7, 2000.6.

김 철, 「한국보수 우익 문예조직의 형성과 전개」, 『실천문학』, 1990년 여름.

김 환, 「자연과 자각」, 『현대』, 1920.1.

신형기, 『해방직후의 문학운동 연구』, 연세대 박사논문, 1987.

염상섭, 「여의 평자적 가치를 논함」, 『동아일보』, 1920.5.31~6.2.

윤여탁, 「해방정국의 문학운동과 조직에 대한 연구」, 『한국학보』, 1988년 가을.

이현식, 「해방 직후 순수문학논쟁」, 『민족문학사연구』 7, 1995.6.

임 화, 「집단과 개성의 문제」, 『조선중앙일보』, 1934.3.13.

정한숙, 『해방문단사』, 고려대 출판부, 1980.

조연현, 「논리와 생리」, 『백민』, 1947.9.

조연현, 「무식의 폭로」, 『구국』, 1948.1.

조연현, 「문학의 위기」, 『청년신문』, 1946.4.2.

조연현, 「문학자의 태도」, 『문화창조』, 1945.12.

조연현, 「비평의 논리와 생리」, 『백민』, 1949.1.

조연현, 「새로운 예술의 방향」, 『예술부락』, 1946.4.2.

조연현, 「인간의 구조」, 『민중일보』, 1947.7.9.

조연현, 「합리주의의 초극」, 『경향신문』, 1947.11.2.

조연현, 『내가 살아온 한국문단』, 현대문학사, 1968.

한수영, 「1950년대 한국문예비평론 연구」, 연세대 박사논문, 1996.

한형구, 「일제말기 세대의 미의식에 관한 연구」, 서울대 박사논문, 1992.

M. M 로젠탈, 한국철학사상연구회 변증법분과 역, 『마르크스 정치 경제 학의 변증법적 방법 2』, 이론과 실천, 1989.

올리비에 르블, 『언어와 이데올로기』, 역사비평사, 1994.

Korean Literary Criticism & Humanism in the Liberation Period(1945 - 1950)
—Focused on the Principle of Literary Criticism—

Koo, Jang-yul

This paper gives careful considerations to the humanism in the Liberation Period(1945 - 1950). Discussions on humanism, which tried to defend humanity, are basically a product of critical awareness. This is because all discussions on humanism are based on the assumption that humanity is not appropriately revealed or is endangered under specific historical circumstances. Consequently, the word 'humanity' mentioned in the Humanist theory is related to the specific view of a subject and is composed of critical minds on the subject of reality. Furthermore, because of such reasons, we may say that it is an historical concept, composed under specific conditions, rather than a transcendental feature of humans generally.

The discussion on humanism appeared initially in the 1930s in Korean historical criticism in the form of argument and concluded the discussion by stressing the activity of the subjects who had lost their individuality as well as the forms of social interactions, by placing humanity out of historical perspective and rejecting generalists' views with rational reason itself and not instrumental reason.

Compared to the humanism of the 1930s, which showed good theoretical features of humanism in ideological discussions, the humanist theories of the 1940s showed clearly the unique practical features of humanism due to theoretical abstraction. Humanist theory that became the theoretical basis of pure literary theory through arguments on generation-purity, later became a representative literary theory of Rights, as it was composed with discretion due to the subjective conditions of the subjects and their objective situations after Liberation. Kim Dong-ri and Cho Yun-hyun dismantled the objective standards of criticism with Humanist theories and turned literature into a mystery. Consequently, the tradition of scientific study of literature disappeared temporarily and such conditions worked as the basis for the historical criticism of the 1950s.

진정성의 알리바이(Alibi)

-장정일 소설에 나타난 예술의 의미를 중심으로-

장세진*

```
1. "후광"의 상실
2. 저자(Author), 미적 주체의 가능성
3. 새로움의 매혹, 새로움의 저주
4. 부정 negation의 의미
```

"왜 어떤 것을 모방하는가, 혹은 왜 어떤 것이 사실이 아닌데
도 사실인 듯이 말하여 현실을 왜곡하고 마는가 하는 물음에 대
해 이러한 질문을 하는 자를 만족시킬만한 해답을 할 수는 없다.
그러한 것들이 도대체 모두 무엇을 위한 것이냐 하는 문제, 혹은
예술 작품이 현실적으로 무목적적이라는 사실 앞에서 예술 작품
은 무기력하게 침묵한다."48)

-T.W 아도르노-

1. "후광의 상실"

10년을 주기로 문학사적 특성을 거론하는 행위에 어떤 견고하고 과학
적인 근거가 있는 것은 물론 아니다. 그러나 이러한 방식의 학문적 관행

---

* 명지대 강사

이 특별히 이상하게 느껴지지 않을 만큼 한국 문학은 대략 10년을 단위로 그 내용과 형식을 스스로 갱신해왔으며 이는 특히 지난 90년대 문학을 돌이켜볼 때 한층 더 수긍이 가는 일이라고 말할 수 있다. 비평의 발걸음 역시 이에 뒤쳐지지 않아 이미 90년대 말부터 이 시기 문학의 특징들을 개괄하는 작업들이 시도되어 왔으며 90년대에 새롭게 주목 받았던 신진 작가들의 경우 이제 자신에게 걸맞는 레테르들을 하나 둘 씩 부여받기 시작하고 있는 상황이다. 세부적인 내용에서는 물론 상당한 차이가 나겠지만 이같은 비평 작업에서 많은 논자들이 한결같이 동의하고 있는 지점은 일단 이 시기 문학이 80년대 문학이 간직하고 있던 가슴 벅찬 진보와 변혁의 아우라를 결정적으로 상실했다는 '사실 확인'의 항목이다. 아닌게 아니라 아우라가 걷히고 난 적나라한 상태에 대한 "환멸"의 자의식적인 수사들이 이른바 본격적인 문학 작품들과 그들을 둘러싼 담론들의 지배적인 무드였으며 이제 예술이, 혹은 문학이 무엇을 할 수 있을 것인가에 대한 길고도 혼란스러운 모색은 세기 말을 지난 현재에도 여전히 활발하게 진행되고 있는 형편이다.

이 글에서 다루고자 하는 장정일의 경우 90년대 벽두부터 평단의 관심과 주목을 받는 가운데 시와 희곡, 소설 등 여러 쟝르들을 자유롭게 넘나드는 왕성한 작품 활동을 보여 주었으며 특히 '아우라의 상실'이라는 90년대적 징후를 매우 문제적으로 드러낸 작가들 중의 하나이다. 장정일의 작품들이 특별히 더 문제적이라고 말할 수 있는 것은 변혁의 전망이 자취를 감추고 숨어버린 장소, 필경 '살아남은 자의 슬픔' 만이 존재할 듯한 바로 그 장소에서 작가가 예의 그 '환멸'을 형상화하는 방식이 결코 단순하지 않았던 까닭이다. 90년대 초반 활동했던 다른 많은 작가들이 절망의 맨 얼굴을 드러내 보이며 출구를 알 수 없는 미로에 갇혀 있음을 직설적으로 고백해왔다면, 장정일의 소설은 언뜻 보아 이해하기 어려울 정도의 유쾌한 활기와 까닭 모를 생동감으로 가득 차 있다. 물론 환멸과 활기의 이 모순적인 결합에 대한 문학사적인 선례를 전혀 찾아볼 수 없는 것만은 아니다. 예컨대 우리 문학사의 경우 1930년대의 시인이자 소설가였던 이상(李箱)이 보여준 '기이한' 작품 세계는 90년대 장정일의 낯선 감수성과 상당할 정도로 닮아 있으며 또한 시선을 더욱 과감하게 확장해 본다면 이미 100년도 훨씬 앞선 이국 땅, 바로 그「후광의 상실」이라는 의미심장한 제목으로 근대적 산문시를 남겼던 서구 모더니즘의 수장(首長)격인 보들레르, 요컨대 그의 양가적(兩價的)이고 역동적인 감성까지도 떠올릴 수 있다. 시인이 자신의 존재 근거였던 후광을 잃어버린 상황의 심각성은 적어도 이「후광의 상실」이라는 시에서는, 그 경험을 서술하는 시인 자신의 들뜨고 경쾌한 목소리에 가려져 있으며 시인의 이 야릇한 태도에서『현대성의 경험』의 저자 마샬 버먼의 경우, 바로 현대적인 "희극적 아이러니"-진지한 폭로를 숨긴다는 의미에서-와 "블랙 코미디"의 정서를 발견해냈다는 것도 이미 널리 알려진 사실이다.[1] 후광을 상실했다는 위기 상황에 대한 보들레르의 반응이 결코 일방적인 절망 혹은 환멸의 한 축으로만 설명될 수 없는 어떤 잉여 부분을 간직하고 있었던 것과 마찬가지로, 한국의 90년대적 환멸 상황에 대한 장정일의 작가적 반응 역시 이에 못지 않게 복합적이고 양가적(兩價的)이다.

무엇보다도, 지배적인 사회·정치 논리에 맞서 대안적 이념을 제공해 왔던 문학이 자신의 위상을 상실해버린 90년대적 상황은 많은 작가들에게 문학의 존재 근거를 그 근본에서부터 다시 물어야 하는 힘겹고 고통스러운 자의식으로 다가온 것이 사실이다. 그러므로 이러한 맥락에서 본다면 장정일의 여러 소설들은 이른바 후기 산업 사회라고 불리우는 90년대 이후 삶 속에서 예술이 과연 무엇을 할 수 있으며 또한 어떠한 방식으로 존재해야 하는가 라는 질문에 대한 끊임없는 변주이며 더 나아가 우리 시대 진정한 예술의 의미에 관한, 소설 형식의 논쟁적인 담론이라고도 할

---

1) 마샬 버먼, 윤호병·이광식 역,『현대성의 경험-견고한 모든 것은 대기 속에 녹아버린다』, 현대미학사, 1994, 189~193쪽.

수 있다. 그러나 시인의 후광을 상실했던 보들레르가 "나는 속으로 생각했다오. 불행이 어떤 일에는 유익하다고. 이제 나는 아무도 모르게 산보도 할 수 있고 저속한 행동도 할 수 있고 보통 인간들처럼 방탕에 빠질 수도 있다오."[2] 라며 유쾌하게 고백했던 것처럼 장정일의 소설 역시 부담스러운 후광의 무게에서 해방된 홀가분함과 자유를 다른 그 어느 작품들보다 즐거이 만끽하고 있으며 어떤 의미에서 그는 우리 문학사에서 1930년대의 이상(李箱) 이후로 오랫동안 잊혀져왔던 문학의 한 흐름, 즉 분방(奔放)한 허구와 지적·인식적 유희로서의 문학에 대한 기억을 다시금 되살려내고 있기도 하다. 요컨대 그의 소설에는 한편으로 향후 예술의 존재방식에 관한 '진지한' 모색과 예술가로서 이 시대를 살아간다는 것의 의미에 대한 '무거운' 자의식이, 다른 한편으로 자유로운 형식 충동과 특유의 가볍고 유희적인 발상에 뒤섞여 독특한 "긴장"-버먼 식으로 말하자면 진지한 폭로를 숨기는 "희극적 아이러니"-효과를 산출하고 있다. 이 글에서는 장정일 소설의 이같은 긴장 구조에 주목하면서 그의 소설들이 우리에게 반복해서 제기하고 있는 문제 즉, 90년대 이후의 변화된 삶 속에서 예술 혹은 문학은 어떠한 방식으로 존재해야 하는가를 중심으로 그의 소설들을 검토해 보고자 한다.

2. 저자(Author), 미적 주체의 가능성

소설가 장정일로서의 입지를 굳히게 한 작품『아담이 눈 뜰 때』(1990)는 향후 그의 소설들이 나아가게 될 방향을 결정하는 핵심적인 문제 의식들을 고스란히 담고 있다는 의미에서 특별히 주목을 요하는 작품이다. 이미 제목에서도 암시되고 있듯이 이 소설은 일차적으로는 19세 소년이 자신과 자신을 둘러싼 환경에 대해 "눈을 떠 가는" 내적인 개안(開眼)과 성장

---

2) 보들레르, 윤영애 역,『파리의 우울』, 민음사, 1979, 217쪽.

의 이야기를 다루고 있지만, 소설의 첫머리와 끝에 후렴처럼 놓여 있는
문구-"내 나이 열 아홉 살, 그 때 내가 가장 가지고 싶었던 것은 타자기와
뭉크 화집과 카세트 라디오에 연결하여 레코드를 들을 수 있게 하는 턴테
이블이었다. 단지, 그것들만이 열 아홉 살 때 내가 이 세상으로부터 얻고
자 원하는, 전부의 것이었다"-는 이제 시작되려 하는 소년의 성장 이야기
에서 예술이 단순한 에피소드나 모티브 그 이상의 역할을 수행하고 있음
을 짐작하게 해준다. 주인공 "아담"이 차례로 뭉크 화집과 턴테이블과 타
자기를 소유하게 되는 과정을 좇아 서사가 진행된다는 사실은 일단 젖혀
두고서라도 이 소설에는 짐 모리슨이나 재니스 조플린, 지미 헨드릭스와
같은 전설적인 대중 음악가들이 수시로 거론되고 있으며 등장 인물들의
대화나 독백과 같은 소설적 장치를 십분 활용한 현대 예술에 대한 학문적
담론들이 그야말로 '정보'의 형태로서 이야기 곳곳에 삽입되어 있다.

다양한 예술 쟝르에 대한 딜레탕트적인 관심이 소설 속에서 자주 드러
나는 현상은 어쩌면 90년대 소설 일군의 독특한 한가지 특징이라 할 수도
있겠지만『아담이 눈 뜰 때』에서 예술이라는 테마가 차지하고 있는 위상
은 보다 각별한 것이다. 미리 말하자면 이는 이 소설이 현 단계의 문명 사
회와 그 삶의 지배적 질서에 대한, 다소 추상적이고 급진적인 일종의 '문
명 비판론'의 성격을 띠고 있는 사실과도 깊이 연관되어 있다. 문명 비판
론으로서의『아담이 눈 뜰 때』의 특성은 무엇보다도 이 소설이 자신의 주
된 관심사 중의 하나인 교육 제도의 모순을 형상화하고 있는 방식에서 확
연하게 드러난다. 이를테면 80년대 후반이나 90년대 초반에 발표되었던,
주로 교육의 현장인 학교를 중심으로 교육 제도의 모순을 이야기하고 있
는 일반적 경향의 소설들과는 달리 이 소설에서 학교는 그저 무대 뒤편의
희미한 그림자로 존재할 뿐이다. "아담"과 "은선"의 고등학교 시절을 통
해서 혹은 여고 3년생인 "현재"를 통해서 그들이 몸담고 있는 학교에 관
한 이야기들이 잠깐씩 언급되고는 있지만, 그것은 어디까지나 무대 장치
의 역할에 한정되어 있을 뿐이며 작품에 자주 등장하는 87년 대선에 대한

정치적 환멸 역시 당시의 사회 분위기를 요령 있게 환기시키는 기능 그 이상은 아니다. 따라서 『아담이 눈 뜰 때』가 공들여 그리고 있는 모순과 환멸의 실상은 교육이나 정치 현장에서 발생하는 구체적인 삶의 디테일들이라기보다는 오히려 보다 추상적이고 보편적인 차원의 문제, 예컨대 입시 제도 교육 전체라든가 혹은 20세기 말 한국의 정치·경제·사회 전반이 총괄적으로 지향하고 있는 이른바 현대적 삶의 비젼 그 자체이며 더 나아가 그러한 비젼을 강요하고 양산해내는 현 단계 자본주의의 문명 패러다임이다.

작중 인물의 입을 빌어 "가속도의 세계"라고 명명된 현대 자본주의 문명의 특성은 "근대의 여러 가지 제도적 장치가 엄청난 자본과 연결되어 무서운 속도로 전진 운동을 하는 산업 사회의 생리"에서 비롯된 것으로서, 이때 우리가 주목해야 할 것은 작가가 바로 이같은 문명 세계의 "파시스트적 속도"에 결연히 맞서는 "브레이크" 장치로서 예술을 이해하고 있다는 사실이다.

> i) 「올디스 벗 구디스를 즐기는 모양이지」
> 「그래요 올디스 벗 구디스가 없으면 세상은 금새 망해 버리니까요」
> 「가속도의 세계에서 브레이크가 되어준다 이거지?」
>
> ii) 나는 작가가 될 수 있을까? 문장을 쓴다는 것은 고통스러운 일일 것이다. 그것은 내 온몸으로 이 세계의 가속도에 브레이크를 거는 일일 것이며, 그러기 위해서는 내 존재의 의미를 끊임없이 반추해 되새겨야 할 것이다.3) (강조인용)

인용한 대목에서 알 수 있는 것처럼 인간 이성의 빛으로 이 세계를 정

---

3) i) 장정일, 『아담이 눈 뜰 때』, 미학사, 1990, 50쪽.
   ii) 장정일, 위의 책, 122쪽.

복해 나가는 위력적인 계몽(啓蒙)에 맞서는 어떤 힘으로서, 다시말해 이제까지 인간이 이룩해 온 문명화 과정에 대한 일종의 부정(否定)과 저항의 계기로서 예술을 이해하는 주인공 "아담"의 관점은 물론 그리 낯선 것은 아니다. 현대 예술에 대한 철학적 사유를 발전시켰던 아도르노에 의하면, 예술이란 문명화·대상화의 시대에 존재하는 선사 시대 <전율>의 마지막 후예가 된다. 그 이치와 작동 메커니즘을 전혀 알 수 없는 거대한 자연 앞에서 선사 시대의 인간들이 느꼈을 법한, 세계에 대한 그 무기력과 전율의 감정이 남아 있는 유일한 장소가 바로 예술이라는 것, 합리적 이성 중심의 계몽 과정에서 억압되었던 "비동일적인" 타자들-이를테면 문명의 외곽으로 추방되었던 광기(光氣)와 죽음과 같은, 어둠과 비합리성의 요소들-을 다시금 "기억"하고 복원해 내려는 욕구가 바로 오늘날 우리가 예술이라 부르는 것의 내용이라는 것이다.4) 아닌게 아니라, 그리스 신화에서 예술을 관장하는 아홉 명의 신 뮤즈 muse는 신들의 우두머리 제우스와 "기억"의 여신 무네모시네 mnemosyne 사이에서 태어난 딸들이기도 하다. 그러므로 이러한 맥락에서 본다면 『아담이 눈 뜰 때』에 하나의 에피소드처럼 삽입되어 있는 탬버린 치는 남자에 관한 이야기는 눈여겨 볼 만하다. 도심의 빌딩 숲 한 복판에서 혼자 탬버린을 치는 실성한 남자의 이미지는 문명 세계가 포섭할 수 없는 타자(他者), 즉 "비동일적인 것"-여기서는 광기-에 대한 흔적에 다름 아니며 주인공 "아담"이 대학을 포기하고 작가가 되기로 결심하는 마지막 순간까지 그의 "상상력 속에 불쑥불쑥 나타나 그를 괴롭히는" 이 실성한 남자에 대한 "기억"이란 바로 주인공 "아담"을 예술가의 길로 인도하는 표지이자 무의식적인 자기 암시인 셈이다.

요컨대, 예술을 인간의 문명화·동일화 과정에 대한 유효한 타자(他者)로서 이해하는 이같은 작품의 인식5)은 『아담이 눈 뜰 때』를 일종의 문명

---

4) 아도르노, 홍승용 역, 『미학이론』, 문학과지성사, 133-135쪽 참조.
5) 인간의 문명화 과정에 대한 저항과 부정의 계기로서 예술을 인식한다고 해서 예술을 마치 인간의 산물이 아닌, 다른 어떤 것으로 신비화해서는 안된다. 아도르노는 예술

비판론 내지 예술가 소설의 한 변형으로 읽어 낼 수 있게 하지만, 이때 한 편으로 남게 되는 문제는 예의 그 "가속도의 세계"에 맞서는 예술이란 구체적으로 어떤 예술이며 그것의 의미와 내용은 과연 무엇인가 하는 점이다. 물론 "아담"의 예술가 선언으로써 끝을 맺는 이 소설에서 그가 앞으로 추구하게 될 예술의 내용을 미리 단정하는 것은 다소 성급한 일이기는 하지만 한편으로 그가 추구하는 예술의 방향성을 가늠해 볼 수 있게 해주는 것은 소설 여기 저기에 산재해 있는 현대 예술에 관한 다양한 담론들과 이를 인용하고 있는 인물들의 서술 태도이다. 이를테면, 예술에 관한 학문적 담론을 그대로 차용한 것이든 혹은 대중 음악에 대한 인물의 주관적 견해이든 가릴 것 없이 현대 예술을 둘러싼 이 모든 이야기들은 『아담이 눈 뜰 때』에서 궁극적으로는 하나의 일관된 테마로 수렴하고 있음을 알 수 있다.

> 옛날에는 말이야. 진짜 쇼를 볼 수 있었지. 우리나라에만 해도 60년대에는 진짜 록 밴드가 있었어. 내가 이십대였지. 에드 포라든가 히 식스, 키 보이스와 같은 진짜 밴드가 있었지, 그들은 지금 나오는 허접 쓰레기 같은 밴드보다 훨씬 뛰어났어. 라이브에 강했지. 그때는 음악을 하려면 미팔군에 들어가야 했었는데 들어가려면 미국 애들에게 오디션을 받아야 했었거든. 그러니까 연주 실력이 뛰어나지 않고서는 안 되었다고 해. 6) (강조인용)

의 합리적인 측면 역시 강조하고 있는데 그가 신비주의 철학자들과 구별되는 지점도 바로 이대목이다. 아도르노에 의하면 예술에 작용하는 합리성이란 대상을 포섭하는 개념적·도구적 합리성이 아니라 대상과의 공존을 도모하는, 매우 특수한 형식의 미적 합리성이다. 그러므로 이러한 맥락에서 보면 『아담이 눈 뜰 때』에서 사용되고 있는 예술에 대한 비유-"가속도의 세계에 맞서는 브레이크 장치로서의 예술"-는 매우 흥미롭다. 자동차를 정지시키는 브레이크는 역시 자동차 내부에 존재하는 장치이기 때문이다.

6) 위의 책, 53쪽.

"진짜" 예술과 "가짜 허접 쓰레기" 예술을 준열하게 구별하는 등장 인물들의 시선은 비단 예술 생산의 측면에 국한되지 않고 예술을 소비하는 감상자들의 태도를 이해하는 데서도 잘 드러나는데, 이를테면 작품 속에 등장하는 뮤직 러버/일렉트로닉 리스너, 오디오족/스피드족 등의 대립이 그러하며 이같은 참과 허위의 구별은 소설 속에서 점차 진정한 사랑/사랑 없는 섹스, 진짜 낙원/가짜 낙원 등의 선명한 이항 대립적 주제로 확장되어 나간다. 물론 소설 속에 반복해서 드러나고 있는 참/거짓의 대비는 한편으로 주인공을 비롯한 주요 등장 인물들이 모두 성인으로서의 자아 정체성을 확고하게 확립하지 못한 10대의 소년 소녀들이라는 점과도 깊이 연관되어 있는 것이 사실이다. 주인공의 입을 빌어 표현되고 있는 것처럼 이들은 "손때 묻은 더러운" 외부 세계와 "반짝반짝 빛나고 투명한" 자아라는, 비교적 단순한 대립 구도를 통해 비로소 "자신의 자아를 어렴풋이 인식"하게 된 미성년에 속해 있으며 따라서 그 필연적인 결과로 이들은 지금 "더러운" 세계에 대한 환멸이라는, 고전적인 성장의 통과 제의와 입사 initiation의 단계들을 한창 치루어 내고 있는 중이기 때문이다.

그러나 미성년의 미숙함과 풋풋함에서 비롯된 것이든 예술에 대한 긍지와 자부심에서 발현된 것이든『아담이 눈 뜰 때』에서 무엇보다 중요한 사실은 현대 예술의 진위(眞僞) 여부에서부터 삶에 대한 태도에 이르기까지 이 소설의 인물들에게 궁극적인 가치 판단의 척도로서 언제나 세계에 대한 진정성(the authenticity)의 이상(理想)이 강력하게 작용하고 있다는 점이다. 오늘날 통용되고 있는, 다분히 윤리적인 뉘앙스가 가미된 내면적인 진실성 혹은 진정성의 개념은 일단 신 앞에 선 인간의 진실을 의미하는 종교적인 개념이기도 하지만 18C 프랑스 계몽주의의 타락에 반발하여 본연의 "자연으로 돌아갈" 것을 권유했던 계몽 철학자 루소 Rousseau 에 이르게 되면 내면의 진정성이라는 개념은 허위와 가식에 찬 인간 사회의 질서에 대한 문명 비판적인 의미를 획득하게 된다.『아담이 눈 뜰 때』에서 거론되고 있는 진정성의 개념은 넓게 보아 이들 모두의 의미를 포괄하고 있기는 하지만 한편으로는 예술, 그 중에서도 특히 근대 예술의 질(質)을 가늠하는 미학적 근거로서의 진정성과 가장 깊이 관련되어 있다고 할 수 있다. 그러나 미학적 차원에서의 진정성을 논의하기 위해서는 일단 이보다 역사적으로 선행했던 "진품성 the originality" 즉 원작의 개념에 대해 간단히 이야기하지 않을 수 없는데, 진품성이란 일찍이 벤야민이「기술 복제 시대의 예술 작품」이라는 글에서 전통 예술 작품의 아우라를 설명하기 위해 강조했던 개념을 가리킨다. 말하자면 원작 the original을 원작으로 만드는 요소는 그 작품이 지금, 여기, 이 세상에 단 하나밖에 존재하지 않는다는 유일무이한 "일회적 현존성"에서 비롯된다는 것인데, 이같은 벤야민의 설명에서 우리가 주목해야 할 지점은 다름이 아니라 근대의 기술 발전이 거의 무한대의 복제 가능성을 열어 놓음으로써 이제 예술 작품의 진품성의 개념이 예전과는 달리 매우 불확실하고 더 이상 유의미하지 않게 되었다는 대목이다. 예컨대, 영화와 같은 현대 예술에서 복제 가능성이란 이미 쟝르의 선험적인 존재 방식으로 자리잡은 것만 보아도 그러하다. 그러므로 "현상의 일회성은 그 형상의 생산자 내지 생산 행위의 경험적 일회성에 의해 밀려나게 된다"는 벤야민의 지적에서 알 수 있는 것처럼, 이제 작품의 진품성 the originality이라는 개념은 예술 작품을 생산해낸 작가 author에게로 옮겨져, 작가의 진정성 authenticity 이라든지 작가 자신의 독창성과 같은 관련 개념으로 대체되기에 이른다는 것이다.[7] 요컨대 근대의 기술 혁신과 더불어 이제 예술 작품 자체가 아닌, 예술가 자신의 진정성이 무엇보다 문제되는 상황이 도래한 셈이다.

그러나 원작이라면 으레 주어지기 마련인 진품성과는 달리 예술가 자신의 진정성을 문제삼는다는 것, 예컨대 진정한 예술이란 과연 무엇인가라든가 혹은 예술가의 진정성이란 어떻게 검증될 수 있는가 하는 식의 물음에 금세 답하기란 실로 어려운 일이다. 이는 진정성이라는 개념이 그

7) 발터 벤야민, 반성완 역,『발터 벤야민의 문예 이론』, 민음사, 1983, 205~206쪽 참조.

속성상 궁극적으로는 최고의 실재(實在), 즉 진리라는 이념과 맞닿아 있기 때문이며 또한 진리에 대해서 사람들은 동서고금을 막론하고 인간의 개념적 언어로써 고정되어 포착될 수 있는 성질의 것이 아니라는 오랜 믿음을 간직해 온 것이 사실이기 때문이다. '염화미소'니 '돈오돈수'니 하는 불교적·동양적 수사(修辭)들이 증언하고 있는 것은 진리 인식이 얼마나 순간적이며 또한 그것이 얼마나 인간의 언어를 초월한 채 이루어지는가 하는 점이다. 진리에 대한 이같은 인식은 서구에서도 크게 다르지 않아 진리는 언제나 예측할 길 없는, 여리고 변덕스러운 마음을 가진 여성으로 즐겨 비유되곤 했는데 만일 이와 같은 수사학적인 예들이 충분하지 않다면 스스로 진리라고 말하는 순간 실정화(實定化)되고 억압적인 도그마가 되어 버렸던, 인간 역사상의 그 숱한 아이러니들을 상기해 보아도 좋을 것이다.

요컨대 거듭 강조하거니와 진정성이란 견고하고 변함 없는 고정된 실체라기보다는 오히려 부단히 스스로를 갱신하는 과정 그 자체, 이전의 자기 자신에 대한 반성 self-reflection과 부정 negation을 끊임없이 가동하는 일종의 영속적인 운동 상태에 보다 근접한 무엇이다. 그러므로 부정으로서의 진정성이 문제되는 이같은 상황에서 주인공 "아담"이 예술-현대 문명에 대한 일종의 부정의 영역으로서-을 선택하는 것은 어쩌면 작품의 논리 진행상 일관되고 필연적인 결과이다. 더우기 소설의 결미를 장식하는 "아담"의 작가로서의 결의는 대단히 상징적인데, "문장을 쓰는 일에서 나는 내가 그토록 원했던 '창조의 아픔'을 누릴 수도 있을 것이다. 그 고통은 가짜 낙원을 단호히 내뿌리치고 잃었던 낙원, 실재, 진리를 되찾는 데 쓰이는 아픔이다"[8] 와 같은 "아담"의 비장한 발언은 작가가 향후 추구하려는, "진정한" 예술이 겪게 될 고단한 자기 부정의 행로를 미리 암시하고 있기 때문이다. 아도르노는 현대 예술이 처한 문제적인 상황을 이야

---

8) 장정일, 위의 책, 122쪽.

기하는 자리에서 "예술이 유토피아가 되어야만 하고 또 그러기를 원하고 있"지만, 다른 한편으로 "유토피아를 가상이나 위안에 빠지지 않게 하기 위해 예술은 유토피아가 되지 말아야 한다"는 현대 예술의 이율배반 antinomie을 힘주어 강조하곤 했다.9)『아담이 눈 뜰 때』이후 2년만에 발표된『너에게 나를 보낸다』(1992)는 일찌기 아도르노가 언급한 바 있는 현대 예술의 그 이율배반, 즉 유토피아가 되기를 간절히 원하면서도 유토피아가 되어서는 안된다는 바로 그 힘겨운 딜레마 위에 서 있다.

3. 새로움의 매혹, 새로움의 저주

그러므로 이제 장정일의 향후 소설에서 진정성의 이상이 표출되는 방식이란, 자신이 도달한 유토피아를 끊임없이 부정하고 배반하는 형태이며 이는 작품 속에서 부단히 '새로움 das Neue'이라는 미학적 범주를 추구하는 방식으로 나타나게 된다. 의미심장하게도, 작가는 이같은 자기 부정과 갱신에의 의지를『너에게 나를 보낸다』의 제사(題詞)를 통해 선언하고 있는데 그것은 다음과 같다. '인간의 삶이 얼마나 가변적인 것이고, 각 개인이 상정한 삶의 목표가 얼마나 불확정적인 것인가를 보여주려 했다 … 나는 이 소설을 써야겠다고 생각하기 훨씬 이전부터 치치올리나가 국회의원이 되고 마유미가 베스트셀러 작가가 되고 서울대를 나온 치과 의사가 국수집 주인이 되는 이야기에 끌렸다.' 실제로『너에게 나를 보낸다』에는 이와 같은 존재 전이의 실례가 가득하다. 작가인 주인공 '나'는 신춘문예 당선 작가에서 표절 작가 내지 포르노 작가로, 마침내는 여배우의 '가방 모찌'로 거듭 변신할 뿐 아니라, '바지입은 여자'는 '공원'에서 '호스테스'로, 그리고 '여배우'로 끊임없는 존재 전이의 변신술을 발휘한다. 어디 이뿐인가. 이 소설은 한편으로 평범한 샐러리 맨에서 '베스트셀러

---

9) 아도르노, 위의 책, 61쪽.

작가'로 변신하는 한 '은행원'의 범상치 않은 입지전(立志傳)이기도 하다.

그러므로 이제부터『너에게 나를 보낸다』가 보여주게 될 새로움이란 아무래도 대안과 전망perspective을 중요시할 수밖에 없던 기존 80년대 식의 서사와는 물론이거니와, 작가 자신의 전작『아담이 눈 뜰 때』와도 판이하게 달라진 양상을 낳을 수밖에 없다. 일단 작품이 다루고 있는 주제의 측면에서 보자면, 이 소설에서 무엇보다 가장 먼저 눈에 띄는 것은 표절 시비에 휘말려 창작 활동을 중단한 것으로 되어 있는 일인칭 주인공 '나'의 딱한 상황이다. 작가 author 라는 단어를 어원으로 해서 파생된 단어가 한편으로 진정성 authenticity이었다면 작가의 권위 authority 역시 동일한 근원에서 유래된 친족어임이 분명할 터인데 말하자면 이 작품의 주인공 '나'의 경우, 작가라는 어휘를 둘러싼 일체의 후광과 권위가 아예 처음부터 실종된 상태에 놓여 있는 셈이다. 그러므로 이와 같은 작품의 상황 설정이란 '가짜 낙원'의 거짓 양상들을 투시할 수 있는, 진정한 작가 author 상을 꿈꾸었던 전작『아담이 눈 뜰 때』와 비교했을 때 어쩌면 일관성을 결여한 느닷없는 방향 전환으로까지 느껴지기 십상이다. 아닌게 아니라 이 소설에 등장하는 인물들은 진정성의 이상에는 턱없이 모자라는 이들로서, 이를테면 주인공 '나'는 입버릇처럼 '진실'을 이야기하고 다니지만 독자들은 이야기가 끝날 때까지 '나'의 표절 여부조차 확신할 수 없는 상황이며 삶에 대한 '은행원'의 고뇌는 한편으로 절실하지만 실제 생활에서의 그는 나약하고 비겁하기조차 한 모습으로 일관한다. 게다가 상처받은 민중과 창부(娼婦)의 이미지를 동시에 가지고 있는 '바지 입은 여자'의 경우는 내내 그 정체를 알 수 없는, 너무나 수상쩍은 인물로 그려지고 있는 형편이다.

그러나 이처럼 전적으로 신뢰할 수는 없는, '함량미달'의 인물들을 기용한 배경에는 분명 상식적인 기대와 예상을 뒤엎는 역설이 자리잡고 있다. 『너에게 나를 보낸다』가 보여주는 역설이란 일단 어떠한 인물도 완벽하게 진정성을 담보해내지 못하는 그 상황 속에서 독자들은 오히려 여러 인물들에게 분산되어 있는 진정성의 파편들을 끊임없이 좇아가게 된다는 점이며, 부재하는 진정성의 자리에서 궁극적으로는 작가가 준비해 두었던 질문들과 정면으로 맞부딪치게 된다는 사실이다. 예컨대 그 질문들은 다음과 같은 것들이다. '한 남자의 꿈과 환상을 받아 들이기에는 너무 정보 기술적이 된' 이 세계에서 작가의 권위나 진정성, 독창성이란 과연 가능한 이야기인가? 가능하다면 그것은 어떤 방식으로 표현되는가? 갈수록 견고하고 화려해지는 이 '수정궁'의 세계에서 예술은 어떤 방식으로 존재할 수 있고, 또 존재해야만 하는가?

요컨대, 진정성을 담보한 개별 주체에 몹시도 회의적(懷疑的)이라는 점에서 『너에게 나를 보낸다』는 언뜻 『아담이 눈 뜰 때』를 정면으로 배반한 형태처럼 보이지만 역설적으로 말해서 이는 오히려 고정된 실체가 아닌, 역동적인 운동 과정으로서의 진정성의 이상(理想)에 보다 충실하기 위한, 일종의 전략 상의 새로움이다. 전작 『아담이 눈 뜰 때』와 비교했을 때 이 작품에서 무엇보다 서사의 유희적 특성이 강화되리라는 예측이 가능해지는 것도 바로 이 대목인데, 왜냐하면 의미가 궁극적으로 수렴되는 서사상의 구심력이 부재하는 이같은 상황에서 소설 속의 각각의 에피소드들은 비교적 느슨하게 결합되기 마련이며 이때 작품은 훨씬 더 자유로운 방식으로 존재할 가능성을 스스로 열어두게 되기 때문이다. 아닌게 아니라 『너에게 나를 보낸다』가 자신의 성과를 입증해내고 이채를 발하는 대목은 바로 이처럼 유희 형식으로서 소설의 새로운 가능성을 펼쳐 보이는 곳이다. 이 작품에서 비현실적인 유희의 증거들을 찾아내기란 매우 손쉬운 일이기도 한데, 가장 대표적인 예는 단연 성기가 무한대로 팽창되어 졸지에 우주를 떠다닐 수밖에 없게 된 주인공의 '악몽' 이야기이다. 이 삽화는 비록 표면적으로는 백일몽 혹은 꿈의 형태를 취하고 있지만 그 환상의 분방함과 거침없는 비약의 강도(强度)는 기존의 우리 문학 작품들 가운데서 확실히 이례적인 경우에 속하는 것이다.

이와 같은 비현실적 유희의 성격과 더불어 이 작품에서 두드러지는 것은 일종의 지적·인식적 유희로서의 특성이다. 실제로 이는 작품 내에서 패러디parody나 키취 kitsch에 대한 적극적인 긍정으로 나타나는데, 이로써『너에게 나를 보낸다』는 전작『아담이 눈 뜰 때』를 다시 한번 부정하는 양상으로 나타난다. 진정성이나 독창성의 개념을 두드러지게 강조한『아담이 눈 뜰 때』에서 기성 문화에 대한 희화화로서의 키취나 패러디가 그리 좋은 평가를 받지 않으리라는 점은 물론 어느 정도 예측이 가능한 일이다. 실제로『아담이 눈 뜰 때』에서 키취는 20세기 현대 예술의 한가지 불가피한 경향이면서도 결국 조금 '참담'할 수밖에 없는, 과도한 유희 추구 경향이라는 식의 대접10)을 받고 있기도 하다. 그러나 이제『너에게 나를 보낸다』에서 발견되는 패러디나 키취에의 경사는 단순한 기법 차용의 수준을 넘어서 작품을 구성하는 상위 원리로까지 격상되어 있다. 이를테면 작품 속에 되풀이 반복되는 '은행원'의 발언-"내 소설을 읽고 나서, 쓰레기통에 처넣으라고 하세요. 하하하-"은 이 작품이 내거는 핵심직인 모토들 중의 하나로서 이는 한편으로 영원 불멸을 지향하는 예술의 보편적인 꿈에 대한 명백한 패러디이자, 스스로의 저급함을 당당히 선언하는 현대의 자의식적인 키취 예술에 대한 공개적인 지지(支持) 발언이기도 하다. 결국『너에게 나를 보낸다』의 유희적 성격이 궁극적으로 의도하고 있는 바는 '진실한 것' 혹은 '진정한 것'이 보편적인 미(美)의 이상-영원불멸한 것이라든지 아름다운 것, 진지하고 고귀한 것 등등-으로 환원되는 기존 문학의 등식을 거부하고 이를 새롭게 갱신하는 일이다. 주지하다시피, 패러디나 키취와 같은 현대 예술의 자의식적인 유희들이란 어떤 의미에서는 실정화(實定化)된 낡은 진정성의 감옥으로부터 오히려 진정성을 해방시키려는, '새로움 das Neue'을 향한 열망의 다른 표현이기 때문이다.

그러나 여기서 동시에 간과될 수 없는 것은, 무엇보다도 이 새로움의 변증법이라는 전략에 한편으로 내장되어 있는 위험 요소이다. 이미 아도

---

10) 장정일, 위의 책, 64쪽.

르노는 '새로움'이라는 미학적 범주가 수반하게 마련인 이 위험에 대해 지적한 바 있는데, 그에 따르면 일단 현대 예술에서의 '새로움'이라는 가치 범주는 끊임없이 자기를 갱신하는 자본주의 사회에서의 상품의 새로움을 그 모델로 하고 있다. '발전된 상품 사회에서는 예술이 단지 무기력하게 이 사회의 경향을 무시할 수 있을 뿐'[11] 이라는 언급에서도 알 수 있듯이, 미적인 새로움과 끊임없이 개발되는 상품의 새로움은 태생상 그 구별이 모호해질 수밖에 없다는 것이다. 요컨대 '새로와야 한다'는 현대 예술의 강령은 이제 새로움에 대한 상품의 강박과 거의 구분할 수 없는 지경에까지 이른 셈이다. 물론 이때 상품의 새로움이 논란이 될 수밖에 없는 이유는 그 새로움이 단지 상품에 귀속되어 있다는 사실 자체에서 비롯되는 것은 아니다. 문제는 역시 그 새로움이 구가하는 질(質)에서 유래할 터인데, 이를테면 "혁신의 한 가지 가능성이 완전히 이용되어 어떤 일직선 위에서 기계적으로 반복될 경우에는 그 혁신의 방향이 바뀌어 다른 차원에 옮겨져야 한다. 추상적인 새로움은 정체되어 불변성으로 변할 수도 있다"[12] 는 통찰에서도 드러나듯이, 이제 정체되어 불변하는 새로움이란 더이상 새로움일 수 없기 때문이다.

실제로, 새로움의 추구에 내재되어 있는 이같은 위험 요소는 『너에게 나를 보낸다』이후 2년의 간격을 두고 발표된 『너희가 재즈를 믿느냐』(1994)에서도 어느 정도 발견되고 있는 바이다. 이 작품에서는 전작『너에게 나를 보낸다』가 선보였던, 현란한 존재 전이의 양상들이 보다 대담하고 과감하게 펼쳐져 있으며 이와 더불어 유희로서의 서사의 성격은 이제 그 절정에 다다른 상태이다. 예컨대 소설의 세부적인 디테일들까지 수시로 변하여 독자를 당황스럽게 한다든가 예고 없이 인물의 성격이 급작스레 바뀌는 모습은 그럴듯함 즉, 개연성 probablity이라는 실재의 굴레를 홀가분하게 벗어버린, 그야말로 작가가 지어낸 '거짓말'이라는 소설의 유희

---

11) 아도르노, 위의 책, 44쪽.
12) 아도르노, 위의 책, 46쪽.

적 본성이 그 최대치로 실현된 형태이기 때문이다. 그러나 그럼에도 불구하고 유희로서의 소설이라는 가능성을 '기계적으로 반복'하고 있다는 의미에서 본다면, 『너희가 재즈를 믿느냐』는 결과적으로 『너에게 나를 보낸다』에서 이미 목격한 바 있는, '낡은' 새로움에 머물 수 밖에 없다.

4. 부정 negation의 의미

그러므로 비유가 허용된다면, 새로움을 향해 부단히 나아가는 이 길은 깎아지른 듯 좁고도 가파른, 험난하고 고된 여정이라 할 수밖에 없다. 실패할 경우에 그것은 이전의 자신에 대한 맥없는 패러디에 머무르고 말겠지만 그러나 성공한다 해도 그것은 매번 자기 자신을 송두리째 배반해야 하는, 고통스러운 자기 부정의 드라마 그 이상일 수 없기 때문이다. 아방가르드를 포함해 '새로움의 기획'으로 요약되는 현대 예술의 역사를 이야기할 때 전제가 되는 것은 그것이 언제나 기존의 작품들에 대한 경이로운 혁신, 나아가 도발적인 반란이어야 한다는 점이며 모더니즘에 대해 하극상(下剋上)이니 부친살해(父親殺害) -자신의 존재 근원을 파괴한다는 점에서-니 하는 자극적인 수사가 빼놓지 않고 동원되는 이유도 바로 여기에 있다.

실제로 『너희가 재즈를 믿느냐』이후 발표된 장정일의 소설들이란, 끝없는 자기 부정과 배반의 고충을 직설적으로 토로하는 가운데 아예 이같은 주제를 작품의 형태로 본격적으로 형상화해 낸 결과물이기도 하다. 그의 소설들에서 부정, 특히나 자기 부정에의 강렬한 욕망은 흔히 오이디푸스 서사라 불리우는 '부친 살해' 모티브를 통해 반복해서 드러나고 있는데 이를테면 자기 안에 잠재해 있는 '아버지-신버지' 살해에 대한 열망과 투지를 불태운 것이 『내게 거짓말을 해봐』(1995)의 주인공 제이였다면 『보트 하우스』(1999)를 거쳐 가장 최근에 발표된 『중국에서 온 편지』

(1999) 까지 일관된 주제를 다루고 있음을 알 수 있다. 비록 부친 살해의 모티브가 이전 작품에 비해 훨씬 우회적인 형태로 잠복되어 있기는 하지만, 이 소설에서 다루고 있는 인물 '부소' 역시 아버지 진시황의 명을 교묘하게 거역하다 비극적인 죽음을 맞이하는 존재라는 점에서 이전 작품들의 계보에 속해 있기 때문이다. 아울러, 사법상의 소송 해프닝까지 치루어냈던『내게 거짓말을 해봐』이후 처음 발표된『보트 하우스』(1999)의 경우에는 거의 육성에 가까운, 작가의 직접적인 목소리가 담겨 있어 눈길을 끄는데 이 작품에서 작가는 쉼없는 자기 부정의 여로가 얼마나 고달픈 것인지, 또한 그것이 얼마나 두려운 것인지를 유례없이 솔직하게 고백하고 있다. 그 결과 이 작품에는 모든 창작 활동을 그만두어 버리고 싶다는 휴식과 평화에의 어쩔 수 없는 유혹이, 자신이 선택한 길을 멈출 수 없다는 단호한 결의와 더불어 안스러운 모습으로 공존하게 된다.

> 내 의식과 무의식 속에서 글을 쓴다는 행위는 항상 누군가를 죽인다는 느낌, 범죄와 동일시되어 왔다. 나는 늘 파괴해 왔고, 특히 아버지로 표상되는 모든 것을 죽여 왔다. 글을 쓰는 내 손은 항상 피에 젖어 있다. 그래서 나는 언제나 죄의 무게에 짓눌려 있었고 늘 불안했다. 내게 훼손당하고 살해당한 모든 것들이 언젠가 나에게 복수하러 오기 전에, 빨리 이 어두운 세계로부터 손을 씻고 싶었다. 내게 박해받은 것들이 무서워서가 아니라 화해를 원하지 않는 나의 내부가 무섭다.[13] (강조인용)

이제까지 살펴본 바와 같이, 초기작『아담이 눈 뜰 때』에서 표명되었던 진정성의 이상은 이후 장정일의 작품 속에서 새로움을 향한 부단한 추구로 나타났으며, 그 과정에서 물론 정도의 차이는 있지만, 그의 작품들은 치열한 자기 부정의 양상을 띠어왔다. 따라서 이러한 맥락에서 본다면 장정일의 작품들은 거대한 공동의 부정 대상을 상실한 90년대적 상황에서

---

13) 장정일,『보트 하우스』, 산정, 1999, 174쪽.

부정의 계기를 자기 안에서 즉, 자신이 선택한 예술 바로 그것에서 찾아낸 셈이며 그 이후에도 자신이 도달한 상태를 부단히 부정해 나감으로써 자칫 고정화되기 쉬운 진정성의 이상을 오히려 간직하고 보존해왔다고 말할 수 있다.

물론 90년대 이후 변화된 삶 속에서 소위 '진정한' 예술을 꿈꾼다는 것, 혹은 무엇이 진정한 예술인가를 선별해낸다는 것은 여전히 지난한 일에 속한다. 그러나 그럼에도 불구하고 한가지 분명한 사실은 '진정한' 현대 예술이 추구하는 아름다움이란, 아마도『보트 하우스』의 주인공 작가가 힘겹게 고백하듯이 오히려 '우리의 사랑 속에서 보다 적의 속에' 존재하고, 또한 존재해야만 한다는 점일 것이다. 미(美)의 이상이 인간 보편의 조화와 화해였던, 그러한 지복(至福)의 시기가 없었던 것은 아니지만 현대 예술은 다름아닌 부정의 자양분 속에서 탄생되었고, 부정의 계기를 발전시켜 나가는 가운데 독자적인 자율성을 획득해왔기 때문이다. 만약 부정으로서의 현대 예술이 소멸되어 간다면 그 사회는 진정한 유토피아이거나 혹은 스스로 유토피아임을 자처했던, 저 파시즘의 도착적(倒錯的)인 세계일 것이다.

일찌기 벤야민은 2차 세계 대전 중에 정치의 미학화를 주창한 파시즘에 맞서는 유일한 대안으로서 미학의 정치화를 선언한 바 있다.[14] 새로운 세기를 맞이한 오늘날의 관점에서 본다 하더라도 벤야민이 말하는 정치화의 본질이란, 아름다움이라는 가상에 가리워진 추(醜)의 계기, 즉 부정과 고통으로서의 예술을 복원하는 것으로서 여전히 해석될 수 있을 것이다.

---

14) 벤야민, 위의 책, 231쪽.

참고문헌

장정일, 『아담이 눈 뜰 때』, 미학사, 1990.

장정일, 『너에게 나를 보낸다』, 미학사, 1992.

장정일, 『너희가 재즈를 믿느냐』, 미학사, 1994.

장정일, 『내게 거짓말을 해봐』, 김영사, 1996.

장정일, 『보트 하우스』, 산정, 1999.

장정일, 『중국에서 온 편지』, 작가정신, 1999.

마샬 버먼, 윤호병·이광식 역, 『현대성의 경험-견고한 모든 것은 대기 속에 녹아 버린다』, 현대 미학사, 1994.

발터 벤야민, 반성완 역, 『발터 벤야민의 문예 이론』, 민음사, 1983.

샤를 보들레르, 윤영애 역, 『파리의 우울』, 민음사, 1979.

T. W. 아도르노, 홍승용 역, 『미학이론』, 문학과 지성사, 1984.

ABSTRACT

The Alibi of the authenticity
-The meaning of art in Chang Jung-il's novels-

Chang, Sei-jin

This study aims to show the meaning of modern art, which seems to be the main theme of Chang Jung-il's novels. Chang Jung-il is one of the 90's writers, so called 'new generation writers'. He shows the important symptoms of modern art, which lost its unique 'Aura' as the source of the authenticity. This study used the concept of the authenticity as a key word to explain Chang Jung-il 's novels. Originally, it was Balter Benjamin who described the character of Modern art as the loss of 'Aura', in other words the authenticity. In Benjamin's view, through the development of the modern science and technic, it is possible to reproduce 'the original'. So The works of modern art have enormous number of duplications, and the concept of the originality as the source of the authenticity became to lose its own meaning.

In Chang Jung-il's novels, the art has the moment of negation and resistance to the process of human-centered civilization. But, nowadays even art seems to lose its identity through incorparating into the system of Capitalism. Chang Jung-il's novels start at this point. Through his novels, Chang Jung-il tries to show that it is not the works of art itself but writer who has the originality. To Chang Jung-il, The Originality or the Authenticity means a self negation, so it appears not only as the the negation of his own writings, but also as the radical denial of Art. But this study, tried to show that it is not a total destruction or denial of of art, but rather a self renewal of Modern art.

발터 벤야민과 문학 연구 방법론

강계숙*

1. "나를 뜨겁게 하지 않는 학문이 무슨 소용이 있는가"
2. 『독일 비극의 원천』 중 「인식론 비판 서문」에 대하여
3. 텍스트 중심주의의 선취, 그리고 '비평' 임무
4. 알레고리 : '지각'의 정치화, '경험'의 역사화

1. "나를 뜨겁게 하지 않는 학문이 무슨 소용 있는가"

발터 벤야민은 1892년 독일에서 유태인 은행가의 아들로 태어나 비평가와 번역가로 활동하며 현대 예술에 대한 탁월한 통찰을 바탕으로, 20세기 초 아방가르드 예술의 미적 특징을 밝히는데 선구적인 작업을 수행한 사상가 겸 문예학자로 잘 알려져 있다. 2차 세계 대전 중 유태인 검거를 피하기 위해 시도했던 미국 망명이 좌절된 된 뒤, 1940년 자살로 마감된 그의 비극적 생은 20세기 전체주의가 낳은 하나의 역사적 상징이라 해도 과언이 아니다. 유복한 부르조아 가문에서 출생하였으나, 자신의 출신 계급과 결별하고 아카데믹한 학적 제도와도 타협하지 않은 채 불행한 국외자로서 자신의 시대와 역사적 현실을 기존의 철학적 방법과는 전혀 다른 방식으로 조망하였던 벤야민은 그 독창적인 시각과 비타협적인 태도로 인해 살아있는 동안 자기 시대로부터 철저히 외면당해야 했다. 특히 양립

---

* 연세대 박사과정

될 수 없을 듯한 유대교적 신비주의와 마르크시즘간의 결합을 시도한 것은 벤야민만의 특징으로 평가된다. 그러나 뛰어난 사상가들에 대한 역사적 아이러니가 늘 그렇듯 벤야민 또한 수 십 년이 지난 오늘날에 와서야 새롭게 평가되고 있다. 무엇보다 헤겔 철학에 대한 비판으로부터 자기 명제를 출발시키는 포스트 모더니스트들이 벤야민에게서 자신들과의 연관성을 발견하고 있다는 점은 벤야민에 대한 데리다의 독법의 예에서 잘 나타난다. 이는 동시대에 이해되지 못했던 그의 사상적 체계와 관점이 오히려 시대를 선취한 것이었음을 입증하는 것이기도 하다.

전운이 감도는 와중에도 19세기의 파리와 보들레르에 대한 연구로 유럽에서의 탈출을 미루다 끝내 스스로 비참한 생을 마감했던 그의 말처럼 나 자신을 '뜨겁게' 하지 못하는 학문은 그 어느 것도 뜨겁게 할 수 없다. 학문과 글쓰기에 대한 그의 자세를 반영하듯 문장 하나 하나, 행간 사이사이 깊은 사색과 치열한 고투의 흔적을 감추고 있는 그의 글은 그래서 난해하기로 정평이 나 있다. 특히 인용을 통해 자신의 비평 자체를 하나의 모자이크적 작품으로 만든 대부분의 글들은 인용문 자체의 내용과 그에 대한 해석간의 맥락을 이해하지 못할 경우 잘못 독해되기 쉽다. 벤야민의 소개글은 종종 번역되나 정작 그의 글이 제대로 번역되고 있지 못한 것은 이런 사정과도 밀접히 관련되어 있다. 따라서 현재 번역된 몇몇의 저서와 글만 가지고 벤야민의 사상과 문예론 전체를 파악하기란 그리 쉬운 일이 아니다.

그럼에도 불구하고 그의 연구 작업에 주목해야 하는 이유는 조화와 통일로서의 전체, 혹은 자율적 작품에 대해 무제한적 우월성을 부여했던 부르조아적 예술관의 붕괴를 민감하게 꿰뚫어 본 선구적인 작업이었다는 점, 그리고 그것을 사회 역사적 조건하에 위치지움으로써 유물론적 철학의 지평을 넓히고자 한 시도였다는 점 때문이다. 그리고 무엇보다 그의 문예론에서 중요한 위치를 차지하는 몇몇 개념들, 예컨대 '알레고리', '작품', '비평' 등에는 이미 해체론적 징후가 나타나 있다. 유기체적인 총체성의 해체, 단일한 주체에 의해 장악되었다고 믿어지는 작품 개념의 거부, 확정된 통일체라는 완고한 질서로부터 텍스트를 해방시키는 새로운 글읽기의 제시 등은 해체론적 문예학과 많은 면에서 그 미학적 관점을 공유하고 있다. 따라서 벤야민을 현재적 시각에서 재검토하는 것은 헤겔 미학에 대한 거부를 담론 창출의 거점으로 삼는 해체론의 맹아를 재발견하는 과정이라 할 수 있다.

벤야민의 글은 에세이의 형식을 빌려 쓴 비평이 대부분이다. 논문으로서의 저서는 『독일 낭만주의에서의 예술 비평 개념』과 『독일 비극의 원천』이 있을 뿐이다. 따라서 그의 글 속에서 체계적인 문학 연구 방법론을 추출해 내기란 쉬운 작업이 아니다. 그러나 서로가 서로를 되비추고 있는 그의 비평과 단장(斷章)들 속에서 방법론으로서의 핵심 코드를 찾아내어 체계화시킬 수 있으리라 여겨진다. 다만 이를 위해 전제되어야 할 것은 문학 연구 방법론으로서 유용하다고 여겨지는 것을 취사 선택해야할 필요가 있다는 점이다. 본고에서는 벤야민의 신학적 태도와 그것과의 결합을 시도한 역사 철학에 대해서 일단 보류하려 한다. 굳이 변명을 하자면 비교(秘敎)적인 메시아주의를 근간으로 한 벤야민의 역사 철학을 문학 연구 방법론으로 어떻게 수용할 수 있을지에 대한 판단이 서지 않았기 때문이다.

먼저 예술 작품에 대한 벤야민의 관점을 정리하기에 앞서 『독일 비극의 원천』의 서문격인 「인식론 비판」에 대해 자세히 검토할 필요가 있다. 필자의 판단으로는 이 글이 그의 문예론 전체와 직접 연관되어 있다고 여겨진다. 따라서 본고의 2장에서는 벤야민이 이념, 개념, 현상간의 관계를 새롭게 설정하면서 제기한 '성좌Konstellation'의 의미와 함께 그의 언어 철학에 대해 살펴보고자 한다. 이후 3장에서는 예술 작품에 대한 벤야민의 관점과 텍스트 중심주의적 태도에 대해 다루고자 한다. 4장에서는 2장과 3장의 구체적인 적용이라 할 수 있는 '알레고리'의 개념을 고찰하고 예술 작품의 역사화를 위해 제기된 '지각'과 '경험', '기억(혹은 회상)'의 의미 및 그것의 실제 적용의 예를 살펴보려 한다.

주텍스트로는 『발터 벤야민의 문예 이론』(반성완 옮김, 민음사, 1983)
과 『현대사회와 예술』(차봉희 옮김, 문학과지성사, 1980), 『베를린의 유년
시절』(박설호 옮김, 솔출판사, 1992)을 삼았으며 그 외 참고 문헌은 아래
와 같다.[1]

2. 『독일 비극의 원천』 중 「인식론 비판 서문」[2]에 대하여

이 글은 17세기 독일 비극에 대한 연구와는 직접 관련이 없는 듯 독립
된 장으로 되어 있다. 그러나 비극을 독일 비극Trauerspiel과 희랍 비극
Tragodie으로 구분한 기준이 언어적 실체로서의 비극인가 이념으로서의
비극인가에 있기 때문에 이념에 대한 정의는 중요한 문제일 수밖에 없다.
이 서문은 바로 이념과 개념, 현상간의 관계를 밝힘으로써 과연 진리란
무엇이며, 어떻게 드러나는가, 그리고 그것은 어떤 경로를 거쳐 파악가능
한가를 밝히는 데 주안점을 두고 있다. 우선 진리에 대한 벤야민의 설명
을 살펴보자.

진리는 어떤 의도적인 상호 관계에서 나타나지 않는다. 개념의 의도에
의해 규정된 것으로서의 인식 대상은 진리가 아니다. "진리는 이념들로
형상화된 무의도적인 존재intentionloses Sein이다."(Ⅱ:192) 따라서 진리는
개념의 중재를 거쳐서, 또는 개별적인 것들간의 비교를 통해 유추되는 연
관성을 통해서, 개별적인 것의 통일성에 간접적으로 도달하는 인식 방법

---

1) 각주의 편리를 위해 다음과 같이 기호화하고 페이지 수만을 밝힌다. Ⅰ : 『발터 벤야
민의 문예이론』, Ⅱ : 『현대사회와 예술』, Ⅲ : 『베를린의 유년시절』, Ⅳ: N.볼츠, 빌렘
반 라이엔, 김득룡 옮김, 『발터 벤야민 - 예술, 종교, 역사철학』, 서광사, 2000, Ⅴ : 베
른테 비테, 윤미애 옮김, 『발터 벤야민』, 한길사, 2001, Ⅵ : 베르너 풀트, 이기식 / 김
영옥 옮김, 『발터 벤야민』, 문학과지성사, 1985.
2) 『현대사회와 예술』에 실려 있음.

으로는 파악될 수 없다. 인식 대상은 진리 자체와 일치하지 않는 셈이다. 진리는 오히려 "중재 없이, 매개 없이 이루어지는 직접적인 규정이다." (Ⅱ:184) 이러한 직접적인 것으로서의 규정성이라는 성질이 진리란 '물을 수 없는 것'이라는 점을 입증한다. "진리는 개념 내에서의 통일성이 아니라 존재 내에서의 통일성이며, 모든 물음에서 벗어나 있는 것이다." (Ⅱ:185)

그렇다면 인식 대상이 진리 자체와 일치하지 않고, 진리는 이념들로 형상화된 무의도적인 존재라면, 이념이란 과연 무엇인가?

우선 개념이 오성의 자발성으로부터 산출되는 것이라면, 이념은 '현상들의 표출'을 관찰, 해석하는 가운데 주어지는 것이다.(Ⅱ:190) 이를 이해하기 위해서 무엇보다 현상과 개념의 관계를 이해해야 한다. "개념의 임무는 현상들을 모으는 것이며, 오성은 이들을 구분하고 세분화하는 데서 그 힘을 발휘한다."(Ⅱ:192) 현상늘이 무리를 지어 모여도 - 개념이 이를 수행하지만 - 이들의 무리는 암흑 속에 놓여 있을 뿐이다. 암흑 속에 있는 이러한 현상들은 가상이 섞여드는 조야한 경험주의적 지반 위에서는 완성될 수 없다. 현상은 이념의 영역에 들어설 때 비로소 완성될 수 있다. 이때 현상들은 진리의 참된 통일성에 관여하기 위해서 자신의 거짓된 통일성을 버려야 한다. - 이는 현상 세계에서의 통일성(혹은 총체성)이라는 것이 허위의 것, 기만적인 것임을 의미하는 것이다. 헤겔적인 의미의 총체성, 즉 구체적 총체성으로부터의 인식론적 단절이 드러나는 부분이기도 하다. - 그리고 현상들이 이념의 영역에 포섭되기 위해 자신의 거짓된 통일성을 버린다는 것은 자신들의 요소들을 분해[3]함을 뜻하는데, 이 때 현상들은 개념 하에 놓이게 된다.(Ⅱ:189-190) 이 지점에서 개념의 역할이 단순히 현상들을 모으는 데만 머물러 있지 않음이 드러난다. 개념들은 자

---

3) 차봉희는 이를 '분배'라고 번역하였으나, 개념에 의해 현상들이 흩뜨려버리므로 '분해'라고 옮기는 것이 적합하다.

신의 중재 역할을 통해 현상들로 하여금 이념에 관여하게 한다. 그리고 이 중재 역할이 현상들을 이념을 기술하는 데 유용하게 만든다. 이와 같이 현상들의 산출은 개념의 중재를 통해 완수되며, 동시에 이념의 기술은 경험을 수단으로 해서 완수된다. 왜냐하면 이념들은 그 자체로서가 아니라 사물적인 요소들이 개념으로 정리될 때에만 기술 가능한 것이기 때문이다.

한편 개념의 역할에 대해 좀더 부언하자면, 개념들은 한편으로는 현상들을 모으며 이념을 표상하는 데 기여하는 한편, 다른 한편으로는 이념과의 관계성을 창조하기 위해 필요 전제 조건이 되는 현상들을 흩뜨려 버린다. 현상과 이념간의 이 운동 속에서 개념은 자신을 파멸시키고 자신을 소모해버린다. 이념의 형태가 번쩍일 때, 개념의 기능과 존재는 소멸되는 것이다.(Ⅳ:71-72)[4]

결국 현상들은 이념들 속에 내포되어 있는 것이 아니다. 현상들은 이념 속에 일체화되어 있지도 않다. 마찬가지로 이념들은 현상의 세계에 주어져 있지 않다. 이념의 기술에 기여하고 있는 것은 개념들이며, 이들 개념의 배열, 배치(또는 구성)Konfiguration에 의해 이념이 표상된다. 이는 다시 말해 이념은 '현상들의 객관적이며 잠재적인 배치이며 현상들의 객관적인 해석'(Ⅱ:190)임을 가리키는 것이다. "사물에 대한 이념의 관계는 마치 별에 대한 성좌Konstellation의 관계와도 같다. 이것은 이념들이 사물의 개념도 또한 법칙도 아니라는 것을 의미한다. 이념은 현상의 인식에 기여하는 바가 없다. 또 어떤 방식으로도 이념의 지반에 대한 평가 기준이 존재할 수 없다. 현상들이 그들의 현존, 공존성, 상이성을 통해 이념과 중재

---

4) 이 지점에서 벤야민과 아도르노의 차이가 분명해진다. 개념에 근거한 헤겔적인 동일성의 사유를 아도르노는 강하게 비판하나 궁극적으로 개념적 사유를 포기하지 않는 데 반해, 벤야민은 진리의 현시와 그것의 포착에 개념이 할 수 있는 역할을 한계 지움으로써 개념적 사유의 우위를 결정적으로 부정한다. 벤야민의 헤겔 미학과의 결별은 이러한 인식론 비판 속에 이미 마련되어 있었던 셈이다.

되는 개념들의 외연과 내용을 규정하는 반면, 이념에 대한 현상의 관계는 현상들의 객관적인 해석으로서의 이념이 현상들간의 공속성을 서로 규정하는 한 상반되는 관계에 있다. 이념은 영원한 성좌ewige Konstellation와 같은 것이며, 이러한 성좌 속에 한 점으로서의 요소가 파악될 때, 현상들은 세분화되고 구제(救濟)된다."5)(Ⅱ:191)

여기저기 흩어져 있는 별들이 일순간의 섬광처럼 번쩍거리며 어떤 일정한 배치나 배열로서 표출(혹은 표상)되는 것이 성좌라면, 이는 파편적이고 우연적인 현상이 자신의 파편성과 우연성, 단순성을 지양시키지 않고도 어떤 순간적인 번쩍거림에 의해 독특한 극단 내에서 존재 가능한 연관 관계로 표상됨을 의미한다. 이념의 현시란 바로 이 연관 관계, 배열 구조의 드러남을 가리킨다. 벤야민은 이에 대해 다음과 같이 말한다. "이념들은 (……) 법칙의 모든 본질성이 현상에 의해서 아니라 현상 상호간에 의해서 완성된 사멸성과 순수함 속에 존재한다는 것을 의미한다."(Ⅱ:194) 이로써 현상과 이념의 관계는 자명해진다. 그리고 진리가 이념들로 형상화된 무의도적 존재라면, "진리의 존재는 이념적인 것으로서 현상의 존재 양태와 구분"(Ⅱ:193)된다는 벤야민의 설명도 이해 가능하다.

현상과 이념, 현상과 진리의 관계를 재인식하고자 하는 벤야민의 시도는 흡사 현상과 이데아간의 분리, 불일치를 말하는 듯하다는 점에서 플라톤적이다. 벤야민에 대해 당대 학자들이 '유사 플라톤주의'라는 이유로 폄하한 것이 오해에서 비롯된 것만은 아니다. 그러나 플라톤의 이데아가 완전무결한 전체, 순수하고 조화로운 총체성을 의미한다면, 벤야민의 이념(혹은 진리)는 그러한 조화로운 총체성의 파괴와 해체를 의미한다는 점에서 전혀 플라톤적이지 않다. 다음 말은 이에 대한 명확한 근거를 제시한다.

원천을 연구하는 학문으로서 철학사는 궤도를 벗어난 극단들,

---

5) 벤야민은 이처럼 현상들이 '영원한 성좌'에 표상되는 제 요소들로 분해됨으로써 구원된다는 플라톤식의 현상 구원론을 구성하고 있는 셈이다. Ⅳ의 53쪽 참조.

또는 역사 발전에 무절제한 듯 보이는 현상들의 배열로부터 이념
이 드러나게 하는 형식이다. 이 때 이념은 대립적인 요소들의 공
존을 의미 있게 만드는 총체성을 말한다.(V:89)

　"극단적인 것이 종합 명제에 이르는 것"(Ⅱ:200), "환원될 수 없는 다양
성을 이루고 있는 것"(Ⅱ:203), "규정될 수 없고, 범주화, 분류화될 수 없
는 것"(Ⅱ197), 이는 "대립적인 요소들의 공존으로서의 총체성"이라는 이
념의 다른 표현으로 철저히 반헤겔적인 의미를 지닌다. 헤겔의 총체성이
대립적인 것들의 매개나 지양을 통해 종합에 이른 단계를 뜻하는 데 반
해, 벤야민의 총체성은 매개나 지양의 과정 없이, 그리고 종합의 목적없
이, 극단의 대상들이 각각의 독자성을 유지하면서 공존가능 한, 즉 "자신
이 속한 동종의 것과 그만의 독특한 극단을 연결하는 연관 구조, 배치"
(Ⅱ: 191)6)를 뜻한다. 이처럼 벤야민에 이르러 부르조아적인 총체성 개념
은 부정, 해체되고, 서로 어울릴 수 없는 극단의 개별자들이 충돌, 대립하
면서 그들간의 벌어진 틈을 은폐함 없이 모순을 그대로 포함한 비변증법
적인 전체로서의 총체성 개념이 등장한다. 'Konstellation'은 바로 이러한
총체성 개념의 메타포인 셈이다.7)

---

6) 여기에서는 Ⅳ의 71쪽을 재인용.
7) 모순 상태의 개별자들이 모순 그대로를 지양 없이 보존하면서도 전체로서 배열, 배치
　된다는 것은 '해체deconstruction' 개념과의 친연성을 생각케한다. '해체'가 해체적 작
　업과 구성적 작업이 동시에 진행됨을 뜻하며, 이 때 구성은 모순이 지양된 종합 명제
　로서 정립되는 과정이 아니라 모순 그 자체를 보여주는 '재(再)구성 과정임은 익히
　알려진 바이다. 이를 염두에 둘 때 극단의 개별자들이 지양 과정 없이 "배열, 배치"되
　는 재구성으로서의 'konstellation'은 기실 'deconstrution'과 별 차이가 없는 듯하다. 그
　러나 전자가 유기적 전체로서의 총체성을 부정하는 것이긴 해도 그 안에 새로운 '질
　서화' - 필연적 인과성에 기반한 유기적 질서화와는 성격이 다른 - 의 의지를 포기하
　지 않은, 그리하여 어떤 유토피아적 가능성을 모색코자 하는 시도를 내포한 것이라
　면, 후자는 이미 그러한 '질서화'의 이상이 가능하지 않음을, 따라서 '질서화'보다는
　질서 구축의 불가능성과 미결정성을 그 자체로 보여주고자 하는 것이라는 점에서 차
　이가 있다.

벤야민의 이러한 인식론은 예술 작품에 대한 그의 이론에 정확히 대응되고 있다. 즉 이념(혹은 진리)은 현상들의 객관적인 관찰과 해석을 통해 표출되며, 이 때 현상들이 완성되며 구제된다는 생각은 예술 작품란 해석 과정을 통해 존재하며 비로소 완성된다는 견해로 이어진다. 또한 대립적인 것들의 공존으로서의 총체성(혹은 이념)은 예술 작품의 'Konstellation'에 해당하는 '알레고리'로 대응된다. 즉 화해할 수 없는 반립을 특징으로 하는 총체성을 적절히 표상하고 있는 예술적 형식, 혹은 예술 작품의 구성 원리가 바로 이 '알레고리'이다.(Ⅳ:79) 그리고 '비평'이란 이러한 알레고리를 관찰하고 해석하는 과정이며, 흡사 현상이 객관적 해석을 거쳐 이념의 영역에서 구제되듯 이러한 '비평' 행위를 거쳐 예술 작품은 완성에 이른다.

그런데 인식론 비판과 관련하여 살펴보아야 할 중요한 내용은 벤야민의 독특한 언어 철학이다. 벤야민은 언어를 의사 소통의 기호나 단순한 도구로 보는 환원적 언어관에 반대한다. 그는 인간과 사물의 정신적 본질을 그 자체로 담보하고 표현하는 순수 인식의 장이 언어이며, 그런 까닭에 전통적인 주객 대립이 지양되고 보장되며 정신의 순수성을 경험케 하는 것이 언어라고 본다.(Ⅴ:42-3, 48) 이는 언어를 존재하는 모든 것의 진리 내용으로, 즉 이념과 동일시한 데서 잘 드러난다.(Ⅱ:192)

앞서의 인식론 비판으로 돌아가서 질문을 하나 제기한다면, 이념들로 형상화된 무의도적 존재인 진리가 과연 어떻게 파악 가능한가라는 점이다. 벤야민은 경험이나 지각, 혹은 오성이나 이성의 역할에 대해서 전혀 언급하지 않는다. 오히려 직관에 대해서는 진리 파악의 가능성을 어느 정도 인정하지만 그보다는 언어 그 자체에 이미 진리(혹은 이념)가 내포되어 있음을 말한다. 따라서 경험의 본질에 대해 강한 지배력을 갖는 진리에 들어맞는 유일한 존재는 '명명(命名)의 존재'(Ⅱ:193)이다. 이러한 명명의 존재로 벤야민이 언급한 인물은 인간의 아버지이자 철학의 아버지 - 최초의 명명자였다는 점에서 철학의 아버지로 규정되고 있다. - 인 아담이다. 아담의 명명은 언어가 전달의 수단이자 매개체가 아닌 까닭에 의미를 가지고 논쟁하지 않아도 되는, 낙원적 상태가 그 자체로 확고한 유희 활동이자 자유 의지이다.(Ⅱ:194) 따라서 단순한 기호로, 의사 소통의 수단으로 전락한 인간의 언어는 타락한 상태에 있는 셈이다. 그러나 인간의 언어가 지닌 '비감각적 유사성'(Ⅰ:316)은 번역의 가능성을 함축하고 있다는 점에서 순수 언어의 존재 가능성을, 그리고 그것을 대면할 수 있는 기회를 늘 그 자체 속에 마련하고 있다.

우선 '비감각적 유사성'8)이란 감각적으로 인지되지는 않으나, 엄연히

---

8) '비감적 유사성'이란 그 자체로 모순 형용적인 말이다. 보통 유사성이란 사물 A와 사물 B 사이에 공통적으로 공유되는 성질이 감각적으로, 경험적으로 지각, 인지되는 것을 가리킨다. 그런데 '비감각적 유사성'이란 감각과 경험을 통해 인지될 수는 없으나, A와 B 사이에 존재하는 유사성을 가리킨다. 따라서 이 때 유사성은 일반적인 의미의 그것과는 다르다. 벤야민은 이처럼 감각적으로 공유되지 않는 까닭에 경험적 지반에서는 인지할 수 없는 이 유사성을 "섬광"처럼 찰나에 나타났다 사라지는, "순간Nu"에만 포착할 수 있는 것으로 설명한다. 그런데 '비감각적 유사성'으로부터 유추할 수 있는 벤야민 사유의 몇 가지 특징에 주목할 필요가 있다. 먼저 '비감각적'이라는 어구 속에는 전통적인 미메시스 개념의 해체가 의도되어 있다. 미메시스란 대개 원 대상과 모사된(혹은 재현된) 대상간의 감각적 유사성을 전제로 한다. 원 대상과 모사 대상이 감각적으로 일치하면 할수록 미메시스의 성취는 성공적인 것으로 여겨진다. 그런데 벤야민은 원 대상과 모사 대상간의 감각적 차원에서 일치하지 않는 유사성을 말한다. 그리고 그것의 예로 동물의 내장, 필적 감정법, 별자리, 춤 등을 언급하며, 중요한 것은 그것을 어떻게 읽을 것인가라는, 즉 동물의 내장에서 인간의 길흉이미지를 찾아내어 그 둘을 관계시키는 교감 행위 혹은 '읽는 행위'를 모방적(미메시스적) 과정으로 여긴다는 점이다. 따라서 전통적 미메시스 개념이 해체되면서 동시에 미메시스의 지평은 확장된다. 가령 벤야민의 설명에 따르면 우리가 클레나 칸딘스키의 그림을 감각적 유사성 하에서 볼 때에는 어떤 대상과의 일치점을 찾을 수 없을지 모르나, '섬광'처럼 스쳐 지나가는 '순간'에 전혀 다른 그 '무엇' - 벤야민은 이를 형상Bild으로 지칭한다. - 으로 교감되는, 기호적 요소과 모방적 요소가 상승된 형세로서 그것을 '읽어낼 수 있다'는 것이다. 그렇다면 이러한 '비감각적 유사성'은 동물의 내장이든 별자리든 혹은 무용수의 춤이든, 기호적 형식을 바탕으로 한 것이라면, 혹은 그 속에서 기호적 형식을 인지할 수 있는 것이라면, 그 어떤 것이든 미메시스적 대상으로 읽을 수 있음을 알려준다. 그리고 이것은 데리다가 말한 문자 이전의 에크리튀르가 가능하다

존재하는 유사성을 의미하는데 벤야민은 그 예로 별자리의 경우를 든다. 그리고 이러한 '비감각적 유사성'의 해명에 적합한 규범이 언어라고 설명한다. "이를테면 우리가 동일한 것을 뜻하는 여러 상이한 언어의 단어들을 이 단어들의 의미를 중심으로 해서 모아 놓으면, 우리는 이들 단어들이 모두 - 비록 그것들이 상호 아무런 유사성을 지니고 있지 않을지라도 - 어떤 방식으로 그 의미에 대해 그 중심부에서 상호 유사성을 지니고 있는가 하는 문제를 한번 연구해 볼 수 있을 것이다."(Ⅰ:317)

벤야민의 설명에 따르면 상이한 언어간에서 나타나는 이러한 유사성은 많은 경우 입으로 말해지는 말보다 '씌어지는 말'에서 더 잘 살펴볼 수 있다고 한다.9) "말해진 것과 의미되어진 것 사이의 관계뿐만 아니라 씌어진 것과 의미되어진 것, 그리고 말해진 것과 씌어진 것 사이의 관계를 맺게 하는 것은 비감각적 유사성인 것이다."(Ⅰ:317) 씌어진 글에서 이러한 유사성이 디 잘 드리난다면 상이한 언어간의 친회성이란 존재 가능한 것으로, 원문과 번역문은 언어가 뜻하는 의도를 그 자체 속에서 서로 상보하는 역할을 하게 된다.

문제는 역사를 초월하는 모든 언어 상호간의 친화성은 하나의 전체로서 각각의 언어 속에 놓여 있는 의도, 다시 말해 "각각의 개별적 언어 그 자체로서는 실현될 수 없고, 각 언어 상호간의 상호작용을 통한 총체성에 의해서만 획득할 수 있는 언어 - 우리는 이를 순수 언어라 부를 수 있을 것이다. - 그 자체에 내재하는 의도 속에서만 찾아질 수 있다."(Ⅰ:324)는 점이다. 따라서 번역이란 "여러 언어들이 지니고 있는 이질성과 논쟁을

는 설명을 뒷받침하는 근거가 될 수 있다. 즉 언어의 외연을 넘어선 DNA 분자의 에크리튀르, 운동 선수의 에크리튀르가 가능하다면 그것은 감각적 유사성을 기반으로 한 미메시스적 태도로는 읽어낼 수 없다. 그것을 텍스트로 읽기 위한 과정과 전제가 필요하다면, 그것은 경험적 지반에서 벗어나 '비감각적'으로 대상간의 결핍과 부재를 보충supplyment할 수 있는 '유사성'의 대체 작업이 요구되기 때문이다.

9) '씌어진 말'이란 결국 '글'을 의미하므로, 벤야민이 음성 중심주의로부터 텍스트 중심주의로 선회하고 있음을 이 지점에서 확인할 수 있다.

벌이고 있는 하나의 잠정적 방식"(Ⅰ:325)이지만, "번역의 언어는 의미의 표현 방식을 통해 상호 보완되고 화해함으로써 조화를 이루게 되는 것이다. 만약 모든 사고가 추구하는 궁극적 진리를 아무런 긴장 없이 또 은밀하게 담고 있는 진리의 언어가 있다면, 이러한 언어야말로 진정한 언어인 것이다. 번역 속에는 바로 이러한 언어가 (……) 집약적으로 숨겨져 있다."(Ⅰ:327)

「번역가의 과제」를 통해 드러나는 이 '순수 언어'가 총체성으로서의 이념이자 진리 내용과 등가의 개념임은 분명하다.10) 그런데 이러한 유사성으로서의 순수 언어는 '일종의 섬광처럼' 그 모습을 드러내고 순식간에 휙 스쳐 지나가 버린다.(Ⅰ:318) 언어를 통해서가 아니라 이미 언어 속에 사물의 본질과 정신의 순수성이, 그리고 진리 내용이 담겨 있다 해도 그것의 현시가 찰나적인 '순간Nu'에 이루어진다면 그것을 관찰하고 해석하는 작업이 무엇보다 중요해진다. 예술 작품의 경우, 그것은 <비평>의 임무가 된다.

3. 텍스트 중심주의의 선취, 그리고 '비평'의 임무

예술 작품에 대한 벤야민의 텍스트 중심주의적 태도는 예술 작품을 하나의 '성찰' 매개체로 여기는 것과 밀접히 관련되어 있다. 「독일 낭만주의에서의 예술 비평의 개념」11)은 이러한 '성찰'의 문제와 예술 작품 및 예

---

10) 이로부터 벤야민이 해체론과 어떤 차이를 갖는지가 분명히 드러난다. '순수 언어'란 일종의 초월적 기의에 해당하는 것으로 비록 플라톤의 이데아와 같이 그 자체로 완전한 총체성은 아니지만 - 왜냐하면 그것은 각 개별 언어간의 상호 작용을 통해서만 획득되는 것이므로 - 상호 보완을 통해 궁극적 진리를 담보한 진정한 존재의 가능성을 상정한다는 점에서 그러한 '순수' 기의를 부정하는 해체론과 결정적으로 다를 수밖에 없다. 이는 모더니스트와 포스트 모더니스트가 분리되는 지점을 보여주는 예이기도 하다.

술 비평의 관계가 연구된 벤야민의 박사 학위 논문이다. 이 글에서 논의되고 있는 것은 독일 낭만주의에서 나타나는 예술 작품과 예술 비평 개념이긴 하지만, 그것을 통해 벤야민은 자신의 예술 철학을 피력하고 있다고 볼 수 있다.

벤야민의 설명에 따르면 독일의 초기 낭만주의자들이 직관적으로 파악하고자 했던 '성찰'은 자기 자신을 대상으로 한 반성적 사고 행위를 의미한다. 그런데 자기 자신에 대한 이 사고 행위는 '사고의 사고'를 거치면서 무한대로 이어지고, 이 때 이 무한성은 하나의 절대적인 시스템을 형성하게 된다. 한편 이 시스템은 진행 과정으로서의 무한성에서 파생되는 것이 아니라 이념과의 상호 관련성으로부터 성취된 무한성에서 비롯된다.(Ⅲ:159-161) 벤야민은 이러한 절대적인 무한성의 시스템을 그 자체 '성찰의 매개체'라 칭한다. '성찰'은 끊임없는 관련성을 지니고 있기 때문에 그 자체로 하나의 매개체라는 것이 그의 설명이다.(Ⅲ:171)

중요한 것은 초기 낭만주의에서 '성찰'의 구심점은 자아가 아니라 바로 예술이었다는 점이다.(Ⅲ:175) 슐레겔의 이론을 빌어 해석된 이 내용은 오히려 벤야민의 견해를 압축적으로 보여준다. "예술이란 성찰 매개체에 대한 규정으로서, 아마도 성찰 매개체를 받아들이는 것 가운데 가장 커다란 결실을 맺고 있는 것이다."(Ⅲ:203) 예술은 작품에 나타나는 하나의 구체적인 상을 통해 성찰의 발전, 정신의 발전을 이끌며 그 결과 '스스로를 뛰어 넘는 행위', 즉 자기 고양을 가능케 한다.(Ⅲ:209) 이처럼 성찰 매개체 속에 담겨 있는 대상을 인식하고 그 대상을 예술의 절대적 본질이라고 할 수 있는 지점에 이르기까지 고양시키는 행위가 다름 아닌 예술 <비평>이다. '비평'은 따라서 한 작품에 대한 평가라기보다는 완전하지 못한, 아직 불완전의 상태로 남아 있는 예술 작품을 완성하는 방법이다.(Ⅲ:212-3)

이처럼 벤야민에게 예술 작품이란 예술 수용자가 작품을 대하면서 끊

---

11) 『베를린의 유년 시절』에 수록되어 있다.

임없이 무한대로 이어지는 자기 인식의 확장인 '성찰', 즉 '비평' 행위를 통해서만 완결되는 대상이다. 따라서 '성찰의 매개체'로서의 예술 작품은 직접적으로 주어진 어떤 것이 아니라, 처음부터 예술적 경험과 비판적 반성을 통해서 자신을 형성하게 된다. 그것은 탐구의 대상이자 동시에 결과물이다.(Ⅳ:29) 따라서 '비평'의 본질적 임무는 작품에 대한 평가가 아니라 "한편으로는 작품의 완성, 보완 내지는 작품의 체계화에 있으며, 다른 한편으로는 작품을 절대성 속에서 해결하는 데 있다."(Ⅲ:224) 그리고 작품을 대하는 예술 수용자, 즉 비평가는 "오직 작품 속에 숨어 있는 내밀한 특성을 발견해내고, 작품 속에 감추어져 있는 의미도 완전하게 드러내도록 해야 한다. 작품 자체의 의미에서, 그러니까 성찰을 통하여 작품 속에 담겨 있는 것을 끝까지 추적하여 그것을 절대화시켜야 한다."(Ⅲ:212)

이제 인용된 두 문장으로부터 우리는 중요한 두 가지 방법론을 이끌어 낼 수 있다. 하나는 '비평' 행위란 다름 아닌 예술 수용자의 관찰과 해석 과정을 의미한다는 점에서 해석학적인 수용 미학을 연상시킨다는 점이고, 나머지 다른 하나는 작품 그 자체만을 비평의 대상으로 삼는다는 점에서 텍스트 중심주의와 맞닿아 있다는 점이다.

전자는 벤야민 스스로가 예술 작품을 그 작품의 시대 안에서 기술하지 않고 작품의 시대를 자신의 시대로 포섭해 들임으로써 현재적인 재해석을 시도하였다는 데서 잘 드러난다. 그리고 무엇보다 예술 작품에 대한 낭만주의의 이론이 작품의 형식에 관한 이론을 전제한 뒤, 형식이 하나의 매개체 속에 담긴 객관적 요소임을, 특히 형식적 아이러니는 "작품 자체 속에 담겨 있는 객관적 요소로 인정되어야"(Ⅲ:236) 함을 명제화한 것은 작가의 의도보다 작품 속에 담겨 있는 독자적인 작품의 기능을 강조한 것이자, 그것에 대한 수용자의 관찰과 해석을 중요시한 것이라는 점에서 - 왜냐하면 예술 작품의 형식이란 "작품 고유의 (그러니까 작품의 본질을 형성하는) 성찰에 대한, 하나의 대상으로서 표현"(Ⅲ:217)이므로 그것은 여전히 수용자의 내재적 '비평' 행위를 통해 최종적인 완성에 이르는 것

이기 때문이다. - 해석학적 문예론을 미리 선취하고 있다 해도 과언이 아니다.[12]

이러한 해석학적인 수용 미학의 관점은 벤야민에게서 텍스트 중심주의와 불가분의 관계를 이루고 있다.

> (……) 작품들의 생활권과 영향권을 양쪽 다 대등하게, 특히 주로 작품의 발생사와 나란히 대두해야 한다. 자세히 말해 작품의 운명, 그 당대인에 대한 수용, 번역, 명성 등이다. 이로써 작품은 그 내부에서 하나의 소우주Mikroaeon[13)로 형성된다. 왜냐하면 중요한 것은 문헌상의 작품들을 그 시대의 연관성 아래서 기술하는 것이 아니라, 그들이 생겨났던 시대 안에서 그들이 인식하는 시대를 - 이것은 곧 우리 시대 - 기술하는 것이기 때문이다. (「문학사와 문예학」II:21-22 中)

위 인용문에 따르면 벤야민에게 문학사는 소우주로서의 작품을 해석, 기술하는 것을 의미한다. '작품의 지속적 삶', '영원히 계속되는 예술 작품의 삶'(I :322) 혹은 '작품의 고유한 삶'(I :324) 등은 'Mikroaeon'의 또 다른 표현으로, 이는 작품이 해석을 통해 하나의 구조로, 하나의 모나드로 구체화되는 것임을 의미한다.

---

12) 그러나 벤야민의 관점이 읽는 주체의 작품 내적 참여를 적극적으로 고려한다는 점에서 수용 미학적 입장을 공유하고 있긴 해도 가다머와 같은 헤겔의 상속자들과는 차이가 있다. 가다머 등은 일반적으로 부분과 전체의 이상적 관계, 즉 각 부분들이 상호 관계를 형성하면서 하나의 전체를 구성한다는 전제를 바탕으로 사유가 고정된 구체적 형태를 갖는 과정에서 겪는 외적 변용을 추적하는 것이 바로 작품의 해석임을 주장한다. 반면 벤야민은 유기적 총체성의 개념을 부정한다는 점에서 철저히 반헤겔적이며, 무엇보다 작품 구성 원리로서의 알레고리를 알레고리적으로 해석한다는 것이 작품을 미혹적인 총체성 - 유기적 총체성을 가리킴 - 으로부터 해방시켜 열린 텍스트로 개방시키는 과정이라는 점에서 근본적으로 다르다.
13) Mikrosms 작은 것을 확대한다는 뜻으로 쓰였고, aeon은 무한 시대를 뜻한다. 따라서 이것은 무한 소립자의 영원 속으로의 확대를 의미한다. IV의 p. 29의 각주 재인용.

그런데 여기서 주목해야 할 것은 벤야민이 낭만주의를 통해 새롭게 재조명한 '작품' 개념과 전통적인 '작품'개념간에는 엄밀한 차이가 존재한다는 점이다. 전통적으로 '작품'은 단일한 주체에 의해 창조된 담론의 통일체로서, 선명한 자아에 의해 의미의 연관성과 필연성이 장악되고 이를 기반으로 일정한 질서 하에 전체성이 구축된 최종적인 결과물로 여겨졌다. 따라서 전통적 개념 하에서 '작품'은 '비평'의 과정을 기다리지 않는, 즉 그 자체로 독립적인 '동질의 단위'로, '특정의 단위'로 자기 동일성을 보존하는 대상이었다. 따라서 '작품'을 연구한다는 것은 그것의 최종적인 완성을 전제한 한에서 작품의 발생 배경이나 작가의 전기적 사실과의 관련성 등 실증적인 사례를 분석하는 것을 의미했다.

그러나 벤야민에게 '작품'은 투명한 창조적 자아에 의해 장악되었다고 믿어지는 대상이 아니며, 어떤 경우에도 단일한 유기적 총체성을 구현하는 최종적인 산물이 아니다. 왜냐하면 앞서 「인식론 비판」을 통해 살펴보았듯이 벤야민에게 현상 세계에서의 유기적 총체성이란 미혹적인 것, 거짓된 것이므로 삶의 총체성을 파악하여 그것을 언어로 표현해 낸다는 것은 불가능한 것이다. 따라서 그것을 성취한 '작품'도 가능하지 않다. 벤야민이 예술 작품을 '비평' 행위를 통해서만 완결되는 대상으로 정의한 것은 바로 이 때문이다. 비록 '작품의 지속적 삶' 혹은 '작품의 고유한 삶'으로 표현하긴 했으나 이 때 명명된 '작품'은 오히려 '텍스트' 개념에 가깝다. 왜냐하면 그것은 언어 내적으로 주체 혹은 자아에 앞서 선행하는 것으로서의 글을 가리킨다는 점에서, 그리고 창조적 주체로서의 작가 개념을 포기하고 있다는 점에서 그러하다.

벤야민은 언어가 의미보다, 자아보다 앞선다는 사실을 다음과 같이 표현한 바 있다. "형상과 언어가 앞선다. 아침에 잠을 취하기 위해 누우려 할 때 생 폴 루는 자신의 문 앞에서 '시인이 작업하고 있습니다'라는 문패를 걸었다고 한다. 또한 브르통은 '조용히 하시오. 저는 지금까지 그 누구도 지나가지 않았던 곳을 지나가려고 합니다. 조용히! - 그러나 사랑하는 언어여, 그대가 먼저 지나가십시오'라고 밝힌 바 있다. 요컨대 언어가 선행하는 셈이다. 언어는 의미보다 앞설뿐만 아니라 자아보다도 앞선다." 언어의 자율성과 그것의 작품 내적 선행에 대한 강조가 '텍스트' 개념과 불가분의 관계를 이루고 있음은 잘 알려진 사실이다. 인용문은 벤야민의 '작품' 개념이 이러한 텍스트 개념에 가까이 닿아 있음을 잘 보여준다. 그러나 무엇보다 '텍스트'의 개념을 떠받치고 있는 것은 확고부동한 창조 주체에의 회의이다. 예술의 성찰 대상으로 작품만을 초점화한 벤야민의 태도가 텍스트 중심적이라는 것은 '비평' 행위의 고려 대상으로 창조 주체인 저자를 제외시키고 있다는 점에서 잘 드러난다.

전통적인 문학사는 저자의 기능을 통해 작품들을 개별화하였다. 저자는 글에 대해 작품으로서의 성격을 보증해왔다. 그러나 하나의 텍스트가 그 역사적 증언으로서의 성격을 잃는 것은 저자로서가 아니라 바로 작품으로서이다. 이를 역으로 말하면 텍스트는 저자와의 관계에서 아무런 역사적 의미도 가지지 못한다. 씌여진 글인 텍스트는 역사적 사건에 대한 증언이 될 수는 있어도 창작 주체로서의 저자 자신에 대한 증언은 아니다. (Ⅳ:34) 벤야민이 보들레르론이나 프루스트론 등에서 작품 안에 숨겨진 역사적 맥락을 도출하는 과정은 기실 텍스트와 저자간의 사실적인(혹은 전기적인) 관련성을 철저히 배제한 바탕 위에서 이루어진다. 이는 텍스트와 저자의 관계를 추적하는 전통적인 문예학 방법에 대해 회의를 표명한 것과 다를 바 없다.

벤야민에게 저자는 더 이상 자율성을 물을 수 없는 존재로 사회적 생산 관계 속에서 담론의 기능적 생산자로서의 역할을 담당하며, 문학적 기술 Technik을 통해 작품이 한 시대의 문학적 생산 관계 내부에서 그 기능을 갖도록 새로운 형식과 기법을 창출해야 하는 존재이다.[14] 따라서 벤야민이 비록 포스트 모더니스트들처럼 저자의 개념을 전적으로 부정하는 것

---

14) Ⅰ의 「생산자로서의 작가」 참조.

은 아니지만 창조적 표현 주체로서의 저자성을 포기하고 있는 것은 분명하다. 이는 '생산자'라는 기능적 용어 속에 이미 글 쓰는 자가 글쓰기라는 실천의 장으로 들어서는 순간, 창조적 자율 주체로서의 저자는 소멸되고 자본주의 생산 관계 하에서 익명의 개별자들만이 생산 과정에 참여하듯, '생산자로서의 작가' 또한 글쓰기의 수많은 익명적 개별자들 중 하나가 됨을 의미한다는 데서 확연히 드러난다. 따라서 '작품 자체가 말할 기회를 포착'(IV:36)할 뿐이라는 벤야민의 말은 그의 텍스트 중심주의를 단적으로 드러내준다.

　이런 전체적인 맥락에서 볼 때, 문학 연구가 작품과 저자간의 사실 내용을 밝히는 데만 주력하는 것은 벤야민에겐 '비평'의 임무를 제대로 완수하지 못한 것을 뜻한다. 그에게 '비평'은 창작의 차원으로 끌어올려진, 다시 말해 텍스트의 의미를 파악하고 재구성하는 작업이자 이를 통해 새로운 형식을 산출하는 작품 창작 과정에 버금가는 것이다. 그 가운데서 예술 작품의 진리 내용, 즉 예술 이념을 찾는 것이 바로 '비평'의 역할이다. 작품의 사실 내용만을 찾는 것은 주석에 불과하다.(IV:32)

　해체론자들이 벤야민에게서 수용 미학에서 발견하지 못했던 새로운 독서의 가능성을 발견하는 것은 그가 비록 예술의 진리 내용을 포기하지 않고 있으나, 그럼에도 불구하고 '비평'의 임무로 내세운 일련의 과정을 통해 텍스트의 이해를 단일적, 획일적 의미로 환원시키지 않고 무한한 성찰을 토대로 한 미결정적인 다양성의 자기 전개 과정으로 전환시켰기 때문이다. '비평은 (……) 예술 작품의 자기 인식'이라는 (III:208) 벤야민의 말은 바로 서술된 것을 비판의 대상으로 삼으면서 동시에 그것이 창조적인 서술 과정과 동일시되는, 즉 모든 글쓰기가 글읽기이며 아울러 글읽기가 글쓰기로 간주되는 해체론적 독서 개념과 그 맥락이 일치한다. 텍스트 앞에 선 비평가가 연금술사와 같다는 벤야민의 알레고리적 비유는 '비평' 혹은 독서가 창작 과정과 동일시되고 있음을 강조한 것에 다름 아니다.

우리가 점점 생장해 가는 작품을 비유적으로 불꽃이 활활 타오르는 장작더미라고 본다면, 주석자는 마치 화학자처럼 그 앞에 서 있고 비평가는 마치 연금술사처럼 그 앞에 서 있다고 할 수 있다. 주석자의 경우에는 단지 나무와 재만이 그의 분석 대상이 된다면 비평가의 경우에는 그 불꽃 자체만이 하나의 수수께끼, 다시 말해 살아 있는 것의 수수께끼로 남게 된다. 따라서 비평가의 과제가 있다면 그것은 과거(지나간 것)의 무거운 장작더미와 체험된 것의 재 위에서 아직도 살아서 계속 타오르고 있는 생생한 진리를 물어보는 데 있다.(Ⅰ:373에서 재인용)

그런데 위 인용문에서 연금술사로 비유된 비평가의 과제가 불꽃으로서의 예술 이념을 비역사적인, 혹은 초역사적인 진리로서 절대화시키는 것이 아님을 염두에 두어야 한다. 작품 속에서 진리 내용을 도출하는 벤야민의 작업은 몇 개의 단계로 구분되는데, 각각의 단계마다 깔려있는 기본 전제는 작품을 작품의 이념으로 해소시켜 버리기보다 작품이 그 이념을 구성하는 역사적 요소로 경험될 수 있게 애를 쓰고 있다는 점이다.(Ⅳ:29) 우선 해석 작업의 첫 단계는 원전에 담긴 잠재적 내용을 알리는 해석이다. 그 다음 단계에서는 '비비평적 주석에 담긴 심층적 허위성을 피하기' 위하여 문헌학적, 실용적 해석이 뒤따른다. 그 뒤에 오는 단계는 '사회적 의미의 비판적 해석'으로서, 최종적으로는 예술론적 시각(심미적 관점)과 사회적 비판이 겹쳐지는 '종합적' 해석으로 이행된다.(Ⅳ:33)15) 벤야민의 이러한 해석의 단계는 예술 작품의 구성 원리로 파악된 알레고리를 알레고리적으로 독해한 실제 비평에서 구체적으로 드러난다.

---

15) 작품의 최종적인 해석을 역사적 지평 안에서 통합시키는 벤야민의 이러한 방법은 "순수 언어"의 존재를 상정한 경우에서와 마찬가지로 해체론에 결정적으로 반한다. 해체론자들은 텍스트 바깥에 존재하는 의미를 텍스트 안으로 첨가하는 것이 텍스트를 선험적으로 의미화하는 과정일 뿐이라며 이같은 텍스트의 외적인 선(先)-의미화를 강하게 부정한다. 반면 벤야민은 「보들레르론」이나 「프루스트론」, 「카프카론」에서 잘 나타난 듯 텍스트 비평의 최종 단계로 구체적인 역사와의 관련성을 추적한다.

4. 알레고리 : '지각'의 정치화, '경험'의 역사화

앞서 밝혔듯 「인식론 비판 서문」에서 개념화된 'Konstellation'을 예술 작품으로 치환하면서 벤야민은 그것을 '알레고리'라고 재정의한다.

알레고리는 전통적으로 단어의 문자 그대로의 일차적 의미를 넘어 '다른 어떤 것', 즉 숨겨진 의미를 제시하는 표현 방식으로 여겨져왔다. 대개 구체적인 심상의 전개와 함께 추상적 의미의 층이 그 배후에 동반되도록 의식되어진 작품이 알레고리이다. 중세에는 주로 의인화된 관념, 즉 추상 개념의 의인화가 알레고리였다. 그러나 관념 위주의 구조, 명백한 추상적 의도 및 교훈적 태도로 인해 모호성과 암시성을 선호하는 낭만주의 시대에 이르러는 기피 대상이 되었다.[16]

그러나 벤야민은 낭만주의 시대 독일 비극에서 알레고리의 규범을 찾아내고 있다. 이 때 알레고리란 추상적 개념의 가시적 표상이라는 전통적 개념을 내포하고 있긴 하지만 이와는 엄연히 다른 개념이다. 벤야민은 「독일 비극의 원천」 2장에서 독일 비극의 형식적 특징을 분석하면서, 바로크 극작가들이 자연적인 제반 연관성으로부터 고립되고 분해된 사실들을 어떤 이질적인 것으로 결합시키고 있다고 설명한다. 극히 이질적인 것들로 이루어진 이 새로운 구성체가 바로 알레고리로, 이것은 불연속적인 역사 진행과 형식상 정확히 상응하는 관계에 있다.(V:92)

독일 비극에서 이러한 새로운 알레고리 해석이 도출되고 있는 것은 자신이 속한 역사적 상황에 대한 벤야민의 통찰에 기반하고 있다. 즉 20세기 초 새롭게 등장한 현대 예술로서 아방가르드 작품들에 대한 본질적 이해가 과거 예술 작품인 독일 비극에 대한 현재적 재해석을 가능케 한 것이다.

그런데 알레고리에 대해 더 자세히 살펴보기에 앞서 2장에서 다루었던

---

16) 알레고리의 정의에 대해서는 이상섭, 『문학 비평 용어 사전』, 민음사, 1997, 193~195쪽 참조.

대립적인 것의 공존으로서의 총체성과 알레고리 형식간 상관 관계에 대해 살펴보는 것이 필요하다. 벤야민에게 총체성 개념이 화해할 수 없는 극단들간의 공존임은 이미 지적한 바 있다. 그리고 이 총체성의 예술적 형식에 상응하는 것이 바로 알레고리인데, 예컨대 추상적인 개념과 감각적인 지각 표상처럼 화해할 수 없는 반립의 대상이 그 극단으로서의 특성을 보존하면서 통합된 전체를 구성하는 것, 그것이 바로 알레고리의 본질이다. 그런데 주목을 요하는 것은 현상들의 잠재적 배치, 즉 밤하늘 여기저기 흩어져 있는 파편적인 별들의 무리가 '성좌'로서의 배열 구조와 연관 관계를 이룸으로써 이념의 총체성으로 표상된다는 것이 알레고리의 경우엔 어떻게 대응되는가 하는 점이다.

벤야민은 알레고리와 상징을 구분하면서 상징이 대상들의 유기적인 연관성에 바탕을 둔 형식이라면, 알레고리는 '사물을 그것의 일반적인 연관성으로부터 분리시키는 것'이며 '유기체적인 연관성을 파괴하는 것과 관련된 것'(Ⅱ:113)이라고 설명한다. 즉 파편들의 부스러기가 조합의 형태로 배치되어 있는 것이 알레고리이다. 그리고 본래의 연관 관계로부터 고립된 파편들이 조합의 과정을 거쳐 작품 자체에서 묘사된 장면, 실제 일상의 구체적인 연관성으로부터 분리된 새로운 차원의 의미를 발현하는 것이 알레고리의 본질적 특성이다.[17] 마치 산발적인 별들의 무리가 새로운 조합과 배열을 통해 '성좌'라는 전혀 다른 차원의 의미를 산출하듯이 이때 '성좌'가 현상에 대한 이념의 메타포라면, 알레고리 형식을 통해 재생산된 작품의 의미는 파편적인 구성 요소에 대한 예술 이념의 구체화라 할 수 있다.

이처럼 예술적 형상화의 진정한 본질을 알레고리에서 발견하는 벤야민의 입장은 상징적 작품에 나타난다고 기대되는 조화로운 총체성에 대한

---

17) 벤야민의 알레고리를 아방가르드 예술론과 연결시켜 살펴보고 있는 것으로는 페터 뷔르거, 『전위 예술의 새로운 이해』, 심설당, 1986, 117~125쪽 참조.

파괴와 해체를, 예술에서의 객관적인 기준이나 불변의 규범에 대한 회의를, 아울러 연속적인 역사 진행에 대한 부정을 전제한 것이라는 점에서 고전적 예술 시대의 종말을 암시한다.

그러나 알레고리를 구성하는 제일 큰 동기가 사물의 무상성에 대한 통찰과 사물을 영원으로 구원하려는 관심(Ⅳ:75)이었다고 본 것은 벤야민이 예술을 더욱 확실하게 그 절대적 진리성으로 이끌고자 했음을 의미한다. 그리고 이것은 벤야민의 미학적 관점이 낭만주의의 심미적 태도와 어느 정도 연속선상에 있는 것임을 짐작케 한다. 가령 알레고리가 유기적 총체성의 파괴이자 동시에 이전 맥락과 전혀 다른 의미의 재구성을 의미한다는 것은 '창조적 파괴'라는, 즉 자기 파괴와 자기 창조의 변증법이라는 낭만적 아이러니와 맥이 닿아 있으며, 이는 벤야민의 예술 개념이 낭만주의와 조우하고 있음을 확인시키는 예이다.[18]

한편 벤야민의 고전주의 미학에 대한 비판이 알레고리에 기대어 이루어지고 있으나, 그의 비판이 겨냥하고 있는 대상이 알레고리 그 자체이기도 하다는 점에 주목해야 한다.(Ⅴ:93) 벤야민은 종말을 향해 치닫고 있는 역사의 폐허 위에서 공허의 경험과 불확실해진 구원의 가능성이 슬픔과 비애로 화하고, 그 둘간의 긴장이 알레고리 형식을 낳은 것으로 본다.

> 몰락을 미화하는 상징에서는 거룩하게 변용된 자연이 구원의 빛 속에서 언뜻 그 모습을 드러내는 반면, 알레고리에서는 죽어가는 역사의 얼굴이 경직된 원초적 풍경으로 관찰자의 눈 앞에 펼쳐진다.(Ⅴ:96에서 재인용)

> 자신의 손에 들려진 파편 조각을 놀라움으로 응시하며 우수에 잠긴 자는 알레고리 작가가 된다. 그는 본래적 의미의 우울병자이다. 그는 사물들을 그들의 배경 연관으로부터 끄집어내어 의미

---

18) 알레고리와 낭만적 아이러니와의 관련성에 대해서는 최문규, 「역사성+심미성으로서의 '순간'」, 『탈현대성과 문학의 이해』, 민음사, 1996, 157~8쪽 참조.

를 부여한다. 그는 알레고리야말로 신화의 해독제임을 보여주는
자이다.(II:122)

알레고리 형식 자체에 대한 이러한 비판적 시각은 텍스트에 대한 벤야
민의 해석 작업이 유물론적 역사 철학과 만나면서 예술 작품에 대한 새로
운 해석 가능성을 열어 줬힌다는 점에서 매우 독창적이다. 이를 가장 잘
보여주는 글이 「보들레르의 시에 나타난 제2제정기의 파리」[19]와 「중앙
공원」[20], 그리고 그의 마지막 비평인 「보들레르의 몇 가지 모티브에 관하
여」[21]이다.

벤야민은 이 글들에서 보들레르야말로 19세기 부르조아 세계의 타락과
종말을 명확히 폭로한 가장 뛰어난 알레고리적 예술가임을 밝히고 있다.
특히 맑시즘적 시각에서는 부정적으로 낙인찍힐 수밖에 없는 보들레르의
시를 알레고리적으로 해석함으로써 그의 시에 새로운 역사적 의미를 부
여한다. 가령 보들레르의 시에 등장하는 몇 가지 모티브를 벤야민의 해석
방식에 따라 정리해보면, 여성은 관능적인 욕망과 관련된 구체적인 성적
대상이 아니라 죽음을 의미하는 삶의 알레고리이며, 매음은 대중과의 신
비로운 공동체의 가능성에 대한 모색을 함축하고 있고, 산책자는 역사의
진보라는 낙관주의적 이데올로기를 비판적으로 인식하는 자이자 태연함
을 과시하는 몸짓으로 생산 과정에 저항하는 혹은 자본주의 시장을 감시
하는 자로 읽힌다.[22]

앞서 벤야민의 해석 방법이 그 최종 단계에서는 심미적 시각과 역사적
비판이 종합됨을 밝혔는데, 작품 구성 원리로서의 알레고리와 그에 대한
비평 방법으로서의 알레고리적 해석이 탁월하게 부각된 예는 노동의 획

---

19) 『세계의 문학』, 1989, 여름호에 수록.
20) 『현대사회와 예술』에 수록.
21) 『발터 벤야민의 문예이론』에 수록.
22) 최문규, 「불협화음의 문학과 보들레르」, 『문학이론과 현실 인식』, 문학동네, 2000,
147~8쪽 참조.

일화 과정과 날품팔이꾼들의 도박간에 내재된 지각 양태를 동질적인 것으로 읽어낸 시 「도박」의 경우이다.(I :145-9) 벤야민은 보들레르가 기계를 통해 노동자에게 가해지는 반사적인 메커니즘이 거울을 들여다보듯 관찰될 수 있는 또 하나의 과정에 매료되었음을 간파하면서, 그것이 다름 아닌 도박이라고 지적한다.

언제나 처음부터 다시 시작한다는 점에서 임금 노동과 도박의 이념은 기본적으로 같다. 또한 기계 운동에서의 급격한 충격은 도박에서의 한탕에 해당하는 것으로, 기계 노동자의 조작은 먼젓번 동작과 아무 연관도 갖지 않는 까닭에 그 동작이 그대로 반복된다. 마찬가지로 도박의 한탕 또한 이전 동작과 차단된 채 이루어지는 기계 동작처럼 이전의 한탕과 무관하게 이루어진다는 점에서 서로 닮았다. 특히 17~18세기 소수의 귀족층만이 즐기던 도박이 자본주의하에서 노동의 상품화가 보편화되듯 대중에게 파급되었다는 역사적 근거의 제시는 위의 분석을 타당하게 한다. 따라서 보들레르의 시 「노름」에서 이미지화된 도박꾼의 모습[23]은 육체와 정신이 도박에만 사로잡혀 있는 까닭에 사적인 영역에서 반사적 행동밖에 할 줄 모르는 상태로 자신의 기억을 완전히 해체시킨 자들로 나타나며, 그들을 지켜보며 시샘에 빠진 시인 자신도 자신의 경험을 기만당한 현대인의 또다른 알레고리임이 드러난다.

이처럼 작품에 나타난 지각 현상을 역사적이고 정치적으로 읽어내는 벤야민의 알레고리적 독법은 일종의 '지각의 정치화' 과정이라 할 수 있다. 그리고 이러한 핵심적 비평 방법은 「기술 복제 시대의 예술 작품」에서 가장 잘 드러난다. 벤야민은 영화라는 장르가 지닌 혁명적 기능의 가

---

23) 핏기가신 입술들에 이빨 빠져 합죽한 턱들,
    초록색 도박대 둘러앉아, 지옥의 열에 떠는 손가락으로,
    텅 빈 호주머니나 설레는 가슴을 뒤지는,
    입술도 제대로 없는 얼굴들 - 「노름」 中 (『보들레르 시전집』, 박은수 옮김, 민음사,
    1995, 83쪽)

능성을 '지각의 심화'(I :222)라는 측면에서 찾는다. 즉 영화는 카메라라는 매체를 통해 시각 세계뿐만 아니라 청각 세계의 확대라는 지각의 심화를 가져왔다. 특히 영화가 보여주는 성과들이 회화나 무대 장면에서 표현되는 성과보다 훨씬 더 정확하고, 또 훨씬 다양한 관점에서 분석 가능하게 되었다는 사실은 영화에 의한 '지각의 심화' 현상을 보여주는 예이다. 그리고 영화의 이러한 면은 예술과 학문간의 상호 침투를 촉진시켰으며, 바로 이 점이 영화가 갖는 가장 중요한 특징이기도 하다. "서로 분리되어 있던 사진의 예술적 가치와 학문적 가치를 동일한 것으로 인식할 수 있도록 하는 것 - 바로 이것이 영화가 앞으로 갖게 될 혁명적 기능의 하나이다. 영화는 사물을 확대하여 보여주고, 우리에게 익숙한 사물의 숨겨진 세부적 사항에 초점을 맞추며, 카메라의 뛰어난 사물 파악 능력에 의해 진부해진 주위 환경에 천착함으로써 한편으로는 우리의 삶을 지배하는 필연성에 대한 인식을 증가시키고, 다른 한편으로는 우리가 전혀 상상하지 못했던 엄청난 공간을 확보해주고 있는 것이다."(I :223)

'지각의 심화'라는 이러한 영화의 물리적 지각 작용은 어떤 정신적 작용과 밀접히 관련되어 있는데, 이에 대해 벤야민은 역사적 경험의 차원에서 설명한다. "영화는 현대인이 직면하고 있는 증대하는 삶의 위험에 상응하는 예술 형식이다. 충격 효과에 자신을 드러내고자 하는 욕구는, 충격 효과에 직면해서 생겨나는 위험에 적응하고자 하는 하나의 표현이다. 영화는 지각 체계에서 일어나고 있는 깊은 변화에 상응한다. 이러한 변화는 개인적 차원에서는 대도시 교통의 혼잡 속에서 모든 행인이 다 경험하는 것이고 역사적 차원에서 오늘날의 시민이 모두 경험하는 것이다."(I :226)

이처럼 현대 사회에서 대도시인이 직면하는 지각 체계의 변화는 경험의 문제와 밀접히 연관되어 있다. 벤야민은 지각과 경험이 불가분의 관계를 맺고 있음을 정확히 간파한다. 따라서 '지각의 정치화'라는 방법론은 '경험의 역사화'란 또다른 방법론을 이끌게 된다. 그런데 이 경험의 문제는 '기억(혹은 내적 회상Eingedenken)'에 대한 벤야민만의 독특한 관점을 이해할 때 설명 가능하다.

　벤야민은 보들레르의 시를 검토하기에 앞서 서정시의 수용이 불리해진 상황을 독자들의 경험이 구조적으로 변한데서 비롯되었다고 본다. 그런데 문제는 경험의 어떤 점이 변했는가를 설명하기란 쉽지 않다는 점이다. 특히 19세기 말엽의 생철학은 문명화된 대중의 변질되고 일상화된 경험과 반대되는 '진정한 경험'을 얻으려고 시도하였으나, 인간이 사회 속의 존재라는 점, 역사적 존재라는 점을 고려하지 않았다는 데 한계를 지니고 있었다. 벤야민이 이렇듯 경험의 문제에 기울이고 있는 것은 현대의 예술 작품이 과거와 다른 경험, 그리고 그에 따른 새로운 반응을 형상화하는 데 주력하고 있기 때문이라고 인식한 까닭이다.

　벤야민에 따르면 '경험'이란 일종의 역사적 전통의 문제로 <기억> 속에 고정되어 있는 개별적 사실들에 의해 형성되는 산물이 아니라 종종 의식조차 되지 않는 자료들이 축적되어 하나로 합쳐지는 종합적 기억의 산물이다. 따라서 기억의 구조야말로 경험의 구조에 결정적인 것이다. 그리고 베르그송에 의해 기억과 경험간의 관계가 철학적으로 자명해졌다고 말하는데, 특히 지속의 개념으로 규정되는 경험의 본질이 프루스트에 의해 훌륭히 예시되고 있다고 본다.

　벤야민은 프루스트의 '무의지적 기억'과 '의지적 기억'을 베르그송의 '순수 기억'와 '습관적 기억'에 대응시킨다. 이 때 의지적 기억이란 지나간 일들을 말해주는 정보 속에 과거의 흔적이 보관되어 있지 않은 순응적이고 인위적인 기억인데 반해, 무의지적 기억은 어떤 하나의 구체적인 대상 속에서 흘러간 과거를 우연히 맞닥뜨리게 하는, 그리하여 "과거의 일들을 현재 속에 생생히 떠올리는 방식"(Ⅰ:114)이자 "하나의 전 생애를 최대의 집중력으로 현재 속에 포착하려는 부단한 시도"(Ⅰ:114)로서 과거가 현재로 불려지고 연장되어 현재를 더욱 풍요롭게 만드는 기억이다.[24]

---

24) 프루스트와 베르그송의 기억에 대한 벤야민의 설명은 박설호, 「발터 벤야민의 '아우

그리고 이를 통해 유추된 '엄밀한 의미'의 경험이란 개인적 과거의 어떤 내용들이 기억(순수 기억, 무의지적 기억) 속에서 집단적인 과거 내용과 결부되면서 개인적 과거와 집단적 과거가 거듭 융화되는 경험이다.[25]

이처럼 기억에 의해 개인적 과거와 집단적 과거가 만나고 지나간 과거와 현재가 조우함으로써 전통으로서의 경험이 그 본질을 획득하게 된다. 그렇다면 인간의 의식은 어떤 기능을 하는가? 프로이드에 따르면 의식 그 자체는 종합적 기억(순수, 무의지적 기억)의 흔적을 전혀 받아들이지 않으며, 그런 까닭에 의식화된다는 것과 기억된다는 것은 전혀 다른 과정이라고 설명한다. 오히려 의식은 기억과 다른 중요한 기능을 담당하는데 그것은 '자극에 대한 방어'이다. 가령 충격을 통한 위협의 경우, 의식이 충격에 익숙해지면 익숙해질수록 충격의 효과는 감소된다. 거듭되는 자극을 통해 충격의 수용이 수월하게 이루어진다는 점은 의식의 자기 방어 기능에 의해 충격 체험이 무미건조한 것이 됨을 의미한다.

벤야민은 충격이 규범이 되어버린 상황에서 서정시는 고도의 의식성을 도모할 수밖에 없게 되었고, 이런 점에 비추어 볼 때 보들레르의 시는 거듭되는 충격으로 인해 무미건조해지는 사건을 시적인 경험으로 바꾸기 위해 고도의 의식성이 추구된 결과물이라고 설명한다. 그리고 이 의식성이 보들레르의 시를 하나의 역사적인 작품으로 규정하게끔 하는 근거로 본다.

라' 개념에 관해」『포에지』 2001, 가을호, 232~233쪽 참조.

25) 벤야민은 이러한 '엄밀한 의미'에서의 경험이 의식 절차와 축제들을 동반하는 여러 儀式들에 나타나며, 이러한 儀式은 어떤 특정한 시기에 대한 기억을 끄집어 내어 그 기억을 평생 동안 갖게 하고, 의지적 기억과 무의지적 기억간의 상호 배타성을 소멸시킨다고 말한다. 한편 벤야민의 '기억'은 '우연'과 '순간'이라는, "과거를 향하여 내닫는 호랑이의 도약"(I : 353) 같이 충만한 시간성을 기반한다는 점에서 객관적인 계기적 시간성과 차이가 있다. 또한 '경험' 경우 그것은 정신의 순수성을 보장하고 담보하는 언어에 의해 매개되는 것이므로 연대기적으로 측정할 수 있는 일반적 경험과도 차이가 있다.

이러한 기억과 경험의 역사화를 바탕으로 시도된 벤야민의 또다른 중요 비평은 「프루스트의 이미지」[26]이다. 벤야민은 이 글에서 프루스트의 작품을 가리켜 "실제로 일어났던 삶이 아니라 삶을 체험했던 사람이 그 삶을 기억하는 방식으로 삶을 기술"(Ⅰ:103)한 것이라 평한다. 그리고 그의 작품 전체에 걸쳐 영향력을 미쳤던 것은 '기억의 법칙성'(Ⅰ:104)으로, 체험되어진 사건은 유한한 데 반해 기억되어진 사건은 그 사건의 전과 후에 일어난 모든 일들을 풀어주는 열쇠 구실을 함으로써 무한해지는 성질을 띄게 된다. 따라서 기억에 의한 사건의 짜임새에 규칙을 부여하는 것도 바로 이 기억이며, 텍스트의 통일성을 형성하는 것도 기억이라는 순수 행위 그 자체일 뿐이다. 이것이 바로 '기억의 법칙성'이다.

그런데 프루스트의 기억(혹은 회상)을 통해 텍스트화된 종합물은 전통의 문제인 '경험'의 영역과 연결되는데, 이 과정에서 프루스트의 텍스트들은 역사적 맥락에서의 해석을 요구받게 된다. 벤야민은 이에 대해 통찰력 있는 비평 작업을 수행하는 데, 프루스트가 작품 속에 의도했던 바는 상류 사회의 전 구조를 '수다의 생리학'(Ⅰ:108)이라는 형태로 구성하려는 것이었다고 설명한다. 즉 상류 사회의 편견과 도덕적 기준의 모든 목록을 그의 위험스러운 '웃음' 속에 파괴시킴으로써 부르조아지의 점잖음은 이 '웃음' 속에서 박살나고 만다. 계급을 통한 부르조아지의 재도피와 재동화, 바로 이것이 프루스트 작품의 사회적 테마인 셈이다.

벤야민은 재치, 기지, 은어, 아첨과 호기심의 악덕, 흉내 등은 속물주의에 대한 프루스트의 비판 방식으로, 이를 통해 프루스트는 위대한 '풍자가paradist'가 되었다고 본다. 끝없이 무한대로 이어지는 기억의 축적과 산물이 알레고리적 해석을 통해 역사적 지평 안에서 완결되는 이같은 비평 방식은 프루스트 작품에 대한 다음의 평가가 역사적 유물론과의 조우로 연결된다는 점에서 탁월하다. 그리고 벤야민의 알레고리적 비평 작업이

---

26) 『발터 벤야민과 문예 이론』에 수록.

예술적 시각과 역사 사회적 비판의 종합으로 확장됨을 가장 훌륭히 보여 주는 예이기도 하다.

　프루스트의 호기심에는 어딘가 탐정가의 면모가 들어 있었다. 그에게 있어서 수천명 남짓한 상류층은 범죄 집단이자 어느 다른 집단과도 비교할 수 없는 음모 집단, 즉 소비자의 비밀결사였다. 이 비밀 결사 집단은 생산에 관계하는 일체의 것을 그들의 세계 에서 배제하고 있다. (……) 속물주의에 대한 프루스트의 분석은 그의 사회 비판의 정점을 이루고 있는데, 왜냐하면 속물의 태도 란 화학적으로 순수한 소비자의 입장에서 수미일관하고, 체계적 이며 강철처럼 단단하게 삶을 관찰하는 방법이기 때문이다. 그리 고 또 이러한 악마적인 마법의 세계로부터는 자연의 생산력에 대 한 가장 오래된 기억은 물론이고 가장 원초적인 기억까지도 추방 되어야만 했기 때문에 그에게는 사랑에 있어서도 정상적인 관계 보다는 비정상적인 관계가 더 유용하였다. 그러나 순수한 소비지 는 순수한 착취자이다."(Ⅰ:112)

　프루스트는 모든 부분에서 그들 자신의 경제적 기초를 위장하 지 않으면 안되고 또 바로 그런 이유 때문에, 그 자체로서는 이 렇다 할 경제적 중요성이 없지만 대부르조아지의 가면으로 사용 되기에는 한층 더 적합한 봉건주의에 연연하고 있는 한 계급을 묘사하고 있다. (……) 다만 프루스트는 그의 작품을 통하여 그가 속한 계급을 앞지르고 있을 따름이다. 그의 계급이 체험했던 바 를 그는 이미 그의 작품 속에서 앞질러 형상화하고 있는 것이다. 하지만 이 작품이 지닌 위대성의 많은 부분은, 이 계급이 투쟁의 마지막 단계에서 그들의 가장 날카로운 면모를 드러내기 전까지 는, 여전히 해명되지 않은 채이거나 발견되지 않은 채로 남게 될 것임을 보여준다는 데 있다.(Ⅰ:112)

이처럼 벤야민의 알레고리적 독해 방식은 그의 문예론의 결정판이라

해도 과언이 아니다. 헤겔적 사유 방식에 대한 비판을 거쳐 '성좌'로 대표되는 새로운 인식론적 구상과 그것의 미학적 대응 원리인 알레고리 확립은 '작품'과 '비평' 개념의 구체적, 실제적 적용으로 풀이된다. 그리고 기표와 기의처럼 말하여지는 차원과 의미되어진 차원 간에 존재한다고 믿어진 유기적 연관성의 해체는, 다시 말해 표현 층위와 내용 층위 사이에 존재하는 간극과 미끄러짐은 벤야민에 의해 재정의된 알레고리를 통해 구체적으로 입증됨과 동시에 텍스트의 재구성과 의미화의 방법론으로 자리잡게 된다. 이런 점에서 볼 때 해체론자들이 벤야민의 알레고리 개념에 주목한 것은 필연적이다. 폴 드 만은 벤야민의 알레고리 개념에 착안하여 다음과 같이 그것의 의미를 더욱 해체론적으로 발전시킨다.

> 상징은 정체성과 동일시를 전제로 하는 반면에 알레고리는 자신의 근원으로부터의 거리감을 우선 가정하고 있다. 따라서 알레고리는 동일시에 대한 향수나 욕구를 거부함으로써 알레고리적 언어를 시간성의 차이라는 빈 곳에 위치시킨다. 이렇게 함으로써 알레고리는 자아가 비자아와 동일시될 수 있다는 확신을 깨뜨려 버림으로써 비자아는 단지 비자아일 뿐이라는 인식을 고통스럽지만 확실하게 확립시킨다.27)

알레고리는 이처럼 이제 주체와 객체의 통일, 정신과 육체의 합일과 같은 초월적 세계에 대한 환상을 파괴하는, 그리고 초월적 기의의 존재가 불가능함을 선포하는 문학 형식으로 파악되기에 이른다. 해체론자들에 의해 그것은 기표와 기의 연계성이 파괴되고 내용과 형식의 완결된 통합이 거부되며 대상이 그 의미로부터 유리된, 포스트 모던 시대 가장 대표적인 문학 형식으로 '호명'되고 있는 셈이다. 다만 벤야민의 알레고리가 사회 역사적인 지평 속으로 텍스트를 되불러들이는 과정이라면, 해체론자들의

---

27) Paul de Man, 「Blindness and Insight」 : *Essays in the Rhetoric of Contemporary Criticism.* 2nd rev. ed. Minniapolis: U of Minnesota P, 1971, p. 207.

알레고리는 텍스트를 정치, 역사, 이데올로기라는 선험적 기의로부터 탈각시키는 과정이라는 점에서 다르다. 만약 역사성의 극단적으로 탈각된 벤야민을 만나서 악수를 하게 된다면, 우리는 아마도 데리다나 폴 드 만의 손을 잡고 있는 자신을 발견하게 될지 모를 일이다.

참고문헌

발터 벤야민, 차봉희 옮김, 『현대 사회와 예술』, 1980, 문학과지성사.

_____, 반성완 옮김, 『발터 벤야민의 문예이론』, 1983, 문예출판사.

_____, 「보들레르의 시에 나타난 제2제정기의 파리」, 『세계의 문학』, 1989, 여름호.

_____, 박설호 옮김, 『베를린의 유년시절』, 1992, 솔 출판사.

박설호, 「발터 벤야민의 '아우라' 개념에 관해」, 『포에지』, 2001, 가을호.

최문규, 「역사성+심미성으로서의 <순간>」, 『탈현대성과 문학의 이해』, 민음사, 1996.

_____, 「불협화음의 문학과 보들레르」, 『문학이론과 현실인식』, 문학동네, 2000.

N. 볼츠, 빌렘 반 라이엔, 『발터 벤야민 - 예술, 종교, 역사철학』, 서광사, 2000.

베른테 비테, 윤미애 옮김, 『발터 벤야민』, 한길사, 2001.

베르너 풀트, 이기식 / 김영옥 옮김, 『발터 벤야민』, 문학과지성사, 1985.

페터 뷔르거, 최성만 옮김, 『전위 예술의 새로운 이해』, 심설당, 1986.

Paul de Man, *Blindness and Insight : Essays in Rhetoric of Contemporary Criticism.* 2nd rev. ed. Minniapolis: U of Minnesota P, 1971.

A study on investigate comments on literature of Walter Benjamin

Kang, Gye-sook

This study is to investigate comments on literature of Walter Benjamin. The one of important works of Benjamin is *Erkenntniskritische Vorrede in Ursprung des deutschen Trauerspiels*, in which he explains the concept of 'Constellation'. 'Constellation' is the core of his epistemology and aesthetic theory, and is defined as the objective, potential configuration and the objective interpretation of the phenomenons. In chapter Ⅱ of this study it is mainly considered. In chapter Ⅲ the conceptual similarity between 'work' and 'text' is examined. Benjamin regards the work of art as the structure, the "monade" embodied through interpretation of the work. This is similar to the meaning of 'text' called by deconstructionist.

In general, to understand aesthetic theory of Benjamin, it is the most necessary to comprehend the concept of 'Allegory'. Benjamin classifies 'Symbol' into 'Allegory'. According to his explanation, 'Symbol' is the form that is based on the organic relations among the things. On the other hand 'Allegory' is what destroys the general, organic connections of the things. In Benjamin, to investigate and interpret 'Allegory' is the essential method of making a study of literature and art. So in chapter Ⅳ the significance of 'Allegory' is primarily inquired into and the examples of its practical application are suggested.

오상순 ‖ 광복 전 재만 조선인 문학의 성격 및 특성
　　　　‖ – 소설문학을 중심으로

광복 전 재만 조선인 문학의 성격 및 특성

-소설문학을 중심으로-

오상순*

1. 머리말
2. 해방 전 문학의 이중적 성격
3. 해방 전 문학의 특성과 문학사적 의의
   1) 만주 이주사와 정착사로서의 증언문학
   2) 이주민들의 정신세계에 대한 끈질긴 추구
   3) '만주' 현실에 대한 고발의식과 비판의식
   4) 사실주의 창작방법에 의한 진실한 생활묘사
   5) 본격적인 문단활동을 통한 소설창작
   6) 일제 말기 민족문학의 보존과 발전
4. 결론

1. 머리말

우리 민족이 중국 땅에 이주하여 거친 만주 땅에 첫 괭이를 박은 지도 어언 100여 년이 되었다. 나라를 잃고 살길을 찾아, 또는 독립운동을 위하여 중국 만주 땅에 발을 붙인 그날부터 우리 민족은 황량한 황무지를 개간하여 벼농사에 성공했고 중국 청 정부, 봉건군벌, 일제 등 이중삼중의 억압 속에서도 제2의 고향건설과 정착의지를 굽히지 않았고 항일투쟁, 해방전쟁과 중화인민공화국의 창건에서 많은 피와 땀을 흘리고 귀중한 생

---

* 중국 · 중앙민족대학교 교수

명을 바침으로써 역사상 지워버릴 수 없는 기여를 하였다. 중화인민공화국이 창건된 후에도 조선족들은 사회주의 개조와 건설, 반우파투쟁, 인민공사, 대약진, 문화대혁명을 거쳐 개혁개방에 이르기까지 그야말로 많은 어려움과 질곡을 헤쳐왔고 많은 업적들을 창조하였다.

파란만장한 중국조선족의 역사와 더불어 조선족문학도 많은 우여곡절을 겪어왔다. 해방 전에는 일제의 가혹한 통치로 창작을 자유롭게 할 수 없었고 해방 후에는 민족의 해방과 더불어 창작의 자유를 얻어 마음껏 글을 쓸 수 있었으나 다시 극좌사조의 영향으로 우여곡절을 겪으면서 힘겹게 발전하다가 개혁개방을 맞이해서야 진정으로 해동의 봄을 맞이하게 되었다. 그 어려운 역경 속에서도 우리 민족을 사랑하는 문학인들은 붓을 꺾지 않고 민족의 삶을 끈질기게 파헤쳐 문학에 담음으로써 우리 민족의 역사를 증명하여 왔다. 그 동안 조선족문학은 민족의 찬란한 문화유산을 토대로 민족문학의 전통을 계승·발전시키면서, 또한 중국의 정치, 경제, 문화권 속에서 중국 문화 내지 문학의 직접적인 영향을 받으면서 나름대로 독창적인 문학을 창조하여 왔다.

2. 해방 전 문학의 이중적 성격

중국 조선족문학은 중국문학의 한 부분인 동시에 세계 조선민족 문학의 한 부분이기도 하다. 중국 조선족문학은 중국의 사회환경과 지리환경, 그리고 민족역사의 계승성과 민족의 특수성으로 말미암아 한국문학과 밀착된 특수한 관계 속에서 형성되고 발전하여 왔다. 그리하여 중국 조선족문학은 이중성격을 띠고 있는 것이 기본특징이다.

이로부터 조선족문학의 기원, 성격, 작가범위를 확정하는데 다양한 견해들이 나오고 있다.

작가범위 문제에 대하여는 무릇 중국에서 출생하였고 중국에서 창작활동을 시작한 조선인 작가는 다 중국 조선족작가의 범위에 귀속시켜야 한다는 출생지원칙1)의 견해, 비록 중국에서 태어나지는 않았지만 중국에서 창작활동을 하다가 중국에서 사망한 작가는 조선족 작가범위에 귀속시켜야 한다는 사망지 원칙2)의 견해, 중국 땅에서 생활한 작가와 그의 작품, 중국 땅에서 벌어진 조선인들의 문학활동은 중국 조선족의 문학사 범주에서 다루어야 한다고 보는 속지주의3) 견해, 중국 땅에서 나온 문학작품이지만 한국인들에 의해 창작 된 만큼 한국문학의 범주에서 다루어야 한다고 보는 속인주의4) 견해, 이밖에도 출판지 원칙, 혈통주의 원칙, 언어주의 원칙, 국적주의 원칙 등 여러 가지 견해가 있다.

한국과 조선의 학자들은 속인주의 원칙에 근거하여 해방 전 중국지역에서의 조선인들의 문학을 모두 한국문학5)이나 조선문학6)에 귀속시키고 있고, 중국의 일부 학자들은 출생지 원칙·사망지 원칙·속지주의 원칙에 근거하여 광복 전 중국 땅에서 벌어진 모든 문학활동을 모두 중국 조선족문학에 귀속시키고, 만주에서 발표되지 않고 만주에서 창작되지 않았지만 만주에서 생활했고 만주생활을 반영한 작품도 조선족 문학에 포함시키는 경우이며7) 일부 학자들은 속지주의 원칙과 출판지 원칙에 근거하

1) 김호웅,「중국조선족문학사의 정립에 나서는 몇가지 문제」,『중국조선족소장학자 조선학연구론문집』, 민족출판사, 1992, 217쪽.
2) 위의 글, 217쪽.
3) 위의 글, 218쪽.
4) 위의 글, 218쪽.
5) 오양호교수는 저서『韓國文學과 間島』의「책머리에」에서 "간도 이민문학에 대한 연구는 당연히 하나의 장으로 한국문학사에서 다루어져야 한다고 생각한다."고 쓰고있다.
6) 평양의 사회과학출판사에서 1986년에 출판한『조선문학개관』에서는 1926년부터 1945년까지의 문학을 '항일투쟁시기의 문학'이라고 규정하고 중국동북지구의 항일빨치산 투쟁 속에서 나온 혁명적 문학을 조선문학의 주류라고 하면서 그 시기 국내문학은 '항일혁명투쟁의 영향하에 발전한 진보적문학'이라고 쓰고 있다.
7) 권철교수 등은『중국조선족문학사』에서 "...이를테면 1910년대 전후의 계몽가요, 항일시기의 가요, 극, 산문들이 그러하다. 그리고 20세기 초엽부터 조선반도가 일제의

여 중국에서 창작되고 중국에서 발표된 작품으로 범위를 한정하고 있다.8)

귀납하여 보면 조선족문학의 기원에 대하여는 대체로 세 가지 견해가 있다. 첫째는 우리 민족의 이주 초기부터 보는 견해이고, 둘째는 30년대 문학동인단체 "북향회"의 설립으로부터 보는 견해이다. 셋째는 중화인민공화국 성립, 더 정확히 말하면 조선족이 중국 국적에 가입한 때부터로 보는 견해이다.

사실상 광복 전 중국에서 벌어진 조선인들의 문학활동은 그 복잡성으로 말미암아 형성과정이나 범위를 자로 금 긋듯이 확정 할 수가 없는 것이 실정이다. 사적인 시각에서 볼 때, 조선족의 형성과정이 조선인→망명인·개척민→재만조선인→조선족으로의 발전과정을 보여주듯이 조선족문학의 형성과정도 한국문학→망명·개척민문학(독립운동)→재만조선인문학(반일투쟁)→조선족문학(해방전쟁)으로 볼 수 있다. 이주 초기~1930년까지의 문학은 거의가 한국문학의 연장선에서 국권회복, 독립운동을 둘러싸고 이루어졌고 1931년~1945년의 문학은 만주국 건립과 함께 반일투쟁을 둘러싸고 더욱 많이는 중국생활과 밀착되면서 이민, 개척민문학으로, 한국문학과 다른 모습을 보여주기 시작하였고 1945년 이후의 문학은 토지개혁, 해방전쟁을 둘러싸고 완전히 중국생활과 밀착된 관계 속에서 조선족문학의 모습을 보여주기 시작하였다고 할 수 있다.

식민지로 전락되자 수많은 진보적 작가들의 망국의 설움을 안고 '간도'에 들어와 극히 어려운 환경 속에서 이 고장의 문인들과 더불어 자기의 창작활동을 폭넓게 벌리였는데 그들 중에는 중국에서 주요하게 생활하고 창작했거나 자기의 최후를 마친 작가들이 적지 않다. 그 대표적인 작가, 시인들로는 김택영, 신정, 신채호, 리륙사, 윤동주 등을 들수 있다. 그들은 자기의 빛나는 창작성과로써 조선족문학발전에 크나큰 기여를 하였다. 따라서 이런 작가, 시인들이 조선족문학사에 오르는 것은 너무나도 당연한 일이다"고 쓰고있다.

8) 김호웅교수는 론문 「중국조선족문학사의 정립에 나서는 몇가지 문제점」에서 "필자는 30년대초 '북향회'의 성립으로부터 『재만조선인시집』과 재만조선인소설집 『싹트는 대지』의 출판에 이르는 약 10년간을 진정한 의미에서의 <개척민문학>--중국조선족문학의 형성기라고 본다"고 주장하고 있다. 정호웅, 앞의 글, 222쪽.

작가적인 측면에서 보면 해방 전 작가들을 크게 세 가지 부류로 나누어 볼 수 있다. 첫째는 조선에서 문학활동을 하다가 상해, 북경 등 지역에 망명하여 독립운동을 하면서 창작활동을 하다가 중국에서 생애를 마친 망명작가들, 둘째는 1930～1940년대에 만주를 무대로 문학활동을 하다가 광복을 맞아 고국으로 돌아간 '문화부대'의 작가들(망명전 한반도에서 문학활동을 하다가 들어왔고 광복 후 다시 한반도로 나가 계속 문학활동을 한 경우와 중국을 왔다 갔다 하면서 문학활동을 한 경우), 셋째는 광복 전 줄곧 중국에서 문학활동을 하였고 광복 후 이 땅에 뿌리내린 향토작가들로 갈라 볼 수 있다.

작품적 측면에서 보면 이주 초기의 구전문학은 한국 전래의 것을 그대로 가져온 것, 개작하여 변이된 것, 새롭게 창조한 것으로 갈라 볼 수 있고 독립운동, 반일투쟁 시기 창작된 문학은 고국과 함께 창조한 것이고 '망명문단' 문인들에 의해 창조된 문학도 크게 네 가지 부류, 즉 중국에 거주하면서 중국지면에 중국생활을 반영한 작품을 발표한 것, 먼저 한국 국내 지면에 발표되었다가 만주국의 지면에 전재된 것, 중국에 거주하면서 중국생활을 반영한 작품을 한국 지면에 발표한 것, 한반도에 거주하면서 한국 지면에 중국생활을 반영한 작품을 발표한 것 등으로 갈라볼 수 있다. 이밖에 중국에 거주하면서 중국 지면에 한반도 생활을 반영한 작품을 발표한 것과 한반도에 거주하면서 중국지면에 한반도 생활을 반영한 작품의 예도 있다.

소설 분야만 보더라도 신채호는 1910년～1920년대에 중국에 망명해 있는 동안 「꿈하늘」, 「용과 용의 대격전」 등 낭만주의 소설과 적지 않은 역사소설들을 창작(미발표)했는데 그의 작품들은 하나같이 국권회복, 한민족의 독립이란 문제를 기본주제로 반영하고 있고 최서해는 1917년부터 1923년까지 중국 간도에서 생활하면서 갖은 인간고를 겪다가 1923년에 귀국하여 「탈출기」, 「박돌의 죽음」, 「기아와 살육」, 「홍염」 등 간도체험을 바탕으로, 간도생활을 반영한 작품들을 창작하여 조선 지면에 발표했다. 주요섭은 1920년대에 상해에서 공부하면서, 상해를 무대로 사회의 최하층에서 허덕이는 당시 근로인민들의 운명과 생활을 반영한 작품들인 「인력거군」, 「살인」, 「개밥」 등 작품들을 창작하였고 30년대 북경 보인대학 교수로 있으면서 「사랑손님과 어머니」, 「추물」, 「아네모네의 마담」, 「봉천 역식당」 등 중국과 한반도를 무대로 우수한 작품들을 창작하였는데 모두 한국 지면에 발표했다. 최상덕은 1920년대에 중국에 이주하여 광복전야까지 상해 등지에서 문화사업을 하면서 이미 20년대 후반기에 중편소설 「유린」, 단편소설 「유모」, 「바보의 진노」, 「조그마한 심판」 등 중국이나 한반도를 무대로 최하층 인간의 형상을 창조하여 불의의 현실을 고발한 소설들을 창작하였는데 모두 한국 지면에 발표했다. 강경애는 전반 창작생애를 거의 용정에서 지내면서 1930년대에 3편의 장편소설과 10여 편의 단편소설을 창작하였는데 단편 「채전」, 「축구전」, 「원고료 2백원」, 중편 「소금」 등은 만주에서 창작하고 만주생활을 반영했지만 발표는 한국지면에 발표했고 장편 「인간문제」, 단편 「지하촌」, 「산남」, 「해고」 등은 만주에서 창작했지만 한반도의 생활을 반영했고 발표도 한반도에서 했다. 김광주의 「남경로의 창공」, 「북평서 온 령감」, 「애지--이쁜이의 편지」, 최명익의 「장삼리사」, 「심문」 등 작품들은 모두 중국에서 창작되고 상해를 비롯한 중국 각 지역을 무대로 우리 이주민들의 다양한 삶의 모습을 반영하였는데 발표는 모두 한국지면에 했다. 박계주는 용정에서 출생하여 1930년대에 문단에 대뷔하여 "민성보"에 적지 않은 작품을 발표하였고, 1934년부터 한반도에 나가 계속 문학활동을 하였는데, 1940년대에 창작한 「처녀지」, 「사형수」, "육표", "모토" 등 작품들은 북간도를 배경으로 우리 민족 이주민들의 수난의 생활을 소설화하였는데 이러한 작품들은 모두 조선에서 창작되고 조선 지면에 발표되었다. 안수길의 장편 『북향보』, 중편 「벼」, 단편 「호가네 지팡이」는 만주에서 창작·발표하고 만주 이주민들의 생활을 반영했다. 「4호실」, 「한 여름밤」은 만주생활을 반영한 것이 아닌데도 만주에서 발표되었다. 현경준은 1930년대 후반기에 중국에 이주하여 광복 때까지

거의 도문에 있으면서 많은 소설들을 발표하였는데 장편소설 『선구시대』, 중편소설 「류맹」 등은 만주생활을 반영하였고 만주 지면에 발표되였는가 하면, 「오마리」 같은 작품은 한반도의 생활을 반영하였고 발표도 한국 지면에 했다. 박영준은 1930년대에 중국 만주에 이주하여 생활하면서 문학창작을 하였는데 장편소설 「쌍영」은 『만선일보』에 연재되었지만 만주생활을 반영한 것이 아니며, 「중독자」는 만주생활을 반영했지만 한국 지면에 발표했다. 이렇게 한 작가의 작품창작과 발표도 복잡하게 이루어지고 있다. 또한 재만조선인작품집 『싹트는 대지』 같은 것은 '현지주의 원칙'에 근거하여 '현지작가의 현지취재, 현지작품의 현지발표'로 한정지었고 『만선일보』 학예 면에 발표된 작품들도 현지작가의 작품이 아닌 경우와 현지생활을 반영하지 않은 작품들로 다양한 양상을 보이고 있다. 때문에 해방 전 문학을 취급함에 있어서도 어떤 작가와 작품들이 망라되어야 하는가 하는 문제가 복잡하게 나선다.

따라서 문학은 현실생활에 대한 예술적인 반영으로서 이 시기 국권회복, 민족독립이란 기본주제를 둘러싸고 이루어진 독립계몽문학, 반일·망명 문학이 물론 조선문학의 연장선에서 이루어진 것만은 사실이지만 거기에 반영된 생활은 많이는 중국에서의 독립운동과 반일운동에 대한 반영이다. 따라서 이러한 작품들은 고국 국민들의 사상과 정서, 의지를 반영한 동시에 당시 중국에 이주한 조선인 이주민들의 사상과 정서를 그대로 대변했다고 할 수 있으며, 중국에서의 작가의 체험과 정서를 작품화하였고 할 수 있다.

사실상 이주초기~광복 전에 중국에서 이루어진 조선인들의 문학은 이중 성격을 띠는 문학이며 과도기의 문학이라고도 할 수 있다. 때문에 이주초기~1945년의 문학은 좀더 포괄적인 범위에서 한반도문학과 중국조선족문학에 함께 포함된다고 할 수 있다.

물론 광복전 이주민문학이 한반도문학과 구분되는 자기의 독자적인 세계를 구축하기 시작한 것은 1930년대 초 <북향회>의 성립으로부터 『만선일보』를 통한 본격적인 문학활동에서인바 이 시기 작품들에서는 만주라는 새로운 풍토를 배경으로, 우리 이주민, 개척민들의 피눈물 나는 역사와 그들의 희노애락을 반영[9]하면서 본토문학과는 현저히 구분되는 이주민문학 또는 개척민문학을 형성하였다.

주지하다시피 이미 19세기말～1920년대에 류린석, 김택영, 신정, 신채호 등 적지 않은 한반도의 애국지사들이 중국에 들어와 독립운동을 하면서 많은 작품들은 창작하였는데 그들의 창작활동은 하나같이 국권회복과 한반도의 독립이라는 기본 문제를 반영하였고 중국에서의 그들의 문학활동은 한반도에서의 문학활동의 연장선에서 이루어졌다. 따라서 이주민문학 또는 개척민문학이라는 새로운 문학세계를 형성·구축하는 데는 참여하지 않았다고 할 수 있다.

그러나 1930년～1940년대 중국 만주를 무대로 문학활동을 한 김창걸, 이욱, 윤동주, 안수길, 강경애, 현경준, 박영준 등 작가들은 우리 이주민, 개척민의 한사람으로 그들과 생사고락을 같이 하면서, 이주민들의 입장과 시점에서 그들의 생활과 운명, 감정과 정서를 반영하면서 조선문학과 구분되는 자기의 독자적인 문학공간을 개척해나갔다. 바로 염상섭이 종합소설집 『싹트는 대지』의 서문에서 말했듯이 "그속에서 호흡하고 그속에서 살찌고 기름진 시혼(詩魂)이 낳을수 있는 만주조선인의 문학"이며 "선구자로서의 '간민', 개척자로서의 선진을 위한 대변이요", "조선문학의 어느 구석에서도 엿볼수 없는 대륙문학, 개척자의 문학의 특징과 신선미(新鮮味), 신생면(新生面)을 발견할 수 있는" 문학인 것이다.

사실상 조선인 소설문학도 1930년대 초의 『북향』지와 『만선일보』의 학예 면에 발표된 소설문학, 그리고 종합소설집 『싹트는 대지』, 안수길창작집 『북원』에서 비로소 조선족의 백년사와 밀착된, 이주민들의 피눈물 나는 이민사, 고난의 개척사 및 빛나는 혁명투쟁사를 반영하면서 조선문

---

9) 위의 책, 222쪽.

학과 구분되는 특징을 보이기 시작했다고 할 수 있다.

3. 해방 전 문학의 특성과 문학사적 의의

1) 만주 이주사와 정착사로서의 증언문학

　이 시기 소설문학은 무엇보다 나라 잃고 땅 잃은 우리 겨레가 낯선 만주 땅에 흘러 들어와 온갖 수모와 압박과 착취를 받으면서 살아 온 각양각색의 이주민들의 삶의 모습과 운명, 수난의 이주사와 정착사, 그들의 고된 삶의 현장을 다각도로 포착하여 생동감 있게 그림으로써 우리 민족의 만주 이주사와 정착사로서의 증견적 역할을 했다는 데 큰 역사적 의의가 있다.

　이를테면 안수길의 「새벽」은 만주국 이전 개척민들의 참담한 수난의 개척사를 그리여 개척민문학의 장을 열었고 「벼」는 이주민들이 만주의 험악하고 혼란한 사회에 중국 관헌, 원주민들과의 갈등과 마찰 속에서 갖은 좌절과 목숨의 대가로 정착의 공간을 굳혀가는 그들의 끈질긴 정착의지와 개척민의 정착사를 보여준다. 안수길의 「북향보」는 만주에 뿌리내리려 제2의 고향을 건설하려는 우리 민족 이주민들의 만주 정착 의지와 리상을 형상화한 작품이다.

　이주 초기 지광주의 략탈과 박해로 고통스러운 생활을 영위해가고 억울하게 죽어간 이주민들의 생활을 그린 김창걸의 「무빈골 전설」, 간도땅에 흘러들어간 가지각색 인간들의 고달픈 삶을 보여준 「장」, 낯선 이국땅에서 자기가 설 자리를 찾지 못하고 방황하며 실업당한 지식인이 고뇌와 타락을 보여준 「설」, 빈궁에 허덕이는 간도이주민들의 눈물겨운 이야기를 쓰고 있는 「泥醉」, '황도락토'의 허상 아래 만주국의 어두운 현실에 대하여 좌절의 고배를 마신 지식청년의 고뇌를 쓴 「제화」, '황도락토'를 부르짖는 만주국에서 정치적 권리도, 인간적 존엄도 보장받지 못하는 조선인 농민의 고뇌와 애수를 묘사한 「추석」 등 이 시기 대부분 소설들은 만주에서의 이주민들의 삶과 그들의 정서 등 력사적 사실을 다양한 인물들의 행위와 삶의 행적을 통하여 사실주의적으로 제시하고 있는바, 이러한 작품들은 우리 민족 이주민들의 만주생활을 증언하는 중요한 문헌적 역할을 한다고 할 수 있다.

2) 이주민들의 정신세계에 대한 끈질긴 추구

이 시기 소설문학은 일제 식민통치하의 수난의 이주사와 정착사를 사실주의적으로 펼쳐보여 중요한 문헌적, 증언적 역할을 하고 있을 뿐 아니라 더욱 중요한 것은 이 시기 이주민들의 사상, 정서, 희노애락 등 심리적이고 정신적인 면에 대하여 깊이 있게 파헤치고 진실하게 표현함으로써 우리 민족 만주 이주와 정착시기의 정신사적 역할을 했다는 데 의의가 크다.

정든 고향을 떠나면서 느끼는 실향의식과 거칠은 만주땅에서 느끼는 망향의식, 망국노가 되고 이국민이 되고 2중3중의 압박과 착취, 멸시와 수모를 당해야 하는 운명에서 오는 한의 정서, 부패하고 혼란하고 암흑한 만주생활에서 느끼는 불안과 공포 및 그 속에서 적응하며 살아가는 순응의식, 낯선 이국 땅의 어려운 역경 속에서도 제2의 고향을 건설하려는 강한 정착의지와 생명의식, 일제에 대한 불타는 증오와 반항심, 나라 잃고 망국노가 된 울분과 고뇌와 절망 등 그야말로 이 시기 우리 이주민들의 다양한 계층, 다양한 인간들의 복잡하고 다층차적인 정신세계를 끈질기게 파헤치고 생생하게 펼쳐보임으로써 이주민시기 우리 민족의 정신사적 역할을 하였다고 할 수 있다. 이는 당시 고국의 우리 민족이나 중국 본토의 사람들은 느낄수 없었던 이주민들의 독특한 정신세계인 것이다.

3) '만주'현실에 대한 고발의식과 비판의식

이 시기 '만주'는 나라 잃은 우리 겨레가 살길을 찾아 모여든 이국적인 삶의 공간이였다. 따라서 당시 일제 통치하의 '만주'는 말할 수 없이 부패하고 혼란하고 암흑한 사회였고 그러한 사회에서 생활하는 우리 이주민들의 생활 또한 이루 형언할 수 없이 비참하고 비극적이였다. 때문에 이러한 만주생활을 반영한 이 시기 소설은 거의가 일제 식민통치하의 만주현실에 대한 고발과 비판이 주류를 이루었다고 할수 있다.

김창걸의 「무빈골전설」, 「소표」, 「두번째고향」, 안수길의 「벼」 등 작품들에서는 의지할 곳 없고 세상물정에 어두운 우리 민족 이주민들을 갖은 방법으로 기만하고 억압하고 마음대로 수탈하고 압박하는 당지의 지주, 관청, 순경, 집사대, 군대들의 죄행과 부패한 만주현실을 고발하고 있다. 안수길의 「새벽」, 「원각촌」, 박계주의 「육표」 등은 동족인 얼되놈들이 중국관청을 등에 업고 동족을 착취하고 괴롭히는 반민족주의와 비인간주의를 고발하고 있고 신서야의 「새벽」, 박계주의 「처녀지」, 「모토」, 김창걸의 「강교장」, 현경준의 「류맹」 등은 「왕도락토」, 「오족협화」를 부르짖는 위만주국의 허울을 까밝히면서 일제의 침략본질을 고발하고 있고 황건의 「제화」, 김창걸의 「청공」, 강경애의 「마약」, 박계주의 「모토」, 박영준의 「중독자」, 최명익의 「심문」, 현경준의 「류맹」 등 작품은 나라 잃고 혹은 민족독립을 위하여, 혹은 살길을 찾아 '만주'에 들어왔다가 부패한 현실속에서 희망을 보지 못하고 결국 마약중독자가 되고 타락하는 인간들의 운명을 통하여 죄악의 원흉 일제를 타매하고 있다. 김창걸의 「소고기」, 김국진의 「설」, 안수길의 「장」, 「함지쟁이 영감」, 김희곤의 「泥醉」, 김창걸의 「마리아」, 김광주의 「애지 - 이쁜이의 편지」, 「북평서 온 '령감'」 등 작품은 일제의 잔혹한 탄압과 수탈로 고국에서 쫓겨난 농민들이 중국땅에 이주하여 일자리도 찾지 못하고 류리걸식하고 가난 속에서 헤매는 참담한 현실을 그리면서 현실의 부패상을 폭로하고 있다. 이렇게 이 시기

대부분의 소설들은 살길을 찾아 만주에 왔다가 갖은 압박과 착취, 략탈과 멸시 속에서 고통받고 타락하고 미치고 죽어가는 이주민들의 삶을 통하여 일제통치하의 만주현실을 폭로·비판하고 있다.

4) 사실주의 창작방법에 의한 진실한 생활묘사

이 시기 재만조선인 소설문학의 뚜렷한 특징의 하나가 창작태도와 방법에서의 사실주의이다. 사실주의란 생활을 그 본래의 모양대로 구체적으로 그리면서 전형화의 방법으로 생활의 본질을 진실하게 반영하는 창작방법이다. 사실주의의 주요한 특징은 무엇보다 생활을 그 본래의 모양대로 진실하게 그리는 것이다. 이 시기 대부분 작가들은 우선 일제의 식민지 통치 말기라는 력사적 격변기에 만주라는 특정된 지역적 공간을 무대로 설정하고 우리 민족 이주민들의 수난의 력사와 그들의 세태적인 생활, 정서 등 그들의 다종다양한 삶의 모습을 생동한 화폭으로 진실하게 묘사함으로써 만주 조선인소설의 특징을 보여주고 있다. 『북향』지에 실린 소설작품으로부터 "만선일보"에 실린 작품들을 비롯하여 대부분 소설들은 사실주의적 필치로 우리 민족 이주민들의 수난의 발자취를 생동하게 펼쳐보이고 있다. 사실주의 창작방법에 의하여 우리 민족 이주민들의 생활을 진솔하게 묘사함으로써 이주민들의 수난의 력사와 그들의 세태적인 생활, 정서를 독자들에게 생동하게 펼쳐보이고 있는 바 독자들에게 깊은 인상을 남길뿐만 아니라 력사의 증언적 역할도 훌륭히 하고 있다. 물론 일제의 파쑈적 통치와 통제로 언론의 자유를 빼앗긴 상황에서 현실생활을 우회적으로 반영한다든가 생활의 본질을 제시하지 못한 일부 한계성도 있지만, 전반적으로 볼 때 이 시기의 생활을 비교적 객관적이고 전면적으로 보여주었다고 할 수 있다.

따라서 사실주의란 세부적인 진실성 외에 전형적 상황 아래서의 전형적 인물의 진실한 재현이라는 의미를 갖는다. 이 시기 소설문학은 또한 일제 식민지통치하에 만주로 이주한 우리 민족의 다종다양한 인간들의 형상창조를 통하여 당시의 사회현실을 제시하고 있음을 볼 수 있다. 나라를 잃고 땅을 빼앗기고 눈물을 뿌리며 중국에 이주해 왔다가 일제, 중국 관헌, 마적, 얼되놈 등에 의해 2중 3중의 착취와 박해와 멸시를 받으며 죽고 미치고 류랑하는 인물들인 「무빈골전설」에서의 김서방 내외, 「새벽」에서의 '나'의 일가, 「추석」에서의 김서방 등, 가난 때문에 사랑하지만 사랑할 수 없는 현실 앞에서 그대로 순응하면서 사는 것이 아니라 야간도주하는 적극적인 행동으로 불합리한 현실에 저항하고 새로운 삶을 개척하려는 「암야」에서의 명손이와 고분이, 살길을 찾아 만주에 들어오나 거기서도 가는 곳마다 기시와 억압을 받아야 하는 어두운 현실 앞에서 단연히 투쟁의 길에 나서는 「두번째 고향」의 경철이, 나라와 조국을 잃어버린 암담한 현실에서 희망을 잃고 방황하고 고민하고 타락하는 인간들인 「제화」에서의 '나', 「청공」에서의 강영파, 만주의 거칠은 벌판을 떠돌아다니며 살아가는 「원각촌」의 억쇠, 같은 민족이지만 얼되놈이 되어 이주민들에게 갖은 고통을 안겨주는 악종들인 「원각촌」에서의 한인상, 「새벽」에서의 박치만 등, 이 땅에 새로운 고향을 건설하려는 신념과 의지를 헌신적으로 실천해가는 「북향보」에서의 정학도와 오찬구 등, 이 시기 소설들은 이런 다양한 형상들의 창조를 통하여 우리 이주민들의 운명과 삶의 력사를 사실주의적으로 반영하면서 이러한 인간적 비극을 조성한 부패하고 암흑한 사회현실을 비판하고 있다. 여기에서도 우리는 작가들의 현실에 충실하려는 진지한 태도, 현실을 객관적으로 재현하려는 추구와 노력을 엿볼 수 있다.

사실주의는 또한 세부묘사의 진실성에서도 나타나는 바 이 시기 소설문학들은 생활세부에 대한 구체적이고 생동한 묘사를 통하여 현실생활에 대한 진실한 반영을 기하고 있다. 그 일례로 김창걸의 "두번째 고향"의 한 단락을 보기로 하자.

"... 경철이는 그때까지 뚜벅뚜벅 수수레를 말없이 몰고 오다가

'아, 내 고향, 나서 자란 고향, 이것으로 하직인가?!'하고 두루마기소매로 눈물을 쓱쓱 씻었다. 이것이 고향을 떠나면서 처음 떨구는 눈물이였다.

'아 쫓겨가는 내 고향, 부디 잘 있으라!'하고는 다시 고향쪽을 향하여 넋잃은 듯 멍하니 바라보다가 무엇을 잊어버리가나 한 듯이 소채찍으로 소등을 툭툭 치는것이였다.

.....경철이네는 두만강역에 나왔다. 그들처럼 소수레를 가진 사람들, 남녀간에 이고지고 서서 바가지짝을 찬 사람들, 솥나부랭이와 도깨그릇을 쪽지게에 받쳐진 사람들, 어느덧 강가는 살길 찾아 두만강을 건느려는 가난한 백성들로 붐비였다.

'경철이,이 사람!'

이때까지 아무런 별말도 없이 수걱수걱 걷기도 하고 드문드문 수레에 앉아오기도 하던 아버지가 말을 꺼내였다. '이 사람! 왜 강산이 이렇게 다른가? 이쪽에는 송림이 울창하고 양지바르고 한데 저쪽이 마도강이라고 하지, 왜 저쪽은 저리도 편하고 뿌옇고 자욱하고 어두운가?'

그 말을 듣자마자 어머니도

'마도강이 그렇지 별수 있겠수? 이제 건너가면 언제 다시 이 강을 되건너오노?'하고 말하면서 처연한 빛을 띠운다.

'글쎄요. 아무려나 우리는 북으로 가게마련이 아닙니까? 그런데 가서 좋은 고장으로만들어얍지우!'

경철이는 자신있듯 대답했으나 이제 이 두만강을 건넌다고 생각하니 무등 서러운 회포를 금할수 없었다. 경철이는 저도모르게 손수건을 눈굽으로 가져갔다."[10]

나서 자란 정든 고향을 하직하고 두만강을 건느는 경철이 일가의 처량한 모습을 보는 듯이 생동하게 묘사하여 독자들의 가슴을 찡하게 울려준다.

다른 일례로 안수길의 "함지쟁이영감"의 서두를 보기로 하자.

---

10) 김창걸, 「두번째 고향」, 『중국조선민족문학선집』2, 50∼51쪽.

"함지쟁이영감은 거리모퉁이 바자굽에 거적을 깔고 앉아서 깨여진 함지와 바가지를 꾀매고 헌 - 고무신짝과 망거진 양산살을 손질하는 것이 그의 업이다. 그러나 그 영감이 거리에 나와앉는 날이라고는 닷새에 한번이나 딜가. 그는 동리에 잔치가 있다든가 장례가 있다든가 하면 멫칠 전부터 그 집에 가 백이여 안악네들가 같이 떡방아를 찧기도 하고 음식을 만들기도 하고 또한 남이 대이기를 끄려하는 일을 도마타 하고 밥을 얻어먹는 것이다. 그러기에 경사나 흉사나간에 동리에서 일이 생기기만 하면 동리 어른들에게 알리기에 함지쟁이영감에게 먼저 알리게 되는 것이다.
　그 밖에 함지쟁이 영감은 그 소박한 성격과 우둔한 행동으로서 우리 같이 얼마만에 고향을 찾아오는 사람으로 하여금 고향의 정회를 맛보게 하는 것으로 또한 유명타 할것이다."11)

　소설은 첫 서두에서 섬세한 필치로 소박하고 선량하고 우준한 성격의 소유자 함지쟁이령감의 형상을 잘 부각하고 있는 바, 고향마을의 정취가 풍겨와 독자들의 심금을 울린다.

　이렇게 이 시기 소설문학들은 눈물뿌리며 정든 고향을 등지고 두만강을 건너는 이주민들의 처량한 모습과 이역땅에서 온갖 수탈과 억압과 모욕과 기시를 받으며 살아가는 비참한 삶의 모습, 그 어려운 역경 속에서도 모든 수난을 딛고 일어서 강인하게 살아가는 강한 모습 등을 구체적이고도 섬세하게 부각하여 독자들의 눈앞에 생동하게 펼쳐보이고 있다.

　한마디로 이 시기 소설문학 창작은 사실주의창작 방법이 주류를 이루었는 바, 작가들은 현실에 튼튼히 발을 붙이고 사실주의 창작방법에 의거하여 우리 이주민들의 수난의 력사를 생동한 화폭으로 진실하게 펼쳐보임으로써 이 시기 문단을 아름답게 장식하였고 그 이후 조선족문단의 사실주의문학발전에 좋은 터전을 마련하여 주었다.

---

11) 김호웅, 앞의 책, 156쪽.

5) 본격적인 문단활동을 통한 소설창작

1930년대 이전의 재만 조선인문학은 개별적인 작가들의 작품활동에 의하여 펼쳐진 문학이라면, 1930년대 이후의 문학은 우리 민족 작가들의 문단활동에 의하여 펼쳐진 문학이라고 할 수 있다.

만주에서 이주민들에 의하여 문단적인 문학활동이 본격적으로 이루어진 것은 만주사변(1931)과 만주국건국(1932)이후 조선반도의 문화인, 지식인들이 대량으로 들어와서 동인문학단체인 <북향회>를 조직하여 문학활동을 벌리고 잡지『북향』을 발간하면서부터인데 이때로부터 우리 민족 이주민들의 만주 생활공간을 무대로 문단적이고 조직적인 재만 조선 인 문학활동이 활발히 이루어졌다.

따라서 1930년대 이전에 개별적 망명작가들에 의하여 창작되어 만주 이외의 중국문단이나 조선반도에서 발표된 작품들은 많이는 조선인의 시각에서 중국에서 보고 듣고 느낀 감수나 정서 또는 조국에 대한 그리움, 나라의 운명에 대한 우려, 일제에 대한 분노 또는 조선적인 삶을 그린 작품들로서 그것은 어디까지나 조선적인 시각에서 그린 작품이었다. 1930년대이후 재만조선인 작가들에 의해 창작된 재만작품들은 대부분 만주땅에 발을 붙인 이주민의 시각에서 그들의 삶과 운명을 그린, 진정한 의미에서의 이주민문학이라고 할 수 있다. 이 시기 재만조선인 작가들은 조선 국내의 문학과는 구별되는 재만조선인 문학형성을 위하여 의식적인 노력을 경주하여 왔는 바 이들은 재만조선인 소설집『싹트는 대지』를 펴내면서 현지작가의 현지취재, 현지작품, 현지발표의 '현지주의'원칙을 내세웠다. 렴상섭, 신영철, 최기정 등은 이 소설집을 두고 반세기 남짓한 력사를 가진 만주개척사의 문학적 형상화이며 개척민들의 운명과 정서를 반영함으로써 재래의 문학에서는 볼 수 없는 대륙적인 풍격을 볼 수 있다고 극찬했던 것이다.[12]

---

12) 김호웅, 위의 책, 124쪽.

한마디로 재만조선인 소설문학은 살 길을 찾아 만주에 이주해 온 사람들의 고된 삶의 현장과 만주국 건립 후의 다양한 현실 대응 양상을 다각도로 포착하여 부동한 시각과 입장에서 다루면서 조선 국내나 중국문단 그 어디에서도 찾아볼 수 없는 독특한 재만조선인 문학을 형성한 것이다.

6) 일제말기 민족문학의 보존과 발전

재만조선인작가들은 1940년대 일제의 문화말살정책에도 불구하고 우리의 모국어로 광복전까지 만주이주민들의 생활을 제재로 소설작품을 창작하고 발표함으로써 이 시기 민족문학의 공백을 메우고 민족문학을 발전시켰다는데 마멸할 수 없는 문학사적 의의가 있다.

언어의 상실은 곧 민족문학 자체의 상실을 의미한다. 일제통치 말기로 접어들면서 조선반도에 대한 일제의 식민지적 탄압은 날로 가혹해지고 민족문화말살정책이 더욱 가심해졌다. 두 차례에 걸친 카프작가들의 검거, 투옥에 이어 1941년에는 조선의 2대신문인 『동아일보』와 『조선일보』 그리고 『문장』, 『인문평론』 등 두 월간지가 폐간되었다. 조선 국내에서는 창씨개명과 함께 조선글로 창작한 작품을 발표할 자리가 없었고 발표하려면 일본어로 창작하고 일제의 엄격한 검열을 거쳐야 했다. 그리하여 대다수 카프 계열의 작가들과 민족주의 계열의 작가들이 창작을 그만두거나 침묵을 지키는 태도를 취했다. 물론 일제에 아부하면서 작품을 쓴 작가들도 적지 않았다. 그리하여 본토에서의 문학이 일제에 의해 유린당하여 가장 암흑하던 시기 바로 일제의 손아귀에 있는 만주땅에서 민족문학의 생명은 끈질기게 이어져 갔던 것이다.

물론 만주는 조선보다는 얼마간 자유가 남아있는 땅이였지만 만주에서도 창씨개명을 하고 일본어창작을 권장했다. 하지만 재만조선인 작가들은 끝까지 조선글로 우리 민족 이주민들의 수난의 생활을 제재로 끈질기게 창작활동을 하여 광복전까지 발표함으로써 민족문학을 보존·발전시켰고 민족문학이 공백기에 처할번 했던 우리 민족 문학의 맥을 이어놓았는 바, 이 시기의 문학은 일제 식민지 시기 우리 민족의 보귀한 문학유산인 것이다. 따라서 이 시기 문학은 비록 일제의 괴뢰정부, 만주국의 국책 아래 전개되였고, 일부 작품은 일본 관동군의 기관지나 다름 없는 『만선일보』을 통해 발표되기는 했지만 대부분의 작가들은 민족의 존망과 겨레들의 운명에 깊은 관심을 돌리면서 우리 이주민들의 삶의 현장을 사실주의적으로 그렸다. 그들은 만주에서 조선인문학이 존재하고 문단을 탄생시킬 수 있으려면 만주국 건국정신, 즉 협화리념과 같은 정책홍보에 순응하지 않을 수 없지만 이러한 한계를 감수하면서도 조선인 특유의 생존방식과 투쟁, 삶의 력사적 의미 등 조선인다운 문학적 령역을 가꾸어갔다. 그리하여 이 시기 소설문학은 일제통치하의 어려운 환경 속에서 민족문학을 보존하고 발전시킴으로써 그 이후의 조선족문학 발전에 적극적인 영향을 주었다.

『북향』지를 통해 만주조선인문학의 첫 선을 보인 우리 소설작품들은 『만선일보』 문예란을 거쳐 종합소설집 『싹트는 대지』와 개인소설집 『북원』을 펴내고 안수길의 『북향보』로 총결산을 하고 있는데, 이들 소설이 하나같이 민족정신으로 일관된 투철한 것은 아니지만 대부분의 소설들은 우리 민족 이주민들의 정서와 의지, 민족의 운명을 건실하게 다룬 가치 있는 작품들이다.

이 시기 대부분 소설문학들은 조선민족의 수난의 년대에 나라 잃고 고향을 떠나 낯선 만주땅에 들어와 발을 붙이고 생활을 개척해나가는 고난의 력사, 일제, 봉건군벌, 관헌의 야만적인 탄압과 박해, 고통과 죽음을 강요당하면서도 강한 생활의욕으로 2중 3중의 악랄한 환경을 뚫고나가면서 삶의 터전을 닦아나가는 이주민들의 생활을 광복 직전까지 모국어로 형상적으로 보여줌으로써 이 시기 우리 민족 이주민들의 수난의 력사기록이라고 할 수 있는 보귀한 자료를 남겨놓았고 이후의 문학발전을 위해 좋은 기초를 닦아주었다.

따라서 김창걸, 안수길 등으로 대표되는 후기의 소설문학들은 내용과 형식면에서 모두 상당한 수준을 보여주었다. 생활반영의 폭과 다양한 인간형상의 창조, 섬세한 세부묘사와 생동한 심리묘사, 사건전개의 극성 또는 희극성, 탄탄한 구성한 다양한 예술수법의 운용 등으로 어느 정도 성숙미를 보여주었다고 할 수 있다. 총체적으로 볼 때 이 시기의 소설문학은 말 그대로 '새터에 돋아난 여린 싹들'[13]로 미숙한 점도 많지만 우리의 소설문학은 그 맹아에서 싹트고 자라나 대가 굵어진 것이다.

4. 결 론

일제의 '만주'침략과 위만주국 건립, 그리고 '만주'에 대한 일제의 통치가 가심해질수록 작가들이 많이는 우회적인 방법으로 현실생활과 당시 우리 이주민들의 정신세계를 반영하고 있는 것이 특징이라고 할 수 있다. 이 시기 소설의 발자취를 추적하면서도 볼수 있지만, 소설이 창작된 년대가 모두 일제가 침략하고 통치하던 시대로서 이 시기 주요 모순은 만주에 사는 각 민족과 일제와의 모순이었다. 그러나 만주국 건립 후의 소설들에서는 이 주요모순과 투쟁을 직접 반영한 작품은 한 편도 없다고 할 수 있다. 박계주의 「처녀지」, 김창걸의 「강교장」, 「전형」 등 작품들에서는 우회적인 방법으로 일제에 대한 저항의지를 반영하고 있고 대부분 작품들은 일제와의 모순갈등을 회피하고 많이는 민족 내부의 모순갈등으로 처리되는가 하면 이주민들의 수난의 만주생활을 반영함에 있어서도 비극적인 생활과 운명의 원인을 어떤 우연적인 계기나 본인들의 차실에서 찾고 있다. 그 결과 소설들이 문제의 본질과 시대정신을 깊이 제시하지 못하고 전형성이 부족하다. 특히 1930년대 말 1940년대 초

---

13) 김호웅, 『재만조선인문학연구』, 국학자료원, 1997년, 114쪽.

일제의 통치가 더욱 가심해지자 일부 작가들은 절실한 현실문제를 떠나 일상적인 애정이야기나 렵기적인 이야기들을 엮기도 하고, 일부 작가들은 나날이 가중되고 있는 대다수 이주민들의 고통스러운 삶을 외면하고 만주의 현실이나 시책을 긍정적으로, 또는 고맙게 생각하는 사람들의 이야기를 하는 작품을 쓰기도 했다. 산속 생활을 한 녀인을 귀화시키려는 노력과 그녀의 사회복귀를 그린다든가 미개한 몽골로 가 목축지도를 한다는 등, 그리고 이런 작품에 가끔씩 민족협화, 왕도락토 운운을 볼 수 있다. 만주국 시책에 관한 내용이 가끔씩 나오며 반일투사를 인간미를 상실한 야인으로, 공산당을 비적으로 그리는 것을 볼 수 있는데, 이러한 작품들에서는 만주국이 세운 기존질서와 시책에 부응하려는 의식이 선명하게 드러나고 있다.

멸망을 앞둔 일제가 최후 발악을 하면서 민족동화, 민족문화 말살정책을 강요하고 만주 이주민들을 무자비하게 통제하고 통치하던 특수한 환경에서 마음 속의 말도 마음대로 할 수 없었다. 특히 일제의 특수한 검열 때문에 더욱 어쩔수 없는 상황이였다고 할 수 있다. 물론 시대현실을 정확하게 투철하게 파악하지 못한 작가의 세계관적 제한성도 있다. 따라서 일제의 위만주국정책에의 순응이나 친일사상에는 작가의 립장의 불견정성과 의지의 나약성도 큰 역할을 했다고 할 수 있고 시대현실을 정확하고 투철하게 파악하지 못한 작가의 세계관적 제한성도 있다고 할수 있다.

바로 이러한 여러 가지 원인으로 하여 일부 작품들은 이주민들의 삶의 현장을 력사적 깊이에서 보여주지 못하여 사회적 문제성을 예리하게 파헤치지 못하고, 현실적 당위성을 제시하지 못한 부족점들도 있다. 그리고 초기의 일부 작품들은 예술면에서 슈제트 구성이 비교적 단조롭고 인물형상이 평면화되어 있는 등 미숙한 점도 적지 않다.

이러한 한계성과 미숙성이 있음에도 불구하고 이 시기 소설문학은 우리 이주민들의 만주생활을 증언하는 중요한 역할을 하였고 일제통치하에 어려운 환경 속에서 민족문학을 보존 발전시킴으로써 이 시기의 소설문학은 우리 문학사의 중요한 구성부분이라고 할 수 있다.

다매체 시대의 한국문학 II

인쇄일 초판 1쇄 2002년 7월 12일
          2쇄 2015년 6월 26일
발행일 초판 1쇄 2002년 7월 22일
          2쇄 2015년 7월 02일

지은이 한국문학연구학회
발행인 정 찬 용
발행처 국학자료원
등록일 1987.12.21, 제17-270호

서울시 강동구 성내동 447-11 현영빌딩 2층
Tel : 442-4623~4 Fax : 442-4625
www.kookhak.co.kr
E- mail : kookhak2001@hanmail.net
ISBN 978-89-8206-969-7 (93810)
가 격 25,000원